紙短情長

張愛玲往來書信集

Volume

1

TO MY BELOVED FRIENDS

Letters of Eileen Chang, Stephen Soong & Mae Fong Soong

1955
|
1979

張愛玲
宋淇
宋鄺文美
著

宋以朗
編

目錄

我與張愛玲，與我的父母

宋以朗

時光匆匆過去，今年已是張愛玲誕生一百週年，而曾經見過她本人的人已是寥寥可數。我小時候在家裏見過張愛玲，所以我會不停地被問及我對張愛玲的回憶。

我們第一次見面是在一九五四年。當時我只是一個五歲小童，對這位張阿姨沒有什麼印象，也不記得她在語錄裡提到我的事兒：

聽見瑯瑯吃藥：

（一）戴著藥丸如護身符。

（二）想出花樣，有落場勢，好像不是為了加白糖才肯吃。

《張愛玲語錄》倒有我們倆的一個集體回憶：

你們臥室的小露台像「盧山一角」，又像「壺中天地」。

語錄註解說：「五十年代，我們居於北角繼園，父母臥室約三四十平方。一進門，迎面是落地的磨砂玻璃牆，前行數步才見右邊有一道小走廊，拐一個彎便通到露台。露台也由落地的磨砂玻璃包圍，只有打開中層的窗子方望到外面景物。由於露台設計獨特，初入臥室根本不會察覺，仿彿別有洞天，於是張愛玲便有上面的妙喻。」我對這個小露台印象特別深刻，因為我在那裡營建了一個紙製印第安人帳篷，我躲進去就不用理會大人們了！

一九五九年夏，我家從港島北角繼園搬到九龍加多利山。我自己有個小房間，裡面有簡單的床、桌、椅、櫃。櫃子裡有很多書，包括一大堆《秧歌》與《赤地之戀》。這兩本書故事文字，也算是「平淡而自然」，十多歲的孩子也可以接受，我反覆看過多遍，但我沒有追問父母與作者的關係，當然也沒有想到那些由作者親筆簽名的初版書有一天會是價值連城。

一九六一年，張愛玲再訪香港，在旺角花墟附近租了房間，從我家步行過去只需幾分鐘。後來她臨走前退了租，卻發現還有電影劇本未寫好，便來我家借住兩星期。我讓出房間給她，自己到客廳「餵蚊」。她給我的印象很簡單，一個高高瘦瘦的女子，整天躲在房間寫作，偶爾出來一起吃飯，與小孩無甚交流。多年來我不知被問了多少遍對張愛玲的印象這個問題，但我實在沒有什麼可以說。

我寫過一篇關於張愛玲軼事的短文說：

張愛玲整天就只神秘兮兮的躲在臥室，即使偶爾同枱食飯，彼此間也靜默得宛如隱修院的院友。她從不挑剔飯菜，胃口也不大，但根據我家老傭人阿妹的暗中觀察，她最愛吃的似乎就是隔夜麵包，大概是有胃病問題。至於外表，她身材高瘦，打扮樸素，阿妹分析說衣服都是她自己裁的，我不肯定是不是，只是印象中沒見過她穿旗袍。記得最清楚的，倒是她深近視又不戴眼鏡，看事物總要俯前——也許她擔心把我和姊姊混淆了。

這些年來我屢次受訪，講述對張愛玲的印象，也不外乎上面講的那些。

我搜索他人對張愛玲的印象，希望可以引發出我自己的記憶。

例一：曹可凡在《我認識一些深情的人》引用白先勇回憶張愛玲與白先勇、歐陽子、陳若曦、王禎和、殷張蘭熙等人的一九六一年台北宴會：

白先勇先生記得，那天和張愛玲的聚餐安排在西門町附近一家名叫「石家」的蘇州菜館……

她身穿素淡的旗袍，但隨身帶著一件暗紫色綢緞棉質外套，特別顯眼……

那晚，白先勇先生與張愛玲相鄰而坐。「張愛玲是上海人，但一口普通話說得字正腔圓，特別是捲舌音很有北京味兒，這或許與她曾經在天津居住過有關。她的眼神因近視略顯得有些朦朧、迷離，一旦特別關注你，便馬上目光如炬，仿佛有兩道白光直射而來，難怪她觀察周圍人和事是如此的犀利、透徹、深刻。」

例二：於梨華在《華麗與蒼涼——張愛玲紀念文集》說：

記得很清楚，她穿一件暗灰薄呢窄裙洋裝，長頸上繫了條紫紅絲巾。可不是胡亂搭在那裡，而是巧妙地調諧衣服的色澤及頸子的細長。頭髮則微波式，及肩，由漆黑髮夾隨意綰住，托出長圓臉盤。眼珠有點突，沒戴眼鏡（通信中知道她戴眼鏡的），想必有隱形鏡片，所以看人時半抬下巴，半垂眼瞼。我不認為她好看，但她的模樣卻是獨一無二（one of its kind）。

他們的文采與觀察能力比我好得多，可惜我的腦子還是一片空白。

其實我有什麼印象不是要點。這個故事裡的三個主要人物是：張愛玲、我父親宋淇與母親宋鄺文美。他們三位的故事很簡單：張愛玲在一九五二年九月為完成學業從上海來香港，她在報紙上看到美國新聞處的招聘海明威《老人與海》翻譯者廣告便投了簡歷，結果被選中，因而結識時在美新處翻譯部的宋淇，後來有在一個社交場合又結識了宋鄺文美。一九五五年，張愛玲移民到了美國。當時我父親是國際電影懋業公司的製片主任，張愛玲在我父親的介紹下，先後為公司寫了幾部電影劇本。一九六一年十月，張愛玲來香港寫劇本賺錢。一九六二年三月，張愛玲回美，三人終身沒有再會面。一九九五年九月，張愛玲在美逝世，遺囑簡單地說：「我去世後，我將我擁有的所有一切都留給宋淇夫婦。」一九九六年十二月，宋淇在港逝世。二〇〇七年十一月，宋鄺文美在港逝世。

二〇〇三年，母親中風，我從美國回來香港照顧她。她的最後五年，我總算陪她渡過了。最初我只是負責整理張愛玲的合約，給她逐一簽好，然後歸檔。

投入之後，我很快得了「十萬個為什麼」病。為什麼張愛玲會將遺產全部留給宋氏夫婦呢？她的親戚們怎麼樣啦？為什麼張愛玲遺物裡有完成但未出版的作品（如《小團圓》）？要不要替她出版？那些未完成的作品（如〈愛憎表〉）呢？〈色，戒〉女主角原型是否民族女英雄鄭蘋如？張愛玲有沒有到台灣採訪過少帥張學良？《同學少年都不賤》不能出版的「毛病」是啥？這些都是人家不停問我的問題。

我轉問我母親，她只說不記得叫我不要煩她。幸好母親有告訴我所有問題的答案都在家裡一箱箱的書信裡面。我搜遍全家，找到四十一年他們三人寫的七百多封信，洋洋共六十多萬字。這些書信好像結成一個普通法的法律系統：案例都有據理，差不多凡事都引用先例。看完這些信，我開始有信心處理張愛玲的遺產。

其中張愛玲在一九九二年二月二十五日的信中說：「還有錢剩下的話，我想（一）用在我的作品上，例如請高手譯，沒出版的出版……（二）給你們倆買點東西留念。」

翻譯作品倒是容易。這些年，張愛玲的作品已經翻譯成英文、法文、德文、意義大利文、西班牙文、波蘭文、捷克文、匈牙利文、日文、韓文、越南文等。她的英文作品《雷峯塔》、《易經》、《少帥》也翻譯成中文。出版了生前沒出版的作品有〈重訪邊城〉、〈異鄉記〉、〈愛憎表〉、《同學少年都不賤》、《小團圓》。

「給你們倆買點東西留念」則是靦腆的張愛玲不願意點明。她想表達的是，她知道我父母的身體都不好，叫他們拿錢去用，但她又不好意思直接說出來，所以變成吞吞吐吐。看到這裡，我真的很感動。

二〇一〇年，我從他們三個人那七百多封信件中選出部分內容，編成《張愛玲私語錄》，出版準則以反映友情為主。通過這些書信，我希望能解釋清楚他們三個人的友誼。我看過不少張愛玲傳記，大多鮮有提及我父母，即使提到，有時也是負面的。這顯然跟我在信裏讀到的內容背道而馳。我出版《張愛玲私語錄》，主要目的正是要糾正這些謬誤。

以我自己來說，我周遊列國多年，每處都不會久留，所以我沒有一個四十年朋友，更遑論跟人有六十多萬字的通信。對我來說，張宋書信是一個奇蹟。

對張愛玲研究者來說，張宋書信是珍貴的第一手資料，有極高學術價值。不妨舉一個例子：一九八三年，張愛玲出版《惘然記》，她在序中說，「〈色，戒〉〈相見歡〉〈浮花浪蕊〉都是一九五〇年間寫的……這三個小故事都曾經使我震動，因而甘心一遍遍改寫這麼些年，甚至於想起來只想到最初獲材料的驚喜，與改寫的歷程，一點都不覺得其間三十年的時間過去了。」偏偏她就是沒有解釋震動驚喜何來，造成外界不少爭議。張宋書信裡就有詳細的解釋討論。

一般而言，作家要反駁評論者是不容易的，像羅生門一樣，大家也不知道誰的版本才是真相。即使張愛玲想說自己沒有那個意圖，別人還是可以說她抵賴，甚至說她潛意識的確如此。但張宋書信最有趣的地方就是，其創作過程有大量書信文獻佐證，一切「作者意圖」都可考本溯源，有力限制了評論者的胡亂猜測，也許是中外文學史上一個罕例。文學研究者若沒有充足的第一手資料，隨時便會犯下閉門造車的毛病，可以錯得很厲害。現在寫關於張愛玲的人越來越多，因為張愛玲的作品有市場，連帶寫她的文章也有市場，所以我覺得，現在更有必要把書信這類第一手材料公開。

但書信不可以解答所有問題。例如一九七六年三月十八日的信提起《小團圓》：「這篇小說時間上跳來跳去，你們看了一定頭昏，我預備在單行本自序裡解釋為什麼要這樣。」她沒有寫過這篇自序，所以這是一個謎。但我寧願張宋書信不是一本無所不知的天書，這樣張愛玲的傳奇才可以永遠繼續。

張宋書信集計劃於今年出版，剛好是張愛玲誕生一百週年。然後我這個張愛玲遺產執行者也終於可以隱退。

校閱張愛玲書信的感想

馮睎乾

我一輩子好像跟別人的信結下不解之緣。小時候常常不情不願幫不識字的外婆寫信回鄉，也要替她朗讀從鄉下寄來香港的家書。我自己則在一個早已不流行通信的年代長大，除了青春期受到荷爾蒙的刺激，以及得到岩井俊二電影的啟發，偶然寫過幾封情書（給當年的女友，即今天的妻子），通信這類費時失事的中古嗜好，在我的生命中可謂毫無位置。然而命運弄人，我近十年的工作都或多或少跟人家的書信有關，例如協助宋以朗先生校閱張愛玲和宋家的信。

我認識宋先生，跟張愛玲無關，只緣於我想拜讀宋淇好友吳興華的信。十三年前我終於得償所願。記得第一次翻開吳興華的信，幻想自己嗅到的舊信紙味，可能是六七十年前上海淪陷區的氣息時，不禁幽幽出神，宋先生見我神智有點失常的樣子，忍不住說：「看，你兩眼都發光了！」一不做二不休，看完吳興華的信後，我又陸續瀏覽了張愛玲、錢鍾書、宋淇等人的信，沒帶着窺私的心態，只有一種要憑弔什麼的情懷。畢竟人和時代都一去不返了，與現世毫無瓜葛，昔日的隱私已昇華為文學史的材料，再好奇八卦的人對此也不由得肅穆起來。現在回想，最觸動我的從不是字裏行間的話，而是我手摸到的信紙，在歲月流逝中獲得的歷史重量。這些碰得到、嗅得着的信有種舊時代的質感，甚至隱隱綻放着寫信者的靈氛。

漫無目的看信是享受，但真的動手編輯起來，就不太好受。可見人生還是漫無目的較好。二〇一〇年出版《張愛玲私語錄》前，我已幫忙校閱張愛玲和宋家的信。二〇一二年前後，我們在香港影印了所有書信，寄到北京讓出版社做文字輸入，他們打好字後校了一遍，把文檔傳回來已是兩三年後的事。一看大約六十萬字，本來想添加註釋交代每封信的背景，未幾發現工程浩瀚沒完沒了，恐怕張愛玲二百週年誕辰也未能殺青，立即決定一切從簡，只看看有沒有錯字就算了。其間俗務纏身，斷斷續續，就是校閱也弄得曠日持久，終於拖到二〇二〇年，總算趕上在百年誕辰問世。

錯字有兩種。一種是出版社手民之誤，當然一見即改；另一種涉及作者的錯字，就要費神斟酌。首先，什麼叫「錯」呢？例如現在普遍寫「耽擱」，但張愛玲、宋淇皆寫「躭擱」，是比較少見，但不算錯。我自己的原則是：在不是明顯錯字的前提下，盡可能保留作者的用字原貌——上面這句恰巧有現成例子，我們平常寫的「盡可能」，張愛玲寫「儘可能」。她對「儘」和「盡」的用法，作了今人多數忽略的嚴格區分：「儘」含有「力求以最大限度」的意思，所以她寫「儘早」、「儘先」、「儘量」、「儘可能」等等的時候，就用「儘」；「盡」則表示「達到極端、完結、全部用出」，所以她寫「感謝不盡」、「精疲力盡」、「盡心」等等的時候，就用「盡」。

有張愛玲特色的用字，我可多舉些例子說明：她寫「痊愈」，不寫「痊癒」；寫「老板」，不寫「老闆」；寫「糢糊」，不寫「模糊」；寫「牴觸」，不寫「抵觸」；寫「彫飾」，不寫「雕飾」；寫「弔胃口」，不寫「吊胃口」；寫「疎忽」，不寫「疏忽」。以上都是一般人不常用的寫法，至於我最深印象的「張愛玲體」，則非「仿佛」莫屬。這個詞有人寫「仿佛」，有人寫「彷佛」（如宋淇），但應該很少人像張愛玲般寫「仿佛」，堅持用人字部首的「仿」和彳字部首的「佛」。「仿佛」在書信中用了六十九次，橫跨五十至九十年代，無一例外，可見她很有意識一以貫之。到底什麼緣故令她這樣寫呢？難說。

以上用字都是正確的，希望繁體版可保留原汁原味。但張愛玲有兩個字，我覺得不妨改一改。一是「興致」她總寫成「興緻」，這寫法我無論如何也覺得是錯的。《說文》云：「緻，密也。」也指細縉或縫補過的敝衣。然而「興致」的「致」指意態風度，跟「緻」義不侔，不能互通，也缺乏古人先例可援，顯然是錯別字。因此，我建議把「興緻」修正為「興致」。另一怪字是「日歷」的「歷」。我們現在都寫「日曆」，但張愛玲三番四次寫「日歷」，決不從眾寫「日曆」，不是無心之失。查《康熙字典》「歷」字條，說它「與曆日之曆同」：「《前漢．律歷志》黃帝造歷。又《世本》曰容成造歷。《尸子》曰羲和造歷。或作曆。」可見「曆」與「歷」在古時相通。

假如張愛玲是章太炎那類國學大師，專門寫古色斑斕的文言，那也說得過去。但她寫的是現代白話文，用「歴」而非「曆」就太觸目了，好像刻意引導讀者想入非非，還是改為「曆」較妥當，決不是編輯之癢。當然，我們也不妨想想：為什麼張愛玲沒有與時並進，改寫「日曆」呢？我有個推測，一時也難以求證：無論是奇形怪狀的「仿佛」，抑或古色古香的「日歴」，甚至於張冠李戴的「興緻」，都是張愛玲人生中初遇這些詞語時所見的寫法，從此印入腦海，銘記不忘，成了生命的一部分。即使後來看到更通俗的字體，她也捨不得除舊佈新，因為捨棄了這些獨特的字，某程度上也意味着捨棄自己的過去。在她書寫「仿佛」、「日歴」和「興緻」的時候，也許每個不容於世的字都勾起了她內心某些深遠的回憶，誰知道呢？

以上喋喋不休的瑣碎，大概只有校閱者才份外在意，也會為此躊躇苦惱。但要是書信集的出版，能讓讀者更真切地了解張愛玲的性情，更全面地明白宋淇、鄺文美與她的友誼，那麼一切工夫都是值得的。

信件編排說明與主要人物別稱

輯校說明，主要有以下八點：

一・本書編排信件的形式，力求能呈現一種此問彼答的互動關係（當然因材料所限，也不可能像「對話錄」般暢順）。

二・信中涉及如地址、帳戶等私人資料、他人隱私或字跡模糊處，一概以〔……〕代替，而原信中的省略號，則保持不變。附信部分，則一律以編註說明信件內容。

三・張愛玲、鄺文美及宋淇三人用字各有特色，偶有舊式寫法，編者一概不改，以存其個人風格。但如「陰曆」的「曆」字，張愛玲好用止部的「歷」（一九八〇年七月十三日張愛玲致鄺文美、宋淇），宋淇亦然（一九八八年三月八日宋淇書），只有鄺文美沿用今天慣見的日部的「曆」（一九八一年七月廿四日鄺文美書）——其實按語言發展而言，「歷」是本字，不誤，「曆」雖常見，卻反而是後起。既沒寫錯別字，故一律不改，但於其後加上〔〕標明慣見字供讀者參照。

四・書籍、雜誌、報紙、電影名稱，凡原信沒標點的，編者都劃一加上書名號。若為文章篇名，也劃一加上篇名號。全書統一調整。

五・宋淇或鄺文美致張愛玲信，因收信人只有一個，故僅冠以寫信日期及寄件人名字。張愛玲信函則標明日期及發信、收信人名稱。

六・張愛玲信函，凡同時寫給鄺文美、宋淇二人的，皆以「Mae & Stephen」稱呼，故以下書信致兩人者，皆作「張愛玲致鄺文美、宋淇」，保持原來的稱謂次序。

七・全書偶有中英夾雜，為方便讀者，盡量添上中譯，附於原文之旁，標以〔〕。書中英文書信、張愛玲演講稿由鄭遠濤執筆譯出，在此一併致謝。

八・書信中即使是同一人也有不同稱呼，為方便讀者，現把主要人物的各種別稱表列如下。

姓名	別稱
宋淇	宋奇，林以亮，Stephen Chi Soong
宋鄺文美	Mae Fong Soong
鄺林憐恩	Laura Lum Fong，Auntie
曾宋元琳	Elaine Soong Kingman，琳琳，玲玲
宋以朗	Roland Soong，瑯瑯（張愛玲寫做「瑚瑚」），朗朗
曾茉莉	Melissa Kingman，小茉莉
張茂淵	姑姑
李開第	KD（張愛玲姑父）
炎櫻	Fatima
費迪南・賴雅	Ferdinand Reyher，Ferd（張愛玲丈夫）

鄺林憐恩，宋以朗，宋淇，曾宋元琳，宋鄺文美（由左至右）
一九五七年一月十九日

Chapter

1

1955
|
1959

張愛玲致鄺文美，一九五五年十月二十五日[1]

Mae，

也許你會想我是受恐嚇，怕許久不寫信你就會不回信，所以趕緊寫了來。事實是有許多小事，一擱下來就覺得不值一說了，趁有空的時候就寫下來。你們一切都好？代替雙十節的放假，出去玩了沒有？別後我一路哭回房中，和上次離開香港的快樂剛巧相反，現在寫到這裏也還是眼淚汪汪起來。路上一切其實都很愉快，六個人的房間裏迄今只有一個葡籍少婦帶着個六歲的孩子，起初兩天我們房間裏一天到晚墨黑的不開燈，大家都睡覺，除起來吃飯外。他們是暈船，我是補上這些天的睡眠不足。昨天到神戶，我本來不想上岸的，後來想說不定將來又會需要寫日本作背景的小說或戲，我又那樣拘泥，沒親眼看見的，寫到就心虛，還是去看看。以前我看過一本很好的小說《菊子夫人》，法國人寫的，就是以神戶為背景。一個人亂闖，我想迷了路可以叫的士，但是不知道怎麼忽然能幹起來，竟會坐了電車滿城跑，逛了一下午只花了美金幾角錢，還吃咖啡等等，真便宜到極點。這裏也和東京一樣，舉國若狂玩着一種吃角子老虎，下班後的office worker（辦公室職員）把公事皮包掛在「老虎」旁邊，孜孜地玩着。每人守着一架機器，三四排人，個個臉色嚴肅緊張，就像四排打字員，滴滴搭搭工作不停。這種小賭場的女職員把臉塗得像idol（神像）一樣，嘴卻一動一動嚼着口香糖。公司裏最新款的標價最貴的和服衣料，都是採用現代畫的作風，常常是直接畫上去的，寥寥幾筆。有幾種cubist（立體派）式的弄得太生硬，沒有傳統的圖案好，但是他們真adaptable（與時並進）。看了比任何展覽會都有興趣，我一鑽進去就不想出來了。陋巷裏家家門口的木板垃圾箱裏，都堆滿了扔掉的菊花，雅得嚇死人。當地居民也像我以前印象中一樣，個個都像「古君子」似的，問路如果他們也不認識，騎腳踏車的會叫你等着，他自己騎着車兜個大圈子問了回來，再領着你去。明年暖和的時候如果Stephen到日本去籌拍五彩片，我真希望你也去看看。我

1. 這是張愛玲離港後寫給鄺文美、宋淇的第一封信。

想，要是能在日本鄉下偏僻的地方兜一圈，簡直和古代中國沒有分別。苦當然是苦的——我想起嚴俊林黛下鄉拍戲的情形。十月十四。（我想古代中國總不像現在中國鄉下和小城那樣破敗黯淡骯髒。）上船後我就記起來，吳太太問我幾件行李的時候我也算錯了，多報了一件，使她大驚小怪起來，以為我做了許多衣服。那天實在瞌睡得顛三倒四。上船前付挑夫和汽車錢等等一共十幾塊，請你不要忘了給我扣掉——假使那五十塊錢拿得到的話。如拿不到，請不要忘記告訴我一聲。房間裏添了一個印度猶太太太帶着兩個孩子和無數箱籠什物，頓時大亂起來。我的玻璃杯也砸了，所以到東京時我要去買一隻那種旅行用的小熱水瓶，用它泡藥，可以掛在衣櫥裏面，比較安全。船在橫濱停一天半，第二天近中午的時候我上岸，乘火車到東京市中心，連買東西帶吃飯，（飯館子裏有電視，很模糊，是足球賽）忙忙碌碌，不到兩個鐘頭就趕回來了，因為要在三點前上船。銀座和冬天的時候很兩樣，滿街楊柳，還是綠的。房子大都是低矮的新型的，常是全部玻璃，看上去非常輕快。許許多多打扮得很漂亮的洋裝女人，都像是self-consciously promenading〔很刻意地蹓躂著〕。回橫濱的時候乘錯了火車——以前來回都是乘汽車，所以完全不認識。半路上我因為不看見賣票的，只好叫兩個女學生到了站叫我一聲。她們告訴我乘錯了，中途陪着我下來找taxi〔計程車〕，你想這些人是不是好得奇怪？不過日本人也和英國人一樣，大都一出國就變了質。我還買了一瓶墨水，怕筆裏的墨水會用完。事實是我除了寫了兩封必要的信（給姑姑和秀愛和Mrs. Rodell〔羅德爾太太〕[2]）詩一首也沒譯成。兩年沒繙譯，已經完全忘了怎樣譯，譯出來簡直不像話，只好暫時擱下來。臨行前天天跑領事館，英文說得流利了些，但是一上船，缺少練習，又說不出來了，所以趕緊借了些英文小說來看，不然等見到Mrs. Rodell這一干人，在需要千恩萬謝的時候又要格格不吐，那真糟糕。有一本小說叫*The Conquest of Don Pedro*〔《唐佩德羅遠征記》〕很好，我看的是袖珍本，看來銷路也不錯。船上電影看了許多，只有一齣*The Conquest of Space*〔《征服太空》〕是好的。同船的菲律賓人常常在太陽裏替小孩頭上捉蚤子，小女孩子們都是一頭鬈髮翹得老高，我看着實在有點怕蚤子跳上身來，惟一的辦法是隔幾天就洗一次頭，希望乾淨得使蚤子望而卻步。三等艙除了人雜，一切設備也還好，吃得也很好，可惜大部份是我不能吃的。我也只好放寬管制，我的diet〔飲食〕

向來是以不挨餓為度。廿二日到火奴魯魯，我上岸去隨便走走，聽說全城的精華都在Waikiki〔威基基〕，我懶得去。就碼頭與downtown〔市中心〕看來，實在是個小城，港口也並不美麗。但是各色人種確是嘻嘻哈哈融融洩洩，那種輕鬆愉快，恐怕是全世界獨一無二的，至少表面上簡直是蕭伯納威爾斯理想中的大同世界的預演。我剛趕上看到一個parade〔遊行隊伍〕，各種族穿着native costumes〔民族服裝〕，也有草裙舞等等。街上有些美國人赤着膊光着腳走來走去。很多外國女人穿着改良旗袍，胸前開slit〔狹長口〕領，用兩顆中國鈕子鈕上。畢直的沒有腰身，長拖及地，下面只有開叉處滾着半寸闊的短滾條。不知道你姊姊從前住在那裏的時候是否就流行？日本女人也穿着改良和服，像nightgown〔睡袍〕，袖子是極短的倒大袖。也同樣難看。當然天氣熱，服裝改良是必需的，但是我相信應當可以弄得好一點。今天廿四，收到你的信，如你預料的一樣驚喜交集。在上船那天，直到最後一剎那我並沒有覺得難過，只覺得忙亂和抱歉。直到你們一轉背走了的時候，才突然好像轟然一聲天坍了下來一樣，腦子裏還是很冷靜& detached〔和疏離〕，但是喉嚨堵住了，眼淚流個不停。事實是自從認識你以來，你的友情是我的生活的core〔核心〕。我絕對沒有那樣的妄想，以為還會結交到像你這樣的朋友，無論走到天涯海角也再沒有這樣的人。那天很可笑，我正在眼淚滂沱的找房間門牌，忽然一個人（並非purser〔客輪的事務長〕）走來問「你是某某嗎？305號在那邊。」當時我也沒理會這人怎麼會認識我，後來在佈告板上看見旅客名單，我的名字寫着Eileen Ai-Ling Chang，像visa〔簽證〕上一樣嚕囌。船公司填表，有一項是旅客名單上願用什麼名字，我填了E.A.Chang。結果他們糊裏糊塗仍把整個名字寫了上去。我很annoyed〔困擾〕——並不是不願意有人知道我，而且事實上全船至多也只有一兩個人知道，但是目前我實在是想remain anonymous〔隱姓埋名〕。你替我的箱子pack〔收拾〕得那樣好，使我unpack〔打開行李〕的時候也很難過。當然我們將來見面的時候一切都還是一樣。希望你一有空就寫信來，但是一年半載不寫信我也不會不放心的。惦記是反正一天到晚惦記着的。我到了那邊，小的mishaps〔事故〕大概常常有，大的

2. 「秀愛」是張秀愛，張愛玲好友。「Mrs. Rodell」即Marie Rodell，美國的出版經紀人。

不幸和失望是不會有的，因為我對於自己和美國都沒有illusions〔幻想〕，所以你也可以放心。看見Dick時請替我問候[3]，希望他沒有扶病給Mrs. Rodell寫信。也望望Rachel〔瑞秋〕。祝

好

愛玲 廿五日 Oct.25,1955（Pres. Cleveland）

P.S. *The Red Badge of Courage, A Gradual Joy, Melville Goodwin, USA* 等書你們如不看，請還給Dick[4]。

張愛玲致鄺文美，一九五五年十月三十一日

Mae，

你的第二封信收到後竟忙得沒空細看，其忙可知。今天才細看一遍，覺得真替你痛快。Stephen的書評還沒看。我的job〔工作〕，人還沒到已告吹——機關改組，主管人走了，經費減縮。但我一點也不着急。到紐約後住在F處，明後天搬到YWCA，但還預備搬。你寫信請寄這張卡片上的地址。*French Without Tears*如還未定，請不要定了，因為附近圖書館有，只是暫時借出。……你想芳芳是否available演*Bad Seed*？改天再寫信給你。我一切都好。紐約也可愛。

E 卅一日 1955

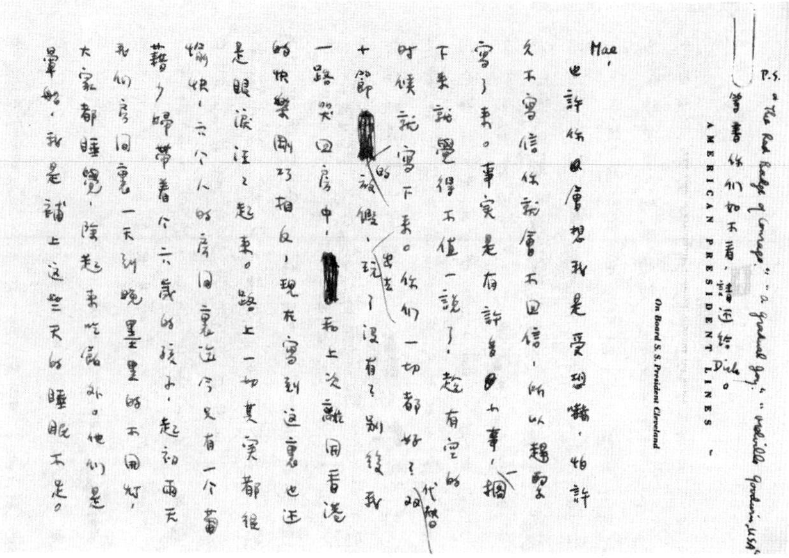

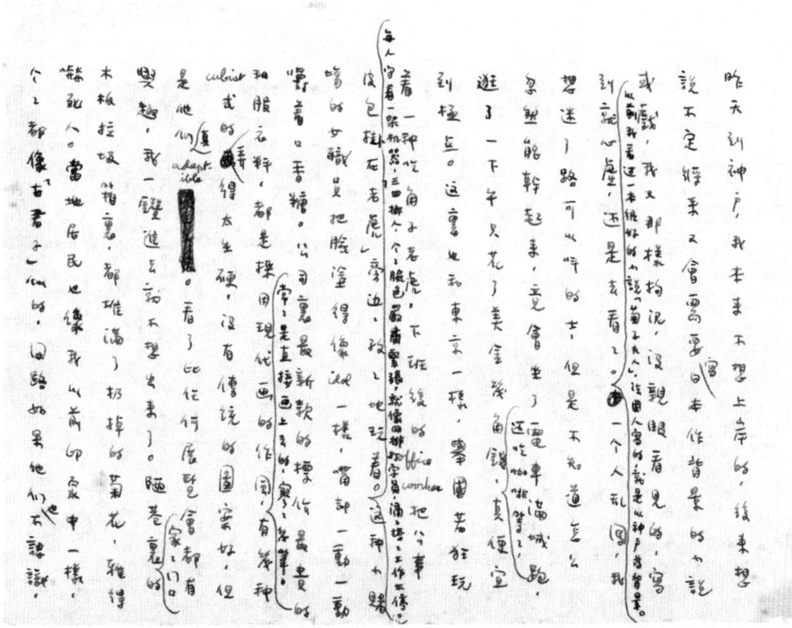

3. 「Dick」是理查德·麥卡錫（Richard McCarthy），五十年代派港，曾任職美國駐港總領事館新聞處的處長。張愛玲申請移居美國時，就由麥卡錫作保證人。

4. 原信因為信紙不夠寫在最前面，往後挪至信件署名最後。全書皆同。

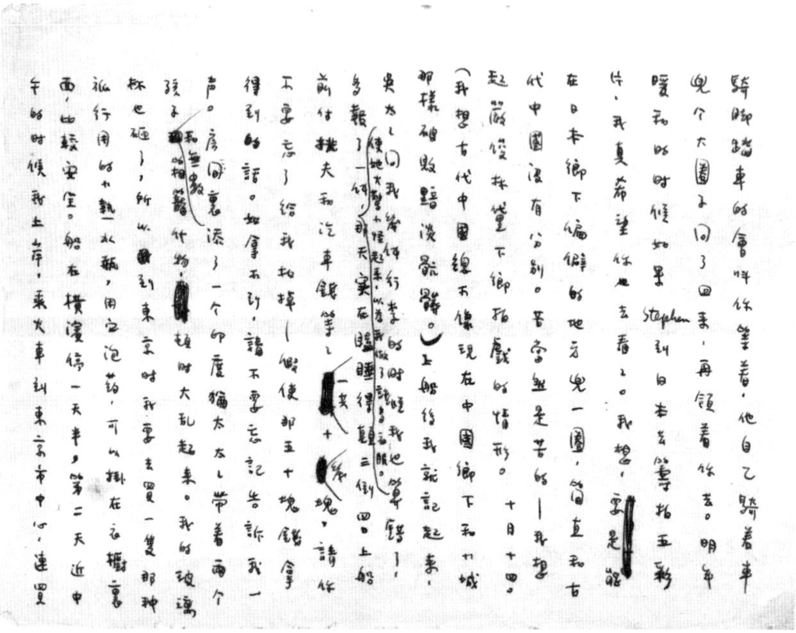

騎腳踏車的會伴你等着，他自己騎着車兒个大圈子回了回來，再領着你去。明年暖和的時候如果Stephen到日本去籌拍五彩片，我真希望你也去看看。我想，要是能在日本鄉下偏僻的地方兜一圈，簡直和古代中國沒有分別。甚至無是苦的——我想趁嚴俊拍攝下鄉拍戲的情形。十月十四。（我想古代中國總不像現在中國鄉下和小城那樣破敗黯淡骯髒。）上船後我就記起來，央太太同我搬行李的時候（使她大驚小怪起來，以為我做了什麼糊塗事）我也算錯了，多報了一件，那天實在瞌睡得顛三倒四。上船前付挑夫和汽車錢等等一共十幾塊，請你不要忘了給我扣掉（假使那五十塊錢拿得到的話。如拿不到，請不要忘記告訴我一聲。）房間裏添了一个印度猶太太太帶着兩个孩子（和無數的箱籠什物），頓時大亂起來。我的玻璃杯也砸了，所以到東京時我要去買一隻那种旅行用的小熱水瓶，用它泡藥，可以掛在衣櫥裏面，也較安全。船在橫濱停一天半，第二天近中午的時候我上岸，乘火車到東京市中心，連買

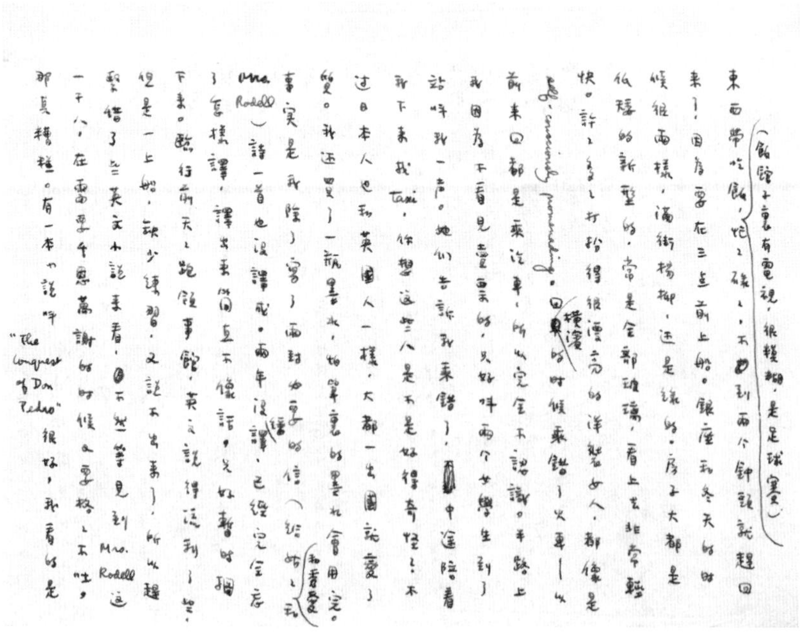

東西帶吃飯，忙忙碌碌，不到兩个鐘頭就趕回（飯館子裏有電視，很模糊，是足球賽）來了！因為要在三点前上船。銀座和冬天的時候很兩樣，滿街楊柳，還是綠的。房子大都是仿膠的新型的，常是全部玻璃，看上去非常輕快。許許多多打扮得很漂亮的洋裝女人，都像是[illegible] seemingly permanently。回橫濱的時候乘錯了火車——以前來回都是乘汽車，所以完全不認識。半路上我因為不看見靈靈的，只好叫兩个女學生到了站伴我一聲。她們告訴我乘錯了，中途陪着我下來找taxi。你想這些人是不是好得奇怪？不過日本人也和英國人一樣，大都一出國就變了質。我還買了一瓶墨水，怕單靠帶的墨水會用完。事實是我除了寫了兩封必要的信（給姑姑和[illegible]和青愛 Mrs. Rodell）詩一首也沒譯成。兩年沒繙譯，已經完全忘了怎樣譯，譯出來的句子不像話，只好暫時擱下來。臨行前天天跑領事館，英文說得流利了些，但是一上船，缺少練習，又說不出來了，所以趕緊借了些英文小說來看。不然等見到Mrs. Rodell這一下子，在需要千恩萬謝的時候又要格格不吐，那真糟糕。有一本小說叫"The Conquest of Don Pedro"很好，我看的是

袖珍本，看來銷路也不錯。船上電影看了許多，也有
一齣：The Longest [illegible] of Space：是好的。同船的菲律賓人常常在
太陽裏替小孩頭上捉蝨子，小女孩子們都是一頭鬈髮，顯得
老高，我看著實在有點害怕蝨子跳上身來，唯一的辦
法是隔幾天就洗一次頭，希望乾淨得使蝨子望而
卻步。三等艙除了人雜，一切設備也還好，吃得也很
好，可惜大部份是我不能吃的。我也只好放寬管
制，我的diet向來是以不挨餓為度。廿二日到火奴魯魯，
我上岸去隨便走走，聽說全城的精華都在Waikiki，我懶
得去。就碼頭與down-town看來，實在是個小城，港口也並不美
麗。但是各色人種確是嘻嘻哈哈融融洩洩，那種輕鬆
愉快，恐怕是全世界獨一無二的，至少表面上倒真是蕭伯納威
爾斯理想中的大同世界的預演。我剛趕上看到一個parade，各種
族穿著native costumes，也有草裙舞等等。有些美國人赤著腳走來走去。街上很多外國女
人穿著改良旗袍，胸前開領，用兩粒中國鈕子鈕
上。筆直的沒有腰身，高掖至地，下面又有開叉處滾著
半寸闊的短滾條。不知道你姊姊從前住在那裏的時
候是否就流行。日本女人也穿著改良和服，像nightgown。
袖子是極短的倒大袖，也同樣難看。當然天氣熱，服裝改良
是必需的，但是我相信應當可以弄得好一點。今天
廿四，收到你的信，如你預料的一樣驚喜交集。在
上船那天，直到最後一剎那我並沒有覺得難過，

又覺得忙亂和抱歉。直到你們一轉背走了的
時候，才突然好像轟然一聲天坍了下來一樣，臨
子裏還是很冷靜detached，但是喉嚨堵住了，眼淚流個
不停。事實是自從認識你以來，你的友情是我的
生活的core。我絕對沒有那樣的妄想，以為還會結交到
像你這樣的朋友，無論走到天涯海角也再沒
有這樣的人。那天很可笑，我正在眼淚滂沱的找
房間門牌，忽然一個人（並非porter）走來問，你是某某嗎？305號
在那邊。當時我也沒理會這人怎麼會認識我，後
來在佈告板上看見旅客名單，我的名字寫著Eileen
Ai-ling Chang，像visa上一樣嚕囌。船公司填表，有一項是
旅客名單上願用什麼名字，我填了E.A. Chang。結果他們糊
裏糊塗仍把整個名字寫了上去。我很annoyed—並不
是不願意有人知道我，而且事實上全船至多也
只有一兩個人知道，但是目前我實在是想remain anonymous。你替我
的箱子pack得那樣好，使我unpack的時候也很難過。當然
我們將來見面的時候一切都還是一樣。希望你一有
空就寫信來，但是一年半載不寫信我也不會不放心的，
總記是白天到晚惦記著的。我到了那邊，小的mishaps大概常常
有，大的不幸和失望是不會有的，因為我對於自己和美國都
沒有[redacted] illusions，所以你也可以放心。看見Dick時請替我
問候，希望他沒有扶病給Mrs. Rodell寫信。也望望Rachel。祝
愛玲 廿五日

Oct. 25, 1955
(Pres. Cleveland)

張愛玲致鄺文美，一九五五年十一月二十日

Mae，

我本來暫時不打算寫信的，但是實在很想念你，所以又寫了。我在船上寫的一封信和後來寄的一張明信片不知到了沒有？Stephen的書評我看了，寫得太好了，看了完全可以想像原著是什麼樣的。只有Shelley〔雪萊〕那句詩，怎樣由pronoun〔代名詞〕上研究出涵義，我看不懂，也不求甚解，只欣賞文字，已經覺得夠好了。我到了這裏後的經過，瑣瑣碎碎，自己寫出來都嫌boring〔令人厭煩〕，但是想必你不怕被bored〔煩擾〕。我在船上收到Fatima兩封信[5]，船到三藩市那天，兩封同時到的。除叫我住在她那裏之外，一定叫我在三藩市多玩兩天，有她一個朋友可任招待導遊和墊錢之職。但是你可以想像，我沒有那麼閒情逸致，所以還是當晚就搭飛機。那城市又像香港又像上海，（霞飛路一帶）雖有山，上山的路寬闊平坦。確是很美麗。我不要Fatima去接飛機，免得她和Mrs. Rodell在一起，使我應接不暇，所以我沒照她所說的打長途電話給她。Mrs. Rodell一人來接，她年紀不青了，大概有四五十歲，（但我向來估得不準，或者更大些）完全不打扮，但是trim & sophisticated〔整潔且幹練〕，又生得善眉善眼，太標準了。但我和她說話非常吃力——並不光是因為說英文的緣故。她告訴我CARE有一個shake-up〔改組〕，French和Mrs. Chapelle 都已辭職，經費almost evaporated〔幾已用盡〕，（這些都是我後來陸續自別處聽到的，她說話決沒有這樣blunt〔直截了當〕。）但是現在另有一個銀行裏的事我可以做。我告訴她我不打算做事，因為我不能同時做事與寫作。她很不以為然，認為儘可以晚上與週末寫。大概聽見我這話的人都以為我這人懶，或是那種自以為體弱多病需要保養的女人。但她也並沒有和我辯，只是take for granted〔理所當然地認為〕我非找事不可。我也無法多解釋，反正自己主意拿定就是了。我問她Scribner's有沒有提起給我advance on〔預付〕*Pink Tears*〔《粉淚》〕的話，因為Marquand〔馬昆德〕曾說他可以跟他們去說。她也已從Dick處聽到關於Marquand賞識《秧歌》的話，但是聽了這話滿臉不快，彷彿越過她的頭上去了，她和Scribner's說了不靈，別人去說還會靈嗎？我也想到這一點，但我如不問她，怎麼

知道Scribner's那邊的動靜。寫信給Marquand也無法提起，而我急於要知道。她回答說「沒聽見說，但我相信他們終究會給你advance的。」彷彿他們本來是要給的。——而她上次明明說他們已拒絕了。……Fatima本已和她通過幾次電話。我告訴她我和Fatima是老朋友，和姊妹差不多，住在她那裏比較安心些，她也很諒解。那天下午她去探一個要好朋友的病，（那朋友次日就死了，所以她心境很壞）我一個人在她公寓裏睡午覺，晚飯後Fatima來，接了我一同去。Mrs. Rodell的房間佈置得正如其人，雅淡細緻，書架上只有全套的*The Newcomes*與Proust〔普魯斯特〕，大有「×代之後無人」之概，使我想起姚克的見解。飯後來了她的一個女友，完全talk like a book〔咬文嚼字〕，滿口「One is somewhat puzzled by...One can't help being...」我從她的女秘書處聽見說Mrs. Rodell 也handle T.V. scripts，但我現在決不跟她說我對T.V.感到興趣，免得她alarmed〔起了心思〕——又要loaded with things she can't sell〔把她賣不掉的東西攬在身上〕。她很喜歡那套餐巾桌布，總算那天你沒白陪我跑一趟。我對她也已made a number of little speeches〔我已經給她一些短訓話〕，該說的都說了，別人聽着不以為奇，在我已出了一身大汗。Mr. French我也已打了長途電話去謝了他，又把圍巾寄了去。Mrs. Chapelle 在Calif.，不久即回。她寫了封信來問我要不要借用她的公寓，把她的鑰匙也寄了來。我趕緊回信去千恩萬謝一番，把鑰匙又寄了回去。手帕等她回來再送。聽說她正要離婚，那C字手帕豈不是不適用了？這真是無法預知的。……Fatima住在一對蘇格蘭老夫婦家裏，the Davisons，他們人非常好，但愛乾淨得出奇，我姑姑的潔癖和他們比起來真是小巫見大巫。曾經有一次，老頭子半夜敲門把Fatima叫起來，告訴她臉盆裏有一根頭髮。我在那裏每洗一次澡，浴後洗浴缸的時間比洗浴的時間多上一倍。Fatima找了幾個朋友開車子出去兜圈子，看紐約的夜景，幾家最好的時裝店櫥窗，（聽說那是全世界最好的，因為巴黎的時裝不陳列在外面）和Greenwich Village的queers，我看得非常滿意。如果不是想在這裏久住，一定會從早到晚在外面跑着看。紐約真像上海，不過一切都加強。同時却又比較mellow〔醇厚〕。上海較flashy〔浮華〕，大概因為那種都市文化是外來的，不是本土的。我不知

5.「Fatima」即炎櫻。

道為什麼，常常忘記身在異國。這並不是說我覺得at home——不過我在這一點上不像有些人那樣敏感罷了。同時我大概寂寞慣了，所以也不嫌寂寞。Fatima知道這Brandon Club非常便宜，她一度曾經想住在這裏的，一星期十八元，包括兩頓飯，合算大概比單獨住便宜不止一半。起初他們沒有空房間，我預備先在YWCA住兩三個星期，那裏也客滿，只有一個很貴的房間。我看着報上的分類廣告，想找個便宜點的residential hotel暫住幾星期，居然坐着subway〔地鐵〕到處跑着看房子，心裏不由得暗笑，你如果看見了或者會覺得奇怪，Dick也會覺得奇怪——他不是說紐約這樣大的城市，我簡直不能單獨出去，一定要迷路。事實是我時時都迷路，不過到處有人可問。看定一家旅館後，付了一星期房錢，回去拿箱子，事情也真巧，Brandon Club忽打電話來說房間有了。又得去退旅館房間，當晚就搬了去。這裏一切都還不錯，我想在我單獨住得起公寓之前，決不會搬了。搬到小城去住，也不會比這便宜。我一安頓下來就找plays看，預備改編一個中國電影劇本。也真是運氣，你們給我安排好這條路在這裏。這似乎很危險，住在紐約，却靠寫中國劇本生活，但是我相信兩個劇本寫下來，混過一年半載，一定可以找到別的出路。現在正在改編一個英國的鬧劇叫*To Dorothy, a Son*中文可以叫《兩婦之間》或《兩婦之間難為夫》或《人財兩得》。*French Without Tears*大約兩三個星期後可以借到。Stephen給我定的一本如果來不及cancel，就讓他們寄來好了，因為圖書館借的不能久留，要用的時候又沒有了。……Mrs. Rodell問過幾個律師關於我在這裏的法律上的地位，都說沒問題。我覺得我幸而走得快，否則CARE的job〔工作〕有了變化，那邊知道了之後豈不又費周折？我在香港的時候一直有點擔憂「遲則有變」，所以性急也是因為這個。Fatima曾向Mrs. Rodell擔保如有必需，她對我的生活負責，所以Mrs. Rodell也不那麼急着替我找事了。我相信我不會需要靠Fatima，但是有她這樣熱心，無論如何也是個advantage。昨天晚上我起了個課——雖然我對它的信心起了動搖，它究竟有八九成靈驗。問的是今年陰歷〔曆〕年內運氣可會好轉。得到「上上，上上，中下」「一帆風順即時揚，穩渡鯨川萬里航。」課上屢說退休，你看了不要吃驚。兩三年前我也起到這一課，也是問流年運氣。也並未退休。它不過是說我在待人接物方面須要自知藏拙而已。這課書真是我的一個知己。——寫到這裏，正想說起前兩天我寫了封信給胡適之，告訴他我在這裏，並提起我想找點繙譯的事做。竟有這樣巧事，馬上有一個電話來，是胡適之！他說我寄來的中文書，被海關扣留了半年多，他本想收到書後寫信去的，所以躭擱着沒寫。英文的《秧歌》他買了許多本分送朋友，所以可以說曾幫着推銷。（Dick確是忘了告訴Mrs. Rodell寄一本去給他）他說明天下午來看我。我真高興極了。你下次來信，務必把office〔辦公室〕的動盪局面詳細講給我聽，因為上次正說到「且聽下回分解」的關口。你的小白鐘現在站在一個shelf〔架〕上，我仍舊像看見它在你的長白櫥上[6]。

十一月九日 *11/9/55*〔後加〕

我告訴Fatima胡適之到宿舍裏來看我，她說，「What! In that dump?」〔什麼！去那髒地方嗎？〕胡適之的確是個聖人模樣，我想你們看見他也不會失望。他告訴我如寫信給你們，提一聲說他一定會寫回信給Stephen的，這一向實在忙，所以還沒寫。——仔細的印象我下次有空再描寫給你聽，現在這封信也已太重了。後來胡適曾有信來講我祖父與他父親的事，下次附寄給你看。Fatima告訴我，Freud的孫女最近到紐約來，她父親問她想要什麼東西，她說了幾樣，有一樣就是要見見胡適。後來也見到了。Dick介紹我去見Frillmann，或者有什麼繙譯的事可做，我打算寫信去約時間。Dick生病我想寫封信去問候，至今還未寫，想等見到Frillmann後一併寫信去謝他。Scribner's的編輯上星期找Mrs. R.與我吃飯，我那兩天有點不舒服，沒去，所以至今還沒見到Scribner's的人。昨天收到你十三日的信，看到你office〔辦公室〕的事非常欣慰，如果你做Modic〔莫迪克〕的助手，與別人隔離，真是再好也沒有了——under the circumstances〔在這情勢下〕。今年此地非常流行深藍綠色，你的顏色正是「當令。」現在我正忙着寫劇本，希望兩星期內能寄來。說不完的話，等下次再寫了。現在早起早睡，完全正常，也真是賤脾氣。總之一切都舒服愉快。

愛玲 廿日 *11/20/55*（後加）

6. 這「小白鐘」指宋家一個Westclox Baby Ben鬧鐘，張愛玲赴美時，鄺文美送給她留念。一九五六年七月三十一日張愛玲致鄺文美信又再提起。

張愛玲致鄺文美，一九五五年十二月十三日

Mae，

我趕着要上郵局去把這劇本寄掉，所以來不及寫信了，只好明後天再寫。你十一月廿四的信已收到。我一切都好，希望你們這一向也一切順心。

愛玲 十二月十三

張愛玲致鄺文美，一九五五年十二月十八日

Mae，

前幾天寄劇本的時候我說立刻就會寫信來，但是這兩天剛巧不想寫信，因為這兩天有點低氣壓，不能代表這一向的愉快的心境，不免給你一個錯誤的印象。低氣壓的原因是Taplinger改變主張不要出版《赤地之戀》——這倒也沒有什麼，本來我拖了半年多想找別的較好的出版公司，一直就知道有這個risk，而且stakes〔冒的險〕也很小——但他馬上接上去就要我翻譯徐訏的小說，還想叫我替他rewrite一下，卻使我咽不下這口氣去。明知Taplinger只是個極小的組織，Frillmann也曾經告訴我他認為Taplinger的讀者對象too limited，行不通的，但是我大概氣量太小，仍舊有一種degraded〔被貶低〕的感覺。當時Marie Rodell覺得好容易替我找到一點翻譯工作，很怕我又一口回絕，所以我只好說我沒法替徐訏rewrite，但我可以譯一兩個sample chapters給他看。Taplinger現在交給我一本《爐火》，要我先寫個synopsis。

Dick介紹我去見Frillmann，Frillmann似乎很熱心，一口氣替我出了許多主意，並且說如果能幫助我出名，對於他們Free China Fund的宗旨是有益的。但他顯然是個「老油子」，和Dick不同，說的話多少得打個折扣。我把《赤地》稍微刪改整理了一下，和"Spy Ring"〔英文〈色，戒〉〕一同寄

去請他想法子，雖然希望很少，人家肯費上時間心力幫忙我總是感激的，昨天寫了信去謝Dick。Marquand到N. Carolina〔北卡羅來納〕過冬去了，說明年一月裏到紐約來。我來此後寫信給他，只說了些我對紐約的印象，但是我把兩篇短篇小說修改後寄去給他看。他說他帶到南邊去看。我很希望他能設法幫我賣掉它。（這一點我沒告訴Dick，因為根本希望極渺茫。）對Scribner's說項的事他沒有提，想必後悔了，我想即使正月裏見到他也許也仍舊不得要領。Scribner's的人我至今也沒見過，上次他們的編輯請吃飯，我重傷風沒去，此後那人有jury duty〔陪審員工作〕，沒有空，現在Marie又到Florida去了，所以根本不通消息。胡適之說Harvard有點東西要找人翻譯，向他問起，他把我的名字交給他們了。但是迄今音信杳然。——說了半天全不是好消息，但是實際上我自從來了之後一直非常愉快，一大半的時候都是笑容滿面，現在已經重了八磅，可不能再胖了，否則衣服全不能穿了。帶來的衣服都很合用，除了那件湖色短襖外都已穿過，那是因為我最喜歡那一件。我買了一件羊毛夾mohair的厚大衣，黑色上面有灰色絨毛，看着像灰黑色。有個圓的yoke，袖子在肘彎上蓬得很大，像Renaissance style，穿着很顯胖。（那種式樣標準的皮大衣我看看還是買不下手去。）從前在*Coronet*上看到一篇文章說紐約有一家公司專賣便宜貨的high fashion，所以我特地跑到那裏去買，路很遠，回來的時候剛趕上subway crush，把紙盒子也擠破了，總算也嘗到那種滋味。

*French Without Tears*收到了，真是謝謝！不知道多少錢？我正用得着，因為圖書館借來的一本明天就得去還了，而我正要開始改編它。《人財兩得》如果太長，前面有些場子太冷可以刪掉，如果Stephen沒空刪，就交給導演刪好了，我絕對不介意。根本這劇本就是七拼八湊的，原著倒有一半不適用，需要添改。改編大概總是這樣。你寄來的《新生晚報》大概要一年半載後才到，因為他們對中文的東西查得很厲害。Stephen的影評有兩句看了真發鬆，俏皮極了，說得也真有道理。昨天我第一次去看電影，看了*The Rose Tattoo*，很新鮮大膽，但是不完全成功。Anna Magnani確是好。此外我只在ＴＶ上看了*The Captain's Paradise*，果然好極了，可惜一直被commercials打斷，情調全失。我一共只下樓去看過一次ＴＶ。一天忙到晚，晚上很早就瞌睡了，但是總要忙到十二點多才睡。一個月前我破例買了一份報，心裏想我可以看看星期日的新聞總結，免得與世事脫節。不料至今沒空看，新聞已

成舊聞。

你說遊山，廟裏老尼說「有公事」，我笑了半天——實在叫人嚇得逃走，仿佛被她當作大施主了。真想不到你們附近的山上竟別有天地。耐冬家裏鬧鬼，真有趣。她越來越像個連載小說了。

我仍舊無論什麼事發生，都在腦子裏講給你聽——當然是用中文，所以我很不贊成，因為我總想一切思想都用英文，寫作也便利些，說話也可以流利些。但是沒有辦法，這是一個習慣。你的滾黑邊的灰旗袍藍旗袍一定好看極了。我的袍叉已算特別低，但是此地宿舍的主持人（a major in the Salvation Army）再三對我說袍叉太高不成體統，叫我縫些起來。你想我怎麼能自己一件件的縫？這是各處風俗不同，此地的人對於露胸不大在乎，露點腿就大驚小怪。……此處還有，他們對住址非常snobbish〔勢利挑剔〕，我來之前就知道，你記得我對你說住在ＹＷＣＡ不妥當。現在我這宿舍比ＹＷＣＡ便宜得多，地域也更shabby〔破舊〕，害得Marie總是很難為情的對人解釋：「Eileen went and found herself a sort of residential club」〔愛玲幫自己找了類似住宅俱樂部的住處〕——已經不止一次聽見她這樣說了。她是不好意思勸我，the right thing to do 是在一個講究些的區域分租一間房間，設法別處刻苦些，也許每月也不多花多少錢。但是我雖然知道，也毫不理會，因為住在這裏既省事又省錢，而我實在又忙又懶。要搬要等到我能夠單獨住得起一個單間公寓的時候。

Fatima有一次拿到免費券看一個新musical "Pipe Dream"，是根據Steinbeck的小說*Sweet Thursday*改編的。看在免費面上，我也去看了。是Hammerstein〔漢默斯坦〕監製的，有opera star Helen Traubel演一個老鴇。評論很好，但是我實在不愛看歌舞劇。舞台上的比銀幕上的確是不同，有一種charmingly amateurish & unfinished quality〔迷人的業餘感和尚待完成的質地〕，簡直像個school play。開演後，門口擠滿了stage-struck的年青人在聽隔壁戲，我真不明白他們為什麼這樣着迷。給我看真是白糟蹋了。

胡適之說Stephen曾有信給他提起我，真是謝謝。Thanksgiving Day他們找我去吃飯，剛巧我不在家，到Marie Rodell處去了。後來我到他們家去過一次，見到胡太太。胡適之給了我一本他批點的《秧歌》。

《秧歌》的German rights賣了四百元，但是要躭擱很久才拿得到。

天冷得馬路上的manholes縫裏直冒熱氣，一絲絲的白烟飄舞。我前一向重傷風感冒，發得特別厲害，拖了兩星期，後來找到個醫生打補針，才好了。一次打兩針（B12與liver），要五元，真貴。我開始一星期打兩次，現在一星期一次。

Fatima並沒有變，我以前對她也沒有illusions〔幻想〕，現在大家也仍舊有基本上的了解，不過現在大家各忙各的，都淡淡的，不大想多談話。我對朋友向來期望不大，所以始終覺得，像她這樣的朋友也總算了不得了。不過有了你這樣的朋友之後，也的確是spoil me for other friends〔寵壞了我，令我對其他朋友都看不上眼〕。

有一天我翻到批的命書，上面說我要到一九六三（！）年才交運，（以前我記錯了以為1960）你想豈不等死人了？「文章憎命」那種酸腐的話，應用到自己頭上就只覺得辛酸了。

這裏常常有鴿子撞到窗上來，使我想起你那裏啄窗的鳥。你母親不知Xmas〔聖誕節〕後幾時來？你的job〔工作〕我現在聽聽又覺得還是原處好，你說你在那裏像大家庭裏的姑娘，比得真有道理。替人改寫稿子實在太苦了，太不值得。現在大概已經決定了？我真希望你沒有顧情面，委曲了自己。

愛玲十二月十八夜 *1955*〔後加〕

下次你寫信時請告訴我陰曆年是幾時，我很想知道。

張愛玲致鄺文美，一九五六年一月十四日

Mae，

好久沒寫信，但是沒有一天不至少想起你兩三遍，總是忽然到腦子裏來一會，一瞥即逝。《新生晚報》與你聖誕節後的信與Stephen的談詩的文章都收到了，這一篇真寫得太精彩了。我記得他也說過中國舊詩不限抒情，可以發議論等等，認為詩應當是這樣。但是當時我根本沒聽懂，寫出來就容易懂了。這篇文章裏也有我完全聞所未聞的，也有我一向模糊地感覺到，「知其然而不知其所以然」的，這裏却說得頭頭是道，看了真覺得痛快。發議論的詩的好處我一直不能領略，這裏引的詠阮籍的一首却連我也覺得好。〈詩的教育〉那首詩，我看了更加打消了譯詩的念頭。我在船上譯不出詩，我疑心也是因為看了Stephen譯的，（你記得你們拿來給我看的）因為我向來非得多看壞書才能動筆。當然這也許是「拉不出屎來怪茅廁。」

《赤地之戀》的radio script寄來後我草草看了一遍，覺得太蹩腳，但是毫不介意。實際上是如果叫我編，錢那樣少，我也不會編。自己既不編，又霸着不許別人編，似乎沒這道理。況且是他們的property。Radio rights不記得合同中有沒有提到，但VOA如不改編它[7]，也沒有其他什麼電台會要。這本書被劣手改編與被冷落遺忘，同樣是不幸，在我看來也沒多大分別。而且再進一步來講，一般public〔大眾〕的鑒別力這樣低，如果戲是我自己編的，就算是public的反應略微好一點，差別也微乎其微。我這並不是embittered〔忿忿不平〕的話，你仔細估計一下就知道事實是如此。所以我絕對沒考慮到給Dick寫信，費上許多時間打筆墨官司，太不犯着，而且Dick至多給我來一封外交辭令的信，其他也決不會有什麼舉動。你說應當寫兩句意見給Raymond他們看，所以我在這封信後面寫了一段P.S.，你如果順便，就拿給他們看看。不知道有沒有廣播過？Cast聽上去倒「彈硬」，我討厭劉琦是另一回事。Script上說中英文本都買得到，不知道英文本究竟出了沒有？我不懂你信上為什麼很抱歉的樣子，希望你千萬不要這樣客氣，當面說話你也從來沒有這樣客氣過。

Doubleday的*omnibus book*已出版了，只寄了一本來給我。厚厚一本，印刷還好，但封面連個title

也沒有，零亂散漫，極不醒目。除《秧歌》外包括*The Virginia Exiles* by Elizabeth Gray Vining，*How to Live 365 Days a Year*（通俗醫學）還有一篇名人故鄉的考證，一篇關於狗的半科學性文字，幾頁漫畫，幾頁Louisiana風物照片，整個枯燥而又收集得沒有系統，我看了直搖頭。

Marquand有信來，說他喜歡那兩個短篇小說，尤其是"Spy Ring"。說我的agent〔經紀人〕如賣不掉，他想只是因為讀者不熟悉上海的背景。他建議投到《紐約客》去，如他們不要，再試*Harper's*〔《哈珀斯》〕，*Atlantic*〔《大西洋月刊》〕。又說「It occurs to me that if you were to do about eight more stories along the lines of the two you have showed me, they would make a very good book of short stories even though very few people appear〔原稿appears〕to buy short stories in book form.」〔我又想到，若能依照你寄來那兩篇的思路，再寫大約八個故事，就可出一部很好的短篇小說集了，儘管似乎很少人會買結集成書的短篇小說。〕我覺得他不大helpful〔幫得上忙〕。他說要到春天才回北方，我想即使見到他一定也得不到什麼切實的幫助。現在Marie Rodell也在南邊，得等她回來了再把這兩篇改寫過的交給她，再設法去賣。（她根本已完全忘記了）暫時我不打算plunge into another novel〔投入另一本小說〕。《金鎖記》後半的內容始終不確定，mood〔心情上〕是反正已evaporate〔散去〕了。還是先寫兩三個短篇，倒不是想出書，純粹是想賣給雜誌，三篇性質完全不同，試試哪條路走得通。我的打字機終於壞了，得要買，但聽說舊的可折錢，總算沒白帶來。——《新生晚報》真有興趣，現已看完。謝謝你。

你的job〔工作〕已定規了沒有？你的沙喉嚨我記得很清楚[8]，實在很好聽，和你平日的喉嚨是一底一面，（像一件淺色衣服的黑綢裏子）希望你這一向除了喉嚨外沒生過別的病，家中大小也一個都沒有病過。我近來身體很好，發胖已停止了，又「回瘦」一點，但比離開香港時好得多。我說喜歡紐約，究竟不知道喜歡它什麼地方，舉兩個具體的例子，譬如花店裏賣的油漆過的枯枝，漆成

7. VOA即美國之音，全名Voice of America。
8. 張愛玲對鄺文美的「沙喉嚨」有很深印象，別見一九五九年十一月廿六日張愛玲致鄺文美信。

珊瑚紅或淡藍或白色。（像是梅樹或桃樹的枝子）插瓶比蘆花或catkins〔銀柳〕還要耐久好看。又有些店家，二樓整個樓面闢作櫥窗，望進去空空洞洞，一片金棕色的黃昏，裏面只有兩三隻紫藍交錯的大蝴蝶，貼在玻璃窗上。使我想起你那蝴蝶盤，不過更大更簡單。有一家信托公司，上下幾層樓統統一片空明，最下層的一角有一隻鋼灰色的巨輪。（我想起北角那家工廠。）此外如女人的髮型衣飾，大都是extreme而又單純的，使我每次出去都看見無數賞心悅目的東西。

CARE曾叫我到那裏去一趟，以清手續。有一個人向我道歉一番，說辭去的人很多，如要添人，得儘先用他們，etc. 但我「暫時」可做他的書記。我知道我做不來的，當然也沒做。後來他們又寫信來，說State Employment Office〔就業發展局〕說或者有工作給我做，叫我contact他們。但我寫了信去，也並沒有回音。現在我唯一的問題就是目前的生活。錢已經用得不剩多少了。（我來了之後只做了一件奢侈的事——配了一副隱形眼鏡。現在改良了，什麼麻煩也沒有，瓜子殼似的小薄片黏在黑眼珠上，完全看不出〔如果不是留神看〕。）《秧歌》German rights的錢不知道要什麼時候才可以拿到。我希望Stephen能夠替我先拿到一隻劇本的錢，寄支票來就行，因為我現在有個銀行存摺。（如果電影公司方面有什麼話，有使Stephen覺得為難的地方，請千萬老實告訴我。）

我曾經把《赤地之戀》的中部（自大遊行起）寄去給Frillmann看。他打電話來很窘的說，他和他太太看了劉荃戈珊那些戀愛場面，興奮得一夜沒睡。我也就take it as a compliment〔當成讚美〕，不去深究。他認為此地不能出版，只能摘出來賣給pulp magazines〔廉價的小說雜誌〕。後來Taplinger說不要出版了之後，我又把全書的油印稿修改了寄去給Frillmann。但至今消息沉沉，看來Frillmann也是「口惠而實不至。」不寫了，得到郵局去寄信。Grace Kelly〔葛麗絲．凱莉〕的訂婚你覺得如何？她進戲劇學校時曾住在我們這宿舍裏，女黑人廚子還記得她。

愛玲 一月十四日 *1956*〔後加〕

P.S. 《赤地之戀》的無線電劇本收到了，實在有點不忍卒讀。當然我知道改編的困難。可是我覺得最低限度仿彿應當做到正反分明，而這裏開始的時候在火車上，劉荃說的話卻處處引人起反感，張勵倒成了個較使人同情的角色，至少給我的印象是如此。其他我也不想多說了。

愛玲 一月十四日

我剛看了TV上的Noel Coward〔諾爾．寇威爾〕自導自編自演的*Blithe Spirit*〔《天倫之樂》〕，Claudette Colbert〔克勞黛．考爾白〕演妻，Lauren Bacall〔洛琳．白考兒〕演鬼，舞台風味很濃，好極了。聽說Colbert和Coward排戲時大吵。她的角色確不討好。

張愛玲致鄺文美、宋淇，一九五六年二月十日

Mae & Stephen，

Mae一月廿日的信和Stephen的掛號信都收到了，真是謝謝。收條附在這裏寄了來。我真高興Stephen沒把第二個劇本拿到國際去，因為我本來想囑咐一聲，先捺些時再拿去，免得人家以為我粗製濫造，不知怎麼寫信的時候匆匆的忘了提。我不能不一口氣連寫兩隻，因為剛寫得手熟。長久不寫電影劇本，連最基本的常識都忘光了——我向來無論做什麼事都是這樣，像翻譯，或是寫英文，都是一擱下就荒疏了。——寫完之後我又得要趕緊寄掉，否則我總無法完全撇開它。（《情戰》也可以叫《情場如戰場》。）

我寫了一個短篇小說"Stale Mates"，就是我告訴過Mae說一直想寫的〈五四遺事〉，寫出來偏於諷刺滑稽，惆悵的情緒較少，大概是因為外國人對於我們五四的傳統沒有印象，我又覺得不能加上太多的解釋，因為這故事宜短不宜長。但是我自己看看很滿意，Mrs. Rodell也認為比以前的幾篇好。我總是等不及想給你們看，過幾個月如果還沒賣掉，我會寄一份來。

聽Mae說的忙碌的情形實在可驚，憑空多出那麼許多事。我真想建議下次你代買東西的時候，把你的忙說得嚴重一點，只買一小部份，其餘先給拖着。人的良心往往是不太敏感的，很容易take things for granted〔視為理所當然〕。幾次一拖，也許新的差使會少些。Winnie想必還沒離開香港？翠蘋來了沒有？我希望你沒累得生病。

我看見Scribner的Brague。這人倒還好，仿佛很忠厚，保守性。（我疑心Scribner的人都是這一類的。）他問我*Pink Tears*有沒有寫下去，我說我在那裏寫短篇小說和中國電影劇本，長篇risk太大。他很發急似的說必須快寫，否則《秧歌》要完全被忘記了。（其實早已忘了）我說我這樣做只是為了必要，長篇一寫至少一年，靠什麼過活。他說，「你不能一面寫別的一面寫*Pink Tears*嗎？」我覺得他們實在可惡，我說「No, the mood will evaporate.」〔不成，寫作情緒會散失。〕結果他總算mumble〔咕噥〕着說去設法弄advance，同時還有一個MacDowell Colony〔愛德華・麥道偉文藝營〕，或者我可以去住一個短時期。（按規矩是只能住一兩個月，但也許可以展期）這是在New England的一個artists' colony〔藝術村〕，publishers可以介紹writers去住，膳宿免費，不過現在他們已經介紹了一個人在那裏。——事實是*Pink Tears*在兩個月內決寫不完，但是多少可以省點錢。當時我答應說願意去，後來我又想到我現在住的這宿舍很擠，有一個長長的waiting list〔候補名單〕。離開兩個月恐怕不會再有空房間，這樣便宜的地方實在難找，全城獨一無二。我告訴Mrs. Rodell也許結果反而多花錢，但她還是認為值得。現在這colony已寄了一份章程來叫我儘早申請，（因為夏天人擠，有些人借此下鄉避暑。）那地方有山有湖，每人住一個bungalow〔小屋〕在松樹林裏，冬天有壁爐，log fire〔可以燒火〕。可惜我的腦子太不羅曼諦克，只愁不會生火，三月裏仍舊冷，會生凍瘡，整個人凍結得寫不出東西。而且for "screen porch" read "mosquitoes."〔「陽台紗窗」意味著「有蚊子」〕但是我想我會去的。明天我去看牙醫生，看裝牙齒需要多少時候，再決定是不是馬上申請。上次我告訴Mae不能決定*Pink Tears*下半部怎樣，現在已和Mrs. Rodell討論過，她認為可以完全不要，plot不要太複雜。我也覺得現在這故事發展得和從前很兩樣，前半部已經成了個獨立的故事。這思想上的癥結一除去，我就又可以寫下去了。——《秧歌》想出English edition，英國出版公司不要，說「too light.」不知什麼意思。除非是physically，書本太薄。

Stephen到西貢去我覺得非常有興趣。現在那裏是不是平靜下來了？國際和邵氏你搶我奪，也像Mae被總店和支店搶奪一樣，你們都成了香餑餑。嚴俊和李麗華搭檔，倒真想不到，真是曲折離奇。劇本我以後還是願意寫的，請你隨時替我留心。

我看了一齣話劇*The Chalk Garden*〔《風雨故人情》〕，風格很別致，雖然是普通的寫實的戲，台詞與delivery〔表演神態〕都夾一點stylization〔格式化〕，不大自然。在我看來很新奇。三個女主角都是British imports〔來自英國〕，演得好極了。最後的change of mood真快，本來滑稽，忽然兩人中有一個的面部表情略微變動了一下，再加上寥寥兩句對白，就表現出一種苦境淒涼，慘到極點，簡直使人掉眼淚。上次我看的musical *Pipe Dream*聽說口碑極壞，我聽了很安慰，不然我總不明白我為什麼那樣不喜歡它。*Marty*我看了確是好。這裏的人對於看話劇當樁大事，看電影就沒面子，除非是法國影片。許多地方他們還保持着Henry James〔亨利·詹姆斯〕時代的snobberies〔勢利挑剔〕，這些我看得非常有興趣，而不覺得與個人有關，因為我究竟是外來的人，比較detached〔能從外邊觀察〕。他們和中國比起來簡直是unbroken tradition〔從未中斷的傳統〕，大概因為近百年來沒有什麼大動盪的局面，所以有一種新禮教漸漸形成了，人都一致化。

昨天一個聖瑪利亞的老同學約我出去吃飯，在一個中國館子，（寧波菜，很好）是兩個聖約翰畢業生開的。經過那一夕談和一頓飯，我才知道我對於中國人與中國菜as such實在一點也不懷念。簡直覺得索然無味，談話也隔膜很多。我寧可和宿舍裏任何一個girl說話。（宿舍裏有兩個中國女孩子，一個上海人，一個香港人，我也和她們談不攏。）Expatriates像小泉八雲和Henry James等都是個性上不大健全的，我雖然不是自動的expatriate，到了這裏精神上覺得愉快是事實。當然這也是個性的關係，但是無論如何，there's nothing wrong with being happy〔心情愉快自然是好的〕。

Fatima今晨動身赴日，幾個月後到沖繩，然後到香港，再到印度，埃及，經過歐洲回來，大約要到冬天才回來。我叫她在香港如有空就給你們打電話。她說回來後要找公寓和我同住，我告訴她經濟情形不穩定，不能作任何計劃。事實是我絕對不想和朋友合住，就連住宿舍也還多一些privacy〔隱私〕。各人用錢的方式也不同。我只喜歡大家一天到晚你來我往。但Fatima像一般忙人一樣，別人說話很少吸收。也許她看見Mae仍會告訴你預備和我同住。

《山河歲月》費了那麼大的事才買到，真是抱歉。托人帶如果費事，就請寄到Mrs. Rodell處，根本一年半載內我也用不着，慢一點也沒關係。日曆收到了，謝謝。小報上關於我的消息真可笑，和實際情形比起來真是dramatic irony〔戲劇性反諷〕[9]。這裏有一張Audrey Hepburn〔奧黛麗・赫本〕將演拿破崙的兒子的劇照。另一張照片是不是很像你們倆在爬山？有一天我忽然在報上看見*The Heart of Juliet Jones*，如對故人。想起和Mae隔着幾萬里的海水，真像是喝多了水似的飽悶得難受。

我曾經把以前那兩個短篇小說寄了一份給胡適之看，他看了一定很shocked，此後絕口不提，也不還我，大概因為還我的時候不免要加上兩句批評，很難措詞。《傳奇》與《赤地之戀》他看了也很不滿。上一代的人確是不像我們一樣的沉浸在西方近代文學裏，似乎時間的距離比空間還更大。我和Fatima到胡家去過一次後，也沒有再去找過他們。你知道我是too self-centered to be anybody's fan.〔太過自我中心，無法做別人的崇拜者〕別人對我一冷淡，我馬上漠然。見到Brague後證實Marquand絕對沒向Scribner's提起我，我也完全不放在心上。每一個人都是full of contradictions〔充滿矛盾〕，我的器量也時小時大，沒準。——徐訏的《爐火》我寫了個synopsis後，就音訊杳然，想必不要譯了。

信太重，不能再寫了。Mae忙，千萬不要給我寫信。我從來不覺得不放心。

愛玲 二月十日 *1956*〔後加〕

《人財兩得》你們看了笑，我真高興極了。下次來信請寄Mrs. Rodell處轉，萬一我不在紐約。

張愛玲致鄺文美，一九五六年三月十四日

Mae，

收到你的信後一直想寫信，但是因為我要在下鄉前趕完三章*Pink Tears*，此後又足足費了一星期

的時間奔走，作種種準備，同時牙醫生那裏也一直忙到最後才趕完，所以只好挨到下鄉後再寫信。昨天晚上剛到。公共汽車的大玻璃窗裏映出的雪景簡直像中國畫卷，枯的柳林映着雪。今天早上又下大雪。暫時我一個人住着一幢古雅的房子，一百多年前造的，但裝上了新設備，很舒服。風景雖好，我最欣賞的却是這裏的浴室。現在我要趕緊動手譯那幾首詩。你告訴Stephen我非常抱歉，但是我是真的看見壞文章就文思潮湧，看見好的就寫不出。以前我有《五四新文學大系》中的兩本，寫不出就拿來看看，奏效如神。從前我譯的那兩首Emerson〔愛默森〕我自己也很滿意，無奈今非昔比，那時候正譯得手熟。反正不管好壞，我總得把那五首儘快的譯出來，否則良心上太過不去，而且是你臨時趕着打出來的，使我實在抱愧。*Pink Tears*新的三章Mrs. Rodell說好，說要叫Scribner's看過之後就攤牌，到底要是不要。上次那editor當面答應，說有這colony管膳宿，他們再給定錢作為其他用項，後來又音訊杳然。我到這裏來是那編輯和Rodell和Marquand作保，Marquand仍在南邊，寫了一封很好的介紹信，下次我打一份寄給你看。聽你說的office情形一切好轉，我覺得真是「you can never keep a good man (or woman) down.」〔有能者（不論男女）始終會出人頭地。〕玲玲的耳朵真嚇人一跳。幸而吉人天相。被你一說，我也覺得《情場如戰場》比別的題目好得多，准定叫它。劇本如果還在你們這裏，你把別的兩個題目塗掉，寫上這個。《秧歌》的德文版權費已拿到。牙齒上花了三百多，希望住在這裏能省下來抵補。過了陰曆年後我一直接連鬧些小病，昨天在路上也不大舒服，今天仍舊精神不好，下次再談。我想請你給我買兩件夏天的袍料做了寄來，（希望你聽了不要頭大）也等下次再仔細說，尺寸也會寫明。

愛玲 三月十四 *1956*〔後加〕

我要在這裏住到六月底。來信可逕寄此地。

9. 戲劇性反諷，指劇中人的言行，有一些只得觀眾領會而自己卻懵然不知的含意。

張愛玲致鄺文美，一九五六年三月十九日

Mae，

前幾天寄的一封信想已收到。我譯的這幾首詩你叫Stephen隨便改削，不要問我。缺的兩三個花鳥名請他查出來填上。我住在這裏非常享福。昨天收到一封信，美國南部有人要買《秧歌》的舞台劇版權，雖是無名小卒，而且我深信這小說不宜搬上舞台，編出來也決不會上演，但想必多少可以有幾個錢進賬。這人是看到那omnibus書，我那牙醫生也有那本omnibus，我猜想這書銷路也許比原版本略微好一點。*Picnic*影片你看了沒有？我臨走時去看，得排長龍買票，我懶得去站在那裏喝西北風，就回去了。你這一向忙得怎麼樣？前些時你提起和Stephen有點小意見，所以情緒不大好，現在當然早已事情過去了。當時我看了就想跟你說，總希望你覺得你們的因緣是世上少有的，因為兩人都這樣敏感，中間沒有一點呆鈍與庸俗作為shock absorbent〔緩衝〕，竟能相處得這樣好。當然這是因為你是太理想的賢妻，但是有賢妻也不一定是好姻緣。以前我看見你的時候，常常想起有一本蹩腳文言小說《美人福》（民初李定夷著），作者的目的是想推翻《紅樓夢》以來的美人薄命的傳統，書中的美人個個吟詩作賦，而仍是福太太。寫得太欠真實感，但是居然被我親眼看到，真有這樣的人。（我不記得跟你說過沒有，屢次想說，不知怎麼打岔忘了說。）男人無論怎樣聰明能幹，在他所愛的女人面前常常會像孩子一樣的儇賴。我總希望你不要生氣，要把你們倆都當稀世之寶看待，珍重自己。——勸別人總是容易的，只有當局者才知道自己的難處。我風涼話一說一大堆，好在我知道你也不會嫌討厭。以前寫信因為是給你們倆看的，所以沒有提。……我收到我姑姑一封信，叫我不要還她錢，也不要通信，她大致一切照常，發生的事情也無從說起。當然我將來還是要還她錢的，反正現在也談不到，只好放在心裏。《赤地之戀》Frillmann既然無法推銷，我離開紐約前去拿了回來。Frillmann有兩個計劃，一是電視劇，演一小時，關於美俘為何「坦白」散佈細菌。（因為他們有guilt complex〔悔罪情結〕，覺得自己國內生活優裕，而看見中國如此窮苦，心中不安，所以「坦白」贖罪。——我認為這根本unsound〔沒根據〕，不是這麼回事。當然我沒說什

麼。）據說已找到sponsor，找一個名編劇家編這齣戲，那人忙不過來，拒絕了。Frillmann打電話告訴我「We're in a shibboleth.」〔我們面臨關卡〕有意叫我編，又嫌我沒有編電視劇的經驗。我一口就告訴他我不會編，還沒摸到電視的竅門。事實是，如果故事對勁，我一定願意嘗試，但是我決定不再浪費時間在與我性情不合的宣傳文藝上，結果一定一無所得。此外Frillmann還計劃將白居易的生平（根據Waley〔Arthur Waley〕的傳）編成電影，由美政府出錢，交給日本導演去拍。他寄了那本傳記來叫我看，我老實告訴他不適宜。——你告訴周裁縫說我望望他和他們老板娘，希望他們今年一切順心。我想請你替我買三四件袍料，你忙，千萬不要多跑——事實是我雖然疙瘩，只要托到人，就絕對不疙瘩，因為我知道你多麼忙，就這樣已經抱歉萬分。錢請你先墊着，等到《情場如戰場》的劇本費拿到的時候請你留下一部份，冬天我還想做一件緞面絲綿罩褂，（和我那件舊的一類）和兩件呢夾袍。現在我想要：

（一）花布袍一件或兩件——強烈明晰的大花，像你替我買的那件黃老虎紋的一類。顏色除淡藍外，什麼都行。

（二）淡灰shantung〔山東綢〕，滾黑邊如圖。窄的一道週身滾，左邊也一路滾上來。

（以上袖特短，露肩）

（三）（袖較長。）（a）黑shantung，此地很多，但香港恐怕仍舊沒有。

或

（b）鮮明的藍綠色，隨便什麼綢料，做單的夾的都行。

或

（c）北京店黯淡的藍綠色緞子，質地相當硬，上有本色竹葉。你記得我曾經考慮過用它做罩在外面的棉襖。滾黑邊如圖。

開叉與你的袍叉一樣高。衣領襯尼龍紙。請你叫周裁縫千萬用好的拉鍊，壞了簡直麻煩透頂。香港的衣領袖子長短有何變化，請你告訴我，讓我酌量改動，因為我不贊成像此地的華僑那樣老式。我並不等着要，只希望七月裏能收到。這樣囉唆麻煩，真是對不起，使你忙上加忙。剛才我翻翻一本《紐約客》，看見有一段說Alec Waugh的新書*Island in the Sun*是在MacDowell Colony〔麥道爾藝術村〕寫的，我聯想到自己在這裏大談衣服，畫圖樣，不由得內疚起來。不談了，趕緊去寫小說。祝

好

愛玲 三月十九晨 *1956*〔後加〕

附Marquand的介紹信一封給你看。我看了很高興，已寫信去謝了他。

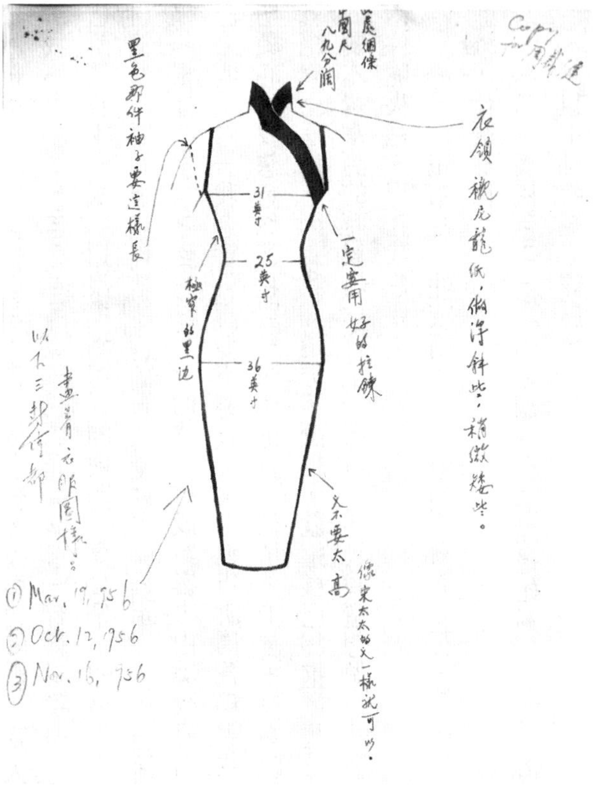

張愛玲致鄺文美，一九五六年四月十一日

Mae，

收到你四月一日的信，你的新窗簾新旗袍與宴會上談話情形一切都歷歷如在目前。現在你母親想必剛到，一定忙亂熱鬧萬分，你又了却一樁心事了。那看手相的人真太靈驗。每次聽你說起USIS那些狗皮倒灶的舉動[10]，總使我自慶脫離苦海，因為對於不會應付的人確是苦海，會處世的人則不過是一些小氣惱，不傷脾胃。謝謝你把Marquand的信給Dick看。我懶得特為寫信給Dick問我那本小說究竟出版了沒有，（他上次信上說大約三月十五出）你看見他時順便問一聲，再替我望望他們倆。你下次隨便什麼時候寫信給我的時候告訴我。Stephen上次說要到西貢去，我也是馬上就想起天氣。真是不去的好。這裏前兩天還雪深三尺，美景層出不窮，可惜遇到了我有點對牛彈琴。這裏有點像鄉間別墅式的收拾得很好，吃飯又當樁事似的，還點上蠟燭，害我也不免多費些時間把房間和自己都弄得很整潔，我手腳又慢，每天的工作時間比在紐約時無形中縮短，使我心裏不由得着急。我每天想到Mrs. Rodell的次數竟比想到你的次數還更多，因為渴望她來信告訴我賣掉點什麼東西。我也有可能夏天也在這裏一直住下去，但現在還不能知道。包裹由Mrs. R.轉，要她多付郵費，也許還是直接寄到這裏的好——如果你算着可以在六月卅日前寄到。但我是真的並不等着要，你等替你姊姊們買衣料時一塊買也是一樣。住在這裏優哉遊哉，我想到夏天一定會再胖些，上次開的尺寸腰圍廿四寸半，我想改為廿五英寸。你忙得睡覺的時間都不夠，我完全知道那情形，真覺得內疚。衣領請你叫周裁縫做得斜些，稍微矮些，像我在報上看見的那樣。——昨天收到你寄的報與《山河歲月》，真是謝謝。胡蘭成這本書實在寫得太蹩腳，憑良心說，簡直糟不可言。我本來希望他在這裏講些政治，但也無從摘錄。你說看到有些提到我的地方很有興趣，其實所引的我的話統統misquoted〔引用錯誤〕。但是我再一想到另一方面，他所說的話我全忘記了，而要查參考書，不

10. 「USIS」就是美國新聞處（United States Information service）的英文簡稱。

由得失笑。——你看我用原子筆寫信，也許以為你給我的筆被我丟了。並沒丟，但不知怎麼不吸墨水，需要修。已經十一點了。明天還得起早，下次再談。你說的九龍渡船上的霧，我簡直就像站在船闌干邊一樣。

愛玲 四月十一夜 *1956*〔後加〕

張愛玲致鄺文美，一九五六年四月十八日

Mae，

我本來暫時不打算寫信，但是這兩天因為換季，一試衣服發現我住到鄉下來後又已經胖了不少，現在足有一百十四磅，我猜想。我也不打算減肥，因為我覺得還是胖些好。這裏也沒有人給我量尺寸，我想旗袍還是不要做為妙。如果你已經替我買了料子，請你先放在那裏。如果已經做了，也請不要寄來，先給我保存着，以後還可以改。為了這兩件衣服給了你那麼許多麻煩，還要一次次寄許多instructions〔說明〕來，我真說不出的抱歉，希望你不要生氣。Scribner's看了*Pink Tears*的一半，（八章）只肯take an option〔拿優先權〕，給了四百元。我好像記得以前《秧歌》的option是五百元，因為後來沒給，給了一千元預支版稅，所以我記不清了。不知道他們是不是想着我住在這裏生活已有着落，而且也一半要歸功於他們。總之使人覺得不痛快。現在我又寫完了三章，正在打。三蘇的怪論和今聖嘆論各種文體譯的歌看得我笑聲不絕。希望你這裏一切照常——那就是說非常愉快。

愛玲〔月份不清楚〕十八日 *1956*〔後加〕

張愛玲致鄺文美，一九五六年六月十一日

Mae，

你五月廿一的信上說到忙與累與病，使我看了心驚。當然忙累到一個程度，病也是意中事。我希望你前一次的病不比平常發時痛苦。這一向希望沒再病過。Stephen的流行感冒已經好了吧？我前幾天也不舒服，老毛病頭痛嘔吐，今天剛起床。住在這裏，就是可惜這些人太好太週到，一天到晚送湯送水探問等等，fuss〔過份體貼〕得使我不安，不然我連睡一星期也習以為常，但是第四天上我就着急起來，只好聽她們的勸告請醫生來看，結果醫生照例告訴我一點也沒有什麼，大概只是migraine〔偏頭痛〕。

你即使不是正趕着母親回來，沒添出額外的應酬，也已經夠忙的，我永遠詫異你能坐下來寫長信，從來不納悶怎麼許久沒收到信。同時我對你們的一切都有一種信任與樂觀，所以從來不覺得不放心。你母親回來後興致怎樣？身體可好？你成天在辦公室和那些討厭的人週旋，自己家裏情投意合的人反而見面時間那樣匆促，實在使人覺得氣悶。我聽見許多人說紐約近年來特別酷熱，除了因為高房子多，恐怕冷氣機排洩熱氣也有關係。所以我也有點擔憂怕生病，還沒決定是否應當在鄉下租個木屋過夏天，花費大概差不多。九月裏我會回到MacDowell Colony再住兩個月。住在這裏確是生活無憂。但無論如何，六月底我得要回紐約去料理一些瑣事如箱子等等。前幾天我收到Mrs. Rodell一封信，說*The Reporter*〔《記者》〕（不知道你有沒有聽見過這雜誌，聽說銷路和*Harper's*〔《哈珀斯》〕差不多）願意要"Stale Mates"〔〈五四遺事〉〕，但是要縮短些，只給三百元。當然我也只好答應了，現在我正在動手刪削。《秧歌》又銷掉了幾本，給了我六百元版稅，我很高興。

你寫的劇評我看了笑聲不絕，一開頭就雋妙到極點。罵得又俏皮又痛快，我只恨你沒有細說，但是你一說「Tee hee！」也已經使人不由得哈哈大笑起來。我想了半天想不出他怎樣譯「汗」與「靈感」的pun〔雙關語〕[11]。

*Pink Tears*寫到分家後搬到新房子後的情形。前面有大段遊廟戲叔，回家自殺。以下我認為需

要擴充，寫她另有兩個temptations都因顧忌，怕三爺搗亂而放棄。三爺的墮落也較澈底，他不止一次來借錢，（第一次她敷衍了他一次）最後一次他向她挑逗兼恐嚇，「It's either me or nobody.」那一幕。以前我所計劃的太簡單，像電影，搬到小說裏就缺少真實感。大概還有六七章。

這裏的一個畫家替我畫了張像，很不錯！畫在不到一尺高的舊櫻桃木板上，臉部幾乎沒有着色，透出原有的木質，東方情調很濃。到此地來的畫家大都是抽象派，有一兩個確是畫得很好，但是我不想被他們把面目五官拆散再重新組織過，這人至少作風較寫實。他隨口說送給我，但並無誠意，我當然沒好意思拿，否則可以留着給你看。這原子筆在這種皺紙上寫，非常彆扭，但是我除了給你寫信外從來不用寫，總是打字。希望你看信不覺得吃力。

你給我買的衣料我件件都喜歡。你一定跑了許多地方，我真是說不出的感謝與抱歉。我想全做單的，做了來就寄到Mrs. Rodell處。

唯一的問題是尺寸。我已經停止發胖，但是以後也難說。我想還是等月底回紐約後量了尺寸再給你寫信。

愛玲 六月十一 *1956*〔後加〕

我看了*Picnic*電影，覺得局部的非常好。Rosalind Russell的部份遠不及舞台劇，當然也是因顧忌太多。

P.S.下次來信時請把《老人與海》的序扯下來寄給我。

張愛玲致鄺文美，一九五六年六月二十九日

Mae，

我寫這封信非常匆忙，因為明天早上離開這裏，箱子還沒理好。我前次病了以後，上星期又發作，睡在床上一禮拜，現在剛起來，人仍舊不大舒服，只好等回紐約後多休息幾天。此地一個女

音樂家叫我到紐約後住在她的空公寓裏，只肯收極便宜的租金，所以我已經把Brandon Club的房間退了。來信請寄〔……〕到八月半為止我會住在那裏。

Stephen的信收到了，我看了很高興。關於Hemingway〔海明威〕的文章我當然願意譯的，書也容易找，等我好些了就進行。電影劇本能夠預支多拿些，我也贊成，不過即使拿到也請暫時不要寄來，因為我還想做兩件冬天衣服，要多留下一點錢。一切都等下次再談。

愛玲 六月廿九夜 *1956*〔後加〕

張愛玲致鄺文美，一九五六年七月三十一日

Mae，

收到你七月九日的信，一直想寫回信，但是一直不舒服，躺在床上，直到前兩天剛起來，所以挨到今天剛提起筆。現在我一個人住着一個四間房的公寓，這樣寫意的環境在病中度過，實在可惜，但也沒辦法。好在現在已經痊愈。上次我寄那封短信給你的時候非常匆忙，甚至忘了問你琳琳好了沒有。前一向你們幾個人陸續病倒，想必都已經復原了——我希望。我回紐約的時候看上去簡直像戰俘營裏放出來的囚犯，實在有點對不起MacDowell Colony的美麗的環境。

你們的信上一片蒸蒸日上的氣氛，看了總是使我精神一振，仿佛「善有善報，惡有惡報，天有眼睛。」我真高興你在office的地位與前大不相同，雖然忙，雖然苦，究竟心裏稍微痛快些。添了助手反而頭痛，我完全可以想像，真是寧可不要。Stephen在電影公司那樣複雜的環境裏能夠處理得那樣順手，越來越成為負責人物，真是不容易，也可見一切全在各人自己的personality〔性格〕。我

11.「汗」的英語是「perspiration」，拉丁語字源「perspirare」，義為「（持續地）吹氣」；「靈感」是「inspiration」，拉丁語字源「inspirare」，意思是「把氣吹入」。兩者都由拉丁語字根「spirare」（呼吸）所衍生。這裡說「一語雙關」，就是指「-spiration」這共通部分，的確難以中文翻譯。

看了也替自己慶幸，因為間接地我也得到益處。假使你們搬到九龍，請你馬上寫個一句兩句的航空明信片通知我。（一想到搬家我不免替你頭痛，尤其因為我特別喜歡你們原來的地方。所以我珍視那小白鐘，那是那房子的一小部份。）

我收到Dick自華盛頓寫來的一封信，說起李麗華，說他和她計劃着一個劇本要我寫，叫我把電話號碼告訴他。我因為病着，躭擱了些時才回信。今天早上Mrs. Rodell打電話來說Dick來信說這個週末來紐約，又說沒收到我的回信。大概還沒寄到。

也真是巧，我住的這公寓裏唯一的一本雜誌是*Kenyon Review*，我一翻，這一期上剛巧登着Stephen的朋友夏君的那篇短篇小說，關於一個神父。確是像他說的那樣——寫得不大好。胡蘭成書裏那個故事的確很好，但是我覺得不容易寫，五四那時代背景是外國人所不熟悉的，背景部份長又不是，短又不是。沒有背景，單是一個中國風的單純的故事，也未嘗不可以，但是我還沒有澈底的想過。暫時我決不會寫它，如果Stephen有寫的興致我希望他利用這材料——雖然我說這話像是慷他人之慨。但是反正也沒有別人會注意到這故事，放着也是白埋沒了。

那篇評Hemingway的論文，*Farewell to Arms*〔《戰地春夢》〕圖書館裏只有較舊的版本，無序。*Kenyon Review*雖有，不能借出，得要坐在圖書館裏譯。結果還是Zabel那本文集容易找，又恰巧借出。好容易打聽到另有兩家公共圖書館支館也有這本書，我揀最近的一家，訂下了今天去拿。（現已拿到。明天就動手譯。）

我想申請Guggenheim Fellowship，可以拿到三千元，供給你寫一個新小說期間的生活費。所以得要寫幾封信找人作保。在我剛搬到MacDowell Colony去的時候，Marquand來信叫我一到那裏就到他家裏去過一個週末——那時候他住在Kent Island，大概離Peterborough不太遠。我回信說等天氣暖和一點我一定去，因為那時候正是冰天雪地，乘火車公共汽車到了那裏，完全要凍僵了。此後他音信杳然，我也沒有再寫信去，免得像提醒人家再邀請，同時我也實在怕到陌生人家一住兩三天。現在我既然已回到紐約，我想再寫封信去，問他能不能作保。

Fatima忽然提早回紐約，因為他們公司裏缺人，要她回來照應這邊的事。她一切匆促，像走馬看花，在香港時間很短，也沒去找你。倒也好，否則正趕上你忙的時候，又添上點忙亂。

我現在很瘦，但是胃口非常好，不久就會胖起來，所以暫時也不必量尺寸，衣服還是再等些時再做。好在你給我買的料子，除那件花布外都是四季咸宜的。你講點新做的衣服給我聽我永遠愛聽，因為栩栩如在目前。我也想講點衣服和頭髮等等瑣事，可惜現在沒有工夫多寫，改天再談。Stephen如果替我拿到劇本費，就請寄來給我。

你提到那伊朗來的朋友，我記得很清楚。我從來不懷疑我們再見面的時候也是這樣。如果老朋友再會晤的時候忽然不投機起來，那是以前未分開的時候已經有了某些使人覺得不安的缺點，已經有了分歧。世事千變萬化，唯一可信任的是極少數的幾個人。所以我從來不fret or worry〔煩躁或憂慮〕。我覺得很詫異，你們倆都再三解釋近來沒有常常寫信。我不但知道你們忙的情形，而且我自己這樣懶寫信的人，千怪萬怪，也不會怪別人不勤寫信，你說是嗎？

屢次搬來搬去，別的東西沒丟，却丟了兩樣很難replace的東西——一本蘇青的《歧途佳人》，一本蘇廣成的《野草閒花》。只好再請你們隨時有空的時候如果順便看見，就給我代買。我現在並不需要，只希望你們隨時look out〔留意〕，看見就給買一本。真抱歉到極點。

愛玲 七月卅一日 *1956*〔後加〕

《赤地》英文本還沒收到。收到後一定立刻簽了字寄來給你們。

賴雅致鄺文美、宋淇，一九五六年八月十八日

August 18,1956

Dear Mae & Stephen:

You are the only ones of Eileen's people she says she wants me to meet, but I feel I have already met you , she has told me so much about you. I only want to assure you that she is safe with me, secure always in her loveliness and laughter and wisdom, for all this extraordinary occurrence is a situation requiring no adjustments. It simply was, is and always will be.

My love,

Ferd

〔親愛的文美與淇：

愛玲說她的朋友當中，就只想讓你們跟我見面，但她講了這麼多有關你們的事，使我覺得大家早就見過了。我只想向你們保證，與我一起她很安穩，永遠都會這樣美麗，開懷和睿智，這一切奇蹟的發生，並不因為要互相遷就而改變。過去如是，今天亦然，直到永遠。

祝好

費迪〕

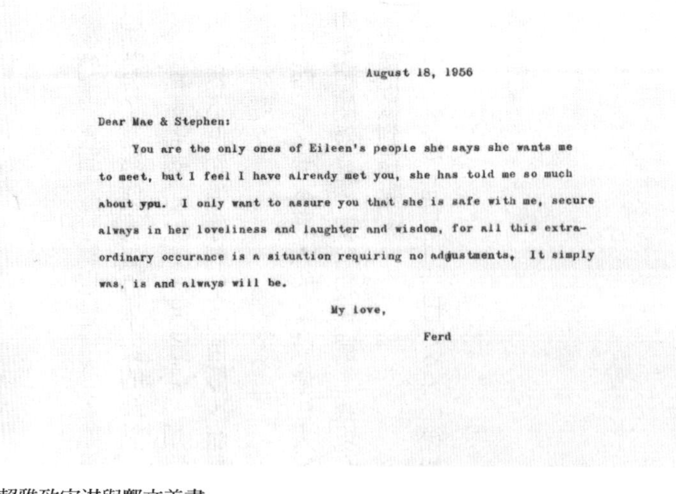

August 18, 1956

Dear Mae & Stephen:

You are the only ones of Eileen's people she says she wants me to meet, but I feel I have already met you, she has told me so much about you. I only want to assure you that she is safe with me, secure always in her loveliness and laughter and wisdom, for all this extra-ordinary occurance is a situation requiring no adjustments. It simply was, is and always will be.

My love,

Ferd

賴雅致宋淇與鄺文美書

張愛玲致鄺文美，一九五六年八月十八日

Mae，

八月七日的信已收到。看到笨傭人賣報紙一節，不由得失笑。我上次信上忘了說，林黛鍾情葛蘭合演的戲我正在想，但還無眉目。我也認為這戲賣座很有把握。Stephen勸我不要冒冒失失答應USIS方面的proposals〔提議〕，因為不一定上算，這話非常有理。我已見過Dick夫婦與李麗華，Dick要和我合編一個劇本*My H.K. Wife*〔《我的港妻》〕，他太enamored of the idea, resents other people tampering with it.〔在意這個點子，不會願意讓其他人改動〕我覺得和他合作恐怕有困難。但Mrs. Rodell顯然很興奮，認為有big meaning involved〔大有深意〕，已經擬定合同要我簽字。我迄今沒有對這劇本供獻任何意見，腦子裏也空無一物，但是想想還是姑且簽了字，倘然真的無法合作，Dick也只好讓我退出。《赤地》英文本我剛收到，印得不像paperback而像學校教科書，再加錯誤百出，我一肚子氣，Dick問起時我只說收到了，其他一字未提，否則一定要吵起來。我已經由seamail寄了一本給你們。我前一向生病已經完全好了。十四日我和Ferdinand Reyher〔費迪南·賴雅〕結婚——Ferd是我在MacDowell〔麥道偉文藝營〕遇見的一個writer〔作家〕，今年二月裏我到那裏去的時候他已經在那裏，但他比我走得早——我沒有預先告訴你，因為我怕你又會送東西給我。事實上也只是登記，Fatima願意作證，但我寧願臨時在登記處抓到一個證人。Ferd離過一次婚，有一個女兒已經結了婚了。他以前在歐洲做foreign correspondent〔國外通訊記者〕。後來在好萊塢混了許多年doctoring scripts〔修改劇本〕，但近年來窮途潦倒，和我一樣penniless〔身無分文〕，而年紀比我大得多，似乎比我更沒有前途。除了他在哈佛得過doctor & master degrees〔博士和碩士學位〕這一點，想必approved by〔見賞於〕吳太太之流，此外實在是nothing to write home about〔乏善足陳〕。Fatima剛回來的時候我在電話上告訴她，說「This is not a sensible marriage, but it's not without passion.」〔這婚姻說不上明智，卻充滿熱情。〕詳細情形以後再告訴你，總之我很快樂和滿意。以後手邊如有照片和他的小說，也會寄來給你。月底我們回到MacDowell去，有信可以直接寄到那裏。你幾時到北京店買東西

時，請順便看看有沒有像你那件白地黑花緞子對襟夾襖那樣的料子，或銀灰本色花的。如有雅緻的花樣，請你替我先買下來，我想做一件對襟棉襖，大致如那件舊的米色襖，而更短肥些。以後再畫詳細圖樣寄來，和那幾件旗袍一同叫裁縫做。又，Stephen如到書店去，可否請他順便看看大陸上譯的文集內有沒有一個德國劇作家Bertold〔Bertolt〕Brecht（"Threepenny Opera"〔Three Penny Opera〕etc.）的作品。有個熟人托我問。

愛玲　十八日

張愛玲致鄺文美，一九五六年十月三日

Mae，

收到你的信，總是立刻有許多話要和你說，但暫時還是不能寫信，因為"My H.K. Wife"的電影故事（相當長）剛寫完寄出，在下星期內又得寫好一個小說大綱，申請Guggenheim Fellowship，至遲要在十月十二前寄出。這等於買彩票，中獎希望雖渺茫，還是值得一試。現在只好先把劇本費收條簽了字寄來。請你告訴Stephen我非常感謝。一點也沒躭擱我什麼事，我目前也不等着錢用，下次的譯稿費請他千萬不要趕緊給我寄來，等有空的時候再去兌換，否則使我更加不安。〈五四遺事〉等我空一點的時候一定譯了寄來，毫不費事。不多寫了，希望近來一切都好。

愛玲　十月三日

張愛玲致鄺文美，一九五六年十月十二日

Mae，

一直忙到昨天才告一段落，把Guggenheim申請書與小說大綱寄出。明年四月才有回音。另有一個fellowship〔助研金〕需要附寄小說的一部份，只好暫緩。但我想既已找到幾個保人，（有胡適與一個名編輯，Marquand沒有回信。）最好一口氣申請掉，免得下次又要一一寫信請托。所以我也許先把別的事擱下來，費兩星期的時間先寫一章。——《港妻》的idea非常好，但Dick寫的一個廿五頁的電影故事實在不好，連圓滑的Rodell也說恐怕完全不能用。我經過一番苦思，另寫了一份，有一場船上送行我非常喜歡，既滑稽又使人掉眼淚，電梯的一場也發噱。但是Dick來信要刪去這兩場，此外的重要關節也一樣都不要，而另指出許多可能的路線。我實在無法克服對這題材的一種膩煩，近於nausea〔憎惡〕，再想也是白想。我預備寫封信去向他逐點解釋，然後我只好把這事暫時擱下來，此外也沒有別的辦法。上次見到他們夫婦與李麗華，大家融融洩洩，大有老友重逢之概，不過Dick對他這齣戲出奇地possessive〔充滿佔有欲〕，Rodell想出一個很滑稽的局面，他也充耳不聞。我第一次看見他這樣。謝謝你的《新生晚報》，今天收到。我寄了一份"Stale Mates"來，另寄了一張Ferd的照片。他喜歡燒菜，燒得很好，但是住在這裏用不着做飯。我想請你隨便什麼時候有空，給我買一件白地黑花緞子襖料，滾三道黑白邊，盤黑白大花紐。如果沒有像你那件那麼好的，就買淡灰本色花的，或灰白色的，同色滾邊花紐。黑軟緞裏子。那三件旗袍統統做單的。我不是等着穿，你不必催裁縫，做了請直接寄到Peterborough〔彼得伯勒〕。此外我不需要別的衣服。你這一向忙得怎樣？我一想到你忙累的情形，實在覺得內疚。匆匆寫這信，許多值得一提的瑣事只好暫時略去，但是你來信告訴我一些瑣事總使我非常快樂。希望你和奇和孩子們這一向都沒生病。

愛玲 十月十二日

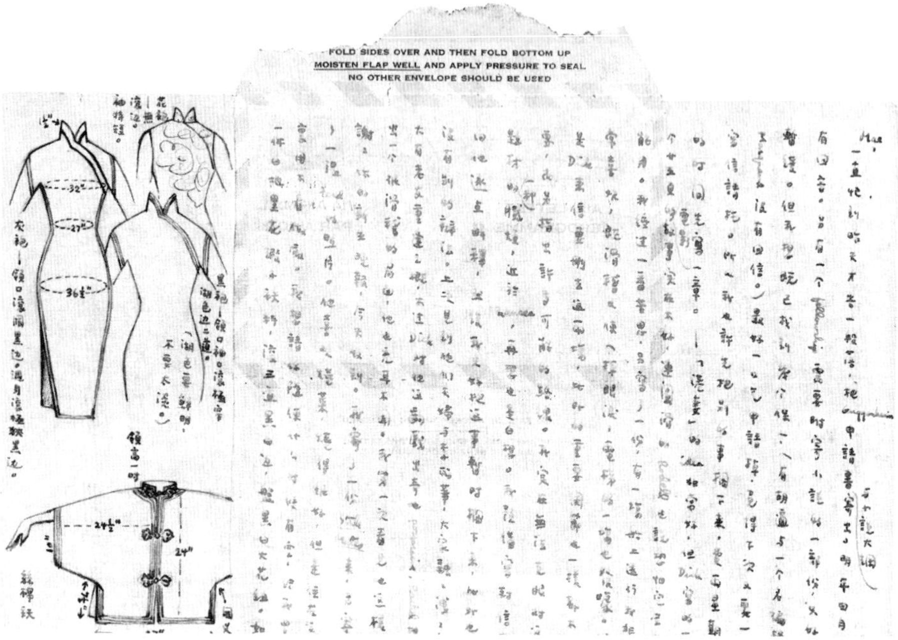
FOLD SIDES OVER AND THEN FOLD BOTTOM UP
MOISTEN FLAP WELL AND APPLY PRESSURE TO SEAL
NO OTHER ENVELOPE SHOULD BE USED

AIR LETTER
AÉROGRAMME
VIA AIR MAIL
PAR AVION
Mrs. Stephen Soong
2A North Point View Bungalow
Off King's Road
Hong Kong
NO TAPE OR STICKER MAY BE ATTACHED
IF ANYTHING IS ENCLOSED, THIS LETTER WILL BE SENT BY ORDINARY MAIL
FIRST FOLD
SECOND FOLD

張愛玲致鄺文美，一九五六年十一月十六日

Mae，

這裏現在除我外另有兩個文人，一男一女，經紀人都是Mrs. Rodell。這情形很滑稽。他們寫了張明信片給她：「All well. All clients producing like mad.」〔凡事都好，每個人都跟瘋了般不斷寫作。〕我看了大笑不已，因為與事實不符，雖然我也並沒閒着。每天的課程遠不及你的緊張，但也整天忙忙碌碌，永遠沒有拿起筆來談天的一股勁，許多話彆着彆着也就消滅了。我把下一篇新小說寫了兩章作樣品寄了去申請fellowship，此後又修改那篇"Spy. Ring"，因為或者可能賣給*Maclean's*，本來我也一直想重寫。現在剛回到*Pink Tears*。我很喜歡*Tea & Sympathy* *The Eddie Duchin Story*[12]〔《琴韻補情天》〕兩張片子。*The King & I*〔《國王與我》〕我覺得像中小學懇親會節目。Brynner〔伯連納〕的個性雖有吸力，似乎太油。不知道你看了覺得怎樣。此地有一種rummage sale〔義賣〕，據說New Hampshire〔新罕布夏州〕辦得最好，一毛錢的男式女式襯衫，五毛錢的長袴子，七毛五的厚大衣，便宜得駭人聽聞，料子和裁製都不錯，八成新，我買了些家常穿，因為我發現我穿長袴子很合式。今天我穿了件舊旗袍，吃了一驚，因為大小正合式，而這件的臀圍是三十七吋半。如果裁縫還沒做我的旗袍，請你叫他把hips〔臀部〕放大，其他照舊。如已做了而放不出，請仍給我寄來。又，黑旗袍如還沒做，請叫他改滾週身一道湖色窄邊，如圖。（不要領口袖口滾兩道。）我自己想想，也不好意思開口，左改右改，攪得你頭昏腦漲。也是因為你一向脾氣太像天使似的，使我越發囉唣不休。但這次絕對是最後一次。*Reporter*由雜誌社寄了一份給你，不知有沒有收到。我想到你們的時候，毫無意見，僅只是你們的影子在眼前掠過，每天總有一兩次。希望你這一向沒有不舒服，家裏大小平安，愉快的事層出不窮，house guests改期不來。

愛玲 十一月十六夜 *1956*〔後加〕

12. 此處作者筆誤，應為「Eddy」。

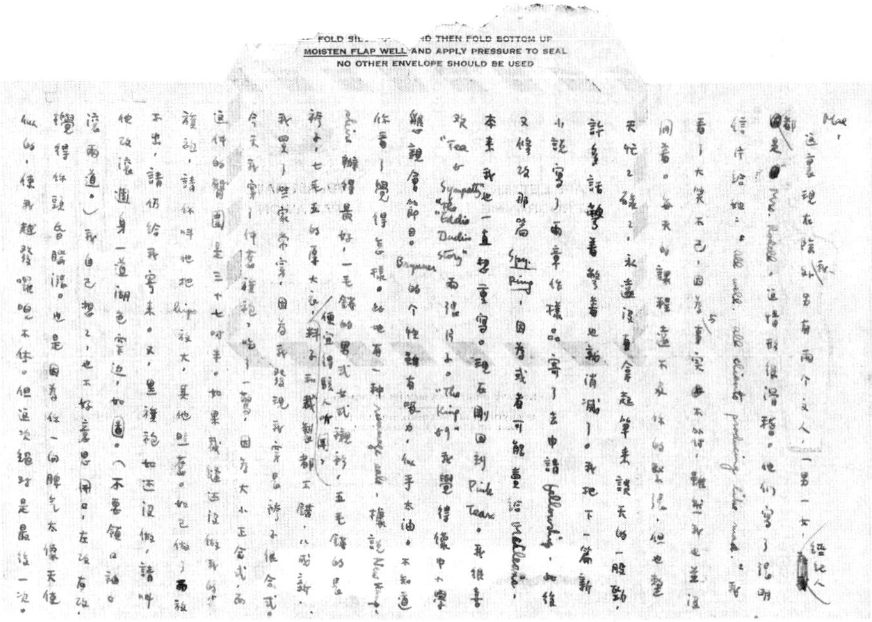

...FOLD SI... ...ND THEN FOLD BOTTOM UP
MOISTEN FLAP WELL AND APPLY PRESSURE TO SEAL
NO OTHER ENVELOPE SHOULD BE USED

Mae，

這裏現在除我以外另有兩个文人，一男一女，經紀人都是 Mrs. Rodell，這情形很滑稽。他們寫了說明信付給她："all well. all clients producing like mad." 我看了大笑不已，因為事實上我不能，雖然我也並沒閒着。每天的課程還不夠你的默想，但也整天忙忙碌碌，永遠沒有拿起筆來談天的一股勁。許多話憋着憋着也就消滅了。我把下一篇新小說寫了兩章作樣品，寄了去申請 fellowship，如維又修改那篇 Spring，因為或者可能賣給 Mademoiselle。本來我也一直想重寫。現在剛回到 Pink Tears。我很喜歡 "Tea & Sympathy" 和 "The Eddie Duchin Story" 兩張片子。"The King & I" 我覺得像中小學聯歡會節目。Brynner 的个性雖有吸力，似乎太油。不知道你看了覺得怎樣。紐約也有一种 rummage sale，據說 New York 的 Saks 辦得最好，一毛錢的男式女式襯衫，五毛錢的是褲子，七毛五的厚大衣，（便宜得駭人聽聞）料子和裁製都不錯，八成新，我買了些家常穿，因為我發現我穿男褲子很合式。今天我穿了件舊旗袍，嚇了一驚，因為大小正合式，而這件的臀圍是三十七吋半。如果裁縫還沒做我的旗袍，請你叫他把 hips 放大，其他照舊。如已做了而放不出，請仍給我寄來。又，黑旗袍如還沒做，請叫他改滾週身一道湖色寬邊，如圖。（不要領口滾滾兩道。）我自己想想，也不好意思開口，左改右改，攪得你頭昏腦脹。也是因為你一向脾氣太像天使 like 的，使我越發嚕哩嚕囌不休。但這次絕對是最後一次。

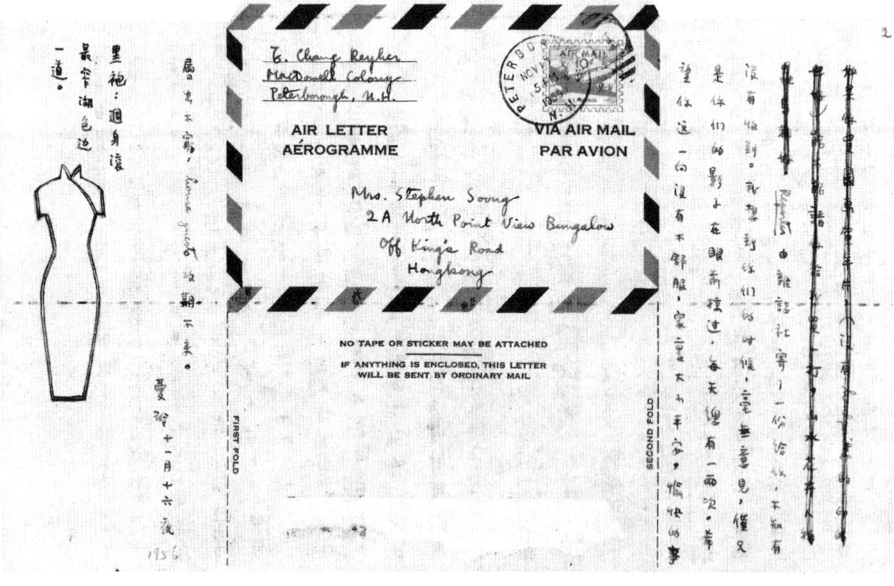

2

Reporter 由雜誌社寄了一份給你，不知有沒有收到。我想到你們的時候，毫無意見，僅只是你們的影子在眼前掠過，每天總有一兩次。希望你這一向沒有不舒服，家裏大小平安，愉快的事層出不窮，house guests 及翻不來。

愛玲 十一月十六夜
1956

黑袍：週身滾最窄湖色邊一道。

E. Chang Reyher
MacDowell Colony
Peterborough, N.H.

AIR LETTER
AÉROGRAMME

VIA AIR MAIL
PAR AVION

Mrs. Stephen Soong
2A North Point View Bungalow
Off King's Road
Hongkong

NO TAPE OR STICKER MAY BE ATTACHED
IF ANYTHING IS ENCLOSED, THIS LETTER WILL BE SENT BY ORDINARY MAIL

FIRST FOLD
SECOND FOLD

張愛玲致鄺文美，一九五六年十二月二十八日

Mae，

今晚剛抄完這篇小說，急於寄出，就這樣，已經恐怕下一期來不及刊出。

你的信和照片都已收到，你這張拍得真太好了，是我所見過的最像你的一張，神韻好到極點。報紙陸續大卷大卷收到，看了完全像一陣「鄉風」。《文學雜誌》都已收到，Stephen〈論散文詩〉那篇真好[13]，此外還有不知是誰的一篇散文裏寫「拉風」那一節也精彩。

看到衣料的samples〔樣品〕，真不知道怎樣謝你才好。你的年終報告想已寫完。你們的客人一批批像颶風襲港一樣，我看了心悸。現在不知道來完了沒有？沒有聽見你說起你母親的近況，希望她健康。Stephen的母親來港，你一定又添上許多忙碌。你沒有空千萬不要給我寫信，我永遠像在你旁邊一樣，一切都可以想像。

前些時Ferd忽然暈倒，生病進醫院，疑心是腦子裏生東西，查來查去也沒查出。這裏有兩個很有名的醫生。我天天到醫院去，他出院了我又病了，此起彼仆，躭擱了許多事。《港妻》我始終想不出new twists about the other woman，也許是下意識地感到想出來也不能成立，因此不肯上勁，conscious mind〔意識裡〕再努力也沒用。以前我所想的本來也是完全照Dick指出的路線，裏面送行的一幕我覺得我從來沒編過這樣動人的戲，未免覺得他不識貨而灰心。Stephen說"Stale Mates"為什麼不能賣給《紐約客》，我只好歸之于時運，一說又要引起我一大篇牢騷。現在我想我還是把*Pink Tears*一口氣寫完再說。三姊妹（或四姊妹）的戲我是認真想編的，不過姊妹戲的材料較難，容易落套，至今還毫無眉目。如果找到適當材料，不論是否關於姊妹，一定先寄個大綱來，給他看了再動手寫。上次《人財兩得》，英國片先拍了出來，我真覺得抱歉，希望沒有太讓Stephen為難。我喜歡《雙妻記》這名字，但據說電影界忌諱「××記」的名字，認為準蝕本。他們不忌諱最好，萬一忌

13. 林以亮，〈論散文詩〉，《文學雜誌》第一卷第一期，十三到二十頁，一九五六年九月二十日。

諱，或者可以改叫「兩婦之間難為夫」，或「前妻與後妻」。

已經夜深，我趕緊要睡了，不然明天又要頭痛，雖然不算病，又要休息一天。希望你一切順遂。

愛玲 十二月廿八日 *1956*〔後加〕

張愛玲致鄺文美、宋淇，一九五七年二月二日

Mae & Stephen，

接信知道你們前一向都不舒服，念念。希望你們無論怎樣忙，總設法隨時保重，製造機會小小地休養一兩天，幾小時都好。我早就想寫信來，因為*Pink Tears*〔《粉淚》〕正寫到高潮的一章，又夾着生些小病，直挨到今天總算完工，正開始打。譯稿費收到，感謝不盡。照片拍得真自然，我到處給人看「我最好的朋友的照片。」衣服早已收到，滿意到極點。除灰色袍子稍微太緊外（可以找人放），統統合身。料子花式你選得太好了，我希望沒太費事，否則我總覺得不過意。棉襖可以作為城裏的短大衣穿，好在它永不會過時或嫌小。《新生晚報》也已收到，看完後給這裏一個管事的兒子，他愛看圖片，他父親給他臥室用這報紙糊牆，再鍍上一層shellac〔蟲膠〕。最近我把*Naked Earth*〔《赤地之戀》〕寄了一本給Dell paperbacks，一個大出版公司。間接有人認識一個編輯，而那編輯在*Times*上評過《秧歌》。《赤地》他正在考慮中，成功的希望雖微，至少證明Mrs. Rodell說她已試過一切地方，不是事實。她也許是個非常好的代理人，問題是她對我賣力的限度。最近她和另一個代理人合併，不知有何變化。這colony的主持人旅行到Cincinnati，看見書店裏有《秧歌》在賣，我聽見了很高興這本書還沒有完全死去。我看到Hershey寫中國的*A Single Pebble*一度在最銷書裏佔四五名，不由得牢騷起來，因為這書毫不通俗，《秧歌》如果廣告多做點，或者也不是全無希望。*Pink Tears*一兩個月內一定可以寫完，此後我想積極地去想電影劇本題材，一有可能，就寄一

個故事大綱來。我申請的兩個fellowship中的一個Saxton Fellowship已來信說落選，這本來像買馬票一樣。Truman Capote's〔楚門·卡波提〕*The Muses are Heard*這本書你們如果沒看，希望你們找來看，一定喜歡。Mae的lefthand man〔得力助手〕我看了大笑。Ferd的健康我看着很擔憂，此外這裏一切都非常愉快。

愛玲 二月二日 1957

張愛玲致鄺文美，一九五七年三月二十四日

Mae，

*Pink Tears*的最後七章終於在十三日寄出，自從那天起就急於給你寫信，可是又為了《赤地》忙着。我上次信上曾經告訴你，這裏有一個writer認識一個Dell paperbacks的編輯，所以我寄了一本《赤地》給那編輯。（我以為這人在報上評過《秧歌》，是我纏錯了，同姓不同名。）後來收到回信，說他很感興趣，但對這書提出許多意見，並要縮短，說，「你如果能想出辦法解決這些問題，請來面談。」我因為聽說一個Dell original（沒有硬裝版）至少可以預支三千元版稅，所以覺得機會不可失，*Pink Tears*交卷後立刻去想《赤地》，擬了個刪改的大綱，約了時間到紐約去見他。討論了一下午，這人確曾經下了番工夫研究這本書，批評得也在行。他不贊成我那樣大段的刪，這倒不成問題，但他認為癥結在男主角太沒有個性，這一點却難，我無法立時三刻塑出另一個個性來，要慢慢的成型。現在他答應在兩星期內給回音，我也已經通知了Mrs. Rodell，此後如有發展可與她接洽。我對這件事特別熱心的緣故，也是因為港版印得那麼糟，錯誤百出，加上濫改，實在可氣。這筆生意成否尚在未定之天，最近却有CBS買了《秧歌》的TV right，一千四百元，雖是賤賣，也已經是幸運，我想你一定代我高興。Mrs. R.說*Pink Tears*她看了非常喜歡，現已交給出版公司，不知他們反應如何。我真等不及想給你們看，因為最後幾章我自己很滿意——as usual。我永遠「自我欣賞」得

厲害。

Ferd也有點事，同我一起到紐約去。但是那兩天恰巧下雨夾雪，又刮大風。你知道我對大城市最留戀的一點是街頭情調，但在忙累與大風大雨中連這一點最低限度的享受也不能有。

你寄來的衣料樣子我真愛看。可以想像你那天晚上純黑與金色的打扮，也像看見你和琳琳捧着魚缸在街上走。幾時你如果在店裏再看見你那件鮮豔的藍綠色綢袍料，能不能請你給我買一件，（短袖）買了請放在你那裏，以後再做，因為藍綠色的料子難得有。我這一向稍微瘦了些，那件灰色袍子已經能穿，絕對是我所有穿過的衣服裏最合適的一件，真感謝你。

我想把蘇青與她小叔的故事搬到目前的香港，寫一個長篇叫“Aroma Port”，不過暫時不打算寫。作參考的《歧途佳人》，被我去春搬家時與《野草閒花》（蘇廣成著）一同遺失，托Stephen費這麼大事覓來的，真是痛心。沒有辦法，還是請你跟他說，隨時請替我留心，如果看見這兩本書，請替我買下來，只要放在你們那裏，我就放心了，因為我目前並不需要。

Ferd由醫生驗來驗去，只是血壓較高，脊骨裏蛋白質太多。吃吃藥，已經好了些。我們四月十五日離開這裏，到哪裏去還沒定，因為申請到Yaddo（另一個colony，在紐約州）去，要四月初才有回音，什麼時候去也還不知道，要看他們幾時有空額。你下次寫信請寄Rodell轉。希望你不久就有信來說你們一切都好。大事沒有，只有許許多多有趣的愉快的小事發生。

附寄電影故事大綱，是根據Franz Molnar較不出名的一齣戲*The Blue Danube*，但經過很多的增刪。我並沒有動手寫，如果公司方面覺得不合適，絕對沒關係。

已經是晚上十點了，我想出去把信寄掉，趕明天的早郵。匆匆不盡。

愛玲 三月廿四 1957

張愛玲致鄺文美，一九五七年四月十九日

Mae，

本來預備在十五日搬出colony之前寫信告訴你新地址，但因為《秧歌》恰巧在十五日晚上在電視上演，所以我想等看了之後再寫信報告你們演出情形。演得比我意料中的更壞。月香又老又醜，前額中部禿掉一塊。金花夫婦寄住娘家，Big Aunt似是她婆婆，又似乎不是。她因夫病向兄嫂借錢，月香勸她到上海去賺錢。對白改用Pearl Buck〔賽珍珠〕聖經化的古奧句法，很難懂。偏又添出無數的冗長的傳奇化轍兒。演出一小時，就我所知，就有兩個viewers睡着了，一個看到前半部，一個看到後半部。王同志是一個意大利水果販型的丑角。他最後的內疚是真是假，完全糢糊。金根當場被鎗殺，我們僅只從別人口中知道月香在逃。結局是她哀求金花藏匿，金花只肯收留阿招，剩下月香一個人呼天搶地，就此結束。我看了覺得與「美國之音」上的《赤地》比較，可謂異曲同工，互有短長。Mrs. Rodell來信說「Could be worse, though it could be a lot better.」〔更壞的也有，雖然可以比這樣好得多〕又說有些地方連她也覺得欠中國化，結尾也太糟。《赤地》的軟裝本結果不成交，我想再試試別處，因為Mrs. R.現在承認除Taplinger外只試過兩家出版公司，包括Scribner。*Pink Tears*送交Scribner，大概下星期可有回音。Little, Brown托人帶話給我，有意挖角，使我覺得心定了些。我們本來想到紐約州的另一個Colony去，因客滿不能去，所以就在此地租下一層樓面過夏天，很便宜，三間房加上浴室廚房與堆東西的房間，有傢俱，只是缺少顏色與個性。我揀了幾枝姿勢好的樹枝，漆成珊瑚紅，作為裝飾。我記得你們喜歡吃hamburger〔漢堡〕，很想請你們吃Ferd做的hamburger，他的烹飪實在不錯，比普通的館子好。《新生晚報》與日曆都收到了，真謝謝你。電影雜誌我看完後給了colony工頭的孩子們，她們拿到學校去，先生給他們作參考書。上次我寄來的電影故事大綱，我忘了說是一個romantic comedy。此外我還想了個局面，一個人成天扯謊，唯一的一次說真話，却闖出大禍，倒霉萬分。（或者是被女友感化）他竭力補救，扯謊挽回頹局，而在緊要關頭却又說了真話，破壞了一切，但反而因禍得福。如果我想得出詳細情形，以後再寄個大綱來給Stephen。

祝安好

愛玲 四月十九 *1957*〔後加〕

張愛玲致鄺文美，一九五七年六月五日

Mae，

看到你上次信上說的近況，簡直迫得人透不過氣來，一樣樣累積起來，再加上復活節流行感冒的高潮。只恨我不在場，雖然不能幫你洗燙侍疾買東西，至少可以給你做個ventilator〔透氣窗〕，偷空談談說說，心裏會稍微痛快些。你說你脾氣變了，使我打了個寒噤，因為不能想像。但是我記得你有時忙累過份，說話的聲音立刻會變，sounds taut and a little distraught〔聽起來緊張且有點慌亂〕。也許你也像一切細緻的東西一樣，是脆弱的，我只是習慣上把你當作世界上一個最固定的單位。這一向我希望一切都緩和下來了？有些事能推宕的，總儘量設法推宕，否則萬一你自己break down〔把身體弄垮〕，豈不更耽誤事情？我希望你常常這樣自己譬解着，可是明知你太有責任感，決不會這樣做。

我前一向也犯老毛病頭痛嘔吐昏睡，斷斷續續病了很久，每次痊愈也沒有完全好。結果還是找醫生打補針，吃維他命C，這兩天似乎完全好了。《負心漢》早已寫了一大半，却躭擱到現在才完工。這齣戲裏的噱頭雖不好，是我自己想的，至少不會犯重。你告訴Stephen，我覺得男女主角的扮相不妨嫩些，男主角看上去三十來歲，女主角至多廿七八歲，其實任何舉止大方的閨門旦就能演。

Stephen無論做什麼事我總有「大才小用」之感，但是他在公司裏現在這樣被倚重，還有他對業務上的興趣，我聽到了實在覺得高興。製片者的苦衷我完全明瞭，我對於the professional viewpoint是永遠尊重的，希望他不要因為《港妻》當我疙瘩，難說話。那情形完全不同。拍*Mambo Girl*我覺得

真是個好主意。說謊者的故事根本難想，我已經放棄。附來的故事大綱是根據去年二月份，*Theatre Arts*雜誌上刊出的"The Tender Trap"，但改動得很多，臨寫的時候還預備再改，我想即使原劇拍出電影來，也不至於鬧雙包案。《蝴蝶媒》《花為媒》不記得是南曲還是元曲名，欠通俗，不過是暫名。李麗華回港後拍片子沒有？我可惜聽不到Stephen講影界怪現象。上次在報上寫了篇關於我的「拉拉」是誰？我希望不是曹聚仁，但恐怕是他。報紙又收到一批，謝謝！「小胡」居然主演《兩傻》？

Scribner's不要*Pink Tears*，只說：「細節雖有時很迷人，人物個性太使人不感同情，覺得他們not worth bothering about〔不值得在意〕。」Mrs. Rodell轉送到Knopf，却收到編輯洋洋灑灑一封信，我附在這裏給你們看[14]。我對於這部小說的出路當然擔憂，對於壞的批評却完全不放在心上，正如他這裏提到的那些好評也根本是隔靴搔癢。現在她又送到Atlantic Monthly，聽說與Little, Brown有關係的，但似乎並沒送給那托人帶信給我的女編輯，那人一定生氣，因為他們各人夾袋中有各人自己的主顧。

Ferd也在寫一部小說，早該寫完了，但越寫越長，看來要長得打破紀錄。Scribner's對他始終態度很好，與對我大不相同，可見他們對我根本不重視。我對他們本來也一直有一種不會久長的預感。

本來有人介紹我們到加州去在一個colony住六個月，Ferd想乘機可以處置他在洛杉機〔磯〕的藏書和一些傢俱，賣掉了可以省下每月的Storage費。但後來我們想想一動不如一靜，住在此地既便宜又舒服，孵豆芽再合式也沒有。所以這裏也大概可以說是「暫時的永久地址」。這裏就是客廳裏有一塊牆壁被前任房客無端端糊上一種紅鳥綠葉的花紙，是個eyesore〔入不了眼的東西〕，如果打算久住，得要去掉它。Ferd這兩天剛做了個書架子，非常得意。最近我看了不少「大片子」，只有*Anastasia* & *Fear Strikes Out*覺得非常好，尤其是後者，不知你看了沒有？你今年夏天預備做新的襖袴

14. 一九五七年五月二十九日Knopf編輯致Mrs. Rodell書，提及讀完*Pink Tears*後，有對小說內容不表同情，不理解人物動機等批評。

嗎？我差不多天天穿着黑的小腳長袴，厚薄都有，一年穿到頭。不多寫了，但我想請你無論如何，想法子抽出點時間來拖Stephen出去吃吃小館子，或者帶着玲玲，散散心。Mickey的事真是意想不到，我回想到他在沙漠裏與小時在上海的一切，覺得是一個感動人的故事，有一種說不出的意味。我要趕緊出去寄信，趕四點鐘的晚郵。

愛玲 六月五日下午 *1957*〔後加〕

May 29, 1957

P.S. Ferd說"send her my love."

張愛玲致鄺文美、宋淇，一九五七年七月十四日

Mae & Stephen，

收到Stephen的信與八百元支票。這樣快就拿到錢，而且比我預料的更多，真是謝謝。《情場》能夠賣座，自各方面着想，我都可以說「乾了一身汗」，因為我也覺得人家總拿我們這種人當紙上談兵的書生。製片工作的複雜，成敗的因素的千頭萬緒，我完全明瞭，下次請千萬不要說「過於干涉編劇自由」的話。給小丁皓演少女的戲我很感興趣，公司裏對《蝴蝶媒》的意見也非常近情理，但是我對於《蝴蝶媒》這故事始終有點猶疑，其實考慮到它還在《負心漢》之先。月底以前我們想到波司頓去一趟，我打算在大圖書館裏淘淘，看是否有更合適的材料。兩星期前我寫了一個短篇小說"The Loafer of Shanghai"，寫懼內的嚴先生賴共黨庇護，回滬賣屋一去不回。（我告訴過Mae這故事）Mrs. Rodell看了說：「A lovely twist on the henpecked story, but under-dramatized.」〔是懼內故事的有趣變奏，但戲劇性不足。〕一定賣不掉，要我重寫。我回信說只好暫擱一擱，一時無法改寫，請她先試一兩家，得到一個反應後再寄還給我。事實是我覺得我目前寫短篇並不是路，還是埋頭寫長篇是正經，所以如果不是非寫不可的故事，絕對不去寫它，寫了之後賣得掉賣不掉也就不去管它了。

新的長篇寫了不滿一章，看看不對，還得從頭寫過。Mae上次來信說近來輕鬆得多，上次的流行感冒我後來在報紙雜誌上看到，來勢實在可驚。前幾天我吃到煮珍珠米的水，但因為珍珠米太少，太淡，遠不及Mae帶來的熱水瓶裏裝着的，那滋味我永遠不會忘記。此地雖然不受熱浪侵襲，天氣寒暖不定，前兩天我又發過老毛病，一躺又是幾天，好了以後特別覺得忙。我告訴過Mae我最喜歡自己動手添傢俱，現在我把那糊着刺目的花紙的一面牆漆成了極深的灰藍色，配上其他的牆上原有的淡灰蘆蓆紋花紙。藍牆前的書桌與椅子也漆成藍色，地板也是藍色。此外雖然另有別的色素，至少有了些統一性。今天是我第一次在那書桌上寫字。還有許多瑣碎的話，留在下次再說了。希望你們身體好。

愛玲七月十四夜 *1957*〔後加〕

上月屢次想起你們過生日不知怎樣過的，一直忘了問。

又及。

張愛玲致鄺文美，一九五七年八月四日

Mae，

上次Stephen來信你沒寫，我並沒有擔憂，因為你如果生病他一定會提到的，我猜你一定是忙。我這一點上一向脾氣篤坦，你如遲到或爽約我也決不會疑心是汽車闖禍等等，知道一定是臨時有事絆住了。Stephen到星加坡去不太熱？他在香港獨當一面的痛快，你們小別的滋味，我覺得都是你們平日做人應得的報酬，使我覺得快慰。你寫的關於我的文章[15]，即使是你的second-best〔次佳之作〕我也已經十分滿意，因為我知道得很清楚如果換了別人寫的是什麼樣子。只怕你太費斟酌，多花了

15. 鄺文美，〈我所認識的張愛玲〉，載《國際電影》第二十一期，一九五七年七月。

時間不值得。我在哈佛與另外兩家圖書館與一個專賣劇本的書店考察的結果，找到一個英國鬧劇*The Happiest Days of Our Lives*（美國TV上演過）寫戰時男女二校合併，部份可採用，我把頑童改為女性，再加上一個盜袴的楔子與羅曼斯，編了《二八佳人》的大綱寄上。我們到波司頓去了四天，恰巧天氣涼爽，一切都非常愉快。我本來想乘機燙頭髮，因為還是去年七月燙的，又長又直，只能改為當中挑頭路，完全平貼在耳邊，背後紮緊挽髻。有好幾個人說我像日本版畫，你看見過版畫上的長臉長身的女人，就知道不一定是讚美，但我依舊聽得樂不可支，結果沒有燙頭髮，但梳髻始終梳不好，懊悔不迭，只好等機會再燙，本城的理髮店不敢嘗試。在波司頓我沒有走過好的照相館，無法拍照寄給你。小城裏唯一的攝影師兼營救火員，手藝不壞，但拍的都是喜慶大事與新聞照，等閒不敢驚動他。Ferd的表弟是個走紅的廣告攝影師，但我又不願揩他一百元的油讓他拍照。《邊緣人》我看了非常感到興趣，一種鬱悶的空氣非常濃厚，謝謝你們寄來給我。*Giant*〔《巨人》〕裏James Dean's mood music我太喜歡了，你注意到沒有？《赤地》又有一家出版公司看了作樣品的三章感到興趣，看了全書又回絕，說不宜「紙裝本」。Mrs. R.方面仍消息沉沉。我正在寫的長篇是關於自己的事，題目沒想出。有一個疑問：上海「解放」前夕是否可能仍有人擬乘火車逃難，但發現車站正激戰，火車停開。如有此可能，是北站？西站？這是最後一章，今年決寫不到，請你們慢慢地替我打聽打聽。去年我在colony認識了一個女作家，據說是美國only three qualified witches〔僅有的三個女巫〕之一，替我看手相，似乎很靈。昨晚又替我看最近發展，說我九月裏運氣好轉，但只能靜等機會，自己發動的事不會成功。害我一夜沒睡好。現在又已經快午夜，不寫了。你近來還彈琴沒有？希望你這裏一切順心。

愛玲八月四日 *1957*〔後加〕

P.S. 我忘了說那鬧劇作者名叫約翰・Dighton

二八佳人（劇本大綱）

張愛玲

一個十五六歲的活潑頑皮的少女，暑假在家無事，憐隣宅青年男教師貧困無侶，擬代介紹表姊，約男赴宴。男無衣，少女自衖口洗染店盜袴借給他，不料男將袴送到這家洗染店去燙，立即破案。男被捕，不肯說出少女姓名，判刑多判了兩個月。少女聞訊，托叔父營救，將男放出。但少女恥於自承盜袴，自此避不見面。男也始終不知何故被釋，只怨那闖禍精小妖怪害他吃官司。

男執教之中學被業主逼遷，商借另一中學校址，因董事胡塗，結果遷入郊外一女校。男女校方均頭腦冬烘，認為大大不妥，惟一時無法補救。男發現那少女在這女校住讀，他想不到又遇見這闖禍精，避之若蛇蝎。

一群男生追求少女不遂，與她惡作劇，她暗地裏以糖漿遍污男生書藉〔籍〕衣物報復。男校長震怒澈查，瀕於拆穿，她迫男代隱瞞，脅以揭穿他盜袴被捕事，男無奈，代為包庇，然結果依舊拆穿。但以男女校方主客積不相容，女校長佯作大發雷霆，欲予體罰，背地裏不怒反獎，鼓勵她變本加厲與男生搗亂。

少女漸向男流露愛慕之情，男亦不由自主愛上了她。一女師忽病倒，央男代批考卷。男大公無私，批少女不及格，少女羞憤，恨男刺骨。

適有一男生家長與一女生家長前來參觀。兩對夫婦平日皆反對男女同學，諄囑校方嚴加管束，屏除一切異性影響。於是男女校長手忙腳亂掩飾現狀，左支右絀，欲蓋彌彰。少女復乘男生全體入浴時盜衣，結果男生著女生制服排隊出。家長驚怒之下，擬發動全體家長領返學生。時少女正因失戀刺激，急欲離校返家，二校長千方百計籠絡家長，她卻故意破壞。但最後她終於省悟她不能永遠做一個任性的小孩，極力挽回危局。男校另找到了新校址；話別時，男發現他的小愛人已經變成了一個成熟的姑娘。

張愛玲致鄺文美，一九五七年九月五日

Mae，

早該把收條簽了字寄來，但是近來有點心緒不寧，不想寫信。新的小說第一章終於改寫過，好容易上了軌道，想趁此把第二章一鼓作氣寫掉它，告一段落，因為頭兩章是寫港戰爆發，第三章起轉入童年的回憶，直到第八章再回到港戰，接着自港回滬，約占全書三分之一。此後寫胡蘭成的事，到一九四七年為止，最後加上兩三章作為結尾。這小說場面較大，人頭雜，所以人名還是採用「金根」「金花」式的意譯，否則統統是Chu Chi-Chung式的名字，外國人看了頭昏。《二八佳人》還沒有動手寫，因為噱頭不夠多，想再等兩個星期，多加上點材料。《溫柔鄉》這名字我覺得好極了。《桃花運》我也曾經想到過，但有西片用過。*Pink Tears*等英文本有了着落後，一定給《文學雜誌》譯出，暫時我不想碰它，免得心煩，請你叫Stephen想出句大方點的話回覆他們。手邊沒有合適的短篇，等找到適當的再譯出寄來。《文學雜誌》上那篇關於我的文章[16]，太誇獎了，看了覺得無話可說，把內容講了點給Ferd聽，同時向他發了一通牢騷。你在電影雜誌上寫的那一篇[17]，却使我看了通體舒泰，忍不住又要說你是任何大人物也請不到的official spokesman（官方代言人）。當然裏面並不是全部外交辭令，根本是真摯的好文章，「看如容易却艱辛。」我想必不知不覺間積了什麼德，才有你這樣的朋友。你記得我說的過了生日後轉運的話，這種小地方也使我覺得一陣溫暖。上星期我打電話找那兼任救火站長的攝影師來拍照，他忙得不可開交，當晚還要趕到附近一個小城去拍球賽照片，跑了來像救火似的，一霎眼間已拍了一打，忽忽走了。昨天我們吃早飯的時候收到他寄來的照片，兩人拍得神色倉皇，怪狀百出，看得哈哈大笑，牛奶麥片噴了一桌。我揀了一張較正常的寄回去叫他多印幾張，其餘依他所說的「不合退回」。下次寄來給你看。

愛玲 九月五日 1957

張愛玲致鄺文美，一九五七年九月三十日

Mae，

我在電影雜誌上看到你們的照片，起初確實以為是Stephen在飛機場送李麗華，細看方知是你。是真誤會了，不是瞎說。也是因為你這張照上的臉與身材都比較一般性。你們高興的神氣與瑯瑯撲在琳琳身上躲着的神氣使我看着笑了半天。如果是琳琳和瑯瑯——他們比我記憶中似乎更小。一般人每次看見小孩子總是詫異「又大了許多，」我却恰巧相反，大概因為我總覺得「後生可畏」，他們咄咄逼人的往上長，日漲夜大，其實他們並不像我想像中那樣長得快。在香港的時候我每次看見他們也總是詫異他們還是這樣小。

今天抄完劇本已經深夜兩點半，想明天上午寄出，所以很瞌睡的寫信，寫得亂七八糟，但都是以前陸續想起打算和你說的話。

這齣戲似乎太長，我覺得喜劇調子應當特別快，所以應當寫得長點，但恐怕還是太長。如果需刪，我希望Stephen抽空自己動手，因為這齣戲我比較喜歡。可惜女主角的戲太少，如果由丁皓演恐怕也顯不出本事。

我看《情》片劇照有一個感想，覺得演員的笑容太多。我一向有這偏見，認為演喜劇最忌自己笑，想請Stephen把這意見轉達給導演。

你說愛看*Don't Go Near the Water*，不知有沒有看*No Time for Sergeants.*我覺得那本書好極了，雖然padding〔廢話〕太多，仍舊精彩百出。你如果沒看，找來看看可以大笑幾場。

我過了生日後不但尚未轉運，而且口舌是非，為了Taplinger一筆拖欠未付的賬，和Mrs. Rodell函札往來，等於打筆墨官司。這Taplinger竟是一個small-time crook〔小騙子〕，去年我給他寫了三本書

16. 應該是指夏志清〈張愛玲的短篇小說〉，原載《文學雜誌》第二卷第四期，一九五七年。
17. 鄺文美，〈我所認識的張愛玲〉，載《國際電影》第二十一期，一九五七年七月。

的摘要，那一點錢從去年年底欠到現在，還要橫生枝節，不肯照付。我本來想把細節講給你聽，今天時間太晚了，下次再講。我可以想像你有時候office裏出了氣人的事，想寫給我看又懶得細說，真是氣悶——但是幸而近來你在office裏比較痛快得多，沒人敢給你氣受。

附寄來我上次說的那張照片，Ferd說我們像在演滑稽戲，我說他拍得特別壞，至少在我看來他比這漂亮得多。我的頭髮已經剪短，現在瘦了些，所以有些舊衣服又能穿了。你有一次信上說做新衣服現在對花色越來越挑剔，當然這是合理的，但是我因為家常衣服全部由rummage sales供給，所以各種絕對不買的顏色也可以嘗試，試驗得很有興趣，淡橙色的襯衫，大紅絨線衫，淡綠等等，也有時候比特別買來的還要趁心。最近花五毛錢買到一件很新的淡湖色angora〔安哥拉〕絨線衫，有一個小小的撕破的地方，但是毛長看不出來。希望你有空就把瑣事多講點給我聽。

愛玲 九月卅日夜三時 *1957*〔後加〕

圖片原載《國際電影》一九五七年八月號

張愛玲致鄺文美、宋淇，一九五七年十月二十四日

Mae & Stephen，

劇本費寄來這樣快，使我覺得慚愧。收條簽了字附在這裏寄來。Stephen擬的《溫柔鄉》故事我確實認為好，但是我一向最感棘手的是找滑稽或戲劇化的場面。我習慣上總是把能用的局面開一張單子，然後編出劇情，儘量應用這些局面。*The Moon Is Blue*〔《倩女懷春》）我覺得非常巧妙，但是要想出另一個set of situations，與它相仿而又不同，實在是難。公司所需要的我很明白，無如一向遷就手邊現有的局面——就連這樣，斷斷續續也一共要兩個月的時間，我向來手腳太慢，如果局面完全一個個自己去想起來，半年內絕對不會完工。如果粗製濫造，公司也仍舊無法用它。當然，現在這樣遷就原作的改編，原作不適用，戲也仍舊不能拍，這理由我也明白，覺得非常抱歉。《溫柔鄉》只能慢慢的去想，什麼時候能交卷沒有把握。你們種種地方幫我想出路，我完全明瞭而且深深的感謝。前一向因為長篇寫不出，所以擱下來寫《二八佳人》，現在也仍舊如此。碰上文思枯竭的時期，我只有多看書與loaf〔閒散度日〕的一個辦法。上個月把紐約堆疊的東西統統搬了來，作久居之計，忙着佈置房間，這種事我最愛做，工作的目的一大半也就是為了希望將來能夠享受這一類的樂趣，現在呢，不享受也白不享受。

上次我信上說到這一向心緒不寧，也是因為我母親來信說患癌症入院開刀。不幸開刀失敗，出院養息了一個時期又入院，在兩星期前去世。她進醫院後曾經叫我到英國去一趟，我沒法去，只能多寫信，寄了點錢去，把你與《文學雜誌》上的關於我的文章都寄了去，希望她看了或者得到一星星安慰。後來她有個朋友來信說她看了很快樂。幸而她有不少好朋友在身邊，照應得很周到。那女巫作家在三個月前曾經預言這一切，靈驗得可怕。但算命向來是「說好不靈說壞靈」的，interpretation〔詮釋〕的偏差也有關係。

*Pink Tears*現在Random House，還沒有回音。我與Mrs. Rodell通信一向措辭小心，心平氣和，從來沒有急扯白咧。Taplinger這回事，我起初告訴她錢討不回來，認個吃虧算了，好在為數有限。不料她去聽了他的話，反說我誤會了，他所要的並不是大綱而是其他我聞所未聞的項目。（其實除口頭上說明外，Taplinger還有兩封信在我這裏是證據。）她曾和他訂下價目單，但從來沒給我看過；她自己又忙，這些小事當然記不清，纏夾得一塌糊塗。我再去信告訴她一切都照他們價目單上擬定的，我絕對同意，能討回多少就多少，反正以後不給他做事就是。她仍舊叫我再加考慮，我回信說「I'm not going to do any more work for him because I can't possibly ask you to dun him all the time for a few dollars. If you recall, there was trouble getting the $15 from him last time.」〔我不打算再幫他寫任何東西，我不能為了

一點小錢請妳追著他討。倘使妳想得起來，上次的麻煩不過是為了跟他拿回十五美金。」那也是the only other time（僅有的另一次）——我給他寫了個簡單的大綱，幾個月後，Mrs. R.與他交涉數次才拿到錢。照這樣我怎麼敢動手替他譯書？唯一的顧慮是為這點小事如果與Mrs. Rodell鬧僵了，太不值得，但是我只要自問確是不得已，也就不管它，到時候再說。

Mae，琳琳的志向我覺得完全是因為一切小孩子都喜歡做人們注意的集中點（你們姊妹們是例外，但是你仔細分析後也許覺得姊妹間也不是個個都是例外）。如果太早對一門學問發生興趣，反而是不健康的束縛，你說是嗎？我覺得她不但美，而且五官位置勻稱，線條有力，眼睛有神，不浮不戚，有一種堂堂的氣概，將來不可限量，而且有福氣。我承認我迷信到相信這一套，雖然並不是「麻衣相法」，只是憑我對人的興趣，倒是你的擔憂使我擔憂，來日方長，她一天比一天美麗，誘惑當然特別多。但是我相信等她大起來的時候你一定會信賴她的判斷力。你的藍綠絨線衫一定好看到極點，快織好了沒有？Stephen又生過感冒，我聽了很覺得不安，希望這一向大家都好。Mae的「左手」的韻事太可笑了[18]。

愛玲十月廿四夜 *1957*（後加）

張愛玲致鄺文美，一九五八年三月三十日

Mae，

好久沒收到你的信，你們一定是跟我生氣了。我想，都是怪寫信的壞處——說來也許使人覺得奇怪，我這靠文字吃飯而又口才拙劣的人，倒是寫信比說話更加言不達意[19]。寫給你的信因為不打草稿，所以更糟。我相信如果面談，你一定會記得我是說話從不加考慮，尤其是在朋友面前，有時候本是好意，也使人聽不入耳。但是當時在融洽的空氣中說了也就忘了，不像白紙上寫黑字，總像是含蓄着深意。我在長久沒收到你們的信後才想起，難道Stephen以為我「拿蹻」不寫《溫柔鄉》是

希望多拿劇本費？還是覺得我脾氣太壞，一點也不能接受建議？其實電影的製造過程本來非如此不可的，而且公司方面提出的都是內行話。我只是認為我們有一個默契，Stephen介紹這工作給我本來是幫我的忙，如果覺得容易輕鬆我就做，覺得難就不做，報酬我一直非常滿意。但是我始終對於金錢來往影響友誼這一點懷着一種恐懼，使我每次收到劇本費，一則一喜，一則一憂。這封信一個月前就打算寫的。我常常牽記你們近來怎樣，家裏是不是一切照常。看到你的舊上司在《生活》上的照片。*Pink Tears*仍在兜圈子，編輯退回的理由大致相同：人物太不使人同情。Norton的編輯說：「Like her earlier book this is well-written, but one wonders why it was written. The characters seem to me uniformly unattractive, and the effect of the tale is almost to make one wish the communists well.」〔跟她之前的作品一樣寫得好，但有個疑慮，為什麼要寫這樣的故事？就我來看，人物似乎都不討喜，故事的效果幾乎令人想對共產黨祝福。〕同樣的寫實性如果應用在歐洲或美國南部的背景上，他們就毫不以為奇，但是小說裏的中國人非得是純良的王龍阿蘭，再不然就是滑稽而cute。我的新小說寫了七章。最近老毛病又發了一次，躺了一個禮拜，今天剛起來。我自己知道我是最壞的通訊者，所以也不能要求你經常的給我寫信。如果提起筆來感到意興索然，那就不通信也好，我仍舊相信將來見了面一切都還是和從前一樣。

愛玲 三月卅日

58〔後加〕

18. 鄺文美是左撇子，當年曾刻意練習右手（一九七六年一月廿五日張愛玲致鄺文美信，及一九九五年七月廿五日張愛玲致鄺文美、宋淇信皆一再提及），以免自己外出吃飯時「左手左腳」妨礙旁人。那段「左手的韻事」可能與此有關，但具體詳情已不得而知。

19. 關於「寫信比說話更加言不達意」，別詳一九八九年九月三日張愛玲致鄺文美、宋淇書。一九九五年一月八日，張愛玲在致平鑫濤信中也說自己跟鄺文美通信時「說話都含蓄慣了，以致於有時候溝通不良。」面談則不同，張愛玲好幾次都覺得彼此心靈相通，如〈語錄〉所說：「不得不信telepathy〔心靈感應〕——有時大家沉默，然後你說出的話正是我剛在想的。」「不知多少次，you took the words out of my mouth.〔我正要開口，你就搶先說了。〕」

張愛玲致鄺文美，一九五八年四月二十七日

Mae，

我重看*While the Sun Shines*，屢次笑出聲來。你看中這齣戲實在有眼光。我預備立刻動手改編。Mabel Crum可改為舞女或交際花，與男主角來往已久，未免有情，但並無更深的關係（傭人或者仍舊懷疑）。男主角作水兵，好不容易准假結婚，可以改為他雖是富家子，仍舊希望能找到一個職業，發揮所長。而屢次覓職失敗，好容易找到一個位置，但規定要有家眷，所以結不成婚更加發急。Crap game（花旗骰）一節，我覺得非擲骰子不行，有聲有色。中國賭法我只知道用三隻骰子，點子大的贏，或者三隻相同，么二三，四五六。似太幼稚，不知此外有沒有單用骰子的賭博？擲時唱唸什麼句子？（歌詞如打聽不出可以捏造）你廿日信上描寫《南北和》[20]，說得我心癢癢的，只恨看不到，如有油印本，能不能平郵寄一份給我？《荻村傳》的英譯本，Dick信上曾說要寄給我，迄未收到。他自己也已下了一番工夫，說我如果願譯就移交給我，想必遲早會寄來。你信上說的H.K. U.S.I.S出的價錢，我覺得非常滿意，因為這件工作我有把握不致於太費事。Stephen有空的時候就請去和他們講定，我不另去信了。Stephen的一套推銷術栩栩如在目前。希望他這一向沒再患感冒。我慶幸你似乎已經好多了。你們已經有廿年的歷史，真是難於想像，因為你們永遠表裏如一絲毫不變，真像是時間站住了不走，使人有恍惚之感。Dick信上勸我把*Pink Tears*交給Union Press出版，說了又說，而且他們還要一個中文舞台劇出單行本。你想我平白又去惹這批人幹什麼？當然一概回絕。*Pink Tears*這次不知又在哪裏碰了壁回來，現在由我建議，送去參加Harper's contest。明知入選無望，反正我只管我盡力給它every chance。我希望你找房子不太累，搬家的時候不太熱。如果我仍在香港，一定會跟着搬到九龍。我以前對寄卡片的意見現已作廢，為了偷懶，幾乎所有的信都用明信畫片代替。你遇到沒空寫信的時候，也隔些時寄張卡片給我，只要說一切平安。這小城裏的影院因生意不好，關門兩個月，下月起重映，所以許多片子（《桂河橋》在內）都沒看到。我很喜歡*The High Cost of Loving*，*Pajama Game*，法國片《紅與黑》沒什麼好。最近*Newsweek*〔《新聞周刊》〕上一

個廣告裏有一件上裝，與你幾年前做的深藍夾克一式一樣。不知道現在還常穿嗎？琳琳住讀你也許會覺得寂寞。

愛玲 廿七日 1958

張愛玲致鄺文美、宋淇，一九五八年五月二十六日

Mae & Stephen，

收到你們的信，使我覺得抱歉，尤其因為我的信寄到的時候Mae正發着103°的寒熱。最怕的就是一家大小接二連三或是同時病倒，近來是否大家都無恙？打了針是否好得多？你們忙的情形我不是不明白，我如果有你們一半忙，早已倉皇得什麼都顧不上。千萬不要以為我要你們常寫信。總之我只歸罪於不見面的氣悶，不然我也不會多心。Mae梳髻再配也沒有，高低部位也好，一道單鑲的綉花邊也簡單得可愛，不知道是什麼顏色？早晨梳頭是否費時候，是不是自己梳？我前一向燙的頭髮不好也不壞，最近試驗剪得極短，終於決定養成不長不短分層的直頭髮。你的新office設備這樣好，也是一種補償，聽來別有天地。Rachel這樣纏夾，害你在雨中等着，沒有着涼？關於Dick的謠言我倒覺得也是意中事，如果是比上官高一級的人，也許泥足更深，事情更鬧大了，你說是不是？耐冬的新職業與吳先生吳太太回港，我覺得都很characteristic〔合乎各人個性〕。我在《電影雜誌》上看到關於《南北和》，就覺得錯過這齣戲實在痛心。不知道演出怎樣？*While the Sun Shines*我記得很清楚，改編方言劇不但新鮮，而且可以減少頭緒紛繁這毛病。這書一星期後可以借到，重看後如果能解決Stephen提出的幾個問題，相信能很快的改編。《溫柔鄉》你已經想出很多的ideas，可惜我人不在這裏，無法商討，我希望公司能另外找人着手編，擱着太可惜了。前天收到你寄來的《荻村

20. 《南北和》由宋淇編劇。

傳》，Dick為了這本書已經兩次寫信來，他自己已經動手改編，但是希望我接下去。我看了覺得前半部很富地方色彩，只需要添補；解放後的部份佔全書四分之一，寫得最差，得全盤改寫。但這一類的工作究竟省力，我已寫信問Dick香港USIS大約預備出多少錢。Stephen看見他們也順便替我問一聲。Mrs. Rodell到歐洲去了，下月回來。*Pink Tears*仍無音信，新小說也時時擱淺。過了夏天我們想搬到紐約去，我希望離開這裏我會振作起來。Ferd的小說的前半部Scribner認為已可成書，但是他堅持要寫下去，奇長。他過去常寫些短篇小說賣給雜誌，星〔期〕六郵報等，但是這一類的作品是要趨時的，風頭會過去。他也久已不寫了。祝一切都好

愛玲 五月廿六 *1958*〔後加〕

張愛玲致宋淇，一九五八年八月三日

Stephen，

你十六日的信寄到的時候，我正在趕寫根據*Sunshine*的那齣戲《新娘》，希望能在月底寫好寄出，所以沒有另外寫信告訴你。不料後半部改來改去，麻煩疊出，到現在還沒完工，但已寫到最後一兩場，下星期三（六日）一定可以抄好寄出。昨天收到你的電報，非常抱歉，害你着急。當時打了回電去，另外補上這封信。這齣戲我始終非常喜歡，賭博的部份現在完全沒有了，色情部份也沒有，這兩點你可以放心。不知你們搬了家沒有，我仍舊寄到原址。希望你和Mae近來都身體好。《荻村》你已經代我講妥，而且想得那樣週到，真是感謝。Dick所寫的已寄來給我，但漏掉最初三章，還未補來，所以我還沒看。六個月限期能展期最好，如果太麻煩，也就算了，（只要是由簽合同的時候算起）反正我不預備費太多的時間在這上面。而且我知道你多麼忙，花上寶貴的時間和他們haggle〔纏夾〕，更使我不安。等劇本寄出後我再給你們寫信。

愛玲 八月三日 1958

張愛玲致宋淇，一九五八年八月六日

Stephen，

我剛抄完劇本，精疲力盡，不多寫了。此地的電報由一個藥店代理，老板娘親自送了來，我寫了回電交她帶去，她却自作主張替我做人家，打了deferred cable〔緩發電報〕，我昨天知道了很exasperated〔惱火〕，希望沒躭擱太久誤事。《南北和》收到，看了非常喜歡，下次寫信時再講。祝你們好。

兩天前寄出的一封信想已收到。

愛玲 六日[21]

張愛玲致宋淇，一九五八年八月七日

Stephen，

劇本昨天已空郵寄出，寄到繼園你們家裏。今天收到你第二個電報，我很着急，希望你們沒有搬家，萬一寄不到，會退回我處，那就糟了。我沒寄到你辦事處，因為怕人多事雜，會失落。以後知道了。

劇本寄到後請你立即來個便條告訴我，讓我放心。

愛玲匆匆上 八月七日 1958

21. 根據信中內容，六日是一九五八年八月六日。

張愛玲致宋淇，一九五八年八月十日

Stephen，

今天下午我剛發現你上次信上附有搬家後的新地址，我前一向趕劇本搞得昏頭昏腦，竟沒看見。而且曾經好幾次為了查看別的事把你的信拿出來重看，從來沒發現Modic的信底下還夾着一張紙，真正粗心得使人難以相信，覺得抱歉到極點。今天我立刻上城去打電報給你，希望劇本寄到繼園台原址仍舊可以拿到，否則萬一退回來，勢必耽誤十五日限期。我很明白攝影場等着拍片，多躭擱一天等於多麼大的花銷。我真着急，不知道香港搬家是不是可以留個轉寄的地址給郵局。

大熱天搬家，希望Mae沒有累着了。我過天再給你們寫信。又，以後萬一再打電報給我，地址只要寫Peterborough，N.H.，不用寫街名，因為人少，絕對不會弄錯，誰都認識誰。

愛玲 八月十日

張愛玲致鄺文美，一九五八年九月二十一日

Mae，

我正在打*Pink Tears*，一面又有許多最後的添改，常常又要重打，照例比預計慢得多。忽然又被門割破一隻手指，只好停工。打字機不預備帶到加州去，所以想在搬家前打完它，如來不及只好在紐約租一架用兩天。趁這空閒的時候寫信給你，把上次信上匆忙中略去的話補上。我實在羨慕你做謀殺案的陪審員，認為是一樁大經驗，可以想像乘警輪出鯉魚門的氣氛[22]。但不知凶手為什麼當眾行凶，不怕抵命？是一時衝動還是預謀？你的上司一蟹不如一蟹，上次*Life*上大捧Norman B.（名字不知我攪錯沒有）我看了不由得要笑，而又覺得寒颼颼的，天下事實與外表大都如此。*The Ugly American*〔《醜陋的美國人》〕那本書你們看到沒有，不知罵得是否在筋節上。我聽到Huntington

Hartford去過的人說，小房子內部設備很好，不過要防響尾蛇爬進來，早晚到食堂也要當心別走小路，廚子的匈牙利菜做得非常好，花園裏還有游泳池……我對於這一切都不感興趣，不過為了省兩個錢，同時換換空氣，希望思想靈活一點。我曾經寫了篇輕鬆的散文關於新英格蘭，希望賣給*Woman's Day*，一篇那樣的散文值一千五。Mrs. Rodell說她很喜歡它，但是至今也沒賣掉。運氣壞得這樣不可思議，多想會使人發瘋，幸而我也不主張多想。成敗是由無數的因素組成的，一件事成功，事後分析可以找出許多理由，倘如失敗，一樣也可以找出無數的理由。我覺得東試試西試試，一條路也走不通，遇到這種時候只有節省我有限的精力，因為這也是我的全部資本。歸根究底，為來為去都是為了我自己。我常常勸你保重的話，自己一直在實行。近來我因為胃口不好，常常自己做些中國菜，例如青椒炒蘑菇，用bacon〔燻肉〕油代替火腿油。希望有一天能夠做給你吃，同時聽你講點煩惱的事給我聽。《桂河橋》果然好到極點，此外去年的片子我最喜歡*The Long Hot Summer*，*Path*〔*s*〕*of Glory*。到紐約一星期除了看眼醫牙醫外，還想看兩張Brigitte Bardot的片子，聽說很風趣。住什麼旅館還沒定，信可以叫Rodell轉。《侍衛日記》這本書，能不能請你叫個識字的傭人代我留心，碰到就買一本？不是等着要。小女孩子總是喜歡漂亮的姑娘，你不要替琳琳擔心。

愛玲 廿一日 9/21/58

張愛玲致鄺文美，一九五八年九月二十二日

Mae，這些天來我一直在部份地改寫*Pink Tears*，添補一些心理過程，我下了決心一口氣寫完它再給你寫信，但是時刻惦記着，尤其是收到你九月九日的短信後，覺得天災人禍一併發作，使人透

22. 據母親鄺文美當年所說，這謀殺案極度兇殘，呈堂證物包括了碎屍後的肢體照片。因為審訊過程實在太噁心，她事後得以終身豁免當陪審員的義務。張愛玲似乎對謀殺案特別感興趣，例如一九七五年七月十九日她就在給夏志清的信中說：「你當陪審員，想必已經完全康復了。記得你說過以前還陪審過一次，是盜竊公款案？是謀殺案就好了！」

不過氣來。這一向台灣時局緊張，我着急香港不知可會受影響，也想到你二姊，却沒想到你們會有別的不幸。皮下發炎不知道是什麼症候，聽上去來勢洶洶，希望Stephen暫時多多保養，我聽你說一天到晚來客商量大計，想像這情勢一定不容許他多休息。我正預備今天寫信，（昨天晚上剛改寫小說完工）恰巧今天又收到你百忙中寫的長信，真覺得罪過。*Pink Tears*又被兩處退回來，仍舊說人物太不令人同情。我也懶得抄了，下次寄照片給你的時候把原信寄給你看。（我拍了兩張很自然的照片，小的還沒印來。）我自己隔了時間的距離再看*Pink Tears*，也發現許多地方寫得不夠，但與他們的批評完全無關，一本書的基調根本是無法改的。我預備把補充的部份先打出一份自己看過，再把全書另打一份。反正我盡到了心就是。我們十一月裏預備到加州海邊一個Art Colony去，可以單獨住一幢小房子，膳宿免費六個月，這機會不忍錯過，所以搬到紐約的計劃已經擱了下來，明年離開那裏的時候已經是五月中旬，也許在三藩市過了夏天再回到紐約。這是十一月十八日後我的住址：

〔……〕

我們十月底離開這裏，在紐約住一星期料理點瑣事，乘飛機到洛杉磯去，趁這機會賣掉Ferd存在堆棧裏的幾千本書（大部份是Americana〔有關美國的書〕），至少夠來回旅費。我這樣反對藏書的人，這也真是人生的諷刺，弄上這麼許多書。你想，以你們的家境，Stephen買書我尚且搖頭。《南北和》不但噱天噱地，格局的簡單有一種圖案美，我可以想像演出的效果。Dick的《荻村》充滿了他創造的俗語如「猴子屁」等，又隨意給瘸子、傻子撮合，使我無法續下去，濫續他也會表不滿。我只好寫信去，主張忠於原着，放棄這七章。兩星期內我打完*Pink Tears*就動手改寫它。謀殺案我極感興趣，這和新房子都希望你多告訴我點。《新生晚報》請仍替我留着。希望你自己也儘可能的養息一下。

九月廿二 1958

張愛玲致鄺文美，一九五八年十二月四日

Mae，我非常惦記你們倆，不知道這一向是否兩人都健康。我們月底離開Peterborough，動身前因為連夜趕着打字與理東西，幾夜沒睡夠，到了紐約，只顧得休息，此外只忙着找牙醫生，還有我三年前配的隱形眼鏡眼光已不對，去找眼科醫生重碾，但是並無結果，因為需要試戴一個時期，而我不能久住。好萊塢是隱形眼鏡的大本營，街上五步十步就是一個專家，但不可靠的居多。在紐約的時候我把添寫過的*Pink Tears*交給Mrs. Rodell，她和她的partner——一個伶俐漂亮的闊少奶（聽說曾當眾聲稱她沒有工作的必要）請我們吃飯。Mrs. Rodell正要動身去看她八十多歲患cancer的父親。我似乎永遠撞見她生命裏的悲哀的事，我剛到美國那天，她有一個要好的女朋友剛死。她說*Pink Tears*被Scribner那麼快的退回，對她是個打擊。新的version她看過後來信說認為比以前的效果強。《秧歌》的法文本將再版，英文本早已賣完絕版。我在電視上看到Fredric March夫婦的*The Winslow Boy*，精彩極了，還有舞台劇*Suzie Wong*〔蘇絲黃的世界〕的片段，雖然沒什麼好，但是在一個東方人看來覺得很順眼，已算難得。洛杉磯這城市貌不驚人，房子大都像是臨時將就搭成的。但是天氣實在可愛。沒看見一個明星。在一個飯館子裏看見Paul Douglas〔保羅・道格拉斯〕，似乎不能算。（你有沒有看*The Solid Gold Cadillac*〔《金車玉人》〕？）廿日到此地，住着一個山坡上的小屋，臥室浴室起坐間外，另有一個隔離的大畫室。我尤其喜歡到處都是大玻璃窗，望出去是蔥鬱的近山與遠山，晚上有racoon來爬在窗上討東西吃，一隻隻小臉像戴着黑面具，前爪像猴子，會站着捧着東西吃。我正在改寫《荻村》，但是來了不久就重傷風，今天剛起來。Dick來信提到他前一向曾生病，我希望不嚴重？他仍舊主張保留他創造的好青年「麻雀」，但並不堅持。聖誕節快到，一定更增加你的忙累。希望你偷空寫張「平安」的字條給我。

愛玲 十二月四日 1958

張愛玲致鄺文美，一九五九年一月十一日

Mae，收到你十二月十五的信，真覺得皇皇然。有種時候，安慰的話不但顯得虛浮，而且簡直冷酷，根本無從安慰起。但是能夠有好醫生診治，實在是不幸中的大幸。你說他對你大姐的好感到現在還會發生作用，我不由得想起吳先生代我母親生氣，大為光火——雖然表現的方式不同。我可以想像你每天趕來趕去的倉皇情形，真恨我不在場，否則你隨時能偷空訴說一通，至少會稍微心裏鬆動一點。你說這信寄到的時候最壞的已經過去了，這樣寫着已經覺得好過一點，這話我看了反而覺得心酸。我實在是想知道開刀經過怎樣，否則還不會寫信來。希望你空郵寄張明信片給我，好處在篇幅限制，只能寫一兩句話，也不必提所說的是誰，用英文也好。寫得再簡短我也不會覺得突兀。等你慢慢地心定下來再寫信。我這一向在趕寫《荻村》，因為越躭擱越不上算，希望在二月底前打完寄出。此外閒話有許多，但是有你這邊的事梗在心頭，一切都像是無聊的閒話。Dick來信建議*Pink Tears*交給東京一家專介紹英譯日本書的美國出版公司Tuttle。我把他的信轉寄給Mrs. Rodell，她回信說應當等美國方面exhaust all the field〔試過所有地方〕之後再試這一家，但是也不提最近又在哪裏碰過壁。我又把她的信轉給Dick。我在MacDowell認識的一個作曲家非常喜歡《秧歌》，在紐約見到賽珍珠時向她推薦我，她說也知道我，叫我寫信給她。我預備寫這封信，但是恐怕很少希望得到她的幫助，因為我對她的作品與對Marquand不同，無論怎樣掩飾也看得出來的。你們不要為我的編劇費着急，我住在這裏根本不需要用錢。我真後悔給Stephen添麻煩，因此惹出的氣惱他不願提的一定還有許多。以後決不再長途編劇了，這次又正趕着他身體不好的時候，我真抱歉到極點。你的頭髮現在短而鬈，我希望你腦後堆得高點，「帝國式」我覺得於你非常合適。我的頭髮也較闊較高，不鬈而蓬。

一月十一夜 1959

張愛玲致鄺文美，一九五九年三月十六日

Mae，收到你一月廿五的信，心裏一寬。Stephen的病源你如果當面講給我聽，也還沒有這樣清楚，因為我用耳朵聽不容易吸收。但是我記得你說過他騎腳踏車來報告停戰。我想像你們的近況一定苦盡甘來，Stephen在家裏養息，相聚的時間比較多，能夠從容的領略生活的情趣。我希望你office這一向不忙，也沒有無端端岔出別的麻煩差使。病後的世界像水洗過了似的，看事情也特別清楚，有許多必要的事物也都還是不太要緊。任何深的關係都使人vulnerable〔容易受傷〕在命運之前感到自己完全渺小無助。我覺得沒有宗教或其他system〔思想體系〕的憑藉而能夠禁受這個，才是人的偉大。請你原諒我這一套老生常談的人生觀，反正你知道我明白你從醫院探病回來的心情就是。痛定思痛，也許你現在反而有更深的感觸。接連收到兩批《新生晚報》，謝謝你。看到傅雷的兒子逃到英國的消息，對於我又是一個長篇連載的sequel。我在這裏一直很愉快，雖然兩件最關心的事毫無進展：*Pink Tears*沒有消息，新小說迄今未上軌道，情節大加改動，已寫的部份只能部份採用。《荻村》（改名*Fool in the Reeds*）空郵寄港要廿元，好在deadline在四月底，平郵寄出，四月中旬可到。另寄了份給Dick。篇首我譯了〈蒹葭蒼蒼〉那首詩，第五、七句恐怕記錯了，給對掉了一下。能不能請你代查一下《詩經》，是否「溯游從之，道阻且長；溯迴從之，宛在水中央。」如果是這樣，譯文第五、七句應當對掉。有便請告訴ＵＳＩＳ一聲。我寫了封信給賽珍珠，講上海那次話劇義演《大地》的盛況，她回信約我在紐約或費城時和她見面，但是我的用意並不是希望這種社交的接觸，決定不再寫第二封信。這裏已經是初夏。上城太麻煩，許多好電影都錯過了。Foundation請客全體去看西班牙舞與*The Horse's Mouth*〔《財星高照》〕，都不好。你給我做來的幾件衣服仍舊簇新，每次穿出去都使許多人羨慕。我花了幾個鐘頭自己做了件家常的袋式夏衣，全部簡化，只消縫右邊一道畢直的縫子，也只有右邊開叉。棕色花布，橙黃的大玫瑰。我恰巧有一條雞皮窄帶子顏色相配，穿上覺得比一般店裏賣的滿意得多。祝你們這裏無風無浪

愛玲 三月十六 1959

張愛玲致鄺文美，一九五九年五月三日

Mae，我收到Stephen的一千元支票，非常感謝。《荻村》這本書苦於格局庸俗，發噱的材料不少，我總希望試試看能否在美出版，也說不定它的文運比我好一點，但是因為這裏出版法嚴格，沒有版權我根本不能拿給人看，所以請Dick得到原作者許可，四六分版稅，然後寄給Rodell看。她回信來說她認為沒有希望，情節太散漫，因為人物多，時間長達五十年，題材對於美國讀者又太遙遠。我反正盡到了心就是，已經分頭寫信告訴各方（也向Modic提到收到一千元）。我的小說總算順利地寫完第一二章，約六十頁，原來的六短章（三至九）只須稍加修改，接上去就有不少，希望過了夏天能寫完全書一半。謝謝你替我查《詩經》和剪影評。我曾經在《新生晚報》上找到有用的港戰資料，因為怕錯過其他有興趣的文字，預備細看，所以你前一向寄來的兩批只有第一批看了一部份，預備帶到三藩市去。我睡得晚，所以從不下去吃早飯，但也仍舊整天不閑着。聽你說你們這裏一切如我想像的一樣，使我很安慰。我像看見你們的陽台，花草。你夏天如果穿短衫袴配上頭上的髻，那真再理想也沒有。Stephen最近沒有哪裏不舒服？那樣來勢洶洶的病，不免傷原氣，已算恢復得快的了。我擔心替我改劇本會太費力。我看了*Separate Tables*〔《鴛鴦譜》〕，非常好。想必你們一定也喜歡。在電視上看大衛尼文拿金像獎，覺得公平。發獎前有Sophia Loren〔蘇菲亞．羅蘭〕與Dean Martin〔迪恩．馬丁〕的一個小鏡頭很有風致，他裝出色迷迷的樣子呆望着她，她忽然發覺，失笑，白了他一眼，揚起手來向他一甩。上星期在電視上看John Gielgud〔約翰．吉爾古德〕演*The Browning Version*。新戲中只有半紀錄性的較好。看三藩市的報紙和向人打聽，房租確比紐約便宜，如果找到合意的公寓，預備住一年半載。廿日離開這裏，一有住址就告訴你。沙籠布我看見人做旗袍容易走樣，做玲玲的闊裙子最適宜。

愛玲 五月三日 1959

張愛玲致鄺文美，一九五九年六月三日

Mae，

臨行前收到你的短信，覺得心焦，不知道Stephen現在出院沒有？有沒退熱？香港好的醫院擁擠的情形我簡直不能想像。病後反覆，即使不要緊也使人着急。我在Foundation的時候，他們代出打字費，所以我把《荻村傳》交給打字員謄清，樂得自己省點時間。再一想ＵＳＩＳ，有那麼些閒錢送Richard Lee之流的人遊歷，為什麼白便宜他們這點打字費，所以向Modic提起。但是事先未言明，他們根本沒有付的義務，下次你如果有便，請替我謝謝Modic給的五十元。剛搬家，我的筆找不到，這一支筆真彆扭。我們找到這家公寓，非常便宜，地點又鬧中取靜，近中心區，有傢俱，雖然舊式，也還看得過去。兩間房，只是廚房浴室的裝置奇舊而髒，連日大掃除還沒完。三藩市我想像比其他美國城市富於歐洲情調，到處是rococo彫飾。「中國城」是個迷人的anachronism〔時代謬誤〕。我看了*Room at the Top*（英國片）沒有批評所說的那麼好，但是我很對胃口。我離開洛杉磯前曾去看Rodell的西岸代表，她說她曾極力推銷《秧歌》給電影公司，但是因為電視演出太壞，從此不敢再提了。我提起聊齋改編ＴＶ，她說一切fantasy都沒銷路，（science fiction已不是fantasy）但鼓勵我想個方法在ＴＶ西部劇中灌入東方色素，如最近有個西部劇中夾進一個日本武士切腹。（你想必在《時代雜誌》上看到批評。）McCarthy來信說他們政府預備出錢在台灣拍《荻村》，用香港導演，日本攝影師，但是原作者堅持要在編劇中夾進一份，問我願不願和他合編。我雖然對這一點感到頭痛，但是我對這故事熟極而流，覺得再拿他們一千多塊還是比較省力的工作，所以已經答應下來。前一向我看Kaufman & Hart劇本消遣，有一齣一九三四年編的*Merrily We Roll Along*純用年光倒流法，自然而然有許多噱頭與諷刺與悽涼感。我雖然不想寫中國電影劇本，我想你們如果中意，可以另找人編。等Stephen完全好了之後不妨找出這齣戲來看看，有許多topical references〔涉及時事〕如世界大戰等等都可以略去。Ferd以前編的一個電影劇本*The World, the Flesh & the Devil*現在剛拍出來，為了遷就主角Bellafonte，改得面目全非。我們這兩天忙得沒空去看，也許後天去看。不知為什麼這封

信擠滿了影劇消息，也是湊巧。另外許多我想講給你聽的關於三藩市的話只好暫等。希望信寄到時Stephen已經痊愈。

愛玲 六月三日 1959

張愛玲致鄺文美，一九五九年八月九日

Mae，

前一向我惦記着你們今年過生日是怎樣情形，Stephen好了沒有。我在趕寫《荻村》劇本，中文本昨晚剛寫完，Dick McCarthy十五日過埠，大概來不及譯好打好給他看。其實不必如此急急，但我總想做完它騰出充份的時間來寫小說。一方面這工作也就是休息，因為我始終為那小說煩惱着，雖然已經經過大的改動，還想拆了重換框子。常常晚上做同樣的夢，永遠是向相識的人（昨夜是我小時候一塊兒玩的一個丫頭）解釋為什麼不在寫。這真是病徵，我真要自己極力把持着不成神經病。如果能夠天天和你談一個鐘頭，可以勝過心理治療。說起心理治療，三藩市是我所知道的唯一一個需要心理治療的城市，聽說是因競爭而起的自卑感，無時不在自我宣傳，一開無線電就聽到「我們美麗的大城市」，（其實甚小）所有的居民都掛在口上讚天氣如何不冷不熱——七月四日我們到海邊去看放烟火，我穿着冬大衣，龜頸絨線衫，呢裙子，羊毛緊身長袜，還比不上別人身上裹着毯子，結果凍得沒看到就回來了——雖如此，究竟是城市，也確是富有情調。華人城我只喜歡走走看看，賣的都是銷洋莊貨，我對此間的中國館子也沒興趣。有一次看見一爿雜貨店在店堂後面吃晚飯，覺得恍如身在中國。收到你寄來的兩批《新生晚報》，一連看了許多天還沒看完，剪下許多材料。《萬花筒》真精彩，完全是現代《海上花》。這公寓沒有信箱，連掛號信都是管事的送上樓來，不知道Modic那五十元可會寄了來丟了。我自己做了一套赭色夾黑人字呢長衫加上短大衣。無論怎樣簡化、省事，我也不打算多做，一年一兩件，能對付過去就算了，反正我成天在家裏穿着浴

衣。我的頭髮燙成不規則的日本頭。配隱形眼鏡手續繁多，至今還在試戴期間，希望這一副能夠從早戴到晚。不寫了，現在正是黃昏時候，我還想去譯一點《荻村》。希望Stephen健康，你自己也沒累病了。你母親和孩子們都好？

愛玲 八月九日 1959

張愛玲致鄺文美，一九五九年十一月二十六日

Mae，

八月中旬見到Dick，聽見說Stephen仍在醫院裏，我很着急，想着你一定心焦，心亂，當然沒心緒寫信，連我也這些時一直無法寫信，我的同情你完全明瞭，但是人不在那裏總是隔着一層，如果你正心煩的時候我却絮絮不休閒話家常，也自覺無聊。我是真的不願意要你分神寫信給我，所以最近寫信給Dick請他聽到關於你們的消息就轉告我一聲。前些時我們走過華人城一家電影院，我忽然嚇一跳，看見《有口難言》正上演。立刻進去看，不料廣東話配音，我一時懞住了簡直一句也聽不懂，漸漸才慣了，但還是錯過許多對白。但是我主要的感覺是relief，因為我對於國語片的種種保留，使我提心吊膽只怕糟塌了劇本。演員除水××外都不差，林黛活色生香，不怪紅得這樣。光線嫌黯淡不知道是否因為拷貝舊。配音與嘴唇不吻合，有點損害妹妹代說話的效果。觀眾的反應很好。看劇本的時候覺得玲瓏剔透像個水晶塔，看戲也還是同樣印象，有些地方（如廣播場面）反比看劇本時味道更泡出來些。前兩天收到你們的信，知道Stephen近況，非常快慰。為了這筆錢使你們為難，而且在你們剛剛好一點，大事粗定的時候，我實在感到抱歉。臨行前支劇本費，一提我也記起來了，（是全部還是半數？）後來有沒有扣去却記不得，實在糊塗，幸而你把信全留着。拿到錢我當然高興，但是這兩天正重傷風昏天黑地，沒有立刻把收條寄來。我從夏天到現在不斷的鬧感冒，愈發愈厲害，常常空心肚子吐出來帶血，驗又驗不出什麼，醫生說只是感冒。我的書又寫下去

了，這又使我起勁得多，這次我不想再停下來寫電影劇本，但是你們要改編的兩齣戲我還是要買來看看。欠公司的錢無論如何要還的。如果我不打算馬上動手寫，下次寫信告訴你們，好另找人。Stephen所說的我覺得非常有理，（美國電影也在專心迎合十幾歲的觀眾）星洲新法律對電影界的影響我在《新生晚報》上看到時就為你們的公司擔憂。報紙希望你有空仍寄來給我。你的衣料樣品不在信封裏。你下次看見周裁縫替我望望他，我常常念叨着他的。上兩個星期我去申請入籍拍派司照，寄一張樣張給你，雖然粗糙，倒比別的照片像我。一百磅在你是標準重量，我一百磅却是瘦得厲害。你提起耐冬，我想起「housekeeper」與她的「房東列傳」，又大笑了一場。她是否在此地教書？我們至少在一年內不打算搬家，因為房租便宜，Ferd又在另一條街上找到一間工作室，大家都方便，但是作久居之計還是紐約。你擔憂有一天變得像你母親，似乎是杞憂，但是我可以想像，因為人老了確是善變。不過我總認定你永遠是你，回想起深夜送你回繼園台的一截路，與有一天我一夜沒睡，大清早送稿子到附近的印刷所，順便兜到你們家，（我忘了是送什麼東西去）你剛起來喉嚨有點沙啞，統統像昨天的事。那天早上你們「媽媽」正在梳頭，握着頭髮來開門，甬道裏充滿濃厚的睡意，說不出的可愛。我想到現在你們的公寓裏又天下太平恢復原狀了，（雖然甬道與房間換了方向）真感謝萬分。我和Ferd常常談着手邊稍微寬裕點就到歐洲東方旅行，並不是觀光名勝，只是到各處暫住，我覺得這對於我有很大的好處。我相信幾年內我們會見面。那一定像南京的俗語：「鄉下人進城，說得嘴兒疼。」

愛玲 十一月廿六夜 1959

Received US $ 50.00

Eileen Chang Reyher

Chapter

2

1960

|

1969

張愛玲致鄺文美，一九六〇年二月八日

Mae，

我一收到你們十一月十七的信就把那兩支劇本買了來，但是這一向除寫小說外另發生兩件麻煩的事，所以一直沒空細看劇本。第一是申請入藉〔籍〕要考問美國歷史與政府憲法等等，我以為不過一些常識，誰知問的問題倒有一半答不出，總算讓我及格，但是說下次仍要到法院面試，叫我讀幾本指定的書。我雖覺得不至於那麼嚴重，但費了許多事找證人等等，如考不取豈不太可笑？只好下點工夫準備。此外是隱形眼鏡照例半年後要出毛病，據說是眼睛趨正常，眼淚減少之故，所以戴着不舒服，糾正又須費時費事，到醫生處與眼鏡公司去個不停。收到你一月底的信，知道再躭擱下去會使你們誤會我是不高興寫，其實我上封信裏說的都是實話，欠公司的錢與欠私人的一樣，怎麼能憊賴。我後來再回想離港前情形，已經完全記得清清楚楚，預支全部劇本費。本來為了救急，誰知窘狀會拖到五年之久，目前雖然不等錢用，錢多點總心鬆一點。如果能再多欠一年，那我對公司非常感謝，因為我仍舊迷信明年運氣會好些，這是根據十三年前算的命。*June Wedding*改編的大綱附在這裏——本想寫得簡短些，縮短反而費事。Stephen的意見你們抽空寫封短信告訴我，一方面我再去想想。*Father of the Bride*，*The Wedding Party*我都沒看過。*Call It a Day*似乎只能拆開，父母的部份改為年青夫婦，婚後數年大家take for granted，丈夫專心事業，太太一心在孩子身上，外來誘惑乘虛而入。年青的一代，妹妹愛好詩畫很難找到通俗的中國equivalents〔對等事物〕，弟弟沒有戲。電影畫報每月收到，有張揚生活照的那一期還未來。我看了明星消息總想着幕後實情不知多麼有聲有色想入非非，一齣齣奇情大笑劇，可惜聽不到。Dick自洛杉機〔磯〕飛返台，我沒再見到他。他關心《紅淚》至今未賣掉，願意由他交日本Turtle出版，佣錢仍給Rodell。但我想Turtle是她在日代理人，如要送到Turtle似應由她自己送去。本來Dick預備經紐約返台，我托他和Rodell談談，如果她對這本書已心灰意懶，或者歡迎他接收。我自己寫信給她永遠不得要領。但結果他沒去紐約，却叫我把《紅淚》的原稿寄一份到洛杉磯讓他帶回去。我覺得手續未清，不能這樣做。現在這小說大概擱在

宋鄺文美在美國新聞處，一九五六年三月

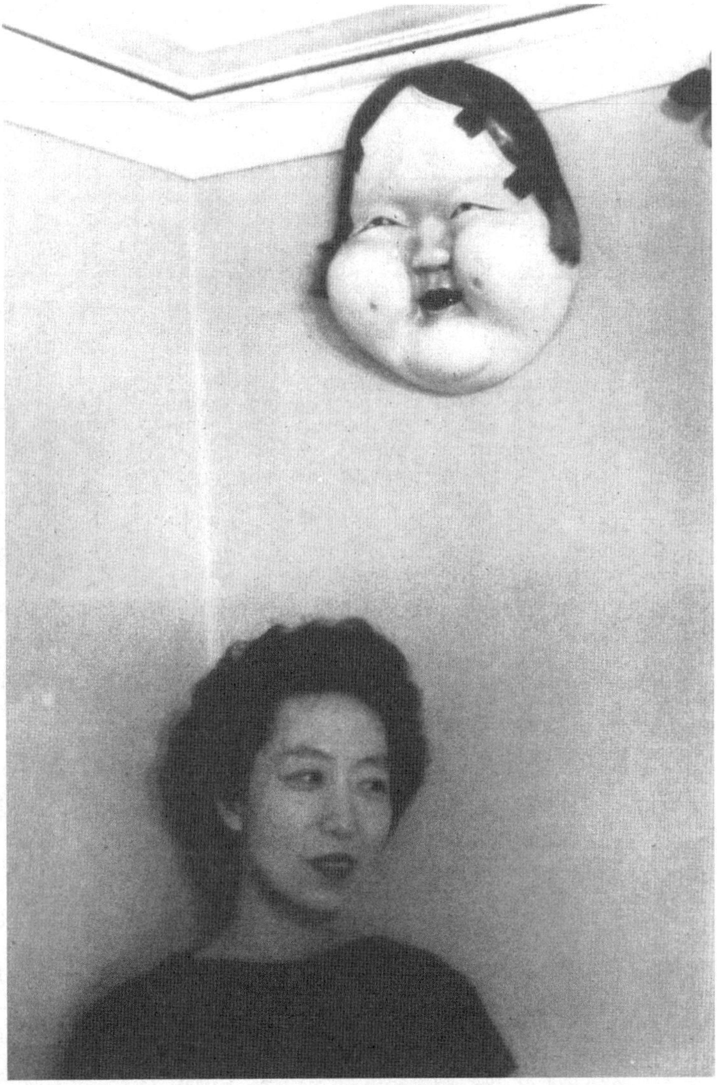

《對照記》[圖五十一]一九六一年，在三藩市家裡，能劇面具下。

Rodell處，沒再東送西送。上月一個出版公司向她要去重看一遍，又第二次退回，說寫得很成功，不像賽珍珠的假中國，但是「人物太不使人同情，銷路無把握，」最後兩句評語是他們出版界眾口一詞。我打算再等些時再建議叫她試試Turtle。除這個可能外，由USIS經手在遠東出版的英文書於我毫無益處。《荻村》英文本我看了一肚子氣，因為你要，我寄了一本來，也沒寫送給Stephen。裏面罵人的話統統給改過，不知是不是希望被採用作小學教科書。「混賬」給曲解得不知所云，我沒給一一改正，你如果有空看它，也切莫細看。《秧歌》在美出了簡易英文本，封面上一群飢民中夾着一個戴quaker式帽子的西人，不知是誰。《上海日報》你剪下的一節我看了也狂笑，對於這張報我永遠只有一句話：「怎麼還沒關門？」也真是奇蹟。這篇文字我以為不是騙稿費，只是自己人寫了填空白的，一文錢也沒人肯付。《新生晚報》你不要特為給我留着，我根本不注意連續與時間性，只要一年寄兩卷給我，讓我慢慢地看。日曆還沒收到，先謝謝你。你姐姐年前托買那麼些東西，實在不體諒人，你們這裏剛經過一番風浪，即使有空閒的時間也該揀點怡情養性的事做做，才能恢復原氣。幸而你母親身體底子好。你升官，一些無用的也升，我可以想像你的感覺。你肚子裏一部美國官場現形記白擱着真可惜[23]。我看了*The Ugly American*〔《醜陋的美國人》〕，材料精彩，只是寫得太差。你整天應付那一班人，在你也許覺得勝之不武，我如果知道細情卻會感到痛快。這裏兩張照片是Ferd一個朋友有一天來拍的，大笑的一張你看了一定覺得眼熟，穿的衣服也就是我的大作。日本面具是Fatima給的，寄到Huntington Hartford〔亨亭頓．哈特福文藝營〕已打碎，幸而有個畫家代為黏上。Fatima上月結婚，自紐約寄請帖來，對象不知是醫生還是博士，我也沒查問，大家都懶寫信。我自己覺得這幾年來沒有更老，所以總相信我們再見面的時候都還不會怎樣改變。你在我所見過的青春常駐的人裏是最極端的一個，（不單是我這樣說，你總也有點相信。）即使因為憂煎勞碌老了五年，也還是年青。而且這是有彈性的，（至少在中年是如此）心境一變，幾個月後會變回來，不過這和發胖一樣，因素是累積的，效果卻是「突變」，不是漸變。要過一向才看得出。你的兩件呢料子真可愛。黑綢暗花是什麼花樣？*Ben Hur*〔《賓漢》〕我看了，確是精彩，除了最後一段。

愛玲 二月八日 1960

張愛玲致鄺文美，一九六〇年二月十六日

Mae，

上次寄出*June Wedding*大綱，這幾天我定不下心來寫小說，所以索性研究研究*Call It a Day*，編了個大綱寄來，讓你們先擱着作參考。我想今年如果能編兩隻劇本，就拿一隻還給公司。現在剛抄

23. 鄺文美確曾戲作過一篇「美國官場現形記」自娛，一直藏於宋家櫃底，到近年才無意中發掘出來，張愛玲應該也無緣看到。此文題作〈代擬××新聞處××之音「五級文員」應具之條件〉，寫得妙趣橫生，不發表實在可惜，故全文收錄於此：

（一）文武全材——文：曾受高深教育，經驗豐富，能擬中英文函件，擅長翻譯，上知公文馬列，下能打字抄寫。武：力大如牛，搬移重物，面不改色；身輕如燕，登高取物，易如反掌。

（二）學貫中西——能操流利英語及國粵滬語。

（三）立場穩定——家庭歷史清白無疵，政治思想毫無問題，可於最短期間由政治部調查通過認為合格。

（四）隨傳隨到——隨時通知即可前來就職。

（五）不求名利——名義為五級文員。待遇約等於每月翻譯（英譯中或中譯英）三萬字（每天一千字左右）所得之酬勞。

（六）能屈能伸——平時為低級職員，必要時須負起高級職員之責任，不得以「不在其位，不謀其政」為辭。

（七）早到遲退——雞鳴即起，終日工作，流連忘返，週末及公眾假期亦能辦公。

（八）分身有術——限期已屆，而空無一人，此時呼天不應，叫地不靈，必須同時坐鎮辦公室，同時分身至各處送取郵包信件等。

（九）因公忘私——即使自身患病或家人患病，仍須前來，不得缺席，以免有誤國家大事。年假例假應毋庸議。

（十）治家有方——料理雜務，管理供應事宜，井井有條，無微不至。

（十一）假私濟公——如有申請未允，或不能報賬而不可一日或缺之物件，須自解私囊，以濟燃眉之急，免貽調排不周之譏。

（十二）頭腦清楚——心細如髮，一絲不苟，收發登記，秩序井然，分門別類，有條不紊。

（十三）辦事快捷——隨機應變，未卜先知，即使朝令夕改，亦能從容應付，不致有誤戎機。

（十四）任勞任怨——他人因私事（如休假或拍電影賺外快）而缺席時，務須越俎代庖，不得推辭。

（十五）和顏悅色——職位低微，故必須鑑貌辨色，時時以笑臉迎人。

完，是下午四時，還來得及寄出，別的話留在下次再談。希望你們倆這一向都平安無事。

愛玲 二月十六日 1960〔/61〕

①

Chiu Tai Bank Ltd.
122 Queens Road C. HongKong
Manufacturers Trust Co.
International Banking Dept.
55 Broad Street,
New York, N.Y., U.S.A.

No. 9573
Nov. 2, 1959
(HK $4,500.00 折合US $ 785.68)（《六月新娘》編劇費）
（No. 9573起，移到No. 847之上）

②

The Chase Manhattan Bank
18 Pine Street, New York, N.Y., U.S.A.
No. 847
Sept. 18, 1959
US $50.00（《荻村傳》打字費）

Pay to The order of Mrs. Eileen Chang Reyher

Received from Motion Picture and General Inve（殘缺）
The sum of Hong Kong dollars four thousand five hundred
being full payment of my movie script "June Bride"（六月新娘）。

張愛玲致鄺文美、宋淇，一九六一年二月二十一日

Mae & Stephen，

久已預備給你們寫信，但是小說快要結束，想索性寫完它，無論什麼事都捺到那時候再做。倒先收到你們的信。我因為在《電影雜誌》上看到Stephen照片，雖然瘦，似乎精神很好，所以沒有信息並不心焦，仍舊天天想起，仿佛你們永遠在那裏，毫無變化，這種永恆感也是麻木的另一面。Stephen千萬不要說什麼「有事有人，無事無人」，顯得見外，因為我這朋友極少的人，在我這方面是不拿你們只當朋友看待的。雖然因為欠着由你們經手的一筆錢，有點覺得虧心，我總認為是暫時的事。「病去如抽絲」的滋味我很熟悉，我知道對你們兩人都是精神上的負擔。朗朗怎麼又生這怪病。你們的事只好用「好事多磨」這句話來安慰自己，可以略微心平些。我又生眼睛裏的ulcer（潰瘍），醫生說與戴隱形眼鏡無關，是因受涼或頭痛引起的。我疑心與神經衰弱有關，一急更影響神經，一拖已一個月還沒好。小說取名*The Book of Change*（易經），照原來計劃只寫到一半，已經很長，而且可以單獨成立，只需稍加添改，預算再有兩個月連打字在內可以完工。Stephen有適當的故事就寄給我，可以在潛意識裏多醞釀些時。前一向我在舊雜誌上看到一篇劇評，罵一九五七年百老匯上演，很快就關門的一齣戲，*Fair Game* by Sam Locke，情節有點像*The Moon is Blue*，似有改編可能，我正想找來看看，不知你們看到沒有？《南北和》要拍電影我真慶幸，不然太可惜了。雜誌除有你

們房子照片那一期似都收到。報紙最近又收到兩批，郵費積少成多，但少數錢不便寄，只好以後再和Mae算。我對於琳琳的「小姐脾氣」只有最現實的看法，現代不論哪一種社會裏還是有不同的階級，聰明美麗的女孩子照樣做名演員藝人或鐵托夫人。即使遇到厄運，聰明人自會能屈能伸。做父母的想給她預防受打擊，未來的情形無法逆料，防不勝防。還是讓她儘可能享點福好。希望Mae不覺得這是局外人的風涼話而感到不高興。天天過海，你時間更少了。祝好

愛玲 二月廿一 1961

張愛玲致鄺文美，一九六一年五月十七日

Mae，

《小兒女》與Stephen的信都收到了，我覺得這故事很好，有很大的可能性，但是Stephen問我對改編的意見，需要多想想，所以只好先擱着等《易經》寫完，希望打字只是機械式工作，可以騰出腦子來想別的。一方面心裏不安，因為知道你們急需劇本，如果我不能寫應當及早告知，但是近來許多事都急出肚皮外了，也就暫堆在一邊，一切等小說完了再說。偏又發現許多地方需要重寫。這故事以港戰起，以港戰終，插入長的flash-back。一星期前剛剛改寫完了，又舊病復發，現在已確定知道是migraine〔偏頭痛〕，但是治migraine的藥極少效驗。拖到今天才好，眼睛ulcer至今未全愈。看情形打字時一定還是要邊打邊改，算兩個月完工，再擬定《小兒女》大綱寄港，來回連寫劇本至少兩個月。如果公司等不及，千萬另找人寫，我再等別的機會。上次我提起的1957年沒沒無聞的*Fair Game*前一向已見報將拍電影，使我感到僥倖。我很高興Stephen和瑯瑯這一向好多了。你說Stephen拔牙，我想起黃醫生給我裝全部上牙，離港數月後發現太receding〔後縮〕，幸而還來得及補救。（通常有這傾向。最好裝得比天然protruding〔凸出〕）他雖然是好醫生，對美容或欠研究。希望你注意這一點。美國政府我看看實在不行，你的上司一蟹不如一蟹完全是意中事。我想你們看《十八

春》一定覺得離我很遠，我却覺得距離很近。許許多多話相信不會永遠擱着，一定有機會暢談。

愛玲 五月17日 1961

張愛玲致鄺文美，一九六一年九月十二日

Mae，

我仍舊在打字打得昏天黑地，七百多頁的小說，月底可打完。想在下月初一個人到香港來，一來因為長途編劇不方便，和Stephen當面講講比較省力，二來有兩支想寫的故事背景在東南亞，沒見過沒法寫，在香港住個一年光景，希望能有機會去看看。暫定十月三日夜乘US Overseas Airline〔美國海外航空公司〕（一家較便宜的unscheduled airline〔臨時航班公司〕）來港，一到就給你們打電話，請千萬不要來接。聽說香港旅館擠得厲害，不知是否只是上等旅館有這情形？我還是打算在離你們家不遠的地方找個房間住下來，旅館只預備住幾天，髒一點貴一點都沒關係，請你代為留心。如果這一向剛趕上你們特別忙，你不要擔憂，反正我一住定下來就得忙着想《小兒女》劇本，以後儘有長談的機會。近來你們身體都好？報上說香港鬧虎列拉，你們生活上有沒有什麼不便？我今年過了年以來常有蕭索之感，相信你們自從Stephen病後也常有類似的心境。但是我一想到不久可以見到你們，却是真正感到愉快。你能否馬上給我寫張便條，把家裏和辦公處電話號碼告訴我。我們在這裏只住到月底，下月起在〔……〕

Ferd不能來，要我向你們致意。

愛玲 九月十二夜 1961

張愛玲致鄺文美，一九六一年九月二十三日

Mae，

收到你的信嚇了一跳，怎麼你這樣好的眼睛需要動手術。三個月沒通信，我只惦記着Stephen的健康，再也沒想到你會出花頭。你上次寄來的照片我前一向正找出來重看，覺得你真是六年來一點也沒變。我打字已打完，但仍有許多打錯的地方待改。飛機是十月三日（星期二）夜離三藩市，幾時抵港，昨天打電話到那小航空公司去問，不得要領，今天跑去問過，星期五下午四時三刻才到香港。途經Guam〔關島〕，Wake Is.〔威克島〕，Okinawa〔沖繩〕，又因international dateline〔國際換日線〕失去一天，路上要兩天之久。他們的時間表完全靠不住，你們千萬不要來接，白等一天半天，徒然使我負疚。叫的士來你們處毫無問題，而且我一到就會先打電話來。我非常高興你們可以替我找房子，不用住旅館。我的理想是沒有傢俱而有電話，但是知道找房子的麻煩，絕對不會疙瘩。不多寫了，趕緊去寄出。希望你們闔家都好

愛玲　九月廿三　1961

張愛玲致鄺文美，一九六一年十月二日

Mae，

USOA〔美國海外航空公司〕忽然改了時間表，兩星期一次飛港，（據說是因入秋生意清）十月三日一班機改十月十日。我為了省這一百多塊錢，還是買了十日的票。我寫信給Dick告訴他將去港，他來信叫我在台灣逗留一天，住在他們家，什麼他都可以代辦。其實我那兩個非看不可的地方，台灣就是一個，我以前曾告訴你想寫張學良故事，而他最後是在台。（我想不告訴Dick為妥，你們覺得怎樣？）我本來打算幾個月後去台住幾個星期，但這班機也可以在台stopover〔中途停

留〕，比下次去省錢。所以變計預備告訴Dick我想到台中或台南近土人的村鎮住兩星期，看看土人與小城生活。（我有個模糊的念頭土人與故事結局有關。）乘下一班機來港，要廿五六才到。如果你們已代我找到房間，房租請先代付。人還沒來先給你們許多意外的麻煩，真是說不出的內疚。希望你們不會見怪。這兩天搬家精疲力盡，visas〔簽證〕還沒辦妥，匆匆先寄出這封信，過兩天得空再寫信來。祝

好

愛玲 十月二日 1961

眼睛盼已復原

E.

張愛玲致宋淇，一九六三年一月九日

Stephen，

上月將《真假姑母》劇本寄到加多利道，算着除非節下信件太擠，聖誕前幾天當可寄到，不知有否失落？希望你來張便條告訴我，不要等公司辦完official receipt〔正式收據〕。如丟了只好找出亂七八糟的原稿重抄，免再躭擱。如已寄到，假姑母見妻來掩面暈倒一場，需加兩句對白。在湯初次建議請醫生後：——

林：不用不用。（向湯伸手）錢給我。（湯不解）剛才你不是有錢借給我？

（湯始想起，將手中捏着的鈔票交林）

下接林妻謂語聲熟，一時倒想不起像誰。

你的信箋上的辦公處地址與信封上不同，不知是舊信箋還是已搬家？希望你和Mae過陰曆年一

愛玲 一月九日 1963

一九六三年一月十日

Candle-light 大綱

片頭：（無聲序曲）

賽馬場。中年大商人扭過頭去看一靚女，望遠鏡貼在頸後而不覺。女侶劉小姐怒，撕單逕去，卸一耳環置手袋中。商追呼跟出，拉入汽車。車行，劉餘怒未息，示以擠失耳環。商語車夫，開往珠寶店，偕劉入。車夫望櫥窗內見劉指點店夥取鑽環，不禁微笑。

大雨，車夫獨開車過巴士站，向一候車者兜生意，講價未妥，馳去，見一服裝華貴少女狼狽呼的士，延上車，女問價，云隨便給，終不受酬，佯裝車主人，云送你恐拒，故偽作白牌車。女不予地址與電話號碼，云不便，只允打電話給他。

商在家一面穿衣一面聽電話，云最近一股票上吃大虧。掛電話後呼車夫入，令勿去接劉小姐，送一盒日本楊梅去，告云我有事，與日本來人談生意。車夫云必怒。「生氣讓她去，反正又是我的錢晦氣，」一牢騷云商場風險大，反羨你們吃人家飯的無憂無慮，無錢則女友自非看上你的錢，寧對調地位。僕入報的士來，商乘的士去。僕與車夫議必赴一有夫之婦約，故特秘密，不乘自備車。車夫問「有電話找我否？」深念所遇，疑其家長嚴不至此，或有夫。僕乘主外出溜出，臨行予楊梅。車夫代接電話，竟係邂逅女，驚喜，約來吃日本楊梅。

女來。問何故如此神秘，是否已嫁。女試其心，問已嫁則如何，且以妒夫恫嚇，云知必殺。車夫致款曲，云尤慕其名媛風範。女不安，將言試探，知其階級觀念特深。

劉小姐來問罪，誘車夫不遂，去，令送還睡衣。女匿隔室略聞，憤其無恥，甫出大門而睡衣內衣一一擲下。

車夫向女吹，作汽油生意，與德士古等皆有來往，架上銀盃係網球、游泳得獎。女問架上書，諉云需眼鏡。女指索，而力拔不出，原來仝排木製假書，觸機關化為一酒櫥，乃令女選酒，乘機嗅女頸。女慮寓中無人，男乃佯呼老王，伸手索酒杯。不料商因李太失約早返，聞談話，穿僕號衣至，應聲奉以杯。車夫大驚失措，見女吃楊梅，更惶恐。女且評虛有其表，不及本地楊梅。車夫便云「等我去買本地貨你吃，」奪送冰箱。女偏吃，云本地貨尚未上市，終被奪去。

女賞商小賬，向他打聽主人婚未。商力誇豪富，且有馬參加賽馬，銀盃原來係馬所得。門鈴，女云定係又一女人。車夫急入謂女或係找你的，女乃引避。商謂車夫：「虧你竟交上如此華貴女友，即麻煩找上門來也值。我可暫扮僕成全。」車夫感甚。

開門，乃李太之夫洶洶索妻，見女遺大衣，持為證。車夫懼，倚商保鏢。女卒出，李太之夫乃恍然笑去。商倡飲酒壓驚，車夫問女適選中哪一瓶，商見係珍藏好酒，百般阻撓無效。女自去廚下覓得螺絲鑽自開，詫商不善操作，托云車夫兼職。女自承乃女傭，適來者係主人，乃色狼如一切闊人，汝主亦非例外。商授以應付竅門，切勿飲酒，勿多逗留，着帶往高貴場所同遊。

女果要求出遊。車夫苦無錢，云恐為人見於卿有礙。女欲往郊外馬棚參觀，習騎馬。車夫無奈，由商幫穿馬靴，一足蹬商背用力過猛，商跌出樓窗外，落樓下布篷上顛擲不已。騎馬終作罷，車夫欲攜女遊車河，女堅持商隨去開車，以便監護。商號稱車夫而不精駕駛，驚險百出。車夫只顧自後座指揮，無心談情，終需自開。女獨坐，發現車門袋中各色女子用品，怒，不允移坐前座，反呼商同坐。遊至夜，屢經飯館過門不入。車夫終往主人熟菜館叫菜，下車前不放心恐主揩女油，代繫安全帶。商向女言闊人之吝嗇，自己約她明日觀影。女則訴云明知其人放蕩怯懦勢利，疑係環境使然，從小慣壞，口吻間透露她仍愛他。

三人仝返，車夫竊向商討教求愛法。送菜來，商往開門，聞車夫曾囑特別考究，今日請特客，憤而留下兩味自吃。女入廚見商獨享佳餚與前死活留下之美酒、楊梅，深佩其揩油手段較她施之於主母衣着香水更高一等，復請教對付色狼法，云不便掌頰有失身份。商授計間乘機吻女，女掌其頰。車夫撞見大怒，命商滾蛋。商憤，往脫號衣。女代說情。車夫求愛，一一讀出商所授轍兒，女則依計答云吃了飯再說。

門鈴。商開門，乃李太聞商搭上她的女傭，上門理論。車夫女傭身份皆拆穿。商恐洩李太事，溫語着車夫送女回。途中二人重圓。

張愛玲致鄺文美，一九六三年一月二十四日

Mae，

我一再請你千萬不要為不常寫信抱歉，你的每天生活情形我有什麼不明白的？·Stephen累倒了也在意料中，那次收到他的SOS〔求救信號〕時我就擔憂，聽上去工作太緊張，所以這幾個月來我一直為遲遲未交卷而內疚，但是非醞釀一個時期不可，只好屢次連想一兩個星期又擱下來。電懋不知對《真假姑母》劇本有興趣沒有？我姑姑有信與照片來，似乎還好。我看見報上說陰曆年前收到外匯可領額外糧票，所以又寄了點錢去。我現在正在寫那篇小說[24]，也和朗朗一樣的自得其樂。Ferd開刀二次，我的牙仁又要開刀，幸而不是什麼急症，眼睛最近又在看醫生，據云以前也不是ulcers，僅是一種infection〔感染〕，不要緊的。諸如此類的「新」聞還沒說已感厭煩，你可以想像我為什麼不寫信。此外一切音訊杳然。今天是陰曆除夕，你知道我對明年抱着mystical〔神秘〕的希望，所以趁今天寫封信給你，別的以後再談。轉眼間三月就要到了，希望Stephen的手術經過順利，你務必抽空來張一行字的便條將大致情形告訴我一聲。你吃東西最好比以前fussy〔挑剔〕點，或於貧血有助。

愛玲 一月廿四 1963

Feb. 22/ 寄去cheque US$ 788.88[25]

張愛玲致鄺文美，一九六三年二月二十二日

Mae，

一提起筆來無非說些厭煩透頂的事，近來因為找到兩個較便宜的診所，常去看醫生，各種無限麻煩的小病希望能斷根，例如濕氣，醫生叫我連吃特效藥十個月代替電療。牙齒又有兩處要重鑲。小說在寫着。去年賣給*Reporter*的一篇短文說九月刊出，擱到現在沒登，月初編輯打電話來說馬上寄版來給我看，也迄未寄來。諸如此類的莫名其妙的事遇得多了，也只好置之度外。《真假姑母》的改編我却自己覺得是《情場如戰場》後唯一較滿意的，寫的時候將原來大綱增刪許多，胡鬧成份較少，有些地方我以為Stephen看到也許會喜歡，沒想到寄到的時候他已經請假休養，也沒看見。我倒希望他們至少目前不打算拍，但這兩天最好請你們再問問劇本費幾時能發下，下個月Stephen開刀後更需要休養，你也只有更忙，我再夾忙頭裏給你們添上麻煩也更過意不去。希望你自己這一向身體好些，想必Stephen在家裏待了些時精神也恢復了許多。我相信三月裏你們一定一切順利。

愛玲 二月廿二 1963

24. 「那篇小說」指《少帥》。
25. 宋淇筆跡。

張愛玲致鄺文美、宋淇，一九六三年二月二十七日

Mae & Stephen，

劇本費收到了。目前電懋的複雜情形可以想像一二，希望沒為這回事有什麼 unpleasantness。Stephen 養息得見效這樣快，實在是好消息，可見身體底子還是好。Mae 又生病——我不禁記起你晚上十一點左右臉色蒼白睡眼朦朧，從來沒看見你那樣病態美似的。這次會不會是 Asian flu〔亞洲流感〕？有沒有打預防針？總之是抵抗力弱，天天上醫院真擔心會累倒。我的小說還不到一半，雖然寫得有滋有味，並沒有到欲罷不能的階段，隨時可以擱下來。沒有加緊寫劇本的原因是那樣趕出來的根本不能用，這一層你們一定明白，並不是故意耽延。《香閨爭霸戰》我一直認為故事輪廓好，只要材料豐富，空氣濃，較牽強的一兩點都可以帶得過去。我個人向來覺得佈局與使情節合理化都容易，只有滑稽場面難，所以仍在收集合劇中人身份的笑料，隔些時又找到一個，仍不夠。如等得及，等你開刀後跟你講講，好在真動手寫起來快得很，大概兩星期就夠了。祝好，等你們忙過這一陣再通信。

愛玲 二月廿七 1963

張愛玲致鄺文美、宋淇，一九六三年四月二日

Mae & Stephen，

我收到三月十一日的信後，想再試試看把香劇想通，什麼時候能交卷比較有數，再給你們寫信，所以等到現在。情節大致已排好，萬事俱備，只欠精彩，想想還是再擱一兩個禮拜，寧可多擔點風險，照現在這樣寫了來或者也會引起麻煩。*Wuthering Heights*〔《咆哮山莊》〕我當然願意試編，兩種劇本圖書館裏一定有的，不過還沒借到。《星島晚報》的小說，困難在我的《易經》與

《金鎖記》都是舊作改寫，讀者向來只看情節，炒冷飯未免使人倒胃口。等Stephen幾時見到那編輯的時候或者可以講起這一點，看他什麼反應。二者之間《金鎖記》較適宜，但是我覺得越是長久沒寫，讀者看看又是老一套，會有反宣傳的效果。*Reporter*上那篇短文原名"Frontiers Revisited"〔重訪邊城〕，由他們寄一份來給你們，大概要下月底才到。聽那編輯電話上說，似乎捺着不登的原因是去年這裏都認為中共不久會垮，不像我說的那樣仿彿什麼事都不會發生。最近我又身體啾啾唧唧起來，病了幾天。寫小說看參考材料，找到今聖嘆講軍閥時代「陪斬」的一段，不由得感謝Mae歷年寄給我的《新生晚報》，從前實在美不勝收。算着Stephen大概已開過刀，總算幸而Mae已經好了，不怕奔波勞碌，希望你稍微空下來點的時候就來張便條約略講點Stephen開刀經過，過天再寫信。我也常想到一別已經又是一年，感到惆悵。

Eileen 四月二日 1963

張愛玲致鄺文美、宋淇，一九六三年五月十八日

Mae & Stephen，

《香閨爭霸戰》寄出後又發現兩處需改：末一幕抬擔架腳夫應由女經理叫來。拳師第二次將盧甩跌後，冬奔到他身邊跪在地下——

冬：盧廣！

沈太太：（拉勸拳師與拳師妻）好了好了，有話好講。

拳師：（抵抗妻）也不問問清楚就冤枉人。

冬：盧廣！（哭）

沈太太：快送醫院！送醫院！（招來一輛的士，幫冬拉盧，盧痛，變色）小心，小心，先別動。（擠出人叢中）

眾人：（七嘴八舌）嘖嘖嘖！打出人命來了！叫巡警！別讓他跑了！騙了人家老婆還打人。

拳師妻：（見勢頭不妙，當胸扭住拳師）回去跟你算賬！（拖他走，眾辟易，夫婦跳上的士馳去）

（沈太太領四腳夫抬擔架來，……）

最終冬脫下膠質雨衣代他擋雨，二人在透明的幕下握手。

又，盧吵得冬睡不着覺的一場，冬說：「你不能這麼自私，人家一早還得起來上班。」盧說：「你做事我不用做事？」應改為「你掙飯吃我不用掙飯吃？」

*Wuthering Heights*舞台劇與電影劇本都看了，覺得是電影劇本好，非常動人，不過童年部份或者可刪減。希望Stephen已康復，Mae也沒累病。我仍在看牙齒，八個蛀洞加上別的，要下個月才看完。

Eileen 五月十八 1963

又，那齣戲不合國情處，等想出眉目再來信。

E.

張愛玲致鄺文美、宋淇，一九六三年五月二十七日

Mae & Stephen，

《魂歸離恨天》的Gypsy改雜種人恐難找到合適的小生，不如刪去種族一節。我覺得穿西式長裙的舞會必須保留，只有這樣才能打動一個羨慕繁華的少女的心。這樣如何？一九四七冬，北京郊外大雪，一夜行人投宿遇鬼，屋主急開窗喚女名。老婦解釋敘往事。1915年，她丈夫是當地小財主，中年無子，只一幼女十分驕縱。自育嬰堂抱來一男孩，但旋即生下一子，更縱得無法無天，父死後奴役孤兒，連母親也怕他。十里外一富家別墅舉行舞會，（1930的西式時裝與現在差不多）女與男去窺視，因而參加。男負氣出走未成，使她更對他失望，終於答應嫁給富家子。男刺激出走，她追入大風雪中，得了肺炎。病愈後嫁富家子，為了她的健康小夫婦長住別墅中。母親跟她住，弟弟吸毒流蕩，她夫婦倆為了逼他戒毒，不許她母親給他錢。數年後男發財回來，買她家房產，收留她弟弟與昔日幫兇今已嚇瘋的老僕。弟弟向他討錢吸毒，他也給。她與她丈夫冷遇他，小姑不平，伴作騎驢看花，驢瘸，找他，約來她家舞會。她責備他的報復不擇手段，終無法阻止小姑逃婚。小姑嫁後斷絕來往。一日弟注射過多倒斃，女母來哭子，責罵男，勸小姑回娘家，（或仍改為小姑送信乞女轉圜，因此女母來訪）並說出女病重。男急去探看，訣別，女死。女母無依，結果還是跟義子住。故事講完，一舊識鄉人正冒風雪趕驢車夜行，見男與一少女，以為迷路，來告知他家，追去只見他一人足跡，旋發現他凍死山下。

《香閨爭霸戰》寄出太匆忙，隔些時又匆匆寄來改的兩處，給你們添上麻煩，也不知道你們這裏是什麼情形，真過意不去。希望Stephen已好多了，Mae也無恙。

Eileen 五月廿七 1963

張愛玲致鄺文美、宋淇，一九六三年六月二十三日

Mae & Stephen，

收到你們六月三日的信覺得非常安慰。我本來也想着如果開刀後稍有點複雜情形，無論怎樣輕微，替Mae想着總覺得定不下心來給人寫信。我這一向浸在*Wuthering Hts.*〔《咆哮山莊》〕裏[26]，屢次預備給你們寫信也是心裏亂糟糟的寫不成。有些成問題的地方，隔上兩天又想出個答案，也

26. 張愛玲未拍成電影的劇本《魂歸離恨天》，依據愛蜜莉．白朗黛（Emily Brontë）《咆哮山莊》（Wuthering Heights）的劇情改編。

就不去跟Stephen商量了，免得Stephen在這時候還要寫信，像上次那封一樣，使我拿到了心裏久久不安。不用童年一段我完全同意，因為我還有點記得以前的美國片三個孩子的部份也不好。改為嬰兒時抱來本已將兒童的戲去掉一半，其他的也不必要。改的地方統統是因為兄改弟，酗酒改吸毒，女僕改母，與時代不同，以及戲太長需要經濟時間。邵氏的事，我想來覺得office politics〔辦公室政治〕與政海波瀾一樣多變化，所以並沒覺得奇怪。反正Stephen所要的不過是多拍幾張好片子，這在現在的情形下已經是夠難的了。《易經》決定譯，至少譯上半部《雷峯塔倒了》，已夠長，或有十萬字。看過我的散文〈私語〉的人，情節一望而知，沒看過的人是否有耐性天天看這些童年瑣事，實在是個疑問。下半部叫《易經》，港戰部份也在另一篇散文裏寫過，也同樣沒有羅曼斯。我用英文改寫不嫌膩煩，因為並不比他們的那些幼年心理小說更「長氣，」變成中文却從心底裏代讀者感到厭倦，你們可以想像這心理。Mrs. Rodell仍在把它東投西投，一致回說沒有銷路。在香港連載零碎寄太費事，而且怕中斷，要大部寄出才放心，所以還說不出什麼時候能有。《少帥》的故事我想寫到三分之二才看得出結構，能告一段落，可以打出來交給Rodell兜售，現在還差幾章。這些都等這劇本寄出後靜下心來考慮一下再說，不久會再寫信來。Mae所說的Stephen在醫院的經過與住院日子之久，我實在沒有見過，聽着也心悸。你們的事也確是總要受盡磨折麻煩後才如意。水荒我在報上看見，以為在香港是老生常談，沒想到剛趕着這時候的不便。前一向教皇之死非常感動人，這似乎是現代唯一活的宗教，但是連選新教皇放黑烟白烟也那麼保留傳統的美，我看着也想到你們。希望發炎已好，Mae也不再瘦下去。我忘了告訴你們看了*The Ugly American*覺得好極了，尤其是劇本。不懂一般的批評為什麼不好。

Eileen 六月廿三 1963

July 12 寄上香閨cheque及acknowledge收到劇本[27]

張愛玲致鄺文美、宋淇，一九六三年七月二十一日

Mae & Stephen，

收到你們七月十三的信非常高興。Stephen還沒完全復原，聽着雖使人心焦，我從小聽慣了「病去如抽絲」與「不舒服別人替不了你」的話，所以生起病來很有耐性，只有不病的時候活得不值得才覺得可惜，這一點你們可以自慰。我自己對命運也很有忍勁，何況你們這是有把握的事，不過時間問題。Mae的大姊這些年後見面，真是人生難得的事，比我想像中跟我姑姑重逢還更像隔世一樣，你一定談得又痛快又疲倦。我對改編劇本極有興趣，希望Stephen能早點寫封信來講點我聽聽，讓我擱在腦子裏多渥幾個星期，寫起來比較順手。鄭和故事經考慮後決定放棄，所以那本書你們以後不要寄給我。玲玲大兩歲後一定更美更動人。女孩子們的「大志」dose not mean much〔不大重要〕，Mae當然也知道，沒有也照樣可以出人頭地。男孩子向來長得慢。Dick正在幫我賣《易經》，找到一個不怕蝕本的富翁，新加入一家出版公司。最近我又把《金鎖記》交給他一併拿去給他們考慮，還沒有回音。以前Dick屢次對《金鎖記》表示興趣，我一直沒拿給他看，因為實在不願意在台北出版，錯誤百出加上他們的編輯的添改，而且我發現對於在此地推銷毫無補助。這次拿去，我臨走時檢點皮包等物怕忘了什麼，又absentmindedly〔心不在焉〕拿起這包原稿，他面色陡變，當我又要帶走，我後來想，覺得可笑。《雷峯塔》還沒動手譯，但是遲早一定會給《星晚》譯出來，臨時如稿擠捺下來我決不介意。這一向乘空在寫張、趙故事，本來可望一口氣寫到西安告一段落，一看參考材料，北伐時期許多軍政事日期攪錯了，所以又有好幾處要改，這兩天正鑽在裏面有點昏頭昏腦。先草草寫這封信，把劇本費收條寄來再說。祝

好

Eileen 七月廿一 1963

27. 宋淇筆跡。

張愛玲致鄺文美、宋淇，一九六三年九月二十日

Mae & Stephen，

收到你們九月四日的信知道Stephen的健康stabilized〔穩定下來〕，放心得多。醫生所說的就是不能馬上實現，似乎也值得為它冒這風險。前天昨天又接連收到《春秋》和兩本書，裏面的材料好到極點，而且來得正是時候，替我打破了兩個疑團，我簡直興奮過度。電影界的musical chairs〔搶位遊戲〕實在又可氣又可笑，說不上來是什麼感覺。*Candle-light*、*Belvedere*都在圖書館借到了，都很喜歡。*Belvedere*屢次使我笑出聲來，可惜許多笑料都難譯，如allergy，如書名*David Copperhead*活畫出作者目空一切，對名著毫不買帳。如果改為《紅樓夢》之類就變成套用，完全失去原意。中國似乎沒有那麼賣錢的嚴肅性小說，或可改為星馬，（星洲阿媽遊行罷工，因而主婦缺少工人）作者用英文，因近於世界語，剛在排印已被歐美搶購電影版權。主婦是彫刻家改行製玩具或其他家庭工業，見報上婦女欄作者覓屋，請來看孩子，不料是男人，而且用打字機吵得日夜不安。羅曼諦克成份似需加強，至少她「憐才」而關切，想代介紹女友又都嫌配不上他。同住一宅房子的老處女時來攪擾，她代他抵擋，更像是妒忌。或者他使她覺得自己夫婦倆生活的humdrum〔單調〕，忙得沒有意義。唸童話一場不但難譯，小孩的戲也恐演不好。總之需要另補充些戲料與笑料。電影你們看過沒有？與劇本出入多否？*Candle-light*的女僕應改為頑皮而不放蕩，拆穿後男僕雖失望，悟出她的人格勝過劇中的小姐太太們。初會是在外面，她說他打電話來不便，不肯給他號碼，答應打電話給他，而久未打來。那天忽然打來，看他是否還記得她的聲音。也許這齣比較容易改編，等我把兩齣都仔細想一想再寫信來告訴你們。Mae已經這樣忙，再加上開招待所，我一想就覺得透不過氣來。這裏一切照常，雖然Ferd七月裏在圖書館外跌斷胯骨，開刀後已快復原。我看他是苦悶中一種精神上的需要，所以出事。我替他申請免費開刀住院，大概沒有問題，以後可以算是一種醫藥保險，也是無辦法中的辦法。下次你們寄《魂歸離恨天》劇本費給我，能不能買張bank check掛號寄來，上面沒有我的名字？零碎費用務必請Mae加上買書的錢媽媽虎虎算個大約的數目扣下，不然我以後不好意思

再麻煩你們買書。夜深不寫了，明天第一樁事去寄出這封信。

Eileen 九月廿日 1963

張愛玲致宋淇，一九六三年十月一日

Stephen，

《魂歸離恨天》抄好了，趕去寄出，過天再給你們寫信。題目不知道你有沒有想出來？一九三幾年有個翻譯的西班牙小說叫《永別了愛（戀）人》，雖然濫調，我覺得很醒目，可供參考。昨天收到你的信與支票，謝謝，收條附上。別人的譯稿都來了沒有？我希望沒為了我寄錯了耽擱太久。《女人萬歲》大意再補了張來，那封平郵的信裏有更詳細的。你說的兩本書，我想還是先到library of Congress去看看，揀稍有可能的寫個大意來，等你看了再買，好在寫張便條來來去去不費多少時候，不到兩個禮拜。新的書名簿他們送了一本，與*20 Best Screen Plays*都寄來給你。上次所說的台灣出版物，給了他們地址不妨，我不預備給他們寫，不但不犯着，第一是沒有稿子。希望你們倆最近都身體好。

Eileen 十月一日 1963

張愛玲致鄺文美、宋淇，一九六三年十月二十日

Mae & Stephen，

*Belvedere*仔細一想就知道不應加強羅曼斯，但其他因素不知怎麼咭唎咯碌老是不凝結。找到許多用得上去的噱頭，又扯得太遠，結果都裁去。但因躭擱太久，先寄來給你看看，有幾處還待整

理。《星星・太陽・月亮》（《星星・月亮・太陽》）裏張揚喂菜給狗，狗搖搖頭不吃這一節，不知別處用過沒有？否則這裏可用。*Candle-light*還沒想出什麼，只好以後再跟你談。又，我後來忽然明白*Wuthering Heights*不應刪去臨死前談衣服一節，她應當叫丈夫開衣櫥，她指明最喜歡哪兩件，拿出來擱在床上看，他說她不久就又可以穿它。這一點上次寫信給你忘了提，如必要可以找出原稿與原著添上兩句對白。Ferd腿剛好忽又有congestion of the lungs（肺充血），暈倒入院一個多禮拜，幸而申請免費已批准，一切包括在內。同時我和Fatima談過，她可以替我兌支票，所以下次寄劇本費給我還是照以前那樣寫明我的名字，不用掛號，沒有問題。這到底不是長久之計，打算再過幾個月用最簡便的辦法根本解決。至於Ferd的醫藥費等於有了終身保險，隨時出了事入院可住雙人房，也不吃苦。我看牙齒要到十二月底才看完，雖然工程浩大，也是因為這地方雖相當可靠，特別拖延。這一向浪費的時間太多，得多做點工作，不多談了，希望你們倆這一向都好，Stephen續有進步。

愛玲 十月廿日 1963

張愛玲致鄺文美、宋淇，一九六四年一月二十五日

Mae & Stephen，

收到信非常安慰。不知道Mae是不是平地跌跤？沒傷筋骨？Stephen胃病好了沒有，想起*Grand Hotel*是不是因為*The VIP's*？我看了*VIP's*也非常喜歡。書已買到，是*16 Famous European Plays*（《歐洲名劇十六齣》），另一本沒有。十七日寄出，希望不久可以收到。你們替我買的書沒算出多少錢，我也知道Mae每天忙與趕的情形，沒工夫搞那些，這本書無論如何不要算了，不然更叫我不安。以後如再想起什麼再叫我買，只要打個電話，連門都不用出。小說還沒寫好，因為越寫下去，知道前面應當長，後面應縮短，所以老是只差一章就可以動手打了，也老是心不定。Dick去年十月裏說，一得到關於賣《易經》的消息不論好壞就告訴我，這些時也沒信，我也沒問，因為每次和他一談就使

我恨不得馬上把張趙故事寫好，而又急不來。他們的VOA找我寫無線電劇本，改編兩篇Solzhenitsyn〔索忍尼辛〕的小說，我非常喜歡這作者，所以小說寫不出的時候就拿它填空檔。譯《雷峯塔》也預備用來填空，今年一定譯出來。編兩支無線電劇本也要clearance，填表我把Mae寫作reference〔推薦人〕，如果問起我來，請不要提電影劇本的事，好在與Mae個人無關。我這些事上很小心，沒有怎樣逾規。有條新法律今年如果通過，Ferd可以隨時領到醫藥費作為養老金，就沒這些麻煩了。聽說附近有一州只要住一星期就可以離婚，但現在已改為住一年，否則我可以去住一個禮拜，以後好照舊幫他的忙，只不管他的無限制的醫藥費。（他完全是心理學課本上的例子，譬如驗了沒有某病，他以後就常常問，「What's the name of the illness I can't have?」〔我沒得的那病，究竟叫什麼名字？〕他女兒說她已經為了這威脅，神經血壓都大受影響，在延醫服藥，也真可笑。）但是我一天賣不掉小說，收入這樣少，就也不必費事了。上兩個月暗殺Kennedy〔甘迺迪〕那天，我正午剛醒，在床上聽無線電，忽然插入一個報告，總統汽車隊遊行，有記者聽見兩聲鎗響，不知道是否向總統射擊的。從這時候起，幾分鐘一個報告，一直發展到第二天下午一時，的確驚心動魄，和報上讀到大不相同，有catharsis〔情緒宣洩〕的感覺。夜深不寫了，明天無論如何要把收條寄出。希望你們陽曆年後已經順意得多，Stephen的手也完全好了。

愛玲 一月廿五 1964

又，收條上劇名我沒把《魂歸離恨天》填進去，因為不知道你們算不算改編。

張愛玲致鄺文美、宋淇，一九六四年一月二十九日

Mae & Stephen，

前兩天的信寄出後又想起一點：我叫Mae不要提編劇的事，你們看了會覺得奇怪，因為Dick一向知道的。不過我填表根本是多餘的，又不是去給他們做事，我也曾經告訴Dick申請住院費的事，大概他不會追究這一點。我只籠統的寫self-employed，writing。萬一查問起電影方面，可以說大陸淪陷後留滬三年給香港寫了些劇本，來港後因倒閉轉手等情，拿不到錢，後來輾轉托人陸續拿到，有幾隻Stephen從那邊買來拍出片子。Mae可以說完全不清楚，不過我知道Mae生平最恨說謊，如果覺得為難，就把實話說得含糊點也行，只要告訴我一聲。上次來港目的我寫的是搜集材料。我費了些時間填表正覺得冤枉，希望沒有使你們更加頭痛。這次給我的支票是你們自己的，想已多費了事。一兩天內我鑽回小說裏面就又不像這樣煩得莫名其妙。*Belvedere*我想「左」了，成為死胡同，等Stephen有空就把你的ideas寫給我看看。

Eileen 一月廿九 1964

張愛玲致鄺文美，一九六四年一月三十日

Mae，

接二連三收到我的信，你也許覺得詫異，事實是我一想到就隨手寫張字條子，相信你不會怪我草率與顛三倒四。還是為了填那張表，上次在香港的住址記不清門牌號碼，只好寫上你們的住址，注明是通訊處，所以索性把你填作reference，因為反正已牽了進去。但是隔了幾天又記起彷彿是284號6A吳宅，所以改填過，不提你們，也不填你作reference。為了這不相干的事白忙了半天，這該告一段落。希望你們倆這一向都平安無事，過了陰曆年更一切如意。

愛玲 一月卅日 1964

張愛玲致鄺文美、宋淇，一九六四年五月六日

Mae & Stephen，

我近來非常忙亂，而忙得毫不起勁，所以沒早點寫回信。《第一爐香》電影版權的事我當然同意，請對秦羽說一聲。你們看見Dick McCarthy沒有？《易經》他始終賣不掉，使我很灰心。少帥故事寫好的部份他和Rodell看了都不喜歡，說歷史太confusing，Rodell說許多人名完全記不清。我讀到新出的一本中國近代史的書評，說許多人名完全把他攪糊塗了，直到蔣出現才感興趣，所以我早有戒心，自以為特別簡單化，結果仍舊一樣，難道民初歷史根本不能動？三年來我的一切行動都以這小說為中心，現在得要全盤推翻，但目前也仍舊這樣過着，也仍舊往下寫着。上月夏濟×（C.T.）來，VOA的人邀我見他一面，我告訴他《金鎖記》英文本賣不掉，他願意拿去給他們大學的出版部看，還有他認識的書評家等等。我也「知其不可而為之」，從Rodell那裏拿回來，整理一下預備寄給他。又，上月底一個老同學翁美麗忽然自紐約打電話來，說她的丈夫哈利周在電懋做事，他們路過，無論如何要見我一面。我坐巴士去看了他們一次，周叫我給他們編劇本。聽他所說的公司情形，我想也決不會長久，結果不過是寫一兩隻劇本的事，也無所謂，反正現在一切都是暫時的打算。編什麼那天也沒談到。Stephen上次說*Candle-light*戲太小不預備拍，我想既然編了個詳細的大綱，如果寫出來給他們，也許你不會介意。本來正要寫信來問，倒先收到你們的信。《雷峯塔》因為是原書的前半部，裏面的母親和姑母是兒童的觀點看來，太理想化，欠真實，一時想不出省事的辦法，所以還沒譯。Mae說Stephen的健康問題影響到她的心境，我也為了自己的問題正有同感。希望Stephen這向好些。

Eileen 五月六日 1964

（**附宋淇答覆要點**）May 13

（1）《第一爐香》等合同事MB?·事由Mae函詳

（2）中譯英文小說suggest改《胭脂淚》

（3）aus

girthing? pretty意見函詳Candle light暫緩

May 24

合同Mae's wng? letter

張愛玲致鄺文美、宋淇，一九六四年五月二十五日

Mae & Stephen，

每逢收到你們的信總覺得過意不去，因為知道Stephen的健康情形與Mae的忙，難得放假還要寫封長信講公司內幕，我恨不得馬上告訴她那是不急之務，這一類的事反正可以想像。但是我也沒能馬上寫信，這些天都在忙着改《金鎖記》，因為好久不見，看出許多毛病，這是我最後替它盡一點心。譯小說一再耽延，完全是為了材料問題。Stephen說得很對，但是《胭脂淚》現在也還在流動狀態中，一等改完就可以決定譯哪一篇，馬上動手，儘早寄來。我也曾經想到躭擱太久會有變化，但是自己如感到忐忑不安，勢必一面譯一面改，結果很費事。我替VOA改編*The Heiress*（*Washington Square*）改為內地一九三〇年間，中國味很濃厚，其實現在的港台南洋也是一樣。這戲可惜女主角不能太漂亮，是個難題，我想你們不會要拍。我上次答應寄個故事大綱給電懋，你如果沒興趣我就寄這個去，因為一切現成，雖然我對他們毫無信心，損失不會太大。我覺得我反正是freelancing沒什麼關係，也許在公司當局看來不那麼簡單，會使你為難？等Mae有空的時候你先讓她寫張便條來告

訴我，過天再暢談。

Eileen 五月廿五夜 1964

張愛玲致鄺文美，一九六四年五月二十九日

Mae，

收到合同剛巧遇到放假，要等下星期一郵局開門拿去磅過再寄，希望沒誤事。叫你在忙累中與病後長篇大論講這些氣人的事，我實在於心不安。電懋的事正如我想像，不過真事總比理想更精彩些。周海龍一望而知是滑頭生意人，我絕對沒有以為他是欣賞我的劇本而來找我，只以為是病急亂投醫，連他自己的口氣聽來也像是朝不保暮。老板雖闊，不會長期支持一個蝕本生意。算它再維持一年，也許我賣一兩隻劇本給它。現在知道實情比這更壞，我前幾天信上提到的*The Heiress*先擱下再說。過去這些年電懋的事我不必知道詳情也都有數，屢次害Stephen為了我更添氣惱，癥結都在我賣不掉小說上。我在這裏無論找什麼事也都受影響。（連威爾遜總統的孫子也因為沒有著作出版被某大學辭歇。Ferd女婿在博物院，也得常常發表些考據文字）我在想法子找翻譯的事。VOA的中文部虎視眈眈，使我想起南京俗語，「多隻狗都嫌。」我難得去，可是已經親眼看見他們把一個較懂戲劇的美國人擠跑了。至於電視編劇，一問你寫過的劇本都是中文，簡直免開尊口。反正你們會明白在這情形下，無論什麼門路即使明知不是路，我也不會斷然關門的緣故。至於電話一叫就去，那倒是我一向這樣，在上海老是自己送稿子，在香港也曾經為了出小說集馬上跑去見出版人。那次見鐘啟文剛巧害眼睛，而且談業務有Stephen。夜深不寫了。香港水荒到四天放一次，天又熱，真不堪設想。祝

安好

愛玲 五月廿九

張愛玲致鄺文美，一九六四年七月十一日

Mae，

收到你六月廿三的信非常震動。我那次看見周海龍，他說一直乘飛機來往星、港間，坐得多了覺得擔心。想不到竟是預感。翁美麗不大跟着同去，偏這次也在內。陸運濤我常讀到關於他的文字，也聽見Stephen說過他的為人，再也想不到這樣下場，人生真是可怕。你講到周，那是你們對人厚道，我相信這是「載福」的。前些天秦羽寄了《第一爐香》版權費給我，我本來要早點寫信告訴你，免得你們擔心，但是簡直目瞪口呆說不出話來。《金鎖記》剛改完，正忙着打。這小說先後都是在Peterborough寫的，那荒涼的環境顯然使我腦筋混亂，許多毛病現在一望而知。雖然太晚了，反正改了，等打完就翻譯。Stephen發熱好了沒有？附寄一篇影評[28]，大概是像*Rashomon*（《羅生門》），同一故事，各人看來不同。不必分上下集，只分成兩半也是一樣。如果Stephen沒看到，給他做參考。我接連幾天起早打字沒睡夠，今天瞌睡得厲害，但是急於在黃昏前把這封信寄出，不多寫了。希望你們倆這向都好。

愛玲　七月十一　1964

張愛玲致宋淇，一九六四年十一月三日

Stephen，

這齣戲覺得比*Belvedere*有把握，可以先編這個。你以前說再提出一支，我真抱歉就擱得這樣久，事實是直到這兩天才想通，也不知道還用得着用不着。你和Mae這一向可好？希望所有的風浪都在戶外不進門。我正重傷風。

愛玲　十一月三日

張愛玲致鄺文美、宋淇，一九六四年十一月十一日

Mae & Stephen，

我搬了家都沒寫信來，似乎荒唐，但是一來因為郵局代轉信不會失落，二來因為先忙着搬，接着又要做積壓下來的工作，直到昨天才透口氣。前兩個月我申請廉價房子，其實從前一到紐約就想登記住這種housing project〔公營房屋〕，沒有職業不合格，現在是因為Ferd年紀關係，很快的租到一個新造的公寓，房租只有本來的三分之一，目前可以生活無憂。地方比原來的大得多，又是我喜歡的現代化的房子，空空洞洞大窗子裏望出去，廣場四面都是一疊疊黃與藍的洋台，像在香港和Mae看的藍與赭色的洋台一樣。剛定下來Ferd忽然又頭暈起來，澈查後吃了一程子藥，總算病沒發。我上次信上說《胭脂淚》改寫完了，隨即又發現還需要改，直到搬家前才寄給夏志清。同時Dick又找到一個人幫着賣它，是從前做news commentator〔新聞評論員〕的，有個中國妻子在VOA做事。這人也喜歡《少帥》小說，並沒有被人名攪糊塗了，或者因為對中國近代史比較熟悉些。從上個月起我趕着編《荻村傳》無線電劇本，預備一編完就譯一兩章《胭脂淚》先寄來，看《星晚》還要不要。今天一找，新打的三份都不在這裏，改得亂七八糟的原稿在搬家的時候銷燬了。有一份兩個月內可以拿回來，但是已經耽擱得太久，勢不能再拖。（我的打字機小，只塞得進三份。本來自己留着的一份，Dick最近又要了去。）我這一向本來心緒壞得莫名其妙，大概因為缺少安全感，雖然住到稱心的房子。今天更低氣壓，實在不應當揀這時候寫信，但是也不能再耽擱下去，天天惦記着你們這一向怎樣，希望一切都好。

愛玲 十一月十一夜 1964

28. 為法國導演安德烈·卡耶特（André Cayatte）一九六四年電影《夫妻生活》（La vie conjugale）影評。兩段影片由丈夫和妻子的角度出發敘述他們離婚的故事，導演並認為這是對法國和美國的離婚問題的評論。

張愛玲致宋淇，一九六五年二月七日

Stephen，

自從上次在你們信上知道你好多了，很放心，所以這些時沒寫信來，想等《胭脂淚》譯完寄來再寫信。遲遲沒譯，也是因為疑心一譯又需要改，果然一變成中文馬上看出好些地方「不是那麼回事」。為什麼這樣像無底洞似的，原因不在這裏多講了。總之已經譯完四分之三，英文稿子預備擱一個時期再照中文繙過來，寄到英國去試試。Dick托人賣它又碰壁，這次你們看見他也許還沒得到消息。——我沒跟他提起你的健康情形。——夏志清拿給Donald Keane看，Keane也像一般「東方學家」一樣把東方理想化，第一嫌這些人怎麼都這樣壞，而且連窮人也一樣壞！我已經從夏那裏拿了回來。幾個月前他信上提起他哥哥仍在加州教書，現在想必還在那裏。幫着譯那本書我當然高興，最愛做這一類的事。今天在圖書館已經找這書來看過。除Hemingway外我想譯Wolfe，Lewis，West，不過隨便換兩個人也沒關係。我曾經打聽過這裏的一個翻譯機關，譯政治經濟的東西，稿費又少，又要打出來，我打字又慢，覺得不犯着，乘目前不必顧到生活，還是把那兩部小說寫完了算數。VOA也要停止廣播戲劇了。Ferd又進過醫院，總之一切都是朧下去再說。我總等到有事才寫信，也是因為沒心腸談話。反正你們永遠在我思想背後，只要有什麼大變動的時候告訴我一聲。Mae的時間都在交通工具上搭掉了，我太知道這情形，雖然我不常出去，一出去就是一天。最近我把存着的箱子拿了隻出來，第一次用她給我的鱷魚皮包。林黛自殺不知道是為什麼？想起她和你們同住一個公寓的時候，有異樣的感覺。希望你們過年都好，你的牙齒也已經習慣。

Eileen 年初四 1966〔1965〕

張愛玲致鄺文美、宋淇，一九六五年三月一日

Mae & Stephen，

收到你們的信知道Stephen又生病，頭痛到極點。希望這次的小手術經過良好。Dick回來後有信來，還說Stephen好多了。William Van O'Connor's〔威廉．俄康納〕*7 Modern American Novelists*〔《美國現代七大小說家》〕在圖書館借到了，已經在動手譯Hemingway，Wolfe，Lewis，照Stephen說的那樣較近意譯。今天VOA的人打電話來，說起夏濟安在加州患腦充血逝世，嚇了我一大跳，不知道你們已經得到消息沒有？如果影響譯書，要放棄這計劃，儘管告訴我。Ferd最近又進過醫院，查出腦子裏有blood clots〔血栓〕，幾個舊的，一個新的，影響走路與神經。出院前坐在輪椅上等人來接他上電梯乘救護車回去，等得不耐煩，向過道裏走過的一個人說，「喂，給你一塊錢推我到火車站。」答說「我不能夠，我也是病人。」我聽得大笑起來。我也還幸而能夠常常大笑。他女兒弄了個電視箱來給他解悶，有個comedy serial關於一個單身漢領養了個中國孤兒，我看見的一齣剛巧很好，又看見一齣Lucille Ball的鬧劇，從頭笑到尾。Ferd出來兩天忽然又輕性中風，昨天又再入院。今天我去參觀一個養老院，那裏每天有醫生，可以一天量幾次血壓。他當然不願意去，目前大概還是在家裏對付着。Sinclair Lewis和Dorothy Thompson結婚的那個時期，Ferd和他們很熟。其實他從前腦子清楚點的時候可以寫寫名人逸事，但是他一提起筆來就顧忌太多。有個黑人作家在Lewis家裏住過，寫了篇文章關於他晚年有些怪事。Ferd說這人是peeping Tom〔偷窺狂〕。Mark Schorer寫這篇論文前曾經寫信給他問他有沒有材料。他當然沒有。——我忘了問，Stephen信上說「有關三人的資料和他們的作品」去借來看，是不是為寫註解作參考？這一向雖然這裏很亂，我只要有privacy，總還可以做自己的事。《胭脂淚》還缺一章半，這兩天先擱了下來。Mae說的我看了真覺得震動而又慘淡，無話可說。不過經常睡不夠總不是事，怎樣補救我也不能想像。以後你們有事還是給我寫便條，我知道你們寫不慣，能不能試試？又是深夜了，過天再談。

Eileen 三月一日 1965

張愛玲致鄺文美、宋淇，一九六五年五月二十九日

Mae & Stephen，

上次Stephen來信後，不知道你們這一向可好？我一直在譯這份稿子，怕躭擱太久會誤期，今天禮拜六，下禮拜一放假，郵局關門，所以今天晚上趕着去寄，還有許多話，過天再寫信來。稿紙買不到，我畫了格子影着抄的，三百字一頁。「老斗」是不是父親？如果我記錯了，Hemingway的短篇"My Old Man"只好譯〈我們老頭子〉，但是太像妻子稱丈夫。再談。祝

安好

愛玲匆匆寫 五月廿九 1965 Aus June 2/65

張愛玲致鄺文美、宋淇，一九六五年六月十六日

Mae & Stephen，

收到你們六月二日的信，知道近況，非常欣慰。那篇序譯了附在這裏，裏面有個人物John Marcher到處查不出，甚至於打電話到各大學英文系去問，又值放假，也捉到兩個教授聽電話，都不知道。我瞎猜，可會是1954（實在是過得快——十一年了！）在香港看到的Henry James〔亨利・詹姆斯〕有篇晚年極晦澀的小說，我也只跳來看，只看出個情節，一直haunt〔纏住〕我，一查主角是叫這名字，像中獎似的，興奮得十指都觸了電。Stephen一月廿八信上說譯稿期限四個月，算來差不多了，所以匆匆寄上。USIS給稿費向來慢，我不等錢用，千萬不要費事。那次見到夏濟安，我有個印象是他內心生活很緊張。他很突兀地說，「I'm your competitor, you know.」〔你知道的，我是你的競爭對手。〕因為他也在寫短篇小說，（其實跟我還比些什麼，當然他也是不清楚我的情形）可見他不光是教書忙。翻譯無論怎樣到底不傷脾胃，如果是血壓高，防不勝防，聽醫生說忙

迫也還不是壞事。台灣的書我久已沒看到。我看書完全為了娛樂，難得看個當代名著，更難得有時候覺得是的確好，例如*Waiting for Godot*〔《等待果陀》〕與學它的*The Caretaker*。接着再來一部*The Dumbwaiter*，《時代雜誌》上大捧這次電視上演出，我剛巧看見，沉悶得看不下去。Ann Blyth拍的一齣電視劇，也是《時代雜誌》上預告的，是個eastern western，清廷派人到巴拿馬追捕逃亡皇后。如果是套鄭和追建文帝，套得實在好，但是也許毫無關係。戲也還不壞，不過中國人看來太不順眼。上次我提到的那些連載劇，也實在是像人家說的那樣壞，難得有一次好些。倒是無線電上唱全部舞台上新音樂喜劇，另有comedians灌的片子，可惜沒有什麼Stephen能用的。Dick上月突然調到西貢去，對於我也是個打擊。想必遲早會到香港來，你們不久會見到他。《胭脂淚》寫到最後第二章，擱下幾個月，現在又在寫，不久就會寄來。女主角似乎一輩子只哭過兩次，而上海氣氛很濃，想叫《上海女》，又像是指南來的上海人。Ferd二三月間出院後三天又輕性中風入院，這次兩個菲列賓醫生（一個是女的，姓王）留着他不放，一面暗地裏設法要送他進瘋人院，叫一個外來的psychiatrist看他，名字瞞着不告訴我。等我打電話找到了那psychiatrist，他說，「腦子上似有lesions〔損傷〕，所以混亂，不知道月日（！！），可算瘋狂，但是在家裏會好些。」一方面Ferd看見情形不妙，更加精神錯亂起來。我連打兩天電話，全靠查電話簿。院方一會賴我簽過一張文件，一會又說已經不關他們事，到了政府手裏，而政府有關機構說不知道，仍舊權在醫院。院長剛巧又不在。找到代理院長，他去一查，也還是口口聲聲「王醫生說如何如何」。只好恐嚇他要起訴，馬上放了出來。這幾個月來好得多，也可以走路，另找了個醫生看着，Medicare要明年夏天才實行。那王醫生三十來歲，黑黑胖胖高高的，有曲線美。她的同鄉（才廿幾歲）第一次向我介紹說「這是王醫生，」她馬上走開不理睬，後來則是尋相罵。他們是什麼心理，一說又是一大套，不在這裏揣測了。不過我向來睡不着的時候總是在腦子裏講着近事，比這更沒有興趣的，像告訴什麼人聽，恐怕也就是你們，幸而你們聽不見。近來特別感到時間一天天過去得多麼快，寒噝噝的。不多寫了，還是去結束那篇小說。上次寄來的譯稿不記得哪一篇上曾經提起哈代的*Jude the Obscure*，譯為《默默無聞的裘德》，應改為《費解的裘德》。Mae說邵氏老板知道重視ideas，那實在難得，真是Stephen的知己。你們這裏一切漸漸回到從前的norm，聽了真高興。

Eileen 六月十六 1965

張愛玲致鄺文美、宋淇，一九六五年七月十九日

Mae & Stephen，

這是匆匆寫的便條。《魂歸離恨天》原稿本來留着，搬家的時候因為東西太多，拋棄了，現在懊悔不迭。接信後馬上到圖書館去定，他們那一本今年沒有了，（據說常有這樣的事）說分館也許會有，正在弔〔調〕查，等了這些天還沒有回音。另外一個Library of Congress一定有的，除非裏面的人借出，普通人不能借出去，現在住得遠，要天天去很麻煩。我的記性向來是這樣，有時候完全忘了，提起來，過些時又會都記起來，所以我想再等兩個禮拜，在下意識裏醞釀着，會多記得些，圖書館也可以少去幾次。岳楓導演我聽見了當然十分高興。Stephen信上沒有說等着要，反正我不會躭擱太久。《胭脂淚》寫完了，正又從頭看着一路改下來，剩下很少，再一擱怕又擱下了，所以這兩天就在忙這個，過天再寫信。Mae的風濕病是不是因為牙齒？一個好了一個又不舒服，希望最近你們兩人都好。現在下午兩點多，想就出去寄信。

Eileen 七月十九 1965

張愛玲致鄺文美、宋淇，一九六五年八月二日

Mae & Stephen，

Mae的風濕病怎麼這樣厲害，我只知道arthritis〔關節炎〕疼得厲害，查字典這兩樣有時候有

關，該不是arthritis？希望這次治好了不再發。拔牙齒出血不止也嚇人。那兩本書已經寫信去訂購，*Kitty Foyle*我也沒看過。這兩天匆匆忙忙本來也定不下心來寫信，先告訴你們一聲，免得萬一掛念。圖書館我又打聽過，以前我借的那本被偷，也真巧。那份稿子被遺失，我自己常幹這一類的事，怎麼會怪別人，雖然麻煩，也沒辦法。我不大相信自己的記性，明知原稿丟棄了，前幾天又澈底大找了一通。另一本*7 Modern American Novelists*已經又借了來看着，Fitzgerald〔費茲傑羅〕那篇月內一定譯了寄來，用Stephen名字我當然一點也不介意，你們想必也知道對於我毫無分別，看譯稿的時候可以多換幾個字，比較不像我的口氣。《胭脂淚》剛改完，等抄好就寄來。我覺得《胭脂淚》與原名《紅淚》一樣有點鴛蝴氣，又在考慮叫《錯到底》，是一種針腳交錯的綉花花樣。出單行本如有路子請儘管進行，不要等着問我，以後寫信的時候順便告訴我就是。否則就等刊出後再說也是一樣，總之為我的事操心，已經感謝不盡。Dick McCarthy走了，我也就是因為他幫我賣小說，所以更覺得lost。所有我認為次要的事如與醫院鬧的糾紛，都沒有找他。Stephen想到的小說材料隨時有空就告訴我聽。過天再談。

Eileen 八月二日夜 1965

又，Mae講起辦公，你從前講過些office politics〔辦公室政治〕，無論怎樣可氣而又可笑，我覺得反正你會應付，又不傷神、動真氣，儘管自己覺得沒有意義，有本領不用總可惜，在那是非窩裏實在要真本領，不過你叫它「摩練」。

張愛玲致鄺文美、宋淇，一九六五年九月十八日

Mae & Stephen，

「Fitzgerald」譯稿上月卅一日寄出，那天剛巧患感冒，匆匆趕去趕回，忘了信封上沒寫「航空」，也沒有奇怪郵局為什麼只要那點郵費。後來收到你們上月底的信滿以為你們幾天內就會收到

譯稿。直到昨天深夜忽然想起來，才悟到誤寄平郵，懊喪不置。今天打電話去問，要六星期才到，一算要十月中旬。只好另抄一份寄來，大概還趕得及九月底寄到，少躭擱兩個禮拜。此外以前寄來的譯稿又發現四處需要改，也在那封信裏，一併重抄寄來，希望還來得及改。又，那封信裏有些話，再大略說一遍。*Kitty Foyle* shooting script，書局來信說沒有了，Library of Congress有，已看過，大意是一個職業女性，有兩個對照性人物追求，嫁了那富家子，但因他家裏反對，婚後立即離婚，仍有感情。幾年後她在他與一個窮醫生之間選擇，選中誰是個surprise。離婚一點似悖國情，連原作者似也認為婦女解放後女人太硬性。*20 Best Plays*收到，以前怎樣改也已記起，隔了這些時候又看出毛病來，開頭不好，犧牲了兒時一些好戲，現在想辦法保留大部份，都搬到十六七歲時候。另外兄改弟，女傭改母，本是因為中國家庭長子威權沒有英國大，改為幼子仗母親溺愛，但是換了母與弟有些awkward處，現在又都設法還原。已快寫完，現在又都擱下趕抄譯稿。《胭脂淚》出書如有路子請儘管進行，不必等着問我，要不然就等連載後再說。別的都等下次再談。現在是禮拜六下午，先去把這信丟在郵筒裏。祝你們這向都好。

Eileen 九一八 1965

張愛玲致宋淇，一九六五年十月十三日

Stephen，

一日寄出*Wuthering Heights*想已收到。昨天我到Library of Congress去看那兩本Gassner & Nichols 影劇集，共二十齣，講威爾遜總統；神甫；反納粹，抗日（純是愛國宣傳，沒有羅曼斯）；兵士與小城中姑娘特快集團結婚，一胎六嬰；戰時華府擁擠情形，與加州墨西哥人，二者都是地方色彩喜劇，且有子乃war hero；war hero返原藉〔籍〕被推為市長；alcoholic〔酒精中毒者〕；心理分析與謀殺（看過片子很壞）；姦夫淫婦為保險金謀殺；十三歲貧家女，父酗酒，姨私娼，父死後境況較佳；

倫敦不務正業cockney〔東區佬〕成為二次大戰無名英雄，追溯過去，曾愛上大流氓的女人；年青貧農已有妻兒，平淡的鄉間生活苦樂；一西部片；三戰事片；一後方喜劇——中年人參軍。只有一個*Casablanica*〔《北非諜影》〕，我看過這張片子，所以這次沒讀，只記得是講一美國間諜愛上一歐洲小國反納粹女間諜，她丈夫是地下領袖，也藏匿在這裏，他們是多年前道義的結合，現在她也愛上了他。他要挾她同逃，冒險弄到二飛機票，臨時變計，犧牲自己生命，讓位給他丈夫，因為他此去於國家有益。或可改為日治下南洋，他是under surveillance〔遭監控〕人物，（如郁達夫初期）日軍官（原劇中Vichy French軍官）因小城中只有他可共下棋，甚友善。他發現一女間諜，東南亞人，為解放祖國追隨一流亡領袖多年（秘書？）我昨天回來後才想起，過天再去看看，寫個大綱寄來。隨時要訂購哪本書，寫個一行的便條給我。小說（想叫《怨女》），不知道有沒人用過這題目）快抄完了又要改。現在馬上去把信丟在郵筒裏。Mae和你這兩天都好？

Eileen 十月十三 1965

張愛玲致宋淇，一九六五年十一月四日

Stephen，

廿日信收到。譯稿我也儘量拆開句子，大概還拆得不夠。我的理想是口氣要像中文，也像原文。當然很難做到。Brave new world等名詞你不說我再也想不到有出典的。小說（與這封信同時寄出）一直寫到老年，所以不能叫閨中少婦。交給報館時請囑咐他們把原稿留着，刊過後先放在你們那裏，因為連載分段不免割裂，如出書可還原。買書錢我記着數目，下次再算還給你。又，你得空能不能找USIS出張紙給我，開出《七小說家》裏用我名字的部份的稿費數目，因為我明年夏天要向租屋處交代收入與來源。你告訴他們就說是為付稅，那是最普通的理由，省得解釋。我以前沒提，因為想着也甚至於還沒發稿費，是你們打聽了數目先墊的，那麼也許還會寄收條來要簽。

——今天我要趕到郵局去寄那份小說稿，只來得及寫這幾句，過天再跟Mae和你暢談。Mae回來還要譯東西，一定更累得眼睛睜不開。兩人這幾天都好？

Eileen 十一月四日 1965

張愛玲致鄺文美、宋淇，一九六六年一月二十五日

Mae & Stephen，

昨天剛寄出一封信給你們，今天忽然想起一點：如果《星晚》登《怨女》有問題，出單行本也沒有路子，不如全部平郵寄給我。夏志清因為喜歡從前的《金鎖記》，曾寫信問起現在的中文本幾時出，或者可以托托他在台灣出。我沒有問過他，出書也是不急之務，不過急於阻止你們費事拆散了寄來——也就是怕費事，我一直遲遲沒有寫信來，其實除了我昨天信上要的四章外，也還有些零碎的要改，我實在不能再麻煩你們一處處抽出來。早沒有想到，也是因為這一向老忙着改，剛鑽出水面透口氣，有點昏頭昏腦。昨天信上講申請grant〔補助金〕，其實即使領到也是一年半後的事，所以我最後寫信去也只講《海上花》，不提少帥故事，希望到那時候已經寫完了。今天天氣預告又要下雪，趁這黃昏時候趕出去寄掉這個，下次再談。祝

都好

Eileen 一月廿五 1966

張愛玲致鄺文美，一九六六年六月二十六日

Mae，

收到你二月廿日的信，發現我有兩封信與一份長篇小說稿似乎都丟了。小說去年十一月底寄的，即使平郵也早已到了。我隨即寫信來問，如未寄到，好在反正要改，重抄後再寄來，（本來應當用Xerox Machine複印一份，沒想到）但是迄未得到回音，不知道是不是這封信又遺失了。買書錢剩下的，第二次寫了支票來，也迄未cash〔兌現〕，想未收到。這次信封上寫得稍微兩樣點，沒寫寄信人地址，怕又寄不到，所以也沒敢多寫。你如果收到，務必給我打破這悶葫蘆。那部小說如果《星島》方面現在有變化，可以刪掉寥寥幾行，想法子在台灣出版。這兩天剛空下來可以抄，望早日來張便條告知。我知道你忙的情形。希望Stephen和你都好。

愛玲 六月廿六 1966

宋淇，一九六六年九月九日

Eileen：

好久沒有寫信給你，真是抱歉得很，因為替你辦的事一直在談而沒有具體的結果，怕告訴了你而又不能實現，反而令你失望。

最近總算有了着落，《怨女》已於八月二十二日在《星島晚報》開始連載，稿費共$1300（這是《星晚》的算法，每千字二十元，近年來最高的稿費，可是要扣除標點，所以只算六萬五千字）。《星晚》是全港銷路最廣的報紙，素來不賣任何人的賬，所以我只好遷就一下。稿費我已代為領到。另須付出抄寫費$75。折合美金為$213。附上美金支票一紙，請查收。台灣方面則已接洽好，由《皇冠》雜誌連載，計共分八、九、十月三月登完，但所登的只是《皇冠》的台版，而《星

馬》海外版則將該小說抽出，以免與《星晚》衝突。稿費說好是$1000，在香港領稿費，現尚沒有領到，可能要到十月份之後。領到後也會寄上給你。總之，《怨女》能一稿兩投，可說是近年少有的奇蹟，而且是大報和大雜誌，要湊合兩方的時間、字數、條件很是不易，其中經過之曲折，所須要的口舌和筆墨也不必多說，不過我還是覺得很值得，因你究竟是中國人，已經有十年沒有在中國刊物上發表過作品，現在正是讓你重新和中國讀者結緣的良好時機。

《星晚》我已替你剪留一份，到時一併寄上，《皇冠》一冊當即先寄出。《星晚》我寫了一篇介紹短文，只留了一份，給皇冠要去，可能轉載。至於因此而起的下文，皇冠出版社擬將你的舊作整理一下，再出一次全集，不過出版社方面認為是prestige〔名聲〕性質高過於商業，將來出版後只能送一部份書，到銷路能夠成本後才能抽版稅，我已經拿你的港版短篇小說集，《流言》，《秧歌》，《赤地之戀》，交了給他。皇冠的出版人平鑫濤很有魄力，同時也是《聯合報》文藝副刊（台灣銷路最廣的民營報紙）的編輯。我認為他最有實力而最可靠，不如交給他可以放心一些。台灣另一張報紙《徵信新聞》是《聯合報》的死對頭，銷數較差而報格也較sensational〔嘩眾取寵〕一點，知道了我將你的稿件交給他後，就到處託人來找我想拉稿，其中王敬羲即其一，此人是夏濟安的學生，我有數面之緣，自美回來後，居然對我說，張愛玲委託他代登《徵信新聞》，聽到我已交給皇冠，大為失望，並表示：居然給你搭上這條綫，令我啼笑皆非！又，你所譯的Hemingway和Sinclair Lewis二文也擬在《聯合報》刊出，可以賺點外快。

以上各事，如你同意，希望你在信中提一聲，我這樣做，是想為你做得熱鬧一點。因為近十年來，東南亞各地的學生和知識份子越來越多，而對嚴肅的文藝作品也越來越有人讀。希望由此再為你多打一條出路。

你的關於少帥的小說，是不是一看即知的thinly disguised〔掩飾不佳〕的索隱體的小說，對蔣、宋二人有沒有牽涉到太明顯，或太unfavorable的地方？盼在回信中告知。我有辦法可將中文version替你尋到地盤，不過如果政治性太濃，因而得罪了台灣的市場似乎也犯不着。一共有多少字？是否故事性很濃？寫法比較傳統一點？自己如改成中文，須要多少時間？

你的電影劇本：《魂歸離恨天》我到現在尚沒有拿到劇本費，這也是我一時疏忽，究竟怎麼回事我也說不上來。希望你另外寫一張便條，內容是：附上劇本，雖然知道我已入邵氏，但這些年來一直為電懋寫劇本，連原作版權費《一爐香》都賣給電懋，所以總有一點感情，現在不希望因我私人的關係而影響到以往合作的歷史，希望我不要見怪，至仍由我轉交給電懋云云。憑了這封信我可以將這劇本要回來，試賣給電懋，否則我是有點不甘心的。不知上次要你重寫一次，你的底稿保留了沒有？這件事實在不好意思，可是又不能不告訴你。匆匆即祝　安好。

Stephen
Sept.9/66

張愛玲致鄺文美、宋淇，一九六六年十月十三日

Mae & Stephen，

Mae的信今天剛轉到。我經夏志清的朋友介紹到這裏做writer in residence〔駐校作家〕，到明年四月為止。臨走前正收到Stephen的信，因為搬家忙亂萬分，到這裏來後還沒定下來，那邊我替Ferd安排的每天有個practical nurse來照料，又被他女兒搗亂，鬧得不可收拾，明天也許要回去一趟，所以一直沒工夫寫回信。支票已存入銀行，收條附在這裏，尾數不記得了。《怨女》自去年十一月寄來後，我曾經寫過好幾封信來，要根據改過的英文本，取回修改。有兩封從Mae上一封信上看來是遺失了，別的似也沒到，兩次寄同一張支票來，還Stephen買書錢剩下的十四元，也沒cash。我最後給Mae信上說無論如何來張便條confirm稿子沒收到，也沒得到回音。夏天終於以為一定是丟了，根據改過的英文本譯出後，預備等抄好了寄給夏志清托人出版。正接洽間，忽然聽見說已在連載，非常詫異而且窘，因為叫夏白忙了一陣。連忙去信阻止根據連載出單行本，我最關心的是這一點，雖然多數讀者也已經看過了。前天剛收到《皇冠》刊的下半段，稿經重抄，不但錯字多，整句都漏掉，

還改了幾句，看了非常痛心。出書無論如何要自己校對一次。《魂歸離恨天》劇本，搬家時什麼都翻了出來，顯然沒有留底稿，這是因為我從前不知道用Xerox複寫，懊悔已嫌遲了。我過天再好好的給你們寫信，今天出的事多，現在才七八點鐘，疲倦得眼睛都睜不開，想出去寄掉信回來吃了晚飯馬上睡了。望你們倆身體都比前一向好。

愛玲 十月十三 1966

Received from Mr. Stephen Soong U.S. $213.00

Eileen Chang Reyher

宋淇，一九六六年十月三十日

Eileen：

十月十三日信收到。最令我們覺得relieved的是你能轉變環境，到這樣一個學校裡去安頓下來，或許能寫一本新的書，但願Ferd那邊不再給你麻煩。

最使我們不明白的是你所提的幾封信，我們的確沒有收到，如果有人為了裡頭的支票而取走了信，也不會不去cash支票。至於我這方面，有時雖然忙或身體不好，但也不致於不acknowledge收到你的原稿。真是鬼使神差的會產生這樣的誤會！以下各事是我想告訴或希望得到你答覆的：

（一）《怨女》皇冠的稿費共港幣壹仟元已送來，折合成美金為$174元，現附上支票一紙，請收下並給我一張收條。

（二）《怨女》在《星晚》已連載完畢，查下來缺（十三）一段，而且還補不到，因為等到發現已經遲了。一篇介紹性的文章是我寫的，不過沒有具名，《皇冠》也轉載了，但把我的名字寫錯了，寫成宋琪。這一切都由郵另行寄上。

（三）《怨女》我給的《皇冠》是原稿，抄稿反而給了《星晚》，經我校過。《皇冠》照理不應有漏句等現象，因為我曾鄭重叮囑不許妄動。

（四）鄭和的小說你還想不想寫？聽說電影界有人在動腦筋，請Yul Brynner〔尤．伯連納〕演三保太監，蘇加諾的日本太太做女主角，如果成功倒很有生意眼！但目前只不過是醞釀而已。

（五）夏志清有信來，說你把《十八春》的剪報寄了給他。據我所記得，這本書絕對會受讀書〔者〕歡迎，因為那時寫得較通俗化，而且對象也不同。不過你仍要花點時間去改寫，尤其是結尾，書名也要改掉。這本小說很容易在港、台尋到出版。問題是你有沒有時間？（我們尚保留了那本單行本。）

（六）上次給你的信中曾問起你關於少帥的小說，請有暇考慮一下，並給我答覆。

（七）《明報月刊》想轉載你的短篇小說：〈五四遺事〉，這篇小說香港讀者讀到的人很少，實在可以重刊一次，《明報月刊》銷路不錯，是一份有份量的雜誌，如轉載，也有一點稿費，最主要是可以熱鬧一點。希望你能同意。

（八）《魂歸》電影劇本事，希望你能照我九月九日信中的建議，寫一張便條給我，好讓我去試一下，這當然是我的疏忽，與你無關。希望我可以再試一下，否則這樣莫名其妙的沒有了下文，我總是不甘心的。

這一陣我腸胃機能不好，時鬧肚痛，精神很壞。Mae也是感冒頻仍，大概歲數到了。國內紅衛兵鬧得很凶，傅雷夫婦自殺，我們也是從報上看到的。這消息是他們的兒子說出來的，想來大概可靠。我們知道了之後，為之不歡了很久。餘再談。匆匆即祝

安好。

Stephen 上

十月卅日 1966

張愛玲致鄺文美、宋淇，一九六六年十一月十一日

Mae & Stephen，

附上收條，便條，買書錢只記得剩下十四塊多。信寄丟了真頭痛，我還常常特為到總局去寄，（信筒也是歸總局的）因為分局有個黑人常喝醉了脾氣壞。（報載有許多郵局職員帶着酒瓶上工）最後一封改寫Mae Fong Soong，沒填寄信人，也沒寄到。

鄭和小說因為沒有英美人（至少歐洲人）作主角之一，我認為美國讀者不會有興趣的，短的歷史小說沒處登，長的又工程浩大，不值一試。給Yul Brynner確是難得的vehicle〔演出〕。我還是看了你們那本小冊子，似乎途經錫蘭，為當地篡位事打了一大仗，把篡位者俘送南京治罪。我覺得這件事有點奇怪，可能是這樣的：

鄭追建文帝至佛國錫蘭。建逃亡前剃度為僧，在彼得有力公主庇護，不肯交出，因此釀成政變。海戰，鄭勝，擒公主，擬帶回南京治罪，仍立原來的懦弱國王。但建文已逃。

鄭追往東非。途中手下犯主，為鄭懲治。主本異鄭在錫蘭大宴後不暱舞女，屬意於鄭，被拒。鄭云如獲建文則不需主為人證赴南京，主不為所動。

抵東非，鄭探聽不着消息，故縱主賄買看守，逃上岸。主果藉錫蘭商人力，潛往沙漠某地警告建，被鄭追蹤截獲。而為Somali部落所襲，蓋聞「寶船」名，欲劫人勒贖。混戰中傷公主，鄭負主突圍出。建說出向愛公主，惟已為僧，與鄭一樣無緣。主始知鄭乃閹人，並非無情，相對愴然。鄭終釋主與建，空手返國。

Suharno太太演的想必是黃種人，這公主是白種人。看來只能寫個南宮搏式的小說。

少帥小說決無希望在台出版，因為無論怎樣偏重愛情故事，大綱總是那樣，一望而知。我對英文本毫不樂觀，因為民初背景裏人太多是個大問題。也還沒動手寫下去，可以不必擔憂英文本出版而使我自絕於台灣，至少現在愁不到那裏。要點是終身拘禁成全了趙四。

我沒把《十八春》剪報寄給夏志清，只有單行本，還沒來得及改。《明報月刊》轉載〈五四

遺事〉，我當然同意的。

上兩個禮拜看到胡梯維、金素雯夫婦（他是我姑姑的boss）自殺消息，（最disturbing是從前有人說他逼前妻上吊，而現在雙雙自縊）又看到你們信上關於傅雷夫婦，真震動。Ferd女兒怕有一天我不管他的事，會住到她家裏去，所以一定要把他送到市立療養院關起來才放心，吃的既壞，還要扣我的薪水付費（可多可少，看家屬情形），又恫嚇看護（她拿welfare不能賺外快）又找關係使我們的廉價房子不能住下去，藉口我幾個月不在（不過到明年四月）。我只好趕回去把老太爺接了來，預備給他另找房子找人，但是小地方人難找，迄今擠在我奇小的公寓裏。且待下回分解，希望你們倆這一向身體好多了。

愛玲 十一月十一 1966

宋淇，一九六六年十二月五日

Eileen：

來信，收條，便條和書款支票均收到。

附上《星晚》剪下來的一篇讀後感，起先以為是讀者的反應，誰知看下去越來越覺得是胡蘭成寫的，因為他的筆調是獨特的，別人寫不出來的。登的地方也不是文藝副刊，而是和陳存仁中醫文章在一起的那種副刊，不過不去管它，給你看看也是好的。

又附上《今日世界》第353期，封底照片一張，（1966年11月15日），大概是國務院新聞署那邊轉來的照片，不知道你看到沒有？

少帥小說想想總是不妥。既然如此只好放棄了。《十八春》倒是現成的，據志清來信說，台灣方面不成問題，我以為《十八春》書名要改掉，結尾當然要改。還有一點，如果修改預備出版的話，則不如香港也動腦筋，可是香港不能拿單行本出去，恐怕要尋人鈔一遍，而且報紙又要找搭配，也是很難配合得好的事。不知你的意思怎麼樣？告訴我們之後也好早點準備起來。

你學校中是否也要上課？教書？目前手中有沒有工作？想到你得把老太爺接來同住，真是替你難過。我們都還好，只是我腸胃不好之後，體重下降，精神比前差。即祝 安好。

Stephen

十二月五日 1966

張愛玲致宋淇，一九六六年十二月二十六日

Stephen，

《十八春》本想改名《浮世繪》，似不切題；《悲歡離合》又太直，《相見歡》又偏重「歡」，《急管哀弦》又調子太快。除了非改不可的地方，從前因為顧忌太多，有兩場沒寫足，這兩天正在寫。你說如在香港發表要重抄一遍，是不是因為紙張發黑，看得出是大陸的？我怕漏掉字，寧可冒這險，又把有問題的各頁抽出，自己抄過。收到《星晚》的《怨女》，隨手翻到一段，第一句就漏掉個「還」字。如果是在末尾，或者是為篇幅刪去一字，但是在篇首，使我不忍再看，只看了兩段別人的小說。你百忙中替我校一遍，我是真的感激，但是究竟跟自己寫的不同，不會少掉一個字就覺得口氣不對，那一句直跳出來，刺目。出書我只好請他們空郵寄給我校一遍，郵費我出。我在港台只想給讀者一個較好的印象，除了希望單行本多銷兩本，別的都不計較。志清硬要他們多給點稿費，《十八春》能在港台同時連載固然最好了，如果香港稿費少了，台灣不知道會不會不高興？我跟志清不熟，一共只見過兩面，如果叫他為難實在不好意思。等我過天寫封信去講這樁事，讓他跟你商量。英文的《怨女》將在英國由Cassell出版，Rodell想再在美國試試。《少帥》我不是沒顧慮到，也甚至於想着將來這裏碰來碰去沒人要，台灣倒已經知道了，只有他們感到興趣。但是實在愁不了這麼遠，在這裏有時候要對學生「講話」，還要寫篇論文——本可拒絕，我也想試試

看——自己的事總是揀有時限的先做，看來這部小說稿子還沒拿出來做下去，已經該收攤子了。仝時因蔣年紀關係，將來的事也難說。胡蘭成獨創的「怪腔」討厭到極點，看了總是又好氣又好笑。老太爺現在附近一個城裏住着個公寓，常通電話，由樓下看房子的女人照料。希望你這一向腸胃好些，Mae也好。又，那張照片我沒看見過。

Eileen 十二月廿六 1966

張愛玲致宋淇，一九六七年一月二十三日

Stephen，

前些時志清來信說，平鑫濤說國聯也許想拍《怨女》影片，所以我就托志清接洽。今天收到他的信，說他們沒有興趣，他預備到香港的時候跟你說。在香港沒有通訊處，所以我匆匆寫封短信給你，因為我跟你們這麼熟，有什麼事當然會直接找你們。長途編劇的麻煩我知道得太清楚了，這次如果不是平君說他們有意要拍，我也不會提起的。有便請把這封信給志清看，以後另信謝他。這《十八春》早已改完，主要是改重逢一場，從前就自己不滿意，但是那時候還可以有種種藉口。這一向忙着譯〈金鎖記〉，所以沒空抄。以後如在香港刊登，稿子分寄港台，原書只有一本，香港只好用你們那一本，撕掉些頁不太麻煩。我四月間離開這裏，Ferd大概回華盛頓，那療養院我以前參觀過，因為是官辦的，查得緊，除吃得壞，還乾淨舒服。膳食事尚在接洽中。——又要連夜出去寄這封信。Mae和你這向身體都還好？

Eileen 一月廿三夜（1967）

宋淇，一九六七年二月五日

Eileen：

你十二月廿六日及一月廿三日的信都收到，一直到今天才能答覆你，因為我生了一個月病，整個一月份都躺在床上養病，最近好了一點，到公司去了三次，人覺得軟得不得了，走路都很辛苦。

聞知《怨女》能在英國出版，真有說不出來的高興。《十八春》也已改好，不知你需不需要我們將香港的那一本寄給你？我又怕寄來寄去遺失了。將來問題是如何港台兩地coordinate〔協調〕同時發表。我不日即寫信給平鑫濤商量一下具體的步驟。《十八春》另起書名，一時實在想不出來。你所提的幾個之中，有一本台灣版的小說：《悲歡歲月》，已拍成電影，倒與「悲歡離合」有點相近。

星島報上的《怨女》，他們報館另有校對，我所負責的僅是找人代抄的那一份。我最近有一篇舊作由《明報月刊》轉載，誰知裡面竟有好多錯字，比original還錯得多，真令人啼笑皆非，而平時我還以為這雜誌辦得最認真！

前幾天整理書桌，發現Mae曾代抄錄下胡適給你的信，和你回答胡適的信，但你第一封信卻沒有留底。我覺得你可以拿這段經過寫一篇文章，當然這種信也是一種privacy，但這是在《秧歌》出版之後多年的事，你並沒有意為自己的作品做宣傳，其次，大家都在紀念胡適，這封信至少可以令大家更進一步瞭解胡適的為人——humility和讀書的precision。我相信《皇冠》一定會登的。香港無所謂，因為胡適在台灣的確有極大的following〔擁護者〕。如果你不願意寫，我倒可以寫，就是怕抽不出時間。

《魂歸離恨天》劇本已交到岳楓手中，劇本費還是沒有拿到，看樣子，不應該有問題，不過公司規模大，事情多，難免有脫節的事發生。在整理故事時，我又找到你寄來的*Kitty Foyle*簡單扼要，你說Library of Congress有shooting script可查，不知其他類似的shooting script多不多？如果有的話，倒是一個極大的寶藏。尤其是三十年代和四十年代的電影劇本中，一定有不少是可以改編為中國電影的。公司方面希望增產，而且知道是從某某劇本改編過來的話，心理方面反而更有信心。在這情形之下，你回華盛頓後，不愁沒有事情可做。盼告訴我情形，如這條路可行，我立刻可以寄一些名單給你，以便進行。

最近本港暢銷James Clavell〔詹姆斯・克拉維爾〕的《大班》一書，當然與書的背景為香港有關。這本小說我沒讀過，可是他來港寫這書的時候，我曾見過此公一次，他的確有他的商業眼光。近幾個月我有一個想法，不知你願意不願意試一下？就是拿你的〈傾城之戀〉和〈一爐香〉兩支故事合為一個，改寫成長篇小說：一個上海女郎，投親，入港大讀書，姑媽利用她，她愛上了港大的一個英國講師，最後是珍珠港事變。結局當然是悲劇，英國講師非死即被俘。這故事有它的appeal，外國人對姑媽家那種背景，以及一段戀愛故事都會喜歡的，當然一部份給韓素音的*Love is a Many-Splendored Thing*〔《生死戀》〕跑在前頭，可是我想如果能拿「傾掉香港這個城」來完成他們的戀愛的theme寫出來，至少要比她氣魄大得多。我這想法是完全商業化的想法，如果這本書能寫成，為讀者所接受，說不定可以拿你其他的作品都帶起來，我看Mary McCarthy也是靠*The Group*一書，才能躋身於暢銷之列，韓素音到現在還是靠Love一書的餘蔭。因為你如果寫純東方背景的小說，很難打得出天下，最多只是critics' choice，已經上上大吉了。何妨一試？匆匆即祝 安好

Stephen 二月五日 1967

宋淇，一九六七年三月四日

Eileen：

前信想已收到。

附上電影list一份，乃根據T.V. Rating而抄錄者，希望你回華盛頓後，去國會圖書館一查，其中如有shooting script，則不妨如此改編。根據目前簡短的介紹，不容易看出來具體內容如何。原則上越

適合中國人的國情越好。在動手改編之前，仍希望能照以前辦法，先扎出一簡單之故事大綱寄來，等到此間同意後，再行通你着手改編。

前信所提之事，不知你意思如何？夏志清據說匆匆過港，已返加州，以後還來不來香港，因我沒有見着他，一點都不知道。不知你有何消息？匆匆即祝　安好。

回華盛頓後請告知地址。

Stephen 上

三月四日 1967

張愛玲致宋淇，一九六七年三月十五日

Stephen，

收到你第二封信，非常歉仄，本來一直在掛念，不知道你臥病一個月是不是還是腸胃，屢次要寫信又擱下了，因為給志清編的小說集譯〈金鎖記〉，已經誤期半個月，今天下午剛打完寄出，一篇論文有時間性的，也還沒寫完。你給我出的主意確實都是極好的ideas，胡適的信與我自己的都已遺失，真幸而Mae抄過一份，請以後寄給我，我可以另抄一份寄還。那篇文章我想寫，先在等着申請Radcliffe Fellowship譯《海上花》，因為胡適的影響立志譯《海上花》，就又有話說些。現在剛收到信，申請到了，下月發表前不許告訴人。七月開始，要住在Cambridge，一年為期，或者可以再續一年。這是給家庭婦女的part-time工作，所以只好又拖着Ferd同去。本來他那療養院也接洽不成，所謂supplementary diet〔營養補充品〕之說原來是他女兒騙人的，或者一半也是她自騙自。我下月十五離開這裏，想在紐約（或者附近）住兩個月，因為積下許多零碎事，如濕氣照X光可以治好七年，一般醫生不肯，吃Griseofulvin〔灰黴素〕又貴又不靈，不吃又更壞。此外有些繡貨要賣掉，不值得特為到紐約去賣，永遠搬來搬去勞民傷財，反而把要緊東西丟了（除胡適信外還有"Spy, Ring"稿子

等）。Ferd或者暫住這裏，照應他的人似乎可靠。USIS找我改譯《浪淘沙》，這本小說你看過沒有？我想在這兩個月裏多做點。電影劇本單子我預備抄一份寄給Library of Congress問有沒有（前兩年還很少），在華盛頓住兩天抄點大綱不費事，離紐約也只有四個鐘頭公共汽車。你如果不必特為去，就寫張便條告訴我。我上次匆匆來信是真為了阻止志清講拍片事。《十八春》你們那本不必寄給我。等抄好了寄來給你，有便請在港找地方登，台灣似乎《徵信新聞》比《皇冠》稿費多些。不知道你有沒有跟《皇冠》提起？買《海上花》不知道是香港還是台灣便當？關於長篇小說還有許多話，下次再談。希望你已經完全好了，Mae也好。

Eileen 三月十五 *67*〔後加〕

張愛玲致宋淇，一九六七年三月二十四日

Stephen，

這兩天你們倆都好？我前幾天來信沒來得及說，譯〈金鎖記〉非常倒胃口，這話不能對志清說，仿彿我這人太不識好歹。總之「You Can't Go Home Again.」[29]我覺得〈傾城之戀〉與〈一爐香〉合併這idea實在好，但是我不能寫，因為一定要有感情與興趣，才值得下本錢——又是好兩年的時間——不然勉強做去，結果還是討不了別人的歡心。而且總要先看得進這本書，才可以模仿。Alec Waugh〔亞歷克·沃〕有篇文章講題材要揀man of action〔行動者〕的事，作者個人的感情可以黏附得上去的。大概都是這樣。少帥故事我自從1956年起意，漸漸做到identification〔有認同感〕地步，

29. 這英文句子來自美國作家Thomas Wolfe的名著 *You Can't Go Home Again*，書名靈感來自Wolfe跟作家Ella Winter的對話，Winter問：「Don't you know you can't go home again? Wolfe」請求讓他作為書名。也成為主角領悟時的心境描述。後來張愛玲《半生緣》文章末尾有：「曼楨半晌方道：『世鈞，我們回不去了。』」

跟你們別後也只有1963年左右在寫着的時候很快樂。寫完的部份有三個人看過，Marie Rodell說人多混亂，Dick McCarthy與Raymond Swing（從前出名的commentator，他的中國太太在ＶＯＡ做事，前些時到香港來，Mae也許見過）都喜歡，但是他們是中國通，Rodell較代表一般讀者。已經用gimmicks〔花招〕簡化一切，還搞不清，使我灰心得寫不下去。Dick認為只要加點exposition〔說明〕。等有空我會再寫下去的。別的只好都「再說」了。Dick只對唯一的外國人端納（在這裏是美國人）表不滿——所以我早已對你們提出黃白戀愛的公式而不寫。今天剛要動手抄《十八春》，收到志清的信，附來香港書商目錄，有我做的《笑聲淚痕》，一定就是《十八春》。頭痛到極點。沒有出版人與經售處。只好請你們得便找着看一看是不是。大概只能在台灣登載。現在已經過了午夜，我想去寄掉這封信。祝

健

Eileen 三月廿四（1967）

張愛玲致宋淇，一九六七年四月十日

Stephen，

我正寫了信去問ＵＳＩＳ關於《秧歌》《赤地》再版事，忽然收到王敬義一封信，說正文要出《秧歌》，已得ＵＳＩＳ書面同意，出版在即，叫我快點寫篇序去。我又分別寫信去，今天剛收到ＵＳＩＳ信，說王曾要求，但並未批准，所以可由皇冠再版。又，王說要出版你的《前言與後語》[30]，這名字真好，出來了希望寄一本給我看看，馬上寄還，還可以派用場，千萬不要給我，免得又丟了。我上次托你們看《笑聲淚痕》是否《十八春》，但是不用看也知道一定是的，因為沒有別的。我去年九月搬家的時候理東西發現了《十八春》，就寫信到台灣托志清接洽，他跟平鑫濤提起，平只說出單行本，「答應考慮」先在《聯合報》或《皇冠》連載。於是夏又跟《徵信新聞》

的王鼎鈞說起，稿費千字150台幣，大概跟皇冠差不多，也許還少些，我也不清楚，以上都是查信才知道的。但是我想着如果連載有讀者，平還是會要出單行本的。但現在既由平出全集，（版稅一概10％）是否應當給他1st choice？只好請你費神考慮一下，是先寄給平看，還是先問他是否要連載？還是逕寄王鼎鈞？（地址就寫台北《徵信新聞》）請你就說是我托你轉的，對那本書不必加解釋。如果不用，掛號寄還給你。來往郵費請告訴我一個大約的數目。香港有《笑聲淚痕》，恐怕你替我接洽都很難開口，但是我姑且把副本也寄了來。希望你這一向好，Mae也好。我這兩天又忙着理東西，倒又翻出一份"Spy, Ring"稿子。十七日走，Library of Congress還沒有回信，想必以後會轉來。

Eileen 四月十日（1967）

又，請仍說明稿子是影着格子抄的，三百字一頁。原書另包寄上。明天我寄合同給平，順便提一聲今後一切仍托你就近處理。

張愛玲致鄺文美、宋淇，一九六七年四月二十七日

Mae & Stephen，

我離開Ohio前把兩份改的《十八春》寄給Stephen，剛寄出忽收到王敬羲信，（答應不再版《秧歌》）提起Stephen開刀，嚇了我一跳。不知道已經出院沒有，恢復得可快？如果知道，就不會趕在這時候夾忙，還寄稿子來。我搬家太累，腳扭了筋，非常不便。好容易找到這旅館裏的小公寓，預備住到六月底：〔……〕

30. 「王」指王敬羲（一九三三～二〇〇八），是香港正文出版社的創辦人。《前言與後語》（署名林以亮）後來由台北仙人掌出版社及香港正文出版社於一九六八年出版。

務望來張便條告知近況。祝

安好

Eileen 四月廿七（1967）

張愛玲致鄺文美、宋淇，一九六七年五月二日

Mae & Stephen，

上星期搬定了家後寄了地址來，想已收到。可以想像Stephen開刀、Mae奔波的苦況，只有希望經過良好，已經出院。今天志清來，講起他忘了告訴我，曾跟王鼎鈞說過，稿費加成千字二百台幣。我覺得講了半天又不給他，似乎鴨屎臭，一方面平鑫濤又確是不想連載。如果Stephen沒有問過別人，不如就請Mae把《惘然記》正本（包括我撕剩的《十八春》）掛號寄給

台北徵信新聞王鼎鈞先生

裏面附張條子：〔……〕

來在這時候又給你們添出事來，實在抱歉，我也不是等不及要寄去，不過想着Stephen總要養息一個時期，不如寄掉了省事，反正香港不見得有連載機會，為了那本《笑聲淚痕》。我的腳扭了筋還沒好，儘管搽藥按摩，每夜總要酸痛得醒過來兩次。過天再給你們寫信，不知道Stephen好了沒有，總是心不定。

Eileen 五月二日（1967）

張愛玲致宋淇，一九六七年五月二十日

Stephen，

今天收到信，高興到極點，甚至於沒有拆，擱在那裏快一個鐘頭，先去忙些雜事，已經完全放心了。上次王敬義信上也說開刀後流血過多，還沒出院，所以我非常擔心，前兩天寫信給Dick McCarthy，因為他剛從遠東回來，還問他有沒有消息。看了你信上的險境，實在可怕，也真是幸運，星期日人都齊全，也幸而你們倆當時都不大知道。這次復原得慢，又岔出別的如腸胃病，這是像你的醫生說的那句名言。等好了些千萬把邊緣上的感想寫點下來。我自己也有過一兩次這種經驗，不過思想太簡單，又有種自衛性的麻木。Mae的姊姊週期性來港，我總不禁想起颱風××小姐們：這次剛趕着你病後，真累着了。我也看出王敬義是利用甲拉乙等等。最近收到Dick的信才知道他曾經同意由王再版《秧歌》，幸而U.S.I.S.裏面不接頭，被我攔住了。關於《十八春》你想得再週到也沒有，不過趕着這時候讓你寫這麼封長信，我實實在在覺得罪孽深重。你告訴我朱旭華（似乎曾跟我姑姑同事？）在場，都是多餘的。只要你把這件事想了一想，跟Mae講了一通就是了。我本來為了省事，預備寄給《徵信新聞》，已經寫了信給王鼎鈞，總覺得不大對，又撕了。《惘然記》名字我自己也不滿意，不過十八年改為十四年，現在凡有「十八年」字樣應統改「十四年」——此外沒提開場的年份，也沒有人會逐年去算——這一點等我以後自己寫信去說，你不必費事了。幸而朱叫你不要看一遍，傷神。除這一點外，別的也都沒有什麼。希望你快點好，Mae也沒有不舒服。我這裏環境稱心，文思大發，但迄今忙着雜事。

Eileen 五月廿日（1967）

張愛玲致宋淇，一九六七年六月二日

Stephen，

上次寫了信給你之後，收到王鼎鈞的信，使我不能不馬上回信辯明，我本來是因為在《徵信》連載有種種顧慮，所以托你處理，後來聽到你開刀的消息，不願意在這時候麻煩你，為省事起見，請Mae把稿子逕寄《徵信新聞》。（其實這些我都告訴了志清，因為他問起；不知道怎麼沒鬧清楚，又轉告於梨華，兩人都寫信給王，惹出是非來）不過因為仍有可能平不想登，所以我給王信上不能說平已經把稿子帶了去，只說你來信答應等精神好了點就代為處理。今天又收到王的信，知道他在搗亂，只好馬上回信，另抄兩份寄給你與平[31]。給平信上說，「關於《十八春》，此外只有五月十四日那一封，王君已經給您看過了，從這兩封信與我給宋淇先生信上，想必可以知道全部事實的真相，希望不需要宋君在病後費神寫信解釋，更加深我的歉仄。」我費上這麼許多工夫分頭解釋，也許你用不着給他們寫信了。這兩天剛巧奇忙，單為了那邊找房子的事就一封封的信寫個不完，因為有個合式的公寓，但是要九月才有，七月八月要趁人家避暑去分租。希望你已經好多了，沒有別的枝節，Mae也好。

Eileen 六月二日（1967）

宋淇，一九六七年六月十三日

Eileen：

附上胡適之的信和你的覆信[32]，我今拿原底抄稿寄上，另印一份複本留底存我處，因為你的覆信有一部份是劃去的。胡的信讀後真令人「如沐春風」，我覺得你現在可在文中重提《秧歌》再版之事以及《海上花》翻譯之事。

《浪淘沙》一書的作者，他是美國留學生，原本在美，後來響應祖國號召而回去的，大概曾在人民出版社做過事，譯過Tagore〔泰戈爾〕，對幾位文人都知道至間接相識。他太太是星馬華僑，後來先後設法逃出大陸，然後以難民身份申請來美，《浪》一書就是在港期間寫的，內容有真實性是不成問題的，可是他不是學文的，更非有職業訓練的作家，所以我總覺得書缺乏深度和感人之處。Mae同他們一家都熟，我見過他一次，覺得人甚「壽頭壽腦」，志清信中提過見過他。這本書作為記錄，尚可一讀。如USIS出得代價不太低，則不妨一譯。

附上《赤地之戀》電影版權合同，對方據說因牽涉在販毒案中，人已逃離港，好久沒有消息了。合同當然等於無效。

你下一步的工作是什麼？《海上花》還譯不譯？香港無法買到這本書。匆匆祝好。

Stephen 上
六月十三日

適之先生，

收到您的信，真高興到極點，實在是非常大的榮幸。最使我感謝的是您把《秧歌》看得那樣仔細。您指出76頁敘沙明的往事那一段可刪，確是應當刪。那整個的一章是勉強添補出來的。至於

31. 一九六七年五月三十日王鼎鈞致宋淇書，詢問《十八春》在《徵信新聞》上發表事宜。一九六七年六月二日張愛玲致王鼎鈞書中則說明《十八春》稿件寄給宋淇是托他全盤籌畫後代為處理，並不是托他轉寄《徵信新聞》。儘管曾經考慮過在《徵信》發表，但並無成議。因此寫信澄清誤會。

32. 胡適一九五五年一月廿五日寫給張愛玲的信中提及《秧歌》：「這本小說，從頭到尾，寫的是『飢餓』，——也許你曾想到用『餓』做書名，——寫的真好，真有『平淡而近自然』的細緻工夫。」胡適並詢問《秧歌》出版後的評價，談及很高興張愛玲信中談到因為讀到自己寫的《醒世姻緣》、《海上花》的考證，因而找了這兩本小說來看。此外，也請張愛玲寄幾本《秧歌》之前的作品給他。

為什麼要添，那原因說起來很複雜。最初我也就是因為《秧歌》這故事太平淡，不合我國讀者的口胃——尤其是東南亞的讀者——所以發奮要用英文寫它。這對於我是加倍的困難，因為以前從來沒有用英文寫過東西，所以着實下了一番苦功。寫完之後，只有現在的三分之二。寄去給代理人，嫌太短，認為這樣短的長篇小說沒有人肯出版。所以我又添出第一二兩章，（原文是從第三章月香回鄉開始的）敘王同志過去歷史的一章，殺豬的一章。最後一章後來也補寫過，譯成中文的時候沒來得及加進去。

160頁譚大娘自稱八十一歲，205頁又說她六十八歲，那是因為她向兵士哀告的時候信口胡說，也就像叫化子總是說「家裡有八十歲老娘」一樣。我應當在書中解釋一下的。

您問起這裏的批評界對《秧歌》的反響。有過兩篇批評，都是由反共方面着眼，對於故事本身並不怎樣注意。

我寄了五本《秧歌》來。別的作品我本來不想寄來的，因為實在是壞——絕對不是客氣話，實在是壞。但是您既然問起，我還是寄了來，您隨便翻翻，看不下去就丟下。一本小說集，是十年前寫的，去年在香港再版。散文集《流言》也是以前寫的，我這次離開上海的時候很匆促，一本也沒有帶，這是香港的盜印本，印得非常惡劣。還有一本《赤地之戀》，是在《秧歌》以後寫的。因為要顧到東南亞一般讀者的興味，自己很不滿意。而銷路雖然不像《秧歌》那樣慘，也並不見得好。我發現遷就的事情往往結果是這樣。

〔以下兩段文字作者劃去〕

我記得在中學時代，剛買了《醒世姻緣》來的時候，和我弟弟搶着看。我因為剛看了您的考證，彷彿這小說的內容已經很熟悉了，所以很慷慨的把第一本讓給他看，自己從第二本看起。太平洋戰爭爆發的時候我在香港讀書，學生都做了防空員，一部份駐在馮平山圖書館。我正得其所哉，在大轟炸下也在看《醒世姻緣》。從來沒有一本中國小說有這樣濃的鄉土氣息，我覺得全書像一幅幅的年畫，顏色鮮明厚重。尤其現在在流亡中回想起來，更覺得留戀。

《海上花》我總是替它不平。這應當是一部世界名著。在國內很少人喜歡那種淡而厚的韻味。

《醒世姻緣》和《海上花》一個寫得濃，一個寫得淡，但是同樣是最好的寫實的作品。我常常替它們不平，總覺得它們應當是世界名著。《海上花》雖然不是沒有缺陷的，像《紅樓夢》沒有寫完也未始不是一個缺陷。缺陷的性質雖然不同，但無論如何，都不是完整的作品。我一直有一個志願，希望將來能把《海上花》和《醒世姻緣》譯成英文。裏面對白的語氣非常難譯，但是也並不是絕對不能譯的。我本來不想在這裏提起的，因為您或者會擔憂，覺得我把事情看得太容易了，會糟塌了原著。但是我不過是有這樣一個願望，眼前我還是想多寫一點東西，如果有一天我真打算實行的話，一定會先譯半回寄了來，讓您看行不行。祝

近好

張愛玲
二月廿日

鄺文美，一九六七年六月十四日

愛玲：

很高興知道你在這裏住得還算舒適。你預備住到幾時？

這半年來我被Stephen的病害得真苦，再加上近日，香港的動亂[33]，驚醒了我們十八年來安居樂業的美夢，使我心力交瘁，彷彿只有半個人還活着，怎麼也提不起勁來寫信，所以好幾次Stephen寄信給你，我都沒有附筆致意，希望你能諒解。

等我心情心〔好〕一點的時候再和你詳談吧。

美
六月十四日

張愛玲致鄺文美、宋淇，一九六七年六月三十日

Mae & Stephen，

我後天離開紐約，照例搬家非常累，匆匆寫張便條來。譯《海上花》的fellowship一領到我就接受了。在Ohio積了點錢，所以不需要錢用。Stephen怎麼開了刀這些時還又流血過多入院，真正麻煩，也真是着急也沒用的事。我的地址如下：（Mae抄的胡適之的信收到，真感謝到極點）

〔……〕

《浪淘沙》我覺得毛病在flashbacks用得不好，重複沉悶，戀愛的故事也差勁。末尾引用《白毛女》歌詞，我因為看過電影，讀到那裏還幾乎掉眼淚。文字當然是差。USIS出一千五百美金，我想除整理開會場面與改寫部份戀愛場面與整個縮短外，就給照譯。外國讀者最怕中國人名多，我建議減併，他們一個也不肯減，我樂得省事。Library of Congress查了幾個月後才回信，將有script的劃出，但是scripts分兩種：dialogue script & cutting continuity，後者不過把key points舉出，讓放映者與租片人知道沒缺。我又寄回去請他們批出哪些有dialogue script——沒說明。大概又要查幾個月。祝

平安無事

Eileen 六月卅

Rec. July 8/67[34]

張愛玲致鄺文美、宋淇，一九六七年七月三十日

Mae & Stephen，

上次Mae信上講香港情形，那時候我還想着跟金門砲戰一樣，鬧一陣又會停下來。後來越來越壞，天天等着看報，最近又收到一個老同學的信，她是香港土著，講許多人想搬，她也忙着送十六

歲的兒子到蘇格蘭，我這才真感到恐怖起來。交通不便不知道Mae上班怎樣？希望Stephen不會趕在這時候不舒服。Library of Congress來信勾出有「對白劇本」的片名，我在原來的單子上照劃寄還。看來只有三個可能，*Tom, Dick & Harry,*（當時聽說不怎麼好）*Junior Miss,*（四十年代的teenagers不知道可較像中國的——原著舞台劇哈佛圖書館或者有，可以看看故事），*My Favorite Wife*（太熟）。Boston離華盛頓比紐約遠一倍，現在想還是再說，先寫了封信去打聽可否看有對白的全部劇名單。我有沒有提起過*The Light in the Piazza*那張片子？近來特別忙，心境也壞。現在晚上趕出去寄信，過天再談。祝

安好

Eileen 七月三十

宋淇，一九六七年十月三日

Eileen：

七月卅日信收到，附來的信亦收到。本想早點寫信給你，因為怕你在搬家，同時身體一直不好，先是腸胃不好，後來又是傷口發炎，所以精神一直不很好。

我因為生病時間太久，已有七個多月沒有去公司辦公，不得不向公司辭職，所以我和邵氏公司的關係已告一段落。《魂》劇本費始終沒拿到，雖然已交到岳楓手中，我也不好意思追詢，最後只好拿劇本收了回來。約在一個月前，我拿劇本交給電懋的秦羽女士，至今沒有下文。問題是最近

33. 動亂由一九六七年五月的一場工廠勞資糾紛開始，之後大量示威者更發起「反英抗暴」運動，更以土製炸彈襲擊警方，導致香港社會非常動盪。動亂到年底方歇，釀成不少傷亡。

34. 應為宋淇筆跡。

文藝片賣座都不好，武俠片一枝獨秀，所以大家都提不起勁來了。這事只好擱一擱，過一陣再說。

附上《皇冠雜誌》剪下來的預告，另外在目錄表的反面更有大字的《十八春》預告，因為保全目錄，不便剪下。可見平鑫濤事情是在做的，就是慢一點。此次王敬羲拿我的《前言與後語》交給《文星》，本來答應我港版歸他出，另有稿費。回港之後，一切都沒有下文，港版既不出，《文星》也沒有付稿費，將來拿得到與拿不到，只好等着瞧了。我相信我對人的判斷力不大會錯，此次僥倖沒有走錯這一步棋。這一件事你見到夏志清也不必提，免得引起他的不快。

這幾個月來香港在驚風駭浪中渡過，其中驚天動地的事固然有，令人可歌可泣的人情味小故事也不少，可惜我不是個小說家，否則真可以拿這個題材寫成一個很動人的故事。

平鑫濤最近自己組織公司拍電影，據說興趣很濃，因之也更忙，對其他事更沒有時間去處理，我昨天才去信給他，問他一些問題，一有消息，當會寫信告你。

文美很忙，也很累，她為了我的病和家事，心力交瘁，她真是我一生中所見過最好的女人，我這樣說，並非想在你面前誇獎她。我們正在預備把Roland送到澳洲去讀書，正在辦理手續中，希望能成功，則可以了卻一件心事。近況如何，便中塗一張便條給我即可。祝

安好。

Stephen 上
十月三日
1967

（一）十八春Jan.開始
（二）US300 for十八春
（三）秧、怨排好，校樣寄至
（四）夏志清胡評拍照
（五）US$60海明威聯合報
（六）胡適通信請寫一文，為序

Oct.28

張愛玲致宋淇，一九六七年十一月一日

Stephen，

十月廿八的信今天收到。接到上一封信以後，一直想寫信來請你不要再跟平君提《十八春》的事，不但因為你那一向又身體不好，事實是我一點也沒有着急，也沒有不放心，《皇冠》陸續寄清樣來校，雜誌也收到。我只急自己該做的事沒做，大大小小的deadlines都來了，而Ferd廿四日突然去世，詳情下次再講。憶胡適的文章我一直認為應當在《秧歌》出書前寫，也還是想寫，做《十八春》序也一樣。《北地胭脂》下月中旬出，等收到了就照平君說的寄兩本去托他在內政部登記。我在這裏沒辦法，要常到Institute去陪這些女太太們吃飯[35]，越是跟人接觸，越是想起Mae的好處，實在是中外只有她這一個人，我也一直知道的。跟志清在紐約見面幾次，談得格格不入，他對我的熱心幫忙大概也到此為止了，過天仔細講給你們聽。你出集子的經過我不會跟他提起的。本地的郵局沒丟過東西，寄支票來不必掛號，我馬上寄還收條。今天不多寫了，希望你一天比一天健康起來，Mae也好。

Eileen 十一月一日 1967

Jan. 4 寄去US$60 for 海明威 在寫紅樓[36]

35. Institute指麻州劍橋的Radcliffe Institute for Independent Study（賴氏女子學院所設立之研究所）。張愛玲於一九六七年至一九六九年間，於該校擔任特別研究員，專心翻譯《海上花列傳》。
36. 宋淇筆跡。

張愛玲致鄺文美、宋淇，一九六八年一月七日

Mae & Stephen，

〈憶胡適〉好容易寫了，寄來兩份，一份我想投到《明報月刊》，我看過幾期，的確是好。平鑫濤預備用作《秧歌》序，刊載時間上沒有衝突。我寫這篇東西本來不是為稿費，不過想多幾個人看到。要是香港對胡適沒有興趣，也就算了，請寄一份給平鑫濤，另一份留下，不必寄還給我。《浪淘沙》USIS出$1500，但是我總是太把它當自己的東西，賠上無數時間，「壽頭壽腦」的地方改不勝改，不過我覺得結果比《赤地》《荻村》好。給特別便宜的打字員打得錯誤百出，要整理一下再寄出，這幾天特別忙，只好又先擱下。先把這篇文章寄掉，過天給你們寫信。到郵局的路結了冰，難走，所以我上次說不要寄掛號信，因為大門鎖着，樓下揿鈴，要樓上揿還，門才開，但是不知道什麼人不敢亂放進來，等到下去看，郵差已經走了，留下條子叫去拿。《北地胭脂》已經寄了本給你們。正趕着英磅貶值那兩天出版，可能毫無反響。很惦記你們這一向可都好。

Eileen 一月七日（1967）[37]

張愛玲致宋淇，一九六八年一月二十一日

Stephen，

前信剛要寄出，收到你的信與支票，謝謝。關於《紅樓夢》的文章我當然想看。你們兒女的大事一樁樁辦了，想必百感交集。我趕着寄來那篇〈憶胡適〉，忘了句話，現在補寄一頁Xeroxed的原稿，第二段第四行加上一句。如果來得及，請代轉去。一趟趟的郵費，以後有稿費就在裏面撥，不然我就另寄來。我這些時忙得昏頭昏腦，一直想給你和Mae寫信，只好寫寫便條。希望你的健康好好壞壞一向又穩定下來，Mae忙着兒女的事也沒累病了。

Eileen 一月廿一（1968）

宋淇，一九六八年二月三日

Eileen：

一月七日信和〈憶胡適〉一文收到時，巧得不能再巧，我正在為《明報月刊》寫一篇〈詩與胡說〉，我當時就打電話給主編胡菊人，他聽到了這消息真是喜出望外，過了一天就親自上我家來將兩稿取去，並趕在二月份同時刊出。因正是陰曆年，所以提早出版，昨日廣告已見報，同時報攤上已有書。《明報月刊》在本港和海外銷路為同類之冠，尤其是歐美學人差不多人手一冊。《皇冠》的銷路固然多，但僅限於台灣內銷。如果你自己不提，我也會建議你交給《明報》的。昨日我已平郵寄上一冊，現另外航郵寄上剪稿。稿費收到後當即寄奉，大概不會太多，但也有港幣廿元一千字上下。

你這篇文章寫得非常之好，裡面有時「胡適先生」，有時「適之先生」，似乎不統一，可是讀上去還自然，所以我沒有動。《海上花》的「亞東本」和「亞東版」離得太近，所以我擅自改為「亞東版」，韓小寶[38]「墜落」恐是筆誤，改為「墮落」。最後一次我還細校了一遍，居然校出了好幾個錯字，匆匆讀後，好像比我那篇錯字只有少。Mae看後，覺得結尾時說得不夠明白，好像是寫給我們看的，似乎應該稍為elaborate〔解釋〕一下，你現在何處工作，作的是什麼，交待清楚一點，否則普通讀者會看不懂，《海上花》是怎樣一本小說，誰寫的，胡適如何考據，etc.，我倒

37. 原信沒有留存信封，已無從查證郵戳日期，宋鄺文美在旁用鉛筆寫下的 memo註明是一九六七年，但以內容推敲，似應為一九六八年。

38. 已出版的〈憶胡適之〉中作「趙二寶」，恐是宋淇筆誤。

沒有想到，她是完全客觀的讀者立場。

平鑫濤處我將稿壓到一月廿四日才寄出，就說你預備用為《秧歌》之序。沒想到他因公事來港，在廿八日匆匆一面，我就拿你一月廿一日的補文當面交他，其餘也沒有來得及詳談。他說《惘然記》將於三月份開始連載。匆匆祝好。

Stephen
一月卅日
陰曆元旦日
Feb.3/68

張愛玲致宋淇，一九六八年二月八日

Stephen，

那篇〈憶胡適〉這麼快已經登出來了，你說好我也非常高興。Mae講得非常對，我已經補寫了兩段，可惜雜誌上來不及加進去。胡適當初怎樣考據的，要到較遠的一家圖書館去查，我這一向感冒咳嗽拖了很久，一時不能去，所以只籠統說了幾句。現在重抄了幾頁，直接寄給皇冠，所以匆匆寫了這封短信，一併寄出。你說平鑫濤講《惘然記》，這題目我不預備用的，這次給他們信上順便提了聲，如不用《十八春》題目，請告知另擬。《明報月刊》的稿費除付台灣郵費外，請不必另開張支票給我，留着也許以後還有郵費或稿費。現在就去寄信，希望你們倆過了年都好。

Eileen 二月八日夜（1968）

又，謝謝你替我校對。「墮」字我老是寫成「墜」字。我叫皇冠寄給我校，否則一次次添補，一定更錯得多。

宋淇，一九六八年二月九日

Eileen：

附上支票一紙US$32.00，是你的稿費，〈憶胡適先生〉八千字，每千字HK$25，共$200。（較通常的$20稍高，表示對你的尊敬，雖然在金錢上說來，弄不好了。）本應為$33.00，但照來信所說，扣去郵費$1.00。

平鑫濤有信來，說已經接到原稿，擬在《皇冠》上先發表一次，我立刻寫回信告訴他，已在《明報月刊》上發表，如他認為不妥，可以改在《聯合報》上登載，則可避免衝突。我認為非事先告訴他不可，免得以後他發現後不開心，我就是說《明報》向你拉稿很厲害，實在應付為難。

附上《明報》上剪下短文一篇，這人很識貨，而且專門搜集資料，知道的東西真不少。他寫過一篇論書目的小文，居然提到我父親藏書的目錄，這根本是私人印的，外間很少流傳，他如不提，我自己都忘了。此文至少可證明高級知識份子的確欣賞你那篇文章，這就夠了。

The Rouge of the North（《北地胭脂》）收到，不知你中文原作也改名否？現在英文版既已出版，何不寫一篇短文，放在中文版前面作〈序〉，也好讓大家知道一下這書非泛泛之作。這是很重要的，因為中國人在這方面，沒有刊物報導這一類消息，也沒有書評家會提及，孤陋寡聞，只好勞動作者自己了。

我最近猛讀《紅樓夢》，發現我十餘年前所寫的文章觀點仍是正確，同時又有幾點重要的新發現，可以補充並unify（整合）前文，自己覺得很得意。你文章中所說從前讀到後四十回，頓時覺得「天日無光」，可謂深得我心。我最近強迫自己試讀後四十回，仍然失敗。非但情節上不能自圓其說，而且人物性格上也不統一，完全與前八十回的人物矛盾，可以說是out of character（不適合）。林黛玉怎麼可能勸寶玉攻舉業，而說八股文中也有好的作品？襲人怎麼可能去探試黛玉的為人？前八十回中，平兒和香菱都沒有地位可言，襲人最多是個丫頭變成的身邊人，有什麼資格和地位作此非分之想？況且在大觀園中相處如此之久，襲人豈有不知黛玉為人之理？還用得着去試探嗎？讓我先拿幾篇主要的文章寫出後，當再徹底掃除一下後四十回，如何？

《明報》另行印有抽印本，當在收到後再與《明報月刊》一冊同時寄上。夏志清、於梨華處我已寄過。王敬羲及蕭孟能的文星書店我有過極不愉快的經驗，我也沒有精神講這種倒胃口的事，總之，我總算沒有看錯人。匆匆即頌　安好。

Stephen 上
二月九日　1968

張愛玲致宋淇，一九六八年二月十七日

Stephen，

稿費支票收到。我後兩天寫的一封信想必也寄到了。那份《明報月刊》有便請再寄兩本給我，書錢郵費以後告訴我個大約的數目。這「黃俊東」這樣淵博，他說魯迅也讚《海上花》，想必可靠，我沒聽見說過。給我的書，希望沒寫上款，看了仍可寄回，因為我跟志清他們不同，搬來搬去，不大能留着。你在港大教書，再合適也沒有，在你毫不費力，我想甚至於也是一種調養的辦法。蕭孟能盜印胡適的書，我很起反感。王敬羲似仍在intrigue〔密謀〕，通過Dick McCarthy，想再版《秧歌》。《北地胭脂》中文本仍叫《怨女》。你說寫篇短序，我試寫了個大綱看看，相當長。反正出版再耽擱幾個月也沒關係。裏面也提起《紅樓夢》，考證《紅樓夢》結局的那本書是周大×（？）做的？寶玉、小紅是獄（嶽？）神廟相會？這裏的中文圖書館只有俞平伯的《紅樓夢研究》。後四十回一向是我的pet hate〔心頭大忌〕，迄今記得寶玉不知說了句什麼（關於舉業？）黛玉鼻子裏哼了聲，冷笑道：「……」看着刺目，太不像。人家總是說：總算保存悲劇收場，別的續得更壞。我反對它的緣故是它identified with〔被視同〕原著。以下是寫給Mae看的：《北地胭脂》上的照片是因為搬家把「近影」丟了，在Ohio鄉下不想冒着大風雪去拍，叫汽車要在街上等，否則它

不看見人，停也不停就開走了，而他們不介意用老照片。你們倆這向都好？

Eileen 二月十七（1968）

張愛玲致宋淇，一九六八年三月十三日

Stephen，

今天收到《明報月刊》，等不及的看了那篇關於《紅樓夢》的文章。南京的新發現真吊人胃口。上次我問你的周大×，大概就是周汝昌。那本書是你們借給我看的，大概是《紅樓夢新證》。我寄出信後就想起寶玉是在獄神廟遇茜雪，不是小紅。纏夾得太厲害，怕你鬧不清楚，所以又匆匆寫信來。想請你或Mae查一查對不對。還有襲人嫁蔣玉函，供奉寶玉夫婦，也是這本書裏？又，通行的石印本三個評註者，護花主人、大某山民，還有一個是誰？——我是講《怨女》與道德觀念（志清也說它decadent〔末世頹廢〕），順便提起的。你後來寫的《紅樓夢》論文我都沒看見，也不知道我這裏有沒有犯重複，不過這不要緊。皇冠全集已排好，我又寫條子去告訴他們《怨女》要寫篇序，暫緩出版。《惘然記》改名《半生緣》，（有點像冠生園），題目寄去已經來不及了。（我去年秋天曾經去信說改回《十八春》名字）我前幾天收到通知，在這裏可以再續一年，到明年夏天為止，不然《海上花》也來不及譯完。有時間多下來，還可以把自己那篇小說寫下去，所以很高興。你們倆這一向都好？得空請先來張便條。

Eileen 三月十三（1968）

張愛玲致宋淇，一九六八年三月二十一日

Stephen，

接二連三寫信來，希望你和Mae不要嚇一跳。周汝昌的《紅樓夢新證》圖書館現在有了，今天剛看了，大概是比你們從前那本後出的，材料多些。我前幾天寫信來問的幾點都看到了，所以趕緊寫這張便條來，請你們不用費事替我查，也許還來得及。現在就出去寄。希望你們倆都好。

Eileen 三月廿一夜三時（1968）

宋淇，一九六八年三月二十四日

Eileen：

二月十七日及三月十三日信均收到。

平鑫濤曾打長途電話來要《北地胭脂》的英文本寄去拍照，我已照辦。這本來是我的建議。《惘然記》的名字我覺得不好，因為太沒有勁，可能影響到電影版權，可是我同Mae看了一遍皇冠上的1st installment〔首篇連載〕都覺得寫得細膩生動，但同時未必會appeal to〔吸引到〕現在拍電影的人。《半生緣》名字好多了，叫得響，而且很纏綿。希望你立即去信通知平鑫濤，在《皇冠》上聲明一下又名，《半生緣》，將來出單行本時再正式定名。

信中所說周汝昌的《紅樓夢新證》是不錯，事實上俞平伯都已言之在先。最重要的書是俞編的《脂硯齋紅樓夢輯評》，將各脂本上的批都收集在一起。關於獄神廟，有一條講茜雪，一條講小紅，一條講茜雪及小紅，可見二人都曾去獄神廟，我覺得小紅去有雙重作用，因對鳳姐安慰一翻也是合乎情理的。我甚至覺得小紅是時已與賈芸成婚，並應與賈芸同去獄神廟。一百二十回中將賈芸寫成窮極無聊，參與出賣巧姐為娼，簡直是荒唐，而且out of character〔與人物性格不合〕。襲人和

蔣玉菡供奉寶玉夫婦也見脂評，脂評另有襲人臨別時對寶玉說：「好歹留下麝月」，和花襲人正文標目曰（誤為昌）有始有終。這全是我憑記憶所得，你如果要我查，恐怕要多費點時日。聽到你能renew〔續約〕一年，高興非常。

March 24

張愛玲致鄺文美、宋淇，一九六八年五月一日

Mae & Stephen，

那次Stephen信上說又進過兩次醫院，看了已經心焦，又看見Mae信上說不及過海，真懸，也還幸而沒趕上暴動的時候，誤事。我也就是怕趕上你們不舒服，夾忙，所以書一借到趕緊又來信告知。《輯評》也借來了，還有脂本，大看之下，越寫越長。現已寄給平鑫濤，也許還來得及作〈代序〉或〈代跋〉。他說五月出。去年曾照他說的寄給他兩本*Rouge of the North*，他又向Stephen要，我以為沒收到，問了收到了，大概沒搞清楚。五月份《皇冠》也已收到，Stephen養着病還費心幫我接洽這麼許多事，真正抱歉。千萬不要再給《明報月刊》寫書評，的確像標榜。我在Ohio，有個教中文的周翔初也是劉紹銘介紹去的，唯恐我搶了他的飯碗，對劉也調唆，所以他對我有誤會。我也寫信解釋過，也只能說到了就是。顯然仍舊生氣。而且他也跟志清一樣覺得我寫東西退化，尤其不該濫改《金鎖記》。朱西甯說光只不喜歡《怨女》，對平說的大概是說話的技巧。我本來要寫信問英國有沒有書評，一直沒空寫，在趕這篇〈紅樓詳夢〉，什麼都擱了下來。請先看《明報月刊》是否可能轉載。志清把他的女學生寫的一篇評*Rouge of the North*送到一個小雜誌上，等登出來看怎樣。有個水晶不知道可會寫這一類文字，以後也許送本書給他。胡適太太住址有便請代打聽。我因為讀到她說眼睛不好，不大看書，所以先沒問你們。這兩篇東西都難寫，那一篇前後寫了一年，這一篇連寫了幾個月，以後無故不會寫散文的。Mae說她母親台灣實在住不慣，光這一句我已經看了悠然，

實在有知己之感，有些中國人一聽馬上會一怔，以為是親共。看了信與照片有許多話要說，昨天剛趕完了稿子寄出，幾天沒睡夠，只好揀有時間性的先說。有個殷允芃找我，她剛在Iowa讀了新聞系博士，要寫篇訪問記寄給平鑫濤。我實在不願意，已經回掉了，她又送了志清一封介紹信來，又說坐了三十小時巴士來的，朋友家又不能多住。第二天剛巧是交所得稅的最後一天，我那幾天不舒服，沒做完，臨時又發現去年算錯了，因為Ferd的費用複雜，結果他們欠我好些錢。連打字搞了一天一夜，晚上冒雨到郵局趕最後一班郵寄出，然後她來，坐到深夜，疲倦萬分。覺得說話不得體，非常頭痛，寫了封信向平君解釋這回事，又怕太scruples〔顧慮〕多，沒說清楚，又補了封信去，說既然不是皇冠委托她寫的，也許可以回說內容與我的一篇散文犯重——因為回答她的問句——如果要登，也請他先寄給我看看。平鑫濤也許覺得是叫他做惡人，如果轉問Stephen，怕不接頭。我覺得寧可讓她投到別處去，最好不要在我剛寫過東西的刊物上。這封信要趕在五點半開郵筒前寄出，不然你們收到〈紅樓詳夢〉副本摸不着頭腦。又添上一段，重抄一頁，請把28b頁抽去，換上這裏附寄的28b，28c兩頁。以前的郵票等雜費約合多少，下次請告訴我一聲。祝

健

Eileen 五月一日（1968）

張愛玲致鄺文美、宋淇，一九六八年五月五日

Mae & Stephen，

〈紅樓詳夢〉又補上兩段，第三頁第16頁重抄過。請抽去原來的第三頁，第16頁，換上此次寄來的3a，3b，16a，16b頁。

又，第27頁第二行倒數第二字「達」請改「答」字。

囉嗦個不完，真對不起。我前幾天累倒了加上不消化，今天剛好些。

Mae一回來就把音樂開得很響，我太知道那滋味了。琳琳太漂亮，（他們倆照片上完全跟前幾年一模一樣，那時候也就不上照）無論如何也是extension of self-identification〔自我認同的外延〕，最使人滿意的一種，也只好先享受着再說。不漂亮也不見得就sensible〔有見識〕，這樣想着也許看開些。他們書又唸得這樣好。巴黎到現在還是全世界的最高峰。上個月有個畫家演講，說紐約代替巴黎成了美術的中心，大家都笑了。她自己住在紐約。她急了，又辯：Dealers〔商販〕都在紐約。Mae除了手瘦了，臉方了些，一點也沒變，好在現在時行方。現在又要趕緊出去寄掉。

Eileen 五月五日夜二時（1968）

宋元琳，一九六八年一月

又，看見姚克請替我謝他一聲。以後有查不到的問他。Stephen代寄份〈憶胡適〉給柳存仁，真想得週到。他在澳洲！

宋淇，一九六八年五月七日

Eileen　文分為二

（一）《怨女》加前言，題材，何必金鎖

（二）中英文經過，exploit國際，《秧歌》，〈五四遺事〉

（三）《怨女》的technique

（四）英國review

紅樓
(一)「強」並未改「與」，改為「強拉」
(二)「好意」為故意，好，但均未刪
(三)襲黛非一型，女人個個有手段，麝月公然又一襲人。重點在×文，寶玉主動——
(四)秦與玉——情榜十二正釵末，尤氏，如有意，要打入又副，再副——
(一)(二)刪(三)加強×文(四)true tone

May 7/68

張愛玲致宋淇，一九六八年五月十五日

Stephen，

收到你七日的信是個禮拜六下午，趕緊寫便條給平鑫濤請他把稿子寄回來讓我改，趕下午最後一班郵寄出，希望還來得及。本來預備兩份都寄給你看看有沒有錯，一來因為想趕五月出書的deadline又怕你又不舒服，想省點事，結果更費事。如果不是一份已寄台，你也可以暫緩回信，用不着站着寫。我也是偷懶，沒再跑一趟去查程甲本。程乙本沒看過，你們的一部只看了個情節。昨天去查了，是把「強」字改成「與」字，「遂與襲人同領……」麝月的對白未刪。（道光戊子本《紅樓夢》；商務《石頭記》，1932及早兩年的）我也曾經覺得應當分成兩篇，但是拆開來後半部不能單獨成立。你講的怎樣開始是logical〔按邏輯〕寫法，但是我寫散文的角度永遠是平等親近的，要教讀者creative writing〔創意寫作〕最基本的道理有點self-conscious〔不自在〕。你說每一章不同的氣氛，跟Mae說的《十八春》像為你們這種人寫的，都是我沒想到的，非常gratified〔滿意〕，自己說却需要點技巧。當然我知道這本書全靠英美評論，要不是沒有，這篇序為什麼這樣難寫？志清的（接下頁）女生的書評，雜誌是個quarterly〔季刊〕，不知道什麼時候登。我現在剛寫了信

到英國去問有沒有書評，又寫了封信給Truman Capote，寄了本書給他，因為十一年前他的朋友Biddle夫婦（有個音樂喜劇是講他們家的，*Most Happy Fella*（？）仿佛拍成電影的）告訴我說他們送了本《秧歌》給他，他很喜歡。這封信去年就想寫，也是難措詞，挨到現在，也不知道是在國內國外，幾時轉到。像志清、朱西甯對《怨女》起反感，都是覺得女主角太卑鄙，disgusting，作為舊禮教下的犧牲者不夠格。我是想從reconstruction of〔重建〕《紅樓夢》佚文說起，證明這本書與當時的道德觀念距離多麼大。我們說古人「走在時代前面，」總以為是合現代標準，其實也許還在我們前面。（我說的那些大學生我也對他們很反感，有些意見都刪了，因為這裏不過是寫「變」與趨向更大的tolerance）秦氏死，不到廿歲，除書中說的不見得還有別的戀人，與十八九世紀歐洲有些貴婦大致相等，與nymphomaniacs〔淫婦〕不同。不過從寶玉的觀點看來，她看得中賈珍，也許也就近於博愛了。從護花主人等至俞平伯都認為她與寶玉有關係，（《紅樓夢研究》P.178倒數第五行末句「或緣與己合而畢其命」）我這次又re-examine了一下，以為證明了沒有別的可能。俗本眉評說寶玉十二歲，其實才八歲。引誘幼童是shockproof的現代惟一shocking的事。作者似乎覺得他們不可以常人論，對她有種隱秘的崇拜。上中下三品是當時一般人的看法，我正是要證明他不同。護花主人等也並不反對她在十二釵內，大概正副冊只看主婢地位之分。釵襲個性相似，我因為是老生常談略掉了，所以沒講清楚。有些手段在寶釵一定認為是妾婦之道，不屑為的。但是寶玉像一切人一樣吃這一功，所以曾對寶釵rude，對襲人倒沒有過。講她們個性的人多，我本來不想講的，因為講汎愛與出家的關係涉及。麝月像襲人，我也記得。趙姨娘來鬧，她比襲人還更會應付，不過對寶玉因為有晴襲在前，沒有她施展的份，只好老老實實。釵黛一人，晴是黛的影子，我想也是作者原意，有許多人都覺得the women in their lives〔他們生命中的那些女性〕相像，或相反相成，往往是自慰。你說蔣玉菡一定做了件仗義的事，想必是下獄時代說項放出？你跟志清講《紅樓夢》的信與*Pride & Prejudice*〔《傲慢與偏見》〕的文章我都沒看見。這次又把《紅樓夢研究》借了來，從前看了忘了，發現我有些犯重與不大對的地方。連寫了幾個月寫疲了，只好先擱下再說。這些時《海上花》沒譯一個字，也有點心虛。又，你提起〈五四遺事〉，*The Reporter*已經關門了，那雜誌久已越來越枯燥。關於用英文寫，只能輕描淡寫，否則再努力些也不過是個英文系學生。我提起美國出版界說*Rouge of the N.*的話，是因為殷允芃問起。當然任何interviewer最要問的就是為什麼不在美國出版。既然告訴了她，不如自己說，還說得好聽點。但是她也並沒用進去，稿子寄了份來給我，寫得極壞而harmless。平鑫濤如果要登，我只希望不是給我面子。正寫着信，又收到你十一日的信，已經是坐着寫的，想必好些了。拖着倒也讓它去，受罪真討厭。家裏緊張也not the worst of it〔不算最糟〕——我吃咖啡總想起Mae。忘了說她母親跟七八年前沒有絲毫分別，太可羨慕，這種是遺傳的，等於一大筆遺產給女兒外孫女。

Eileen 五月十五日（1968）

張愛玲致宋淇，一九六八年六月二十六日

Stephen，

昨天下午趕到郵局寄出改寫的〈紅樓詳夢〉副本，先給你看看有沒有辮子可抓。信沒來得及寫，恐怕稿子又先一天到（帶着Xerox的黑種女人刺鼻的deodorant〔止汗劑〕香味）。我因為《紅樓夢》那些書到期了，想在還書前趕着寫完了，免得又要整大批搬回來。志清已經把你給他那封信轉了來，前一向也是哥大鬧事。我看到上月法國鬧事的新聞，一直惦記你們是否着急。我沒想到告訴你不要跟志清提〈憶胡適〉，因為我給胡適信上說《傳奇》不好，他看了會不高興，果然沒提——他有這雜誌，借給我看過。他書上說寶黛與婚姻的話，我覺得是措詞不當。黛玉是像寶玉說的，都是因為不放心，所以病越來越重。寶玉對他們的婚事confident，她insecure，也有理由的。趙岡以為大家談，供給材料，你寫一段，我寫一段，寫得出《紅樓夢》來！倒像中共。不過他說脂硯畸笏是兩個人，這條批語表示得很明白：「芹溪脂硯杏齋諸子皆相繼別去，今丁亥夏，只剩朽物一枚，寧不痛殺？」我看了你上次信上說的，完全相信蔣玉菡幫了個大忙，也許抄家發還房屋爵

位等等都是因為他幕後求人。但是越是恩人，越是不便送他一個自己「收用」過的丫頭，根據一種不成文法。除非在幫忙的過程中他與襲人已經有一段可歌可泣的事，我總覺得沒有。也許她像起初給寶釵的印象一樣，也給蔣一個很深的印象，是個忠義明理的人。要羅曼諦克，應當是個lady in distress〔落難仕女〕。再一知道她的名字就完了。當然這都是瞎猜，也許等看到你的《紅樓夢》論文會換了個看法。這裏重複你的地方一定很多，只好讓它去。上次忘了說，脂評既然承認秦氏賈珍的事，在從前看來，沒有比這更不堪的了，可見十二釵與品行無關。又，俞平伯看了條脂批，沒看見更正，說香菱在副冊是漏掉個「又」字，解釋得實在可笑。先開又副冊櫥，拿出一本看了兩頁擲下，又去開了〔又〕副冊〔櫥門〕。這門竟是彈簧門，隨手自閉。他自己說過《紅樓夢》的白話還不純粹。文言最忌囉嗦重複，所以第二次把櫥門略去。不是開櫥門難道是開冊子？我寫進去又刪了，因為他那段已經disproved〔證明有誤〕。我寫這篇東西完全是個奢侈品，自己直叫冤枉。英國回信說出版剛趕着crisis，報紙篇幅減少，書評很少，所以完全沒有，現在已沒有辦法——那時候人心皇皇，我如果釘着他們也沒用。只有外省報上的簡短介紹，還有Athens一家英文報上一個英國人寫的，雖然說好，大段引原文，除了「unjudging compassion」一句外也沒什麼可引的。忘了Xerox一份給你看。Capote當然可能一年半載後回封客氣的便條。那本書除了你講的那兩句話之外，我完全只能fall back on my own standards〔依靠自己的標準〕，不過我對自己寫的東西從來不敢往理論上想，也是怕像蜈蚣一旦知道怎樣運用那些腳就不會走了。所以只好又fall back on腦子裏最基本的東西，如《紅樓夢》，但是太controversial反而不好，而且把《紅樓夢》跟《怨女》一口氣連着講也招罵，還是拆開來專講《紅樓夢》。我本來一直覺得在現在這情形下，寫英文無論怎樣碰壁，中文還是只能做副產品。只好聽其自然。《半生緣》也無以為繼，我寫一部瓊瑤可以寫一百部。——這裏Institute的打字員（大概是個女生或研究生）聽說非常喜歡《海上花》，說像Jane Austen〔珍・奧斯汀〕，她是Jane Austen迷，說「完全十八世紀，」打了六分之一，直罵「那女人還不拿來！」我只希望她是典型的。——補寄來〈紅樓詳夢〉56a，b兩頁，請把原來的56頁抽掉換上。這篇東西現在沒有時間性質，等收到你的回信再寄給平鑫濤。上次向他討還，只好再寄去，但是現在與《怨女》無關，他未必要登考據的東西，想告訴他如果皇冠不適用，轉寄給你。我一直想講給Mae聽在香港一個老同學代做旗袍的misadventures（她是做這生意的，我是為mini-dress逼迫的），過天有精神再講。你這向好？Mae也好？現在早上四點鐘，下雨，漆黑，只好出去寄信，趕八點一班郵。

Eileen 六月廿六（1968）

張愛玲致宋淇，一九六八年六月二十九日

Stephen，

第1，6，19，20四頁又加補充，重抄了寄來。上次忘了問你，台灣是不是不能登周汝昌俞平伯的名字，要改周某俞某，還是「近人」「有人」？——你們倆都好？

Eileen 六月廿九夜三時 1968

宋淇，一九六八年七月七日

Eileen：

（一）May 15，June 26，29信收到，病，開刀。

（二）紅——平可能無興趣，將來可送《明報》，胡林可隨便提周俞。

（三）此文完整，釵黛不同性情甘苦，釵襲均有可愛時。作者用意女人比男人好，no one of them is perfect，我從前以為50-50，現在仍是45-55，否則懸崖就不成其為不忍人。

（四）開頭「三恨」好，應保留。

（五）她最熟，直覺判斷。潘——郭考據「平心」並不平心，晴之頭髮小品文派，非小說家。

（六）紅最大問題人物age及行為，充滿了矛盾，並非final draft。As an innovator自己都不知，脂更不知，有一定距離，並不能100% identical with each other〔百分之百認同彼此〕。

July 7/68

座上客告一妓，四老爺跟黎大人吃醋，剛才不肯你當差。（結果還是叫她）妓笑云他也不是吃醋，「尋着仔頭寸來浪哉。」是另找到合式的人？不是「別頭寸」——不是錢的問題。

下等妓院中，甲乙二友半開玩笑，幾乎打起來。甲說：「就算我怕仔耐末哉。」乙說：「耐倒來討我個便宜哉！」打乙，乙逃。是否因為甲的口氣彷彿乙是悍婦——女性——所以是討他便宜？（與以前的話無關）

呂宋票——一種彩票？（獎券）

跋步床——有梯？

裙欄——圍裙？裙上緣？鑲的闌干？

撐堂——（茶樓）賣滿堂？

一角小洋——一元十二角？二十角？

賭錢：發張，和，頭錢，一百塊底，統賠，統吃，搖攤（fan tan），復寶（二次開出相同？），孤注，穿錢，四本頭，重門，進寶

張愛玲致宋淇，一九六八年七月二十一日

Stephen，

看見你信上說又進過醫院，這次開刀「痛入肺腑，」實在winced〔令我齜牙咧嘴〕。其餘的麻煩與你們的感覺，我想也只有我這長期沒有半點安全感的人能知道一二。〈紅樓詳夢〉又添改了

些，套「圓夢」的話也刪去，看了你上次的信，也又講年齡問題。寄給平鑫濤，附信解釋，不用就轉寄給你，也提起俞周名字不能登的問題。改掉我想更不清楚。好在《皇冠》決不會登的，也許你已經收到了。現在最後一頁又加了一段，重抄寄來。你收到台灣轉來的一份，請把72頁拋棄，代以這裏的兩頁。你講釵襲的話完全對，脂評也說過。不過襲人也許因為沒受教育，受禮教的薰陶不那麼深，特強的女性的本能仍舊irrepressible〔壓抑不住〕，太平閒人屢次說她「悍然」。在寶釵一定表示得較subtle。寶玉對她rude過，對襲人倒沒有。勸他上進，我覺得是他們感情的癥結，破家後更尖銳化。看寶釵的燈謎，仿彿他們沒什麼肉體之愛——我本來沒有成見，總以為是很恩愛——這在當時的情形下也合理。我最感興趣的是what happened，both書內書外，附帶提起她們的個性的一段也已刪去。兼美當然是兼釵黛之長，用外貌象徵。像秦氏也許只限外貌與Freudian undertones〔佛洛依德式的弦外之音〕。如果這本書是個現代的小說，我完全能想像太虛幻境一場光照正文看，而且秦氏聽見喚她小名而詫異，是幻與真參差掩映，寫得非常好。但是因為是舊小說，禁條多，似乎一定要找夾縫文章，又格局謹嚴，句句都要有着落。如果寶玉從小覺得秦氏個性上也兼釵黛之長，十三四歲才發現秦氏死因，也是個「大諷刺」。那麼「未嫁先名玉」是說像黛玉。但是介紹秦氏來歷時，未嫁已「性格風流」，不僅是寧府的影響。黛玉的潔癖，與秦氏賈珍的事實在無法聯想。所以我覺得還是太平閒人、俞平伯這一系的解釋比較像些。要照我現在根據甄寶玉的歲數算，夢遊太虛那年作者才七歲，更可見是虛構。既是虛構，其實應當移後幾年，把十二歲那年也寫得與十三歲一樣長與充實。但是他或者太忠於七歲時的一個印象，再不然就是覺得與黛玉衝突。郭沫若講在鐵檻寺傳染typhus，潛伏一年多？你講的那紅學家潘君真有趣。「吳」（俞、周、「吳」）是誰？我這兩天不消化，不大舒服，不多寫了，希望你好多了，Mae也沒累病了。

Eileen 七月廿一

又，寶釵使我很起反感的兩段都在可疑的64、67兩回內。黛玉的〈五美吟〉引起她說教，「咱們這樣人家的姑娘……」；dismissed〔打發〕柳湘蓮尤三姐死與失蹤消息，寫上建議請夥計們吃酒，雖然都 in character〔合乎角色設定〕，寫得拙劣，看着不順眼。後有〈十獨吟〉，這批語不知道是不是可靠？

張愛玲致宋淇，一九六八年七月二十四日

Stephen，

前幾天剛寫了封信給你，又附了兩頁〈紅樓詳夢〉，昨天忽然又想起有一句不清楚，又改了寄來，麻煩得沒完，真對不起。希望你這兩天好些了。上次忘了說，汪（王？）譯《紅樓夢》很流行，高鶚又得到許多新讀者，現在林語堂又替他辯護，我真希望你的論文把他澈底打倒，不然一會又還魂。老舍自殺有沒有這事？《海上花》有些無法查的字句，附寄來給你和Mae看看可知道，不然就等有便的時候請你問人，姚克也不知道可知道，難處不在蘇州話。〈詳夢〉如在《明報月刊》上登請不要忘了用稿費付屢次代墊費用。

Eileen 七月廿四

Aus. July 28

吳世昌
紅——平云皇登
書出三本——
皇有的interview
海當問姚[39]

39.「吳世昌」至「海當問姚」為宋淇筆跡。

張愛玲致宋淇，一九六八年八月二日

Stephen，

今天收到你的信，不知道是不是已經出院。傭人患感冒也許還有幾天。我本來已經怕Mae也累病了。至少她可以乘這機會在家裏休息兩天。我上次信裏附了〈紅樓〉第20a頁，那一向鬧不消化，所以沒去複印，也沒精神抄副本，再躭擱下去又怕萬一已經登了出來。再上一封信裏寄來的最後一頁（第72、73頁）雖有副本，已經寄給平鑫濤。想請你們把這三頁都寄還給我，還有一處要添兩行解釋，等我一併寄給平鑫濤。你們倆都不舒服，連張字條都不要寫，下次再寫信。為這篇東西麻煩你，簡直沒結沒完，實在不成話。《皇冠》已經排印又拆掉，我也覺得抱歉。王譯《紅樓夢》與從德文譯的同時出版，是王譯本流行，很少人知道不是一個人寫的，我看見的書評也都沒提這一點。書中大事幾乎都是高鶚的，一般人也只看個情節。《海上花》上抄來的字句，「孤注」「穿錢」應當注明是下注的辦法：「押了一千孤注，……另押五百穿錢。」「把一應孤注穿錢分別配發清楚。」「穿錢」也許是能挪的？《流言》等已經收到三本，因為你們都有，沒想到告訴你們不要買。等再有別的出來，Mae不要去買，我收到了就寄來。我月底搬到Apt.43，小些。希望你這次恢復得快。

Eileen 八月二日 1968

張愛玲致鄺文美、宋淇，一九六八年八月三日

Mae & Stephen，

昨天晚上寄出一封信給Stephen，請你們把我添補的三頁稿子寄還給我。其實來回恐怕來不及了——也許《皇冠》已經又排出了。還是請你們光把20a頁寄給平鑫濤，只要加注〈紅樓詳夢〉題目與

「代替原有20a頁」數字，我另外去信說明。如已經寄了給我就算了，不要特為來信告訴我。麻煩個不完，仿佛乘你們倆都不舒服，搗亂似的，真不過意。現在去趕下午一班郵。祝

好

Eileen 八月三日 1968

張愛玲致宋淇，一九六八年八月十七日

Stephen，

幾頁稿子與姚克的答覆都收到了，答得實在清楚，尤其「怕仔耐」真是再也想不到，連你知道這pun的都沒聯想到這上面，真是問着了人！賭錢有些話我也懂，不知道英文，忘了注一句。「和了！」是不是「Game!」頭錢是bonus？「發張」？搖攤？（Fan-tan是番攤，似較簡單。）統賠，統吃？你想必知道。附信請代轉，等再收到皇冠出的書也許寄兩本給他。吳世昌的英文書借到了，中文散文只看見一篇。看得津津有味，考證元妃托夢簡直是最精彩的偵探小說。我寫「四十年華」「四五年華」一段跟他犯重，還不要緊，最重要的是張宜泉說「年未五旬而卒，」別處都沒提過。張的詩集與趙岡的書也都借來了，潘重規的書也有，沒借。稿子又在重寫，平鑫濤處已經去信，如未發排請暫緩。寫完了還是要寄給你看看有沒有與hard evidence〔重要事實〕衝突處。趙岡在《明報月刊》上那篇說發現了曹氏家譜，不知道是在哪裏看見的？看來後四十回不是高鶚寫的，但是這些人疑心是曹雪芹自己的，風格看不出，拿他們沒辦法，還直讚寫得也不錯！說是親族裏的人代續的比較像。「恐先生墮淚，」吳世昌說「先生」是對脂硯refer to另一人——曹頫。稱父親為先生，也可笑。這些我當然都不寫進去。《半生緣》我直到最後都tempted〔極希望〕要改為重圓，惟一的可能是叔惠翠芝結合，世鈞回來人已不在。因為小說裏一向的conventions〔慣用手法〕，誰都知道絕對不會離婚，要弔人胃口非常難，只有完全翻案，來個出其不意。但是我想「新言情小說」

的讀者們也許看了happy ending更覺得俗氣廉價，何必又費上許多時間？我又還想過，來個alternate ending（替換結局），像*The Lady or the Tiger*（《美女還是老虎？》），讓人猜是哪個。結果因為本來沒預備大改，也就算了。陸續代墊的郵費雜費，附上五元，不知道可差不多，不夠請提一聲。你這兩天好點沒有？Mae也好？我月底又要忙着搬家。

Eileen 八月十七 1968

宋淇，一九六八年八月二十七日

Eileen：

八月十七日信，附來支票和給姚克的信均受到。

賭錢的英譯最好找一個美國人，去過Las Vegas（拉斯維加斯）的中年人，研究一下，我所知有限，沒有把握，「和了」可以說make 或made，如Bridge中之game之被made，頭錢不能說是bonus，不知money for the house可否？「發張」是否可以譯成it is his turn to play a card，看你麻將「牌」是否譯成card。「搖攤」應是dice game，外國有相同的賭法，fan tan不盡相同。「統賠」、「統吃」，看你如何譯莊家，應是莊家loses to all，和莊家wins all。

有關《紅樓夢》的重要著作，你差不多都已過目了，吳世昌最冷靜，倒底受過科學訓練的，只有他始終堅持後四十回是高鶚所作，最近，一九六五年中華書局所出版《文史》第四輯，他有一文專論：《從高鶚生平論其作品思想》中仍主此說，他從高鶚的文集中並沒有找到什麼新的資料，僅

重訂紅樓夢小說既竣題

老去風情減昔年　萬花叢裡日高眠

昨宵偶抱嫦娥月　悟得光明自在禪

認為是高中舉人以前曾修補《紅樓》，但他也認為高所作的工作是edit、rewrite、revise，並不是完全另起爐灶。其餘諸人也只不過是懷疑後四十回為程高所續，並不能拿出具體的證據來說一定不是。我認為有關《紅樓夢》各種考據的theory〔理論〕都是很shaky〔不可靠〕，例如趙岡〔岡〕最近那一篇論文，只不過根據一條批語，就此把脂畸為一人之說完全推翻，當然說得頭頭是道，但因之更令人不放心。其他諸說都宜作如是觀，因為我們手中實在沒有什麼authority〔權威版本〕，脂庚不是，連胡適所藏的脂甲都不是。

你要我提點意見，我覺得上次文中有一點值得考慮避而不寫，就是秦可卿與寶玉的關係，你的看法仍是承俞平伯的傳統看法而來，可能有問題。因為曹雪芹之寫《紅樓夢》是一面寫，一面暗中摸索，因為他一時還沒有master這個medium〔掌握這個主題〕，同時一路在成熟和長大，例如《風月寶鑒》之成《石頭記》，又成《紅樓夢》，其中有痕跡可尋。吳世昌說他本來計劃林黛玉早死，後又改變計劃等等。秦可卿淫喪天香樓被刪，並不是由於畸的一紙命令所造成，而是合乎作者的grand design，秦之失足於賈珍已是她一生莫大污點，如何可能再同寶玉發生苟且，幾十對眼睛之下，事實上亦不可能！賈珍也不可能讓他人染指！可是作者拿她放在正冊之末仍大費心機，託夢由元春改到她身上，而她之死要在大觀園起造之前，否則大觀園造好之後，讓她進去好，還是不進去好？品行仍是一個重要的因素，如照程高本，尤三姐真是完人，但她身前沒有踏足大觀園，照脂本我們才知道她品行有問題，所以也就說得通了。

《半生緣》的ending如採取alternate ending當然很新奇，可是與作品的風格和寫法不統一，還是讓它像現在那樣算了。

姚克本來接受Hawaii大學的邀請去做客座教授，預言九月中去，現因身體檢查有問題，暫時不能去，如你有問題，仍可來信問他。我的《紅樓夢》notes越來越多，可是我還是想去借一套程甲本來看一看才能動手寫，但我其他要做的事情太多，一時還輪不到，真急死人了。匆匆即祝安好。

Stephen 上
八月廿七日

張愛玲致宋淇，一九六八年十月九日

Stephen，

你信上說忙，想必這一向好，看了很高興。我搬家兩次傷手，寫字都不便，好了更忙得發昏。——舊式窗戶開關要crank（用曲軸轉開），crank不動，要用釘鎚敲，我想Mae聽見了一定也說聞所未聞——謝謝你寄來兩篇文章，〈拜銀的人〉看了笑聲不絕[40]，這題目太好了，我倒覺得不太切合影評，世界上一大部份人都在內。真可惜你永遠不會寫像關於TV內幕的non-fiction（紀實文學），（書中人用假名字；有的也諷刺得很蘊藉）裏面不知道有多少好故事。我看着〈拜銀的人〉的時候不由得這麼想。水晶那篇我不覺得被解剖，因為隔靴搔癢，看了不過詫笑。他來信署名「後生楊××」，可入你們的成語笑話集。《文史》第四輯已經找來看了。我改寫《紅樓詳夢》，無意中發現乙本的原刻本（在台出影印本，有胡適序）內容與亞東照胡適藏本排的乙本不完全相同。另外「乾隆百廿回抄本」也看了影印本，上面有舊後四十回，比程高本短。所以把一切都擱了下來，單就這幾個本子考據後四十回。我想你未見得需要弄上這些影印本，即使都在手邊，代check也費事。所以冒個險算了，昨天剛趕完，寄給平鑫濤，明知不適宜《皇冠》，一份稿子屢次弔回捺下，不好意思投別處，附信解釋這一篇有時間性，因為別處也有人在研究；如果稿擠，請他轉寄給你。如寄來就請轉交《明報月刊》。關於秦氏，那年在香港談起，我非常震動，一直知道在這一點上跟你永遠不會see eye to eye（看法一致），因為都是根深蒂固的觀念。我從來不要求意見一致，跟Mae和你常常一樣，已經喜出望外了。護花主人、太平閒人評，我小時候看了也有許多都不相信，這一條一看就覺得「像」。我從小「反傳統」得厲害，到十四五歲看了蕭伯納所有的序，頓時成為基本信仰。當然Fabianism（費邊主義）常常行不通，主要是看一切人類制度都有perspective（觀點）。我對犯規的同情也不限adultery（通姦）這一項，而且也不是confessor（神父）式的同情。好在又不「身體力行，」也就各人「信」其心之所安就是了。寫小說我總想不讓自己的觀點obtrude（強行介入），寫散文也像談話一樣，不能牽涉太多，不然一句句都要辯駁起來還行？不過如果涉及，我覺得也不必避免。吳世昌對藥方的發現我非常佩服，有些也武斷，如《風月寶鑑》裏怎麼會有釵黛？釵主一人，他說只是棠村這樣想，22回畸笏也說過。我還是相信脂批，認為刪《天香樓》是畸笏的主張。尤三姐未進大觀園，尤二姐却住過（「苦尤娘賺入大觀園」）。志清新出的書上說曹雪芹後來想必撇開脂批，不受干涉，放手寫了後四十回，我看了氣得半死。我這些意見到底平常，你看了想不至於生氣——這是《紅樓夢》的一個特點。前一向在*Digest*上看過一本講港戰的non-fiction，我沒親眼看見的都補足了，但是看了毫無共鳴。我寫過兩章，想改成個長短篇，感情上完全offbeat〔不合拍〕。我對職業文人的定義是靠它吃飯，不是什麼都會。我算運氣，迄今連《浪淘沙》式的hackwork〔老套作品〕都是非常感到興趣的，（《浪》USIS政策改變，不出了。錢雖照付，我不出版的mss.〔手稿〕又多一部）就這樣也還是老stuck〔卡著〕，寫不出。要想投資幾年工夫，希望歪打正着，總要自己先有興趣才行。我從前的小說根本看不進去。像Mitchell靠考據的小說，我也考慮過，不過在這題材上，我太與literary conventions〔文學傳統〕牴觸，〔……〕西方通俗小說現在唯一嚴格的道德標準是愛國。下次再談，祝

兩人都好

Eileen 十月九日 1968

40. 宋淇，〈拜銀的人——一則寓言〉，原載《明報月刊》，一九六八年九月號。這文章以遊戲筆觸勾勒出一群電影圈中人的性情、際遇，當中也似乎有宋淇自己的影子（其角色是製片）。鄺文美曾為宋淇《昨日今日》一書寫序，文中說他「一九六七年脫離電影界後，才寫了一篇寓言式的〈拜銀的人〉。所謂『銀』不指金『銀』或粵語中的『銀』紙，而指『銀』幕；拜銀的人泛指第八藝術工作者。他在這個圈子裏浮沉多年，熟諳內幕，原可以用尖刻的筆調極盡揶揄譏嘲之能事以逞一時之快；然而由於基本上同情他所描繪的對象，覺得這些人『把一生中最寶貴的時間貢獻給了電影，實在有他們了不得和可愛的地方』，因此筆下留情，開了個謔而不虐的玩笑，適可而止。文中勾勒出一羣虛構人物的輪廓，與當時某些電影工作者或有相似之處，也祇是巧合而已。這篇文章可算他一生的轉捩點，從此他心安理得地向電影告別，回到文學的研究中。」

張愛玲致宋淇，一九六八年十月十五日

Stephen，

剛寫了信寄出，收到轉來姚克信與文。他真週到。等我多收到些書後再托你轉送，或者等他在夏威夷有固定住址後請你轉告，直接寄去。在那兩頁《純文學》上看到傅雷有長信給你，想必無恙，兩年前在《徵信新聞》（？）上看到他們夫婦自殺，倒震愕許久，本來也詫異與胡梯維、金素雯夫婦自縊如出一轍（金素琴追悼招待記者，想是真的）。《紐約時報》載老舍自殺，大概不是謠言？我問過「專家，」說也不確實知道，反正不是大事（！）。我上封信沒說清楚，吳世昌根據棠村序trace〔追溯〕《風月寶鑑》，照這樣，早死的棠村已經看過八十回後寶釵諷諫、鳳姐強英雄、襲、蔣供奉釵、寶等文。那麼《風月寶鑑》也包括後卅回。我想有序各回（如果後來的也是序的話）不過是五次增刪中的一次，與後來已經分別不大。再看藥方，28回批「是新換了的口氣，」顯見一直延醫服藥不見好。我想是刪掉前幾回回回寫藥方，改用側寫。刪改大都是寫作技巧進步與材料增加，不是grand design改變。我寫的那篇〈紅樓詳夢未完〉寄了給平鑫濤，當然又發現錯誤，如忘了乾隆後是嘉慶不是道光。當然應當多擱些時，不過擱着定不下心來做別的事。改了十一頁寄去。如果他把稿子轉寄給你，請先留着，等他再寄這十一頁來。要是在《明報月刊》登，最好請你再校一遍。如果你忙——Mae我知道她忙——就請他們空郵寄給我自己校，勿掛號，不會躭誤，郵費隨後補來。祝

好

Eileen 十月十五 1968

張愛玲致宋淇，一九六九年一月四日

Stephen，

收到你十二月十六的信當然非常高興，因為沒做慣考據，即使所有的書都攤在面前，也還是有點信不過自己。皇冠本來預備十一月登，因為發現兩處錯誤（也還有，如鴛鴦不是站着是坐着）剛改了寄去，校樣已經寄來，又重排。寶玉最怕女孩子出嫁那句話，你信上沒說，我是看了王珮璋的：「……不但違反寶玉平日最怕女子出嫁的性情……」（《紅樓夢研究論文集》166頁）轉載如果你不大舒服不能代校，還是請他們空郵寄來讓我校一遍，馬上連郵費寄還，不會誤事。我想老是要他們看你面上轉載也不是事，上次我向平鑫濤解釋，如果性質不合，請他轉寄給你，他當然也不好意思這樣。現在我剛寫完一篇短的關於高鶚的戀史，預備寄給皇冠，下一篇關於前八十回改寫經過，（我發現無論說什麼都涉及這問題，如年齡，你也曾經歸之於改寫次數之多。你說要有集中的Theory也非常對）太長，大概要分兩篇，從二尤說起。想等寫完了寄給你轉給《明報月刊》，你看了告訴我可站得住。要趁着這時候寫，比在圖書館看書方便，加上譯書，實在有點來不及，所以忙得昏天黑地，收到《前言與後語》也都沒來得及細看。我想最被注意的一篇是關於你父親與毛姆的，以前聽你講起，因為記不清原文，老是與辜鴻銘那篇纏夾，根本沒聽清楚。《在一個中國屏風上》[41]，我們知道屏風四週房間與人物的氣氛，真比原著多出多少韻味！他對你父親與對辜鴻銘的心理的不同，到現在也還是典型的。*Brideshead Revisited*我看不進去，譯的一章倒看了，的確幽默。封面是飛機窗？是不是Mae設計的？又好又foolproof〔萬無一失〕，不會印壞。〈拜銀的人〉儘管circumspect〔慎重〕，圈內人是會疑心的。惦記着你又不舒服，你們又不喜歡寫便條。快早晨四點了，出去寄信。

Eileen 一月四日 1969

41. 毛姆（W. Somerset Maugham，1874-1965）著，原名*On a Chinese Screen*（1922），其中兩篇分別記錄了他與辜鴻銘及宋春舫（即宋淇之父）見面的情形。

張愛玲致宋淇，一九六九年一月二十日

Stephen，

收到十四日信，今天去把籐花榭藏版（道光戊子）借了來，大概與原刻甲本（這裏沒有，有正本也沒有）一樣。你以後隨時要查什麼，來張條子。現在查了是

「冷月葬詩魂」——不是「花魂」。

此外三點：

（一）「啼谷一聲猿」——不是「雨」。

（二）鳳姐沒有「忽然把臉一紅」。（同脂本）（6回）

（三）「鳳姐兒見了賈蓉這般，心裏早軟了……」（同乙本）（68回）

你覺得庚本也是「花魂」，理由之一是不是庚本改文有許多是妄改？我想是不相干的人代校的。當然等不及的要看這篇短文。看見圖書館有潘重規講乾隆抄本的書，想必是新著，翻都沒敢翻。《明報月刊》如果轉載〈紅樓夢未完〉，第十二段第一句「差不多時期的《兒女英雄傳》，」最初五個字「差不多時期」請代改「約一百年後」。（現在知道《兒女英雄傳》1854完工。）上月的《皇冠》還沒收到，所以不知道頁數。你說申請不到研究《紅樓夢》的港大fellowship〔助研金〕，我看了不由得嘆氣，當然是這情形。你做助理校長也是再合適也沒有，只要不太累，因為你其實是個理想的校長，包括fundraising〔籌款〕等——如果還有空可以寫東西。柳存仁來過便條說到後來看我，想必會來的。許多關於《紅樓夢》的話都來不及說了，先去寄出這封信。希望這次不舒服沒鬧大，Mae這兩天也好。

Eileen 一月廿日 1969

張愛玲致宋淇，一九六九年二月六日

Stephen，

你二十八的信今天剛到。我上次少註了一筆，籐花榭藏版是甲本，大概不是reprint，我因為它早，想必比《增評金玉緣》可靠。第七十八回林四娘詩前沒有寶玉的別才，賈政不以舉業相逼的一大段，同乙本。

關於鳳姐，我想是這樣：我正在寫二尤一篇，程本65回賈璉二姐談，二姐同意與賈珍三姐「作通家之好」（今乙本作「吃雜合湯」），我想是高鶚加的，因為續書人既改三姐為完人，又給二姐罪減一等——沒有私通賈蓉——為什麼又添出這一段smear〔中傷〕她？是高因為二姐已經品行壞，要把她形容盡致。（如果把續書人與高併為一人，許多地方再也說不通）續書人拼命替大家洗刷，儘可能避免「罵滿人」這句話。高則衛道，見鳳姐賈蓉可疑，但是高不過在旁添補，只能諷刺暗示，不預備添出大段情節。即使想到休妻，也太費事。鳳姐對傭人種種已經寫足了，續書只寫她get her comeuppance〔有其報應〕，下場又不夠慘，只能「力詘失人心」等等。

王珮璋有篇文章講甲辰本刪去所有與續書衝突的地方，在《文學研究期刊》第五期，1957，不知道你看了沒有？我正轉借還沒借到。我疑心夢覺主人是原續書人，舊後四十回在1791已經殘缺不堪，似乎不會比mid 1780's更晚。

謝謝你給我送林語堂書。他捧高鶚，看了大概不高興。附上五元，等你這篇登出來請空郵寄本給我。你借給《皇冠》的畫冊是不是清初服裝？再切合也沒有，偏登個警幻——古裝？——我還沒看見。港台除潘重規還有誰研究這乾隆抄本？有沒有講出什麼來？潘的那本下次不免還是要去看一看。你說脂硯沒那麼重要，我也覺得脂批不過是史料。你上次說現在寫文章像曹雪芹寫《紅樓夢》一樣，一開始就胸有成竹，這話本來誰也不會反對，但是我發現書中有許多要緊的事都是陸續後添的。說五次增刪，這樣drastic〔激烈〕却仍舊很難相信。看來是漸漸evolve〔發展〕出來的，創作成份遠比自傳成份多。反正等你看了再說。匆匆去寄出這封信。有沒有聽見張興之的消息？不住

在遠東大廈了？祝

你們倆都好

Eileen 二月六日 1969

又，有正本67回鳳姐發現偷娶尤二姐，賈璉是不是已經出門，與各本都一樣？以後來信請 confirm 一句，不要特為寫信。

張愛玲致宋淇，一九六九年二月二十日

Stephen，

上星期寄來的〈紅樓詳夢〉又添出兩句，附寄三頁來，又要麻煩你，請把原來的兩頁抽出換上。你兩次信上說有人提過「詩魂」，所以我連潘重規的書都不敢不借來看了看，實在壞到極點。趙岡在《大陸》上講這抄本的一篇借不到。我譯書擱下太久，需要趕，別的都擱下了，二尤那篇寫完了還沒抄。這兩天又在患感冒。你們倆這一向都好？有便想托你們買本俞平伯的《紅樓夢輯評》，不忙，等買了請告訴我一聲書價。我講改寫經過，是從吳世昌的《棠村小序》說起。我認為不對，不過這條路子是對的，execution〔執行〕嚴格些，可以發現一個早本，內容不到現在一半。再看缺的部份怎樣一件件先後加進去。過天再談，先去寄信。祝

好

Eileen 二月廿日夜 1969

宋淇，一九六九年二月二十四日

（1）認為抄本此處比他本早
（3）吳世昌證明——考據
（3）延遲把元妃之死移後
（12）俞君改平伯
題目如注，說明
（29）等他氣歎一歎，息一息
全文未完

Feb.24/69
（1）收到改稿
（2）趕上四月份《明報月刊》
仍由我校花魂趕出
（3）加為乾手稿
ending不夠strong
（4）脂評買不到
（5）八月中搬，是否合約到
有無打算
HKU Frank King，可試探
研究丁玲

張愛玲致宋淇，一九六九年三月六日

Stephen，

改的幾頁已經另函寄上，漏掉的第十二頁附在這裏。你講得非常對。「氣嘆一嘆」那條是我沒說清楚。本來預備以下幾篇叫〈再詳紅樓夢〉，〈三詳紅樓夢〉，另加二尤等小標題。你想這篇要不要叫〈初詳紅樓夢〉？那就用這次附寄來的第一頁。我明知寫這個可能於我毫無益處，倒先妨礙你的寫作情緒，因為事實是在大陸外只有你懂。我也是因為心緒太壞，影響精神狀況，全靠它做個prop〔支柱〕。要不是虧了你，最初的〈紅樓詳夢〉早登出來了，懊悔也來不及了。總之我不是完全不知好歹，雖然在行事上看不大出來。王珮璋那篇現在有了複印本。你想必看見過。裏面提起俞平伯的《輯錄脂硯齋本紅樓夢評註的經過》，不知道是在哪裏發表的？（托你們買的是《脂硯齋紅樓夢輯評》，上次漏掉頭三個字。過了八月郵局也會轉的）嚴冬陽那篇收到，看了非常有興趣，尤其是徐高阮的序。昨天到於梨華的學校裏去講翻譯與E-W關係，（不過寫了照讀一遍）提起Maugham、你父親與辜鴻銘，只補充了一點：the surprise & curtain〔情節逆轉與換幕〕自有它的價值。京戲是綜合性的，沒有stark focused climax〔純粹而凝聚的戲劇高潮〕。You have to have a thing before you can go beyond it〔你得先擁有一樣東西才談得到揚棄它〕。匆匆去趕五點三刻一班郵寄出。Mae和你這向都好？

Eileen 三月六日 1969

張愛玲致宋淇，一九六九年四月一日

Stephen，

謝謝你替我校對那篇稿子，你還不夠忙的。柳存仁沒有消息，我打電話去，非常冷淡，說幾時順便和太太仝來，免得費事，（我並沒預備費事招待）結果也沒來。前天志清到Boston開會，住在他家。我去旁聽遇見了，不然我也不提了，但是好像太太同來就不堅邀，所以又請他們有空來，仍舊推托。隨後聽見志清說他解釋說是太太吃醋。他一共跟雜誌社的人到我家裏來過兩次，太太沒見過。有一次有點得罪他倒是真的：跟蘇青「對談」，我說人多，說不出，編輯叫他到洋台上去等着，雖然是開玩笑似的，他臉上有點窘。但是我以為他現在得意的時候也許願意看見old acquaintance〔舊識〕，上次只來得及告訴你一聲講翻譯提起Maugham等等，那次反應奇劣。在中西部講過八九次，有兩次還好，其餘都壞，也還沒這麼壞。今天在Radcliffe Institute講同一材料，修改過，反應很好，稿子有兩個人借去看，等拿回來寄給你大致看看。我教書是不行的，每句話都要費了大勁才改成平穩acceptable〔差強人意〕，比別人事倍功半。有機會研究丁玲，當然再好也沒有。另有個可能做濟安在Berkeley的事，研究中共，不過兼帶幫着應酬，我絕對幹不了，不見得能破格免除。大概月內會有回音，我想申請政府資助研究《紅樓夢》（Endowment for the Humanities），秋後發表，不過希望極少。下星期我去把材料講給哈佛的人聽，這裏大概沒有fellowship，但是想找教授支持，向政府申請。可能性也很小。不久就再來信，看是否要請你進行研究丁玲的fellowship。或者便中請先探探口氣。我搬家實在搬怕了，本來的打算是秋天在紐約拍賣東西，免得再拖來拖去，三藩市比較生活最便宜，住一年把小說寫完，除非已經彎回去沒有了。Mae和你這一向都好？過天再談。

Eileen 四月一日 1969

中文翻譯的文化影響力[42]

鄭遠濤譯

在十九世紀初的一份中文期刊上，學者毛慶臻抨擊小說《紅樓夢》暗中誨淫，表揚一位潘君與同道中人出錢搜購此書焚毀，還籲請將它永遠禁絕。此書後來遭禁多年，但是效果不彰。「然散播何能止息？」毛慶臻問。「莫若聚此淫書，移送海外，以答其鴉煙流毒之意。」你會發現他以為只要將書運到海外就能夠禍延番邦，彷彿沒有翻譯這回事一樣。中國已經孤立太久了。滿清皇帝淡化自己的異族出身，也確已漢化。有些官方文書仍舊是滿漢雙語的，到那時無非是個形式。從梵語翻譯佛典，造就了唯一一類意義重大的中文譯著，事隔一千年，早已被漢語完全吸納。

十九世紀中葉發生了鴉片戰爭，洋人進犯與開發謀利的壓力越來越大，國內亟需改良，起先限於軍械，所謂「堅船利炮」，但是朝政腐敗，連這一點都沒有希望。改革者進而要求實行君主立憲，後來乾脆要推翻帝制。本世紀初年，嚴復翻譯了亞當·斯密、約翰·史都華·彌爾、赫伯特·斯賓塞、托馬斯·赫胥黎，行文一律用古雅的文言，讀者眾多。達爾文的自然選擇學說變成「物競天擇」，聽著相當像孔子的話。「西哲有言」是時人為文的常用語，所徵引的句子大概比美國人寫的「孔子說」有憑據。

大約在一次世界大戰快結束的時候，有個中國批評家抱怨「根據迻譯作品之數量，萊德·哈葛德一定是最偉大的西方作家。」[43]不知你們可曾聽說過他。我自己遇見Rider Haggard這名字的時候，也沒省悟他並非別人，就是西洋大小說家哈葛德。我沒有看過從他最馳名的幻想小說[44]改編的電影《她》（*She*），但是用中文讀過他一部較次要的作品，題為《煙水愁城錄》[45]，講三個英國人與一個祖魯族戰士穿越地球中心，從另一邊出來，進入一個頗像墨西哥或秘魯的國家，統治者是兩位年輕貌美的女王，姊妹倆，好姊妹金頭髮，壞姊妹黑頭髮。她倆雙雙愛上金髮的亨利，不惜發動內戰爭奪他。壞姊妹戰敗了，像埃及豔后一樣自殺而終。

譯者是林紓，他文言出眾但是不懂英文，與一個魏君合作，魏用中文將原著口述出來。他們這團隊碩果纍纍，效仿者很多。狄更斯、華特·司各特爵士、《天方夜譚》、《威克菲德的牧師》

（*The Vicar of Wakefield*）、霍桑的《紅字》與夏洛克・福爾摩斯——「福爾摩斯」一名風行全國，家喻戶曉——全是文言，彷彿一面銅鏡中的倒影。林紓的譯筆，尤其是他翻譯的狄更斯，不乏譯壇泰斗讚美，亞瑟・威利（Arthur Waley）便曾經在一九五八年十一月號《大西洋月刊》的〈翻譯筆記〉中寫道：「狄更斯難免成了一個不大一樣的作家，在我看來更勝一籌，過於繁複、誇大其辭與喋喋不休的毛病均不復再見。」

我看過改良的《大衛・科波菲爾》[46]。在不論作者而籠統稱為「林譯小說」的種種書裏，這一部也許最有名。當時的讀者飽受國難之痛，這些小說風行一時不僅是逃避，更是向外的探尋。至少在銷路上，當時是中文翻譯的黃金時代，儘管嚴格說來它並非翻譯。有位批評家從一個偵探故事裏摘出一段：偵探生氣了，「拂袖而去」——這個文言詞語指中國古裝的廣袖，含怒離去時大袖一甩是個很自然的姿態。這批評家納罕，也不知偵探穿的可是牛津學生的學袍[47]。

林譯小說的十年，適逢白話文學出世，它可以用頭號雜誌《新青年》來分期：從一九一五直到二〇年。一九二一年後《新青年》轉向馬克思主義，逐漸門庭稀落。最初那五年激起了公眾的巨大反響，原先那種將外語譯成一種死語言、多少屬於二重翻譯的笨拙實踐自此絕跡。

人們後來將白話文學運動與一九一九年的五四愛國運動聯繫起來。帝制覆亡後，整個軍閥時

42. 譯者註（下同）：這是張愛玲一九六〇年代末葉在美國多所大學演講留下的一份講詞底稿，稿本上原無標題。加拿大英屬哥倫比亞大學英語系李明皓（Christopher Lee）教授整理了該稿，並根據哈佛大學拉德克利夫研究院（Radcliffe Institute）檔案資料補回標題"Chinese Translation: A Vehicle of Cultural Influence"。標題直譯為〈中文翻譯：文化影響力的一個載體〉。李教授探討它的英語論文下載地址為：https://commons.ln.edu.hk/jmlc/vol14/iss1/3/。
43. 原句為「Judging from the number of books translated, Rider Haggard must be the greatest Western writer.」語出何人不詳。
44. 《她》，林紓譯本名為《三千年豔屍記》。
45. 全稱《斐洲煙水愁城錄》（原著叫*Allan Quatermain*）。據陳子善考證，張愛玲中學時代在校刊《國光》創刊號上寫過它的書評。
46. 即林紓譯本《塊肉餘生述》。
47. 參見胡適寫於一九一八年的〈建設的文學革命論〉：「前天看見一部偵探小說《圓室案》中，寫一位偵探『勃然大怒，拂袖而起』。不知道這位偵探穿的是不是康橋大學的廣袖制服！」

代中國長年處於危急狀態。這時期開始大量輸入最上乘的西洋著作。自一九一五年起，《新青年》譯介了托爾斯泰、馬克思、伯特蘭・羅素與哲學家約翰・杜威，出版過一期易卜生專號，因為五四的領袖人物胡適博士相信，一種健康的個人主義，能夠矯正在宋明理學支配下過度發展，以至於奪去許多基本人權的家庭制度。不難理解在年輕人心目中，頭等大事是自由戀愛結婚的權利，若已被迫盲婚而夫妻不睦，則在意可否離婚。樂觀地看，個人責任會隨著個人權利來臨。一旦自我扎實了，男子就會重視人格的整全，多於供養一大家子的責任——文化移植的關鍵盡在於此，對於中國是這樣，對於當今新興的民族國家也是一樣。

重點是構建民族意識。最早用白話翻譯的短篇小說在我們的教科書中反覆出現，人人都學了五六遍，譬如阿爾封斯・都德的〈最後一課〉，還有一篇也關於普魯士和法國的戰爭，作者我想是莫泊桑，講一個陸軍老上尉在窗前敬禮，到頭來發覺那是敵軍進入巴黎。[48]普法戰爭在我們童年裏是個龐然大物，一場大戰。居後的熱門篇目為漢斯・克里斯汀・安徒生的〈賣火柴的小女孩〉與莫泊桑的〈項鏈〉。

西洋文學的功用在於扶持稚嫩的新文學，幫助它長成。為什麼一個文學遺產值得自豪的國家，要拋棄過去從頭再來？因為盛衰各有其時，猶如某一時期的藝術越過高峰後。中國有過好幾個高峰，一般而言是發生於不同的領域裏。到本世紀，像胡適博士說的，時下的小說題材無非官員與妓女，不然就是不官而官，非妓而妓的人。寫歌妓恩客的小說盛行，題材也擴展到上流歡場及幕後的權貴秘辛。我們需要一種更貼近自己人生的文學。老東西還在，優美如昔，但是已彷彿舊衣一般不再稱身了。

可是幹嗎自拆門牆？一直有人說。為什麼不能像日本那樣在上面添加？其實在中國西化之初，口號正是「中學為體，西學為用」，即底子是中國的，但是採用西洋的技術。它沒有成功。中國本身幾乎自成一個大陸，人多，歷史的重量又大，無比的慣性養成了一種自得自滿與優越感，以至於只可能吸收一點皮毛。

薩默塞特・毛姆一九二〇年到訪中國，一九二二年出版了《中國屏風》（*On a Chinese Screen*）

一書，集內有兩篇速寫是他與未指名道姓的中國學者的談話錄，今日回顧，這些文字並不止於顯現了時代的脾性。〈哲學家〉大家知道是辜鴻銘博士，毛姆此行遇見的白人和中國人當中，唯獨辜鴻銘一人令他刮目相看。〈戲劇學者〉現在被認出是北京大學的宋春舫教授，他通曉多國外語，曾經在日內瓦、巴黎、柏林、維也納學習，寫過一部法文書談中國戲劇。毛姆寫道：「留學經歷使他對司克里布（Scribe）有可驚的熱忱，甚至於倡議將其作品當成典範來復興中國戲劇。」宋教授拋開採象徵手法的中國戲曲，想要「佳構劇」、情節逆轉、換幕。

他對於白里歐（Brieux）劇本*Les Avariés*的讚賞更是叫毛姆大倒胃口——此劇英文改編版稱為*Damaged Goods*，本世紀初曾在英美上演，極為成功；它以《梅毒》為題譯成中文。——「我以為這是歐洲繼司克里布之後最出色的舞台劇……您要知道我們的學生對社會學問題興趣濃厚，」他告訴毛姆。

宋教授見到易卜生與蕭伯納的問題劇在中國舞台上失利之後，於一九二一年這樣寫道：「吾屢讀西歐名家劇本，實未有若司氏之著作之切合我國人之心理者。」[49]全為了贏得中國觀眾，令國家改變。但是在我看來，即使情節逆轉與動人心魄的換幕過時了，欣賞它們也不一定就是沒品味。幕布作為舞台用具在中國前所未有，其戲劇潛力尚待探索。中國戲曲是一種綜合藝術，將戲劇、音樂、舞蹈與雜技共冶一爐，沒有純粹而凝聚的戲劇高潮。你得先擁有一樣東西才談得到揚棄它。一般人公認，我們三〇年代末期寫作的劇作家曹禺受過尤金‧奧尼爾（Eugene O'Neil）的影響。研究中國戲劇的美國人近年發現，他受過司克里布流派的影響。看來這是一個不可避免的發展階段，只是宋教授超前於時代將近二十年。一九二〇年文明戲剛從日本引進的時候，裏面有大量的臨場發揮，滔滔不絕評議時事，掌聲如雷，打斷了演出，當年的世態可想而知。你也許會說：如果他們喜歡這樣接受訊息也行呀。（Well, if they prefer their message this way.）

48. 根據情節，這篇小說應當是〈柏林之圍〉（*Le siège de Berlin*），作者也是都德。
49. 宋春舫，〈中國新劇劇本之商榷〉，《宋春舫論劇》（上海：中華書局，一九三〇年四月第三版）。

毛姆專程去了一趟西南方的成都會見辜鴻銘博士。辜鴻銘在柏林牛津研讀過德英兩國的文學與哲學，用英文寫作，落筆有卡萊爾與馬修．阿諾德之風。林語堂對他翻譯的儒家經典推崇備至。不過他出名大半是由於個性張狂，逸事多多。他抽鴉片，特立獨行地保留著辮子，表示忠於已滅亡的朝代。有一回在電影院裏，鄰座兩個洋人忍俊不禁，顯然正在說他。他便故意撓癢，唾在地上又摳鼻孔，然後用牛津腔英語對同伴談起一個學問高深的話題。另一次他在洋人面前迴護多妻制度，指著桌上的一套茶具道：「是一個茶壺配許多茶杯，不是一個茶杯配許多茶壺。」有人也將這故事歸到外交官顧維鈞名下。

他向毛姆博學地談論英國哲學家休謨和貝克萊，談到他們對神學的退讓。一切終歸都證明著儒家的優越性。提起才歸國的留學生們如何毀壞世界上最古的文明，他怨懟起來。「你們將可怕的發明強加於我們……將來黃種人能夠造出跟白種人一樣好的鎗，鎗法也練得一樣好的時候，你們還有什麼優勢？」這是本能的反擊，不是哲人的言語。這話現在還是聽著耳熟。毛姆的態度也能夠代表甚至今天的西方知識分子，他敬重民族的自尊，敬重對西方財勢概不動心的隱士。他不希望中國改變，這國家神秘、可愛又美好，還是像十八世紀耶穌會士來華時深深為之震撼的初遇一樣。現在北京又一次變作紫禁城，更有助於保全這種想像。

西化的下一階段是五四的收成，可以用頭號雜誌《小說月報》來分期：從一九二一直到三二年。在它依然繁榮的一九三二年，出版者商務印書館在淞滬抗戰期間被日軍炸彈擊中，以恰當的方式結束了這個時期。當時彷彿新發現了西方一般，樣樣清新，孩子似的生機旺盛，言必稱雪萊——英年早逝的金髮詩人，溺亡於他鍾情的大海；雲雀、夜鶯——中國沒有的鳥。西方對東方或非洲蠶食的方面固然引起憤慨，但是一般人相信西方在它們國內是好的，公平、體面、前進。叫人注意西方社會弊病的態度被形容為「外國也有臭蟲」，是替我們自身的缺點找藉口。

我們最著名的作家最早寫成的短篇小說大多發表於《小說月報》，但是它也將大量篇幅奉獻給十九世紀、二十世紀西洋作家的譯介，尤其是俄國人與東歐人，因為編輯們相信中國與這些受壓迫的國家類似，能夠學習它們的經驗。書目不拘一格：希臘神話、蕭伯納的《武器與人》、奧斯卡‧王爾德的《莎樂美》。日本作家菊池寬與芥川龍之介都為人熟知，頗有影響，尤其芥川，他的短篇小說被改編成了電影《羅生門》。

日軍步步進逼帶來了空氣的改變。政府一味隱忍引起民眾的憤懣，而終於跟日本爆發戰事之後，頭幾年只有蘇俄一國施援，因此很多人怨恨西方與國際聯盟——這些，又加上經濟大蕭條，與各國知識分子轉向左翼，種種外因使政治傾向性的文學逐漸變成一九三二年後的主流。介紹過的西方作家當中，俄國人一枝獨秀。司湯達的《紅與黑》出了譯本，毫無漣漪；同樣的還有荷馬史詩、古希臘戲劇家、但丁、莎士比亞、彌爾頓、波德萊爾與蕭伯納、漢姆生（Hamsun）的《飢餓》，以及辛克萊‧路易斯的《大街》（*Main Street*）——可是讀著很乏味，譯者並不努力再現它的風格；想像以基本英語寫出的辛克萊‧路易斯吧。哈代、德萊塞、斯坦貝克與奧尼爾反響稍佳。競爭本來有限。新文學是改革運動的一部分，改革者已經擔著傷風敗俗的罪名，選譯什麼書得要格外謹慎。馬克思無妨，佛洛依德不妥。價值觀必須積極，道德模糊或犬儒主義的不要。暴露污穢與態度消極的東西暗示「外國也有臭蟲」。這就摒除了很大一部分西方現代文學，而主要留下俄羅斯文學的巨人；在我們的時代，聲譽有增無減的十九世紀作家只有他們。

易卜生的劇本裏，只有《玩偶之家》留下來，中國每一所女校排演畢業劇，它都是首選。不然就是奧斯卡‧王爾德的《少奶奶的扇子》（*Lady Windermere's Fan*），通常認為它過於大膽了一點。有趣的是兩齣戲都穿現代洋裝來演。《茶花女》也一樣，我記得看見她穿一襲露背的夜禮服。扮戲的西洋古裝很難找到，不過事實上《玩偶之家》、《少奶奶的扇子》、《茶花女》的情境在中國都是當代的。時間在那邊滯後了。

日軍進犯激起群情洶湧，愛國劇在嚴肅劇場裏大為興盛，都是些關於抵禦外侮的歷史傳奇。公眾厭倦歷史劇以後，戰後戲院裏有限的總共八九個保留劇目包含四部外國作品——《呼嘯山莊》、果戈理的《欽差大臣》、高爾基的《底層》、安德列耶夫的《一個挨耳光的人》。其中三部從俄國作品改編。

俄國作品風行的原因被歸結為社會結構的相似性，譬如官僚系統，《欽差大臣》長盛不衰便是這緣故。但是關情於沙俄還有一個更深層的原因……它是過去的、消逝的，與老中國一樣地死了，而結束得更為兇暴。它的優雅既懷舊又安慰，連激進的左派也能夠安全地欣賞。正如有人把聖誕節喚作外國冬至，《戰爭與和平》也被稱為外國《紅樓夢》，跟我們的《紅樓夢》一樣是鴻篇巨制，有眾多迷人的女角，性情各異。但是屠格涅夫才是最受偏愛的作家，遠遠超過別人。就連陀思妥耶夫斯基，大眾口味也不覺得他太沉重。當然有高爾基，而果戈理除了《欽差大臣》始終水土不服。

史達林主義在電影中影響力最強。一些蘇俄短篇小說得到翻譯，大多是諷刺故事。詩人葉賽寧取代了雪萊的地位——青年自殺，也和雪萊一樣是金頭髮。中國三〇年間有個詩人用李金髮這名字寫作，我不知是否與此有關。

隨著西方書籍的譯介逐漸凋敝，只剩下文壇小販出版英漢對照教科書還有利可圖了。這種書錯誤百出，常遭學校禁用，有《金銀島》、《織工馬南傳》等等。健筆的譯者傅東華翻譯了《飄》，第一本影響深遠的美國書。一九四二年改編成話劇，背景設在軍閥交戰的時期，也演過很久。前幾年我還在一種台灣出版物上看到「像郝思嘉說的：『我今天不要想這事了。且等明天再想吧。』」另一次是一句名氣較小的引言，出自某個小角色之口，是個女人。

同一位譯者還翻譯了《永遠的琥珀》（*Forever Amber*），不那麼成功。〈瑞普．凡．溫克爾〉（"Rip Van Winkle"）裏的一行著名文字使他廣為人知，他將「（一七）七六年的英雄」翻成「七十六烈士」[50]。（〈瑞普．凡．溫克爾〉近年被重譯為〈李伯大夢〉[51]。）這個名句我就不清楚是誰的責任了：宴會上某人「舉起一片烤麵包」[52]。

一九四九年以來的大陸上，比史達林主義的俄國還要嚴格的意識形態要求使作家們噤若寒蟬。但是跟蘇俄一樣，對過去的文學有一套雙重標準。五〇初葉曾經有消息，要安排一位優秀的譯者翻譯巴爾扎克全集。當時看來中國就快成為西方經典的一方樂土，就像在蘇俄，純然由於讀物匱乏，這些書依舊有人看，有人喜歡，生命力如故，而不像它們在外面的世界那樣享有可疑的不朽地位——我們通常只等著它們攝成電影。

當然自從「文化大革命」，一切西方文學與俄羅斯文學都遭到壓制。即使毛澤東的繼任者們最終翻轉他的政策，巴爾扎克也肯定是不急之務。毛澤東的仇外心理，有人歸咎於他不出鄉土的學歷。由於反激作用，在西化壓力下飽受歧視的人都有仇外心理，只不過在他身上，這種感情延及俄國人，大概是由於二〇年間和三〇初葉他在黨內也受過的歧視。雖然任何一個新興民族國家的現代化都有這樣不幸的一面，但是中國人的痛切之情特別深，因為在過去那個將科舉用作社會晉升階梯的年代，教育並不怎樣花錢。功成名就的人會出資興辦鄉校，讓同族的許多男丁免費讀書。鄉村教師的酬勞往往以實物代償。說起來任何農家子弟都有可能官至宰相。在總共四級的考試中，從縣治舉行的初級直到京城舉行的最高一級，考生們都要寫格律嚴謹的詩和引經據典的官樣文章，這種知識訓練曾經束縛中國人的頭腦長達千百年之久。科舉是一項武斷的智力測驗，但是還算公平，有一套精密的制度來預防營私舞弊。比如考生姓名密封著，考官們並不知曉。本世紀初廢止科舉是亟需的改革之一，但是現代學堂、專科學校、外國大學全都費用太貴，私塾還是照開不誤。

毛澤東一貫反對文學裏的西方影響，鼓吹「民族形式」。一九三八年他在延安寫道：「洋八股必須廢止，空洞抽象的調頭必須少唱……而代之以新鮮活潑的，為中國老百姓所喜聞樂見的中國作風和中國氣派」。[53]西方導向的左派文學成功使學生與知識分子投向延安那邊以後，農民群眾及其品味——還有毛自己的品味——就轉為重點了。共產黨報刊至今是典型的「洋八股」與「空洞抽象的調頭」，文體臃腫，仿效著三〇年間左派所喜歡的直譯。林語堂一派偏愛意譯，《西風》雜誌和現在《讀者文摘》的中文版都能代表這種風格。

毛澤東否定了現代中國文學，其中大部分衍生自舶來品。對於世界上其他地方，它的主要價

50. 一七七六年為美國宣佈獨立的年份。「七十六烈士」不僅譯錯，還令人不倫不類地聯想到黃花崗起義「七十二烈士」。
51. 〈李伯大夢〉是方馨（鄺文美）的譯本，初收於一九五五年香港今日世界出版社的華盛頓．歐文小說選《無頭騎士》，其中〈無頭騎士〉（後改譯名為〈睡谷故事〉）是張愛玲所譯。
52. 原著也許是raised a toast（舉杯祝酒），但toast又解為「烤麵包」，譯者遂望文生義。
53. 毛澤東〈中國共產黨在民族戰爭中的地位〉，《毛澤東選集》第二卷。

值在於社會實錄。最佳作品以憤怒與自我憎惡見長，這對於西方又是沒有吸引力的，因為西方不覺得中國現在或從前有任何不妥。這是缺乏對流的原因之一。至於中國過去的文學，林語堂花了許多工夫介紹散文，不過最精采的東西是詩與長篇小說。中國詩的翻譯品質比不上日本俳句，有些人聲稱它的真髓始終沒有譯出。中國長篇小說的發展之路與西方小說大相逕庭，它在西方人眼中可能顯得太外在化，也鋪展得太薄。《紅樓夢》集中國長篇小說之大成，作者終生屢易其稿，緩慢地錘鍊這部驚人地現代化而且錯綜複雜的作品——當時理查森的《帕梅拉》（*Pamela*）在英國剛發表——他卒年不滿五十，書未寫完，被人續上與他毫不相干的最後三分之一，令作品貶值。《紅樓夢》遠遠走在時代之前，當時無人讀透，經此挫折，中國古典小說始終沒有徹底復元。

大陸與台灣都淡化五四運動，壓制五四文學的傳播，因為它太富於自由主義精神。台灣如此，還因為自由主義最終導向共產主義，或那些作家留在大陸。學校裏只教文言文與西方作品。但是缺少現代中國文學作為紐帶，一切不知道怎麼好像與別的——尤其是生活——都不再相干了。時下的逃避主義文學空洞而幼稚。西方影響如油與水一樣截然分開，儘管有些台灣本省作家仍舊顯出日本的影響。翻譯倚重選擇素有聲望的人：哲學家杜威，台灣依然將他奉若神明；伯特蘭·羅素；一部美國詩選；美國文學評論。杜威一紙風行。那美國詩選甚至還有一種盜印本。香港有人翻譯了亨利·詹姆斯的兩個中篇小說〈黛絲·米勒〉與〈碧廬冤孽〉（"The Turn of the Screw"），前言指出黛絲·米勒既是《大亨小傳》（*The Great Gatsby*）中黛絲的原型，也是《倩女懷春》（*The Moon Is Blue*）與《七年之癢》（*The Seven Year Itch*）的女主角——三部作品均以電影版為人所知，所以是很聰明的指涉。[54]〈碧廬冤孽〉不用介紹，片子是英格麗·褒曼主演的。類似地，海明威也彷彿與改編的電影合而為一了。

台灣一家出版社新近的書目列出賽珍珠的《北平的來信》（*Letters from Peking*）、約翰·赫瑟（John Hersey）的《萬里長江》（*A Single Pebble*）、詹姆斯·密契納（James Michener）的《夏威夷》，以及達芙妮·杜莫里耶（*Daphne Du Maurier*）的一種書、維多莉亞·荷特（Victoria Holt）的三種——類似《飄》的古裝小說。香港那邊，有位作家從伊夫林·沃的小說《重訪莊園》（*Brideshead*

Revisited）裏選譯了一章樣本[55]；這件苦工只是出於個人愛好，因為沒有出版商感興趣。他們不無道理地擔心作品見棄於讀者，但是有廣大的區域尚未觸及，尚未探測。五四定下的基調將西方看作精神導師，已是一種人為淨化過的視野，如今大勢所趨，香港與台灣又捲入全球性的美國化圖景裏——港台立足維艱，這種演變只會比別處更甚——卻沒有五四時期不問得失、一心探索的熱忱。想像力需要空間，它需要距離與寬鬆的環境。[56]

結果遠遠襯不上七十年前的吉利的開端，在兩次互相獨立的起步之後。我們只能停步於此嗎？東西方究竟能不能相遇？即使沒有當前的政治局勢，西方也處於可以打破僵局的有利地位，就像唐朝的中國，充滿自信，從印度與中亞拿來許多東西，絲毫不怕失去本色。至今西方的中國視野依然與中國人對西方的理解一樣刻板局促，狹窄的視野會最終導向狹隘的興趣。

張愛玲致宋淇，一九六九年五月七日

Stephen，

收到剪寄的《明報月刊》，看了〈論冷月葬花魂〉非常過癮，過天去找《今日世界》上的兩篇。我那篇看了也有意見，但是挨着沒寫信，因為一方面在等加州回信，一方面忙得發昏，另外又出了些不相干的事情夾忙，如皇冠忽然寄〈紅樓詳夢〉清樣來（我正對你慶幸沒登出來的那篇），

54. 《碧廬冤孽》，香港今日世界出版社於一九五六年初版，含方馨譯的〈黛絲．米勒〉和秦羽譯的〈碧廬冤孽〉共兩篇小說，前言由宋淇執筆。

55. 指宋淇（筆名林以亮）翻譯的*Brideshead Revisited*第三章，收於宋淇著《前言與後語》（香港正文出版社一九六八年初版），宋擬定的小說譯名為《興仁嶺重臨記》。後來原著幾度改編為影視作品，長盛不衰，中譯本也眾多，譯名各異，有《夢斷白莊》《舊地重遊》《故園風雨後》等。

56. 原稿上「尚未探測」之後兩句被框起打叉，可能張愛玲決定刪去。然而這兩句承上啟下，進一步透露她對五四的看法，值得重視。

預備下期登，嚇了我一大跳，連忙寫信解釋（本來也講過的），請他們消燬原稿。現在已經講妥到Berkeley去一年，是濟安的學生莊信正給介紹的，七月也許就去。我忙的是關於《紅樓夢》的事，哈佛中文部有個新來的年青的Hanon教授（拼寫應為Hanan，漢學家韓南），那天來聽我講翻譯，我乘機約了去見他講考據的事，哪裏講得清楚，整個是無數細節湊成的。他說所有有關的文字都看過，吳世昌趙岡都認識，也仍舊搞不清楚。只好做大綱，前後做了三四十頁大綱，看了說impressive。如果申請N'l Endowment for the Humanities（國家人文學術基金會），也願意代寫信，但是說這種獎金最難得到，他自己也想申請的。我本來也知道政府只注重黑人等社會問題，所以也作罷了。哈佛這一類的研究獎，只給遠東大學做事的人來幾個月。（如果能在中文大學研究丁玲倒合格）Hanon答應跟同事們商量，結果說「就連我們這裏幾個人，對後四十回等問題也都意見不一致……」大概別的教授（除了Hightower我只知道有個梅教授）不以為然。我想對高鶚成見更深。也許Hanon可以介紹登一篇在*Harvard Journal*上。至少我為這個躭擱了《海上花》比較有個交代。〈論全抄本〉那篇的結論根本不對，我在做大綱的時候看出來了，此外又發現些supporting evidence。等下半年有空想先把這篇寫成英文。Hanon認為材料多而不夠conclusive，你也是這麼說。匆匆趕天亮前寄出這封信，《半生緣》與演說稿過天到郵局去寄。希望你跟Mae都好，隔兩個星期沒有消息就很惦記你們。

Eileen 五月七日 1969

宋淇，一九六九年五月二十日

二文均寄至，甚滿。文甚好，發現蘇州話，作者創造發展過程重要的一步。我文尚非主力，只不過是附錄。你將來重寫emphasis（著重）放在全抄本與程本的關係上，或由全抄本看紅的創造過程均可。極有價值。現在太像notes而不像論文。

附上支票一紙，每千字$25共11,500字共$288等於美金$47.30。不必寫收條。

餘見Mae信。

收到April1 May 7信

May 20 1969

張愛玲致宋淇，一九六九年六月二十四日

Stephen，

我下月一日走，《海上花》還缺十四回沒譯完，只好以後補寄來。最後還是決定要申請N'l Endowment Fund研究《紅樓夢》，因為反正一樣要研究。雖然人人都說他們經費裁減，譬如買彩票。上次信上沒來得及告訴你，我到加州去不算是做濟安從前的事，是part-time，大概有一萬一年，光是一年，續下去的可能性極小。我不是說〈論全抄本〉的材料不好，是寫得不滿意。如最後一句結論不應當是38回庚本比全抄本早——也許不過是庚本漏改一個字。應是庚本也是拼湊的，以回為單位，（像全抄本一樣）所以38回是舊本，而忘了改「絳」為「怡」。結構方面，因為這本來是一篇長文，從二尤故事裏的許多問題上看出五次增刪的部份經過；因為涉及《風月寶鑑》，講到棠村的「鑑」序，adjust〔配合〕吳世昌的《棠村小序》說，找出一個早本的內容，再看今本的evolvement〔演進〕。但是因為引全抄本，只好先講它的authenticity問題。太長，只好分成四篇，看不出所以然來。但是Hanon看過這四篇的大綱，也還是彷彿認為結構不行。我把第一、二篇合併（〈論全抄本〉與〈二尤〉），重新整理了一下，laying the groundwork for〔打下基礎〕研究五次增刪，講給*Harvard Journal*的編輯聽，他還是聽得出是兩篇。明年的一期年底截稿，要經Hightower Reichaner等鑑定後才登。關於全抄本的吳語，我最近又發現些旁證，《醒世恒言》上有元妃名字，好了歌，第六回回末詩聯（當然不過是字句差不多），與同樣的吳語，及全抄本特有的「理」「禮」對調，可見全抄本確是曹自己寫的。〈論花魂〉在我只憑「死魂」「花魂與鳥魂」就完全相信

了，但是你是為讀者大眾寫的，包括那些專門講歪理的文人，（如長亭之類）不能不縝密得天羅地網，使他們無法作遁辭。在我總覺得這些人理路不清楚，還沒辯駁早氣得半死。但是看Hanon考據《三言》與《金瓶梅》的兩篇，雖然對象是另一群人，也是調子非常慢。（Hanon曾到大陸去看外面沒有的元明小說，是英國人，粗看年青，大概也有四十左右，太太德國人）當然學術性的文字最忌輕率，另有一功，等我多看兩篇再說，過天到郵局去的時候把〈二尤〉的大綱寄給你看。請向《明報月刊》要〈論全抄本〉的抽印本，以後平郵寄給我。稿費收到，謝謝。送姚克的兩本書有機會請代轉。還想托你們查電話簿上張興之（S. T.），萬一已經去世，不知道有誰跟他太太通訊？他有兩個女兒家琳（Lilian）家瑛（嫁盧教授），一個小兒子Sonny都在美國，請代留心看有沒有辦法打聽他們的住址，不忙。祝

好

Eileen 六月廿四 1969

張愛玲致鄺文美，一九六九年六月二十四日

Mae，

還沒收到你的信已經聽夏志清說在《紐約時報》上看見琳琳的照片，漂亮到極點[57]。我告訴他她還不算上照，等他看見本人還要漂亮。看了信覺得實在美滿。你講的他們姊弟倆的情形，也是你們這些年的政策的一個考驗，證明你們對。到底誰也都還是需要證據的。你有一次講「他們將來」的時候聲音非常凄楚，我還記得很清楚，所以現在更替你們高興，真是fulfilment〔如願以償〕，儘管一方面也許若有所失，「哀樂中年」四個字用在這裏才貼切。我常常用你們衡量別人的事，也像無論什麼都在腦子裏向你們絮絮訴說不休一樣，就連見面也沒這麼大的勁講。你有次信上說《半生緣》像寫你們，我說我沒覺得像，那是因為書中人力求平凡，照張恨水的規矩，女主角是要描

寫的，我也減成一兩句，男主角完全不提，使別人不論高矮胖瘦都可以identify with〔視作〕自己。翠芝反正沒人跟她identify〔身分掛鉤〕，所以大加描寫。但是這是這一種戀愛故事，這一點的確像你們，也只有這本書還有點像，因為我們中國人至今不大戀愛，連愛情小說也往往不是講戀愛。（仿佛志清書上引他哥哥評台灣小說也有這話，說都是講petty hurts to the ego〔自我的小創傷〕）不過這本書中國氣味特濃，你們一家四口的聚散完全是西方的態度，又開闊又另有種悲哀。你說只要Stephen不生病就是了，我想起那次聽見Stephen病得很危險，我在一條特別寬闊的馬路上走，滿地小方格式的斜陽樹影，想着香港不知道是幾點鐘，你們那裏怎樣，中間相隔一天半天，恍如隔世，從來沒有那樣尖銳的感到時間空間的關係，寒凜凜的，連我都永遠不能忘記[58]。搬家前雜事無數，代做旗袍的老同學又要全家遷加拿大，買的衣服我穿了永遠是「老鼠披荷葉」式，又短齊大腿，人人側目——或微笑——所以接到她的信決定多費些時間到Boston試了三個洋裁，終於找到一個黑種女人願意照做旗袍，手藝很好，也不貴，做了半打，都是能洗的fibers〔布料〕，不知道要跑多少趟，但是到了西岸沒有地道火車通三藩市，更不方便了。不多寫了，請代問候你母親。希望你們倆都好。

愛玲 六月廿四 1969

57. 是指在報紙的社交版（society page）上看到宋元琳的結婚啟事：她嫁了給美籍華裔水彩畫家曾景文的兒子。此事又可參考一九七〇年八月十一日宋淇致張愛玲書。

58. 這情景張愛玲在十六年後又再提及，的確沒有忘記，詳見一九八五年十月廿九日張愛玲致鄺文美、宋淇信。

張愛玲致鄺文美、宋淇，一九六九年七月十七日

Mae & Stephen，

搬來兩個星期，老是亂糟糟的，定不下心來寫信。中國人多的地方總是是非多，剛到也已經嚐到滋味，頭痛萬分，今天剛巧也是真的頭疼。先去寄地址給你們：〔……〕

這房子很講究，還有游泳池，給我完全白費了。稍差的就破破爛爛，髒得噁心，沒有中等的，又都遠得多，每天下午上班，整天都要花在走路與休息上。現在沒幾步路。你們倆這向都好？我搬家前的信與零件想必都收到了。

Eileen 七月十七 1969

Chapter

3

1970

|

1979

宋淇，一九七〇年八月十一日

Eileen：

好久沒有你的消息。這次陳世驤夫婦來港，從他們那裡知道你的近況，但也不知其詳，只要知道你在加大工作就好了。

中文大學的Mass Communication Center〔大眾傳播中心〕最近有一個小規模的研究計劃，出了一本：《大陸戲劇改革》的書，另外在計劃研究大陸的電影。我忽然想起有一次提過由你研究丁玲，現在想舊事重提，我能想到的幾點如下：

（一）原則上以不妨礙你在加大的工作為主，而必須事先取得陳世驤教授的同意。

（二）研究的結果中文由中大出版，英文可交加大出版，或仍算是你在加大研究的成果。

（三）研究純以小說家的成就來衡量丁玲，不須滲入任何政治色彩。

（四）我對這方面的消息不是十分靈，聽說澳洲有人在研究卞之琳、何其芳，馬來亞大學博士論文有人寫徐志摩，丁玲是一個大作家，可能已有人動手研究也未可知，不過我想以你的眼光和細心，同時自己也寫小說，研究起來，approach〔方法〕一定與別人不同。

（五）長度至少要像夏濟安那篇論瞿秋白那樣長短，丁玲的作品較多，可以談論的也較多，總之，短的出一本小冊子，長的出一本書。期限一年至二年，當然要看書的長短而定。酬勞不會很多，因為這等於是對你輔助，不能算做正項收入，要看你工作時間長短而定。請先告訴我你的反應。

（六）你既然研究中國問題，過一陣應該用中文拿你的作品寫出來並發表一下，這樣才可以和中國讀者維持一個不斷的關係。夏氏兄弟用英文寫作，結果由別人譯成中文，往往辭不達意，最好的翻譯尚且如此，惡劣的翻譯效果之糟，不言而喻。所以這是一個極好的機會強迫你自己用中文寫作。當然讀者不會太多，也發生不了太大的作用，但至少在心理上對作者、對讀者均可產生均衡的作用。

以上算是公事，然後講點私事。我們的女兒已經結了婚，住在紐約，對方是名畫家曾景文的兒子，是一家雜誌的副編輯。兒子則在澳洲，已入了大學，在畢業中學、入大學考試時，成績打破了澳洲的紀錄，大出冷門。我自己，生了十二年的痼疾已霍然而愈，現在生活正常，與好人無異，已經在中大full time〔全職〕工作了九個月了。文美的工作單位因經費關係而取消，可是她本身卻調到另一單位辦公。所以在我們家庭說來，一切都可以說是合乎理想，天公待我們很厚，但願能如此平平安安活下去，別無他求。最出人意外的是我的頑疾居然不藥而愈，令我們起先不敢信以為真，後來真有點涕淚何從之感。

我最近忙於業務，讀書和寫作的時間大為減少，這半年來，就寫了一篇：〈論賈寶〔玉〕為諸豔之冠〉，分三期在《明報月刊》登出。雖然沒有抽印本，但我已剪了一份，隨時可以寄上。文章引用了很多材料，對你都是耳熟能詳的，一定會覺得很嚕蘇，可是對《紅樓夢》不熟悉的讀者，不這麼寫，很難令他們信服。等你回信證實了地址之後，就可以寄上。匆匆祝安好。

Stephen

八月十一日 1970

張愛玲致宋淇，一九七〇年九月十二日

Stephen，

接信知道你健康完全復原，有這樣好的消息，我實在高興到極點。剛趕在兩個deadlines接踵而來的時候，只好延挨到現在寫完了一篇的空隙裏寫張字條，等另一篇修補完了再寫信來。Mae好？

Eileen 九月十二 1970

曾宋元琳結婚照片

宋淇手握澳洲雪梨晨鋒報頭版

張愛玲致宋淇，一九七〇年十一月七日

Stephen，

我這些時一直惦記着寫信，但是是真忙，因為有這麼些材料可看，整天浸在裏面，寫理論又老是太簡略，還在學着。前些時我乘着圖書館有書，在寫那篇關於《紅樓夢》的東西，很長，大綱也都改了，明年夏天離開這裏以前無論如何要寫完它，別的事來不及做了。評丁玲的小說好在不需要多少參考書，以後如果沒人先做，隨時可以做。謝謝Mae寄〈諸豔之冠〉給我，我先在《明報月刊》上看見，覺得非常必要，講得真透澈。我本來也以為神瑛侍者與石頭的矛盾是改寫中發生的，看了這一篇以後，想着是有一個時期神瑛就是石頭，大約因為與僧道、頑石的一段衝突，刪掉了。夏、陳二位的作品由別人譯成中文，大概是提拔門生。我等自己譯出來以後，當然希望在雜誌上登。到時候再請你斟酌。你那次告訴我關於翻譯史的事，對我很重要。去年我買了部戚本《紅樓夢》，很有用，而且付所得稅可以出賬，所以想再買部抄本，Universal Bookstore（香港）說早已都銷光，不知道能不能代打聽一聲？登小廣告大概沒用？你完全復原了，真是給人一種「到底天有眼睛」的感覺。瑯瑯在澳洲打破記錄，他們姐弟倆都這樣好，如果對調一下，就沒有這麼理想了。更可見你們的福氣。有一天我在TV *Merv Griffin Show*〔電視的《莫夫．格里芬秀》〕上看見James Mason〔詹姆斯．梅森〕說他穿的袴腳上有袴袋的袴子是他的朋友Don Kingman〔曾景文〕介紹在香港做的，Griffin忙說也是他的朋友。我這陣子還沒忙完，今天感冒，歇着，所以先寫封信來。Mae好？

Eileen 十一月七日 1970

張愛玲致宋淇，一九七一年五月二十七日

Stephen，

陳世驤教授突然在廿四日心臟病發逝世，真是意想不到的事，我今天晚上去弔喪回來，定不下心來做事，所以趁這時候寫信。我在這裏的工作本來是寫glossary——陳先生決定從專論改回到解釋中共名詞，也是因為這事屬於他的語文系。不過這兩年剛巧沒什麼新名詞。陳先生要把紅衛兵報紙照元曲一樣註釋，但是也沒有名詞。同時ctr.〔中心〕另有人在做，不時出幾頁字典，疊床架屋。我寫了篇一百多頁的，從semantics〔語意學〕上解釋這兩年報刊的特殊情形，沒有新名詞的原因。我認為是廣義的語文研究，陳先生說太像政論，拿給ctr.代改英文的一個老外交官看，說看不懂，不知道說什麼。（我除了為了怕此間的新左起反感，寫得特別沖淡，也許有點模糊，也並沒有掉文）又不便越過他頭上去找中共問題專家看——當然是怪我早沒去找，但是我不慣跟人討論正在寫的東西，根據的材料又太多，跟這些忙人三言兩語無法講清楚。另外給他們的雜誌寫了篇關於下放，也因為上月連發兩星期感冒，截稿後才交卷。這兩篇東西等整理一下，還是要送給專家看，看怎麼說，再寄給你過目，如果你覺得譯成中文有地方登，再譯。我在這裏工作到六月底為止，不預備找事，要趕緊把兩件未完的事做完，那篇《紅樓夢》研究與譯《海上花》。想秋天搬到三藩市，那裏較冷，暖氣又不暖和，加上電爐費也跟這裏的房租差不多，所以不忙着搬，空下來再慢慢的找房子。幾種《紅樓夢》脂本與《集評》都複印了一份，以前沒想到。你這向想必好？Mae好？我在TV上看見你們親家Don Kingman在此地街上作畫。學校的出版物收到，還沒來得及細看。

Eileen 五月廿七（1971）

宋淇，一九七一年十一月六日

Eileen：

接到你五月廿七日來信，知道你最近情況。水晶的訪問記也已看到，使我們如聞其聲，如見其人，雖然我們已多年不見，可是加上一點想像，令我們有一種惘然的感覺。從於梨華及姚克處均聽到關於你的消息，不外替你擔心和「扼腕」，姚克已從夏威夷大學到了西岸的一家小大學，他兩次寫信來都為你的事操心。最近信中說：「不知有沒有機緣替她覓一枝棲，便中請函告，囑寄簡歷一份，當盡力為她營求之。」難得是他如此熱心，這些年來，他一直為衣食奔走，並不十分得意，以他的中英文根底之好，實在應該有一份理想而永久的差使。他對你的事如此熱心，多少有點相濡以沫的心理，我們知道你暫時不想找事，不過便中不妨寫一短簡給他，以謝他的一番好意。他的地址如下：〔……〕

你信中所說的情形我們也可想像得到，你又一向不喜歡和不相識的多談，而且談了也未必懂。我們看美國人是越來越幼稚和天真，所以文美在暑假中就辭了職不幹，免得看他們的嘴臉，聽他們骨頭輕的話生氣。現在對中共完全在單相思，任何冷靜和客觀的話都聽不進去，就好像初談戀愛或戀姦情熱的人一樣，只聽到心中所想聽的話。前十幾年McCarthy〔麥卡錫〕時代，親共人士倒霉，現在反其道而行之，不親共的人倒霉。總之，美國的國運走下坡，會不會就此一蹶不振，當然還看不出來，可是在各方面，都已不再是領袖，已經是無可否認的事實。將來如何，完全要看政府當局爭不爭氣了。

我們家中情形還好，我身體好了之後，可以做full time〔全職〕，所作的事我也很喜歡，雖然事務較多，寫文章讀書的機會大為減少。今年暑假女兒、女婿、小外孫女來港住了一個月，兒子也從澳洲來港辦理赴美手續，全家團聚了一月，其樂可知。女兒現在完全是賢妻良母，兒子則在紐約Stony Brook的SUNY〔美國紐約州大學石溪分校〕讀物理[59]，大概有點天才，人很怪，沒有什麼朋友，思想很有深度，英文寫得好得不得了，希望他能在美打出一條出路。匆匆即祝好。

Stephen
十一月六日 1971

張愛玲致宋淇，一九七二年四月六日

Stephen，

多謝寄雜誌與出版物來，又還要給我書。我一直想着只好等忙過這陣子再寫信來，結果等了這些時。你和Mae都好？我上次信上關於離開加大的經過，沒講清楚，是因為陳先生新故，有些話覺得不便說。詩人葉珊與他太太娜拉，是陳氏夫婦的protégés（愛將），所以安插娜拉做我的助手。這娜拉是非之多，就不必提了。我信上講過前幾年中共報刊受政局影響，沒什麼新名詞，最後陳先生給想了個沒辦法中的辦法：編glossary名詞不夠，舉例儘量多引上下文，把整段的原文用拼音拼出來，再加中英對照，以充篇幅。大段的Romanization（羅馬拼音）在別的出版物裏沒有前例。我照這樣湊成幾十頁，去職一個月後才寫完，交卷後他們也不預備出版。可見不是我不肯照辦，一定要寫論文。前後共寫了兩篇，一篇較短的去年秋天改寫後，托Chairman of the Ctr. for Chinese Studies（中國研究中心主任）看——我純粹是為作品本身着想，不是想給他們做事，也絕對沒這可能——這教授雖然也左派，比較理智。看了說好，他們要出版。另外一篇長的，也答應替我用心看。我趕了一冬天，也沒工夫搬家，住在這裏，遇到急需還可以去查中共書報。直到現在剛完。春假一過，大考就快了，送去也還不知道什麼時候有工夫看。但是我因為這題材有時間性，冬天本來急於把那篇關於《紅樓夢》的東西寫完，趕*Harvard Journal*年底截稿的期限，也擱下了。中大研討會出單行本徵稿，我無論如何來不及了，不但未完，還需要整理，這時候一譯更攪糊塗了。美國的國運當然在走下

59. SUNY即紐約州立大學，全名State University of New York。

坡，對中共的態度只有fatuous這字能形容。Mae看不慣而辭職，我可以想像。不過我覺得他們知識份子對中共的好感由來已久，是現在才表面化。大眾也漸漸都受影響。有些趨勢，恐怕誰當政都是一樣，因為不得不顧到民意。匆匆祝倆人都好。

Eileen 四月六日 1972

忘了說年前寫信謝姚克，解釋我不找事的原因。回信說仍代打聽。好在沒叫寫履歷。我也沒再寫便條去。——又及。

張愛玲致宋淇，一九七二年四月二十日

Stephen，

Mae的信與你第二封信同時寄到。關於寫篇《紅樓夢》文藝方面的論文，我實在是急於寫完那篇考證，日前不想寫別的東西。怕萬一等我，趕緊先寫張便條來。過天再給Mae寫信。她的文章我錯過了，收到信的時候畫報已經沒有了，先沒注意。等着看你關於大觀園的那篇，匆匆祝兩人都好

Eileen 四月廿日 1972

張愛玲致鄺文美，一九七二年五月十三日

Mae，

我接連感冒，這封信就擱到現在才寫，怕萬一已經搬家，所以寄到中大。我當然非常高興你們在申請來美。琳琳瑯瑯 & family〔及家人〕都回來過一個夏天，實在是你們在香港這些年的一

個高潮與總結，使我想起「壽怡紅群芳開夜宴」。瑯瑯專修computers〔電腦〕，是尖端裏的尖端——看雜誌上蘇聯科學家說用computers是「第二個產業革命」，雖然他們這方面落後。你說做父母的惟有遙遠的佩服，這儘管帶點惆悵，更永遠有餘不盡。我覺得含蓄是你跟Stephen與子女的關係中最難得的一點。你說有時候有空虛感，當然是普遍的。就連男人，這也是法國人所謂the bitter age〔苦澀的年齡〕。不過你更吃虧在too intelligent & youthful-looking for your recessive, chosen role〔太有才智，又長得太年青，不適合你選取的含蓄內斂角色〕——在危急的時候正用得着你的才幹風度，一旦風平浪靜就「良弓藏」。希望你留神另找工作，光為了內心的滿足。——ＶＯＡ〔美國之音〕本來不大合適[60]，而且最近報上說這機構幾乎被取消了——也許來美後可以跟Stephen合作。我這次來加州後，有三分之一以上的時間在患感冒，去年冬天起發得更勤，每次都是天一暖和就霍然而愈。戶內暖沒用。以前在東部因為有夏天，還好點。終於不得不打消搬到三藩市的念頭，在考慮搬到Arizona，省下時間的消耗，可以快一點做完手邊的幾件事。但是這不像搬到三藩市簡單，一方面感冒發得不停，每次好不了兩天，所以老躭擱着。在加大的時候，陳教授屢次告訴我，這位置是他為安插朋友而設——是暗示我對他的protégés unfriendly〔愛將不友善〕，去世前兩星期寫便條來說將有一次很長的旅行。兩星期後我上班看見桌上擱着一份喪禮通告，不能相信自己的眼睛，連看了幾遍。所以那天晚上去弔喪回來寫信給Stephen，非常震動。——又是深夜，要趕緊下樓去寄信。匆匆

祝你們倆都好，請代問候你母親。

愛玲 五月十三 1972

60. ＶＯＡ即美國之音，全名Voice of America。

張愛玲致鄺文美，一九七二年五月二十日

Mae，

上次的信寄出後才想起來，我說你在VOA做事本來不大合適，彷彿忘了過去這職業貼補家用的功用，而且他們內部的複雜，也只有你有本事這些年應付下來。我是看見報上議會攻擊USIA〔美國新聞處〕，尤其VOA「almost dismantled」〔尤其美國之音幾乎解散〕，心裏想Mae & Dick McCarthy are well out of it〔心裏想Mae跟狄克麥卡錫都早已置身事外了〕，又，屢次忘了問《皇冠》上〈包可華文選〉是不是你或Stephen譯的。希望你搬家不太累，我又感冒，正在「發汗」。過天再談。

愛玲 五月廿日 1972

宋淇，一九七二年五月三十一日

Eileen：

連接你三封信。前一陣曾寄出一包書給你：包括（一）《香港所見紅樓夢研究資料》小冊，其中有一篇我的論文：〈新紅學的方向〉；（二）陳慶浩的《新編紅樓夢脂硯齋評語輯校》，是把俞平伯的《脂評》加入新的材料和改正錯誤；（三）文物展覽會特刊，其中有一篇文美的〈家庭主婦眼中的文物展覽〉。（四）台灣出版的《青溪雜誌》，其中有一篇評你的短篇小說集的文章，在書攤上看到，順便買來，給你一閱。這種文章散見於市上的刊物中，沒有什麼道理。

知道你身體一直不好，感冒不停，還是以遷地為良，這樣拖下去總不是辦法。今年秋天我可能主持一個月刊的編務，希望你身體好一點，能為我們寫點文章。我將來擬闢一個英漢對照的專欄，想把“Stale Mates”和〈五四遺事〉登出來，轉載當然要照付稿費。從現在起，盼你能為我留心：

有些什麼文章可寫。附上《紅樓夢》特輯剪報一份。祝安好。

Stephen
5/31/72

宋淇，一九七二年九月十日

Eileen：

我最近發表了〈論大觀園〉一文，在《明報月刊》上。因為好久沒有你的消息，不敢寄給你。不知你仍住原址，還是已經搬了家。

我們本定九月二十日搬家，可是原來的住家還沒有從旅行的地方回來，老是在等。自己的房子是租是賣，也拿不定主意，所以這兩天我們二人總是心神不定。

我大概會最近主編一本月刊，第一期想轉載你的"Stale Mates"及〈五四遺事〉，用漢英對照式，原文下面會加一點評述，當然會有稿費，想先得到你的同意。文前會有一篇短的介紹，不知道可否用你的照片？你自己最近有什麼作品可以發表也請一併告知。匆匆即祝

安好。

Stephen
Sept. 10/72

Mae的母親摔了一交，入了醫院，可憐她又要醫院和家兩面跑。

張愛玲致鄺文美、宋淇，一九七二年十月六日

Mae & Stephen，

收到九月九日的信，照信封上印的指示剪開，剛巧剪掉一句要緊的話，是你們在等着什麼，延期搬家的原因。我十月底搬，Arizona到底又太熱，又遠，還是只好搬到洛杉磯。《脂評輯校》、《資料展》、《港作者書展》、畫報都收到，Mae寫的關於那隻花瓶，沒來由近瓶口一朵牡丹，看了實在神往。〈新紅學的發展方向〉說得非常對，不過有些人認為後四十回也一樣好，像原著，用文藝批評很難說服他們。（用考據也可能永遠是個懸案）我直到最近還在忙着update那篇中共研究——加大不要——過天到郵局去的時候寄一份給Stephen看，可以知道我這幾年為什麼沉溺在裏面。譯中文有困難，因為有些中文書報原文沒抄下來。有個短篇小說剛大致改完，裏面有礙語，Stephen辦的雜誌想也銷台。——本來避免，人物個性欠完整。另有兩篇想寫的也都一樣，這是我用英文寫的原因之一。搬家後要在年前趕完那篇關於甲戌本年份的東西，等過了年把這篇稍微整理一下，把英文的先寄來給你們看了再說。當然同意轉載漢英對照的〈五四遺事〉。照片手邊沒有。台灣出《現代文學大系》，收編〈傾城之戀〉與〈五四遺事〉，我根本不知道。他們有沒有徵求平鑫濤同意？Auntie好全了沒有？可以想像Mae奔波的情形，加上搬家的問題。——我下月再寄住址來。匆匆祝

好

Eileen 十月六日 1972

宋淇，一九七二年十二月十七日

Eileen：

十月十日的信到今天才在整理待覆的信中尋出，覺得很是詫異，怎麼一晃眼就過了那麼久和快！

我不知你搬了家沒有？所以也不敢寄書給你。因為雜誌已出，而且大觀園一文也想寄給你看，但後來即不知你究竟遷居了沒有？據George高云他同你聯絡上了，但我還沒有問他地址是否與以前相同。

我的雜誌叫《文林》，廣告句子為：「文章千古事，經冬猶綠林」。立場為中立，不談政治，也不銷台，你小說有礙語，絕無問題，《文林》如性質不合，可由我轉交《明報月刊》，他們也不銷台。現在多數刊物不銷台，由於收不回來錢。台灣不能殺人放火，但盜印、翻版、轉載大家可以放手做去，用不着眨眼，認為是理所當然的事。他們所出《現代文學大系》收編你兩篇短篇，絕對不會事先徵求平鑫濤的同意。

你論中共的文章，我一時沒有時間看，已轉給一位朋〔友〕看，然後在聽聽他的意見後再說。

我今天又拿〈五四遺事〉的中文version和原來的英文對照讀了一遍，仍是趣味盎然。我們預言在下一期登漢英對照本。在讀時，我發現有幾點很有意思的地方：

（一A）英文中的Wen為什麼中文中改成了郭？有沒有特別原因？

（一）中文：他的眼睛遇到她的眼睛，眼光微微顫動了一下，望到別處去了。

英文：Her eyes met his, wavered a little, and looked away.

恐怕中文把性別弄錯了，應換過來才是。

（二）大體上讀來，英文較簡化，中文添增了不少描寫，為英文原作所無。是英文給雜誌編輯所刪？（不致於吧。）還是中文寫時，故意加油加醬，而英文有很多expressions〔表現方式〕，外國人根本不懂。例如：「事先王家曾經提出條件，不分大小，也沒有稱呼，因為王小姐年幼，姊妹相稱是她吃虧。」就是英文裡沒有的，而寫成英文後，他們確實不容易懂。

（三）你平時用英文寫作時，如"Stale Mates"，*Rice Sprout Song*，*Northern Rouge*等，寫的當然是中國人和事，可是你先用英文思想，還是先用中文思想，然後再譯為英文？我平日寫作時，如用英文，即用英文思想，一用中文，便格格不入，寫不出來。不知你也是如此否？

以上幾點請你順便告訴我一聲，以解決我心中的疑團。Mae十一月中去了紐約十二月中即回港，外人一個也沒有驚動[61]。匆匆祝好。

Stephen

七二年十二月十七日

張愛玲致鄺文美、宋淇，一九七二年十二月二十七日

Mae & Stephen，

我搬到洛杉磯，剛趕上打破紀錄的寒流，又發了次感冒，但是一暖和，（這兩天八十幾度）馬上精神胃口都好，靈效如神，可望胖幾磅，至少不再瘦下去。這房子於我正合適，也便宜，不過太近中心區，所以住址盡可能不告訴人。不知道你們搬定了沒有，年底想必忙。我在這季節總是工作得特別上勁，曾經跟你們說過大概是下意識，對歲月飛逝感到恐慌。所以這兩個星期足不出戶，這封信要乘明天去買菜的時候寄出，只好就光寄個住址來。你們倆這向都好？

Eileen 十二月廿七 1972

宋淇，一九七三年九月六日

Eileen：

好久沒有接到你的消息了，不知你近況如何，至以為念。

最近徐誠斌主教忽然以心臟病發作逝世，令我們全家哀痛萬分，我有一次失血過多，已近於shock〔休克〕狀態，他為我做了一次extreme unction〔病人傅油〕[62]，文美是隨他聽道理並受洗，所以視他為友、為神師。

鄺文美、徐誠斌、宋淇（由左至右）
一九六七年十月二十七日

我寫了一篇〈新紅學的發展方向〉，〈論大觀園〉，不知寄過給你沒有？此二文較以前更能見到我的功力，我說此話絲毫沒有自負之意。我相信將來我一定可以rank with〔列為〕第一流紅學專家而無愧。如沒有，盼立即告知，以便寄奉。

志清云曾建議你向中文大學申請謀事，你覺得不好意思，其實我們相交已廿年以上，有何事不能開口？問題是什麼方式？此事我一直放在心上，也許過了明年會有辦法。總之，你這樣一個人置身於shell〔保護層〕中不是辦法，你應該出來，接觸中國社會和中國人，多讀兩本中國書，多說中國話，對你將來寫作也有幫助。請你相信我的誠意。盼你時常來信。

61. 鄺文美之母鄺林憐恩生於加州沙加緬度（Sacramento, CA），是美國公民。一九七二年鄺文美赴美，就是為了申請綠卡。但因為宋淇的健康問題，他們夫婦倆並未在美定居。

62. 病人傅油，指天主教徒病重時，神父為他塗油，以求赦免罪過，並減輕或消除其身心痛苦。

Stephen
九月六日　1973

宋淇，一九七三年九月七日

Eileen：

昨日曾寄出一信，意猶未盡。在把你的信歸檔時，發現了去年寫給你的信，似乎曾將副本寄新址，不知收到否？此信內容仍有效，《文林》我已不負實際上任何責任，但他們仍缺中、英對照的東西。只要你答覆我此信中的問題後，由我加以按語後即可。

你的長稿〈文化革命之結局〉，找來找去尋不到有意思一讀的人，你大概這一陣流年不利。美國人現在一大半看見中共就卑躬屈膝，一小半自命可以從第一手研究，不屑於第二手材料，所以連亞洲協會都無能為力。中國機構《友匯》有他們自己的資料和研究員，也沒有興趣。我現在正在試中文大學出版部，看他們有無辦法找出路？

你的《海上花》譯得如何？《紅樓夢魇》問題太多，我戲稱之為Red Chamber Nightmare，寫得怎麼樣了？國內文革解凍後，周汝昌和吳恩裕各寫一文，周文我已影印一份同〈大觀園〉的《明報月刊》一同由平郵寄出。趙岡亦有新發現。下次再談。

Stephen
九月七日

張愛玲致宋淇，一九七三年九月二十日

Stephen，

信與文章、剪報都收到。〈論大觀園〉是真好到極點，又渾成自然，看了不由得想到「文章本天成，妙手偶得之」，如果沒經你寫出來，仿彿總覺得應該有在那裏，其實連近似的也沒有過。你九月六日信上說的一點也不過份。我這些時一直躭擱着沒寫信來，是因為等着到郵局去的時候寄出那篇小說，現在郵局遠，不像以前只隔兩條街，為了省時間，總要湊上幾件事才去一趟，所以預備等另一篇散文寫完了一齊寄，那是台灣《中國時報》好久以前托莊信正來說，我想隨便寫篇〈談看書〉，可以多引些英文讀物，沒想到這麼麻煩，因為長久沒寫，老是怕又被曲解招罵，解釋個不完，越寫越長。那短篇小說只有幾段礙語，《文林》似乎不銷海外，如果登了出來，台灣也許刪掉那幾段，照樣轉載，再收在集子裏，看的人多，原文反而埋沒了，所以躊躇，想跟你商量，但是你不看稿子也不清楚，倒又要你百忙中特為回信，所以擱下了。如果沒有合適的地方登，我想索性等另外兩三個中篇寫出來以後出單行本，揀個醒目點的登在《明報月刊》上做廣告，這篇剛巧相反。反正幾個星期內先寄來給你看。你去年十二月〔十〕七日信上講中英對照的幾點：

（一A）Wen改郭。因為避免Romanization〔羅馬拼音〕歪曲讀者——普通讀者不但讀錯，而且不是相近的聲音——所以取名字總揀沒有Romanization特徵的，如Wen。譯中文時，「溫」、「文」太像形容一個知識份子，「聞」字沒有「聞」標誌，容易混入句中其他文字，中文沒有大寫。所以另改一個姓。

（一）「Her eyes met his....」是中文印錯了性別。

（二）繁簡不同，是因為英文需要加註，據說普通讀者最怕小註。不註，只在正文內加解釋，原來輕輕一語帶過，變成鄭重解釋，特別着重。Stress與pace有關，影響文氣，不如刪掉，反而較近原意。

（三）用中文還是英文思想，與你一樣，不過對白總是中文，抽象思想大都英文，與一向看

的書有關。

志清很久以前寫信來建議我托你在中大找事，我回信告訴他實話：「如果中大有我能做的事，Stephen會對我說，不用我說。」收到你九月六日的信，才知道他以為我自己不好意思跟你說。我有什麼話不能說，倒要別人代言，我倒真覺得窘。換了我是你，就感到不高興。我沒托志清找事，但是非常感激他的關注，不過這次是他誤會了。那篇〈文革的結局〉，我是因為英美研究中共的人只相信中共刊物與歐美「訓練有素的觀察者」。海外的中國人有第一手消息也不信，視為難民的觀點。歐美人去大陸的，寫的報道也都說政治內幕是「無法知道的。」所以我完全根據中共報刊，題材是港台刊物上常見而西方不接受的——那時候還沒發表林彪死訊——又說「都知道。」光是林彪飛機失事地點，美國報上只說蒙古，始終不知道蘇聯說外蒙，中共說內蒙。——當然只好丟開一邊，香港出版其實不是路，再為它費事我更過意不去，寄來的一份請代銷燬。我除了戒睡藥的問題，住在這裏很好。一直在戒，每天花在睡不着的時間太多，剩下的時候是真不夠用，心裏着急，更不見人，除非有事，見一個不見一個又更得罪人。《紅樓夢魘》這題目非常好，那篇東西我迄未寫完，但是沒倒胃口，周、吳的新作請寄來給我。《海上花》仍舊沒譯完。《皇冠》上的Art Buchwald我先還以為是你們譯的，後來多看了兩期，越來越壞，覺得insulting〔羞辱人〕，忘了跟你說了沒有。Mae下次萬一要是路過洛杉磯，來得及就打個電話給我，不管白天晚上。如果不能來，也許我可以趕到機場去一趟。水晶打聽到我的住址，給了《中華日報》叫他們寄剪報給我。知道的人多了，路過的又多，只好不接電話，只打出去。Mae如果來，最好能先寫張紙條告訴我大約什麼日期，免得不接電話錯過。祝

你們倆都好——真想不到徐主教逝世，很震動——

Eileen 九月廿日 1973

宋淇，一九七三年九月二十九日

Eileen：

接到你的長信很是高興。昨天寄出兩段〈論賈寶玉為諸豔之冠〉，其實一共有上、中、下三段，竟然把中間那一段忘了，現在另信附上。這種文章其實不必寫得那麼累贅，問題是現在纏夾二的先生太多，而且每人都自以為對《紅樓夢》極有心得，你要是不把所有內在的證據展列出來，他們還真不服氣。其實，像熟讀《紅樓夢》而具有慧心的你這種人，一點就透，準會覺得我太「長氣」（這是句廣東詞兒，形容人說個沒完沒了）。

我現在看看從前約二十年前寫的論《紅樓夢》各篇文章仍能成立，當然功力不及現在。我另外還想寫〈論怡紅院〉，〈情榜〉，〈人物的創造〉，〈象徵〉等三、四篇論文，方可成一專集，加上以前發表過的四篇，或可自成一家言也未可知。目前想做的就是把幾冊名著如《戰爭與和平》，《紅與黑》等好好看一遍，否則總歸不放心似的。我最近已交了一冊書的原稿：《林以亮論翻譯》，另外在寫《林以亮論詩》，所以《紅樓》倒不是當務之急。

你信中所提各點極有用，我可以用為根據放在〈五四遺事〉中英對照之前，免得人家說這不是翻譯。我又查出了夏濟安從前寫給我的信，有關〈五四遺事〉的一段擬拍照影印出來，證明這不是我在瞎說。

記得你很早以前用英文寫過一篇短篇小說："Spy Ring"，後來給 Miss Rodell退了回來，不知你還存有底稿沒有？我覺得這題材很容易給讀者接受。你何不將之用中文寫出，然後我再替你發表中文及英文？

《文林》銷美國唐人街，留學生看的人不算少，就是不銷台灣，所以有礙語並不成問題，不銷台灣是嫌手續太麻煩，錢收不回來，並不是任何其他問題。

〈談看書〉一文寫好後，不妨影印一份，此地我可以代你登出，因為《中國時報》銷路不及港澳，一篇文章賺兩筆稿費何樂不為？

夏志清是一番好意，每次來信總提及你。我上次信中提起過明年也許有辦法，因為Yale〔耶魯〕捐了一筆錢給學校造一所guest house〔招待所〕，可容納六至八家人口少的家庭，自己有個小廚房，客廳公用，今年年底可以完成，而且離開人多的地方頗遠，另成一小世界。同時哥倫比亞的胡昌度有可能明年來中大出任中大文化研究所所長，他是我的好朋友，也是志清的同事。我想替你弄個研究員名義，錢不多，夠你用，還可以略有積蓄。計劃為期兩年，《論丁玲》是研究的題目，此間友聯和丁望均有材料，而且丁玲此後再也沒有出頭、再創作的可能，倒是一個極好的題材。對你說來，讀完她的小說並非難事，研究她的作品也並不成其為challenge。中文當然必須交中大發表，將來英文版可以由中大和歌〔哥〕大合作出版。以上當然是我一廂情願，其中因素很多，要過五關斬六將，只好隨機應變了。我現在預備要你做的，就是：

（一）要有心理上的準備。

（二）除了必要的寫作外，可以先把丁玲的早期作品讀起來，並做筆記。因為早期作品，香港不容易尋到。

（三）所謂必要作品，就是香港的讀者差不多已經拿你忘了，在這幾月中，希望陸續將〈五四遺事〉、"Spy Ring"、〈談看書〉，隔一個時期發表一篇，好建立起新的口碑來。那麼我做起來也方便得多。

（四）《海上花》、《紅樓夢》為不急之務，除非《夢魘》已有現成的資料，可以很容易寫出來。

（五）給我一份你的Vitae〔簡歷〕，包括MacDowell Colony、Radcliffe的Writer in Residence〔駐校作家〕以及Berkeley的Centre〔中心〕，以便我相機行事。即祝安好。

Stephen
九月廿九日
1973

《張看》

張愛玲

已交

自序

姑姑語錄

連環套

創世紀（此文錯字太多，必須由作者親校最後清樣）

憶胡適之

談看書（以上兩文均曾於《明報月刊》發表，由戴天負責）

談看書後記

封面設計（作者自己設計）

尚缺

目錄（作者如何排列，尚未知曉，已於上星期去信催詢）

浪子與善女人（炎櫻作張愛玲譯，不知作者願包括在內否，亦已去信徵詢意見）

張愛玲致宋淇，一九七三年十月三十一日

Stephen，

九月底的信與〈論賈寶玉為諸豔之冠〉和《明報月刊》、周汝昌近作都收到。〈論大觀園〉實在是必要，我現在也知道不能簡略，否則再也不能說服這些人——所以有許多「紅學」都不看，免得生氣。你引周汝昌的話：梅花也並沒說不是盆栽——櫳翠庵的梅花會是種在盆裏的，真是做夢

也想不到，看了笑出聲來。以前看《紅樓夢新證》沒注意。「乞紅梅」只消搬一盆來，省得攀折。〈諸豔之冠〉說得非常透闢，對極了，我只覺得秦鐘蔣玉函本人當然正常，男色有時代背景，如《孽海花》裏一個小旦替一個屢次落第的舉子禱告求神，完全理想化。《紅樓夢》第十回脂批「還有這麼個好小舅子。」北邊從前大概因為男色流行，「小舅子」這名詞有時候暗示姐夫與小舅子有關係。這批語雖然不是指賈蓉與秦鐘，是說秦鐘做過孌童。秦鐘可能是《風月寶鑑》裏的人物，寶秦夜話一節也許是把《鑑》編進去的時候添寫的，寶玉對秦鐘或者有點像有些英國學童going through a phase〔經歷青春期暫時的同性戀慕〕。但是越寫下去，主角越滲透作者主觀的感情與見解，作為寶玉，他對秦鐘只是愛慕與友誼，所以讀上去有一種ambiguity〔含糊〕。想必作者認為這與以前的情節並不衝突——這在近代極度sophisticated〔練達老成〕的人可能做得到，這書本來有些地方走在時代前面，蔣玉函事件也一樣，不過秘密來往完全暗寫，比較不確定。原意似是寫大家公子常事，後來却得到意想不到的友誼與援助，像風塵中人仗義。如果光是一個有義氣的伶人朋友，娶襲人後一同照顧他，似乎淺了一層。娶襲人也少了點humiliating〔失面子〕的蒼涼的意味。——西方總着重黃種人男女高矮體型面貌分別不大（沒有sexual dimorphism〔性別體型差異〕）。對男女的審美觀念相仿，我想是這原因，推廣到姿態個性上，一直有這趨勢。也許寶玉也不一定視他們為女，至少在自覺的思想上認為他們雖然比他好，也是濁物，沒有純潔的問題，不像女人嫁後變質。——這都是些雜亂的印象，只能信上隨便講。〈論怡紅院〉等文一發表就請影印一份給我。《紅與黑》沒看過，聽人叫《戰爭與和平》外國《紅樓夢》我總不服，不知道你再看了覺得怎麼樣。《紅樓夢魇》材料都在那裏，寫了一大半又頓住了，以前也有過，現在不在寫。幾篇小說多數是現成的，只需要改寫。那短篇〈藤蘿花謝〉還有兩個小地方要改，《文林》銷海外，登在上面正合式。"Spy, Ring"現在也找了出來，譯出與原文一併寄來。〈談看書〉就快寫完了，預備一齊拿去影印留一份，也寄一份來。我知道香港早已不記得我，台灣也只有一小撮人。丁玲早期的書過天到圖書館去找，沒有再設法去借。研究員的事於我很合適，住房子又理想。附寄vitae來，如果不成功，千萬不要介意，我還是照原來計劃在這裏住下去，把幾樣東西寫完譯完，希望幾年後情形稍微好一點，再托你代想辦法。這向Mae和你都好？

Eileen 十月卅一

張愛玲致宋淇，一九七四年一月十一日

Stephen，

我那篇稿子改了二十六頁，寄來兩份，代替原來的

第74、75頁

第101、102頁101b、101c

第106至109頁108、109、109b、109c、109d、109e、109f、109g、109h、109i、109j、109k、109l、109m〔原信豎排，無「、」〕

第113至116頁

第119頁

麻煩透頂，真抱歉到極點。匆匆祝

你同Mae都好——

Eileen 一月十一

張愛玲致宋淇，一九七四年一月十七日

Stephen，

剛寄出十六日的信與〈連環套〉等，郵件過重，把這張封面設計（筆劃不平滑，也許要找人重畫過）抽了出來另寄。收到九日的信，合同不在手邊，但是我記得很普通，每本書一個合同。我不會簽別處不能發表東西的合同。我知道許多人都對平鑫濤不滿，只有我對於出版人只要求業務化，不需要推崇拉攏，所以平鑫濤的作風正對胃口。姚宜瑛來過許多信，我也是因為不願意與水晶那本書在同一個地方出版。書只翻了翻，烏烟瘴氣看不下去。「走火入魔」是的評。現在趕緊去整理〈談看書後記〉與寫序，等忙完這陣子想譯〈二詳紅樓夢〉。小說選集也許還是等新的一篇有了再進行——我總是儘量給自己減輕心理上的壓力。登〈五四遺事〉的那一期《譯叢》彷彿沒看見，反正不忙，隨時便中再寄。我知道你事多，這次又讓你忙着搶救那兩篇小說，真不過意。其實王敬羲向志清借《今生今世》去印，志清就warn我，我想等趕完了那篇〈二詳〉再給你寫信，所以擱下很久，早點來信又還好些。Mae回來好？

Eileen　一月十七

張愛玲致宋淇，一九七四年一月十九日

Stephen，

收到十四日的信。Post-date的授權書在美國無法找人作見證，因為不是十分知道內情的人總懷疑會有麻煩。莊信正又搬走了，不然也許可以找他。沒辦法，只好由notary public certify〔公證人發出〕一張現在日期的聲明，另寫一張去年十月的委托書，一併寄來，如果前者無用，只好請Mae在後者上面署名，作為她去冬來美的時候我到東部去了一趟。如果日子不對，可以改十一月。反正我

去過沒有不會有人知道，除了志清這次見到Mae，大概知道我沒去，必要的話我可以向他解釋。這件事佔掉你這麼些時間，真是內疚。不管有用沒用，我已經寄出一封信請瘂弦不要寄〈連環套〉給王敬羲。我十一日寄來的〈二詳紅樓夢〉改稿與十六、十七日的信與〈連環套〉，想已收到，托志清寄來的〈創世紀〉想必要晚兩天。另寫一篇序解釋這兩篇小說是怎麼回事，〈談看書後記〉正在一面抄一面整理，當然儘快，爭取時間，但是無法立刻寄來。好在這兩篇一頭一尾，序的頁數可以用羅馬數字，正文先發排。如果需要印鑑，請叫平鑫濤寄給你——以前他要把我的圖章還我，我請他代為保存，萬一再需要用——用完了也就擱在你這裏。

Eileen 十九夜

張愛玲致宋淇，一九七四年一月二十六日

Stephen，

這兩篇我用不着看清樣了。這本書其餘的部份，只有〈創世紀〉聽說這次轉印錯字特多，如果實在來不及寄來讓我自己校，就請轉告出版社，這一篇特別留神多校兩遍。封面也不用看了。廿日寄出的十九日信想已收到。匆匆祝

Mae 和你都好——

Eileen 一月廿六夜 1974

張愛玲致宋淇，一九七四年四月一日

Stephen，

我兩篇小說到現在還沒寄來，想着你會覺得奇怪，不知道是怎麼回事。我這些時一直想寫張便條來，但是因為長久沒去郵局，航空箋早用完了，不像郵票附近有得買，寫封信來又怕你要特為抽空回信。那篇〈色，戒〉（"Spy, Ring"）故事是你供給的，材料非常好，但是我隔了這些年重看，發現我有好幾個地方沒想妥，例如女主角口吻太像舞女妓女。雖然有了perspective（距離帶來的視野），一看就看出來不對，改起來却沒那麼容易。等改寫完了譯成英文的時候，又發現有個心理上的gap（缺口）沒有交代，儘管不能多費筆墨在上面，也許不過加短短一段，也不能趕。另外那篇寫中年表姊妹與表姐夫三人之間的關係，始終找不到渾成的題目，已經抄完了，又需要加上一段事。現在只好把這篇奇長的散文先寄出，另寄一份給《中國時報》。雜誌如果登載，請叮囑他們空郵寄清樣給我自己校一次，寫上寄還，不會躭誤時間，郵費會補還他們。附寄的格子紙墊在稿紙下，每頁三百字。複印的紙太厚，格子幾乎看不見，如需重抄，我出抄寫費，但還是要校清樣。收到《譯叢》，裏面的字畫真好，印得也漂亮，連補白都精彩。你寫的關於譯詩，譯詩的難，我本來一直覺得像塊大石頭一樣，無從tackle（著手處理），竟被你分析出路子來。也幸而你懂法文德文，有個比較。我只對范成大那首詩有點意見，「柳花」willow down（飛絮）與花不同，因為是空中飛的。「綠未成」也似乎應當提一聲。水晶有個朋友在加州一個小大學圖書館裏找到從前《雜誌》上我有些沒收到集子裏的東西，來信建議登在《幼獅文藝》上。因為是他們找出來的，也只好同意。——Mae好？這一向你們倆都好？再談，兩篇小說一完工就寄來。

Eileen 四月一日 1974

張愛玲致宋淇，一九七四年四月二十三日

Stephen，

我上次信上提起水晶的朋友唐文標找到我從前寫的東西，沒來得及細說，兩篇小說〈創世紀〉、〈連環套〉是我自己腰斬的。唐君寄了給《文季》與《幼獅》，我怕他們作為完整的近作發表，寫了一小段引言說明未完。另外還有一篇，也是因為不滿意，沒收進小說集。大地出版社寫信來要把這三篇加上〈五四遺事〉出單行本，我不大願意，想先寫封信給平鑫濤問他一聲，如果他出版，可以加上〈色，戒〉、〈連環套〉另加前言，因為給我印象最深的一個場面沒寫進去。但是寫信去怕他不好意思拒絕，還是托你問一聲，問了來就寫張便條給我，我可以給大地回音，免得他們催逼。附寄的一份〈色，戒〉是給《文林》的，要自己校一遍清樣。如果另在台灣發表，《皇冠》不行——銷香港——我想還是給《中國時報》，因為他們答應稿費多些。直接寄去怕登得太早，明天我再寄個複印本來，請轉寄

〔……〕中國時報《人間》編輯高信疆。

英文的一份等譯完再寄來。Mae 好？你們倆都好？

Eileen 四月廿三 1974

宋淇，一九七四年五月二日

Eileen：

寄來的稿兩篇均已收到。

〈論看書〉一文計長三萬字，不容易找對象。聽說《中國時報》已開始連載。我覺得你現在再度開始用中文寫作是非常好的現象，中國人在美國用英文同這麼多的英語作家爭一日之短長，很

容易碰壁。

最近各國鬧通貨膨脹和紙荒，台灣、香港二地都大受影響。漲價的漲價，停辦的停辦，《文林》不幸買不到適當的紙張，加上虧本，早已停辦了幾個月了。這問題尚在其次，主要問題是〈色，戒〉中有一個基本的缺點：永安公司不會有首飾部，賣鑽戒。現在香港各百貨公司，連Lane Crawford〔連卡佛〕在內，我問過美國人，亦均如此。汪政府時代，漢奸或有錢人買鑽戒都是由掮客上門，當然南京路大新公司對面的品珍珠寶店是做這種生意的。這是一個理想的地點。另一個我當曾經有一度為了拍電影設想過的是一家靜安寺附近西摩路，猶太人開的珠寶鐘錶店——鐘錶可以大派用場，到了下午四時，不約而同先後鐘鳴四下，非常之緊張，再加上滴答聲——誇大了一點可以非常驚心動魄。例如女的以為男最多只買一隻來路手錶，想不到買一隻大鑽戒。（前面可加男的不肯為太太買一隻較便宜的鑽戒，以加強女的感覺到他愛自己之意。）又，當時，買鑽戒是以黃金為單位的，例如方鑽、粉紅色、火油鑽、藍鑽等珍品值十幾條一隻不足為奇。開支票勉強得很，或許要補充一點：合黃金十幾條。

總之，以上是基本的問題，否則此地有一部份讀者在上海生活過的不在話下，即使香港人也知道百貨公司不會賣鑽戒，恐怕會受到他們的指摘與事實不符。如果採取靜安寺路，如何使女有把握把男的弄到那舖子去，也要好好想一想。其餘俟下信再談。以前曾看過"Spy Ring"的英文draft當時未留意以上各點。

悌芬

五、二日

宋淇，一九七四年五月十一日

Eileen：

奇長的散文我已同《明報月刊》說好，大概可以接納，分兩期刊登。起先的四頁講聊齋和夜雨和閱微簡直是神來之筆，但後來的講小黑人、夏威夷人等不知能否維持讀者的興趣，就很難講了。我並沒有對《明報月刊》聲明你一稿兩投，同時香港的讀者極少見到《中國時報》而《明報月刊》也進不去台灣，此中也談不到有什麼衝突或影響。至於你要求最後一校，此點還是免了，因為來回起碼要躭誤一個月，其次《明報月刊》本身校對工作水準極高。我最近兩篇談詩的文篇就沒有自己校，居然只有一、兩處小錯。他們既然保證仔細校對，我也不好堅持，以免夜長夢多。附上剪報，表示香港已有人看到你的〈論〔談〕看書〉，也斯我認識，是個很有出息的青年知識份子，能寫點現代詩，由此也可以見到你仍舊有你的following〔追隨者〕。

〈色，戒〉的問題我看只有一個辦法，二人去大新公司買東西，男的存心要送她一隻戒子，就拉女的去大新公司對面的品珍珠寶店買鑽戒，因此埋伏在大新公司的miss了他們，可是汽車仍停在附近，男的棄車而去，得以脫逃。女的去大上海戲〔院〕也很對，因為大新公司正在南京路和西藏路的corner而大上海戲院就在西藏路上（戰利後或前改虞洽卿路）。這樣改，顯得特務方面不是飯桶，因為臨時起了變卦，對女的也好，給一個surprise，而鑽戒卻是早就看好了的，連尺寸都對（男的可能拿走了女的一隻戒指，作為鑲鑽戒尺寸之用），條子也已付了，只剩下一點零頭——總之，使女的覺得男的對他〔她〕真有愛意，抬頭一看，汽車附近已有同黨，然後再告訴男的，似乎比原來在永安公司臨時決定來得自然。這是我一廂情願的想法，一篇作品一旦寫成，必是一個有機體，往往動一髮而牽千鈞，說起來容易，改起來困難萬分，希望你試一下。

我這一陣在看針灸醫生，頗有效驗。餘再談。

Stephen

五月十一日

宋淇，一九七四年五月十三日

又：

信中所說女的口氣太像交際花，這點不成問題，她可以受特別訓練，等於在做戲，無論舉動、口吻都像交際花。如果方便，不妨加一句：男的說：她一切都像個歡場女子，真想不到她是……（thinking aloud〔自言自語〕）

你信中所提，「柳花深巷午雞聲」一點甚是，柳花不應是flowers，譯者為劍橋一詩人，不懂中文，但與他合作有一位中國人，名字我忘了，深通國學，對舊詩尤有心得，不可能犯這種錯誤。flowers是否會同下句hours押韻而故意這樣譯的就不得而知了。二人都已去世多年，不能起他們於地下為憾。

小兒今年回港，他離港已三年，這次從SUNY（Stony Brook）畢業，applied Math和Psychology的double major〔應用學和心理學的雙學位〕，下學期入母校深造Math。暑假中可以熱鬧一點。你的〈論看書〉《中國時報》已於五月三日連載完畢。祝好。

悌芬

五月十三日

張愛玲致宋淇，一九七四年五月十四日

Stephen，

〈色，戒〉鬧的笑話是「不要寫不熟悉的東西」的一個活教訓。這篇東西的英文本到處碰壁這些年，也真還是僥倖。珠寶鐘錶店的背景好，開支票也是不對，應當合金條算。我需要擱在腦子背後多浸潤些時，不然會「搞疲了」。目前預備寫的幾篇，只有關於表姊妹倆那篇與另一篇有礙

語，所以想兩篇差不多時候發表——不過是短視的小打算。那一篇還沒有，所以這一篇還缺一段也先捺下，現在在寫一個很長的中篇《小團圓》，材料大部份現成。那幾篇舊作〈連環套〉等，我最怕的是被當作完整的近作發表，所以寫了段小引說明自己不滿意，沒寫下去，沒收到集子裏，要求登在題目後。《幼獅》寄清樣來，却沒有小引，也不知道登不登，是否登在顯著的地方。卅年不見，我也印象模糊了，一看清樣，寫得實在太壞，一路看下去，憎惡得呲牙咧嘴，又是氣又是笑。這還是較好的一篇。出單行本的話當然作罷，已經回掉了大地與另一家。翻印只好隨它去。〈談看書〉刊出後又加了幾句，以後如果有機會再登的話預備補上。上次寄來的副本請代拋棄，報上印的雖然有錯字，到底清楚些。本地只有南加大有一本《丁玲選集》，1952開明書店出版，內中有五篇小說是1927—30的，《夢珂》、《莎菲……》等。似乎是'31轉變，寫《水》等。這本香港總有，萬一沒有，請馬上寫個字條告訴我一聲，好乘莊信正離開這裏以前托他借出來，讓我影印一份。如果不收到便條，就知道是有。別的書還在打聽。——Mae和你這向都好？

Eileen 五月十四 1974

張愛玲致宋淇，一九七四年五月十六日

Stephen，[63]

前天剛寄了封信來，今天又收到十三日的信。《中國時報》刊出〈談看書〉後寄來，我發現近末尾有兩處沒講清楚，又加了幾句，預備以後有機會再登的時候補上。他們因為是日報，來不及寄清樣來讓我自己校，裏面一個女人兩次說「孩子們同住」的問題，自相矛盾，第二個「孩子」誤作「孫子」。普通錯字我毫不介意，偏錯在緊要關頭。影印的副本更不清楚，擔心這個字會再排

63. 上有宋淇筆跡：胡菊人 May 22。

錯，把這幾頁都寄了來，請轉給《明報月刊》。我知道他們不想要，讓你夾在中間為難，還又添上這些囉唆事，真不過意。如果已經找人重抄過，頁數不同，就更麻煩了。——抄寫費多少請告訴我一聲。——那張剪報我當然看了很高興。與Bullett合作的中國人想必是因為押韻，所以通融，stretch〔延伸〕得太遠了點，通融的原則完全對，越想越是唯一的一條路，還有譯者也要是詩人的這一點。我說〈色，戒〉女主角太像妓女，是原來的英文本裏敲他竹槓，抱怨牌桌上別人都有大鑽戒，使她難為情。——臨時改到品珍，金條已經付了，這樣更妥貼，但是這故事在我旁邊年數太久，改動需要多marinate〔醞釀〕些時，所以現在先擱下做別的。現在又有一本新書出來講《叛艦喋血記》，這本definitive〔具權威性〕，原來大副的死因完全張冠李戴，冤枉了他。所以我又預備寫篇後記，《明報月刊》不登沒關係，也許投到《皇冠》上，也銷香港。反正等寫了寄份給你看再說。令郎回來，真替你與Mae高興。他主修的兩門距離這麼遠，可見他這人多麼多方面。——趕緊去寄出這封信——針灸是真有神效，不過有些病用不上，你真運氣可以用它治。

Eileen 五月十六 1974

宋淇，一九七四年六月十三日

Eileen：

這一陣又掀起了一陣張愛玲熱潮。《中國時報》登了〈談看書〉。《中外文學》發表了唐文標的〈又熱又熟又清又濕〉〈張愛玲的長篇〈連環套〉〉，這是五月份。接下去六月份的《幼獅文藝》發表了連環套全文，一期登完。據說《文季》第三期將發表〈創世紀〉。唐文標文中又提起了《萬象雜誌》中曾發表過迅雨的〈論張愛玲的小說〉一文，按此文似乎是傅雷寫的，不知道你還記不記得我們第一次見面時，我向你提起過有一篇論你作品的文章是傅雷寫的？提起傅雷，不知道你曉得不曉得紅衛兵在上海成立後的第一天，有人說不是第一天而是有幾天，夫妻二人自殺身亡？共產主義對於個人的不尊重和絕對渺視，這是我所不能了解的，也許這也是拉慢共產國家進展的主因之一。

前星期平郵寄上一冊《明報月刊》，其中發表了〈談看書〉的前一半，因為航郵太貴，較後於上星期又寄上一份剪稿及也斯的專欄。也斯是位頗讀了點書的文學青年，自己也會寫一點新詩。可見大家仍是很注意你的作品，港與台並無二致。你的文章後面就是我的評Hawkes的新譯石頭記第一卷（Penguin Classics），將來月刊到時即可同時見到。

《明報月刊》肯登，而且如此看重（放在第一篇），並且是海外知識份子最popular的書刊，《皇冠》無論份量和銷路都比不上（指海外），而且《中國時報》先登，他們未必有這麼大的度量。這樣的安排可以說是最理想的了。

〈色，戒〉放下一個時期也好。記得那時最轟動的間諜案男主角叫平祖仁，女主角為英茵（？）是位女演員，像他們派出來的人一定受過特別訓練，無論說話、神態等等一定會要什麼，就像什麼，文中只要暗暗一點，就可解決，並不會成為問題。

《文林》有一期登了〈五四遺事〉，昨天才發現《幼獅文藝》借用了其中照片。我這一陣忙於生病，大概根本沒有寄給你，便中告訴我一聲，以便補寄。我自己這些年來論翻譯的文章終於彙集成書：《林以亮論翻譯》，當會寄一冊給你。我是一個頗有自知之明的人，最近更是心平氣和，其他文章，朋友本擬勸我再出一、二冊，我現想打消此意。將來最多出一冊論《紅樓》的集子。最近正在重讀歐美古典小說，並不想湊比較文學的熱鬧，而是有時不得不放在一個proper perspective〔相稱的視野〕中，就不免借助他人的名著以資比較了。匆匆即祝安好。

悌芬
六月十三日

第八回　第八十三頁

先就看見薛寶釵坐在坑〔炕〕上做針線。頭上挽着……看去不覺奢華。唇不點而紅，眉不畫而翠，臉若銀盆，眼如水杏。罕言寡語，人謂藏愚；安分隨時，自云守拙。

程乙本作「惟覺雅淡」

第二十八回　第三〇〇頁

……正是自恨沒福得摸，忽然想起金玉一事來；再看寶釵形容，只見臉若銀盆，眼同水杏，唇不點而紅，眉不畫而翠，比林黛玉另具一種嫵媚風流，不覺就呆了。

程乙本將寶釵的特寫刪去而代之以「惟覺雅淡」。Why？曹雪芹是想在第一次二人面對面時給寶釵一個特寫，所以此地不應刪，要刪應刪下一次的重複描寫。還有，重複是不是故意的？因為二人終於成婚。請你comment〔指教〕。

張愛玲致宋淇，一九七四年六月二十九日

Stephen，

收到六月十三的信，知道你近來又不舒服，正好瑯瑯回來這一個完美的夏天，真是the fly in the ointment〔油膏裏的蒼蠅，意指「掃興的事」。〕，讓Mae也減了幾分高興。只好是那句老話，「May all your troubles be little ones，」〔但願你的一切煩惱都是小事故〕蒼蠅就蒼蠅吧。我是篤信針灸，此地報上現在又說有時候危險，我想是手藝高低的問題，美國現在一窩蜂都興這個，一定有不合水準的。我說投《皇冠》的稿子不是〈談看書〉，是一篇短的後記，因為剛銷掉一篇給《明報月刊》，又來一篇，怕他們頭痛，更讓你為難，不是不知道這兩個雜誌的分別。那時候還沒收到剪寄的《明報月刊》，登在第一篇，真「叫聲慚愧」。也斯駁水晶，看着有「撥雲霧而見天日」之感，

原書烏烟瘴氣也沒細看，《紅樓夢》比Tolstoy〔托爾斯泰〕彷彿是不可避免的。你關於《紅樓夢》的書希望能早日寫完。看過的部份也老是擔心散失。別的雜文我覺得即使紙荒，紙就壞點也應當出書，不是朋友們勸的話，是真有這需要。我一直知道從前那篇書評是傅雷寫的，也記得你說他們夫婦自殺的事，印象非常深。英茵與平祖仁的事我都不知道，只聽見說袁殊害她自殺，戰後才恍惚聽見她是間諜。〈色，戒〉主要的問題是珠寶店的背景，等你幾時有空，請仔細告訴我品珍是什麼樣的房子、裝修、店員。大概跟炎櫻家裏開的小珠寶店很兩樣。——自行車其實與三輪一樣快，不過有停車上鎖開鎖的麻煩。你想會不會有兩輛自行車在附近踏來踏去接應刺客與他的back-up man〔後援〕？照報上的記載似乎總是「逸去，」用腿跑。又，我讀到一隻八克拉鑽戒現在十萬元美金，從前沒有通貨膨脹的時候，約合多少金條？丁玲早期的書打聽了來，香港文輝圖書公司有：

《丁玲選集》（1935）
《○○文集》（1936）
《○○文選》（沒有年代——是五○年間的？上海仿古書店）
《母親》

此外哥大有：

《聚》（短篇小說集）1941
《○○創作選》1937
《○○選集》1934（大概跟’35的一樣）
《○○代表作選》’30s（1940再版）
《韋護》

（都是上海出的）

等中大研究員的事如果說成了，我可以訂購文輝的書，看集子裏缺什麼，再托志清借或代影印。她延安時期的書哥大與加州都有。——現在就去寄信。Mae這向好？希望你也好多了。

Eileen 六月廿九 1974

宋淇，一九七四年八月十七日

Eileen：

真正是不巧，文化研究所的新所長已來港，可是由於全世界不景氣，香港亦非例外，中文大學的人事和款項動用全部凍結。凡已通過而尚未登報招聘者取消不在話下，連已通過並經校外委員通過審查，但尚未發聘書者，亦在取消之列。一切新的計劃都加以凍結。然後挨過了今年再說。同時香港政府在其他方面亦在大力撙節，恐怕美國在很多方面也是如此。研究所本身並沒有經費，全賴捐募而來，結果所餘費用一部份要節約下來以應急需。所以你的事情只好暫時擱下不提，就是提出，也會打回來。只好看一年情形再說。照目前看，一年以後仍未可樂觀。我倒是已經同丁望和友聯問過，他們都有關於丁玲現成的資料。可惜形勢有了變化，無從發動。而這位所長來中大定期十六個月，明年九月就要回美，只好走一步看一步了。

前半個月將《明報月刊》七、八月份和我的一本論文集，《林以亮論翻譯》由平郵寄上。《明報月刊》後來發現〈論看書〉一文已於《中國時報》發表而且登完之後才在《明月》連載，好像給人一個轉載的印象。我加以解釋：寄去《中國時報》很久，一直沒有消息，以為他們不會連載這種性質的文章，所以才轉託我在香港找出路。他們表示並不介意同時發表，但如果比別人遲那麼久，就不太好了。我只好表示歉意。

香港有人找我為他們的出版社編兩部書：（一）《紅樓夢論文集》：我心目中已有了腹稿，選最近發表而有新意的，索隱派和純考據的不登。以前好像你說過正在整理一篇有關《紅樓夢》的文章？不知進行得如何？有沒有眉目？是什麼題材？我自己則想為這集子趕寫〈怡紅院〉一文，是承〈賈寶玉為諸豔之冠〉和〈論大觀園〉二文而延續下去的，否則一篇新東西也沒有，總不大好。余英時有兩篇極好，國內周汝昌和吳恩裕均有新資料，趙岡也應可以選一篇，加上我自己的，十之六、七已不成問題。（二）《張愛玲小說選》。由我來選，我說皇冠已有一冊短篇小說，他們認為不必如此多，可以精一點。不知道你對這件事的反應如何？皇冠會不會反對？香港的出版社可以出一點轉載稿費而且還可以出版稅？是否可以改變一下形式？例如把〈五四遺事〉包括在內，把〈色，戒〉寫出來，包括在內？你自己在每篇之後加一點隨意想到有關的remarks〔評論〕？台灣與香港並沒有版權協定，不過如果弄得平鑫濤大不高興，我同你二人都犯不着。By the way，這些年來，他是否按時同你把版稅算得清清楚楚？這兩冊書我當然要寫序，而且在原則上我已經答應他們了，當然時間上沒有限制。此外，有正大字手鈔本《紅樓夢》也有人想翻印，也在找我寫序，看上去也逃不掉，好在這些都是我喜歡做的事，做起來並不成為一種負擔。朋友勸我一直為人打算，而忽略了自己出書未免太不為自己着想了。你信中也如此說。我一直到最近生病之後才有恍然大悟之感，《論翻譯》一書之後，以上三書都只不過是editor〔編輯〕，下一部書是《林以亮詩話》，希望能於今年年底前有個眉目，然後期以二年，再出一本《紅樓夢》的論文集，那麼也總算有點東西可以交卷了。有一位朋友到台灣去，回來之後，大為奇怪，說我在那邊比在香港名氣大得多，我想主要原因是那邊讀書的風氣較盛。關於〈色，戒〉的詳情留待下一封詳細報導。即祝安好。

Stephen
八月十七日

P.S. 六月廿九日信早收到

張愛玲致宋淇，一九七四年九月十四日

Stephen，

我知道現在全世界不景氣，而且不是一年半載的事，收到八月十七的信，完全是意中事。你提起我那篇〈紅樓噩夢〉，也真是巧，簡直像telepathy〔心靈感應〕，接信前幾天正因為寫小說又頓住了，想把〈噩〉找出來看看到底有些什麼東西。日子隔得久了，一看就覺得簡單清楚起來，但是以前寫的又都不能要，這些天一直在寫。是根據回末形式（有無「下回分解」之類或詩）、總批

的format、「侹」、「姥」的註與不同的寫法，移植的畸笏有日期的批語等，算甲戌本的年份。我還是想投到*Harvard Journal*，他們認為中文先登過倒更好，他們喜歡《明報月刊》，紅學考據比較相信吳世昌。所以我想最好還是登在《明報》上——上次後登那篇，真是個feat〔功績〕，也難怪事後又有餘波，真覺得對不起你。萬一他們再提起，如果告訴他們《時報》給了四百五美金的稿費，不知道可會稍微心平點——收入你編的紅樓夢論文集當然於我有好處，但是的確需要有兩篇新的。反正都等你看了再說，大概不太久就會寄來，但是出版如有時限就不要等我。收到《譯叢》與102期《明報》，那麼好的英譯本偏用上程乙本最惡劣的那幾句，真氣死人，你這篇文章太必要了！——可以想像你在台灣更出名。你給我的那本輯評非常得用。大字戚本翻版後萬一可能影印一份，請告訴我大概多少錢，寄張支票來。你選小說集當然再好也沒有，也是應當有新的。〈色，戒〉還是等寫出來算數，越是急等着要越沒有。以後若有機會就請探探平鑫濤口氣，反正目前也不能出。皇冠每年寄兩百多美金版稅來，有賬。也許封面不好也影響銷路，但那是怪我自己不管，別的我都信任他。——我這向還好，Mae和你都好？

Eileen 九月十四 1974

宋淇，一九七四年十月十八日

Eileen：

《明報月刊》仍付你稿費，附上支票一紙及收據三紙，稿費較平常的低一點，但最高也同《中國時報》不能比。《中國時報》大概對海外學人另眼看待，所以出得特別高。收據簽好後請寄回，以後投稿，不妨算好日子，能於每月的第一星期寄到，以便趕下一月登出，然後遲一點寄《中國時報》，《明報月刊》去不了台灣，《中國時報》則此地有一小部〔分〕定戶，《中國時報》可能看得沒有如此嚴重。

關於《紅樓夢》一文，你提起「侹」「姥」二字，正好有一個朋友剪了一段有關這二字的考據小文，可能是台灣的《中央日報》，日期則不知，現附上，用完後，盼寄回。最近有價值的論文是國內周汝昌和吳恩裕的論文，此外還有我們學校的新亞校長余英時的兩篇，都極有價值而是我想選入集子中的，等到余文出版即寄奉。余文已譯成英文，登在*Renditions*〔《譯叢》〕第二期，不知你見到否？

關於你小說的選集，我還沒有機會好好設計。平鑫濤處不應有問題，因為你的短篇小說集，原由天風出版社出版，版權照理應歸香港，同他打個招呼可以說已仁至義盡了。我在想format的問題，不知道你可以不可以考慮每篇之後寫一篇短的小文，不必分析，散文小品之類，想到那裡寫到那裡，這樣可以有一個personal touch〔個人筆觸〕，別緻一點，同時我可以向對方多要一點稿費。好在不急，你慢慢考慮好了。文美已於十一日去美，約逗留3—4星期。即祝好。

Stephen
十月十八日

張愛玲致宋淇，一九七四年十月三十日

Stephen，

Mae又到美國來，你一定是好多了，聽了很高興。我這一向又鬧消化不良，老毛病加劇。那篇〈紅樓噩夢〉因為太長，投稿不便，分成兩篇，第一篇快寫完了，所以想忙完了這陣子再寫信，先把稿費收條寄來，免得再躭擱。收到「侹」、「姥」註那篇剪報，正是時候。《譯叢》還沒來得及看，《林以亮論翻譯》看了，真好，都等下次寫信再談。祝

近好

Eileen 十月卅日 1974

張愛玲致宋淇，一九七四年十二月二十二日

Stephen，

我上次信上說這篇稿子就快寫完了，當然還是麻煩層出不窮，結果非這麼長不可，沒辦法。如果因為太長，《明報月刊》不能登，你編的集子也無法收進去，千萬不要感到為難，湊上些別的東西出書好了。這篇我沒投到別處去。副本作為空郵印刷品另包寄來。為了趕在年前寄出，累倒了，明後天好點再寫信來。Mae回來了沒有？——給你們拜年！

Eileen 十二月廿二 1974

張愛玲致宋淇，一九七四年十二月二十六日

Stephen，

前兩天趕着寄來的那篇稿子，《明報月刊》如果登的話，校對我實在有點擔心，因為這篇東西非常容易把人繞糊塗了，我自己幾次搞得頭昏擱下來，再要在節骨眼上錯幾個字，是真不知所云。如果收進你編的文集，請無論如何寄清樣來讓我自己校一遍，空郵除了年下，來回只要一星期。《林以亮論翻譯》錯字相當多，唯其因為都是universal truths〔普世皆通的道理〕而又新妙，道人所未道，錯一個字就使人wince〔蹙眉〕一下。這本書真有份量，許多在back of the mind〔下意識裡〕納罕了幾十年的典故出處，許多使人笑出聲來的曲解奇談，正面的話也從來不沉悶，十八世紀英國吃飯的時間的研究更迷人。《譯叢》上林語堂講《紅樓夢》那篇當然是為西方人寫的，隔了三十多年，不幸還是照樣「得用」。引的惜春的話有點眼生，大概是後四十回的，這annoyance〔惱人的事〕似乎是不可免的。Waley嫌《紅樓夢》寫日常生活太多太單調！憑這一句，更覺得多引這兩段意見引得對。《紅樓夢的兩個世界》非常警闢，最是說明你的大觀園的理論的重要性這一點更

折服人。我只覺得第十七回「苔蘚成班〔斑〕掩映」兩句批「曾用兩處舊有之園所改，故如此寫方可，細極」只指舊園子才能這樣，沒有隱意。小說選集我自己寫comments〔評論〕有困難，因為較好的作品都是deeply imbedded in the psyche〔深埋在心靈裡〕，自己雖然知道來歷，唯一公之於世的辦法是另寫一個更接近事實的小說。只有寫壞了的如〈連環套〉，起源於有一次見到一個落魄的老Parsee〔拜火教徒〕，有個很動人的小故事，而結果竟始終沒寫到它，所以想寫篇短文。不談故事來源，自己批評兩句，或是解釋為什麼這樣寫，很容易就像是跟書評人爭論。因為不會說話，如果費上太多的時間去琢磨，也不犯着。譬如你這本書上引的那些例子總還不使人太難堪，別人也許不注意這一點，我就看來看去看不出竅門來。選集要personal點，現在這裏有張勉強可以充數的「近影」小照片，也許湊上從四歲起，隔些年一張。好在等以後再說。志清寫信來說王敬羲預備盜印胡蘭成的《今生今世》與〈連環套〉〈創世紀〉，勸我讓大地出版社出這兩篇小說，加上〈談看書〉、〈憶胡適〉；隨又來信說王敬羲有信來，托他跟我說《南北極》雜誌要轉載〈創世紀〉，隨便我要多少稿費。我趕緊回掉了。但是白給他盜印也不甘心，所以在考慮用個散文的框子把這兩篇小說嵌在裏面，書名《張看》，包括重看這兩篇的憎笑。還有篇〈談看書後記〉沒發表過。我想也許還是最好先問聲平鑫濤，不然萬一這本銷路好些，他會覺得不平。如果你覺得他大概不想出，或是問了他他不太起勁，就讓大地出。又，那次提起皇冠版稅每年二百美元，也說不定是半年一結賬，我沒注意。畸笏的「笏」字我以為音「剔」，有人念「忽」，不知道哪一個對？「羆」是否音「罷」？——年下可好？Mae好？想必回來了？

Eileen 十二月廿六 1974

張愛玲致宋淇，一九七五年一月二日

Stephen，

照例寄了稿子來又要改，真討厭到極點。發現幾處錯誤或過簡，不清楚，都在後部——第一〇五頁後——一兩星期內補寫完了再把有關諸頁都寄兩份來，先寫這張便條來。又添上這些囉唆事，真覺得非常不過意。匆匆祝

好，Mae 也好

Eileen 一月二日 1975

宋淇，一九七五年一月五日

Eileen：

〈二詳紅樓夢〉原稿及附來十二月廿日信、副本及十二月廿六日信均先後收到。該稿因長度關係已於昨日發排。如果做得到，當設法在《明報月刊》及《皇冠》先後發表。我的論文集定名為《新紅學論文集》，希望重心放在文學和比較文學上，但並不排斥其他方面的資料發現以及版本校刊等論文。三方面最後一校都會交給你本人親看清樣。

關於你的書，我昨天立刻和對方談過，對方一口答應。大概可以很快就宣佈，好讓另一方死了這條心。內容如你所說如下：

（一）連環套
（二）創世紀
（三）談看書
（四）憶胡適

（五）談看書後記

書名定名《張看》，請你寫一篇序，（一）、（二）、（五）請立刻寄來，（三）、（四）可從《明報月刊》上找到。

說了半天，這家出版社的做法頗新，底下有四個名義不同的社，對象是上、中、下三層讀者。高級者的出版者名稱為文化．生活出版社，第一批新書有胡金銓的《論老舍》，老舍的《四世同堂》中的第三部《惶惑》；中層有本港專欄作家的作品；下層有《秋海棠》等的重印本，此外還有點美術書的重印本。然後再與《星島日報》合作組織成讀書會，性質略同於Book of the month club〔每月之書俱樂部〕，主要目的在養成讀書風氣，希望有一批基本讀者，過了幾個月之後再在市面普遍出賣。這種做法在香港還是第一次，有一家報紙做後台，宣傳和廣告先就佔了優勢，應該比其他出版社不同。他們每個月要出六本書，只怕稿源難以為繼。但我覺得此事大有可為，當盡力幫他們忙。現在台灣出版事業頗為蓬勃，只要精打細算，本地便可拿回成本，因為紙價回跌而電視觀眾都看膩了，同時讀書風氣遠比香港為好。平鑫濤因為專門重視瓊瑤，以致引起其他作者的離心，但他的發行和皇冠仍辦得有聲有色，所以到目前為止，還是此中領袖。但林海音的純文學及大地等均能維持，這市場要比香港好得多了，不容小覷。

你的〈二詳〉一文我只匆匆一閱，其中很多地方還弄不清楚，但心細如髮，我相信不會有第二個人會讀得如此仔細，等我有機會再詳讀一過。

關於〈色，戒〉我想有兩個可能，一是在靜安寺路、西摩路附近，大約如下：

（地圖文字：西伯利亞fur store，西摩路，靜安寺路，平安電影院〔附設有咖啡館，以售栗子蛋糕出名，好像叫「飛達」Federal〉

可能沒有這樣一家舖子，但多數可能有，猶太人或白俄所開，專售鐘錶、手飾，二次大戰後，還有一點剩餘或寄售的Omega〔歐米茄〕牌名錶之類，店內還有很多鐘，包括Cuckoo clock〔咕咕鐘〕（德國貨）。女主角可以假裝在匆忙中掉了手錶，買不到來路貨準時的錶，以致常常失約。男的約她去買錶，其實早就看中了一隻鑽戒，到時produce〔做〕出來為她買下，約好的時間為四

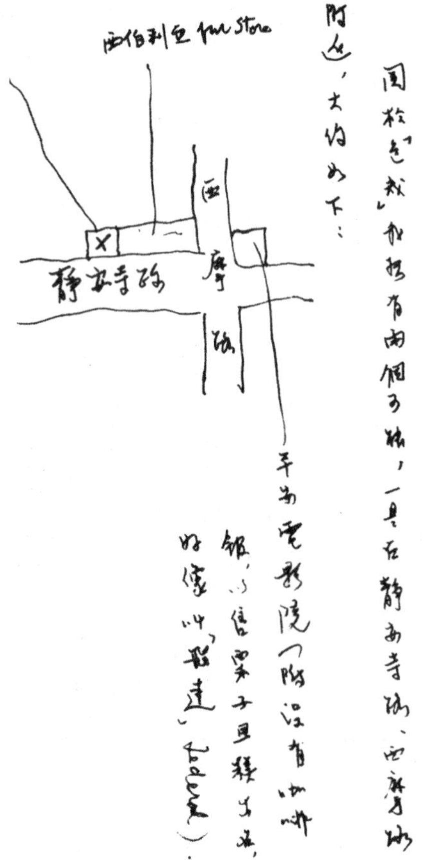

時，有的鐘不準時，先噹噹響了起來，她看他原來真心愛她，心一軟就告訴了他，而他可能在樓上或附近根本有一branch〔分部〕，往其中一躲，逃過此劫。這兩條路附近沒有弄堂支路，兩邊一攔，無處可逃。請你考慮一下，如認為不妥，下次再為你設計南京路。祝安好。

悌芬

一月五日

宋淇，一九七五年一月七日

Eileen：

前信方寄出。

文化・生活出版社的負責人，經我說項，你以寫作為生，不比我們業餘，預支版稅似應豐富一點。他們昨天有電話來，準備一年先付預支版稅五百美金，同時你仍可將文章在其他刊物發表，我想這是他們最優秀的條件了。

我已通知平鑫濤關於《張看》的事，同時告訴文化・生活出版社出版時開本同皇冠一樣，將來賣紙版時可以和皇冠統一。又，《幼獅》十二月號的〈浪子與善女人〉可否包括在《張看》之內。順便通知一下。

《張看》其餘三篇請早日寄下，因為王敬義已在本月份開始發胡蘭成《今世今日》〔《今生今世》〕的張愛玲記了。白先勇的短篇小說自己尚未出版，他已替他先出版了一冊《紐約客》，夏濟安的日記及於梨華的短篇在《中國時報》發表，他都可能不告而發表。真是一點尊重作者的權利也沒有。

Stephen

一月七日 1975

宋淇，一九七五年一月九日

Eileen：

六日信寄出後，忽然又想起一事，想向你clarify〔釐清〕一下，以便將來辦事。我不知你同平鑫濤簽的是怎麼樣性質的合同？他是不是有exclusive right〔獨家權利〕？如有，你怎麼會在《中國時報》和《幼獅》發表作品？昨晚於梨華經過此地，余光中請她吃飯，由我們作陪，談起平來，大部份作家據說對他都不滿，余的publisher是林海音，於現在改在大地出書，大地的主持人是姚宜英〔瑛〕，也是一位女士，據說都辦事負責、認真、帳目清楚。所以我想問清楚一下，看平居然去年還給你版稅，對你總算不薄，但我想弄清你們二人合同的關係，因為下一本小說選集，又要打招呼，如何措辭一定要弄清楚才方便得多。

我想選集你的comments的確是很難寫，不如由我來選好了，我預備下星期起由Mae幫我先看起來，我想該集應包括〈五四遺事〉和〈色，戒〉，因為總要有一篇新東西給讀者看看，而且這一篇東西台灣發表可能有問題，因為他們認為特務是不會心軟變節的，可能reflect on〔影響〕他們的工作人員，這樣平也不會有話說。

〈五四遺事〉漢英對照曾在《文林》發表，不知寄過給你沒有？我現在記性壞透了，有點未老先衰的樣子，事情又多，往往顧此失彼。大陸最近對《紅樓夢》的兩大發現，由周汝昌和吳恩裕寫了文章，想來你尚未見過，當寄上給你，這兩篇文章也是我論文集所選入的。

這兩天有人借了一本水晶論你的書給我們看，聽說他考博士論文失敗，心境很壞，下筆火氣很大，得罪了不少人。他這本書是典型的研究比較文學而走火入魔的作品，不知你有沒有心機從頭看到底？祝安好。

Stephen

一月九日

宋淇，一九七五年一月十四日

Eileen：

今天早上平鑫濤打長途電話給我，完全同意我的建議，《張看》先由此地出版，但有一點小要求，希望此地的開版與皇冠的《張愛玲小說集》一樣大小，以資統一，將來只要由此地將紙版寄去即可（他也會另外給你酬勞），二是希望《紅樓夢》一文交給他，由《聯合報》登載。為了以後還有一本書要同他交涉，我已答應他了。

王敬羲已經在大大雜誌登出胡蘭成的回憶張愛玲，並寫信給瘂弦，要他寄給他登載〈連環套〉的一期《幼獅》。王敬羲在《南北極》上轉載夏濟安的日記（夏志清上了他一個當），害得台灣沒人敢於出版《夏濟安日記》這本書，因為他的雜誌非但反台，而且連蔣氏三代都罵進去了。所以無論如何我們要stop him from〔阻止他〕出版你這本書，否則可能要影響到你將來作品在台灣的出路。第一，我希望你寫一封簡單的授權書，你所有作品在香港出版都委託文化・生活出版社代為出版，並且可以backdate〔回溯〕到去年十月，（因為我的合同是去年九月）不知你是否可以在美國找一個見證人，然後這裡或許可以先登報預告，以收遏阻之效，因為文化・生活出版社是登過記的，他不怕台灣的出版商，但有人得到作者授權在香港出版之後，他在出版（可能用別的名義）或出售該書之前應該think twice〔三思〕。此外，你應該寫一篇序，兩篇短文解釋〈連環套〉和〈創世紀〉為什麼沒寫完，現在為什麼給人尋了出來不得不發表等等。然後這兩篇小說以及〈談看書後記〉一文請立刻寄來，以便發下去排，同時也是為了搶時間。委託書一到我就會同他們辦理合同和稿費事宜。

你的短篇小說集我想應該包括〈五四遺事〉和〈色，戒〉，比較up-to-date〔新〕一點，同時總要有一篇新作品，否則不會引吸人來購買，尤其皇冠舊書銷了很久，張迷要買的早買了，中心要放在新作和我的comment上，到時說不定我會問你很多問題，以充實內容。匆匆即祝安好。

Stephen

1975一月十四日

張愛玲致宋淇，一九七五年一月十六日

Stephen，

收到一月五日、七日的信，出書的事真是費心了。〈創世紀〉這次轉載沒寄給我，所以我這裏沒有，只好請志清把他那本直接空郵寄給你，已經寫了信去。聽說錯字很多，等看清樣的時候再改。請轉告文化．生活出版社空郵寄給我，當天寄回，不會躭誤，郵費會補還他們。這裏附的廿元是你陸續墊付的郵雜費。〈連環套〉、〈姑姑語錄〉與封面設計另包寄來。最好封面印出來也讓我先看看。〈浪子與善女人〉我還沒收到，想必香港有，可以加進去。〈談看書後記〉也相當長，需要整理，加上寫序，至少要兩三個星期。〈色戒〉你想得非常好。The Siberian Fur Store、平安電影院與那家西點店我都記得——不是飛達，好像叫New Riesling，是我家隔壁的老牌起士林的僕歐或廚師開的——這家鐘錶珠寶店獨無印象。裝修是否平凡的現代化？櫥窗裏的東西相當多，不太藝術化？好的陳列在裏面？那隻鑽戒現開保險箱拿出來？噹噹敲四點的鐘不是老式掛鐘（grandfather clocks）？刺客始終沒露面？我苦於不看間諜片與小說，所以不行。還需要多渥些時。〈二詳紅樓夢〉已經發排，改的二十六頁十一日寄出，不知道可來得及，想必又費事，真不過意到極點，仿彿不知道你忙，給添出這些額外的麻煩。《皇冠》同時登如果有問題，就不必了，我是真的覺得這本《紅樓夢》論文集裏的東西太眼熟不好。第二十八回寶玉稱鳳姐為二姐姐——這稱呼別處也有過一次，一時來不及查是哪一回——大概還是有十二釵之前，賈家的家庭較簡單，即有迎春這人也不一定是賈赦之女，例如惜春原是賈政之女——第五十五回鳳姐與平兒談婚喪用項與探春作她的膀臂，兩次把惜春歸入賈政子女孫兒一起，兩次說迎春是大老爺那邊的，不算，惜春反而算進去。——第二十八回有回前附葉，保留在1754本內的早本總批。吳世昌指出第二十七至三十二回這六回沒有雙行批註，是最後改寫的。大概只是部份改寫，第二十八回是初名《石頭記》的時候就有的。第八回是1754本改寫的，相隔十幾年，所以忘了，描寫寶釵重複。——再談，Mae同你都好？

Eileen 一月十六

宋淇，一九七五年一月二十三日

Eileen：

一月十一日信及補寄來之《紅樓夢》改稿二十六頁二份均收到。紅稿已交出但尚未發遣，所以已經打電話要了回來，並已代你抽換好了。

一月十七日的信及封面設計今晨收到，〈連環套〉和〈姑姑語錄〉反而於今日下午收到。又，《幼獅》十二月號有炎櫻著你翻譯的〈浪子與善女人〉是否也可包括在內？現在還欠缺的是：

創世紀

談看書後記

序

希望你能陸續寄來，以便發排。平鑫濤處我已去信，他性急得很，居然打長途電話來，一口答應，並且《紅樓夢》一稿他希望能在《聯合副刊》登出。這樣也不錯，讓他們大家搶一下，把你的身價抬高。我這兩天老是咳嗽，精神不濟，只好先筆此一短信。祝好。

Stephen

一月廿三日

張愛玲致宋淇，一九七五年一月二十八日

Stephen，

收到廿三日的信，志清也來信說正病着——ulcers〔潰瘍〕——但是〈創世紀〉已經寄出，想已收到。那一期的《文季》有篇署名迅雨的舊文，志清說他很感興趣，大概想留着。我想這本雜誌即使能還他也一定很髒，也許托人另買一本，請告訴我是第幾期。序與〈談看書後記〉昨天寄出，附

條說《張看》的清樣全不必自己看了，是擔心時間上實在來不及，要是可能的話還是最好寄來，連封面在內，都作為普通空郵信件，比空郵印刷品又快一點，我會到郵局外的郵筒寄回來。〈浪子與善女人〉當然可以收入這集子。與皇冠出的書統一化，由他們經銷，我覺得是非常理想的安排。〈二詳紅樓夢〉登在《聯合報》上也合適。——幸而改稿寄到《明報月刊》還沒發排。這一向為了我這些事忙個不完，又趕在不舒服的時候，我是真不過意。好容易告一段落，請不要寫信了，等好了有空的時候再寫。希望咳嗽好多了，Mae也好——

Eileen 一月廿八 1975

宋淇，一九七五年一月二十九日

Eileen：

夏志清寄來《文季》雜誌一冊，內轉載你的〈創世紀〉，告訴你一聲，免得你再去催。

現在只缺：

短序

談看書的後篇

炎櫻一文的譯文（已有，是否要include〔收錄〕？）

目錄表

〈創世紀〉一文錯字很多，夏志清已在上面一邊看一邊找出來不少。看上去，這回非請你自己親校一次。其餘各文是否也要全部親校，盼告知。即祝

安好。

Stephen

一月廿九日

《文季》轉載迅雨批評你的文章一文，唐文標識夏志清不知迅雨為誰，其實，迅雨即傅雷的化名，記得我第一次見你時提過。

張愛玲致宋淇，一九七五年一月二十九日

Stephen，

昨天寄出一封信後，就想起《文季》是季刊，大概是最近一期，至早是上一期，反正是有〈創世紀〉的，不會買錯，所以又補張便條來，免得你特為來信告訴我第幾期。希望你好多了，精神也復原得快，Mae也好。

Eileen 一月廿九 1975

張愛玲致宋淇，一九七五年二月六日

Stephen，

收到廿九日的信。序與〈談看書後記〉廿七寄出，與廿八、廿九的信與便條想都已收到。就請光只寄〈創世紀〉清樣來讓我校一遍。如果可能的話，序與〈後記〉——因為是手抄的——與封面也最好寄來，來不及就算了。〈浪子與善女人〉當然可以收進去。我不記得傅雷用「迅雨」筆名，又不知道《文季》轉載的那篇舊文是書評評我的，所以沒想到就是傅雷寫的那篇。已經寫信去托皇冠代買一本《文季》寄給志清，因為托任何個人都不讓付錢，只好托雜誌社。我又在〈二詳紅樓夢〉末尾加上四頁補漏洞，抄了三份寄來，但是如果哪一處已經全部發排就算了，如果還來得及的話就請代轉去。這絕對是最後一次添改了，老是麻煩個不完，真不好意思。你這向咳嗽精神差，請不要再特為來信，更使我過意不去。趕緊去寄出，匆匆祝你們倆都好——

Eileen 二月六日 1975

張愛玲致宋淇，一九七五年二月十日

Stephen，

七日晚上剛看到十二月號《幼獅》上的〈浪子與善女人〉，我完全忘了炎櫻這篇散文裏有她寫給胡蘭成的一封信，光是她替他取的名字也已經譯得肉麻得毛髮皆豎。你屢次信上問這篇能不能收進去，我一直當是因為是譯著。趕緊打電報，此地又沒有拍發電報的地方可去，要打長途電話dictate〔口述〕。今天收到一份電文副本，錯得一塌糊塗，也不知道可看得懂。Preface成了presser——〈自序〉裏有一句：

還有兩篇短文〈姑姑語錄〉與〈浪子與善女人〉。

請改為：

還有一篇短文〈姑姑語錄〉。

〈浪子與善女人〉發排了再抽出，這麻煩確實把我嚇呆了一會。這些天來一直疲勞轟炸，把你們攪得雞犬不寧，實在內疚得厲害。我信上說你忙得好容易告一段落，也知道沒那麼容易，那兩份上月的與backdated〔回溯〕（我寫錯了postdated）的委托書不見得堵得住盜印。我後來信上也沒提，因為怕你又需要特為來信告訴我，我又不是急着等信。現在決定除了〈創世紀〉，別的都不用自己校清樣了。封面也不用看了。今天陰曆除夕，正好給Mae與你拜年。希望咳嗽好多了。

Eileen 二月十日 1975

張愛玲致宋淇，一九七五年二月十五日

Stephen，

剛收到一本《文季》，趕緊把〈創世紀〉校了寄來。現在《張看》全書都可以不必寄清樣給我了。十日的信想已收到。匆匆祝Mae與你都好——

Eileen 二月十五 1975

張愛玲致宋淇，一九七五年二月十七日

Stephen，

我在譯〈二詳紅樓夢〉之前又重新整理了一下，清楚了些，又補了個漏洞。你編的《紅樓夢》論文集如果不是馬上就快出版的話——我想你這向不大舒服，不知道那兩篇新的寫完了沒有——我等整理完了可以把全文寄來，加上個「Revised 1975 春」。用得着就請寫張字條告訴我一聲，用不着就不要寫了。我十日的信與十五日校對過的〈創世紀〉想已收到。希望Mae同你都好——

Eileen 二月十七

張愛玲致宋淇，一九七五年二月十八日

Stephen，

昨天匆匆寄出一張便條後，才想起彷彿你說過〈二詳紅樓夢〉因為長度關係已經發排了。找出一月五日的信一看，果然「已於昨日發排，」所以趕緊補寄這封信來，請disregard〔忽略〕昨天那封信。前一向因為一直忙着趕着，是真忘了你信上那句話，一直印象中《新紅學論文集》出版還有些時候，不然也不會兩次寄添改的稿子來，一定費事得不堪設想。在你事煩而又精神不大好的時候還又給添出這些麻煩，是真太不對。後改的那些儘可以都歸入〈三詳〉裏面。現在就去寄信。希望咳嗽好了，Mae也好——

Eileen 二月十八 1975

宋淇，一九七五年二月二十二日

Eileen：

一月廿八、廿九、二月六日及附《紅樓夢》稿、二月十日及十八日各信均收到。所提各事差不多都已做到，情形如下：

（一）〈再詳紅樓夢〉尚未付排時，即索回原稿，照你補寄來的依先後次序排列妥當再發給他們；

（二）志清寄來的〈創世紀〉已收到，他信中也說正病着，尚未回信。

（三）〈浪子與善女人〉已取回，請放心，序中數字將來看清樣再改，或有機會見到他們編輯時請代刪。這事在接到電報後即以電話通知。

（四）〈再詳紅樓夢〉的最後一段仍有機會補上，因為還有二篇沒有發下去排。

新年期間文美發感冒，有高熱，咳嗽到現在還沒有好，上海人所謂「牽絲扳藤」，真討厭。我除了咳嗽之外，尚無其他毛病，但也精神不濟。

現在出版社有了變化，老闆已經拿錢出來印了二十多冊書，預備同《星島日報》合作，《星島》方面鑒於市民購買力大成問題，三日之糧都無法顧到，那有餘力來顧到精神食糧？所以臨時打了退堂鼓，老闆一定要有一張報作後台，以便宣傳，所以現在另在進行其他合作對象，希望不致有問題，但有delay則為已成事實，他正在心煩神亂之際，我也不便為自己的事催他。

香港是殖民地，政府無錢無力，完全要仰仗別人，恐怕要等到美國、西歐、日本恢復之後才有重新抬頭之日。來日大難，老百姓唯有忍耐咬緊牙關苦守。這次的蕭條想不到會對香港打擊如此之重大，尤其是過年前後，真是慘不忍睹。別再說喪氣話了。又Hawkes〔霍克思〕譯《紅樓夢》真是一絕！你不妨看看，第一冊已由Penguin出版。即祝　好。

Stephen
Feb 22/75

不要忘記下次便簽中告訴我《張看》的目錄，（即先後次序）

張愛玲致宋淇，一九七五年三月六日

Stephen，

我知道你不過是咳嗽，精神不大好，但是如果照常辦事之外再添上別的麻煩，也夠頭疼的。收到二月廿二的信，才鬆了口氣。Mae感冒發高熱，也嚇人，這些感冒有時候可以很嚴重。咳嗽老拖着沒好，也是使人着急。她以前有點貧血不知道好了沒有？《張看》目錄照你擬的那樣很好，我忘了提起。出版社方面的波折我不大放在心上，因為現在的市面是這情形，我自己無能為力的事全都置之度外，球打到我這邊才急起來。台灣有個新開的遠景出版社沈登恩寫信來，我早已回掉了，又來信說出版胡蘭成的《山河歲月》，叫我寫序，又要替我出書，「蘭成先生可以代寫篇序。」——胡蘭成現在不寫信來了，上次托了個我不認識的來美國的人寫信來，大概不過借此招搖。——我先一直沒理，只把遠景此後寄來的書原包退回去。昨天又收到沈登恩的信，附寄胡蘭成在《中國時報》上的《人子》書評，說還要評〈談看書〉。我實在忍無可忍，把以前寄來的書也都寄還，回信告訴他「非常抱歉，不擬委托貴社出書。承寄贈書籍剪報都已璧還，胡君寄來的一本也請代轉去。」（這一本稱漢學為「華學」，我只看了他一個女學生寫的跋，也學的一口怪腔，末句是「先生的事，是大人的事。」看得哈哈大笑）又向他解釋空郵大概郵局退還也用平郵，所以還沒寄到。Hawkes譯的《紅樓夢》第一冊，過天在圖書館填卡去向總館借。我一向沒有買書的習慣，在此地更完全倚賴圖書館。希望你們倆都咳嗽好些了。

Eileen 三月六日 1975

宋淇，一九七五年三月十五日

Eileen：

二月十日信及附來之〈紅樓夢補稿〉、二月十五日信及校正過的〈創世紀〉以及三月六日信均先後收到。〈補稿〉和〈創世紀〉尚未交給他們，不過已通電話，因為有了delay，相信一定來得及，不致有問題。

我在一月五日內代擬的目錄是：

（一）連環套
（二）創世紀
（三）談看書
（四）憶胡適
（五）談看書後記

〈姑姑語錄〉一文並未包括在內，我認為應放在（三），（一）與（二）是未完成的小說，以後是散文，〈姑姑語錄〉寫成時代最早所以應放在另三篇之前。如果同意的話，請你覆信時證實一下。

目前既然有一個喘息的機會，我想你應該寫一篇短序，解釋一下為什麼出這樣一本書，因為香港讀者並不知道唐文標在「盜墓」，並掀起一股張愛玲熱潮，《書評書目》，一本朝氣勃勃的新雜誌連登兩期：評〈唐文標的論張愛玲的早期小說〉，替你辯護，同時因此一來，你的短篇小說集就此上了《書評書目》三月一日的暢銷書之列，名列第九，這倒要多虧唐文標了。

講起暢銷書，梁實秋寫了一本《槐園夢憶》，紀念他的亡妻，情感真摯，Mae看了之後立刻讓我也看，認為足可當現代《浮生六記》，因為他的文筆好。可是消息傳來他同韓菁清大談其戀愛，並且已經訂了婚。韓的大名你一定知道，是我們同時代的上海歌后，道地的名女人，起先我們認為韓發的消息，誰知不然，台灣方面訪問他，承認確有其事，並向眾展示手上的紫色戒指。結果這本書不到一個月就再版，因為韓的事一傳出來，銷量大跌。Public是如此的，他們好像感情上受了騙，我倒是替梁老夫子擔心，希望韓不要玩弄他於手掌之上，而最後「刷」他一個大乾吊，老頭兒年已古稀以上，會受不了的。

今天文化·生活出版社的代表來找我，我不知道他們上午會來，所以全部資料都留在家中，結果他們找到我的office來，送來合同兩份及支票一紙。老闆是上海人，他是你忠實的讀者，大概在上海時，他還是個中學生，所以對你特別尊重。其餘的作品和作者一律預支港幣伍佰元，唯有你這冊是例外，預支美金伍佰元。此人頗爽快，上海人所謂「落檻」是也。他現在一時找不到後台老闆，即報館的支持，只得另找出路，比較做起來要辛苦一點。在這種時代肯做這種傻事的人，究竟不多。《張看》一書將來出版歸皇冠，平鑫濤自然會另外給你酬勞，這不過要稍為等一陣了。

我曾經寫信問你《紅樓夢》第八回及第二十八回形容寶釵重複了一次，不知為什麼？程高本注意到這一點，將第八回刪了，照文字是通順了一點，但寶玉到第二十八回才發覺寶釵之美似乎太遲了一點。我覺得有可能是故意的，因為二人終於成婚。而且如果程高本刪改的話，大部份可以從全抄本看到前八十回改的痕跡，而這一段全抄本並沒有動。這一點bother〔困擾〕了我好久，所以曾在一月中將這兩段抄在稿紙上，不見你信中提及。因為我在稿紙的背面寫了一月七日的信，可能你只看了信而沒有看稿紙。請你查一下，如果有意見，請告訴我一聲。

Mae在幫我看Hawkes〔霍克思〕的英譯，其中自不免有疏忽和看錯的地方，可是也真虧他，《紅樓夢》豈是可以隨便譯的？他的長處是英文寫得漂亮，而且從不偷懶和取巧，這種虔誠實在可嘉，當寫一長文。附上合同請保留一份，另一份及收條請寄回。祝安好。

Stephen
三月十五日 1975

張愛玲致宋淇，一九七五年三月三十日

Stephen，

〈姑姑語錄〉排在兩篇舊小說後，再妥當也沒有。文化．生活破格預付五百美元版稅，當然也是因為你上次跟他們說過。前些時我寫過一篇《張看》自序，與〈談看書後記〉一起掛號寄來，因為省時間，沒留副本。序裏提起這兩篇小說的來歷——稱為「盜墓」真切合雋妙，可惜不敢就這麼用上去——也沒提唐文標的名字，只說「有人在加州一個圖書館裏發現四〇年代的一些舊雜誌」。現在我想詳細點，改寫了一段附寄來，原文沒留底稿，只好請代安裝上去。如果現在時間上來得及的話，這篇序與〈談看書後記〉因為是原稿，字不大清楚，還是最好讓我自己校一遍，封面也讓我看看。你說叫Mae幫你對Hawkes譯的《紅樓夢》，我覺得也許你有些事務也可以交給她代辦——當然我這大概是外行話——替你分勞，她也更有個寄托，才盡其用，比出去做事精神上的報酬也高些。你頭一次提起《紅樓夢》第八回與二十八回重複的描寫，附了張稿子，我下一封信就說過，大概不清楚，所以你沒有印象。大意是第二十八回來自早本，總批「自聞曲回以後回回寫藥方……」而今本只剩此回有黛玉的藥方。回內寶玉稱鳳姐「二姐姐」（庚本第640頁）——另有一回（回數一時查不出）也這樣稱她，可見不是筆誤，而且兩次各本相同——是像「三弟妹」改稱

「三妹妹」，較大方，所以稱「二嫂」為「二姐姐」。但是有迎春就不能稱鳳姐「二姐姐」。大概最初的《石頭記》賈家家庭較簡單。第五十五回鳳姐與平兒談婚喪用項，與管家務的人才，兩次聲明迎春不是這邊的人，不算，反而把惜春算進去，歸入賈政子女、孫之列，顯然惜春原是賈政之女，也許是周姨娘生的。迎春是正出庶出，第二回與第七十三回衝突，大約第七十三回是後改的。書名改為《金陵十二釵》之前，可能姊妹較少，改名《十二釵》後才添上迎春，湊足十二釵。所以第二十八回描寫寶釵的時候，還沒有迎春，還沒改名《十二釵》——在「十載五次增刪」之前，約1740左右。1754本改寫過第八回——見〈二詳〉——相隔十幾年，所以忘了用過這兩句描寫寶釵。〈二詳紅樓夢〉我整理過了再譯，大部份都改寫或挪動過，也有些新材料。另包寄來，希望你能有工夫再看一遍，看是否清楚些。上次當然怪我匆匆寄出，沒多擱些時再看看。但是這篇東西從1968起已經通篇改寫過好幾次，實在沒想到還需要加工三月。如果還來得及補救的話，要是能把全文拆了重排，讓我出第一次的排工。我知道現在一定很貴——請告訴我大約多少——但是覺得值得，因為與這篇東西的可信性有關。改完了才知道混亂的程度，再等〈三詳〉補寫已經來不及了。韓菁清當然記得，梁實秋只知道是五四遺老，沒曉得寫得這樣好。這段故事真有興趣。希望你們倆咳嗽都好了。

Eileen 三月卅日

又及。

附合同、收條。〈二詳〉還寄來兩個副本，用不着就先擱在你這裏。

張愛玲致宋淇，一九七五年四月二十五日

Stephen，

這話簡直說不出口——我一譯〈二詳紅樓夢〉，當然就又發現好些毛病，改了四十頁需要抽換，另包寄來三份，關於甄家與空空道人的部份也都刪了。自從年前沒多擱些時就寄了來，鑄成大錯，此後一直忙着趕着補漏洞，唯恐來不及——這次看得非常仔細，絕對是最後一次了——一次次讓你費事，實在太說不過去，惟一的藉口是不改也帶累你編的集子，真是害人不淺。如果能重排，千萬告訴我排工大約多少。我現在看出〈色，戒〉的癥結在她不應當帶着戒指逃走——是我這樣寫，你從前並沒提——因為她放他走是看他買那麼大的鑽戒給她，覺得他是真愛她；她帶着戒指走，心理曖昧，彷彿不過是得錢買放。主題糢糊了。不帶走，就不用預付金條，比較impromptu〔即興〕。要不然，預定在品珍暗殺他，而他預先在品珍買下戒指，陪她去買手錶的時候讓她驚奇一下，似乎沒有本來自然。臨時順便買，也更是豪舉。我也還需要多想想。你隨時想到什麼請告訴我。現在要趕緊到複印店裏去，不寫了，希望Mae和你這一向都好——

Eileen 四月廿五 1975

宋淇，一九七五年五月八日

Eileen：

四月廿五日信及《紅樓夢》修正稿均收到。

Mae的四姊來港，大家都沒時間，今天下午乘她走了有時間整理一下。一共三份，弄得我手忙腳亂，有幾張搞錯了，急出一身汗來。後來再由Mae幫忙，總算整理妥當。我發現其中P.171只不過謄字少寫了下面的言字，現改為謄，現已照抽換。但P.110僅漏了一「預」防的「預」字沒抄，原稿都早已補上，沒有其他不同之處；P.116刪改之處也完全一樣，早已是現在的模樣；所以這兩頁沒有動，其餘想來沒有問題。希望有時間再看一遍，而我偏偏對這些細緻的考訂最是粗心大意，頗有豬八戒吞人參果的味道。

我的論紅英譯本第一節已發表，當另函附上。此文很長，可能要寫六、七節之多，可笑的地方當然不少，但令人擊節歎賞之處亦頗不少。我的文章中引英文的地方很多，而且都是全引，所以你也不必特地去借英譯來對照。

〈色，戒〉的一點你提得很對，這戒指是拿不得的，一拿女主角的人品、故事的力量完全削弱了。這種問題是要多想想的。我始終很喜歡鐘錶店的背景，時間和音響逼人而來，不過太像電影的效果了。

上次《中國時報》的高信疆來，拼命要拉我的稿，我告以沒有題材，他就說夏志清說你們同張愛玲最熟，何不寫她。我並沒有拒絕，自己試寫了一千多字，越寫越不好，寫得太intimate〔私密〕，好像在挾你以自重，寫得太生疏，又何必多此一舉？我想不寫你，他也拿我沒有辦法，有時keep一個myth也是一個好辦法，讓大家去猜測好了。

出版社第一批發行了四冊通俗的書，成績不錯。可惜星島在發行方面配合得不行，令人沮喪。出版人表示繼續出下去，你那冊書和我編的《紅樓夢》論文集都要出版，只不過時間上也許拖晚一點。我想〈談看書後記〉你可以給《中國時報》，〈紅樓夢〉說不定可以給《皇冠》，但即要在時間上好好配合，一不小心，誰先誰後，就要有人不開心。

夏志清的同學張心滄出版了一冊中國戲劇小說選集，全部由他自己一人譯，其中選了《紅樓夢》的廿三回，黛玉葬花，文筆當然不及Hawkes流利，但較忠實，各有千秋。二人譯寶玉入園後所作四時即事詩均有看錯和誤譯的地方，我想另寫一專文論這四首詩的譯文的比較。照理中國人應該佔便宜，可是一到詩，這margin〔限度〕就narrow〔窄〕得多，《紅樓夢》也是如此，中國人，尤其是年青的南方人，就吃虧不少。最妙的是兩人均不知麝月、檀雲、琥珀、玻璃叫的也是丫環之名。張還把侍兒看做茗煙，「侍兒扶起嬌無力」都忘了，真是荒唐。志清說張在劍橋極不得意，所以寫了一篇書評大捧他，我因為實在無法為違心之論，所以只寫了一篇短文介紹張的書。志清為人忠厚，對朋友尤其熱心，這種人真是難得。

Hawkes將多渾蟲的老婆多姑娘譯為the Mattress，令Mae同我為之拍案叫絕，真是虧他想出來的，趁想起來連忙寫下來告訴你。我們身體都很好。即祝安好。

Stephen
1975年五月八日

張愛玲致宋淇，一九七五年七月十八日

Stephen，

五月八日的信與《紅與綠》都收到。《紅與綠》講得對極了。我印象中「紅樓」與「朱樓」相同，不一定是主人的女兒住的。仿彿書中（是脂評？）有句詩「正是紅樓掩面人」也像是妾侍。英譯《石頭記》此地公共圖書館大概沒有，想必因為是英國出版的。好在遲早總會看見。多姑娘的名字譯得真好。這兩個月我一直在忙着寫長篇小說《小團圓》，從前的稿子完全不能用。現在寫了一半。這篇沒有礙語。〈色，戒〉背景用鐘錶店非常好，不過這篇東西現在放在back burner（次要位置）上，沒去想它。〈二詳紅樓夢〉也還沒譯完。我很高興你沒替《中國時報》寫關於我的東西。我在《小團圓》裏講到自己也很不客氣，這種地方總是自己來揭發的好。當然也並不是否定自己。朱西甯如果向你要我的傳記資料，請告訴他我要求你不要供給，不便拒絕我。這一期《皇冠》（#256）上引杜魯門總統的名言「鹿死我手」（「The buck stops here」）——第127頁〈包可華專欄〉——應當歸入你和Mae關於翻譯的笑話之列，萬一你們沒看見。這一向你們倆都好？

Eileen 七月十八 1975

宋淇，一九七五年七月二十九日

Eileen：

你的《紅樓夢》一文，我已同《明報月刊》商量，他們願意登載，可是我說你堅持非要自己作最後一校，他們也已答應，可是如此要到十月份才能開始刊載，恐怕至少要分二或三期登完，因為全文實在太長。台灣方面我想不如給《皇冠》，因為上次也是給他們的。但我一定要先得到你的同意，希望他們也拿最後校樣寄上，並也在十月份登出。聽說你又在寫小說了，實在是好消息。我的〈論紅樓夢〉英譯要到十二月底才可以登完。正好配合你的文章。便中請賜一箋。匆匆即祝安好。

Stephen
75 七月廿九日

張愛玲致宋淇，一九七五年八月八日

Stephen，

我大約一星期前寫了封信來，也許你剛寄出月底的信就收到了，剛巧錯過。我對那篇東西在台灣登在《皇冠》上的事沒有意見，所以忘了提。這樣安排當然好，匆匆補張便條來。霍譯《石頭記》終於借到了，還沒來得及看，《小團圓》越寫越長，所以又沒有一半了。過天再談。Mae與你想必都好——

Eileen 八月八日 1975

宋淇，一九七五年八月二十八日

Eileen：

收到八月八日來信。

你的稿件我現支配如下：

〈談看書後記〉（《明報月刊》及《中國時報》同在九月一號刊出，因後者曾登過上篇）

〈二評紅樓夢〉（《明報月刊》及《皇冠》，希望在十月號刊出，我已通知他們你堅持要看last proof〔最終校稿〕。）

《皇冠》和《中國時報》希望你能直接同他們聯絡稿費。《小團圓》越寫越長，小心變成《大團圓》〔。〕附上剪報兩份，其一的小說一篇顯然是冒名，想不到古物出土後，你又成了「大熱門」了。

Stephen

1975 八月廿八日

宋淇，一九七五年九月十一日

Eileen：

十八日的來信收到。《紅樓夢》的小錯實在太多，舉不勝舉，但他的出發點甚好，犧牲牛津大學講座教授的名位而預備花上十二年至十五年來譯完全書，其志可嘉。而且他的英文實在好，有時令人覺得傾一生之力也未必能達到他的流暢地步。你指出各點極是，其中大部份我們都已注意到，而文章中卻沒有提，因為太瑣碎了。但你指出的「單弱」二字卻忽略了，實在錯得該打。美國一本小雜誌有一篇書評寫得很合體，雖然他指出的錯有點可以debate〔辯論〕的餘地。現打出一段給你看看。

「盜古墓」的人，再加上水晶和唐文標的瞎起轟，把你弄成一個大熱門。台灣去年因紙貴，印刷費大漲，出版事業大受影響，但今年頗有好轉，大家都在搶稿搶人。我寄了一份你的〈談看書後記〉給《中國時報》的高信疆，他居然打了一個長途電話給我道謝。我寄了一份《紅樓夢》稿給平鑫濤，他尚未收到，因為是平郵，他急得不得了，我信中透露了一點消息給他，說你正在寫長篇小說，將來出單行本大概會仍舊給皇冠，因為你在這方面很是念舊，將來連載權給誰就不得而知了。他居然一出手先付你$3000美金，真是出手浩大。可笑你動也沒動，經我稍為寫兩封信，就此其門若市，真是大轉其運了。說不定為了配合起見，我可能寫一篇給《幼獅》講一講你，當然不會涉及太私人的事，但他們捧你最少，雜誌也頗有讀者和份量。趁這個機會，應該好好把握一下。而自己可以隔洋觀火，自己絲毫不用get involved〔牽涉其中〕，真是非常有趣的事。一個作家差不多已冷卻了多年，而現在卻來了一陣邪氣的revival〔復甦〕，也可以說是文壇少見的事。徐訏、周作人等人真是到老還是沒有人理，當然我從未有意將你和他們比。附上亦舒的短文，她是道地的張迷，寫寫小品頗有性格。祝好。

Stephen

1975 九月十一日

張愛玲致宋淇，一九七五年九月十八日

Stephen，

《小團圓》因為蘊釀得實在久了，寫得非常快，倒已經寫完了。當然要多擱些天，預備改，不然又遺患無窮。平鑫濤那三千美元是預付連載稿費，作二十萬字算。我告訴他絕對沒有二十萬字，連十萬字都還是個疑問，好在就快了，還是到時候再算字數。我因為沒工夫去郵局，支票撕了寄還，沒掛號。前後寫了三張便條解釋，想必他不會誤會。這篇小說有些地方會使你與Mae替我窘笑，但還是預備寄來給你看看有沒有機會港台同時連載。如果沒有，就請空郵寄給平鑫濤，《皇冠》早點連載完了，可以早點出書，乘台灣還在，賺兩文版稅。上次〈三詳紅樓夢〉我當然贊成平郵寄去，而且要與香港刊登得合拍。上次寄來的廿元郵雜費似乎沒兌現，也許不在手邊，再寄了一張來，省得費事找。平鑫濤又建議〈談看書〉等出本散文，我告訴他都包括在文化．生活預備出的集子裏，如果擱淺了，他要是有興趣就跟你商議，我都托了你全權代理。〈談看書後記〉登在《中國時報》上很好。我不跟他們講價錢，根本不通信，登了也還沒寄來。我想我對《紅樓夢》的看法跟你有點不同，因為我自己寫小說，所以注重對白，認為這種地方是這本書的神髓。Hawkes的英文當然好到極點。——要在郵差來之前下樓去寄信。Mae和你都好？

Eileen 九月十八 1975

張愛玲致宋淇，一九七五年九月二十四日

Stephen，

收到八月廿八與九月十一的信後寫了封信來，想必也已經寄到了。我因為這篇難產多年的小說好容易寫了出來，簡直像生過一場病，不但更瘦得嚇死人，也虛弱得可怕。因為血脈不流通，有時候一陣陣頭昏，前兩天在街上差點栽倒。——我非常注重健康，每天工作的時間也不長。——所以會忘了平鑫濤那張支票是bank check，剪成八片寄還，闖下大禍。如果還有辦法可想，貼水無論如何讓我出，請代轉達。還有更可笑的，因為常天天解決一個故事上的問題，這一向覺得時間特別長，日子過得特別慢。我收到支票就去信問，說我能不能撕了寄還，以為他隔了些時沒回信是不好意思叫我寄回來，其實人家馬上回信。也沒查一查日期，就趕緊寄去了，簡直神經。希望這都是暫時的現象。匆匆寄出這封信——Mae和你都好？

Eileen 九月廿四 1975

張愛玲致宋淇，一九七五年九月二十六日

Stephen，

我廿四日的短信想必收到了。昨天我好好的補了封信給平鑫濤道歉，解釋是因為這篇小說難產多年，所以乘着這股子勁拼命趕，趕出事故來。又告訴他托你轉達支票貼水的話，但還是自己寫封信去懇切些。如果沒有辦法可想，就請他陸續在我的稿費與版稅裏扣除三千美元。你如果還沒給他寫信，可以用不着跟他提這事了，除非他對你抱怨。你前兩次來信正替我高興，又被我搞得一塌糊塗，對你也覺得抱歉。《小團圓》擱了些天，今天已經動手抄了。我小說幾乎從來不改，不像論文會出紕漏。我沒忘記你上次急出一身大汗的情形，實在耿耿於心，但是這次不久就寄來，我想不要緊。《明報月刊》還有那篇奇長的〈二詳紅樓夢〉要登，別處如果沒有合適的刊物可以香港同時登，就請轉寄平鑫濤，反正要給你與Mae過目一下。

Eileen 九月廿六 1975

宋淇，一九七五年十月十日

Eileen：

連接你八月八日評Hawkes譯《紅樓夢》、九月十八日、九月廿四日和九月廿六日的信。你評Hawkes的那些地方，我們已經注意到了，可是覺得其中有些只是很minor（不重要）的地方，在文中不值一提。但是你也看到了好幾處是我們忽略的。最近連着三期我都是在批評他的缺點，已經有人

在說我太苛求了。如果連所有稍為可以疑問的都指出來，可能文章比現在還要長一倍。我覺得他最大的問題是事先沒有請一個有資格的中國人看一遍，然後才去付印——這未免太託大了一點。他寫過兩封信給我，措辭非常謙虛和得體，並不是一個固執和自以為是的人，這一點尤其可以惋惜。

關於你的文章的事最近發展如下：

（一）《張看》一書已在付印，排印的字體及開本與皇冠叢書一樣，以便將來將紙型讓給皇冠，由後者出台版。最後一次的proof〔校樣〕他們會寄給你的。

（二）〈二詳紅樓夢〉一文已交《明報月刊》及《皇冠》，二者都願將proof寄給你作最後一校。

（三）看書後記，《明報月刊》分九月、十月兩期登完，《中國時報》則在九月一日、二日、三日登完。我會分別寄上。《明報》大概會將稿費直接給我，一如以前。《中國時報》則我從來沒有同他們打過交道，你看是你自己直接去信還是要我去信？便中請告知。

（四）平鑫濤最近沒有信來，支票的事不必再提，因為你寄給我的二十元美金足夠有餘。《小團圓》香港連載的可能性不是沒有，如果《皇冠》登了之後就甚為困難。不如我去信給平，由他多付你一點稿費好了。

你身體千萬要小心，大概你平時好久沒有一口氣寫作了，以致趕出病來，我們總歸擔心你平時營養不足。即祝安好。

Stephen

1975年十月十日

張愛玲致宋淇，一九七五年十月十六日

Stephen，

十月十日的信收到。《中國時報》已經寄來三百八十多美元稿費。《小團圓》好幾處需要補寫——小說不改，顯然是從前的事了——我乘着寫不出，懶散了好幾天，馬上不頭昏了。看來完稿還有些時，最好還是能港台同時連載。加稿費也許平鑫濤要顧慮到瓊瑤——他的staple〔主要作家〕。醫生總是一看就認為我營養不足，一查又發現吃得太富營養，有風濕病的傾向（老太爺常有的病），所以改吃魚、avocado〔酪梨〕等，澱粉質多吃不消化。我不是打腫臉充胖子，是真的不省在吃上。趕寫《小團圓》的動機之一是朱西甯來信說他根據胡蘭成的話動手寫我的傳記，我回了封短信說我近年來儘量depersonalize〔淡化〕讀者對我的印象，希望他不要寫。當然不會生效。但是這篇小說的內容有一半以上也都不相干。我明白你與Mae對Hawkes譯《紅樓夢》的看法。我是對自己人隨便講慣了的，千萬不能當樁事。我沒有預期你寫進去，自己也一點都不想寫。《幼獅》常寄來，等你寫的關於我的一篇刊出的時候一定會寄來。《皇冠》上的〈二詳紅樓夢〉我已經校過了清樣。這向你們倆都好？

Eileen 十月十六 1976

宋淇，一九七五年十月十六日

（朱西寧）如果向你要我的傳記資料，請告訴他我要求你不要供給……

7/18/75

《小團圓》越寫越長，S說「小心變成大團圓」

8/28/75

說寫完當然要多擱些天，預備改，不然又後患無窮。

9/18/75

9/26/75《小團圓》擱了些天，今天已經動手抄了。我小說幾乎從來不改，不像論文會出紕漏。

10/16/75　寫《小團圓》的動機

趕寫《小團圓》的動機之一是朱西寧寄來信說他根據胡蘭成的話動手寫我的傳記，我回了封信說我近來儘量depersonalize〔淡化〕讀者對我的印象，希望他不要寫。當然不會生效。但是這篇小說有一半以上也不相干。

張愛玲致宋淇，一九七五年十一月五日

Stephen，

《明報月刊》把〈二詳紅樓夢〉原稿（副本）寄還給我，不知道是不是誤會了，要看清樣當作要原稿？《皇冠》清樣錯字很多，《明報》校得比較仔細，但是仍舊希望還來得及寄來——如果是纏錯了的話。你只要問一聲，不用再特為告訴我了。前一向因為乘着那股子勁趕小說，來信也都手忙腳亂，也沒提起你給《中國時報》那封信寫得非常好[64]。我想以後不如就照西方代理人一樣全權處理，不要特為寫信來問我，省點時間。我從來又沒什麼意見，除了覺得在這情形下也不能再好了。錢最好也經過你那裏，當然這一點如果麻煩就算了，我每次收到錢告訴你一聲。匆匆寄出——Mae與你想必都好。

Eileen 十一月五日 1975

張愛玲致宋淇，一九七五年十一月五日

Stephen，

上月底文化·生活寄《張看》清樣來，說希望元旦出書。我校了寄還後，昨天忽然想起來《幼獅》八月號上又登了篇水晶找出來的〈論寫作〉，我1944的短文，還可以用，就直接寄了去，請他們來得及的話就加在《張看》末尾，不用寄清樣來了。照理應當排在中部，《中國時報》天天空郵寄來，原來是推銷海外版，贈試閱。另外又自十一月三日起，每週空郵一包國內版來。胡蘭成自從報上有人罵，《山河歲月》書名與作者名字都改了，投稿也化名。附上剪報是十月卅一日《時報》，我勾出的幾句是夾七夾八罵我的話，指〈我的天才夢〉末了講的痛苦。好在讀者不會知道。看來《時報》沒有惡意，連載《小團圓》還可以是個alternative〔替代方案〕。這張剪報不用寄還給我。Mae和你想必都好——

Eileen 十一月五日 1975

宋淇，一九七五年十一月六日

Eileen：

十月十六日信收到。

《小團圓》在香港登載頗有問題，雜誌中除了《明報月刊》外，其餘水準都不高，而《明月》根本不考慮登連載的小說。唯一的辦法就是通知平鑫濤在《聯合報》上連載，我此地替你找一家報紙連載，那麼他沒有辦法，因為瓊瑤也如此試過。現在稿子在你手裡是你兇，因為你不知道最

64. 張愛玲〈談看書後記〉在《中國時報》發表後，宋淇曾致函與報社打交道，並洽談稿費等事。

近產生搶你的稿的情形，要是你交給《中國時報》連載，他一點辦法也沒有。

〈談看書後記〉分上、下兩期登完，《明報月刊》已給了我一次稿費，才三百元，合六十元美金，我想等下一次來了，一同寄上。講出版事業，台灣比香港蓬勃多了，因為人口多，讀書風氣盛，一本暢銷書賣幾版不足為奇。

「紅樓夢」《皇冠》已有預告，《明報月刊》早就給了，比《皇冠》早拿到手，怎麼會校樣尚未寄到？等一會打電話問一下。

最近RTV有人找我要想買你的小說的電視改編權，現在香港有了三個電視台，短劇甚為吃香，《啼笑姻緣》和《浮生六記》自不在話下，瓊瑤，甚至於梨華的《變》也改編了。你的成為熱門人物大概又使他們想了起來，他們表示興趣的是

《半生緣》——願出價$2500或$500美金（不到一點）

《怨女》——願出價$2000或$400美金（不到一點〔〕）

我告訴他們《怨女》改編不易討好，還不如直接根據〈金鎖記〉改編，但他們居然不知道你還另有短篇小說集，也不知其中有以香港為背景的短篇。我的意思是這價錢也不算太低，但既然是offer，我們不妨bargain〔討價還價〕一下：計

半生緣
怨女——或金鎖記
小團圓　　各$4000（加倍似乎太厲害）
一爐香
傾城之戀　　$3000

其餘短篇小說為$2500，至少買兩隻，其他的他們有先購的option，如果別人offer同樣價格的話。他們當然有辦法不用你的名字，書名和人物名也改掉。可是如果有這種存心的話，連$2500都可以不給，反正這是bargaining，他們仍可再counter-offer〔來回講價〕。你以為如何？他們曾打電話給皇冠平鑫濤，平說他作不了主，代表人是我，同我接洽的人是正經人，還是後輩。平對你不錯，

同幾位出版商和作家私下compare notes〔比較條件〕，都認為平對你的條件是異數，想來是他把瓊瑤作為staple，把你作為招牌，同時一種guilty conscience〔感到內疚〕的贖罪表現。我想你可以問他多要點錢，在目前不會成為問題，因瓊瑤早已是美金的百萬富翁了。接此信後即請覆一短信，以便向對方交代。祝　安好。

Stephen
七五年十一月六日

張愛玲致宋淇，一九七五年十一月六日

Stephen，

前天收到《明報月刊》寄來的〈二詳紅樓夢〉原稿，怕他們把清樣誤作原稿，其實不相干，是平郵寄來的，大概不過是週到過份了，請不用問了。我十一月五日的便條上也忘了提收到剪寄的〈談看書後記〉，另一篇剪報看了也有知己之感，儘管那兩篇近作沒能reach〔聯繫上〕他。《中國時報》刊出〈後記〉不寄一份來，倒把胡蘭成化名寫的東西寄來，有一篇有一段罵我。看在稿費份上，我根本不理會這些。不過《小團圓》是寫過去的事，雖然是我一直要寫的，胡蘭成現在在台灣，讓他更得了意，實在不犯着，所以矛盾得厲害，一面補寫，別的事上還是心神不屬。上次信上說你幫我代理的事是the best under the circumstances〔現況下最好的了〕是說不景氣期間出書的困難——我猜想文化．生活出的老舍後期作品銷路不好，也許也受影響，但是也是我想要他們出的。——你這樣忙，還白替我想法子取得優異的報酬，我難道不知道是存心幫我的忙，不過我常常說話會這樣。——Mae和你都好？

Eileen 十一月六日 1975

張愛玲致宋淇，一九七五年十一月十二日

Stephen，

收到十一月六日的信。我上星期連寫了兩封短信來，想必也到了。你擬的改編電視劇的辦法再妥當也沒有——《小團圓》不大可能改編，但是適宜的也還是不知道編出來怎樣，管不了這許多；〈金鎖記〉與《怨女》可以參看，因為後者多出早年部份，本來是電影劇本；集子外的〈五四遺事〉必要的話我可以找出來寄來——請跟他們講講價，看差不多就答應下來，不用再費事問我了。你最初信上講《小團圓》，只說平鑫濤給我三千美元，沒說明是預付單行本版稅。此後平鑫濤寄支票來，說是連載的稿費，所以我誤會了，以為你已經答應他在《皇冠》連載，回信說用不着預付稿費，一言為定，在皇冠登。——所以以後還是全交給你一個人處理，免得出這些亂子——再收到你下一封信，才知道連載的刊物還未定。為了那張支票給平鑫濤寫了幾封信，有一次不該提起《小團圓》這題目，也說不定下一期會有預告。《中國時報》的稿費是他們跟社長說了，特別給我多些。也許你可以告訴平鑫濤。請看着辦好了，我也不是一定要港台同時登。《明報月刊》的清樣還沒寄來。這篇東西他們如果沒興趣也沒關係，請不要跟他們理論。稿費我也不覺得少，因為《時報》算是破格的。——Mae和你想必都好。

Eileen 十一月十二 1975

宋淇，一九七五年十二月十九日

Eileen：

十一月五日信及附胡化名罵你的文章的剪報、十一月五日、六日及十二日的航簡都已收到多時。我沒有作覆，你一定覺得有點奇怪，主要是由於我工作過勞、天氣暴冷、飲食不慎因而三十餘

年前的痼疾——十二指腸潰瘍復發，幸虧發現得早，但已出了不少血。現正照醫生的辦法服藥、休養、改變diet〔飲食〕，頭上一個星期根本躺在床上。此外你的事也沒有太大的發展，都在醞釀中而沒有具體的結果。

最近香港有了第三家電視台，其刺激還小，第二家RTV給TVB打得潰不成軍，換了主持人，力圖振作，把TVB的節目總主任挖了過去，並帶了一批編導、演員過去。此人就是同我接觸要買你小說TV版權的人。他叫鍾景輝，是Yale School of Drama〔耶魯大學戲劇學院〕的畢業生，可以說是香港唯一受過正式訓練的專才，姚克在香港時，曾公開承認論導演他比不上鍾，所以把自己的舞台劇交給他導。自接你的信後，我就同他通了電話，告訴他我們的條件，並說：你們在宣傳時可以宣佈購下張的全部版權，以壯聲勢云云，因為我知道你其他各篇上TV的機會並不大，而且表示我們決不會因為他們想要而抬價，或預備以此向TVB去上生意以抬高價錢。他倒也很客氣，因為他自認為我的後輩，覺得我的話很合情合理，但他要到明年二月才合約期滿，正式加入RTV，所以還得refer to〔請示〕那邊的負責人。我表示得很冷淡，並不急於脫手，要就是這價錢，並不是賣菜，可以討價還價。結果昨晨打電話來云決定照我們的條件，先買《半生緣》，其餘幾個則要等幾位編導細讀之後再行決定，因為如果他們不喜歡，拍出來不會好。再過半小時RTV的負責這一部門的何太太打電話來，云完全同意我們的條件，就在這兩天內先寄上支票$4000來，消息暫時保守秘密，先出一張臨時收條，其餘等他們的編導有了反應再談。我會先替你收下，然後改買美金支票寄上。〈談讀〔看〕書後記〉上篇有稿費三百元，下篇稿費還沒有來，也在這幾天內，加起來可以有$1000美金以上，因為美金對港幣的rate〔匯率〕跌了很多，這是對你極有利的因素。

平鑫濤有信來，云日本出版界方面對你的作品很有興趣，並表示《小團圓》能在《皇冠》獨家連載最好，提高稿費也在所不惜。問題是《明報月刊》打破習慣，也願意連載。《明報月刊》最近銷路不停上增，已達四萬份，尤其在美國的中國知識份子，幾乎人手一冊。《皇冠》只靠本銷。我想最好是二者俱登，其實並不衝突。平去了日本和美國，要到一月底才返台，如果他在美國找你，你心中可有個底，因為《明報月刊》的讀者水準高，不該失去。

胡蘭成本在中國文化學院教書，給人在《中央日報》一罵，撤了職。我想這人可以利用一下，忽生奇想，說《小團圓》是講他的事，故意讓平leak〔洩漏〕出去，這樣他當然得意，書本身一定「轟」起來了，這種gimmicks〔花招〕美國是家常便飯，對你有利有弊，望細加考慮，因為如在《皇冠》發表，他早晚會大寫其文章，還不如先發制人，利用他一下的好。

Stephen
Dec 19/75

張愛玲致宋淇，一九七五年十二月二十一日

Stephen：

皇冠寄來〈二詳紅樓夢〉稿費八百美元。我每次收到錢總告訴你一聲，免得不接頭。水晶來信借閱《皇冠》轉載的〈我的天才夢〉，我發現這篇老天拔地的東西許多人沒看過，想收入《張看》列在最後，末尾還比〈論寫作〉好一點，另加一小段「附記」，解釋為什麼這兩篇排在最後，「秩序大亂。」所以又把〈天才夢〉寄給文化・生活的戴天，信上提起他上月說日內寄封面來給我看，還沒收到，如果反正已經來不及元旦出版，就再加上這兩篇，清樣仍舊寄來給我校一遍。《小團圓》還在補寫，當然又是發現需要修補的地方越來越多。希望你跟Mae年下不太忙累。

Eileen 十二月廿一日 1975

這封信還沒寄出，收到於梨華的信，附在這裏寄來[65]。我預備回信告訴她托了你全權代理，所以把她的信轉給你了。也許你還可以offer他們〈二詳〉？別的現在沒有。當然以後也許可以與皇冠同時連載《小團圓》。

又及——又：你大概有她的住址。

省得你查。

宋淇，一九七五年十二月二十八日

Eileen：

Dec. 22的航簡及附來的於梨華來信，我前天剛有一封信給她，因為我替她在三年前賣掉了《柳家莊上》的電影版權，對方拍不成，現在她要對方同意將版權revert back to〔歸還〕作者。所以我猜她不日必有信來。

她信中所提出的稿費也頗合理，並不是我們心目中那樣高，因為《明報》即將出美國版，兩家搶稿搶得厲害。在這情形之下，我想只好犧牲《明報月刊》，因為讀者主力也在北美，而且不像《皇冠》專登連載小說，恐怕對皇冠也好說一點。平之這次出你那麼多稿費是我寫信告訴他的，我說請他台灣打聽一下，報紙和出版商願出她多少錢。這裡面還有面子問題，萬一出少了《小團圓》不着杠給人家笑死。我收到《皇冠》一月份的advanced copy〔先讀本〕，已開始登載。《明報月刊》不知會不會趕上？因為是十周年專號，我偏偏病了，沒有替他們寫。祝　新年快樂。

Stephen
Dec. 28/75

65. 一九七五年十二月二十三日，於梨華致張愛玲信件中提及，希望幫《星島日報》文藝版向張愛玲邀稿。

張愛玲致宋淇，一九七六年一月三日

Stephen：

我沒在等你的信，不過每逢有點什麼就寫張航簡告訴你一聲，一直請你沒事就不要特為回信。你的十二指腸潰瘍又發了，真是——！其實一定要寫信的話，讓Mae寫個字條告訴我你不舒服就是了。病後積壓的事多，一定更忙，寫信勞神真不過意。前幾天我寄於梨華的信來，因為年底郵件擠，所以寄快信，好告訴她我是快信轉去的。這些事都不忙。〈二詳〉已經在登，也不可能再給他們。電視劇的事照這樣好極了。平鑫濤這次來美，答應不來找我。《小團圓》因為情節上的需要，無法改頭換面。看過《流言》的人，一望而知裏面有〈私語〉〈燼餘錄〉（港戰）的內容，儘管是《羅生門》那樣的角度不同。我覺得leak〔洩漏〕消息的辦法非常好，反正不過是遲早的問題。於我不利的地方是根本無法避免的。如果紐約《星島日報》的稿費比《明報月刊》多些，也許還是給《星島》《皇冠》同時連載。我知道《明報》的聲望，不過總覺得讀者太多怕影響單行本銷路——已經有皇冠那麼些讀者了。當然還是等到時候請你看情形再作決定。希望多保重，早點復原。Mae好？沒怎麼着急？

Eileen 一月三日 1976

宋淇，一九七六年一月十九日

Eileen：

十二月廿一日航簡，及附來於梨華信之副本已收到。我已有信給她，說你不會反對將小說在美洲版《星島日報》連載，不過目前正在潤色中，多少長和何時可交都沒有把握。同時我問她願意不願意登我寫的〈私語張愛玲〉，發表期大約在三月一日左右。此稿《明報月刊》和《聯合報副刊》都表示極大的興趣。初稿已寫成，約六仟餘字，現正由文美重寫——濃縮、緊湊、加點人情味進去，同時並verify〔核實〕各事的年份日期等，所以總要月底前方可完成。在這過程中，前塵往事都上心頭，如果你不嫌迷信的話，簡直音容如在身邊。帶給我們不少回憶和歡樂。但內容絕沒有香港所謂「大爆內幕」，而且絕對屬於good taste〔有品味〕，有時我的文章過份了一點，文美還要tone down〔改得含蓄些〕。我們發現在你的信中，有不少珍貴的資料——簡直可以寫一本書。退休以後，我們說不定真會寫一本也未可知。一笑。

《半生緣》和《怨女》（包括〈金鎖記〉）的電視版權總算解決，其中免不了來回討價還價，好在我胸有成竹，你急我不急，結果雙方讓步一點，〈金鎖記〉他們認為難改編而不能算長篇，所以只出三千元，而我提出反要求，就是他們的電視版權僅限香港一地，台灣在外，而照我看，台灣的電視台遲早會動你的腦筋，過了一年半載，等到香港在三月份上《半生緣》和七月份上《金鎖記》，台灣方面不會沒有反應，這裡面出入很大。希望你收到這信後，出兩張收據給我，因為我代你簽收，怕將來所得稅搞到我頭上來吃不消。收條分兩張因數目及書名均不同。

〈再詳紅樓夢〉《皇冠》台版已登出上、中兩篇，港版也已登出上篇，《明報月刊》嫌文章太長，完全是考據，怕讀者吃不消，老闆已有話下來，云要多登一點較輕鬆的文字，所以可能看到《皇冠》港版已登之後，會不登也說不定。這種事是勉強不來的。

現附上美金支票一紙，計1400元正，這兩天美金跌價，你便宜了不少。另外尚有一筆小數目是〈談看書後記〉的，下篇的稿費沒有來，收到後再一起算。收據式樣附上，請簽兩份，以清手續。餘下次再談。祝好。

Stephen

76年 Jan. 19

張愛玲致宋淇，一九七六年一月二十五日

Stephen：

收到十二月廿八的航簡與一月十九的信與支票。附上收條二張。電視版權限香港，這一點真是出入很大。附上剪報，裏面有一段故事似乎可以編個短劇，等有適當的時機的時候想請你問這電視公司一聲，我目前也沒工夫。如果他們只用自己的編劇，那就算了。這報我還有一份，不用還我。於梨華的信不是副本，但是也不要寄還。她的賀年片誤寄她的隣家，終於轉了來，也附在這裏。本來稿費還要少些。我也猜到〈二詳紅樓夢〉稿費八百美元是你跟平鑫濤說了，也知道他是為了《小團圓》。又還寄茶食來，我又不會嗑瓜子，很可笑。〈二詳〉上、中都空郵寄來了。我又想起來紐約《星島》是日報，不能讓我自己校對，一定跟《中國時報》錯字一樣多，也擔心稿費的差別讓你對平鑫濤覺得不好意思。我上次的航簡欠資退回，補了又誤寄給我，所以一再躭擱。萬一沒寄到，裏面說我覺得leak消息的辦法非常好。你講你們看從前的信，一切恍在目前，情調真濃。我怕re-live experiences〔重新體驗過去經歷〕，不管是愉快還是不愉快的。但是當然是好材料，希望你們真有一天會寫本書。看Mae信上你已經好全了，非常高興。

Eileen 一月廿五 1976

張愛玲致鄺文美，一九七六年一月二十五日

Mae，

真可笑，我老是在腦子裏聽見自己的聲音長篇大論告訴你這樣那樣，但是有事務才寫信，所以只寫給Stephen。也是因為耗費時間的例行公事越來越多，裁了一樣又出來一樣，如右手經常有點皮膚破了不收口，不能下水，只好什麼都是左手做，奇慢。也想起你訓練右手代替左手，真有

毅力，我沒聽見別人有辦得到的。我對女人有偏見，事實是如果沒遇見你，在書上看到一定以為是理想化的畫像。Stephen這次又發十二指腸潰瘍，我正希望你沒太着急，急得出了accident〔意外〕——是這種情形下會出事的。你們現在的生活環境真是清福。爬山最好了，比走路有益。我也喜歡花，沒有green thumb〔精通園藝〕，偶有盆栽也很快的死了。三藩市有個花攤子設在小板車上，走過總狠狠的釘兩眼。都是些草花，有種深紫藍色的在燈光下堆成花山，走過一陣清香。美國放了這些「華青」不良少年進來，像瑯瑯這樣的人才倒這樣麻煩——！琳琳倒已經快二十九歲了！我不贊成你再「學習」，覺得你除了多譯點書，最好能找點需要待人接物的技巧的事做。當然我知道難找，需要顧到Stephen的地位。我小時候因為我母親老是說老、死，我總是在黃昏一個人在花園裏跳自由式的舞，唱「一天又過去了，離墳墓又近一天了。」在港大有個同宿舍的中國女生很活潑，跟我同年十八歲，有一天山上春暖花香，她忽然悟出人世無常，難受得天地變色起來。對我說，我笑着說「是這樣的。我早已經過了。」其實過早induced〔歸納出來〕的是第二手，遠不及到時候自己發現的強烈深刻，所以我對老死比較麻木，像打過防疫針。那年Stephen來信說他病勢多麼險，我也像是沒有反應似的。《小團圓》情節複雜，很有戲劇性，full of shocks〔充滿驚人事件〕，是個愛情故事，不是打筆墨官司的白皮書，裏面對胡蘭成的憎笑也沒像後來那樣。匆匆祝好——信還沒寄，左手也負傷，明天不知道怎樣洗盤碗洗臉。

愛玲 一月廿五 1976

宋淇，一九七六年二月二十六日

Eileen：

於梨華來信說《星島日報》美洲版又改變了主意，本來說副刊暫時不出，所以我就將〈私語張愛玲〉給了《聯合報》和《世界日報》（美國版的《聯合報》，由平鑫濤主編）同時發表，香港則在《明報月刊》發表，（並不是我自己想寫文章，而是借此機會拿你又製造成討論的對象）。昨日平還打了長途電話來，希望將《小團圓》分由《世界日報》及《皇冠》連載，《世界日報》可以出你每千字$25美金，《皇冠》則可以出你一筆大整數，對外說是預支版稅，免得他應付其他作家為難。〔……〕這事你可不必理，安心改寫你的書，完成後原稿寄給我，由我來做難人好了。附上剪報，電視居然還不錯，Mae同我每晚必看。

Stephen
Feb. 26/76

宋淇，一九七六年二月二十六日

Eileen：

昨日寄出一信給於梨華。今天我寫了一封信給她，將副本一份附上，備你作參考，怕她再向你纏。今天她又寫了一封信，又要我的〈私語張愛玲〉，你想怎麼趕得上三月一日的限期？她已經改了三次心意了，當然我不怪她，她說是幫人忙兩三個月，完全是主編受不了壓力，所以時時改變主意，這樣編法是編不好報紙的。她而且說《星島日報》即將預告登載你的中篇小說：《小團圓》。我預備告訴她一切後果由她們負，我們不是呼之即來，喝之即去的稿匠，而且口氣中說：出到$25一千字還打不到你嗎？未免拿人看扁了。錢當然是好的，可是你怎麼知道人家一聽就會自投懷抱？況且別人出到多少，你也不想一想？難道別人不願出嗎？你真能看死別人嗎？平說你的書已經銷得差不多了，要重新再出一套全集，封面設計是否可以新潮一點？我已答應他了。於處你可叫她寫信給我好了。

《半生緣》還真有人看，唯一缺點就是上海、南京的外景沒法拍。演員很自然，導演手法也算細膩。服裝、道具不是那股味道，但他們已盡了最大的力量了。

Stephen
26/2/76

張愛玲致鄺文美、宋淇，一九七六年三月七日

Mae & Stephen，

上次到圖書館去，早上還沒開門，在門外等着，見門口種的熱帶蘭花有個紅白紫黃四色花苞，疑心是假花，輕輕的摸摸很涼，也像蠟製的，但是摸得出植物纖維的絲縷。當天就收到Mae種的蘭花照片，葉子一樣，真是telepathy〔心靈感應〕。花與背景照得真美。Mae的近影簡直跟從前一樣，那件衣服也配。Stephen健康差些，所以憔悴些。我各種老毛病加劇，又奇瘦，當然見老了。皮破了久久不收口，一直是這樣，問醫生也從來問不出什麼。也許是因為腸壁不吸收營養。現在皮膚乾燥，更容易破，我又不喜歡搽油膏，手上有點油抹在紙上就寫不出字來，毛孔又需要呼吸。聖誕樹上掛首飾，倒像我想出來的。我們這一點這樣像！小茉莉畫的碟子希望你們肯常用。看了明報上「月旦」那段，覺得港台水準的差別真大。關於錢穆區樵的剪報也有興趣。於梨華去年來信說要去星加坡，我看了《考驗》，以為是先分居再離婚。年前我正趕寫小說忙昏了，收到她子女的賀年片：「剛從中華人民共和國回來的孫家賀」，連國號都沒看清楚，還當是台灣，以為前年我賀年片寄晚了，她不決定是否應當再寄給我，所以叫孩子寫。原來是試探性的，真糟糕！《小團圓》〔……〕已經改完了，再擱兩天就寄來。有十幾萬字。平鑫濤說給筆錢作為預支版稅的辦法很好，我上次跟Stephen說擔心瓊瑤不高興，也不是說她在乎那點稿費，是面子問題。想必你們倆這向都好——

愛玲 三月七日 1976

宋淇，一九七六年三月十一日

Eileen：

寄上的剪報想已先後收到。最出人意外的就是〈私語張愛玲〉一文大受注意，連帶我也吃香起來，竟然有兩本雜誌，兩張報紙要我寫專欄，因為他們一向認為我是學院派作家，想不到我也能寫抒情散文，而且如此恰到好處。其實，這篇文章是為你而寫，而且我只描繪了一個輪廓，其中細節都是文美的touch〔潤飾〕，至於文字她更是一句一字那麼斟酌，所以看上去很流暢自然而實際上非常花時間，很deceptive〔容易予人錯覺〕，如果大家以為我拿起筆來就可以隨手寫出這種文章來，那就大錯特錯了。

《張看》和《小團圓》不知道進行得如何？現在連姚宜瑛（已有信給你）的大地出版社也想來動《小團圓》的腦筋，真是令人啼笑皆非。有便盼寫一短簡告知進展如何。我們知道你一定沉溺於寫作中，只要寫幾字就好了。

最近台灣紅了一個女作家：陳若曦，回國學人，在國內住了七年，乘文化大革命時，混亂中走了出來，現在大寫其短篇，頗有真實感。可是第一個寫的人還是你，所以講起你來仍是振振有辭。我想一個作家總免不了有曲折起伏，但像你那樣有「第二春」還不多見，我們真希望好好利用這機會替你squeeze到每一分錢possible〔盡可能榨取到每一分錢〕，同時你寫熟了手，可以繼續寫下去，借此機會振作起來。

《半生緣》每天晚上七時半播出，算是prime time〔黃金時段〕，居然中間還有廣告，可以說是精心之作。前晚播到祝鴻才強姦曼楨，變成一個喝醉了酒的人強姦一個普通女人，其姐事先不知情，也成了一個無辜的犧牲者，看到這裡，我立刻逃回房間去，Mae居然看完，云事後母女三人哭成一團。後來秦羽打電話來，大為你抱不平，罵了電視台足足半小時。我禁不住想起你的話：「嫁出去的女兒，潑出去的水。」電影和電視反正就是這麼一回事。祝好。

悌芬

張愛玲致鄺文美、宋淇，一九七六年三月十四日

Mae & Stephen，

〈私語張愛玲〉《明報》《聯合報》都寄來了，寫得真親切動人。看到「晝伏夜行」笑了起來。引我講陳燕燕李麗華的話是不是Mae寫的？我自以為對文字特別敏感，你們倆文字上實在看不出分別來。那次見李麗華的事我忘得乾乾淨淨——只記得後來在紐約見面，還看見她午睡半裸來開門，信上一定提過，你們忘了[66]——Apart from everything else，your reserve & restraint——even between yourselves〔不說其他，即使只在你們兩人之間也保持著的含蓄和克制〕——是最吸引我的一點。換了另一對才識相等的夫婦，我並不想跟他們接近，有時候正是為了要保持他們的好感。——志清就曾經為了這一點不高興我。——《笑林廣記》上叩頭求人不寫扇子，我總覺得是寫我的寓言。當然這一點很難達出，尤其你們不願借此自捧自。Stephen給於梨華這封信寫得真好。她的信我也收到了，還沒回信，先給志清寫了封信，告訴他收到於的孩子們的賀年片誤認國號的事，「不然也就不會把她的索稿信轉給宋淇代理。你幾時要是看見她，也許可以告訴她我鬧的這笑話，免得她誤會了，以為不給稿子都是宋淇作梗。」又解釋我覺得與莊信正的事不同——上次志清告訴我莊入聯合國做事，我也仍舊與他保持聯繫，志清可能對我有點誤會，所以這次於的事沒告訴我。《小團圓》剛填了頁數，一算約有十八萬字（！），真是「大團圓」了。是採用那篇奇長的《易經》一小部份——〈私語〇〇〉中也提到，沒舉出書名——加上愛情故事——本來沒有。下星期大概可以寄來，副本作為印刷品，恐怕要晚一兩天到，不然你們可以同時看。你們合拍的一張照片更自然。

三月十一日
'76

66. 張愛玲也許記錯了。根據現有的書信，她從前並沒提過。

《全集》如再版，千萬要把「妳」字改回「你」，上次跟皇冠說過，也「依然故妳。」

愛玲 三月十四 1976

張愛玲致鄺文美、宋淇，一九七六年三月十八日

Mae & Stephen，

昨天剛寄出《小團圓》，當晚就想起來兩處需要添改，沒辦法，只好又在這裏附寄來兩頁——每頁兩份——請代抽換原有的這兩頁。以後萬一再有要改的，我直接寄給皇冠，言明來不及就算了。那份正本如果太皺，就請把副本給《世界日報》，正本給《皇冠》。這次複印的墨跡夠濃。《世界日報》的一份不知道Stephen會不會直接寄到美國，所以空郵費沒數，附上的$70支票千萬要cash〔兌現〕，有多下就請先擱在這裏。這篇小說時間上跳來跳去，你們看了一定頭昏，我預備在單行本自序裏解釋為什麼要這樣。於梨華又來了封信，說看了〈私語張○○〉，知道我們這麼些年的深交，引咎自責，叫我用不着回她的信，以後再有稿子，她一定match〔比照〕別處的稿費。又，我忘了提兩次收到《明報月刊》那兩篇短文的稿費。趕緊去寄出這封信。你們倆都好？

Eileen 三月十八 1976

304[67]

件窘事。再加上對外的窘，兩下夾攻實在受不了，她想秘密出門旅行一趟，打破這惡性循環。但是她有個老同學到常州去做女教員，在火車站上似乎被日本兵打了個嘴巴子——她始終沒說出口來。總之現在不是旅行的時候，而且也沒這閒錢。

有天晚上他臨走，她站起來送他出去，他揿滅了烟蒂，雙手按在她手臂上笑道：「眼鏡拿掉它好不好？」

她笑着摘下眼鏡，他一吻她，一陣強有力的痙攣在他胳膊上流下去，可以感覺到他袖子裏的手臂很粗。

九莉想道：「這個人是真愛我的。」但是一隻方方的舌尖立刻伸到她嘴唇裏，一個乾燥的軟木塞，因為話說多了口乾。他馬上覺得她的

306

她不便說等戰後，他逃亡到邊遠的小城的時候，她會千山萬水的找了去，在昏黃的油燈影裏重逢。

他微笑着沒作聲。

講起在看守所裏托看守替他買雜誌，看她新寫的東西，他笑道：「你這名字脂粉氣很重，也不像筆名，我想着不知道是不是男人化名。如果是男人，也要去找他，所有能發生的關係都要發生。」

臨走的時候他把她攔在門邊，一隻手臂撐在門上，孜孜的微笑着久久望着她。他正面比較橫寬，有點女人氣，而且是個市井的潑辣的女人。她不去看他，水遠山遙的微笑望到幾千里外，也許還是那邊城燈下。

他終於只說了聲「你眉毛很高。」

他走後，她帶笑告訴楚娣：「邵之雍說『我

67. 「304」「306」為兩頁抽換的手稿。

張愛玲致宋淇，一九七六年三月十八日

Stephen，

附了封信給皇冠編輯部劉淑華[68]，請一併寄去。明天我再寄張小支票來付空郵費。

Eileen

宋淇，一九七六年三月二十一日

Eileen：

三月七日和十四日航簡收到。

我記得曾先後問過你《紅樓夢》中第八回和廿八回對寶釵的二次特寫：「唇不點而紅，眉不畫而翠，臉若銀盆，眼如水杏」，匆忙中記得你的答覆是曹雪芹在不知不覺中重複了自己，那麼廿八回應該是多餘的。最近查全抄本，大概改寫此書的人也覺得不太妥，在唇不點而（自）紅，眉不畫而（積）翠上各加一字。程高本則將此長句從第八回中完全刪去，顯然刪錯了地方，因為介紹另一女主角的特寫不應等到第廿八回再出現，況且此段特寫後即描寫金玉的式樣和字體，使以後黛玉吃醋有了根據。我還是要麻煩你一次，請你將意見告訴我，因為極不巧的就是找來找去找不到你那封回信。而我對你的直覺和判斷是有信心的。

於梨華的卡片我們也收到，這兩年都是他們孩子寫的，可能大人太忙，裡面連國家稱呼也弄亂了。令我們啼笑皆非。於這個人愛出風頭，平日看不慣瓊瑤在台灣受人歡迎，認為是平同她有特別關係，其實硬要拿自己和瓊瑤比，已經是下乘的想法，太想不開。幾時聽見Virginia Woolf要同Agatha Christie比？況且她同Virginia Woolf還差了一大截！同時去大陸之前，還以為自己的作品可以到大陸去銷，真是天真而幼稚得不可救藥，理由是harmless，真不知道此人腦子有沒有問題？就是隨着

路線走的當紅作家，目前還受人歡迎，過了幾年作品被禁，人也下放，比比皆是。自從她出來之後，台灣方面是沒有人敢請教她，《明報月刊》她自己嫌反共，你叫她這樣一個不甘寂寞的人怎麼可以洗手不幹？好容易搭上了《星島日報》的關係就為人大賣其力，其用心是可以瞭解的，境遇也算是夠慘的了。國內現在周恩來一死，大翻其案，科技專家不再受重視，連她先生這種三流物理學家回國都未必會批准。她大概沒看到我們〈私語〉一文，不知道你同我們的關係，所以有這種反應，我從來不向外人多說這種話，所以她會寫這種信給你。

說起〈私語〉一文，令我出了一個風頭，平offer〔邀請〕我在《皇冠》寫一個專欄[69]，《中國日報》則一個每日專欄，其他還有出版社也要出我的書。其實，〈私語〉這種文章是極deceptive〔容易予人錯覺〕的，看上去是隨手拈來，寫得很

李麗華與宋淇

輕鬆自然，其實花了我們不少時間。第一，收得極緊，故意tone down〔改得含蓄〕，任何有bad taste〔惡劣品味〕或betray〔流露〕傷感的都不寫。第二，處處在為你宣傳而要不露痕跡，傅雷、胡適、Marquand〔馬昆德〕、李麗華、夏氏昆仲、陳世驤都用來抬高你的身份，其餘刊物、機構都是同一目的，好像我們在講一個第三者，非常客觀似的。第三，你猜得一點不錯，我們二人的文章風格很難分得出，李麗華、陳燕燕是我寫的，初稿大概是我的，Mae加入的是一點pathos和personal touch〔情感和個人筆觸〕，然後翻舊信，引了兩句你信中的話以增加此文的真實性。然後Mae再逐字逐

68. 張愛玲於信中提及四件編務，一是將原稿給日報、副本給雜誌，因為副本墨色較淡，更不清楚，排錯了還有機會自己校一遍清樣，日報來不及校對。二是提醒「你」字請勿代改「妳」或「祢」，不主張採用這兩個俗字。三是「北京」請勿代改「北平」。四是認為《小團圓》時代常變換，人物繁多，似不宜有插圖。

69. 「平」指平鑫濤。

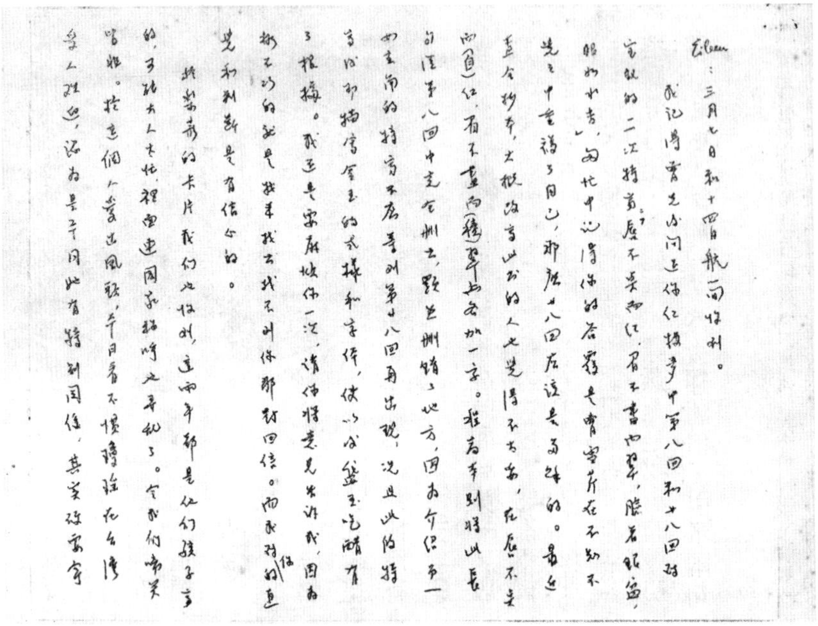

Eileen：

三月七日和十四日航函收到。

我記得曹先生問過你紅樓夢中第八回和十八回對寶釵的二次描寫，原本是如何，看不出也罷，臉若銀盆，眼如水杏」，而其中心得你的答覆是寶玉在不知不覺之中意識了自己，那原本八回應該是有的。最近查今抄本，大概沒有出入的人也覺得不太安，在原本來而自紅，看不出內(穩)罪只增加一字。推論本別將此長的從第八回中去了刪去，顯然刪錯了地方，因為今保存一如主角的特寫不應等到第十八回再出現，況且此的特寫的和描寫全書的描和字作，使以後寶玉吃醋有了根據。我這是審麻煩你一次，請你將意見告訴我，因為撇不過的話，我本找出或不叫你那封回信。而我對你的直覺和判斷是有信心的。

站崇義的卡片我們也收到，這兩年都是他們孩子寫的，子瑞夫人太忙，裡面連國家稱呼也弄亂了。令我們啼笑皆非。按這個人愛出風頭，今日看不慣瓊瑤在台灣受人歡迎，認為是年同此有特別關係，其實該

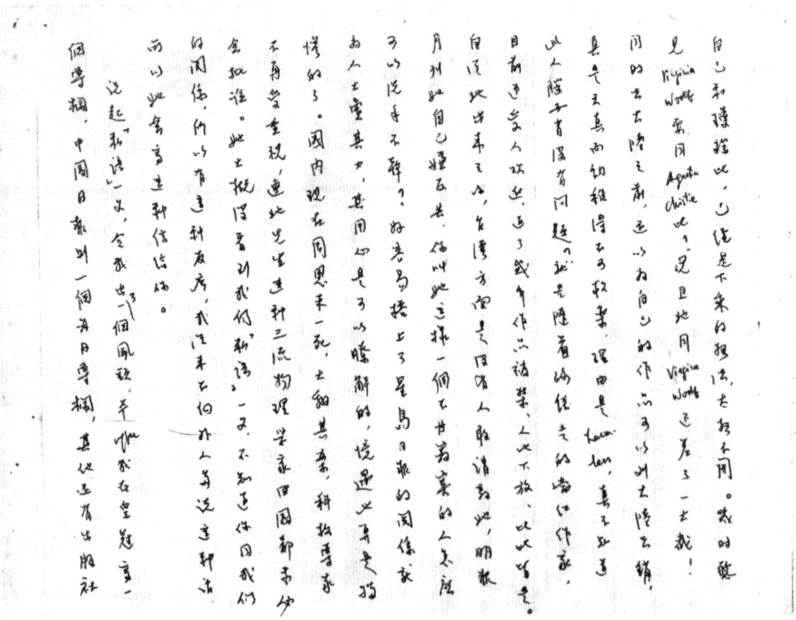

自己和瓊瑤比，已經是不倫的想法，大錯不開。然時髦是Virginia Woolf容因Agatha Christie比一，況且她同Virginia Woolf還差了一大截！同時大陸之前，還以為自己的作品可以叫大陸去銷，甚至天真而幼稚得不可救藥。理由是Kaim-tan[?]，甚至知道此人腦子有很有問題的，就是隨着她從前的當紅作家，日前還常人歡迎，還了幾年作品諸葉，人也不放，此也皆是。自從此出來之後，台灣方面是很多人敢請教她，明報月刊也自己婉拒去，你叫她這樣一個不甘寂寞的人怎麼可以說得不舒服？好奇為搭上了星島日報的關係，就為人大寵甚力，其用心是可以瞭解的，境遇也算是值得憐的了。國內現在同思不一致，大細甚柔，科技專家不再受重視，連她先生這種三流物理學家回國都有少人批注[?]。她大概得罪到我們「私語」一文，不知道你同我們的關係，所以有這種反應，我們從來不同外人談這種話，所以她會寫這種信給你。

說起「私語」一文，令我出了一個風頭，本以為我在空想寫一個專欄，中國日報叫一個每日專欄，其他還有出版社

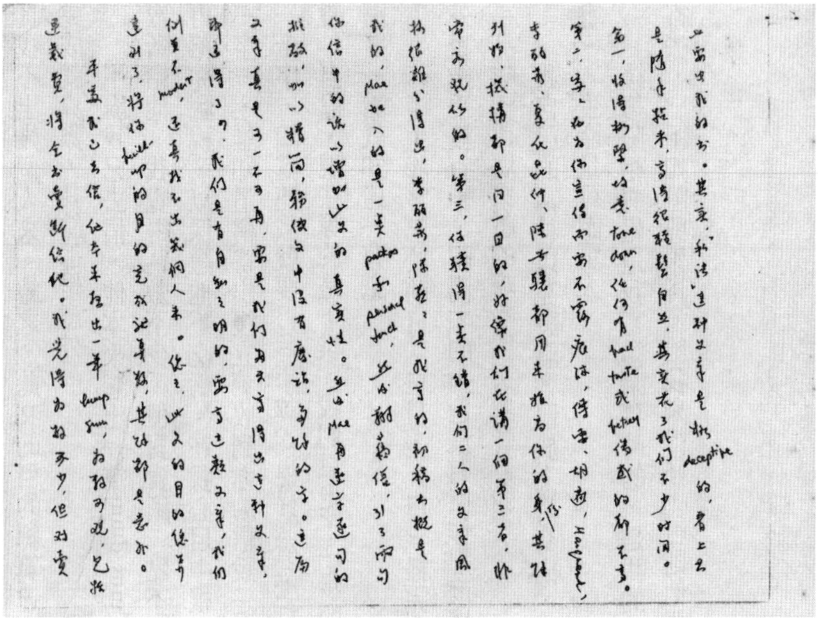

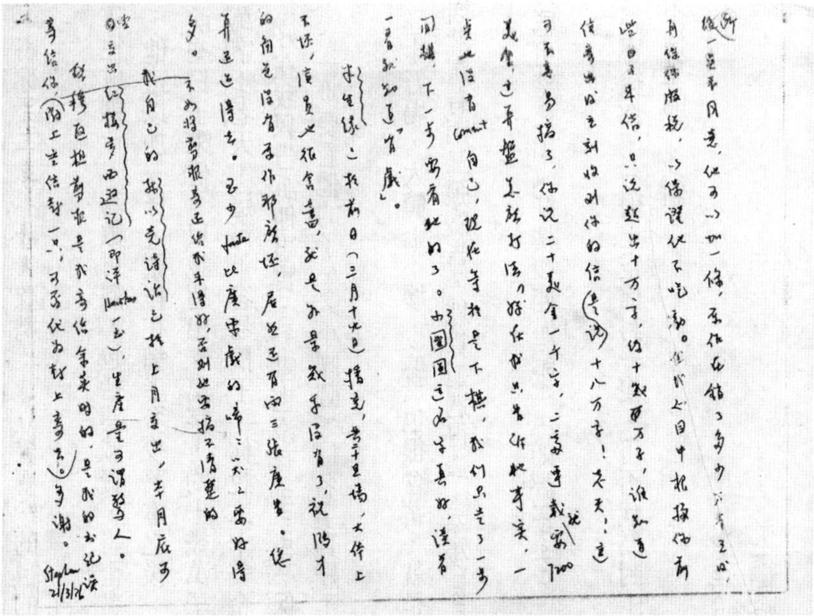

句的推敲，加以精簡，務使文中沒有廢話、多餘的字。這篇文章真是可一不可再，要是我們每天寫得出這種文章，那還得了？我們是有自知之明的，要寫這類文章，我們倒並不modest〔謙遜〕，還真找不出幾個人來。總之，此文的目的總算達到了，將你build-up〔壯大聲勢；建立聲譽〕的目的完成就算數，其餘都是意外。

平處我已去信，他本來想出一筆lump sum〔一次性付款〕，為數可觀，包括連載費，將全書賣斷給他。我覺得為數不少，但對賣斷一點不同意，他可以加一條，原作在銷了多少萬本之後，再給你版稅，以保證他不吃虧。在我心目中根據你前些日子來信，只說超出十萬字，約十幾萬子〔字〕，誰知道信寄出後立刻收到你的信說是十八萬字！老天！這可不容易搞了，你說二十美金一千字，二處連載就要7200美金，這算盤怎麼打法？好在我只告訴他事實，一點也沒有commit〔保證〕自己，現在等於是下棋，我們只走了一步閒棋，下一步要看他的了。《小團圓》這名字真好，讀者一看就知道「有戲」。

《半生緣》已於前日（三月十九日）播完，共二十五場，大體上不壞，演員也很含蓄，就是外景幾乎沒有了，祝鴻才的角色沒有原作那麼壞，居然還有兩三張廣告。總算還過得去。至少taste〔品味〕比廣東戲的啼啼哭哭要好得多。

我自己的《林以亮詩話》已於上月交出，本月底可望交出《紅樓夢西遊記》（即評Hawkes一書），生產量可謂驚人。

錢穆照相剪報是我寄給余英時的，是我的書記誤寄給你，（附上空信封一隻，可否代為封上寄去。）不如將剪報寄還給我來得好，否則他要搞不清楚的。多謝。

Stephen
21/3/76

張愛玲致鄺文美、宋淇，一九七六年三月二十一日

Mae & Stephen，

收到Stephen三月十一的信，與我的幾封信剛巧交叉錯過了。《小團圓》寄出後已經添改了一次，現又添改兩處，因為不知道稿子有沒有寄到台灣去，只好還是把補寫的三頁——兩份——寄給你們，請代抽換，代替原有的第451、602b兩頁。如已寄出，就請轉寄去。〈私語〇〇〇〉Mae自謙只添寫兩處，怪不得我看着詫異Stephen這麼個忙人，會記得那麼許多。我一直說Mae最好幫Stephen做事，希望你們合寫專欄——政論專欄有二人合作的——即使只用「林以亮」名字，你們還分家嗎？陳若曦我想就是Dick McCathy在台北給我介紹的一個台大女生，本省人，帶我去買東西送王禎和母親，因為要住在他們家。她聽我口氣喜歡台灣人過於台灣，就流露出她對政府的不滿，所以後來志清告訴我他真詫異她去了大陸，我說我不詫異。他頓了頓不作聲了，也許以為我是對台灣不滿的話。在《中國時報》上看到她的小說，材料真好，寫得也有真實感。她的書遠景寄了本來。遠景出胡蘭成的書，所以郵件我都退回去，這次信封上簽了個「陳秀美」名字，所以拆開來，書上沒有題款，顯然是遠景寄的，又還附了《小團圓》的合同給我簽。過了兩天出版人又來信，我仍舊給退了回去。水晶來信說唐文標「盜墓」是為了打倒右派偶像——莊信正也這樣猜測過——我倒因禍得福。附剪報是給你們收集的翻譯的笑話：混合酒名screwdriver譯作「學校司機」（school driver，應作school bus driver），還得意得重複了五六遍。——這兩天你們倆都好？

Eileen 三月廿一 1976

TV《半生緣》也是意中事。又及

鄺文美，一九七六年三月二十五日

愛玲：

前天收到《小團圓》正本，午間我立刻塗了封信告訴你，讓Stephen下午辦公時順便付郵。傍晚他回家，帶來另一包裹，原來副本也寄到了！於是我們就不用你爭我搶（你知道我們從來不爭什麼，只有搶看你的作品是例外），可以一人一份的先睹為快。我已經看完，心裏的感覺很複雜，Stephen正巧很忙，又看得仔細，所以還沒有看到結尾……你一定想聽聽我們的反應，這次還是要你忍耐等一下。今天收到你十八日的信，有兩頁需要抽換，很容易辦。問題是Stephen說另外有許多小地方他覺得應該提出來和你商量一下，倘使要修改的話，索性等全部改好後才寄給皇冠。因此他叫我趕快寫這封信同你說一聲，盼望你不要寫信告訴平鑫濤稿子已經寄出——如果已經寫信說了，就補封信說還有數處需要修改，先hold一下再說。以後萬一你想起要改什麼，也是最好寄到這裏集中辦理為妥。這本小說將在萬眾矚目的情形下隆重登場（我意思登上文壇）——我們看得非常重要，所以處處為你着想，這片誠意你一定明白，不會嫌我們多事。你早已預測有些地方會使我們覺得震動——不過沒關係，連我都不像以前那麼保守和閉塞。我相信沒有別一個讀者會像我那樣徹底瞭解你為什麼寫這本書。Stephen沒聽見過你在紐約打胎的事，你那次告訴我。一切我都記得清清楚楚。

美

一九七六年三月廿五日

宋淇，一九七六年三月二十八日

Eileen：

《小團圓》分三天匆匆讀完，因為白天要上班，讀時還做了點筆記。對措詞用字方面有疑問的地方都記了下來，以便日後同你再商酌。Mae比我先看完，筆記也做得沒有我詳細，二人加起來，總可以cover the ground〔囊括一切〕。因為從好的一方面說，你現在是偶像，不得不給讀者群眾好的一方面看；從壞的一方面說，你是個目標，說得不好聽點，簡直成了眾矢之的。台灣地小人多，作家們的妒嫉，拿不到你書的出版商，加上唐文標之類的人，大家都拿了顯微鏡在等你的新作面世，以便在雞蛋裡找骨頭，恨不得你出了什麼大紕漏，可以打得你抬不起頭來。對於你本身，多年已不再活躍，現在又忽然成為大家注意力的中心，在文壇上可說是少見的奇蹟，也是你寫作生涯中的轉捩點，所以要特別珍重。以上就是我們處理你這本新著的primary concern〔首要考量〕。

這是一本thinly veiled〔只稍有掩飾〕，甚至patent〔露骨〕的自傳體小說，不要說我們，只要對你的作品較熟悉或生平略有所聞的人都會看出來，而且中外讀者都是一律非常nosy〔好管閒事〕的人，喜歡將小說與真實混為一談，尤其中國讀者絕不理什麼是fiction，什麼是自傳那一套。這一點也是我們要牢記在心的。

在讀先前三分之一時，我有一個感覺，就是：第一、二章太亂，有點像點名簿，而且描寫太平洋戰爭，初期作品中已見過，如果在報紙上連載，可能吸引不住讀者「追」下去讀。我曾考慮建議把它們刪去或削短，後來覺得有母親和姑姑出現，與下文有關，同時含有不少張愛玲筆觸的文句，棄之實在可惜，所以決定押後再談。

及至看到胡蘭成的那一段，前面兩章所pose的問題反而變成微不足道了。我知道你的書名也是ironical的，才子佳人說部中的男主角都中了狀元，然後三妻四妾個個美貌和順，心甘情願同他一起生活，所以是「大團圓」。現在這部小說裡的男主角是一個漢奸，最後躲了起來，個個同他好的女人都或被休，或困於情勢，或看穿了他的為人，都同他分了手，結果只有一陣風光，連「小團圓」都談不上。女主角九莉給寫成一個膽大、非傳統的女人：她的愛是沒有條件的，雖然明知（一）這男人是漢奸；（二）另外他有好幾個女人；（三）會為社會輿論和親友所輕視。當然最後她是幻滅了，把他拋棄。可是我們可以想像得到一定會有人指出：九莉就是張愛玲，邵之雍就是胡蘭成。張愛玲明知他的身份和為人，還是同他好，然後加油加醬的添上一大堆，此應彼和，存有私心和妒嫉的人更是每人踢上一腳，恨不得踏死你為止。那時候，你說上一百遍：《小團圓》是小說，九莉是小說中人物，同張愛玲不是一回事，沒有人會理你。不要忘了，旁邊還有一個定時炸彈：「無賴人」，此人不知搭上了什麼綫，去台灣中國文化學院教書，大寫其文章，後來給人指責為漢奸，《中央日報》都出來攻擊他，只好撤職，寫文章也只好用筆名。《小團圓》一出，等於肥豬送上門，還不借此良機大出風頭，寫其自成一格的怪文？不停的說：九莉就是愛玲，某些地方是真情實事，某些地方改頭換面，某些地方與我的記憶稍有出入等等，洋洋得意之情想都想得出來。一個將近淹死的人，在水裡抓得着什麼就是什麼，結果連累你也拖下水去，真是何苦來？

我上面說過你是一個偶像，做到了偶像當然有各種限制和痛苦。因為有讀者群眾，而群眾心理就是如此，不可理喻的。你之所以有今天，一半靠讀者欣賞和喜歡你的作品，學院派和作家們的捧不過是錦上添花，而官方最近realize你是第一個反共作家更是一個有利的因素。如果前面的推測應驗起來，官方默不作聲，讀者群眾只聽一面之詞，學院派的辯護到時起不了作用。聲敗名裂也許不至於，台灣的寫作生涯是完了，而以前多年來所建立的good-will一定會付之東流。以上所說不是我危言聳聽，而是我對P.R.這一行頗有經驗，見得多了，絕非無中生有。

我知道你在寫作時想把九莉寫成一個unconventional〔非傳統〕的女人，這點並沒有成功。只有少數讀者也許會說她的不快樂的童年使她有這種行為和心理，可是大多數讀者不會對她同情的，總之，是一個unsympathetic的人物。這是一。其次，這些事積在心中多少年來，總想一吐為快，to get it out of your system。像我在電影界這麼多年，對於許多事，假裝不知道，最後終於抵制不住，等於break down，以後換了環境，拼命想法get it out of my system一樣。好了，現在你已寫出來了，這點也已做到了。我們應該冷靜客觀地考慮一下你的將來和前途。

大前提是in its present form〔以眼前的形式〕，此書恐怕不能發表或出版。連平鑫濤都會考慮再三，這本書也許會撈一筆，但他不會肯自毀長城的。現在唯一的辦法是改寫，有兩個approach：

（一）改寫九莉，務使別人不能identify〔視〕她為愛玲為止。這一點做不到，因為等於全書重寫。

（二）改寫邵之雍。這個可能性較大。燕山我們猜是桑弧，你都可以拿他從編導改為演員，邵的身份沒有理由改不掉。你可以拿他改成地下工作者，結果為了錢成了double agent，到處留情也是為了掩護身份，後來不知給某方發現，拿他給幹掉了。九莉去鄉下可以改成獨自去，表示想看看所愛的人的出身地，結果遇見小康等人，為了同樣目的也在，大家一交換notes，穿了綳，原來他用同一手法和說法對付所有的女人，而原來還有兩個鄉下老婆，然後才徹底地幻滅。（荒木那一段可以刪除，根本沒有作用。）這樣改當然也是一個major operation，但牽涉的面較狹，不必改動九莉和家庭那部份，至少不用全部重寫，可能挽救這本書。九莉這樣做是因為她所過的生活使她完全不知世情，所以才會如此，至少讀者會同情一點。同時這樣寫可以使「無賴人」無話可說，他總不見得這樣說：邵之雍就是我，因為他究竟是漢奸，而非地下工作者，而且也沒有死。他如果硬要往自己臉上貼金，也不會有人相信。況且燕山和打胎兩段讀者多數是不會identify為你的。當然你在設計整本書的時候，有一個完整的統盤計劃，即使極小的改動也會牽一髮而動千鈞。我不是超人，對寫小說也沒有經驗，自知說起來容易，正式改起來，處處俱是問題。但和Mae談了幾次，認為這不失為一個可行之道。（三）這方法你如果認為行不通，腦子一時拐不過來，只好暫時擱一擱，好好想一想再說，對外只說在修改中，好在沒有第三個人見過原稿，想通了之後，有了具體的改法再來過。

上面的話是經過一番痛苦的soul-searching〔深思〕才說的，完全是為了保障你既有的成就和目前的新機會——後者是可遇而不可求的。我從來沒有干涉別人寫作的習慣，尤其對你。相信你不會懷疑我的出發點。目前台灣，全國有一種自卑感、不安全感和一種奇特的puritanism〔清教主義〕，時時會爆發出意想不到的事件。現在大家個個把陳若曦（就是陳秀美）捧上天去，也是群眾心理的發洩表現之一。

不要忘記台灣目前是中文書的唯一大市場。當地的社會心理既如上述那樣保守：漢奸、親共、黃色都是taboo，一旦違反了這些taboo，作家和作品就會失去這市場，無路可投。例子多得舉不勝舉。因為台灣究竟有一千二百萬人，讀中文書的風氣也遠比他處為尚。香港那家出版商已經付了你錢，《張看》還是遲遲不敢出版，即可見香港根本不成其為中文市場。這是一個極現實的情況，誰也沒有辦法或力量改變或推翻它，我們只好接受這事實。況且你出英文本《怨女》時，很多出版商不願出，就是因為女主角不sympathetic。想你一定會瞭解。

匆匆寫來，前後免不了有重複的地方，但如果不向你present the whole picture〔說明全局〕，又覺得對不起你。

寄來的支票$70，不是我不肯收，而是我手中尚有你港幣$300稿費，是明報九月份〈談看書後記〉（上）由我代收的，我一直沒有算，我想暫時留在我手中，替你付郵雜費用，合起來也有US$60之多。所以現在將支票退還。以後《明報月刊》就沒有下文，想必是他們直接寄給你了。他們稿費比台灣要低得多，在香港已經算不錯的了。可見兩地市場的大小之分。三月廿一日信及改稿均收到，改稿仍照辦。寄來的翻譯笑話，作者二殘是劉紹銘，素來出門不認貨，真好笑。即祝好。

Stephen

76年四〔三〕月廿八日

122 前溜（劉）海

123 萋著眉毛（「萋」少一橫，不確定）

127 拉近戶

131 芪麻油（蓖麻油）

131 湖（泊）區

137 、、、、、、

152 不至於（劃掉）O.K.

157 多渥

158 勾了勾頭

168 棗糕——餅

172 （鎌）——鐮——（其中之一）第五行第一字

174 住着個

P192 滂溥——湃V滂湃
P216 義和拳——團
P214 茹進去——饒
P216 拭流——淚
P222 傷原氣的——元氣
P225 渾 林：P971 渾
P230 疏防——疏於防備
P236 畢直——筆直
P237 正色若有所思
P254 柯勒瑞支
P268 含情脈脈 默默
P269 借名 假借名義
P270 九莉到香港去之前

P290 有命運性
P294 給人知道可不大好
P298 單車
P299 還潮
P300 院布然特
P303 共產 wording
拗？-拗理——歪理
理想化中國農村

P312 蕩　浩浩瀚瀚

P329 身坯——胚？· see林P709(42A.30)

可信性

P333 有小馬大

P337 穿件

P358 湖（泊）區

P275 前溜海

P276 逼仄（見附紙）

P277 還錢事

P279 紅似白

P280 塞椏——掗

老親

P281 line 5

P282 賢人

P283 （趟）——趟

P284 捽——甩 to swing

P286 若素

P288 麥軟姐

P290 十分敵意——充滿

老親——近親

468 這樣敵意了

表示出敵意　露出　顯出
480　非常虛榮心
虛榮心很重
490　田徑上　469　田徑
田陌
495　田徑上
497　茀洛依德
498　末漂亮的
499　、、、、、、
500　狼犺的
500　耶蘇
526　情書錯投
537　洋裁縫
537　撣眼——彈眼

P539　可信性——不可靠
P366　前溜海
P369　二藍布
P371　幾乎（line 2）
P378　元氣——原氣（複元）
P379　一場平陽
P388　耶蘇
P412　撐家立紀

P414 前溜海

P415 親厚

P422 不短——不斷

P422 茀洛依德——佛

P425 相機——機

P454 鉅變——巨變

P304&306 P451（+P451b） P602b這幾張是抽出來的（新的已換進去）

552 澈底

P4 港幣三對一——？

最是一年補課 （旁注：燼餘錄）

P7 實大聲洪

P11 南華早報

瑟利文

12 耶蘇-酥

15 改書

念念有詞

17 幾文

18 顯瘦

19 前劉海

20 原地踏步

P21　好雨天了
P22　坡斜了
P25　主壽
P26　面有德色——得
P32　撮着點——「撮」《辭源》P297，辭海P卯157，見「撮口呼」條：蹙唇而成聲，謂之撮口。
P36　離婚婦人
P37　攪糊
P38　太過於了
P40　含情默默（？）脈脈
P44　無賴
勾着頭

林：
並　P1063
　　P1204
　　P1246　〔異體字，見原件〕
P276
《辭源》P50（子　五十）
偪仄—— 偪與逼同。侵迫也。偪仄即偪側。唐杜甫有偪仄行。首句云：偪仄和（何？）何偪仄。

P209　第三行「……打呵！」
P210　、、「……已經三十幾了。」

、、「……摸它。」

末行一句中（一連兩個「當然」？）

P215　末行　餐室　有一天她走進餐室（dining room　【家中】飯廳？）

①P217　倒數第三行

②餐室？

③P349　（中間）

④P394　餐室？

⑤P347〔5-line 看不清〕

P216　倒數第四行「……在浴室門邊拭流——淚？

P222　（中）多洗澡傷原氣的——元？

P254　最末一行　Coleridge　柯勒（爾？）瑞支

P268　第四行　那種含情默默（？）的微醺

P276　第三行　check：地方也太逼仄

問：P303　第二行　……在她覺得共產（台灣有點問題？）這觀念其實也沒有什麼

P358　末行　湖（泊）？區

張愛玲致鄺文美、宋淇，一九七六年四月二日

Mae & Stephen，

那天寄出《小團圓》，當晚看到新聞週刊上說美國郵局新改機器代人工，發生故障，廢件堆在空地上，有網球場大。着急起來，想再寫信來請Mae一收到就來張便條告訴我一聲，因為忙，還沒寫，倒已經收到你們三月廿一的兩封信。這不是telepathy〔心靈感應〕，不過是體貼。照片上的洋台非常有真實感。我連花展背面的剪報都看了。我也喜歡弔盆，不怎麼欣賞「插花藝術」，喜歡插得自然點。於梨華我也已經回了她一封友善的短信，沒提以後別的稿子。《聯合報》有封信我附寄了來。又還送了一大卷personalized〔特為我個人的〕空郵稿紙。我去信道謝，告訴他們信轉了給Stephen了。寄給余英時的剪報，我沒收到空信封，所以還沒代寄。當然我知道〈私語張愛玲〉是看似輕鬆自然，其實艱辛的作品，烘雲托月抬高我的身份而毫不引起人的反感。但是專欄也不一定要寫這一類的東西。Mae可以署名「林姒亮」，合寫就簽「以姒」，一笑。這封信寫了一半，收到Mae三月廿五的信。我沒急於等你們的反應，因為你們喜歡《半生緣》。寫《半〇〇》的時候我總叫他們吃麪，因為我最不喜歡吃麪，等於聲明「我不是這樣想。」當然這不是說我不喜歡《半〇〇》，不過對它的態度與對別的作品始終不同。附TV劇評剪報。我沒告訴平鑫濤稿子已經寄出。平寄了八九百美元全集最後的版稅來，問我再版要改什麼，我回信說了「妳」改「你」，以及我也喜歡新潮派封面。他說Stephen已經答應了他《皇冠》與《世界日報》同時連載《小團圓》。我說：「《小〇〇》似有十八萬字，倒跟您以前假定的廿萬字相去不遠了！怪不得這些時累得精神渙散，幸而業務方面的事全部托了宋淇先生。宋淇來信也提到《皇冠》與《世界日報》同時連載的事。」我也覺得賣掉多少本後再付版稅的辦法最好了。我在趕寫〈三詳紅樓夢〉，這篇較短而通俗，快寫完了。想出本書，就叫《紅樓噩夢》，共四篇加自序，不然又給他們收入文集，如《中國時報》新出的《中國古典小說論集》，轉載到爛熟為止。得便請問聲平鑫濤有沒有興趣出，不用預付版稅。關於第八回與二十八回，寫在另一頁上。匆匆先寄出這封信，你們倆最近一切都好？

Eileen 四月二日 1976

又一翻譯的笑話：Hitchcock的影片「Family Plot」譯作《家庭陰謀》（上一期——#264——一時找不到——皇冠影劇欄）　又及。

紅樓夢第二十八回寶玉稱鳳姐「二姐姐」，（庚本第640頁末行），如「二弟妹」有人稱「二妹妹」，因為「嫂嫂」、「弟妹」嫌俗氣。但是迎春也是「二姐姐」，混淆不清。還有一處寶玉稱鳳姐「二姐姐」，似在「全抄本」上，一時找不到了。

第五十五回鳳姐平兒談將來幾件婚事要辦，「三四位姑娘[黛、迎、探、惜?]，兩三個小爺[寶、環、蘭]」：寶黛一娶一嫁有老太太出錢；迎——大老爺那邊的，不算；剩三四個，[探、惜、環、蘭?]環婚只需三千兩。（第1306-7頁）又談治家的幫手：「雖有個寶玉，……也不中用；大奶奶……也不中用；二姑娘更不中用，亦且不是這屋裏的人；四姑娘小呢，蘭小子更小，環兒更……」接着讚探春。（第1307頁末四行）惜春倒是「這屋裏的人」，與寶、紈、探、環、蘭並列，都是賈政的子女媳孫，可見惜春原是賈政之女。顯然早本賈家人口較簡單，本來沒有迎春這人。因此賈政王夫人是「老爺太太」，賈赦邢夫人是「大老爺大太太」，襲爵的長子反住小巧的別院，已有人指出不合理。

我想第二十八回在初名《石頭記》時就有了。第八回1755年左右（詩聯期）改寫，（見〈二詳〇〇〇〉）相隔十廿年，所以忘了，重複那兩句描寫。

張愛玲致鄺文美、宋淇，一九七六年四月四日

Mae & Stephen，

寄出四月二日的信後，收到Mae的明信片與Stephen三月廿八的信與我那張支票。我提起過前一向兩次收到《明報》稿費，大概你們忘了。當然我知道Stephen對PR的經驗與為人謀之忠。我寫《小團圓》並不是為了發洩出氣，我一直認為最好的材料是你最深知的材料。但是為了國家主義的制裁，一直無法寫。我是真的沒有國家思想，這也是中共對我沒有吸引力的原因之一。我跟陳若曦在台北的談話是因為我對國民政府的看法一直受我童年與青少年的影響，並不是親共。——近年來覺得monolithic nationalism〔鐵板一塊的國家主義〕鬆動了些，例如影片中竟有主角英美間諜不愛國，（Michael Caine飾）所以把心一橫，寫了出來，是我估計錯了。也是因為我對台局的看法比較一般人悲觀——〔……〕——所以寫這麼長一篇東西不光是為了此時此地。至於白便宜了「無賴人」，前一向我信上也擔憂過。——他去台大概是通過小同鄉陳立夫，以前也幫過他忙——改成double agent〔反間諜〕這主意非常好，問題是我連間諜片與間諜小說都看不下去。等以後再考慮一下，稿子擱在你們這裏好了。志清看了《張看》自序，來了封長信建議我寫我祖父母與母親的事，好在現在小說與傳記不明分。我回信說，「你定做的小說就是《小團圓》」，現又去信說euphoria〔高興的心情〕過去後又發現許多防礙，需要加工，活用事實，請他soft-pedal〔淡化〕根據事實這一點。但是一定已經傳出去了。不過一樣挨罵，不至於annihilating——hopefully〔體無完膚——希望如此〕。《小〇〇》裏黃色的部份之shocking在自傳性，其實簡無可簡。台灣雖清教徒式，連《皇冠》都有黃色文字。九莉unsympathetic，那是因為我相信人性的陰暗面，除非不往深處發掘。要在共黨治下我才寫得出《十八春》。西方鬧了這些年的anti-hero，《怨女》我始終認為是他們對中國人有雙重標準——至少在文藝裏——由於林語堂賽珍珠的影響。《怨女》如是美國南部人就很tame〔稀鬆平常〕。——你們倆都好？

愛玲　四月四日 1976

張愛玲致鄺文美、宋淇，一九七六年四月七日

Mae & Stephen，

四月四日的信想已收到。我這兩天還在趕寫〈三詳紅樓夢〉——寫完了要多擱些時再寄來——昨天收到平鑫濤的一萬美元支票，十分頭痛。前天晚上偶然在《夏濟安日記》上看到一段關於地下工作者與偽官（第33頁），想起袁殊等，開始覺得也許我能寫。過天去找點O.S.S.的書來看。曾經有個O.S.S.的美國人叫我代看他的自述小說，看來看去都是潛伏在中國鄉下，後期漢明威式的與本地人喝酒談笑，在小河邊的酒店中，又沒有地方色彩，沉悶得看不下去，擱了些時他要了回去。現在悔之莫及，也許裏面有點什麼。他本人是個典型紳士，也看不出什麼來。平的信附在這裏，他的算法不知道Stephen覺得怎樣。我這樣朝不保暮的擔憂台局，也許先拿錢也是一種心理上的保障，譬如是個commissioned work（定做的作品），但是一有deadline就會急得寫不出。請Stephen跟他說還需要改——我上次信上沒說已經寫完了——可能要一年半載，等得及的話我就先留着錢，留一部份也是一樣。我沒寄收條去，一有回音就請寫張便條告訴我一聲，我可以到郵局去掛號寄還支票。你們倆看《小團圓》的時候記的筆記請都寄來給我。「Family Plot」譯名的笑話我以為在皇冠264期上，也沒有。是最近看到的一期，大概有幾本是空郵寄來的，這本較早，是平郵，反而到得晚，大概是261期。匆匆去寄出這封信。這兩天兩人都好？

Eileen 四月七日

宋淇，一九七六年四月十五日

Eileen：

四月二日、四日航簡和七日信都已收到了。放假前總要趕出一些公事，而且一直在為你的書

打算，東想西想，要集中起來，才能定下心來寫信，可是如果今晚再不寫，一連放四天假，沒有信來往，怕你記掛，所以趕着寫一點。

先寫《紅樓夢》是一個好辦法，讓腦子在不知不覺中醞釀一下，可能只有好。你的書平不會不要，《紅樓夢》現在是熱門，我寄了一份剪報給你，有正的底本前四十回已出土了，可見有正本確是鈔本之一，趙岡接二連三出了兩本，連我評Hawkes也有人肯出——這點不成問題。

我們並不是prudes〔假正經〕，老實說，國家的觀念也很淡，可是我們要面對現實問題。「無賴人」如果已死了，或在大陸沒有出來，這問題就算不了什麼，可是他人就在台灣，而且正在等翻身機會，這下他翻不了身，可是至少可以把你拖跨〔垮〕。小說中說他拿走了所有的來往信件，可能還保存在手，那就成為了documentary evidence〔文件證據〕，更是振振有詞了。所以現在改寫身份，讓他死於非命，開不出口來。還有一點，如果是double agent，也不能是政府的agent，因為政府的agent是不會變節的，我們從前想照"Spy Ring"那樣拍一個電影，劇本通不過，就是這理由。邵之雍的身份究竟是什麼，可以不必寫明，因為小說究竟是從女主角的觀點出發，女主角愛他的人，that's all，並不追究他身份，總之他給人打死，據說是double agent，為日本人或偽政府打死都可，甚至給政府的地下份子或共黨地下份子打死也無不可。你不必去研究他的心理，因根本不在正面描寫他。只要最後發現原來是這樣一個言行不一致，對付每個女人都用同一套，後來大家聚在一齊，一對穿，不禁啞然失笑。在此之前，九莉已經幻滅，去鄉下並不是懷念他，而是去看一下，了卻一樁心願，如此而已。

《小團圓》的名字太好了，此地的TV都已表示興趣，他們心目中認為是個熱鬧、好笑、輕鬆的愛情故事。很少有書未出，憑三個字的書名而轟起來的。所以你如果不改，以原來面目給平，那真是天大的let down〔辜負〕！他肯出到的錢是創造新紀錄的數字，他為的是什麼？他那裡由我寫信去對付，我會給你一份copy。

說到台灣的小氣，舉幾個例子，小蔣說*Jonathan Seagull*〔《天地一沙鷗》〕好，命令三軍人士都要讀，結果彭歌的譯文銷路好到造反。林語堂死在香港，雖然送回到台灣去葬，結果反應就遠比不上胡適，如果死在台灣就不同。台灣同新加坡兩地男孩子不准留頭髮，員警看見就捉，押着去剪短。唯一open society〔開放社會〕是香港，太open了。而香港人不看書，電視水準可以向日本看齊，娛樂至上。唐文標罵你和其他作家，因為沒有social consciousness〔社會意識〕——二、三十年代的幽靈復活，水晶捧你，用一套新文評的jargon〔行話〕，什麼象徵、神話——二者都莫名其妙。〔……〕誰像夏志清和我那樣真正熱誠而且真心喜歡讀你的作品，當然白先勇、於梨華還有很多作家都是你忠實的讀者——你究竟是一位作家的作家！

所以我想你這地位還很穩定，擱它一年半載不成問題，好在我也沒有告訴平已收到你的稿子，對付起來並不難，你下一步如何走，等我的致平信copy收到後再說好了。

Stephen

76年四月十五日夜

張愛玲致鄺文美、宋淇，一九七六年四月二十二日

Mae & Stephen，

收到Stephen四月十五的信前兩天，我因為沒acknowledge平鑫濤那封信有點不安——郵差懶，掛號信也大都由公寓管理員簽收——所以還是寫了封短信去，希望跟Stephen寫的信沒什麼出入：

「鑫濤先生，

《小團圓》我寫得高興，先沒發覺許多地方需要改，大約還要一年半載才能完工，正感到頭痛，收到您的信與一萬美元支票，非常為難，已經托了宋淇先生跟您解釋。但是因為沒寄收條來，怕您以為掛號信是別人代簽收，所以補張便條來。」以下謝他送報。

我是太鑽在這小說裏了，其實Stephen說的台灣的情形我也不是不知道——不過再也沒想到重慶的地下工作者不能變節。！！！袁殊自命為中共地下工作者，戰後大搖大擺帶着廚子等一行十

餘人入共區，立即被扣留。但是他的cover〔偽裝身分〕是偽官，還是不行。也許可以改為台灣人——我教過一個台灣商人中文，是在日本讀大學的，跟清鄉的日軍到內地去做生意。——戰後潛伏的鄉下只要再南下點就是閩南語區。有個德國僑領曾經想recruit〔徵募〕我姑姑去重慶活動，這人也許可以派點用場。九莉跟小康等會面對穿，只好等拍電影再寫了，影片在我是on a different level of consciousness〔在另外一個意識的層次〕。在這裏只能找circumstances to fit the scenes & emotions〔符合場合與情感的狀況〕。這是個熱情故事，我想表達出愛情的萬轉千迴，完全幻滅了之後也還有點什麼東西在。我現在的感覺不屬於這故事。不忙，這些都需要多擱些時再說。我的信是我全拿了回來，不然早出土了。寄余英時的剪報附寄了來。上次寫的關於《紅樓夢》第八、二十八回，其實庚本第二十八回寶玉稱鳳姐「二姐姐」，各本同。另處有「二姐姐」也許是我記錯了。〈三詳〉寫完了，也相當長。大概還有個短的「四詳」。這兩篇較通俗，實在怕轉載，希望早點籌備出書。發表過的有兩頁要添改的，以後複印了就寄來。封面可以用一角紅樓的剪影，裏面出來一股子連環圖畫裏代表夢的雲氣，夢裏全是恐怖的臉譜。仿彿《幼獅》印過許多川劇臉譜，過天找找看。Stephen這兩天忙得可好些？Mae好？

Eileen 四月廿二 1976

張愛玲致鄺文美、宋淇，一九七六年四月二十六日

Mae & Stephen，

收到複印的給平鑫濤的信，才放心了，我寫給他的短信沒有衝突的地方。Stephen這封信非常有技巧，給定錢的話當然應當留給別人說。我廿四的信想必到了。關於戚本等的剪報也收到了。《紅樓噩夢》目錄如下：

紅樓夢未完

初詳紅樓夢：論全抄本

二詳紅樓夢：甲戌本與庚辰本的年份

三詳○○○：是創作不是自傳

四詳○○○：遺稿（暫名）

前三篇發表過。我不讓姚宜瑛出《張看》，純粹因為不願意擺在水晶那本書旁邊，可見我對它的意見。《小團圓》是主觀的小說，有些visionary的地方都是紀實，不是編造出來的imagery。就連不動感情的時候我也有些突如其來的ESP似的印象，也告訴過Mae。如果因為水晶這本書，把這些形象化了的——因為我是偏重視覺的人——強烈的印象不用進去，那才是受了他的影響了。那本書我只跳着看了兩頁，看不進去，要避忌也都無從避起。此外寫性用metaphors，那是通行的避免太explicit（直白）的辦法。在這篇小說裏因為自傳的顧忌，只好全用它。我也曾經顧慮到頭兩章人太多，港戰又是我從前寫過的，連載沒吸引力。這兩章全為了「停考就行了，不用連老師都殺掉」這句話，Ferd從前看了也說就是這一句好。他這一點剛巧跟我一樣看法，也並不是文字上的知己。我對思想上最接近的人也不要求一致，or expect it。這兩章無法移後，只好讓它去了。

Eileen 四月廿六 1976

宋淇，一九七六年五月六日

Eileen：

收到四月廿二信和剪報，又收到四月廿六日航簡。

昨天收到平鑫濤的答覆，態度非常之好，簡直有點好得出奇，現影印一份附上。

他既然如此大方，〈三詳〉不如交給他獨家發表好，否則這本書的東西都在外面發表過，似乎對他不好看。至少〈四詳〉最後一篇應由皇冠獨家發表，不知你意下如何？因為三評如加上小標題，《明報月刊》可能會發表的。

記得大約一個月前，曾寄出《譯叢》第五期一冊，英文名為*Renditions*，專門登中譯英的文學作品，現在已在國外各大學建立了良好的聲譽。第五期我們介紹了余光中和白先勇，白先勇滿意得不得了，因為我們的主編喬志高的英文實在好，志清說他改別人的譯文能力比他自己還要高。最近我接到一位中國學生在Harvard讀M.A.寫給我的信，讀到我的〈私語張愛玲〉，很多都是前所未知的，對他的論文有很大的幫助——論文是研究張愛玲。他這封信使我想起你也不應完全置美國市場於不顧。我現在有兩個想法：

（一）整理一部份你譯過的《海上花》，在《譯叢》登出一段最好可以獨立的excerpt〔節錄〕（我們登過：《西遊記》、《二十年目睹之怪現狀》、《圍城》第一章、《原野》的一幕、《文明小史》的片段），然後加一短的前言。這是現成的。

（二）將來有時間將〈傾城之戀〉譯出來。說來奇怪，文美同我都最喜歡它，認為它最完美，儘管其他幾篇有凸出的地方。譯者最好由你自己譯，實在沒有時間，我們另外再找人。好在只要《海上花》先登了出來，再過一年也不要緊。

主要是我們要將你keep in circulation〔保持知名度〕。

平既然如此說，我看你還是將錢收了下來，因為你給了他《張看》和《紅樓噩夢》，也不算白拿，他既然情願等一年半載，一個願打，一個願挨，這是兩廂情願的事。

信中所說前兩章，我早已說過其中較多愛玲筆觸的句子，現在完全接受。我最近寫完了一篇〈紅樓夢識小〉三段小文，下月可刊出。我在想搜集一點你的quotes〔說話〕叫〈張愛玲語錄〉，先得徵求你和Mae的同意。

Stephen
五月六日'76

張愛玲致鄺文美、宋淇，一九七六年五月八日

Mae & Stephen，

收到Mae非常累的靠在郵局櫃枱上寫的明信片，真過意不去。後來又收到四月廿一的信。〈三詳紅樓夢〉寫完了當然又改個不停，這幾天更忙着改，因為等我到郵局掛號寄還平鑫濤的支票的時候，希望能同時把這篇東西寄到你們這裏，免得跑兩趟。——我總是極力省時間，因為腦子裏有個鐘滴答滴答，主要是台局。能擱下的事統統擱了下來，媽虎到極點，但是我每天的囉唆事不免還是很多，所以信也是非寫不可的時候才寫。我自己這樣，怎麼會因為Mae沒接連來信就多心起來？我知道Mae有多少obligations〔責任〕，即使現在不上班。一累就喉嚨痛，也記得太清楚了。這樣疲倦不知道是不是還是與貧血有關？我非常喜歡你們倆的合影，Mae穿着粉紅邊外衣的那張——從前我說Mae像有些廣告，就是指這樣的角度與神情——但是另一張兩人的面部表情都非常moving〔動人〕。Auntie〔伯母〕好？我一直想問都沒來得及提。朗朗還是像teenager〔少年〕，給人看着更覺得他的成就impressive〔令人嘆服〕。幾張相片如果印得不多，我下次寄回來也是一樣，看得很熟悉了。今天星期六，趕着最後一次郵差來，匆匆下樓去寄信——你們倆都好？

Eileen　五月八日 1976

張愛玲致鄺文美、宋淇，一九七六年五月二十日

Mae & Stephen，

收到五月六日的信與《譯叢》、《曹雪芹和江蘇》。我想平鑫濤也覺得為難，不過不好意思，只好這樣。我收到Mae寄來三張照片後寫的郵簡想也寄到了。〈三詳〉、〈四詳〉都光給皇冠好了。另包寄來一本《張看》，附〈初詳紅樓夢〉與添改的幾頁〈二詳〉，請與〈三詳〉一併寄

去，也許《紅樓噩夢》可以先排起來，因為〈三詳〉登出來就怕轉載。序與〈四詳〉好在可以後加。除了第一篇〈紅樓夢未完〉，還是需要再空郵給我自己校一次。剛巧看見一張廣告畫可以作再版的《流言》封面，也附寄了來，如果已經有了就算了，都沒關係。我另外寄《小團圓》預付版稅的收條去，附了封短信，但是我這些信都是用不着回信的。我沒忘記英文的市場。前些時再譯〈二詳〉，因為這篇東西需要登在美國學術性刊物上，取得可信性，但是腦子裏那隻鐘的滴答聲太響，所以譯了一半停止了，急於先把要寫的有關《紅樓夢》的全都寫了出來再說。譯〈傾城之戀〉，我想起前幾年譯〈金鎖記〉，有些地方看了還是喜歡，有些地方就要wince & alter or compress〔令人大皺眉頭，要修改或壓縮〕，所以志清不懂譯文為什麼pace〔速度〕那麼快。也許人的眼光像近視度數一樣的要變，客氣點就稱為成長，but more likely it's just that time gives you perspective.〔不過更可能是時間給了你眼界〕找別人譯，我又眼高手低，總是意見很多。的確是個問題。《海上花》譯稿要翻箱子找出來研究一下。我想都只好暫緩，目前要集中精力在《紅樓噩夢》與《小團圓》上，後者需要鬆弛一點多想想。好在過兩年美國也還在。——當然台灣也極可能outlast me〔比我撐得更久〕。——我還是非常容易累，前一向忙亂中寫了一小段《張看》末兩篇〈附記〉，講西風徵文限定字數（500字？），首獎却長好幾倍，（仿彿有七八千字）。其實得獎的個個都有幾千字，只有我拘泥，在限定字數內。但是這次看了《皇冠》轉載的時候的一篇文字，說鹿橋也在中獎之列，所以我只說頭獎長，就沒想到去查一查，鹿橋正是頭名！直到前兩天收到這兩本《張看》樣本才想起來。無緣無故又去得罪人，一累了就出亂子。〈紅樓夢識小〉下月請複印一份給我。〈語錄〉當然同意，不過隔得日子久了，不知道說些什麼。你們倆都好？

Eileen 五月廿日 1976

張愛玲致鄺文美、宋淇，一九七六年六月一日

Mae & Stephen，

今天剛寄出兩頁〈三詳〉改稿，就又馬上發現忙中有錯。沒辦法，請把這裏的三頁（P.22、P.22b、P.22c）代替原有的P.22。先寄出的兩頁（P.22、P.22b）作廢[70]。又麻煩你們，真對不起。如果稿子已經寄出，那兩頁又補寄了去，又再補寄這三頁，兩次都要寫covering letter〔說明信〕，再加上上次那一次，那真是不堪設想。以後不管再發現什麼漏洞，也等出書再改了。匆匆去寄信——

Eileen 六月一日

收到剪報。關於《張看》的那篇我想是文化・生活的編輯部裏的人寫的宣傳稿，順便捧戴天。

張愛玲致鄺文美、宋淇，一九七六年六月二十八日

Mae & Stephen，

收到Mae五月廿八的信。我也在報上看見中大改組，一定複雜到極點，剛趕上Stephen不舒服，這麼忙，不會累着了？很心焦，寫信來又怕你們又要回信，所以擱了些時。我上次說Mae的obligations〔責任〕多就是說姊妹多，光是送往迎來已經夠忙的。你們親家來選美[71]，我剛收到信又在報上看見傅聰去港的消息，不由得笑了——又是你們老朋友的兒子——我一想已經累倒了。Mae如果去看選美，等以後有空的時候一定要仔細告訴我。茉莉來，琳琳夫婦去西班牙，那倒是大人小孩各方面都度假，太好了。〈紅樓夢識小〉我在《世界日報》上剪了下來。我在寫〈四詳紅樓夢〉，又發現〈三詳〉裏寫得不夠的地方，補充了兩頁，但是因此需要刪掉後面一個小註，別的註要一個個挨次改數目，不能在你們這麼忙的時候還要替我抽換這麼些頁，我心裏實在過不去。本來

想把副本改了寄了來，代替原稿，但是這一批稿紙格子太淡，複印印不出，沒法算字數。我想畫張五百字的格子襯在底下，又沒這麼大的紙。只好還是請你們把〈三詳〉先寄還給我，還比較省事點，Mae似乎不怕去郵局。也許不用自己去。不忙，不是等着要。這次收到的照片，Stephen單獨照的一張表情真smug & boyish〔沾沾自喜和孩子氣〕，兩人照的一張Mae非常好，背後的金桔（？）是Mae種的？我上次說的花謝了，落了一地，揀起來看看，是一種有皺摺的淡紫鈴鐺花，一點也不好看，但是在高枝上完全不同。希望Stephen快點好。

Eileen 六月廿八

張愛玲致鄺文美，一九七六年七月三日

Mae，

收到六月廿六的信，我前幾天的信想必也到了，剛巧交叉錯過了。Auntie又病了！可以想像你分身乏術的情形。有個治扭了筋與風濕的偏方，不知道對止痛可稍微有點效用——用棉花蘸了witch-hazel〔金縷梅酊劑〕揉擦，貼在上面，睡覺的時候把蘸濕的棉花縛在患處，普通扭了筋三四天就好了，我試過。《小團圓》我擱在back of the mind〔思想背景裏〕，〈四詳紅樓夢〉快寫完了，〈三詳〉重新整理過，本來要重抄，請千萬不要再寄還給我，也不要代為保留。匆匆出去趕寄這封信，這兩天又放假，希望信不會太慢，還來得及。Stephen好些了？我看報上就覺得中大改組一定是非常棘手煩心的事。你自己也保重，再要累病了可真——！Auntie回來了沒有？前些天在報上看見有一篇像《二殘遊記》，裏面更正「學校司機」，看了你的信才知道是他自己寫的。《二殘》

70. 一九七六年六月九日，宋淇致平鑫濤信中說明，請他照張愛玲信中所述作廢和抽換稿件。
71. 曾景文擔任環球小姐選美比賽（Miss Universe Pageant）的評判。

三版，我是我典型的反應：「Well——就是這樣。」Family plot是祖墳，在現代就是墓園裏買塊地，一家人好葬在一起。「Peeping Chang」譯得真好！收到剪報。以前聽莊信正說唐文標這人有點神經病。這兩天不知道你們忙得怎麼樣了——不敢想。

愛玲 七月三日

宋淇，一九七六年七月七日

Eileen：

你的〈三詳紅樓夢〉及二次改稿都早已寄給平鑫濤，並已發排，交給《皇冠》獨家發表，可是昨日他來長途電話，云《聯合日報》副刊缺稿，同他協商，希望能在《聯副》連載，我當然答應，《聯副》讀者多，比《皇冠》多出一倍以上，缺點是每日追很辛苦，好在登《皇冠》，普通讀者也不會發生極大興趣。在登《皇冠》時，我一樂天派，表示不必付稿費，將來算版稅好了，好在一萬元已到手。現在改登《聯合報》說不定還有稿費。

你要的稿紙我可以寫信給《聯合報》，他們有一種特別為航空寄而定做的稿紙，每張五百字，我會請他們先航郵一部份，再平郵一部份給你。

平電話中說《張看》反應非常之好，他很高興，因為在他說來，這是面子問題。香港的出版者去了台灣，平嫌他索價過高，我說排工香港是比台灣貴一倍，他不影印而重排是他的事，反正我介紹他們二人直接見面，自己商談，免得我捲進去。

不過從《張看》這本書之受歡迎，你更應該把握這種難逢的機會。聽說唐文標出了一本《張愛玲雜拌〔碎〕》，我正想托人去買。這次葉珊來港，羅青、余光中、黃德偉等聚在一起，拿他大罵，說他對外總說自己是數學專家，其實是個三流大學的助理教授，拿不到tenure〔教授終身職〕，口口聲聲說愛國，回國服務，瞎發議論，對別人的詩和小說盡說些不負責任的話，提起來莫不深惡痛絕。水晶雖荒謬，到底還是念文學的。

By the way，我一直忘了告訴你，《小團圓》的前一段講香港那部份，雖然故事與「戲肉」無關，但其中有不少屬於張愛玲筆觸的句子，到了後來，一入戲，嚴肅起來，就沒有了，這也是一個沒有統一的表現，如果能keep on同樣的方式，未必不是一種saving grace〔補償的特色〕。

現在還言之過早，但《紅樓夢》一書至少可以tie over〔維繫〕一、兩年之久，免得讀者把你忘了。最近台灣文壇風氣一新，年青作家和藝術家從事創作和出版層出不窮，老作家不拿點真玩意出來，很容易給後浪吞掉。我自己最近寫作，得文美之助，開始更精練，用字更老到，大概可以說沒有廢字廢話，漸趨爐火純青，把以前的毛病改掉了。最近台灣友人來信云我的論《石頭記》英譯文章已獲得今年雜誌聯誼會的金筆獎，獎不獎對我而言無意義可言，可是他們將此獎頒給一個不居留於台灣的作家，非同小可。現在這書有David Hawkes親自寫序，葉公超題字，將來或成為開風氣的書，也未可知。我們全家忙得焦頭爛額，不在話下。匆匆即祝　安好。

Stephen
76年七月七日

宋淇，〔一九七六年七月八日至七月二十一日之間〕

Eileen：

七月三日航簡收到。〈三詳紅樓夢〉早已寄去，《皇冠》且已發排，《聯副》缺稿，要求《皇冠》轉讓，平有長途電話給我。我想《聯副》讀者較多，況且應該付你稿費（對平我是說愛玲此稿的稿費付與不付無所謂，應該放一馬時樂得漂亮），單行本將來仍由皇冠出，所以就大膽作主答應了。

昨日接到《皇冠》這一期，上面有廣告，《張看》已隆重再版，恐怕不過一、兩個月的事。

可見我的判斷力沒有錯誤，這樣一本書，憑良心說，不是大家起轟，不應該有如此大的銷路。我也不知道如何說才好，說我有商業頭腦，說我懂得群眾心理都可以，總之，有時我也很矛盾，一方面覺得如果自己身體好一點，在這一方面大有成就也未可知，一方面覺得具有這種直覺不知會不會對我的寫作生涯是種妨礙？總之，少說自己為妙，還是談談你的事，我想說的就是到現在為止我的安排一步沒有錯，你可以對我完全信任。

《張看》的香港出版者已回港，我介紹他去見平鑫濤，二人都是出版界方面的高手，結果平請他吃了一頓飯，二人折衷把賬算清，台版只銷台灣和美洲，不能銷港和東南亞。這樣最好，免得我夾在中間。

《聯副》的編輯駱學良曾有過信給你，此次乘他登〈三詳〉之便，我已去信給他，請他航寄一冊500字的稿紙，四冊平寄，這種稿紙每張500字，紙張極薄，專為航空之用，我順便說借機可以向你索〈四詳〉一稿，你只要多謝他的稿紙，文章先含糊回答一下，不必立刻應承他。稍為有點名作家的姿態也不是壞事。

鹿橋的《人子》出版時銷路也很好，後勁不繼，我買了一本，看不下去，對這種講人生哲學的書我沒有胃口。他的《未央歌》Mae也沒有看完，大概是沒有緣份吧。他在Yale多年，始終不得意，現在由St. Louis University〔聖路易斯大學〕聘為終身教授得以吐氣揚眉。他的舊學底子不錯，在美國的三位中國美術教授，以他功力最深。上次來港，讀到我一篇論《紅樓夢》的文章，竟然寫了一封表示欽佩的信給我。他的興趣患在太廣泛，不能集中精力專攻一門，這也是他和我同病的地方。Family Plot在寄出信後，忽然想通了，不過我當時稱之為「祖墓」。多謝你證實。祝好。

Stephen

張愛玲致鄺文美、宋淇，一九七六年七月二十一日

Mae & Stephen，

自從收到Mae的信說Stephen忙着中大改組，又不舒服，我不想在你們煩亂的時候問長問短，所以惦着沒寫信，曉得你們知道我惦記着，等事情過去了會告訴我的。後來Mae在你們親家與茉莉晚上到的那天還定得下心來寫信來，我真不過意。說十八年了，我想起十六（？）年前倚在Auntie床上聽Mae說得病經過，聲調還在耳中。收到Stephen七日的信，想必好多了。剛好又為了我的事寫信，我也於心不安。〈紅樓夢識小〉與剪報都收到了，非常得用。前一向我以為你們在這緊急狀態下不會代寄出稿件，所以放心托膽在忙着趕着改〈三詳紅樓夢〉，剛改完，還沒抄。收到七日的信，又頭昏腦漲起來。想來想去，沒辦法，只好擇要寫了篇二千多字的〈後記〉，趕緊直接寄了兩份去，附信告訴平鑫濤我以後再把改過的〈三詳〉全文寄去，收入單行本，〈後記〉就不要了。〈四詳〉寫完了，以後與〈三詳〉一併寄港。稿紙我現在不需要，因為這種皺紙剛買了兩千頁，為了折扣與省送費。我本來一直主張Mae幫Stephen做事的，在文字上合作更好了。不在台灣的作家拿他們雜誌聯誼會的金筆獎是真難得，真是破格了。希望你們等以後有空的時候還是把〈張愛玲語錄〉整理出來，我上次隨口說「隔得太久了不知道說些什麼」，千萬不能誤會我是要自己檢查，仿佛你們不會揀適當的。我也絕對不是為了對抗《張愛玲雜碎》與什麼《宋江與張愛玲》（《張愛玲與宋江》），我都沒看，也沒有好奇心。這種義務宣傳儘管害多利少，是白拿的也就不能挑剔了。我看了些記實的間諜書，沒有關於中國的。有個講起昆明的美國特務機關，但是只訓練東南亞人回本國活動。之雍改台灣人又觸犯一忌，當然不行，還是本地人。九莉的職業一度想改為專銷暴發戶的工筆仕女畫，當時有這一行。但是需要一個賺錢少而有前途的行業。想也許改京戲唱花臉——女孩子唱大面比較沒人捧——陪闊表姐票過戲，憧憬着下海。但是沒從小練功，又怕跑小碼頭，尤其是戰時北方。等着個老伶工出山搭班，等來等去，一面苦練——有點使我想起Zelda Fitzgerald（薩爾達·費茲傑羅）苦練芭蕾舞，白費工夫；而且又太不賺錢了，完全沒收入也不行——後來替一個想

演電影的坤伶編了齣私房戲——她夠不上拍記錄片，古裝話劇又演不過影星——燕山導演。不過京戲四〇年間已經開始衰微了，就靠「紡棉花」，而且我太不熟悉，連西皮二黃都分不出。想看「戲考」與近代的軼事等等。張恨水的《歡喜冤家》似乎是寫女伶。如果知道什麼書店也許有，我可以寫信去問。九月此地票友公演，預備去看——也看過，很壞。朱西甯來信說胡蘭成陰曆年回日本，五月又來了，他代找房子住在他隔壁，飲食起居都由他們照顧，絮絮說來，面有德色。我一氣馬上想着「真虧了Mae & Stephen——」感激涕零起來。並不是先不知道感激，不過知道就是了，我一向保重，不去想這些。本來我已經不預備再跟朱西甯通信了，這次《張看》誰都送了，包括姚宜瑛〔英〕，就是沒送他。不過平郵，不知道什麼時候寄到。下次再來信，只好客氣點給他寫個封套退回去，不然還當我想聽他報告胡蘭成的消息。不是不慮到他又寫起公開信來，但是越怕他越得寸進尺。他信上說我大量，這樣惡毒的罵我的《張愛玲雜碎》這本書說我極力裏助。Auntie可好些了？回來了沒有？銅鑼灣Mae去起來真遠[72]。希望Stephen好了，Mae也沒累着。

Eileen 七月廿一

張愛玲致鄺文美、宋淇，一九七六年七月二十八日

Mae & Stephen，

Stephen七月七日後的一封信沒寫日期，郵戳也不清楚。我因為Stephen說「可以」代買稿紙，以為還沒買，後來收到空郵寄來的一部份，當然是這種紙好，空郵也省郵資。我糟塌的紙多，用得很快，連寄費一共大概多少錢，下次來信請告訴我一聲。關於駱學良，以後Stephen最好不要叫人寫信給我，我寫這種信很費勁，一封回信要寫半天，寧可有事的時候我再寫信去。《〈三詳〉後記》寄了去之後又還改了，當然那篇〈後記〉也只好讓它去了。《小團圓》裏改唱戲的辦法已經放棄了。我上次寫了信來之後就悟出九莉的職業儘可以平凡沒關係。又，上次忘了說朱西甯信上說他女兒

在查《澗于集》——我祖父的集子——查出裏面有我父親張仲昭——其實是我伯父，我父親還沒出世——顯然還預備寫我的傳。我覺得鹿橋pretentious〔自命不凡〕而極有限，不過朦得住有些人。他居然也欣賞Stephen的《紅樓夢》論文，也足見它的普遍性。希望Stephen漸漸痊愈了，Mae也沒累着，Auntie也好些了，你們也忙得稍微好了點，不然茉莉來了多可惜。我這幾天暑天着了涼，整天昏睡着。

Eileen 七月廿八

宋淇，一九七六年八月二日

Eileen：

廿一日長信收到。

〈三詳〉稿已轉《聯副》，但仍未連載。我想先寫個後記，將來等〈四詳〉寫完後再評改甚至重寫然後出書。附上剪報一份，這位先生誤趙岡為趙聰，我因為他的地址不便，且並不認識他，所以接到他的信，想等到秋涼後再去造訪，想不到趙聰收到他的影印本，並寫了一短文，可能對你〈三詳〉一文有用，至少丫頭名字不是從那種香豔叢書裡來的，除非曹家上一代用這些名詞，否則對你的主張——是創作不是自傳一說有相當的作用。

《聯合報》的稿紙已寄出，如果合用就用好了，在他們是求之不得，因為有格子，每張五百字，計算起來容易。

72. 鄺文美母親入住的養和醫院在銅鑼灣，離家很遠。張愛玲自己也身受其苦，所以對鄺文美的交通問題分外關注，別見一九六五年二月六日致鄺文美、宋淇信及這則語錄：「我至六點還沒有睡，你卻已經要起身了，『披星戴月』，最好替班的時候能夠在一起談談。一想起每天你在公共汽車上消磨那一些時候，我總願自己能陪著你坐車——在車上談話很好，反正那時候總是浪費掉。」

九莉的職業改為唱大花臉（或黑頭，行話）是絕招，因為女子唱絕無前途。唱這類戲除了金少山、裘盛戎等三數人，男角都極少能唱壓軸或掛頭牌，女人根本不可能。我從前公司中有個同事，他的小老婆就是妓女出身，人不高，眼睛大，妓女非會唱京戲不可，否則不能出局，她偏偏有個大花臉的嗓子，解放後還跑了一陣小碼頭。九莉之家都喜歡京戲provide一個極好的background，Mae的姐姐嫁了一家，全是京劇迷，父親是票友中第一名小丑，丈夫的大哥是余叔岩教過的老生，後來離婚娶了胡四姐，也是名票友。全家唱戲入了迷，結交的都是名伶、名票，當然還有一大批清客、窮票友、琴師、鑼鼓手等，免不了研究戲詞、音韻等，總算是詩禮之家，九莉之母嫁過來當然格格不相入，父母感情極壞，九莉偏偏只會唱大花臉，不講究太大的技術，只憑天賦嗓子衝、嗓門大，為大家所不齒，弟弟倒是個青衣或花旦材料。這個背景和人物倒安排得極別緻，九莉從小一腦門子故事，才子佳人，英雄美人，慢慢可以走向寫作，居然有點小才能，後來憑了能唱花臉的技能，借此可以跑跑小碼頭，倒也安插得上。可惜這樣一來，小說完全要重寫，香港一段只好犧牲。這方面我可以找一點資〔料〕給你，此外《秋海棠》、《風雪夜歸人》，張恨水的小說中必有一點材料和氣氛可用。我越想越覺得好，九莉的自卑感，母親要她洋化企圖的努力和失敗，母女關係的隔膜，父親唱戲極可能抽雅〔鴉〕片，唱老生自有一股戲中人忠義之氣等，信中所提同燕山那一段都可以fit上，極自然。至於男主角可以不必深入研究，他既是特務，寫得他神秘一點也好，飄然而來，飄然而去，神出鬼沒，錢的來源也不必細究，自有他的辦法，甚至可以在九莉前略有暗示，九莉可以把希望寄託在他身上，而他用九莉來掩護他的身份。最後才發現他是double agent〔雙面間諜〕，給人暗殺了（重慶和日本人均可）。這個構思至少可以成立。好在有很多時間可以細細構思，至少在我們看來，人物和故事可以比較自然地fit into〔符合〕原來的想法，不必完全推翻。

唐文標的雜碎我買了一本，真是雜碎，而且他一腦門子小說必須為國家社會服務，〔……〕。承他在迅雨一文後，云見到林以亮文中說迅雨即傅雷，尚待考，我想你再考也考不出來，告訴我的是迅雨本人。書的tone〔調性〕大致上還算客氣，因為他對白先勇和其餘各人也不滿意。Mae的母親後天可以返家，家中之亂和忙可以想像。祝安好。

Stephen
76八月二日

宋淇，一九七六年八月六日

Eileen：

七月廿八日航簡收到。稿紙是《聯合報》特製，送給撰稿人的。這次我叫駱學良先航寄一冊，平寄四冊給你，想不到他航寄了兩冊，借機寫封信給你，並不是我授意的。以後你不必回他信，告訴我一聲，我可以代覆。

〔……〕

文美的母親已於前日出院返家，已能自己行走、飲食、大小便，簡直令人難以置信。可是人軟弱了不少，而且不如病前靈敏——以後是日漸衰老，這是無可奈何的事。文美倍形忙碌，因為Melissa[73]時時要她的attention〔注意〕，好在她也極喜愛這孩子。我的病一不小心就會發作，所以平時飲食特別小心。附上前信所提之小文影印一份。祝安好。

Stephen
76年八月六日

73. 即宋淇夫婦的外孫女曾茉莉。

張愛玲致鄺文美、宋淇，一九七六年八月十五日

Mae & Stephen，

八月二日、六日的信與〈紅樓夢談屑〉都收到了。〈三詳後記〉我寄了兩份去，使平鑫濤恐慌起來，來信問Stephen信上怎麼說的，又解釋他為什麼不得不「忍痛」轉讓給《聯副》。我只好又去信解釋——是因為一看信上頭兩句「早已寄出，皇冠且已發排」就急昏了，下文看了也不大有印象，所以〈後記〉多抄了一份，仿佛以為兩個同在台的刊物會同時登。——萬一還來得及，我又寫了封信給駱學良，〈三詳〉如果還沒刊出就請暫緩，告訴我一聲，我就把改寫過的全文寄去。忘了提收到兩批稿紙。唐文標的《雜碎》早寄來了，我那幾天不大舒服，沒下去拿。已經躭擱了，就沒退回。唐同時寄了本《今生今世》來，我只翻了翻，看這次出版有沒有添寫點關於我的。添了些，我也沒看，不然《小團圓》更寫不出了；只看見從前看了最刺目的什麼德國人要「包」我的一段。連remotely〔勉強〕牽扯得上的事都沒有，唯一的可能是我有時候說話不清楚，太簡略，對方再一犯疑心病，就會聽錯了。關於《小團圓》，Stephen信上對改唱戲的idea這樣熱心，當然還是走這條路子。得便的時候就請代搜購參考書。《風雪夜歸人》我沒看過。上次打退堂鼓，當然是因為對寫不熟悉的東西實在有戒心。還是想儘少寫。票友世家家裏京戲的氣氛太濃厚，九莉的父親也沒這麼dedicated & enterprising〔投入與進取〕。我需要stay close to facts〔切合事實〕，感情上聯繫得上。她後母一家戲迷，小阿姨講起杭州大世界坤伶一個個都是美人，她暗笑她們土，但是她後母會唱兩段青衣，她下意識競爭，所以也學。呂表哥追求未遂的闊表姐，〔盛宣懷的孫女也不知是重孫女〕兩姊妹之一後來嫁了個琴師。九莉十五六歲陪這表姐票過一台戲，此後想留學，去港〔頭兩章不受影響〕。回滬後，因為對她母親的西方叛逆，才醉心傳統的東西，再跟這表姐票戲，認真起來。下海要跑小碼頭，是必需的經驗，但是她怕髒又怕應付人，大概沒大去，不然後來去內地看之雍就不算回事了。Auntie的vitality〔活力〕與彈性真神妙，Mae與琳琳瑯瑯茉莉真運氣有這樣的遺傳。希望Stephen的病這一向沒發，Mae也好。

Eileen 八月十五

張愛玲致宋淇，一九七六年八月二十八日

Stephen，

Hawkes譯的《石頭記》我沒有得空細看，覺得是詩賦楔子譯得最好，對白有些地方不大對，如第十一回秦氏病，寶玉要去探病，王夫人說：「你看看就過去罷，那是姪兒媳婦」，指姪媳須避嫌疑，不能多坐。譯作「Yes. She is your nephew's wife. I think you should.」P.233適得其反。又如第十九回襲人說「拿八人轎也抬不出我去了。」寶玉說：「你在這裏長遠了，不怕沒八人轎你坐。」指他娶她為妾。譯成「bridal chair」；寶玉表示不信，說花轎再加上個「handsome husband」她難道還不肯出去？（P.392）又正適得其反。第廿回晴雯說「交杯酒沒吃，倒上了頭了」，下句指梳髻，譯成「doing her hair already」，其實婚後男人也不替太太梳頭，應作doing up her hair already.（P.405）第十二回賈瑞說鳳姐「極疼人的」，是warm，譯成gentleness。（P.244）第七回鳳姐說寶玉被秦鐘「比下去了，」是說他不及秦鐘，譯作「You've met your match.」P.177第廿一回末鳳姐說平兒想「降伏我」，譯「displace me.」應作dominate me.（P.430）第二十四回醉金剛譯作Drunken Diamond（P.475）；賈芸告訴鳳姐他母親說「嬸嬸身子生得單弱，」譯作「Aunt Lian is only a single weak woman，」變成泛指女性是盈盈弱質，原意專指她個人的健康。而且把「單弱」直譯為「single weak」！（P.478）第二十五回「噴壺」誤作「痰盂」（P.489）；寶玉向彩霞說：「好姐姐，你也理我理兒呢！」譯作「Come, my dear!You must take notice of me if I speak to you!」完全是大少爺口吻，相差太遠。（P.491）同回黛玉到怡紅院，李紈鳳姐寶釵已在。後來趙姨娘周姨娘來了，「李宮裁寶釵寶玉等都讓他兩個坐，獨鳳姐只和林黛玉說笑，正眼不看他們。」此句漏譯「等」（etc.）「獨」二字，成了李、釵、寶玉三人讓坐，而鳳、林不理她們。（P.500）「等」字只能是指黛玉，因為除她沒有別人在座。不提她的

名字，是避免下句重複。第二十六回寶玉說賈蘭演習騎射，「牙栽了才不演習呢！」譯作「Better not waste time jawing.」（P.516）此外還有adverbs加得太多而常不切合，如第十七回賈政讚一入園門就是一座山擋住，加上一句「somewhat otiosely」形容他這段話，其實他這話很必要。（P.327）第五回「秦氏笑道：『我這屋子大約連神仙也住得了』」，加上「with a proud smile」（P.127），其實是玩笑的話，否則秦氏風韻毫無。第九回寶玉上學辭別黛玉，「黛玉笑道：『這一去，可要蟾宮折桂了，…』」也是玩話，譯為「smiling but perfunctory.」（P.205）第六回賈蓉借屏風，「鳳姐笑道：『也沒見我們王家的東西都是好的不成？你們那裏放着那些東西，…』」漏譯「王」字，賈王對立變成榮寧對立，又加上「maliciously」，其實是輕快風趣的話。P.163第七回鳳姐叫賈蓉趁早打發了焦大，「賈蓉答應『是』」，譯作「assented meekly，」仿佛認為他應當嫌她多管閒事。（P.183）這種例子多了。也許我太吹求，好在信上隨便講沒關係。Mae一定也都看見了，但是我想寧可重複，所以抄了寄來給你們作參考。再談——

Eileen 八月廿八

宋淇，一九七六年九月四日

Eileen：

八月十五日航簡收到。上次寄出之剪報漏了最後一段，寫這文章的人董千里我認識，大概以前從未讀過胡蘭成的東西，看了不免大驚小怪。

昨天我見到了遠景出版社的負責人，上次來港，我說沒有時間，不見。這次來港一定要見，說預備坐車到我家來，我幸而昨天有個約會在九龍，就順便約了他們一談，免得他們入侵我家。他們兩個都很年青，還不到三十，可是一直是你的admirer〔仰慕者〕，他們天真的想法，以為胡蘭成同你有交情，出他的書，可以博得你的好感，後來才知不對。我當時輕描淡寫，我說胡的寫法完全以九尾龜的主角和文素臣自居，令人看不起。他們也說為了胡蘭成吃盡苦頭，《山河歲月》被禁，《今生今世》再版也自動收回停止發行。並希望我向你委為解釋，純無其他用心，我說自當說明，但Eileen雖然對外界的事不十分介意，但你們出了胡的書不算，還要請她寫序，跡近故意令她過不去，他們說完全出於無知，現胡已回日本，因在台已無立足之地，而他們現在的表現足證他們的無任何惡意。他們一聽我有意出〈張愛玲語錄〉，就興奮得不得了，搶着就要，我就告訴他們我與《聯合報》和聯經出版社的關係，他們也就有點知難而退了。你的《張看》我看到《皇冠》的廣告已是三版了，一月一版可算暢銷書中之佼佼者。遠景出了陳若曦（秀美）的反共短篇小說集五個月十二版，作者同出版社都發了一筆小財，而且每版四千冊。另一本王鼎鈞的《開放的人生》八個月出了十六版，也很驚人。所以我認為台灣的讀書風氣和出版界大有可為。你現在是萬方期待中的作家，千萬不要make any faux pas〔犯下失誤〕。我想《紅樓夢魘》不一定成為暢銷書，但對你名聲有益無損。〈張愛玲語錄〉我最近挑了幾十條，先影印給你看看，要等文美剪裁，加一點修正後再開始發表，是否能成書頗成問題，但至少對你是一大build-up〔有利名聲之舉〕。

遠景的沈君買到了一冊冒用你名字的小說，你不能說他們翻印，而且天下也總不可以說不許有同名同姓的人。他們買你是因為想讀你的作品，越看越不像。給我一看，我立刻說是冒名寫的，而且書後還有陳影的跋。我現在航空寄上，希望你寫一篇文章，聲明一下，說除了翻譯是今日世界社出版，其餘全是皇冠出版，免得有人運到台灣去倒蛋。同時立刻我會寫信給平鑫濤，委託他去替你辦登記手續，以免魚目混珠。香港就無能為力了，當時香港滿街都是瓊瑤的作品，大概有百餘之多，後來他們來港大打其官司，才算消滅這種現象。你一沒有時間，二沒有這麼多錢，來打這種官司。我想你可以根據我寄給你的書寫一篇文章，同時在港和在台發表，筆調當然一貫你平時的作風，有點幽默，有點自嘲，同時加上正式聲明，否則太有腔也不好。

你信中所說關於玖玲唱京戲的事，我當然同意你的看法，是你在寫，一定你feel strongly about it〔有強烈感受〕才寫得好。最重要的一點就是「對母親的西方叛逆，才醉心傳統的東西」，這正是我想說而沒有說明白的，可謂「智珠在握」。否則原作中總覺得女兒既沒有父愛，偏偏又同母親如此疏遠，當然可以解釋為性格上的關係，現在就有了心理上的根據了。

上次寄出剪報之後，又看到《書評書目》一篇大（罵）胡蘭成的文章，痛快淋漓。下次等到有其餘的文章時一併寄上。有關京戲的文章當隨時留意，代為找尋以作你寫作的參考。

家中各人均好，岳母年事已高，居然還能自己行動，可稱小奇蹟。外孫女下星期回美，大家都很不捨得。

Stephen
4/9/76

張愛玲致鄺文美、宋淇，一九七六年九月五日

Mae & Stephen，

剪報收到。我收到駱學良說〈三詳〉已經刊出的信以後，又再寄了篇〈後記〉去，不到五百字。〈四詳〉又重新整理過，兩篇這篇改到那篇，好容易又都改完了。巴士罷工，還沒拿去複印。平鑫濤轉來《聯合日報》稿費US$720。我忘了還寫過一篇關於高鶚的短文，一時找不到，托皇冠代找出來，預備收在《紅樓噩夢》裏。平鑫濤複印了一份寄來，問要不要就排印起來。我一看，又發現裏面有兩處不清楚需要改，回信說還是暫緩排印，等〈四詳〉、自序、改寫的〈三詳〉都寄了去。以前托Stephen去說先排起來，但是這次實在改怕了，雖然怕轉載，更怕排了又拆了重排，只好出爾反爾。我上次信上擠不下，沒說：《小團圓》裏的父母為了玩票更意見不合，使他們倆有人情味得多。他們越有人情味，九莉越unsympathetic（不可愛）。我覺得這idea非常好而不能用，這也是一個原因。《世界日報》上在登一篇〈盛七小姐〉，看了想起來那嫁琴師的是盛老四的女兒，長得也還可以算漂亮。她母親是我後母的大姊。看報上香港大風雨，幸而Mae的花都是盆栽。Auntie如果續有進境，Mae能不能還是自己送茉莉回去？希望這向你們倆都好。

Eileen 九月五日

張愛玲致鄺文美、宋淇，一九七六年九月二十四日

Mae & Stephen，

信與《笑聲淚痕》剪報都收到了。董千里是不是聖約翰畢業的？我這向還幸虧巴士罷工，無法去複印店與郵局，〈四詳〉又添改了許多，與罷工都還未了。當然是《紅樓夢魘》更好，已經改名了。浴室裝備壞了，房東遲遲不派人來修，來了又只鬼畫符一下，有兩星期攪得我雞犬不寧。今天在抽屜裏找Stephen最近的一封信都會找不到。信上說遠景的人要「進侵」你們家，看得笑了起來。過天寫篇關於《笑聲淚痕》的短文。上次托你們搜購的參考書，忘了說請空郵寄來。我向《中國時報》定購《牆裏牆外》（上下集）等三本叢書，平郵寄來，結果仍舊幾個月後才空郵寄來，三本連郵費US$5——大概不肯收——但是參考書不知道買得到多少，完全沒數，還有《笑聲淚痕》書價HK$2，我也忘了看郵費多少，請都先墊付着，便中告訴我大約一共多少。票社公演，我知道得太晚，錯過了。Mae倒已經要動手編〈語錄〉了。請千萬不要寄副本來，我是真的不想看，等着看書。收到平鑫濤寄來全集與一版《張看》版稅一千一百多美元。Auntie可還那麼澈骨的疼？希望Stephen開學後又再一忙，十二指腸炎沒發，Mae也好。茉莉回去路上好？乘郵差還沒來，馬上寄出這張航簡。

Eileen 九月廿四

張愛玲致鄺文美、宋淇，一九七六年十月十二日

Mae & Stephen，

上次因為想起空郵參考書的事，急於來信，都忘了提收到郝壽臣那篇文章，真好到極點，而且感動人。他是架子花，注重做。看來我要寫的是銅錘花臉，大概是演武將如項羽與托兆碰碑的楊七郎。又在舊《明報月刊》上發現一篇蕭長華整理三國戲的自述。我一直不愛看四大名旦的私房戲，都是名士編的，太文。要蕭長華這樣編的才像老戲。前幾天又收到周汝昌的《紅樓夢新證》，到得正是時候，非常有用。書價郵費共HK$25，與《笑聲淚痕》都等買了參考書一起算，還有這次寄來的稿子，一部份是複印紙，奇重，轉寄的空郵費也請算在裏面，告訴我大約一共多少。上次郵局有個老誠資深女職員勸我不用掛號，說從來沒丟過。她連有兩個郵差都深知他們的為人，像老搭檔。我就也放心了，Mae用不着一收到就告訴我。希望你們最近都好，Auntie也還又好了些。趕着去郵局，過天再寫信。

Eileen 十月十二

張愛玲致鄺文美，一九七六年十月十七日

Mae，

剛把稿子寄了來就收到你十月五日的信。茉莉照片上的神氣像你。有些遺傳是會隔一代的。她梳丫髻真有情調，是不是因為穿唐裝？花燈也可愛。真幸虧有她，你蘇散了一夏天，沒有更好的調養法了。是要「拿得起，放得下。」玲玲有沒有信說西班牙怎樣？可以想像她現在的風姿。在書上看見說波蘭公寓屋頂洋台上常常舖草皮，栽花種樹，儘管天氣冷，俄國更是許多人家滿房盆栽，我想也是因為鐵幕後國家往往房子老，傢俱破舊，一綠遮百醜，真是好辦法。錦上添花當然更雅

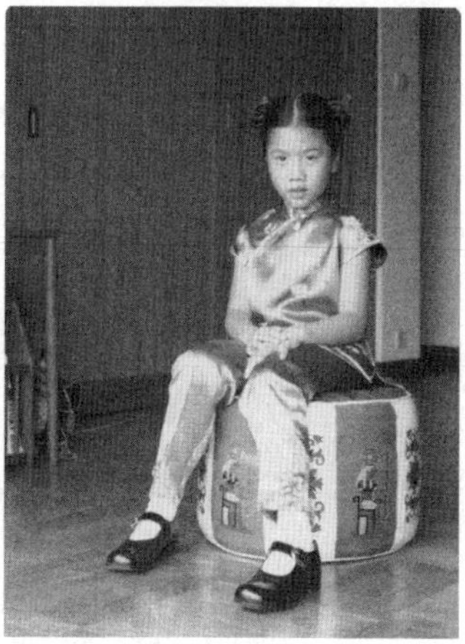
曾茉莉

黯。我最喜歡從前歐美富家的花房。你說搬到中大校園內四年，一直欣賞這環境，從來不take things for granted〔視為理所當然〕，我太知道這感覺了。說來可笑，從前住「低收入公眾房屋」的時候就是這樣。仿彿擬於不倫，但是我向來只看東西本身。明知傳出去於我不利，照樣每分鐘都在享受着，當窗坐在書桌前望着空寂的草坪，籬外矮樓房上華盛頓特有的紫陰陰的嫩藍天，沒漆的橙色薄木摺扇拉門隔開廚灶冰箱，發出新木頭的氣味。奇怪的是我也對Ferd說「住了三年，我從來不take it for granted。」〈四詳紅樓夢〉第一〇二頁第九至十行請代刪掉這一句：

書中人對當代政治表示不滿，這是僅有的一次。

你們一定早料到了會有這一着。我反正有點事就寫封航簡來，不是等着回信。Stephen過些時有空的時候再寫信，你也千萬不要多寫。你說家裏有時候像旅館，有時候像醫院，是像，看得笑了起來。《紅樓夢西遊記》這題目真好。

愛玲 十月十七

宋淇，一九七六年十月二十四日

Eileen：

信同來稿〈三詳〉和〈四詳〉均收到，可是信中的指示不清楚，沒有敢寄出去。以下幾點想請你澄清一下：

（一）稿件是否全部（連自己設計的封面）寄平鑫濤？

（二）還有一篇序呢？

（三）〈三詳〉與《聯合報》上連載的〈三詳〉內容不大相同，是否那一篇不要了，由這一篇replace〔取代〕？

（四）〈四詳〉是不是預備也交給《聯合副刊》發表？是否由你自己直接寄去？可以多收一點稿費，何樂不為？

（五）目錄是否要重新整理過，因為照信中說有一篇講高鶚？而三與四詳都有副標題？

關於錢的問題，我去年替你代領了一篇稿費，是登在《明報月刊》的，共三百元港幣，可以last a long way〔用上好一段時間〕，所以你不必在信中再三提及，也不要牽掛於心。

有關參考資料，看到的全不中用。多是四大名旦的居多。要等我有空，抽出時間來，再說。

董千里不是聖約翰大學畢業生，英文根本不懂，白話文的文章不錯，有一時期寫得簡直可說精彩，可惜後來淪為稿匠，寫得太濫、太俗，而平時也沒有機會看什麼書，很是可惜。人都很有骨氣。最捧你場的是亦舒，也就是武俠小說家倪匡的妹妹，有時筆名用阿妹或衣莎貝，在她心目中，張愛玲 can do no wrong〔不可能有錯〕，而且過一陣必再說一次。台灣最近看到一篇書評是講《張看》，表示相當失望，認為這兩件破爛不值得搶救，倒也言之成理。

我自己的《林以亮詩話》已出版了一月有餘，一點沒有反響，大概我是老派，這種寫法令他們年青一代受新文學批評和比較文學訓練的人看了之後，不知如何說才好。我一直在等《紅樓夢西遊記》，始終沒收到，雖然已出了半個月，想二書一同寄上給你。

有關《笑聲淚影（痕）》的短文有暇就請寫好寄來，因為事關冒名頂替，侵犯作家的版權，好在你的作品都一向由皇冠出版，不容易混過去，這也就是認定一家出版社的好處。最近可能拿一些舊作和新作再出一本集子。《紅樓夢》論文擱了下來匆已半年，尚未開始動手。祝好。

Stephen
24/10/76

張愛玲致鄺文美、宋淇，一九七六年十一月二日

Mae & Stephen，

收到十月廿四的信。是我講得不清楚，我不過是說《紅樓夢魘》等全部內容都到齊了再排印。這次寄來的〈三詳〇〇〇〉是replace上次在《聯副》登的那篇與兩段〈後記〉，所以在篇末加上一句「'76九十月改寫」，表示內容不同，但是只能收入單行本。〈自序〉還沒寫，也可以先發表。等我把那篇關於高鶚的短文改了寄來，請與這篇〈三詳〉與封面設計一併轉寄給平鑫濤，免得滴滴搭搭。目錄在〈紅樓夢未完〉後加上這篇〈紅樓夢插曲之一：高鶚襲人與畹君〉，除第一篇外都有小標題。〈四詳〉直接寄給《聯副》也好，都請看着辦。既然還沒寄出，我就又改了一頁，附在這裏的第127a，b兩頁代替原有的第127頁。我又在寫篇短的〈五詳〇〇〇：『舊時真本』〉。本來想湊齊了〈五詳〉、〈自序〉、〈關於《笑聲淚痕》〉三篇短文再拿去複印，省時間。〈關於《笑聲淚痕》〉總儘快的寫了寄來。我本來覺得很難相信「釵黛一人論」。作為一個寫小說的，一想就頭昏起來。後來忽然悟出Stephen相信是因為Mae個性上兼有寶釵黛玉的有些特點。也許你們覺得是奇談，但是我確是這樣一想才相信了，因為親眼看見是可能的。仿彿太personal〔私人〕，所以沒寫進去。也說不定可以收入〈語錄〉，反正那都是私信，不能算是捧朋友，互相標榜。你們斟酌一下，在我都是一樣，也不是一定要發表這意見。關於京戲的參考書我也知道難找，等Stephen有空的時候慢慢的物色。希望Auntie又好了點。你們倆都好？我很高興除了《詩話》等又有Stephen新的集子可看。趕着下樓去寄信，郵差就快來了。

Eileen 十一月二日 '76

張愛玲致鄺文美、宋淇，一九七六年十一月七日

Stephen，

十一月二日的航簡想已收到。〈關於《笑聲淚痕》〉請代投稿。〈高鶚、襲人與畹君〉、〈二詳紅樓夢〉改的一頁請與上次寄來的改寫的〈三詳〇〇〇〉與封面設計一併轉寄平鑫濤。Mae與你都好？

Eileen 十一月七日

宋淇，一九七六年十二月六日

Eileen：

昨日週末在家把你的〈三詳〉和〈四詳〉細讀了一遍。〈三詳〉現在比《聯合報》發表的好得多，你想要提出的幾點都呈現出來了，不像以前那篇有些地方像蜻蜓點水式似的一點而過。

〈四詳〉一文中幾點我想向你提出，請你斟酌，是否要修改：

（一）P.87、P.100花襲人正文標昌（「曰」）

按這是回目：「花襲人有始有終」，我不記得是誰發現的，總之，俞平伯、周汝昌等人都已接受這句的讀法應為

花襲人正文標昌（「目曰」）

我也同意這讀法，因為這是一回的回目。這兩處應改。

（二）P.111伊涉伍德——比較常見的譯法為依修伍德

（三）P.113樹處（「前」誤）

按這也是俞、周所接受的讀法，我心中總是有點疑惑，遍查草書，二字字形僅有一部份相似，極為勉強，我個人認為「樹」字應為「數」字，是音誤，不是形誤，脂批二者均有，你文章中就校正了幾處如「利」之應讀「理」等。即有音誤之可能，我們不必拘泥於形誤。「數」處比「前」處要通得多。不知你看法如何？

（四）題目為〈小紅茜雪與遺稿〉，似乎不能盡達文之內容，因為二尤一段所佔篇幅極長，有一個辦法就是加兩個字：「小紅茜雪改寫與遺稿」，還有一個辦法是索性併為「改寫與遺稿」。你主張為百回，到現在為止，還止有你一人，言之成理。俞平伯根據「秦關」之說，始終主張為一百十回（一百二十回？參考「秦關百二」典故及俞平伯《略談新發見的《紅樓夢》抄本》）。這問題我始終沒有好好想過，雖然在大觀園一文中說過，為日無多，但潛意識中總覺得這麼好的一部小說應該長一點，所以從未想到百回的可能。

另函附上〈張愛玲語錄〉一文，編輯出門，由人代編，排列錯誤，題目跑到正文之下，令人誤會，為之啼笑皆非，《聯副》因篇幅關係，只先登出一小段，而且編輯要求將語錄改為私語，並將第一條「我像陳白露」，另一條「從前上海的櫥窗」刪去。

另附阿妹一文，大罵其胡蘭成，此人即「亦舒」，寧波人，心中有話即說。另有一女作家也寫了一段，說胡口氣中頗以賈寶玉自命。可惜我一時疏忽，忘了剪下來。這使我同Mae想起來，關於寫你的文章，可以暫時告一段落，以免為人「牽頭皮」，說我們挾你以自重。這次你的〈笑聲淚痕〉一文，我就在前面加上編者按，務使讀者不要又拿我們聯起來。這篇文章已定於十二月十五日同時在《星島日報》和《聯副》發表，隔得太近，弄成over-exposure〔曝光過度〕也不好。

附上代擬之目錄，請你過一下目，不知要如何改動？又〈未完〉及〈初詳〉二文不知平鑫濤處有沒有？等你覆信將以上幾點澄清後，再和文稿一併寄去。這一陣心情不定，不知為什麼。下一篇文章寫什麼還沒有拿定主意。趙岡最近在《中國時報》上寫有關《紅樓夢》的短文，他仍是自傳派，但說薛寶釵患的病是hay-fever〔乾草熱〕，卻講得頭頭是道。匆匆即祝

安好。

張愛玲致宋淇，一九七六年十二月十五日

Stephen，

收到十二月六日的信。「標昌」是「標目曰」，我剛巧漏掉了沒看到。還有幾處，也都幸而你說。〈四詳〉那幾頁改了附寄來，代替原有的這五頁。目錄標題上加了個「：」。〈初詳紅樓夢〉早已寄去了。封面設計上請代加一行：「狗耳內部——紅綠疊印。」你覺得《紅樓夢》應當不止一百回，我想是因為有些是「大回」，不同時期寫的長短不一。趙岡診斷寶釵的病那篇的確好。阿妹罵胡蘭成的一篇也真痛快。〈語錄〉也收到了，真虧Mae記下來這些。是真不能再提我了，已經over-exposure〔曝光過度〕。那次寫信給平鑫濤關於「唱在黃昏的歌」——預料他會用作廣告——也是為了朱西甯，免得像是我只說過他的小說好。他前一向又空郵寄了本薄而小的印刷品來，我原封不動裝了個封套平郵寄了回去。上次講Mae像寶釵黛玉，又沒頭沒腦的沒說清楚。我是說她有時候對外可以非常尖利，走路又特別嬝娜，有些moods〔情緒〕也像黛玉。我十一月起輕性感冒一直拖到這兩天剛好。中華國劇團路過公演一場，去早買了票，結果也沒去成。這劇團較近科班，總比票社好，錯過了真可惜。你們過年又要忙一陣子——

愛玲 十二月十五

Stephen
'76
十二月六日

宋淇，一九七七年一月二十一日

Eileen：

十一月七日、十一月十二日和十二月十五日積信都未覆。先是Mae的母親生病，急得Mae日夜服侍，結果本身操勞過度，因此患了重感冒，而我又急於準備迎接出錢的基金會來人，忙得不可開交。這才知道古人說賢內助並不是無稽之談。幸而經過西、中藥並施，她最近已好了十分之九，否則我真是六神無主，無法定下心來寫信。

上週末得暇，將你的《紅樓夢魘》整理好了，並寫了一封長信給平，一併寄去。告訴他〈四詳〉可交《皇冠》或《聯副》發表，其餘自序和〈五詳〉由他直接同你聯絡（不必發表，否則全書都是舊作），封面和文稿的校樣也直接寄你處，免得輾轉傳寄誤事。所寄來的改寫各頁均已照來信辦理抽換。

最近台灣的《紅樓夢》熱狂有增無已，有正大字本已有翻印本，全抄本也於最近翻印出版。此外，余英時不久即將出書，他是歷史學家，方法學訓練第一流，趙岡與周汝昌都要讓他三分，看樣子考據派的自傳說終將攻倒。你、我所主張而沒有公開大喊的小說和創作說一定會勝利。所以我想你那本書出來銷路一定不會太壞。

Mae整理抽斗，忽然發現一封你七五年一月十六日來信和附來的一張支票，根本沒有拆開。打開一看，原來全部是講〈色，戒〉的，其中問了很多問題。我想等到你《紅樓夢》告一段落後，可以revive〔重啟〕〈色，戒〉的討論，這題目實在可以寫，當它是一種warm-up〔暖身〕，然後才寫《小團圓》。Mae同我時常討論《小團圓》，覺得書名太好了，問題是你把自己投入去太多，因此可能容易使讀者認為是自傳體的小說——最好能冷一冷。另外重新想過一種寫法，方始能保持盛名於不墜。

支票我早就說過不用，現在已過了期，故奉還。將來你那篇在《星島日報》發表的小文稿費雖少，貼補郵費足足有餘，所以不必掛在心上。

我想你把Mae看成「兼美」頗有問題，她同林有極少相似之處，而頗近於薛，並不是工心計那一方面，而是有女性的柔美，但同時亦有見識，有見解，處事並不慌亂。大家讀紅而大多數人不同情她是另一回事。最近我成了大忙人，兩本書一出，令人一呆，那裡來這樣一位學者，寫出來的東西都是他們聞所未聞的，而且又是和張愛玲與夏氏昆仲如此之熟。所以稿約不絕，應付為難，我本想寫一篇〈張愛玲炒麵〉和唐文標開玩笑，為Mae所veto〔禁止〕。即祝　安好。

悌芬

77年一月廿一日

張愛玲致鄺文美、宋淇，一九七七年二月二十三日

Mae & Stephen，

一月初在報上看見中大董事辭職的消息，替Stephen頭痛，收到一月廿一的信，才知道還有更煩心的事。我也知道Auntie這病難望steady improvement〔逐漸康復〕，Mae侍疾累倒了患重感冒，正趕在這時候Stephen忙着招待籌款基金會來人，我可以想像這情形。Mae當然像寶釵，我因為太obvious〔顯而易見〕，所以沒提。不像黛玉，我也一說就信了，這題材Stephen是個權威。〈五詳〇〇〉也長，現在好容易就快寫完改完了，序也寫了——引了Stephen信上「百回」一段to make a point〔提出觀點〕——本來想只差這麼點，完了再給你們寫信，看看躭擱太久，還是先來封信。Stephen因為用筆名，所以出名延遲了，一旦紅透了，自然使人有神秘感，不知道哪來的這人。這一向公私都忙亂，還需要抽出時間來給平鑫濤寫長信，我真過意不去。〈五詳〉完了就與序一同寄給他。關於《小團圓》你們慮得極是。我還有幾篇想寫的，與這難題一比，也說不定相形之下都成了避風港。〈色戒〉隨時來信的時候再討論，不要特為寫信。《聯副》駱學良來信說聽說我寫完了個長篇，要登，過兩天我回信說沒有。《中華日報》副刊蔡文甫拉稿，我預備告訴他以後如果來信寫給

Stephen。華副寄了些來，看到一段《文思錄》。「明駝」「漏明」饒教授解釋作「漏盡天明」，我想是「漏出亮光來」，因為muscular〔肌肉發達〕，臥下肌肉緊縮，腹下與腿彎都有空隙。剪報都收到了，張恨水夫婦的照片非常有興趣。這裏附的剪報，《今生今世》影片想必是借用這題目？朱西甯又去訪問我的表妹——影星張小燕的母親——打聽傳記資料。希望Mae完全好了，過了年都好——

Eileen 二月廿三

宋淇，一九七七年三月十四日

Eileen：

二月廿三日信收到多時。我今年二月八日起又患十二指腸出血，休息了三個星期，醫生說因為歲數大了，復原不如以前那樣迅速，總要六至八星期，現在雖然回校辦公，可是仍在服藥。去年沒有發，前年發的時候也正是這月份，大概秋冬與冬春之交天氣變化時最容易犯，加上飲食不慎和事情一多一煩就來了。好在我很喜歡喝牛奶，病了體重反而增加。

關於〈色，戒〉，我想先要澄清一個要點：（一）女主角不能是國民政府正統特務工作人員，因為他們認為不可能變節，如此寫可能通不過，好像我記得曾經有過這樣一個題材的電影劇本就沒有通過。她只能為特務人員所利用去執行一件特別的任務，甚至可以說連外圍都不是，否則連縱和橫的關係要連累和犧牲很多工作人員。至於行刺的人中只有一個真正是特務，他卻機警的溜走了，例如他可以買好票子到平安戲院去看兩點半一場電影，四點鐘從電影院出來，一看情形不對，又回入電影院，因為有票根，所以有alibi〔不在場證明〕。

（二）P.8「三缺一，傷陰騭」——騭與德通，但為叶韻，應用「騭」

（三）地點不能在永安公司，理由已如前述。地點大約如下：

（地圖：西伯利亞，西摩路，平安，靜安寺路，義利James Neil?糖果公司）

平安戲院在裡面，沿兩條馬路似乎是公寓、咖啡館，我問過幾個人都說是Federal，「新起士林」是在靜安寺路電車總站前的一條橫路上，（老上海說在戈登路後，通哈同路的一條橫路上，）樓高二層，是抗戰後新起的，生意好得不得了，因為是德國後台，與日本為同盟。Federal也是名女人每日下午必去之地。

（四）靜安寺路上似乎沒有首飾店，是我將「品珍」從南京路上搬移過去的，根本不合適，中國老式的首飾店，放在最摩登的靜安寺路（不止一家為大衣店）。我記得霞飛路有一家賣手〔首〕飾店，還帶寄售來路貨的七八成新的Omega〔歐米茄〕、Dunhill〔登喜路〕煙斗等。不妨在其中放一家鐘錶店，帶賣手〔首〕飾。鐘可以有各式各樣，例如Cuckoo clock〔咕咕鐘〕，一到四點，一隻鳥伸出頭來叫四聲；我家有一隻落地座鐘，用棒槌練條，每天拿重的一頭拉上來，等於開一次，可以走廿四小時，每一刻鐘有音樂，真正的來路貨，聲音大概是135i之類，也可以放兩隻，

到了四時，鳥叫、鐘鳴特別驚心動魄，加上滴答之聲，頗似電影中的音響效果。（這是我從前為那電影劇本所設計的。）

（五）不要說明去買戒指，這太obvious〔明顯〕，而且顯然是想敲他一下，（見原稿P.18），不如改為說買一隻手錶，因為自己帶的那隻太老爺了，然後再倒回去描寫牌桌上她看錶時已快三時，其實只有二時半，故意的，可以有買錶的excuse〔藉口〕。

（六）鑽石為保值最佳的物件，尤其是上品，上海那時有位叫「品娟」的女掮客專門上公館去做這種生意，（後來此人在香港仍做這一行）雙方面賺佣，好的純白無疵或火油鑽要十幾，數十兩黃金一carat〔克拉〕，粉紅色或藍鑽出錢買不到。在牌桌上，任太太可以怨任不捨得為她買一隻火油鑽。（又，大不一定好，最理想是三、四carat，Elizabeth Taylor〔伊莉莎白·泰勒〕有一隻100 carat的鑽石，另當別論，只好掛起來了，否則十幾carat，沉甸甸地極不方便。）然後到了手錶店，女的以為任最多只替她付錶錢，想不到任為她買了一隻粉紅色鑽，這其中有twist〔轉折〕，然後才使女恍然任真的愛上她了。（P.23八克拉似乎比極品要重了一點。）牌桌上任可以幽默一下，說十幾carat又不是鴿子蛋。

（七）接應的人可以是坐三輪車的乘客，自行車送貨員、木炭汽車、（假裝壞了，開不動，放在馬路左面，即義利那一面，靜安寺路用的是英國式right hand drive〔右駕〕車子，與美國相反，工部局仍在英國人勢力底下。）等，真正落網的只有二個人，可能是臨時recruit〔徵募〕的愛國份子。抗戰時北方接連出現了幾次暗殺漢奸案，中、日、偽三方都不知情，原來是一批愛國的大、中學生幹的，後來搭上了線，才為戴笠所吸收。上海也出過一件大事，一雙姓石的姊妹花（就住在大光明附近，是戴的手下，等到日偽去搜捕時，已經早兩天走了，撲了一個空。當時還大登其報。原來是重要特務。姓石的妹妹後來嫁了我一個中學同學，一點看不出來，仍像是位普通的學生。

（八）四川菜鋪子，好像有一家叫「蜀腴」，湖南菜館在大新公司隔壁，名字一時記不起來了。

（九）買手錶很自然，她看中了一隻Omega二手貨，嫌貴，想去還價，說起來自己的老爺錶不能應付做生意的需要，牌桌上是否可以點明唯有她不帶鑽戒，或者只帶一隻普通的翡翠戒子，鑲幾粒細鑽，顯得特別寒酸，然後下意識中不肯拿這隻手上去和人比，給任看在眼裡。

（十）鐘錶行中的鑽石，精品當然放在保險箱中，不妨後面經理室中一張畫的後面——間諜片中最笨拙的手法。然後其中有一隻鐘忽然鳴了四下，女的甚為驚慌，急着問外國老闆，說這鐘快了五分或十分鐘，還沒有校準，先create一個false alarm〔創一個假警報〕，然後女的發現自己也愛上任了，這種感情先存在下意識中，然後再轉為意識，似乎來得自然一點。你以為如何？

《今生今世》我想是借書名，因為胡此書頗暢銷，遠景本來預備收回，一看生意不錯，又發了出去。真是言而無信。

《小團圓》的問題我忽然想通了，我們都在鑽牛角尖，硬要把玖玲改造去牽就情節，等於把square pegs fit with the round holes，中國人叫「方枘圓鑿」。現在書已寫成了，硬要改動，不是人物個性前後不統一，就是人物配合不了情節，感情是真實的，故意抹蓋起來，寫成空泛，你自己很喜歡前一段，當然其中有不少你的筆觸，可是文美卻覺得與後文的關係可有可無，而且香港的戰爭已經給你在〈傾城之戀〉寫絕了，讀者心目中未必未〔會〕覺得會勝於前。所以我覺得不如放棄，至少暫時擱在一邊，另起爐灶。《小團圓》書名極好，是個喜劇名字，書名就可以叫座。我記得你的幾個喜劇電影劇本都有你特別的幽默、俏皮之處，如《情場如戰場》、《人財兩得》，當然plot有所本，但別人的plot一到你手裡就會點鐵成金，《半生緣》何嘗不是借Marquand的故事，沒有人看得出來，經我道破之後也沒有人指責。我想你不妨在這方面動一下腦筋。還有一個可能，抗戰時很多人去了內地，家眷留在後方，然後在內地娶了「抗戰夫人」。現在反其道而行之，我認識有一個人全家在內地，他帶了點鹿茸精來上海做單幫，預算回去再帶多少兩來，可以買下一所大樓，結果迷上了一位女人，單幫也不做了，反而多了一個「淪陷夫人」，當然勝利後仍回到老妻懷抱中去。總之，我們應該把《小團圓》和現在寫成的小說分為兩回事，才能打開這死結。你覺得對不對？即祝好。

Stephen

77年三月十四日

張愛玲致鄺文美、宋淇，一九七七年四月七日

Mae & Stephen，

《大成雜誌》與三月十四的信都收到。Stephen今年又發十二指腸炎，也還幸而能吃牛奶，普通有色人種成年人吃了有副作用，不舒服。上月底〈五詳〉與序終於寄了去給平鑫濤。序裏結果沒引Stephen的信，因為信上太簡略，只說俞平伯為了「秦關」（120）之說，始終相信是110回。我來信也忘了問，所以沒引。這些時一直趕得沒停，也不舒服過，這兩天在做積壓下來的許多瑣事。〈色，戒〉Stephen信上說有學生暗殺集團，我想這樣：嶺南大學遷港後——借用港大教室上課——有這麼個小集團，定計由一個女生去結交任太太——要改姓，免得使人聯想到任援道——因為她是以少婦身份去勾引任，所以先跟一個同夥的男生發生了關係。結果任在香港深居簡出，她根本無法接近。她覺得這男生take advantage of her〔佔了她便宜〕——也不是她願意嫁的人——有點embittered〔苦悶〕。有了這心理背景，就不光是個沒見過世面的女孩子dazzled by〔被〕一隻鑽戒〔迷惑〕。珍珠港事變後，他們幾個人來滬轉學，與一個地下工作者搭上了線。這人看他們雖然沒受過訓練，有這寶貴的connection，但是不放心他們太嫩，不肯多risk實力，只他本人一人參預。事後他脫逃，這學生集團一網打盡。買錶、接應等等現在都非常妥當。可惜鐘錶又是我一個盲點，連Omega的中譯都不知道。你們家的cuckoo clock連影子都沒看見，電影上的cuckoo也永遠驚鴻一瞥，從來沒看清楚。棒槌開鐘仿彿讀到過，也不能想像。敲四點鐘、鳥鳴等音響效果在電影裏好極了，我只能從簡。靜安寺路這一帶有三家西餅店：（一）起士林（Kiessling）——不叫「新起士林」，因為是天津老牌，在赫德路角上，面向赫德路，就在我家貼隔壁；（二）凱司令（New Kiessling）——天津起士林的No.1僕歐出來開的，在上海早於起士林多年，較便宜，近同孚路與平安戲院；（三）飛

達（Cafe Federal）——往東，不到馬霍路，路名不記得了。記憶力是最tricky的東西，老上海也會搞錯。我是因為住得近，又愛吃西點，常去買，尤其凱司令。馬路對過的義利就毫無印象了。Siberian Fur Store隔壁的時裝店叫Mme Greenhouse。《小團圓》我想改九莉的外貌職業與有些家史，個性不改。頭兩章是必要的，因為是key to her character（奠定她角色個性的關鍵）——高度的壓力，極度的孤獨（幾乎炸死的消息沒人可告訴）與self-centeredness（自我中心）。港戰寫得很乏，但是這題材我不大管人家看着又是炒冷飯。但是男女二人的行業都太不熟悉，一兩年內絕對不會動筆，預支的版稅一萬元當然應當還平鑫濤。內中有兩千存在定期存款內，六月裏到期，預備六月一併寄去，免得滴滴搭搭。——八千存的期限長些，貼點錢提款——到時候再請Stephen給平鑫濤去信urge（要求）他收下。為了這件事給你們添出多少麻煩——！這還是the least of it（其中最簡單的）。在這創作的低潮時期，我覺得motivation（動機）非常要緊，不是自己覺得非寫不可的，敢包寫出來誰也不喜歡。除了那中年表姊妹的故事還待改，還有回大陸逃妻難的故事——什麼公務員、科長當然都改掉——Bette Davis《The Corn is Green》片中飾反派村姑的女孩子在上海的異母姊的故事，等等，連〈色，戒〉有六七個，也夠出小說集，不過時間上毫無把握，要等寫起來看。Auntie可好些了？你們倆都千萬保重。

Eileen 四月七日 1977

又及。

忘了〈色，戒〉付賬的問題有沒有議妥。我想金條（大條子是多少兩？）講好以後再送來，戒指不帶走。戴在手上逃跑，反而像是得錢買放。

張愛玲致鄺文美、宋淇，一九七七年四月十六日

Mae & Stephen，

七日的信匆匆寄出後，就又想起末了的「又及」裏關於〈色，戒〉的話以前信上早已說過了，而又把西摩路誤寫作同孚路。我想是這樣：

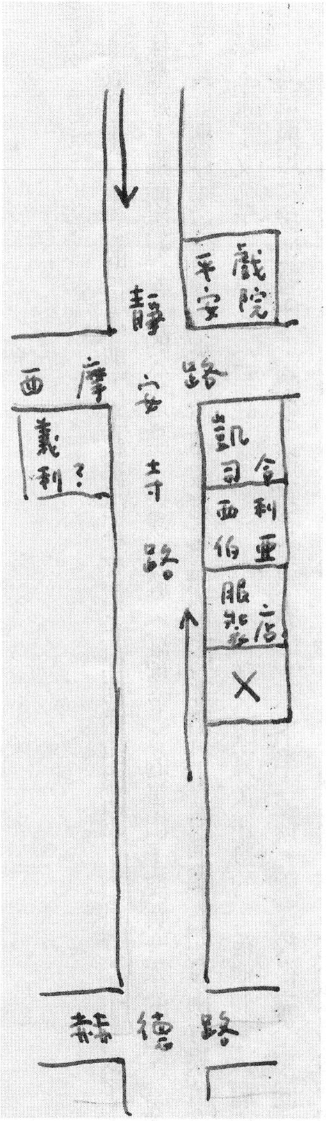

車行方向對不對？湖南館子叫九如，與錦江同是1938左右新開的，川湘菜館走紅之始。蜀腴似乎較後，'42—3年間不知道對這名字是否有點顧忌。又，我想到防暗殺最忌行動規律化。他們以前幾次約會大概都是空車子到咖啡館來接她，到不同的apt.去，有時候他還沒來，在apt.一等等好久。不然每次親自來接，在咖啡館前就是下手的機會。所以買東西的時間扣不準，咖啡館外有人望風，見他在車內，忙去通知那邊提早。還有，他這樣老奸巨猾的人，決不會以為一個漂亮年青的少奶奶是愛上了他——除了慕權勢，也是撈外快。所以她應當敲竹槓以取信於他。而且他習慣歡場女子叫人陪着買東西也就是敲竹槓。在車上，她抱怨久等與見不到他，賭氣要回香港，他tease〔調侃〕她

想念丈夫，她罵「還要提他——氣都氣死了！」因為她說過她是對玩舞女的丈夫報復；就把手上的「訂婚戒」脫下來放在皮包裏，「以後不戴了。」他就說另買一隻作紀念，提起送首飾上門看貨的女人——牌桌上已經提過——「你喜歡哪隻就留下。」她說「不好，」怕走漏消息。於是同去珠寶店——靜安寺路成都路口的印度珠寶店——Fatima家的——搬到西摩路口。這樣我較熟悉，如果改編電影再改鐘錶店好了。過天再想起什麼再討論。希望Stephen已經好了。

Eileen 四月十六 1977

張愛玲致鄺文美、宋淇，一九七七年五月三十一日

Mae & Stephen，

收到十月十二的信之前，平鑫濤已經來信說已向報館聯繫，〈五詳〉不發表了。我想也還是這樣最好。那兩張剪報上的公道話，與我關於《紅樓夢》的書出了要買一本的話，當然看了非常安慰。《紅樓夢魘》清樣寄來，連轉載雜誌上刊出的都錯得一塌糊塗，如有兩行誤植在下頁中部，目錄上末了又加了一篇〈〈三詳〉後記〉——〈三詳〉改寫後作廢的，被他們在《聯副》上發現了——把這篇短文接連着印了兩次，校對者也沒看出上半下半一樣，兩次校得完全不同（！！）。我只好請平鑫濤把末了這篇抽去，錯字最多的廿幾頁再寄來讓我看一次，不然寫給排印者看的話也怕誤作正文（因為顯然完全不知所云——我未便說），寧可出版愆期。那一萬元一部份六月十日到期，六月中旬可以全數寄還，附信說《小團圓》改寫非常困難，兩年內絕對不會完工，什麼時候有也完全沒把握，所以歸還預支版稅，幾時改完了一定儘先奉告，並已托了Stephen幫着解釋，請他千萬不要誤會。Stephen只要寫封短信confirm〔確認〕這一切，請他務必收下。低燒最使人感到乏力，希望已經好多了。梁實秋的製酪法不知道你們看見沒有，如果買得到rennet tablets〔凝乳酶〕，仿彿極省事，連我都想做——附近沒有，也懶得到別處去買——看了就想到Stephen吃牛奶，所以寄來。

〈色戒〉有一點我沒講清楚：他們已經幽會過兩次。因為雙方的身份，他們的關係不能太業務化。如果還沒上手，也更像是個圈套。像現在正在熱頭上，對於每次見面的procedure〔程序〕也比較有點數，正好下手。她需要取信於他，是因為迄今在他指定的地點會面，現在要他同去她指定的地方而不起疑。但是她在汽車上忽然提起戒指，是欠週密，萬一他反應慢了些，或是裝作不會意，不接這個碴怎麼辦？我想初次幽會時他說過：「我們今天值得紀念。去買個戒指，你自己揀。今天太晚了，不然陪你去。」是想叫她自己去，他就管付賬。所以她今天繞着灣子提醒他一聲，可以有把握同去首飾店。此後在店裏，她叫他「快走」，他突然跑了出去，珠寶商嚇了一跳，她知道是認為他們形跡可疑，怕店夥攔阻他誤事，她從容交還戒指才要走。店主却示意叫她等一下，把顯微鏡扣在眼睛上看了鑽戒沒掉包，所以躭擱了一會。辦公室在mezzanine balcony〔夾樓陽台〕上，下瞰店堂。汽車停在門口，地下工作者與一個男生在附近徘徊，正預備進來在櫃枱前看貨，等他們下來，忽見他奔出來上車倉皇馳去，知道事敗。兩人本來都在平安戲院看戲，分別溜出來會合。這時候男生慌了，不敢再回平安，乘接應的車逃走，封鎖被截獲。這樣地下工作者更blameless〔無過失〕。她出來乘三輪，想目前還是回任宅較安全，因為人地生疏，別的熟人都是同學共有的——在法租界僻遠的花園住宅區（巨籟達路？福開森路似都是高房子）；較早她乘任家汽車出來，先到霞飛路一家咖啡館，遣走汽車，打電話——沿西摩路馳向法界，過了兩條橫街遇見封鎖。我對西伯利亞與綠屋夫人隔隣的印象很深，沙利文一帶就很少去，不記得了。Stephen印象中的綠屋夫人也許是Mme Garnet〔石榴夫人〕，仿彿也是靜安寺路這一帶的服裝店，白俄，五〇年間在意大利出了名。〈色戒〉給皇冠好了。附來報上*Mildred Pierce*譯名。Mae這向好？Auntie可好些？

Eileen 五月卅一

張愛玲致鄺文美、宋淇，一九七七年六月十七日

Mae & Stephen，

今天好容易去把那一萬元掛號寄了給平鑫濤——存款到期，存摺又寄丟了（我一向靠郵遞），耽擱了幾天——就請Stephen寫封短信去幫着解釋一聲。走過有名的The Brown Derby（布朗德比餐館）餐館，想起有一次跟Ferd去吃午飯，看見已故影星Paul Douglas（保羅．道格拉斯）一個人在吃飯，多少是個明星，我只當看白戲，釘眼看他吃東西，他誤以為是勾搭他，把臉一沉。我一點也不懷舊，只注意到那棕色房子窗下一溜花槽似乎是新添的，種着大理花等，一陣清香，使人驚喜。前兩天在附近那條街上走，地下又有紫色落花了，大樹梢頭偶然飄來一絲淡香，夏意很濃。每年夏天我都想起1939剛到香港山上的時候，這天簡直就是那時候在炎陽下山道上走着，中間什麼事也沒發生過，一片空白，十分輕快。自己覺得可笑，立刻想告訴Mae。你們有孩子的人也許不會有這感覺？我上次來信後，《中國時報》寄了〈五詳〉來，平鑫濤又來信解釋刊出的原因。他對《紅樓夢魘》清樣非常了解，連連道歉，我這才放心了。《中國時報》雖然錯字不多，最怕他們無緣無故給加個「不」字：「同榻怎麼不隔帳？」使人看了頭昏。《聯合報》駱學良來信叫我月底寫篇散文——我告訴他沒有——又寄稿紙來。原來他們一直以為海外版經常寄給我，所以那次登了我的稿子也沒寄一份來。連夜寄出這封信，過天再談，希望Stephen已經好了。

Eileen 六月十七

又及

報上提起吳祖光的劇本《風雪夜歸人》，Stephen上次仿彿說是秦瘦鷗的，所以我當是小說。還是想看。

宋淇，一九七七年七月四日

Eileen：

五月卅一日長信和六月十七日航簡都收到。

我已有信給平鑫濤向他解釋，至少目前為止他還沒有覆信和打電話來，表示他已接受我們的困難。只要你仍答應將來將稿給他，不易另給其他出版社，而且知道在為他寫短篇小說，他不會有任何異議。

關於〈色，戒〉，讀了你的想法之後，覺得一塊七巧板，每一塊放下去都可以拼得起來，完全同意而且覺得恰到好處，沒有犯駁之處。

我已通知《明報月刊》寄134—137期四冊給你，其中有余英時論《紅樓夢》長文一篇，頗有見地。又，我的《識小》兩篇，你見過否？周汝昌新證的新版你有沒有？下一次來信時順便提一聲，好讓我寄給你。匆匆即祝好。

Stephen
77年七月四日

張愛玲致鄺文美、宋淇，一九七七年七月二十七日

Mae & Stephen，

收到七月四日航簡。以前寄來的《紅樓夢新證》是'76年增訂本。《紅樓夢識小》我看到關於曹寅、寶玉秦氏、薛雪三篇。〈賈寶玉與秦可卿〉這篇真好到極點。我想許多人對這一點都有點糢糊，疑心，需要弄清楚。那天的報我忘了留，等有便的時候請影印一份給我。〈薛與雪〉也非常必要。有些學者也都分不清程本與原著，以為香菱平兒都扶正。第八十回香菱得了乾血癆，我想她受

夏金桂折磨已經寫過了，就此死了。沈登恩又托志清寫信來，要再版《赤地之戀》，我請他代回絕。〈四詳〉《皇冠》給了八百美元稿費，〈五詳〉《中國時報》給了五百八，上半篇寄了來，下半就忘了寄，我也隨它去。〈色，戒〉還有不妥的地方，千萬要告訴我。這篇東西有二十幾年的歷史了，不爭這幾星期。我其實是因為無法插入地下工作者脫逃的經過，所以改為原定與一個男生同逃，好讓男生被捕後說出來。當然還是原定獨逃好些，更像些。所以寫的時候又改回來了。給皇冠，請叫他們寄清樣來讓我校一遍。希望這一向你們倆都好，Stephen已經好了。

Eileen 七月廿七

張愛玲致鄺文美、宋淇，一九七七年八月五日

Mae & Stephen，

〈色，戒〉寄了來，又算錯了郵票，欠資退回，所以就擱了一星期，昨天才又寄出。我彷彿記得丁默邨是內政部（相等於情報局）長，但是現在美國內政部管環境污染等事。如果錯了，就把〈色，戒〉裏的「內政部」改去，用這裏附寄來的第二十九頁代替原有的這一頁。希望這一向你們倆都好——

Eileen 八月五日

宋淇，一九七七年八月十三日

Eileen：

七月廿七日信和稿，五日信和改稿都於同一時收到。想來是你所說由於算錯了郵票，欠資退

回，再寄所致。大體上說來，很見功力，事後結局全是暗寫，而且最重要的一段由易想如何預備向太太說出真相道出，完全想像不到。校中演話劇，雖然你信中提起過，等到在小說中看到仍是出乎意外的好。看後有點意見，現提出如下，請你斟酌：

（一）P.1第一、二行：「洗牌的時候，一粒粒鑽戒光芒四射」。按鑽戒應稱「只」，不應稱「粒」，見後文，可以不可以將「一粒粒」三字刪去，籠統一點？

（二）P.3 P.4「品娟」確有其人，確有其事，後來還來了香港，替末路的上海人賣掉手〔首〕飾，還在英皇道開過珠寶店，這是我告訴你的。名字實在好，只怕她有後代，留在台灣，可以告作者和皇冠libel〔誹謗〕，可否給改掉一個字。凡〔反〕正你寫的是小說，並不是documentary〔紀錄片〕？

（三）P.4第二行「不肯買給我」，應為「不肯賣給我」。

（四）P.4「大家算胡子」，上海話應是算「胡數」。

（五）P.6「鈴聲沒響兩次」，整個暗殺佈局太amateurish〔業餘〕，此次可否加一點職業化的小touch〔特色〕，讓電話響三次，沒人聽，掛了之後，然後再打去響兩次對方再聽，算是暗號。其實這也是極常見的手法，女主角或者咕噥一句：「會不會打錯了號碼？」

（六）P.7「今天要是不成功，其實不能再在易家住下去了。」其實兩字讀起來不順，或改可真，或改可，或刪去都比較妥當一點。

（七）P.17「綠屋夫人」我問過別的上海人，Madame Garnett在外灘，事隔三十年，都記不清了。好在你不是拍documentary，即使錯了也無妨，如果女的第一次到上海，則改為外國人開的時裝店也無不可。

（八）P.21「大鄉裏」應是「大鄉里」，廣東話。

（九）P.21「心內一個搆不到的地方」，大概可以，「夠不到的地方」，是不是也通？

（十）P.23「十根大條子」太現成，我以為十一或十二更合理一點，因為十是整數，超過十似乎又過了一個關口，高了一級。

（十一）P.29 P.30「憲兵部」是我們住過上海淪陷區的人都知道何指，現在的年青人就不知道了，可能引起誤會。部應為隊，建議改為「日兵憲兵隊」，那是談起貝當路日本憲兵隊沒有不談虎色變的。

（十二）結尾很好，從麻將局開始，在麻將局結束，將來評論家一定會說是象徵——有一部電影好像是從打bridge〔橋牌〕開始，就有人說象徵鈎心鬥角。我想最後應多加一句：

馬太太說：「不吃辣的，怎麼胡得出辣子，易先生，你說對不對？」

大家抬起頭來一看，易先生已在爭論聲中，悄然走了出去。

易先生可能聽見，可能沒有，讓讀者去猜好了。這是我唯一建議要添的地方，把吃飯拉回到麻將上來，同時又點了題。

（十三）結尾前，是否要點明廖太太手上也有鑽戒：那唯一不戴鑽戒的佳芝給摒除到局外去了。我一時想不出安插在什麼地方，只要一句，太長就嚕蘇而且犯重。

以上所提各點改動極小，你只要告訴我同意不同意，我就可在原稿上劃掉或增添一、二字，用不着重印整張。如果最後兩點你有意修改，那麼這二張恐怕需要重新寫過。以免寄來寄去增加郵費。

平鑫濤有信來，云他已收到你退回的美金支票，知道你為人直爽，所以不再推來推去，但為表示敬重起見，在計算版稅時，先預付明年版稅五千元。《中國時報》換了編輯，接手的是個新手，下次去信時我會順便問一聲。

有關《紅樓夢》各文，等我有暇整理一過，寄出一整批給你，我老是忘了你從來不讀《明報月刊》的。又，我囑負責人於七月初寄出《明月》四冊，平郵給你，內有余英時一文，極精彩，文長分四期登完，收到後請順便告訴我一聲。我最近還是還文債，寫了些雜文，反而將正事擱下了，把寫《紅樓夢》文章稱為正事也只有我。又，國內外現在都一致同意，程、高本的要犯非高而為程，由最近即寄出之文可看出。祝好

Stephen

八、一三（1977）後補

張愛玲致鄺文美、宋淇，一九七七年八月十四日

Mae & Stephen，

〈色，戒〉寄出後又補寄來改寫的一頁，不料原稿欠資退回再次寄出時，沒想到揭下郵局貼的「Return to Sender」〔退回寄件者〕一張紙，兩天後又像信鴿一樣翩然歸來，只好換了個信封，第三次寄出，真是笑話。現在又改了一處，因為原文太簡略，給人的印象是接應的車子一定是汽車，照敘事上看來，似應在封鎖前逃出。附寄來的兩頁，代替原有的第15頁。如已寄給皇冠，只好請再轉去。皇冠寄來上半年的全集版稅US$1500，與下半年起預支版稅US$5000。大概平鑫濤覺得難措詞，所以由雜誌社的張柱國寫信來，只代附筆致意。《紅樓夢魘》約在下半月出版。匆匆去寄出這封信。你們倆都好？

Eileen 八月十四

張愛玲致鄺文美、宋淇，一九七七年八月二十六日

Mae & Stephen，

收到八月十三的信。我補寄來的改〈色戒〉P.15的一頁想也寄到了。關於Stephen提起的幾點：

（一）「一粒粒」鑽戒改為「一隻隻」，強調是多數。同頁l.5「狹長」改「尖窄」，不然不清楚怎樣是「六角臉」。

（二）「品娟」請代改「品芬」或「品娥」。

（三）「不肯買給我」指她丈夫——掮客為什麼不肯賣？對白中並沒有殺價的indications〔跡象〕——這是Stephen的原意，這一節完全是你的建議。

（四）「算胡子」是國語。他們都不是上海人。

（五）已添寫。這樣好多了。

（六）當然應當是「可真」或「可」。

（七）從前上海女人穿洋服的少，所以老上海也不大有印象。——定做結婚禮服也有鴻翔等。——我母親到Mme. Garnet去過。綠屋夫人也是外國人開的，大概是德國猶太人，綠屋是英譯德文姓，與花房無干。

（八）我本來也想寫「大鄉里」，苦於不確定。

（九）「搆不到」的「搆」是to reach or strain to reach，與touch不同。

（十）請代改「十一」根大條子。

（十一）請改為「日軍憲兵隊」（P.29）、「憲兵隊」（P.30）。

（十二）一句對白已加上。這些話都聽在易先生耳中，無聊的喧囂與他複雜的心境成對比，有點eerie（詭異不安）的感覺。如果最後改為馬太太的觀點，她發現易已離室，當然以為他是很隨便的走出去的，「悄然」二字用不上，對照也沒有了。

此外，上次剛添寫過的P.15又加了一行（l.2）。港台也許不知道從前上海的印度人是什麼裝束，所以又聲明店夥「穿西裝」，店主當然也是普通西裝了。最後牌桌上又加了兩句對白，照應前文（P.2 l.17）。

一共寄來八頁，代替原有的P.1，6，15，18，27，31。

以下七頁請代改：P.3倒數第五、第三行；P.4 l.1；P.7 l.13；P.21 l.4；P.23 l.8；P.29 l.（Xerox漏掉一頁）；P.30 l.7。

平鑫濤又補了封信來，說前一向出國。上次我忘了提全集版稅自10%加到15%。《明報月刊》還沒收到。Stephen說寫《紅樓夢》論文是正事，其實只要看署名就知道了——不用筆名。馬上出去寄信，趕下午的一班郵。你們倆都好？

Eileen 八月廿六

張愛玲致鄺文美、宋淇，一九七七年八月二十六日

Mae & Stephen，

《明報月刊》收到了，余英時這篇文章真好到極點，真有份量，convincing〔令人信服〕。情榜上只能有寶玉一個男性，因為大觀園自成一個世界，而他是園內唯一的男性。我以為還有柳湘蓮秦鐘等是錯誤的。《紅樓夢魘》收到兩本樣本，寄了一本給志清，另一本改了錯字——也還是有——留作master copy〔底本〕。反正你們也收到樣本，我以後再寄來，另附一本請代轉給余英時。如果他在美國，告訴我地址我自己寄去也行，免得兜大圈子。不管他看不看，仿彿應當送一本。這篇〈往事知多少〉性質與〈色戒〉不同，寫完了又擱了一個月，我想不會再接二連三寄改稿來。故事裏的男子在故宮博物院做過事這一點無法改。但是沒有自傳嫌疑的小說我覺得以能發表為度。如果給皇冠，請仍舊提一聲寄清樣來讓我校一遍。希望這兩篇小說能帶動《紅樓夢魘》多銷兩本。皇冠轉來一個「中華民國著作權人協會」的單子，它代辦著作權註冊等等。入會還要填表。皇冠出的書想必已經註冊，著作人再註冊是否有保障些？還是針對沒出集子的作品？《中國時報》王健壯來信拉稿，我預備回信講報紙無法自校一遍的drawback〔缺點〕，與投稿的事都托了Stephen，也提起上次〈五詳〉下半篇沒寄來。Stephen下次跟他們通信的時候不用提了。我前一向又暑天着涼，唯一能喝了不吐的一種濃果汁也失效，復原得很慢。志清因為關心《赤地之戀》絕版，不肯替我回掉沈登恩，叫我自己寫信去。我先已經告訴他我不得不與沈停止通信的苦衷，又再說不預備作覆，好在以前信上曾經明言不擬委托他出書，可以不致發生誤會。志清不高興，我也沒辦法。看到皇冠上Stephen寫的關於電影的一篇，講西施就是Pygmalion〔《賣花女》〕的故事，真太好了，沒拍出來真可惜[74]。你們倆這向都好？Auntie的病可還穩定下來了？Mae沒又累着？

Eileen 八月廿六

又，我不清楚程本是程偉元改的的論證，大概沒看全，但是也覺得像。也許乙本（胡天獵本）高鶚的成份多些。

張愛玲致鄺文美、宋淇，一九七七年八月二十八日

Mae & Stephen，

前天寄出〈色戒〉八頁改稿之後，又發現兩處要添幾個字，補寄三頁來，代替原有的P.20，21，25。如果已經寄了給皇冠，請不要補寄去，我等校清樣的時候再加好了。大熱天給你們無窮盡的麻煩，實在真不好意思，唯一的藉口是Stephen對這篇東西的責任感。我上一封信上說末了的對照，忘了說有一種jarring effect〔震盪效應〕。當然有沒有達得出又是一回事。連夜出去寄信——

Eileen 八月廿八

宋淇，一九七七年十月十二日

Eileen：

（一）今天《中國時報》副刊編輯王君有長途電話來，云平鑫濤已允將你的〈五詳〉交他們發表，不過平云必須事先得到我的同意，我說既然平已答應，我也不反對。最後我問了一聲稿費如何，他答以「專案處理」。（上次另一位編輯答應給我美金十五元一千字，我都不願意，《聯副》給我二十，二報應同等酬勞。）下午平又有電話來云你曾有信來，說明要保留一篇不發表，現既允承，希望我寫信給你解釋一下。我說這是我的建議，因為要保護皇冠，如果篇篇都是發表過的，沒有新作品，會影響銷路，他認為不成問題，因為發表的時間和地盤不同，很少人會全部讀過，而且讀者是另外一種人，要買的人照樣買，不會有影響。他既然如此說，而且認為《中國時報》一登對單行本只有好處，稿費送上門來，豈有不收之理？

（二）四、十六航簡和二十日信均收到。你對〈色，戒〉的approach〔掌握〕完全對，看了之後覺得所有細節都fall into places〔有條不紊〕。有幾點我想補充一下：

（A）上海汽車因公共租界為英國所控制，都靠路的左邊行駛，與你的地圖正相反。

（B）戒指以兩計算，每一兩為小黃魚一隻，每十兩為大條子，都是上海銀樓所鎔鑄，如慶雲銀樓，在條子上刻有粗糙的字。理論上說來每一條應為十兩，但事實上無如此精確，可能為9.93或10.15，照重量秤過，多找少補。鑽石極品我想大概十幾兩一克拉carat，一隻四克拉左右的戒子值五條左右也應該很可觀了。那時一隻黃魚已經是一筆小財了。

（C）在鑽戒事件之前，男的聽到女的抱怨手上的錶老是不準時，以後做生意不方便，所以買了一隻來路貨女手錶給她，這可以替以後的鑽戒pave〔鋪〕路，女的乘機表示她是可以給錢打得到的，男的則乘虛而入，看她是否可以上手。從手錶而發展到鑽石，就自然得多。

（D）其餘所提各點都好，可見只要一上路，什麼都會自然而然配湊起來。

這第一篇可以交皇冠平鑫濤，讓他在《皇冠》發表罷，給他一點面子，既然他如此力捧你。我還沒有寫信給他，請你預備退錢的事。Mae的大姐走後，我一直不舒服，有點低燒，實在沒有精神。

過了三十年，記憶真不可靠。我的印象是Madame Greenhouse，在Mae住的Dennish Apt.[75]樓下，（即靜安寺路卡德路口）對面是同孚路。Greenhouse附近為DD's，對面靜安寺路為沙利文。大新公司隔壁一條橫馬路，有一家湘菜館，十九是九如，她們可以說湘菜已經吃過了，不如今天吃蜀腴，後者名字沒有顧忌。鐘錶店既然太麻煩，不如改首飾店，本來我想替你去拍照，找人畫出來。如

74. Pygmalion原是蕭伯納的舞台劇本，後來改編為音樂劇及電影，即My Fair Lady，中文名是《窈窕淑女》。「《皇冠》上Stephen寫的關於電影的一篇」，指宋淇〈中國電影的前途〉，後來收錄在文集《昨日今日》。文章中說：「有一次我和胡金銓閒談，提到『西施』的故事。我說這故事其實就是《窈窕淑女》的翻版，或者不如說前身。西施等於賣花女，范蠡等於郝金斯教授。越王初見西施，認為這村女並無閉月羞花之貌，不可能化為絕色佳人。況且吳王夫差素以精明幹練見稱，豈是容易迷惑的？范蠡偏偏堅持她有潛質，只需假以時日，自己絕對有把握將她訓練成為惑陽城迷下蔡的美女。然後是嚴格的訓練過程。然後是去吳國後的考驗。大家都為她擔心，怕她出醜。在訓練的過程中，西施和范蠡之間產生了微妙的感情，所以在滅吳之後，相偕泛舟五湖而去。『西施』的劇本如果照這路線寫，拍出來可以與《窈窕淑女》同樣精緻緊湊，不落俗套，為國語片放一異彩。胡金銓聽了忙問：『你寫不寫？你寫，我就拍。』後來別人拍了，我們的『西施』就沒有了下文。」

75. 此處有「德義大樓」，Dennis Apt. 恐作者筆誤。

果順利，可以先寫一個短篇小說集，寫順了再重新tackle〔處理〕大的和長的，未始不是一個好辦法。祝好。

Stephen
77年十月十二日

宋淇，一九七七年十月十六日

Eileen：

〈色，戒〉寄來的改稿多次均收到。我知道你的脾氣，沒有立刻寄出，所以一直hold在手上，等到全部到得差不多，才加以整理，發覺十五頁你添了一行，又多刪了一行，重新加以剪裁貼補。現已得到平鑫濤的回信，感激不盡，並已決定十一月隆重預告，十二月份刊出。這會是萬人矚目的小說，該期《皇冠》多銷幾千本不足為奇。至少這篇的題材還沒有人寫過，批評家如何說對你說來是purely academic〔無關緊要〕，由他們去大做文章好了。

〈往事知多少〉是你作品中最令人莫測高深的一篇，我看了兩篇〔遍〕，覺得平淡倒〔到〕極點，可能是你在求異，擺脫從前的絢詞麗句和所謂張愛玲筆觸。可是我對最後的附記：「這故事的背景在大躍進與文革的風暴前」有極大的保留，因為整篇小說一點看不出任何particular〔特定〕時空的背景，可以發生在任何時間，日治時期，中日戰爭前均無不可。〔……〕我並不是要你這麼反動，可是你的人物似乎生活在真空中。我母親自共產黨來後，一直沒有吃過苦，死時股票和房地產均變成定期存款，手中有幾十萬人民幣，到過香港來一次，可是言談之間很多共產黨的詞句，里弄小組並不要她開會，但也拿黨的決定傳達過來。後來還勸我們回國，因為生活無憂。像她這種人都會潛移默化，受了影響，何況大躍進時，定期存單大多數已充公，周恩來答應民族資本家可以收七年息，結果不算數，提前結束。小說中只有兩子在美，兩子在港一點，但其他與中共的統治絲毫無關。這對一個all-pervading〔無孔不入的〕政權的日常生活是不合的。我看如要硬安插在大躍進前，必須做一番homework，而這一方面連我們都不勝任——衣、食、住、行都不知道，日常經濟生活，十八年沒有加薪水倒是事實，傭人想早已沒有，房子再不能獨住，而被派與其他兩家合住，僅此而已。如果沒details，就架了空，很難成立。除非你做足了research，外面鬧得天翻地覆，二人卻淡然處之，成為一強烈的對比——這極難寫也不大可能，〔……〕。唯一辦法又是把時間退回到日治時代，二子在美，二子在後方隨父，這是常有的。就怕別人說張愛玲寫來寫去總是老人物，舊時代。可是相形之下，這種批評還是極minor而不足道，兩人對國家興亡竟不關心，美機轟炸上海，仍無動於衷。這份平淡令你無法理解——也是一種approach。總之，目前的情況下，as it is，不宜發表。沈登恩來看過我，他在舊書店裡買到一冊《赤地之戀》，我告訴他有問題，如不信，請他去撞一下試試，到時不要怨我。皇冠既然要你登記，必有理由，現在台灣流行一種「最佳××選」，包括各種體裁，不付稿費，使各出版商大傷腦筋，可能要你登記也是為了這一點。夏志清不會不開心，對你見怪，我有暇當順便解釋一下。

余英時的地址另附上，就打在信的最後一段。此人記憶之好，理路之清，實不作第二人想，他的《紅樓夢》論文集不久出版，當為你代購一冊。

另寄上〈論程偉元畫〉一文，按扇面為周汝昌所得。趙岡的材料都採自周汝昌和國內，今年初大公報有文雷一長文：〈程偉元與紅樓夢〉作者文雷，文中詳細考據，鐵證如山，對程的生卒、交遊、刻印一百廿回本經過說得清清楚楚。你如一定要看，我得在報紙堆中尋出來剪貼影印。好在你書已寫就，目前不致急於要看，省掉我不少時間，將來再說好了。

文美母親骨疾入院半月，文美自己順便看了一下背骨病，發現得早，大致沒有問題，我總覺得天下事往往因禍得福，平時待人厚道，必有善報。至少心安理得，半夜敲門不會吃驚。匆匆即祝

安好。

Stephen

Oct.16/77

張愛玲致鄺文美、宋淇，一九七七年十月三十一日

Mae & Stephen，

〈色，戒〉我又修補了幾處，覺得實在不能再寄來要你們抽換了——我也正怕Auntie的病又吃緊起來，沒想到Auntie入院倒順便驗出Mae背骨的病，幸虧發現得早，也真是因禍得福——而且恐怕一定已經寄出了，所以直接寄了份全文給皇冠——不敢信任他們抽換——萬一還來得及。收到Stephen十六日的信後，又補了封快信給皇冠的張柱國，說明如已發排，就等以後出單行本再改，我寄去的一份作廢。我目前不需要看程偉元改《紅樓夢》的資料，請千萬不要特為找出來。〈程偉元的畫〉一文也收到了。皇冠空郵掛號寄了好些書來，十本《紅樓夢魘》却迄未收到，我下次去信預備問一聲。著作權人協會我已經申請加入。〔……〕又有個慧龍出版公司的唐吉松（在《中國時報》上寫過一篇關於《留情》）來信要再版這本書，說「目前政府的一切，都非常英明和開放，《赤地之戀》當年的顧忌應該是多餘的了，」（我代加點）以為蔣經國接管後不同了。〈往事知多少〉的來源，是我在大陸的時候聽見這兩個密友談話，一個自己循規蹈矩，却代這彩鳳隨鴉的不平得恨不得她紅杏出牆，但是對她僅有的那點不像樣的羅曼斯鄙夷冷漠，幾個月後（'52春）她又念念不忘講了一遍，一個忘了說過，一個忘了聽見過。我在旁邊幾乎不能相信我的耳朵——她們都不是健忘的人。——伍太太是實在憎惡這故事，從意識中排斥了出去，這一點似應設法達出。——伍太太二次反應相同，可見人與人之間的隔膜，我非常震動。伍太太並不是不關心外界，不過她們倆的交情根本是懷舊的，所以話題永遠是過去，尤其是荀太太的過去，因為她知道她當年的admirer〔愛慕者〕永遠感到興趣。直到'52夏我離開大陸，我有個表姑還獨住大房子，用傭人，我姑姑薪水反而大漲，因為職工生活指標。三反五反土改我們都不受影響，公寓也還沒有里弄組織，唯一的一次干擾是抗美援朝捐錢。但是我姑姑與這表姑都是死硬派反共，多年後信上也還敢說「這年頭」。我想Stephen的母親也許個性較柔弱。〈往事知多少〉內點明共黨才來了兩三年（'52），但是仍舊覺得需要解釋為什麼這樣平靜，所以加了條附記，說明背景在大躍進與文革前，反而引起誤會，彷彿是大

躍進前夕。Aside from these pockets of luxury〔除了這些小圈子裏的奢侈〕，我想還有一種苟安心理的「一切正常」感，這是人性的一個弱點，但也是自慰自保的本能，所以between campaigns〔一場場運動之間〕還是一樣過日子。我覺得反共小說在這一點上不寫實。我有些材料（也就這兩篇）背景在大陸，或是部份在大陸，基本態度反共，但是主題不是反共。當然如果因此鬧得不能賣稿，也不犯着。〈往事知多少〉不能改日治時代，因為紹甫赴渝前丟棄他太太的相片細軟，是個要點，所以戰時他不能在上海。我想改戰後'48，香港正興旺，伍先生遷港炒金，伍太太自知是trial separation〔試分居〕；北邊打仗，煤來不了，所以省煤，改燒火爐。只有賽跑挑戰（P.12至13）找不到代替品，好在不忙，先擱下。正在寫的一篇反共較明顯，時間無法移前，等寫完了寄給你們看看再說。將來有一天出小說集，序裏要把Stephen有關〈色戒〉的信都列入，我的信也要影印一份給我，可見這麼個短篇，兩個人work at it〕二十多年。我日常都還愉快，但是outlook〔前景〕灰暗，唯一自慰的是過去脫逃的運氣還好——從家裏，從大陸逃出來——也許somehow會逃過現在醫療費飛漲這一關。希望Stephen這向好，Mae也好些了。

Eileen 十月卅一

宋淇，一九七七年十一月一日

Eileen：

上次信寄出後，忽然記起本來想在信後打上余英時的地址，後來忘了。這次他到中文大學來接受名譽博士，才使我想起來。

最近國內出了不少有關《紅樓夢》的書，各種版本也均有影印本，但均不公開出售，不懂為什麼，想來過一陣大概會放寬限制。最主要的是蒙古王本的第六十四，六十七回，顯然與脂庚本不同，但我對這些毫無興趣，懶得去對。另一點是有正本的原鈔本前四十回在上海被發現，證明有正本是鈔本之一，並沒有大篡改。可見有正本的回前回後總評是可靠的，當然沒有人正式懷疑過，但大家總採取保留態度，現在可以放心採用了。

David Hawkes的第二冊英譯本已出版，他還是詩詞譯得最好——可能本身是一個詩人。他很聰敏，本人只譯八十回，後四十回另交他的學生翻。這解決了原書是二人所完成，行文有別的問題。自應另覓風格不同之人譯，才華也不如他。我知道了這個辦法之後，更衷心對他佩服——這種大膽和正確的approach〔作法〕是別人想不出來的。

Stephen
Nov.1/77

宋淇，一九七七年十一月二十二日

Eileen：

《紅樓夢魘》一書終於托Mae的姐姐買了三冊從台灣寄來。序寫得很好，尤其是你特有的筆觸層出不窮，看來甚為過癮。可是其中有兩句，你沒有弄清楚：

（一）「簡短是雋語的靈魂」，Brevity is the soul of wit見莎士比亞的Hamlet Act I Scene II，恐怕不是Bacon所說的，也許他引了莎翁也說不定。等我有空查了Bacon再說。

（二）一句英文「詩」？Written on water，按這是Keats為他自己擬的epitaph：「Here lies one whose name was writ in water.」結果他死後朋友在這上方面還加添了很多字眼，否則又簡單，又大方，又淒涼。

此書如果再版，可以補充一下。

書本身的價值是專為我們研究紅學的人看的，不得不佩服你的熟極如流和眼光銳利。說金釧原無此人，是從晴雯處化出來的，小紅梳頭一段也虧你想得出來。諸如此類的小地方極多，可惜就是大地方，你的punch〔出手〕不夠份量，不能中人要害，沒有做到knock-out〔一拳命中〕的地步，非常可惜。有時主題和支流的分界不夠清楚——我相信這一點你自己不是不知，序中也說得很明白。至於誰是小腳這種問題全世界也只有你會注意和分析，別人那會這麼心細如髮。

〈往事知多少〉我同意你的看法，暫時擱一擱，至少時間上可以再往前提，大躍進已經是相當後的事了。我母親也有兩個傭人，她還買進了一所洋房，養雞、吃蛋，生活得極好，除了看看《人民日報》、口頭上多了幾句術語外，別的毫無影響。〔……〕《皇冠》本期有〈色，戒〉的全頁預告，好像認為是鎮家之寶似的。我已將你信中有關《赤地之戀》的情形寫了一封信給平鑫濤，問他有沒有申請覆審的可能？並告訴他遠景的發行人已在此地買到了一本原版，頗有翻印之意。看他反應如何？《紅》一書我已告訴了余英時，希望你收到後，寄他一本，他的《紅》論文集即將出版，將來趙岡和周汝昌可能要給他打倒。此人悟性和記憶力都超人一等。

我現在有一個小小的請求，我所主編的*Renditions*將來要出一個Middle-Brow Fiction專號，手上已有王際真譯的《醒世姻緣》數章，《孽海花》九章，現在希望你能整理出來《海上花》數章，最好能獨立成一段落的，那我們就可大膽進行了。你從事翻譯此書已久，想來必有可觀的譯文，我們並不想你出書，只求一段，相信總可辦到，對你而言，發表一部份也算是交了差。此外夏志清可以替我們想一篇論文。再另外找點別的，也就成為一本很別緻的專號了。時間上並沒有限制，半年一年均無所謂，只要你答應，則天下大事定矣。

我自己是公事太忙，又要搞公事，又要忙編務，最近對舊詩詞大感興趣，反而把《紅樓夢》擱下來了，真是急死人。Hawkes第二冊已出版，我會買一本寄給你。最妙的是他拿怡紅公子譯成Green Boy，這是他事先告訴我的，我說這成了「慘綠少年」了。他最高明的地方就是自己只譯八十回，另四十回交一學生翻，這招絕不絕？即祝好。

Stephen
Nov. 22/77

張愛玲致鄺文美、宋淇，一九七七年十二月三日

Mae & Stephen，

收到十一月廿二的信，上一封信上已有余英時的地址。皇冠張柱國信上說過要寄《紅樓夢魘》樣本給Stephen，也不知道是怎麼回事，結果要你們費事托人買。我也始終就只收到那兩本樣本，上次寫信給編輯劉淑華已經提起過。Stephen喜歡那篇序，我當然非常高興。這本書最初給Hanan看大綱的時候，就告訴他想用pointillism〔點畫法〕的寫法，也就是把要點都暫存疑，讓許多蕪雜的次要點互相呼應，形成一個可信的整體後，要點自會出現。不過是無辦法中的辦法，因為不然是真不會寫，缺乏經驗與訓練。而且根本說話都不夠清楚，常跳掉一個階段，使人摸不着頭腦。這次重看一遍，也都還發現有這種地方。普通讀者看不懂又無書可查。我想這本書不會再版，隔些時再寫篇〈後記〉，把Stephen提起的序裏的兩句寫進去——「寫在水上」我後來也在報上看見Stephen一篇短文，知道是濟慈寫的，似乎沒引原文，所以不知道是writ，不是written——還有改正情榜上除寶玉外不會有男子。余英時也實在是Stephen's twin，儘管意見不盡相同。這樣獨特的見地與格調會同時有兩個人一樣，簡直不可思議。趙岡周汝昌應當給駁倒了。Hawkes讓學生譯後四十回，真是個絕招。他自己是詩人，譯詩所以好，《紅樓夢》裏的詩也實在重要。《赤地之戀》開禁的問題，我是真的沒想到讓Stephen問平鑫濤。唐吉松又寄合同來，預付一萬本的版稅（15%），也自承出版社成立一年來蝕本，不過全力以赴；想十二月內出版，需要十一月初付排。但是這封十月廿四日的掛號信寄到洛杉磯，十一月一日投遞沒人收，不知怎麼在郵局擱了一個月，才發通知單給我，再次送來。大概是黑人郵差見掛號信多——皇冠寄書來都掛號——想要酒錢，做的手腳。反正有黑人就有Haiti〔海地〕的趨勢，儘管他們也有好人。怪我早沒想到。我覺得讓人家着急了一個月，實在過意不去，也來不及寫信來商量打聽了，就雙方都冒個險算了，簽了字寄去，把原信的信封與郵局通知單都附寄了去，但是信封上又沒有本地的郵戳，只批了字；通知單也可能是關於另一封台灣來信。就像是我延不作覆，拿矯不遂，自己轉圜的話。也只好讓它去了。讓平鑫濤白打聽，也實在

不好意思，又要Stephen百忙中再去信跟他解釋——唐吉松那邊如果變卦，我立即來信告知。我上次信上說討論〈色戒〉的信，以後要公開，信一寄出立刻想起重慶間諜不能變節這要點不能提——磕磕碰碰無往而不違禁。還有個故事——目前不預備寫——：這人發現他絕色的太太嫁他完全是因為他是前教育部長蔣夢麟的兒子——她本來對介紹的對象很滿意，但是因為想激起強烈的感情，故意去挑逗妹妹的對象使他妒忌，不料弄假成真，姊妹對調——向她報復，留在大陸。她跟着他在大陸，鬱鬱亂diet〔節食〕減肥致死——也是Valentino，Mario Lanza的死因——他立即再婚。那時候糧食還不成問題，連我出境時都體重打破紀錄，116磅，因為吃得飯多肉少。這故事是a twist on〔因著〕一個典型的局面〔而有的轉折〕——如胡適的兒子也在大陸——無法移前或移後到今日美國，美國鬱不死她，她胖了也還漂亮。過些時我就去找出《海上花》譯文來，整理出幾回。Mae背骨好多了？念念。Auntie這次入院沒再侍疾？可不能再累着了。

Eileen 十二月三日

張愛玲致鄺文美、宋淇，一九七八年二月二十日

Mae & Stephen，

這些時我因為你們是多事之秋，一直沒寫信來，免得又要回信。大概因為惦念，夢見Mae帶我看你們住的公寓，在河上一個碧綠的小島上，古典式的白房子，八字台階起訖都有大理石彫像，美極了的彩色的夢，非常清晰。我前一向囉唆事也多，躭擱了半年沒去找醫生洗耳，聾得連鬧鐘都聽不見，要把鐘倚在枕邊，不料滑倒仰臥着阻礙機括，慢了兩個鐘頭，害我在大雨中白跑一趟診所。這次要滴一個月的油再洗一次，油淋得到處都是。洛杉磯郵局新近規定掛號信要收信人守候在信箱旁簽收，郵差什麼時候來又沒準，可以從早上六七點等到中午——我有一次七點鐘下去，倒已經來過了。我已經通知皇冠除匯款外不要寄掛號或certified。掛號信的事，郵局又一次烏龍，看來上次

延擱一個月的信也是郵局烏龍，錯怪了郵差。《赤地之戀》因為要志清寫序，我信上提起唐吉松這人不知底細，志清代問了《中國時報》的高信疆，說人可靠，不過不會做生意——他自己也說蝕本。簽約後說寄外匯困難，預付版稅兩千多美元，先寄了一千來。高信疆乘機托志清拉稿，現在我寫了篇不相干的散文寄去，附信請他叫他們報館的人路過時不要來訪——他們愛打越洋電話，我現在總不接聽，結果來打門叫喊。瘂弦接編《聯副》，來信說他們排字是「明版」，來得及寄清樣來讓我自己校一遍。我想《赤地之戀》開禁的事讓平鑫濤白打聽了，過意不去，這篇小說如果沒問題的話，就還是寄給皇冠——還是要提一聲讓我自校一遍，不然他們會忘記——下次再投到《聯副》。去北戴河是不是乘火車？Stephen關於白燕的文章好極了，關於戚本《紅樓夢》的我也剪下來了。「屈從優女結三生」是指賈薔齡官，真好到極點，再也想不到。「雲自飄飄月自明」句中兩個「自」字，我想是說一方面這樣，一方面那樣，寫同一個景致。如果是「雪自飄飄」，下雪的時候不會有月亮。我覺得是指早本娶湘雲的結局——也是襲人去後留下麝月，如〈五詳〉內說的。陳若曦得獎是順理成章的事。得獎要歷史清白——沒有任何敵偽關係——也有人批評說偏向左派——那是收買左派，也合理——所以連唐文標都得獎。志清有個日本女學生在東京一個大學教書，來信說要把我的小說譯成日文。她喜歡〈金鎖記〉與《半生緣》。我預備寄〈五四遺事〉與〈色戒〉給她。希望Mae好些了。

Eileen 二月廿日

又及

〈浮花浪蕊〉裏，我疑心訃聞上女婿不具名。如果是的，請代塗去「女婿」（P.32倒數l.4）。

宋淇，一九七八年二月二十一日

Eileen：

附上平鑫濤來信的影印本，這次你可惹了麻煩了[76]。你當時與平簽的合同《赤地之戀》包括在內，並且廣告上也登了出來，後來當局認為其中有「礙語」，婉勸他收回不發。所謂「礙語」者，大概其中並沒有拿共產黨黨員寫得十惡不赦，連戈珊也有她有人性的一面。你事先沒有問我，貿貿然答應了唐吉松，結果你想平都走不通的路，他有何本事走得通？現在照平的信，他一定把你的原作大事篡改，將原作有礙之處刪去，加添一些幼稚的罵共產黨員的話，而且不敢公開發行，只作郵購。你又不能聲明，因為自己不好，同他簽了合同，使得他振振有詞。我看你只好向平認錯，委婉向他解釋，認為平已放棄，唐又說得可憐，為了救他一命，才答應了他，請平告訴你如何善其後，相信他不致於同你翻臉。我曾向平警告，因為遠景的沈登恩曾洋洋得意說在港舊書中買到一本。（沈即是胡蘭成的發行人。）這次只好由你向平認錯了。《夢魘》簽名本收到。照我猜想，銷路不會太好，你說用pointillism〔點畫法〕極合適，因為每一小point〔處〕都有見地，可是讀者讀完後始終沒有捉到一個總印象——這是很多人告訴我的。

余英時的《紅樓夢》論文集即將出版，我會寄一本給你。另中華出了一本collection of essay〔散文選〕都是和版本、文物、考據等有關的文字。我也會寄給你。我最近寫了一篇戚本有正本的序，其實是兩年前寫的，現在才發表而已，影印出來寄上給你一看。似乎寫到現在我還是沒有寫入正題，名字倒給人用完了，希望你能替我擬一個別緻的名字。《紅樓一夢》好不好，先拿已發表的出一本集再說，然後《二夢》或《再夢》，大概總可以告一段落了吧！周汝昌新證的新版我好像寄過給你，不知有沒有收到？請來信提一聲。

76. 一九七八年二月十四日，說明《赤地之戀》多年前排好版後，因有關當局認為內文需刪改，但不願張愛玲作品受到割裂，因此忍痛擱置未能出版。但因不希望煩擾張愛玲，沒有說明此中詳情，等到慧龍的廣告才知道被他們出版。希望能夠商量出兩全其美的方法，讓慧龍不吃虧，皇冠也可以完整的出版《張愛玲全集》。

你短篇既暫時不能寄，為什麼不乘此機會將《海上花》整理出幾回來？祝好。Mae的背好，我的頸壞了，總算醫好了。

Stephen
Feb. 21/78

張愛玲致鄺文美、宋淇，一九七八年二月二十四日

Mae & Stephen，

廿一日寄了〈浮花浪蕊〉來，又改寫兩頁，附在這裏，代替原有的第五、第十二頁。收到唐吉松二月半的信，說有個「老出版社」向新聞局檢舉《赤地之戀》是禁書，所以趕釘出來讓他們看，照目前出版尺度沒問題，但是拖到現在還沒解決；預備在一兩天內公開上市。看來事前完全沒打聽開禁的事。隨後我在報上看見朱西甯的女兒朱天文讚《赤地之戀》，想必通過了。希望Mae好多了，過了年一切都緩和了些。

Eileen 二月廿四

張愛玲致鄺文美、宋淇，一九七八年三月七日

Mae & Stephen，

收到二月廿一的信就寫給平鑫濤，第二天寄出，留下底稿抄在這裏：

「鑫濤先生，

《赤地之戀》的事，經過是這樣的：以前跟皇冠簽約後沒有出書，我一直以為是因為反

共小說銷路不好而棄權，根本沒想到違禁。去年夏志清教授信上問起，我還告訴他大概是因為銷路沒把握。當時遠景出版社沈登恩托夏先生跟我說要出這本書，我回絕了，但是因為夏先生關心這本書絕版，我覺得辜負了人家的關切，所以此後慧龍的唐吉松來信要求出這書，我就轉告夏先生，說如果出版想請他寫序，不過唐吉松這人不知底細。承夏先生代向《中國時報》的高信疆打聽了一下。考慮期間，剛巧此間郵政壞到唐吉松有封掛號信在洛杉磯郵局擱了一個月才通知我去拿。我覺得讓人家懸疑一個月，於心不忍，沒來得及再跟宋淇商量，就簽了約，不過刪去『得要求作者改寫』一項，沒想到他們可代竄改，實在痛心，已經來不及挽回了。預付一萬本版稅也已收到一部份，一千美元。如果還有善後的辦法可想，千祈告知。我是自己做錯了事自食其果，皇冠蒙受的有形無形的損失更不堪設想。對您實在負疚，無法表達。」

拿不出唐吉松哀求的信，我想還是據實說好。《赤〇〇〇》故事來自USIS，所以我對它不像對別的作品。如果不是平鑫濤諱言censorship〔審查〕，早就會酌改，不會等到現在讓他們濫改了。我刪去合同上「改寫」一項，是因為目前沒工夫，而且以為現在放鬆了不需要改——連陳若曦有些崇拜周恩來的話都照登。幸而我這一向想寫小說，可以鑽在裏面別的什麼都不去管它。《紅樓一夢》好，渾成自然。真高興Mae的背好了，Stephen頸也治好了。以前收到的周汝昌《新證》增訂本是'76四月版，不知是否新版。英譯《石頭記》卷二也收到了。我二月廿日、廿三的信想也到了。希望這一向你們兩個人都好，Stephen的《紅樓夢》論文集早日出版。

Eileen 三月七日

宋淇，一九七八年三月八日

Eileen：

〈浮花浪蕊〉及廿日來信，又改寫兩頁和廿四日來信均收到，我知道你的脾氣，所以手中多hold了兩天，現已一併寄去。訃聞上女婿至少這些年來我們看到了以下列形式為多，（年青時在上海如何會注意這種小事）：

子××

女××（適吳）

××（適高）

吳及高就算是代替女婿了，倒是外甥（不論男女）可以上榜，有一半血屬關係也。請你在校對時更正。現在此地來往的老上海不多，一時無人可問。〈浮〉寫得平淡中見功力，我倒是很喜歡，在你的作品中另具一格，年青人凡〔反〕正不會喜歡的。

《赤地之戀》一事你弄得很糟，當時平早已印好，由當局婉勸，〔……〕平忍痛收回，放在倉庫中，他們不肯筆之於書，口頭說的，平也是來港時口頭告訴我的。你想以平的關係都解不了禁，唐吉松是什麼人？有這麼大的本事？現在唐的辦法是先不公開發售，僅郵購可以，後來一定呈有關當局，凡認為有問題者，非刪即改，與原作面目全非，最近才登廣告，公開發售。此事不僅影響到平的利益，最大還是面子問題，現在我已寫信給他，請他郵寄一冊給你，如唐果然如此，你可將實情告訴他，並同他商量如何square up with〔與〕平〔向唐算帳〕。唐之只寄一千元來，說外匯難寄，根本是託詞，一千與二千有何分別？這已經是違約了，再加上篡改原作，更是犯法，你可以登啟事聲明否認。無論如何，要給回面子給平，他待你之好可稱異數。《皇冠》至今僅次於《讀者文摘》，最高可銷十萬。余光中出了十幾本書，一年版稅加在一起不到二千美金。我自己都想試在《皇冠》出一本書，因為他們發行得好。連施穎州〔洲〕譯的詩，顏元叔的散文都可以再版。你得罪了他，如果鬧翻了，太不值得。我真奇怪，你平時任何事都同我商量，唯有此次，想必怕麻煩我，自己就做了主，結果不知其中委曲和經過，果然出了事。我將〈浮〉寄去時，已經委婉向平說你是受人之愚，絕無出賣他之意。瘂弦和平也無直接關係，我看以後你所有稿子還是以寄給我為是，雖然瘂弦是我好朋友，自三月起脫離《幼獅》全力編《聯副》。唐文標〔……〕當時得獎，因為太太是蔣經國的親戚，現在同太太離了婚，已不像從前那樣得意了。他那本《張愛玲雜碎》竭侮蔑之能事，我已經寫好一篇文章，給他點顏色看。到時一定寄一份給你一閱。我們全家都好。

Stephen

78、三月八日

有人譯了你的〈琉璃瓦〉，因非你的力作，且譯筆亦不見佳。故決定退回。我們建議她改試〈傾城〉（my favorite）或〈第一爐香〉。

P.S. 你留在我這裡的錢已經用完了，最大的一項是航空掛號郵費，還有買書的錢。請你寄一張 US$50 的支票給夏志清，我託他買書之用。我在此地入你的賬。我今日寄出《曹雪芹與紅樓夢》一冊，最近重印的北京自己編的程高本，因為便宜，不怕翻得爛，也同時寄出一套。又第二冊 Hawkes 譯的《石頭記》已寄出，一月九日，想應已收到。

張愛玲致鄺文美、宋淇，一九七八年三月十六日

Mae & Stephen，

收到三月八日的信，我七日的航簡想也到了。大地姚宜瑛寄了《赤地之戀》的廣告來，說她本來也在香港買到一本，怪自己進行不力，但是沒想到我肯改。我回信說明不是我自己改的。她至少是個傳聲筒。這件事的遠因，是皇冠簽約而不出書，更無一字的解釋，使我鬱在心裏這些年。近因是志清為了遠景的事不高興，原已不高興，為了一次與他太太路過洛杉磯，我沒找他們來。我覺得到了快得罪他的邊緣上了——也還是不大高興，最近來信說〈色戒〉好，他忙，讓水晶寫書評

喚起注意。——此外Mae病了，我不想為了我賣破爛的事讓Stephen煩心——我始終視為僅次於〈連環套〉的破爛——又不想老是讓Stephen去跟平鑫濤說替我出書，《張看》《紅樓夢魘》又都銷路不好。但是主因我想是我乘着想寫小說，集中精力，太集中了，別的事上常腦筋不清楚。當然我知道《紅樓夢魘》這樣的書預付那麼多版稅，是補償《小團圓》的一萬元，都是特殊的優遇。〈往事知多少〉題目被陳香梅用了去了，另想了個〈話舊記〉太瘟，〈情之為物〉太pretentious〔矯飾〕了些，但是幫助解釋主題。這篇還是寄給皇冠吧。非常高興Stephen喜歡〈浮花浪蕊〉。我剛巧銀行裏存款不夠，郵寄存款要一兩個星期，存了進去再寄$50給志清。英譯《石頭記》卷二收到。久雨，浴室天花板破了個大洞，還是抱定宗旨同一城市內不搬家，省時間。

Eileen 三月十六

宋淇，一九七八年四月二日

Eileen：

三月七日來信和抄來致平鑫濤的信收到，不知他有沒有反應？他這一陣子忙於拍瓊瑤的電影，大概也不會有時間對這種既成事實的事來採取行動。對他而言，錢方面還好，面子失去則較嚴重得多。

《張看》的銷路並不太壞，一月之內立刻再版比我那兩本一年之後才重版要好得多了。是誰對你說銷路都不好的？還是你自己在猜？

〈情之為物〉收到，較原來的〈往事知多少〉要好得多了，你現在走的好像是絢爛之極，歸於平淡，恐怕不容易吸引青年讀者。這樣寫下去說不定會變成the writers' writer〔作家中的作家〕，猶如中國人中年以後才能欣賞陶淵明，近十年來我才能欣賞T.S. Eliot的"4 Quartets"〔〈四個四重奏〉〕一樣。故事名仍不夠理想，仍有可能誤引讀者以為是纏綿的愛情故事。李賀有句云：「天若有情天亦老」，近來略為人所引用，不知可否用整句或其中半句？又，P.3前溜海——應是劉海——林語堂和辭海均如此，乃人名的縮寫；P.18想賣古董，是否想買古董，否則要加一「脫」或「掉」字；P.21「面有德色」應為「面有得色」；P.22湯〔少一劃〕字是否湯字之誤？少了一劃；P.24梳髻，紅顏，紅顏如此用法極少見，可否再斟酌一下？然後我再代寄《皇冠》。

平無信來，大概知與我無關。〈色，戒〉令人手足無措，caught them by surprise〔讓他們驚訝萬分〕，因為太不像你的作品了。至少，沒有人能說它不好。匆匆即祝　安好。

Stephen
4/2/78

張愛玲致鄺文美、宋淇，一九七八年四月二日

Mae & Stephen，

上次寄來的〈情之為物〉想已收到。我正在寫另一篇小說。這一批想都登在《皇冠》上，聊表歉意。唐吉松來信說四月中旬再把其餘的預付版稅寄來，我想不能再收下了。上次是寄到銀行裏直接存入我的戶頭。我預備通知銀行不要存進去，把支票給我，先擱着，也不回信。如果一時沒有善後的辦法，怎樣處置，希望來張便條告訴我。〈對現代中文的一點小意見〉在《中國時報》刊出，中文部份只有兩個錯字，偏偏都錯得講得通。我要求他們登出我更正的信。匆匆先寄出這航簡，希望你們倆這一向都好。

Eileen 四月二日

張愛玲致鄺文美、宋淇，一九七八年四月九日

Mae & Stephen，

〈情之為物〉與四月二日航簡想已收到。〈情之為物〉第五頁倒數第四行，第七頁第一行「崛」字請代改「倔」。《紅樓夢魘》我寄了一本給Hanan，又寄了本給《哈佛學報》的編輯——時隔十年，已經去世，年紀也不大——Hanan最近來信說他今年休假一年，所以不在康橋。我的信轉了去，書直到他回來預備次日就動身到香港日本去才看到，預備帶去看，只翻了翻，覺得「enthralling」〔迷人〕。等他看了不管怎樣批評，我會轉告你們。信上叫我如果到康橋去一定要去看他，我回信說我在埋頭閉戶寫小說，因為多年的writer's block〔枯竭文思〕仿佛有融解的趨勢，怕稍縱即逝，去東岸遙遙無期，但是這封信轉到時如果他還在香港，也許高興打個電話給我的老朋友宋淇，作為我的surrogate〔代理人〕。「He supplied the title to my book & also has a collection of essays on Hung lo meng coming out soon, which I thought has made some important points.」〔他為我的書想了書名，也有本關於《紅樓夢》的散文集要出了，我覺得此書提出了一些重要的見解。〕他跟他太太都愛吃中國點心——當然菜大概也愛吃——也許可以請他們吃點東西。這人跟此間的教授與漢學家都不同，我也聽見the Dean of Radcliffe Institute 說他brilliant〔出色〕，不然我不會給你們又添出事來——不知道Auntie可還住院，Mae是不是還天天到醫院去？

Eileen 四月九日

張愛玲致鄺文美、宋淇，一九七八年四月二十三日

Mae & Stephen，

收到四月二日航簡，也看見《聯副》上的〈唐文標的「方法論」〉。他那本書我只翻了翻，但是也看到commissioned〔委任〕的話。不過即使我不是鴕鳥政策，不怕惹氣，仔細看了，也還是寫不出Stephen這篇文章。寫得真好，於我也太必要了[77]。$50已經寄給志清。他上次信上說〈色戒〉「實在是篇力作，只有你能寫得出來，對人生的看法也完全是你的。」（！！）我還沒告訴他與Stephen合作的事。姚宜瑛也非常喜歡這篇，恨不得還有下文，「但是當然沒有了」，此外只比較喜歡《半生緣》，因為從前在上海讀書，熟悉那背景。青年讀者就不喜歡《半生緣》——殷允芃說過《流言》《秧歌》deservedly〔理應〕在全集中銷路最好（把《秧歌》包括在內，我想是由於她多少是台灣的文化幹部）。這次寄來的一篇我覺得年青人較對胃口，不過為哪些人寫，是一定要失望的，至少在我是如此。還是那句話：非不為也，不能也。「平淡而近自然」一直是我的一個標準。寫《半生緣》的時候，桑弧就說我現在寫得淡得使人沒有印象。平鑫濤來信，副本附在這裏。我這就寫信去，寄慧龍的合同的副本去。銀行說等他們收到慧龍匯款的時候，如果不存入我的戶頭，大概要另開一張bank check〔銀行支票〕給我。那就仍舊是先存入，以後再退還，無法歸還原來的支票。我想反正暫且拖着，等Stephen的便條。沒人告訴我《張看》銷路不好，是我自己估量連出三版是因為讀者不知道內容，此後一定一蹶不振。〈情之為物〉題目是太引起人的奢望。〈天若有情

77. 那時宋淇在《聯合報》副刊上發表了〈唐文標的「方法論」〉一文，文章尖刻地批評了唐文標的《張愛玲雜碎》。他先說書中的張愛玲作品繫年資料不全，再指出唐的「張愛玲小說世界三代圖」絕非文學研究的正確「方法」，最後更點出唐文標的方法論「竟然採用偽證和歪曲竄改」。關於最後一點，事情是這樣的：張愛玲曾對水晶說，《赤地之戀》是在美國新聞處「commissioned」（委任、授權）的情形下寫成，唐文標之後竟聲稱根據水晶的訪問記，把《秧歌》也算入「commissioned」之列，不但把一本書變成兩本書，更因此大做文章。宋淇見好友被刻意曲解，氣不過之下只好為文反駁，所以張愛玲才在信中說「於我也太必要了」。全文可參見附錄。

天亦老〉我覺得用在這裏有糢糊之感，因為不大切合，這裏的「有情人」老了並不是因為有情。另想了個〈話舊之情〉（脂批有「談舊之情」），不像小說，〈她的過去〉有irony（諷刺），因為她沒有a past（過去），但是太平直庸俗。我想這一篇先擱下，題目慢慢的想。「有德色」——自己覺得有恩惠於人的面色——大概出在四書上，與「面有得色」纏夾了，只要刪去「面」字。（P.21）P.2,3請代改「前劉海」，P.18「賣古董」加「脫」字，P.22「湯」字加一劃，P.24「紅顏」改「紅豔的面頰」。我四月九日的航簡想也寄到了。唐吉松寄了《赤地之戀》來，迄未拆開，徒亂人意，等忙完了這票事再啟封。如果還沒買，可以不用寄一本給我了。希望你們倆這一向都好。

Eileen 四月廿三

張愛玲致鄺文美、宋淇，一九七八年四月二十六日

Mae & Stephen，

廿三日的信想已收到。〈同學少年都不賤〉上「上海市立交響樂隊」「市立」二字是否應當刪去？（P.16,l.16）《赤地之戀》預付版稅的剩餘部份的問題，我以前來信說過。銀行現在又說收到支票時可以不存入我的戶頭，不過要親自去申請。我今天去過了。他們收到支票就會打電話給我。瘂弦一看見《中國時報》上我那篇散文，立即來信，因為答應過給《聯副》寫，倒給別人。我又去信解釋，告訴他《赤〇〇》的事對不起皇冠，所以近作小說預備全登在《皇冠》上。有瘂弦姚宜瑛傳播，唐吉松會知道我不回他的信是因為竄改。如果不回信就不匯錢來，正好省得麻煩，以後等皇冠跟他們談判的時候再說。趕緊去寄掉這張航簡，希望你們倆都好——

Eileen 四月廿六

張愛玲致鄺文美、宋淇，一九七八年五月四日

Mae & Stephen，

唐吉松直接寄了一千美元來，這次不知為什麼沒寄給銀行存入我的戶頭。信上說平裝本銷掉約三千本，精裝本350本，都是七十元台幣一本。我算了算，賣掉五千八百多美元，版稅15%是八百多美元。上次收一千美元正差不多，這次不應當再收了，希望皇冠能阻止他們再版——說「再版在近期中」。$1000支票我先擱着，等Stephen的信。《紅樓夢》與《曹雪芹與紅樓夢》都收到了。簡體字的《紅樓夢》實在看不慣。皇冠轉來一封短信，希望有機會跟我「多會面，多談談，先通信，」住址是花蓮附近鄉下郵局第一號信箱，是讀者對〈色戒〉唯一的反應，一笑。趕緊去寄出這航簡。

Eileen 五月四日

張愛玲致鄺文美、宋淇，一九七八年五月六日

Mae & Stephen，

四日剛寄出一封航簡，次日看了慧龍的《赤地之戀》，又寫了封信給平鑫濤，另抄了一份，如下：

「鑫濤先生，

上次寄來慧龍合同副本，想已收到。我把他們出的《赤地之戀》仔細看了一遍，錯字很多，但是並沒有竄改。唐吉松四月底來信，寄了一千美元來，說平裝本四千冊銷掉三千，精裝本一千冊銷掉350本，『再版在近期中』。都是七十元台幣一本，我算了算，合五千八百多美元，版稅15%——八百多美元。以前已收一千美元，相差無幾，以後再算。這張$1000支票

預備退還，附信簡單的說明此書本由皇冠出版，本人一直不知道違禁，誤以為棄權，另與慧龍簽約不合法，不能一誤再誤，決不同意再版。但是因為要跟宋淇先生商量，支票先擱着，還沒退還。此外慧龍合同上說簽約後立即預付一萬本的版稅，也沒履行——托詞外匯困難，我回信說『怎樣方便就怎樣辦，不忙』，但事實是違約。根據這兩點，皇冠可否跟他們談判，阻止再版。這件事的誤會，起因是多年前當局不願張揚檢查出版物的事，不顧作者精神上的痛苦——以為銷路壞到出版人棄權，做夢也想不到反共小說會違禁——此後違法另簽合約，有關方面應當能諒解的，請代婉陳。與慧龍辦善後，希望能得到他們的支持。匆此即頌

大安」

匆匆把這封信抄了寄來。總算沒竄改，我一塊石頭落地。希望你們倆都好——

Eileen 五月六日

張愛玲致鄺文美、宋淇，一九七八年五月十九日

Mae & Stephen，

我又補寫了封短信給平鑫濤，另抄了一份給你們看，一併匆匆寄出：

「鑫濤先生：

五月六日的信寄出後，才想到慧龍出版的《赤地之戀》第188頁第11行『人家說毛主席就是這顆痣生得怪』（原文是『人家說毛主席就是這顆痣生得好』）『怪』字一定是竄改，不是錯字。預備退還支票時指出，並解釋我跟他們簽訂的合約不合法，但是皇冠礙於情面，迄未訴之於法，止於向我詢問是怎麼回事，留待我自己處置。事已至此，我惟有從阻止再版着手。匆匆補充這兩點，即頌

大安」

過天再談。你們倆都好！

Eileen 五月十九

張愛玲致鄺文美、宋淇，一九七八年五月二十六日

Mae & Stephen，

〈同學少年都不賤〉我改了幾處，但是發現這篇東西最大的毛病是趙玨像是對恩娟早已沒有友誼了，而仍舊依賴她，太不使人同情。所以還是先擱着再說，不零零碎碎寄改寫的幾頁來。《聯副》上水晶的〈色戒〉書評看得我呲牙咧嘴，真是寧可沒有。看了想提前寫我那篇關於〈色戒〉的，再一想不行，他會又再寫一篇，像關於「藥轉」一樣的沒完了，末了一篇無聊得我瞭都沒瞭一下。Brzezinski〔布里辛斯基〕前兩天在北京發表談話，現在就等正常化的第二隻皮鞋掉下來了。下星期一放假，趕着在長週末前寄出這張便條。

Eileen 五月廿六

宋淇，一九七八年六月十一日

Eileen：

連接信、〈同學少年都不賤〉和航簡多封，均未覆。原因是生了一場惡性感冒，併發為氣管炎和哮喘，只得入醫院治療，沒有完全復原，即去辦公，又relapse〔復發〕了兩次。現在告了大假，在家休養，略為替學校做點工作。以下是匆匆想到先寫一點給你，以免你掛念。

（一）〈情之為物〉到現在未寄皇冠，因為前一篇尚未發表，不宜寄得太密，一則編者覺得

是在咀上去，二則讀者應以物以稀為貴，不宜over-exposure〔過度曝光〕。〈情之為物〉題目仍不夠好，替你想了一個：〈流水有情〉，本來是無情的，現在卻有情，所以是柔的、暗的、綿綿不絕的，本身也是警句，如何？

（二）《赤地之戀》之事目前只好告一段落，因為唐吉松只改了兩三個字，不能算是違約，你既已向平鑫濤表示歉意，並支持他願意毀約，他沒有下文，你無從再採取進一步的行動，況且二十餘年來他既不出版，也無片言解釋，其過不在你。他現在全心拍電影，此方面警覺性不高，疏忽在他。只要你以後繼續為他寫稿好了。

（三）〈色，戒〉水晶一文是夏志清叫他寫的，看了之後令人又是好笑，又是心酸。他居然認為「蜀腴」乃「蜀獄」的諧音，勝利後來自四川的大員把漢奸關起來的地方。我替你結尾時想的辣子他也看出象徵來！朱西寧的文章長而畢恭畢敬，令人啼笑皆非。

（四）照目前情形看來，讀者仍停留於欣賞故事曲折有動作的小說。你最近寫微妙的心理狀態和episodic〔片段連綴〕的短篇，恐不易討好，下一冊短篇集，至少還應有類似〈色，戒〉那樣的兩三篇，否則銷路或許會有問題。當然要你回到以前《傳奇》的時代是不可能的，但至少可以折衷，不要完全像最近的三篇那樣。因此我也同意暫時hold〔保留〕〈同學少年都不賤〉，又你St. Mary's有個同學叫謝恩美，她的二妹就叫恩娟，不知你知道否？

今年我不預備再寫文章，信也少寫，這是病後向外寫的第一封，等過了漫長的夏天，秋涼時再說。祝安好。

Stephen

六月十一日 1978

現代上海話已把「下飯」從寧波話中吸收了過來，成了日常通用的語彙，代替小菜或菜肴。（《簡明吳方言詞典》有這樣一條：「下飯（寧波）同『嗄飯』。引一實例：「寧波話就好，叫『下飯』，隨便啥個菜，全叫下飯。」見獨腳戲：《寧波音樂家》。」）上海人家中如果來了極熟的親友，留下來吃飯，必說寧波話：「下飯嘸交（讀如高）飯吃飽。」意思是自己人，並不為他添菜，如果菜不夠，白飯是要吃飽的。至於有些人家明明菜肴豐盛，甚至宴客，仍然這麼說，就接近客套了。可是在日常日〔生〕活的談話中，下飯並不能完全取代小菜，例如：「今朝的小菜哪能格蹩腳（壞或糟）！」「格店的小菜真退板（壞或糟）！」還是用小菜而不用下飯。

吳方言（包括上海【浦東本地】、蘇州、常州、溫州、嘉興、紹興、寧波七地）是華東中區的方言，相等於京、粵等主要方言。

下飯（寧波）（$Ho^{313}Vg^{313}$）同「嗄飯」：「寧波話就好，叫『下飯』，隨便啥格菜，全叫『下飯』。」（獨腳戲《寧波音樂家》）

P.10　《簡明吳方言詞典》　1986年　上海辭書社出版

張愛玲致鄺文美、宋淇，一九七八年六月二十六日

Mae & Stephen，

再也沒想到Stephen又不舒服進過醫院。惡性感冒引起併發症真不輕。我從經驗上知道就連小病也最怕relapse〔復發〕，何況有兩次！休養着，第一封對外的信寫給我，真於心不安。同日收到唐吉松的信，說皇冠跟他們談判過，被拒絕了。這件事當然只好算了，過天再寫封信告訴平鑫濤。唐吉松信上說「收到支票的收據後，很快就會把餘額結清。收到修訂稿之後，立刻着手重新更改或重排。」附寄來朱西甯陳克環兩篇剪報，說朱陳的目的是「替《赤地之戀》解除『禁書』和『特約稿』的雙重陰影——也是目前銷路不暢的主因。」又再要求我寫自序。我不預備寫，想只設計一個簡單的封面，夠認同的了。看來因為銷路不好，要等校訂加自序後才再版。〈流水有情〉題目暗涵着上句「落花有意」，指伍太太，但是她是不自覺的，「有意」似不妥。而且一定又都說「不

懂」。現在時間改了，表姊妹與夫婦倆都是戰後久別重逢，〈相見歡〉用得上，也反襯出最後稍微有點不歡而散。又再改寫了十五頁寄來，請代抽換。我想寫的小說有兩篇情節較傳奇化，但是哪有像〈色戒〉這樣千載難逢的故事？寫了也決計要多擱些時，一年半載不會有。〈色戒〉刊出後才發現有一句，改寫中不該刪了，以致殺佳芝的動機還是不大夠清楚。〈談看書〉刊出時，平鑫濤信上提起說可以出個單行本，我當時沒接這個碴。等〈相見歡〉寄去了，有了四篇小說（連〈五四遺事〉在內），附錄四篇：〈談看書〉，〈對現代中文的一點小意見〉（引法文誤la為le），〈關於《笑聲淚痕》〉，〈關於〈色戒〉〉，我想夠出單行本了，也許叫《斷續集》，前面有個短序，提起〈談看書〉的部份內容與〈關於〈色戒〉〉可以代序。銷路只好不去管它，總比給別人收入選集強。——有〈色戒〉的那期《皇冠》至今此間東西岸都買不到，對於anthologists〔文選編者〕更是塊肥肉。台大學生要為學中文的外國學生出個選集，要選〈金鎖記〉。皇冠代轉信來，給換了個信封，想必是贊成。幸而選了個舊著。——我自己寫信給平鑫濤，免得Stephen勞神。那篇〈唐文標的方法論〉萬一也能附錄在這裏——不知道有沒有前例——當然版稅不能揩油。以後等方便的時候，請把我以前信上關於〈色戒〉的部份影印了寄給我。我還想寫篇短文講《赤地之戀》因為故事的來源（燕歸來——Maria Yen是姓嚴或顏還是燕，是替友聯還是USIS做編輯工作的，可以問Dick McCarthy——寫的一個極簡單的大綱），我對它一直歧視，直到這次出版被竄改了一個字，十分痛心，才知道已經成了自己的東西。這都以後再說了。我忘了謝恩美的二妹叫恩娟。希望Stephen好得快，年內能寫文章。我絕對不等信。真是有事的話，最好能來張一兩行的便條。Mae這次一定也等於生了場病。

Eileen 六月廿六

宋淇，一九七八年七月十九日

Eileen：

〈浮花浪蕊〉已登出，〈相見歡〉在我手中多留了幾天之後和你六月廿九日的最後改稿已寄出。

有幾件事我想無論如何要同你說清楚。

（一）《赤地之戀》銷路不如理想，一則可能由於你所說非你心甘情願所寫，最主要的原因是事過境遷，讀者已不感覺切身之痛，提起韓戰，美國、中國年青人知都不知道。當局那時犯忌的話，現在認為不成問題，由此可見。

（二）〈同學少年都不賤〉一篇請不要發表。現在台灣心中嚮往大陸的知識份子很多，雖不敢明目張膽公開表態，但對反共作家的攻擊無所不用其極，想盡各種方法打擊。你是自由中國第一位反共作家，自然成為對象，好在你有其他出色的作品，為你撐腰的有夏志清等學院派和很多作家，其中最出力的是朱西寧。最近有人把余光中二十年來的詩作中挑選出有色情色彩的句子（其實是out of context）串連起來，寫出一篇：〈這樣一位詩人〉，侮辱余為pornographic〔色情〕作家。你這篇其實很innocent〔純真無邪〕，可是如果給人以同樣手法一寫，對你極不利。同時，它又並不比前兩篇好多少。發表之後，使你的撐腰人都很為難。最近，一本雜誌公開說McCarthy〔麥卡錫〕，Iowa〔愛荷華〕的作家訓練班的學生如余光中、白先勇、王文興等都是ＣＩＡ的特務。所以你千萬不必提McCarthy和《赤地》那段往事，燕歸來（Maria）原姓邱或丘，一度去意大利做修女，後來給友聯的同事清算掉，本事極大，到德國讀了一個Ph.D.，研究宋明理學，在德國一大學中教書。

（三）千萬不要急於出書，《張看》和《紅樓》二書銷路平平，你又何必要趕一本雜碎？一本短篇小說集——至少有〈五四遺事〉和〈色，戒〉兩篇撐得起，加上〈浮〉和〈相〉已有四篇了，情願多花點時間再寫四篇。至於散文，你可以說是五四以來大家之一，至少自成一格，讀後再想多看一遍的，還沒有別人。我認為你的《流言》水準比小說不稍遜色。心定下來，自然而然有的是題材。你離中國太久，沒有機會同人談話，看的中文書報也較少，停寫之後忽然大寫，文章有點生硬，尤其是《紅樓》，Mae也說句子好像chopped up〔彼此獨立〕，連不大起來，最近多寫之後，已漸恢復原來的風格，應該出一本散文專集。看你忽然膽小起來，只想向容易的路上走，真覺得沒有出息。像我就情願不出，看看以前的舊作，Mae認為有問題的，完全不用，所以今年可能交白卷。這封信我寄一份copy〔副本〕給志清，讓他也為你打氣。祝

好。

Stephen
78年七・一九

張愛玲致鄺文美、宋淇，一九七八年八月八日

Mae & Stephen，

我上次來信後，想着《赤地之戀》反正是這麼回事了，就把慧龍那張一千美元的支票存入銀行，正預備寄收條去，再告訴平鑫濤一聲，又收到平鑫濤的信，說與慧龍情商，過一個時期之後讓皇冠出我的全集，包括《赤地之戀》，希望1980年起轉讓。他暗示我不要跟他們接觸了，免得反而壞事——他發現慧龍合同上有「永遠由慧龍出版」的話，既非賣絕，顯然不合理。我沒注意，也沒去找出別的合同來參考一下——我當然求之不得，連那張收據都托皇冠轉去，（〈關於《赤地之戀》〉也不預備寫了，免得又說這書的短處，刺激慧龍。燕歸來我一直覺得漂亮神秘，不怪她在歐洲神通廣大）又說明先後共收二千美元，萬一能只出到'80年代為止，不再預支版稅了，照實銷算，不滿二千元再找還。本來要再寫封信來告訴你們，怕又要害Stephen回信，所以沒寫，沒想到倒又收到七月十九的信，實在真過意不去。我上次提起出單行本的事，是因為我在寫小說上總儘量給自己去除壓力，但是一方面擔憂台局，又怕已發表的給人anthologize〔收入選集〕了去——這不像盜印，

連《中國時報》這樣的官方機構都公然的幹——其餘幾篇儘管告訴自己慢慢的來，也還是被催逼，所以釜底抽薪，想先出單行本。現在當然已經打消此意。〈同學少年都不賤〉本來已經擱開，沒預備發表。台灣現在的左派勢力我很能想像。時尚與趨炎附勢的影響力實在大。就連讚《赤地之戀》的陳克環也照共黨觀點，說男主角是小資產階級，不可能愛農民二妞，完全不管他已經愛上了黃絹，別的不說，長得也比二妞好。我以前提起過要寄〈五四遺事〉給志清介紹的日譯者，不料大找找不到，這才想起來上次搬家理行李時已經沒看見，所以這些年來一直有點提心弔膽——乘此找出《海上花》譯稿，還沒查點，希望不缺——只好去向志清借。他已經Xerox了一份寄來，提起Stephen七月十九給我寫的信，他看了副本也覺得不出單行本的advice對，《張看》太雜了；〈同學少年〇〇〇〉他沒看，不能發表意見。當然我會向他解釋這篇本身毛病很大，拋開一切外界的條件不講。志清一直怪我不寫小說，連〈創世紀〉也覺得還好，勸我寫個長篇關於上代，又勸我看Henry James〔亨利．詹姆斯〕——因為筆路相近？——我一向有spotty amnesia〔零星健忘症〕，告訴他沒看過。隔了很久，還是沒寫出小說來，也彷彿還是沒看James。他就又提起「連*Daisy Miller*〔黛西．米勒〕都拍出電影來了。」我這才記起來，不得不告訴他'53左右USIS有意叫我譯*Daisy Miller*，我看了不怎麼喜歡，覺得結尾軟弱evasive〔避重就輕〕；竟會忘了厚厚一冊James小說集都跳着看了，只喜歡晚年一篇"The Beast in the Jungle"——記得跟你們說起過。我口胃向來怪，從前跟你們借書的時候Mae也就發現「沒有你要看的。」——他此後來信沒提。我想我活在一天，他不大想寫文章關於我的作品，免得被我contradict〔反駁〕他，不犯着。水晶那篇書評自己非常得意，兩次來信說〈色戒〉只有他懂，恐怕志清宋淇都不懂。添改的一頁附寄來給你們看，此外還有兩處小地方不清楚，就不寄來了。不然信又要拿去過磅。我寫東西總是長久不寫之後就壓縮，寫得多了就鬆泛些，我想與沒機會跟人談話無關。事實是，與人的關係在我總是非常吃力，再加上現在精力不濟，如果不是孤獨，再活幾十年也不會寫出什麼來。朱西甯我現在已經寫了封短信去言歸於好了。Stephen可好些了？我已經夠搗亂的了，一再讓你勞神。Mae這向還好？

Eileen 八月八日

張愛玲致鄺文美、宋淇，一九七八年九月十六日

Mae & Stephen，

本來在秋涼以前不預備再寫信來，免得Stephen又要回信，剛巧這兩天又有點事。莊信正來信說唐文標「把以前送我的《十八春》結尾討回去了，大約又要寫他那種文章了。」這篇如果不登在《聯合報》或《中國時報》上，請寄剪報給我，要是不費事的話，不然莊信正大概也會寄來。馮其庸的《論庚辰本》他已經代訂了一本，可以不用替我買了。以後我想寫篇關於《十八春》，這本來是meant to be a potboiler〔賺稿費用的作品〕，結尾不那樣無法在大陸上發表；此後不忍讓它湮沒了，改寫為《半生緣》，朋友都知道。〔……〕此外皇冠張系〔柱〕國來信說與慧龍談判不成，等以後出全集時再設法接洽；皇冠要出第四個《精選小說集》，可否把〈色戒〉選入。〈色戒〉稿費三百美元，〈浮花浪蕊〉四百，都是刊出後付的，〈相見歡〉倒已經預付稿費四百。顯然是怕我不答應〈色戒〉的事，可笑。我雖然感到頭痛，似乎不便拒絕，回信前希望Stephen寫張一兩行的便條給我。這一向可好多了？Mae也好？那位日譯者不喜歡"Stale Mates"與〈色戒〉〈浮○○○〉，尤其前者，連提都不提，只說收到兩篇影印的小說。她說預備譯〈金鎖記〉〈茉莉香片〉《半生緣》，因為它們表示愛在人生中的重要。她跟一個中國人離了婚，兩個小女兒缺乏父愛，一個愛上了老師，一個也到處找父親的替身。大概她因此喜歡〈茉莉香片〉，也是個問題少年幻想老師是他父親。我寫信告訴志清，恐怕工程浩大，不等譯完她就會discouraged〔心灰意冷〕了。我不久倒又要去診所洗耳，煩不勝煩。明天中秋，祝愉快——

Eileen 九月十六

張愛玲致鄺文美、宋淇，一九七八年九月十六日

Mae & Stephen，

我一收到皇冠張系〔柱〕國那封信，就寫了九月十六日的信來，其實沒想通，儘可以告訴他們我自己在計劃着出小說集，過去也沒在多人合著的選集裏刊登過——最近台大為西方學生編的是教科書性質，《中國時報》出的《紅樓夢》文集是未得本人同意的。Stephen如果覺得這樣說也行，就不要寫便條給我了，千萬保重養息。所以又匆匆補了這張航簡來。

Eileen 九月十六

又及

我先覺得無法拒絕，是在想着我出小說集之前被別人白選了去收入集子，倒讓皇冠見笑。但是當然值得risk it〔冒點險〕。

張愛玲致鄺文美、宋淇，一九七八年十月十七日

Mae & Stephen，

這篇短文大概只好寄給《中國時報》了，不然怕讀者看了摸不着頭腦。請把我給高信疆的短簡附寄去[78]。千萬不要回信，等Stephen好全了，積壓的書信債都還清了再寫。我已經回掉了〈色戒〉收入皇冠小說選集的事，又告訴張柱國（上封信上誤作張系國）我先因為皇冠正與慧龍在接洽中，應當回避，免得反而壞事，以後當然還是自己跟他們通信。——他要我以後出全集時自己也跟

78. 一九七八年十月十七日張愛玲致高信疆書，請高信疆特別叮囑，要校對時特別注意「錯得講得通的錯字」。

唐吉松說——希望這一向你們倆都好。

Eileen 十月十七

談〈色，戒〉

張愛玲

拙著短篇小說〈色，戒〉，這故事的來歷說來話長，有些材料不在手邊，以後再談。日前在《人間》上看到域外人先生寫的〈不吃辣的怎麼胡得出辣子？——評〈色，戒〉〉一文，覺得有幾個疑問：小說裏寫反派人物，是否不應當進入他們的內心？殺人越貨的積犯是自視為惡魔，還是自以為也有逼上梁山可歌可泣的英雄事蹟？寫實的作品裏的反派角色是否應當醜化？

一般公式化的寫漢奸都是獐頭鼠目，色迷迷暈淘淘的，作餌的俠女還沒到手，已經送了命，俠女得以全貞，兩全其美，正合了西諺所謂「又吃掉蛋糕，又留下蛋糕。」相反的，這裏這漢奸老大難纏，漂亮的女人有的是，應接不暇，疲於奔命；而且雖然是個「四五十歲的矮子」，面貌儀表還不錯（這使域外人先生十分駭異，大不以為然，也未免太「以貌取人」了——好人壞人能從美醜鑒定？）。這一點非常重要，因為他如果是個「糟老頭子」（見水晶先生〈色，戒〉書評），給王佳芝買這隻難覓的鑽戒也不算什麼，本是理所當然的，不會使她怦然心動，以為「這個人是真愛我的。」

她的動搖，還有個遠因。第一次行刺不成，賠了夫人又折兵，不過是為了喬裝已婚婦女，失身於一個同夥的同學。對於她失去童貞的事，這些同學的態度相當惡劣——至少給她的印象是這樣——連她比較最有好感的鄺裕民都未能免俗，讓她受了很大的刺激。她甚至於疑心她是上了當，被愚弄了，有苦說不出，有點心理變態。不然也不至於在首飾店裏一時動心，喪失了理智，聯帶的喪失了生命。

第二次下手，終於勾搭上了目標。她「每次跟老易在一起都像洗了個熱水澡，把積鬱都沖掉了，因為一切都有了個目的。」「因為一切都有了個目的」，顯然是說「因為沒白犧牲了童貞。」

域外人先生斷章取義，忽視末句，說：「我未幹過間諜工作，無從揣摩女間諜的心理狀態。但和從事特工的漢奸在一起，會像『洗了個熱水澡』一樣，把『積鬱都沖掉了』，實在令人匪夷所思。」

王佳芝的捉放曹，顯示年青人愛國的熱情不一定禁得起考驗，過了一關又一關，不像衛道者在旁邊看事容易。域外人先生說我「故意羅織她的弱點，」不讓她做秋瑾，是否主張人物類型化，如中共文藝裏一套板的英雄形像？

至於老易的「鼠相」「據說是主貴的」，（〈色，戒〉原文）「據說」也者，當是他貴為偽政府的部長之後，相士的恭維話，也可能只是看了報上登的照片，附會之詞。域外人先生寫道：「漢奸之相『主貴，』委實令我不解。」我也不解。即使域外人先生篤信命相，總也不會迷信到認為一切江湖相士都靈驗如神，使他無法相信竟有相面的預言偽部長官運亨通，而看不出他這官做不長。

故事中打牌的女太太們戲言「不吃辣的怎麼胡得出辣子？」不過是句最淺薄的諧音俏皮話，並無深意。域外人先生問：「這話是什麼意思？辣椒是紅色的，『吃辣』就是『吃血』的意思，這是很明顯的譬喻。難道張愛玲的意思是說，殺人不眨眼的漢奸特務頭子，只有『吃辣』才『胡得出辣子』，做得大事業？這樣的人才是『主貴』的『男子漢』？」吃紅色食品就是吃血，穿鑿附會，太牽強了。吃蕃茄也是吃血？

易先生恩將仇報殺了王佳芝，還自矜為男子漢大丈夫，而且說服他自己：「得一知己，死而無憾。他覺得她的影子會永遠依傍他，安慰他。……他們是原始的獵人與獵物的關係，虎與倀的關係，最終極的佔有。她這才生是他的人，死是他的鬼。」域外人先生說：「讀到這一段，簡直令人毛骨悚然。」因此竟疑惑起來：「也許，張愛玲的最後用意還是批評漢奸的？也許我沒有弄清楚張愛玲的本意？」

「毛骨悚然」正是域外人先生引的這一段所企圖達到的效果。多謝指出，給了我很大的鼓勵。

我最不會辯論，又寫得奇慢，實在勻不出時間來筆戰。看了十月一日域外人先生這篇，本來也不想說什麼。剛巧九月三十日《人間》有一篇〈極目楚天闊之二：放懷縱覽世界文壇〉，劈頭就問：「為什麼拉丁美洲作家不能像美國或西歐的同行，做而且僅僅做一個藝術家？為什麼他們必須也要做一個社會改革者、政治家、道德家或革命家呢？為什麼?!」又說：

「……每個作家，各具其特殊的感覺、經驗與氣質……感覺、人性的經驗以及想像力的領域，永遠要比政治社會問題的領域，更為遼闊的。……」

下一段這樣開始：

「如果他們比較傾向於個人內在的呼喚，那麼勢必就要招來各種不同形式的誤解與排反——至於該作家作品的優窳，則屬另一個問題。」

與次日的書評合看，等於先一日預下注解，相映成趣，令人啼笑皆非。以我們中國的文化歷史，會有人甘心效法拉丁美洲。一時感想很多，所以寫了這麼個中號「極短篇」，下不為例。

張愛玲致鄺文美、宋淇，一九七八年十月十八日

Mae & Stephen，

昨天剛寄出〈談色戒〉短文，又改寫兩頁補寄來，代替原有的P1，P3。我想來得及趕得上，因為你們知道我的脾氣，不會馬上給轉去。請不用回信。我現在趕緊去寄信——

Eileen 十月十八

張愛玲致鄺文美、宋淇，一九七八年十月二十三日

Mae & Stephen，

十七日寄了〈談色戒〉來。這次郵局漲價，有的沒漲，我忘了問聲限時專送漲了沒有，所以

十八日寄出的改稿欠資退回，反倒躭擱了三天。寄出後，我隨即又發現兩個大毛病，知道你們單憑判斷力，也不會就這樣給轉寄去，這才放了心。從第二頁起全部改寫，附在這裏寄來。匆匆不多寫了，希望你們倆都好。

Eileen 十月廿三

又及

還是不用回信，見報自然知道。

張愛玲致鄺文美、宋淇，一九七八年十月二十六日

Mae & Stephen，

廿三日寄來的〈談色戒〉改稿，第四頁還是不清楚，又改了補寄來——絕對是最後一次了。如已寄出，要是還來得及的話，可否請限時專送寄去——又要費事附條說明，真不過意。

Eileen 十月廿六

張愛玲致鄺文美、宋淇，一九七八年十月二十八日

Mae & Stephen，

廿三、廿六日寄來的〈談色戒〉改稿想已收到。我又想起最後一段不應當提「人身攻擊」等等，話太重了《中國時報》不會肯登。想必你們也還沒代寄出，就又改寫了這一頁補寄來。

Eileen 十月廿八

宋淇，一九七八年十月二十八日

Eileen：

十月十七日信昨日才收到，已經算是快的了，因為前一陣香港郵局也在怠工。香港的公僕才是名正言順的僕人，當然對老百姓免不了擺點官僚架子，可是對政府從不敢有所舉動。現在西風東漸，大概也學上了四個現代化的風氣，而實際上通貨膨脹太厲害了，以前生活水準低，低薪給足以應付，現在的確生活艱難，也難怪他們。趁他們這兩天暫告一段落，以便談判之際，趕出此信。

你的〈談色，戒〉一文當然寫得很好，但並沒有致對方以重大的打擊，沒有擊中他的要害，令他難以還手。對這種人談人性、性格、心理根據，等於對牛彈琴。加以現在台灣寫文章的人越來越多，有些人唯有採取打倒偶像以遂他一旦成名或文壇登龍的志願。你這篇文章發表之後，一定會給你個沒完沒了，你聲明下不為例，他可不管你這一套。我想你主要的論點缺少了下面這一點：

「特工必須經過專門的訓練，可以說是專業中的專業，受訓時發現有一點小弱點，就可能被淘汰。王佳芝憑一時愛國心的衝動，和幾個志同道合的同學，就幹起特工來了，等於是羊毛玩票。羊毛玩票入了迷，也會傾家蕩產。業餘的特工一不小心，連命都送掉。所以〈色，戒〉裡職業特工只有一個，而且只出現了一次，神龍見首不見尾，遠非這批業餘的特工所能比。域外人讀書不夠細心，所以根本表錯了情。」

這一點應是開門見山的話，一下就堵上了他的嘴，把真正做特工的大捧一下，對方就失去後台。然後你再隨心加點其他材料，加以發揮，例如007的小說、目前的電影，你寫的既非受過專門訓練的特工，當然有人性，也有正常人性的弱點，然後再談到人物的內心就順理成章了。辣的食物不一定是紅辣椒，如粉蒸肉就用胡椒粉，（有黑白二色），根本看不出來，域外人未免太外行了。這雖然是小文章，似乎也應鄭重其事，希望你考慮重加作料再寫一次。祝好。

Stephen

十月廿八日

張愛玲致鄺文美、宋淇，一九七八年十一月七日

Mae & Stephen，

收到Stephen十月廿八日的信。自從十月十七寄〈談〈色戒〉〉來，到廿八日為止，十一天內四次寄改稿來，剛巧碰上H.K.P.O.怠工。Stephen這封信上說得對極了，我當然照改照抄。現在把全文寄了來，以前的幾封寄到沒有都沒關係，就怕他們談判破裂又怠工了。給高信疆的短信日期不符，另寫了一份來。希望你們倆都好。

Eileen 十一月七日

宋淇，一九七八年十一月十七日

Eileen：

來信和改正稿收到，已於昨日寄出。付郵前忽然靈機一動，覺得文章名字〈談色，戒〉一文，太沒有吸引力而且缺乏時間性，自作主張擅改為：

羊毛出在羊身上

——談色，戒

因為有點一語雙關，一是指王佳芝，她是外行去作特務，結果闖了大禍，送了性命，還是由於她本人不好。二是指域外人也是外行，結果發表錯誤的意見，其原因也是出自他本身為外行。至於我寫這信[79]，理由是你躭擱了太久，似乎反應太遲鈍，不得不如此解釋一下，同時也算是我幫了

79. 一九七八年十一月十七日宋淇致高信疆書，提及〈談〈色，戒〉〉一文本擬在其他刊物發表，經宋淇去信解釋後，仍在人間發表。因此多耽誤了半個多月，其餘可直接與張愛玲聯絡。

他一個忙，讓他覺得欠了我情，而同時你也欣然同意。祝安好。

Stephen
十一月十七日

張愛玲致鄺文美、宋淇，一九七八年十一月三十日

Mae & Stephen，

收到十一月十七的信。〈羊毛出在羊身上〉這題目真好極了。與十月一日域文間的time lapse〔時間間隔〕太長，Stephen給高信疆的信上彌補得天衣無縫，又賣了個人情給他，真是面面俱到。這些時我的電話鈴日夜響個不停，我猜是水晶，因為他寫過〈色戒〉書評，牽涉在內。志清大概看我預備置之不理了，十一月十一日來信說他寫了篇文章關於域外人（張系國）這篇。我本來不知道是張系國，上月給你們的信上誤張柱國為張系國，是ＥＳＰ，因為下意識裏preoccupied with〔全神貫注在〕答辯張系國——下意識裏顯然知道他的真姓名。我送了伊藤漱平一本《紅樓夢魘》，現在收到他還送的一本《程偉元刊〈新鐫全部繡像紅樓夢〉小考》（1973），裏面夾着三頁手抄的1978八月末補記。日文看不懂，但從小註上看來，顯然他連《皇冠》上的〈紅樓夢未完〉與〈高鶚襲人與晼君〉都看見了。後來的幾篇沒提。我預備把這本書平郵寄來，也許可以介紹給《聯副》或《人間》，至少把'78年補加的兩頁譯出來——並與我無關——有稿費就請他們直接寄到日本去。平鑫濤來信，同意〈色戒〉不收入皇冠小說選，又說慧龍「初步表示出全集時，可以考慮放棄《赤地之戀》」，叫我「不必太操心，方便的時候」再寫信去。我預備回信告訴他因為這一向忙，根本還沒跟慧龍renew contact〔續約〕。又有個翻譯的笑話：Pancho Villa譯作「賓周別墅」——《幼獅月刊》，'78，五月，P.26。Stephen的信是在辦公室寫的，想必照常上班了。希望Mae也好。

Eileen 十一月卅日

張愛玲致鄺文美、宋淇，一九七八年十二月二十七日

Mae & Stephen，

看到post-Carter shock〔繼卡特震撼而來〕的《聯合報》，似乎台北相當鎮靜，抗議的人數不多。瘂弦來信表示business as usual〔事務如常〕，提醒我答應過給《聯副》寫稿。這篇短文與便條請代轉去。買東西的話，是《幼獅》轉載，贈食品代稿酬。志清上次信上說得含糊，我還當他寫了篇專文替〈色戒〉辯護。他在賀年片上說：「〈羊毛出在羊身上〉也看到了，你短短答覆域外人幾句是對的，『下不為例』更好，因為你同時下專欄作家身份不同也。」顯然覺得這篇的好處在簡短。水晶來信說我（一）向來總是自謙寫得不好，這次是因為罵漢奸觸及trauma〔創傷〕與「隱痛」；（二）「糟老頭子」是dirty old man；（三）「蜀腴」「擠不下」是諷刺重慶胸襟褊狹。他沒看到域外人原文，只看見《書評書目》上罵「歌頌漢奸」，罵他那篇書評「黑良心」。他也寫了一篇，《中央日報》拒登，他與高信疆不睦，所以改投《聯副》，不知道登不登。域外人那篇我寄了個副本給他，附信說：（一）別人說寫得壞當然不便爭辯，歪曲原意也不能分辨？（二）「糟老頭子」通指污糟邋塌的老頭子；（三）蜀腴是名川菜館，「擠不下」是罵重慶氣量小，那像《紅樓夢》索隱認為是反清一樣想入非非。改寫《小團圓》我終於想通了，照Mae說的，只用頭兩章，但是這兩章內母女間已經很僵，需要解釋，所以酌用其餘，太像〈私語〉的改掉，插入頭兩章的輪廓內。女主角考港大醫科，程度差得太遠，惡補一年，花了好些錢。本來在寫的一篇故事性也較強，也先擱下了。我一年一度給Dick McCarthy寫封「聖誕信」，是他去年提起陳若曦，以為我不知道，「or don't you care?」〔或者你並不在乎？〕我今年寫：

"It's been a spotty year for me. In fact I'm currently under attack from some quarters in Taiwan for "glorifying traitors" in a short story of which Stephen Soong furnished the material. He also worked on it behind the scenes with me throughout, so you can imagine it's nothing of the sort. Of course with the kudos won by Chen Jo-Hsi I suffer by comparison unavoidably. I'm enough of a Taoist to be philosophical about <u>tao</u>, which I interpret as the way things go. In the present climate of world opinion there is no such thing as an impartial Chinese observer. Only a dedicated patriotic socialist who then became disillusioned —with the Chinese brand of socialism anyway— has credibility. If I'd stayed as long on the mainland I'd still be heeded no more than any other refugee. Perhaps it takes Chen Jo-Hsi's kind of plaintalk to penetrate the vast ignorance about China, but it's her ideological fervor that carries weight. There is this double standard for poor countries such as China...

"P.S. I forgot to mention that that about Stephen Soong helping with the story is confidential. To reveal it just now would seem to be using his reputation as a shield."

〔「今年對我來說有好有壞。其實，為了一個宋淇提供材料的短篇小說，台灣有些人目前正攻擊我『美化漢奸』。宋淇也始終在背後協助我寫成這小說，你可想而知，完全沒有那樣一回事。當然跟陳若曦贏得的讚譽相比，我難免失色。我多少是個道家信徒，將『道』理解為事物的走向而泰然處之。在現今的世界輿論風尚中，沒有任何不偏不倚的中國觀察家。一個愛國的社會主義者獻身於志業，然後幻滅了——至少是對中國類型的社會主義感到幻滅——這才使人置信。哪怕我在大陸待了一樣久，也不會比任何別的難民更受重視。也許要陳若曦這種直白之談才可以穿透對中國的廣大無知，然而是她的意識形態熱情至關重要。看待諸如中國的貧國，就有這個雙重標準……

「附言：我忘了提起，宋淇幫忙小說的事得保密。這時披露出來會彷彿是拿他的名譽作擋箭牌。」〕

不然對他也不提了，會誤以為是寫胡蘭成。自陳若曦句起，也抄了一份給志清看。現在時局這樣，所有以上這些都顯得petty〔小氣〕到極點。本來不想寫信的，想等安定點再說。千萬不要回信。至少這一向你們倆都健康？

Eileen 十二月廿七

張愛玲致鄺文美、宋淇，一九七八年十二月二十八日

Mae & Stephen，

廿七日的信寄出後，又想起來找出痙弦的信來看看，日期是十六日，建交消息傳到的一天，大概早幾個鐘頭寫的，兩天後才寄出，郵戳是十八日。我那篇〈代『表』二段〉請不要寄去，免得輕鬆得不是時候，又招罵。匆匆補了這張便條來，不在等回信，千萬不要寫。

Eileen 廿八日

宋淇，一九七九年一月二十二日

Eileen：

十二月廿七日短稿及信，後廿八日的航簡囑我暫不必寄稿，均收到。我忽然在十二月卅日得病入醫院，住了一星期，現在總算好了。Mae的母親卻又於九日前入了醫院，老人家今年九十七歲，所謂歲月不饒人，血管硬化，大小便難以控制，轉凶為吉的可能不大，但拖延日子久長，也足令人傷腦筋。她真是左右為難，焦頭爛額。

你的短文寫得極好，「不」「可能」是Goldwyn看了Victor Mature的試鏡之後說的，譯為「不」「可能」是以三字同兩字攪亂，本來我想建議用「不」「行」兩字，現在你的譯法錯打錯着。你最近的文章寫得比前一陣好，到底熟練一些，〈羊毛〉一文高信疆寄了兩份給我，上書請我以後繼續幫忙。《聯副》也寄了表格給我，始終因生病事未寫：《街外人語》（暫擬的題名）還沒有落筆。我想過一陣等他們安定下來後，還是要稿子的，到時同你的一起寄去。台灣有一位高陽，專寫歷史小說，其多產與品質不作第二人想，你可以寫信給皇冠的平鑫濤寄一套給你。即祝安好。

Stephen

一月廿二日

張愛玲致鄺文美、宋淇，一九七九年二月十一日

Mae & Stephen，

收到一月廿二的信。Stephen又不舒服過，Auntie又早已入院，又是兩下夾攻，真把Mae拖慘了。Auntie一直看上去比真實年齡年青一二十歲，再也想不到已經是近百歲的人瑞。病老拖下去當然苦了Mae，唯一可以自慰的是遺傳給琳琳瑯瑯茉莉的生命力強的因子。《譯叢》收到多冊。“Some Chinese Food for Thought”的題目真好，像是Stephen的手筆。《紅玫瑰○○○○》的事這樣處置再好也沒有。報上的高陽的小說我一直看。《瀛台落日》平鑫濤送過一本，非常好，全都聞所未聞，歷史我知道得太少。下次寫信再向他要別的。英國人Nora〔Norah〕Lofts〔諾拉．洛夫〕寫了三十幾本歷史小說，多數並不是寫名人，都是英國東南部一個小角落的事，此地有的我全都愛看。可惜要考據，沒書，除非高陽的？——此路不通。我在改寫《小團圓》。我一直覺得我母親如果一靈不昧，會寧願寫她，即使不加以美化，而不願被遺忘。我姑姑從上海直接來信，昨天剛收到。她有病，雖然說不嚴重。別的仿彿都還好，仍住原處，搬到樓下。我想還她點錢，也了却一件心事。真高興Stephen喜歡「代表二段」。如果還來得及，這篇短文裏

（英文「不可能」是一個字）

句下請代加

——給影星維克多．麥確成名前試鏡的考語——看走了眼。

報上看見水晶又有一篇講《十八春》，說我告訴他我對USIS與中共壓制文藝同樣痛恨。我從來沒說過任何相近的，可以聽錯或是歪曲的話。希望你們這裏好點了——幸而Stephen這次好得快。

Eileen 二月十一

宋淇，一九七九年二月十七日

Eileen：

前幾天曾寄上影印文章兩篇，均見《書評書目》（68及70兩期），可見讀者中不是沒有程度的人，但兩副刊都給幾位大牌霸佔，輕易不登無名的作家的文章，所謂店大欺客即是。你的〈羊毛出在羊身上〉一去，《中國時報》高高興興登了出來。最近友人返台過年，都云情形較穩定，而且國家和老百姓之間的關係反而比從前更接近，因為他知道面對的是存亡生死的關頭。我寄了一篇論詩的文章給聯副，瘂弦已定三月一日和《明報月刊》同時發表，並囑我將你的短文寄去，我認為你此文輕鬆而有你的筆觸，題目也別緻，所以已寄了去，好在我前信已向你提過，同時也是瘂弦自己提出來的。寫《看張》那篇文章的人，頗有見解，說老實話，比那些自命為批評家的人只有高一級。這也可以給你一點安慰。文美的母親還在醫院，其實沒有什麼病，只是老了。即祝好。

Stephen
79年二月十七日晚

張愛玲致鄺文美、宋淇，一九七九年三月十九日

Mae & Stephen，

收到兩份《書評書目》與二月十七的航簡。《看張》袁枚那首詩引得真好。《人間》不登那篇講〈色戒〉的也understandable〔容易理解〕。但是我這篇想還是投到《聯副》，因為他們的版面

可以來得及寄清樣來讓我自校。痖弦說跟他們的編輯說過了，但那是很久以前了，需要提醒他們一聲。我想Stephen反正要寫個covering letter〔說明信〕，我就不另寫便條了。上次那篇短文原名〈把我包括在外〉。我因為《聯副》找我寫梅蘭竹菊的「咏蘭」散文，我回掉了，「梅蘭竹菊」是反映時局的過年應時文章，an invitation to〔邀請〕表態，我怕我這題目又引起誤會，所以改掉了。當然是原名好，是不是Stephen建議用這題目？〈詩的開始與終結〉非常好，不過我對五言詩的欣賞力差。志清信上也說〈相見歡〉「耐讀」，要跟我「討論」，不過還沒工夫。故事裏有「碗櫥」（sideboard），錯了。我新近才發現英國人早飯吃自助餐，旁邊有張餐桌（近代改櫥櫃）上排列着一樣樣的菜。我上次說遺傳的因子，生命力強不光是長壽，遇到要緊關頭可以加一把勁，出入很大。我姑姑不要我還錢，要我回去一趟，（當然我不予考慮）她以為我是美國公民就不要緊。她以前為了愛一個有婦之夫沒出來，後來他太太死了，但是他有問題，文革時更甚。連我姑姑也扣退休金。兩人互相支持，現在他cleared〔平反了〕，他們想結婚，不怕人笑。他倒健康，她眼睛有白內障。我非常感動，覺得除了你們的事，是我唯一親眼見的偉大的愛情故事。張興之在美國，大概就在加州。我想去查電話簿找他，托他匯錢。你們倆都好？

Eileen 三月十九

張愛玲致鄺文美、宋淇，一九七九年三月二十一日

Mae & Stephen，

前天寄來的一篇散文，現在又改寫了第六頁寄來，代替原來的第六頁。匆匆去趕下一班郵

——祝

好

Eileen 三月廿一

張愛玲致鄺文美、宋淇，一九七九年三月二十二日

Mae & Stephen，

我剛寄了篇散文來，又補寄了一頁改稿，倒又想起一件事，趕緊再寫張航簡，好讓Stephen下次來信的時候一併答覆，免得三天兩天寫信。我姑姑上次信上說我的住址是我的二表姐到僑務辦公室去問得來的。當然現在我的地址台灣的報館都知道，所以他們也知道，還是使我有點不寒而慄。〔……〕。她說'68年最壞，如果寄錢去也拿不到，還會有麻煩。我在想現在不知道可會也有麻煩？但是'62年張興之轉去三百元，也平安無事。壞在我表姐剛去僑務辦公室問過我的住址，打草驚蛇。我可以請張興之說是他自己的錢，但是我給我姑姑信上說過托人轉匯的話——不得不提起——信可能被檢查過，如果被他們注意的話。希望你們這一向都還好，Auntie也從醫院回來了，至少省得奔波——

Eileen 三月二十二日

張愛玲致鄺文美、宋淇，一九七九年三月二十五日

Mae & Stephen，

剛寄出一張航簡，又再把〈表姨細姨及其他〉第六頁刪改了寄來，代替原有的P.6與改寫的P.6 & P.6b。真煩不勝煩，但是我想是最後一次了。看見《中國時報》上徐復觀駁顏元叔論杜詩〈漢明妃〉，真痛快極了。上次看到顏元叔misquote〔錯引〕「床前明月光」詩中「抬（舉）頭望明月，」連錯幾次，恨得牙癢癢的。祝

好

Eileen 三月廿五

宋淇，一九七九年四月八日

Eileen：

〈表姨細姨及其他〉一文今日寄出，當然有一封covering letter〔說明信〕，請瘂弦寄上清樣，以便你親校。

你的文章我擅自改動了兩處，一是第一頁

「也許『表』也諧音『婊子』？」

在logic〔邏輯〕上說不通，因為「表」事實上是「婊」的諧音，而我們卻不加忌諱，似乎說不通，所以我自作主張改為

「難道『表』不諧音『婊』字？」

就有了irony〔諷刺〕了。

二是第三頁第一行

「我舅母也是湖南人——湘潭人（寫後又塗掉）——毛澤東的小同鄉。」

後面的蛇足簡直糊塗，第一可能引起人的誤會，說不定很嚴重的誤會，第二，瘂弦如果細看的話不是刪改，就是加個「匪」字，所以我改為

「我舅母也是湖南湘潭人。」

請你看到清樣時，不要以為《聯副》擅改作者的來稿是幸。祝好。

Stephen

4/8/79

張愛玲致鄺文美、宋淇，一九七九年四月八日

Mae & Stephen，

〈表姨細姨及其他〉又有一句添改，所以我把第四頁重抄了寄來。上次〈把我包括在外〉刊出後，瘂弦寫便條來道謝，前兩天又叫《聯副》女編輯丘彥明寫長信來催稿，說可以與《皇冠》同時登，在他們出書的一天刊出，《皇冠》登到哪裏就在哪裏截斷。兩個刊物同在台灣，我覺得這建議很奇怪，也不想這樣。我上次講寄錢給我姑姑的事，跟你們一講腦子也就清楚了些。〔……〕我姑姑顯然看懂了。回信說她正預備結婚，想必需要用錢，經我堅持，就也寫了香港轉匯的人地名來，顯然不怕引起麻煩。大概因為目前一切放鬆，她年紀大了，不必看得太遠。我昨天已經匯去了。希望你們倆這一向都好，Auntie至少已經出院。

Eileen 四月八日

張愛玲致鄺文美、宋淇，一九七九年四月二十五日

Mae & Stephen，

四月五日的信與八日的航簡都收到了。〔……〕徐復（舊？）觀這名字很奇怪。出身侍從室，似乎反映蔣介石識人——自己用不着懂，能聽信懂的人的話，就是知人。台大文學院院長寫出那樣不通的文章，監察院其實該管，等於檢查教科書。王文興說得出「只是朱顏改」的話，英譯《'60—'70台灣故事集》裏他的一篇沒什麼好，《家變》想必好些。那封講內幕的信暫時放在手邊，過一兩個月再看一遍，就會全記得了，再銷燬，不會誤事。〈羊毛出在羊身上〉刊出後兩天，顏元叔在《人間》上罵有些在國外住了二三十年的作家寫的題材過時，文字也落伍（指我寫的〈對現代中文的一點小意見〉）。我給志清的一封信上說顏元叔像是上海話所謂「要搭我上了。」此後發生

斷交的變故，這才算了。——當初原來是Stephen送了本《傳奇》給志清看的，我看了他的小說史中文版序才知道[80]。孫述宇著《金瓶梅的藝術》我覺得好，尤其是說李瓶兒之死是中國過去唯一寫死亡最寫實的。我仿彿跟你們說過《金瓶梅》我從前也是每隔四五年再看一次，都是潔本，每次都若有所得，看到李瓶兒死總是大哭。但是當然不犯着牽入台灣這些文藝論爭內。〈表姨〇〇〇〇〉真幸而Stephen代改那兩處。收到清樣，「我舅母也是湖南湘潭人」這句又刪去「湘潭」二字，因為我舅舅家是長沙人。你們倆都好？

Eileen 四月廿五

張愛玲致鄺文美、宋淇，一九七九年六月二十九日

Mae & Stephen，

前兩天剛寄了十五頁改稿來，又想起第一頁末了需要加一句——不加，不知道伍太太口中的「婊子」是否真是妓女。如果是的，他們的分居也就更不嚴重了。稿子若已經寄出，只好請再補寄去——在Stephen需要靜養的時候又給你們添出事來！這篇絕對是最後一次改了。

Eileen 六月廿九

宋淇，一九七九年七月十四日

Eileen：

好久沒有寫信給你了。前一陣我弟弟從太平洋小島來港度假，總不免要陪陪他。後來我又發了胃病，也不是痛，就是吃多了不消化發脹，醫生說是精神緊張，食物不合，吃點藥再說，如仍不好，只好吃特效藥——Tagamet，而後者的確有靈效，吃過兩次，都可以減除痛苦，只是報上說可能有不良的副作用，我也不敢多吃。幸而這幾天好了。

這一陣我夠忙的，計有如下活動：（一）在藝術中心作公開演講：〈紅樓夢的敘事觀點〉，長約一個半小時；（二）開設高級翻譯班（中譯英文憑），我是主任講師，幸而有教員五、六人，約一個月輪到二次，每次又是一小時半〔；〕（三）翻譯學會公開演講：我所認識的翻譯家——傅雷。你知道我不做則已，一做就準備工夫十足，決不欺場。例如傅雷我就請Mae將中譯的《高老頭》和英譯本做了對比工作，文筆是傅遠勝英譯，對法文的理解則請一位深通英、法文的核對，發現傅的理解力有時有問題。這篇東西雖然一點沒碰到政治，但我不想發表。

國內這一陣很是熱鬧，成立了《紅樓夢》研究出版委員會，老、中、青三代紅學家聚首一堂，李希凡向俞平伯敬酒。戴不凡寫了一篇長文，力圖證明《紅樓夢》不是曹所作，而是曹根據別人的一本小說加以修改而成。那本小說原名《風月寶鑒》云云，文很長，也有點歪理，但此人大概自己沒有創作過東西，寫《紅樓夢》又不是改別人的電影劇本。到現在為止我還是最喜歡余英時的《紅樓夢的兩個世界》——有見解，有氣派，有條理，真可以說是劃時代的作品。

我們最近收到一篇文章，據作者自己說是他博士論文中的一章：Thematic Unity in Flowers of Shanghai（海上花），其中選了三段：（一）Jewel（阿寶？）（二）Fragrance & 陶（三）Twin Jade。我只看了第一段，理論很膚淺，就是說三人都想從良而不得好下場，譯筆平平。我記得曾向你提過，請你整理一下《海上花》譯文，選出幾章來交給*Renditions*發表，你並沒有反對，也含糊答應了。（我懶得去翻查舊信。）我想再問你一聲，以求證實，因為我們想出一個Middle-Brow小說專號，《海上花》高居榜上，《九尾龜》就是low brow了。從前我寫過一篇文章，說邵洵美用蘇白將Anita Loos的*Gentlemen Prefer Blondes*〔《紳士愛美人》〕譯出來，可以說是一絕。我不知道你譯文有無

80. 夏志清《中國現代小說史中譯本序》（香港：友聯出版社，1979）：「香港盜印張愛玲的兩部作品，《傳奇》與《流言》，也是宋淇贈我的，使我及早注意到這位卓越的作家。」

採用gold diggers（找金龜婿的女人）們常使用的口語？附上剪報影印一份，作者即倪匡，有名的武俠小說作家，亦舒的二哥，都是「吃得你死脫」的讀者也。

悌芬上
79年七月十四日

張愛玲致鄺文美、宋淇，一九七九年七月二十一日

Mae & Stephen，

今天終於把那封講內幕的信再看了一遍之後撕碎拋棄了。我本來不知道李敖這人，最近才在報上看見他出獄後的文章，實在使人起反感。顏元叔駁徐復觀，夾七夾八謾罵，但是徐文也是有些疏忽的地方授人以隙，我先沒看仔細。那次雷雨之夜你們不知道是否砲聲，是真恐怖，我初看了信都覺得說不出話來，所以回信沒提。我那新姑父還來信勸我找夏衍設法准許入境，看了「現代化」情形，寫出來在美國一定賣得掉。看得我又好氣又好笑。他們大概太陶醉於這thaw（解凍時期）了。錢鍾書出國好像沒經過香港？水晶跟他合拍了照片，寄了一張給我[81]，比報上的清楚，真不見老，轉寄給你們，不用還我了。前些時殷張蘭施（熙）來信，把那篇英譯〈琉璃瓦〉寄給我看，說是志清寄給她的，她想把譯文稍加潤色，登在台北P.E.N.雜誌上。我回信說這是我最壞的一篇小說，「At my request the Hong Kong magazine *Renditions* returned it to Miss K—with an explanation...Professor Hsia must have been thinking of my lack of exposure—which is all too true—...」（在我要求之下，香港《譯叢》雜誌將稿子寄回給K小姐，也附上說明……夏教授想必是念及我發表作品太少——當然千真萬確）《聯副》找我做這次中長篇小說獎的評判員，我回掉了。這一向七事八事的，寄給我姑姑的$1500也退回來過，收款人名要廣東話拼音與香港身份證號碼，又只收Bank of America匯票。我住的老房子蟑螂多，廚房要天天噴射。（房東一年兩次派殺蟲人來，據說保一個月，其實只保幾天）鄰居抱怨

「有強烈的氣味」，管理員送警告單來，不停止就要我搬家。我讓她指認那氣味，不過是最普通的殺蟑螂藥——更暢銷的一種有香氣，但是不大有效，噴射鈕又撳不動，力氣不夠大——但是美國現在對空氣污染敏感，有些人神經質。真是鬧到市政府「房東房客調解處」去也麻煩。我不想在同一城市內搬家，只好儘可能不噴射。偶爾略打了一次，立即有人打電話去報告，倒像蘇北老共區的「聞香隊」。上次講歷史小說，其實我並沒有故事可寫。有個曾國藩重外孫女跳樓的事，也與晚清歷史無關，我也不想寫——了解得不夠。目前想寫的小說，都是為了故事裏的一點「戲肉」。《小團圓》（翻查幾處，已經看出許多地方寫得非常壞）女主角改學醫，也是不善處世，不能替人做事，而死記的本事大，一個可能的出路——當時沒什麼commercial arts〔商業藝術〕可選。考港大與考英國大學都是同一個英國人監考兼代補習，一樣貴。——上海最著名的醫科是否震旦大學（用法文）與同濟大學（德文）？——戰後她回香港繼續讀下去，有個男同學也是戰爭躭誤了學業，與她同是比別的學生大，因孤立而發生感情，但是醫科時間長，終於夜長夢多。她母親戰後回國先到香港，最後一次小團圓。她父親本來戒了嗎啡，離婚後又打上了，縮小範圍過極孤獨的生活，為了省錢改吸海洛因，overdose〔用藥過量〕死了——白麪純否的程度不一，容易O.D.——除了他女兒的老女傭，他只僱一個粗做女傭，大個子，抵得過一個男僕。她有個丈夫有時候來要錢去賭，打她。九莉的母親一直認為她父親有錢——其實不剩多少，不過他對這一點保密——但是死後一無所有，連老女傭存在他那裏的錢都沒有了——因此受刺激中風死了——當時老女傭到他異母兄（曾經侵吞他的遺產）與楚娣（his alienated daughter by his deceased first wife）（他故去的第一個妻子所生的女兒，跟他已疏遠）處報信，雙方到場互相猜疑，所以事後才因另一女傭鼻青眼腫，疑心到她丈夫身上，已經無法追查。毛病是如果失竊不太確定，就可能是錢用光了自殺，予人以混亂的感覺。我父親在'49蔣經國打虎期間，把藏在沙發裏的金條拿去兌現，怕搜出來充公。這還是'38左右，他曾經做金子，那是買空賣空。是否只有金磅銀元，沒有金條？現款一定有不少——難得出去，毒販上門要

81. 一九七九年五月九日水晶致張愛玲書，附上與錢鍾書在加州大學柏克萊東方語文系的合影。

付現——此外只是存摺（憑圖章領）、地契典質單據與股票（即使是別人拿去沒用的，不懂的人也席捲而去）？就是這一個問題沒想妥。香港的難民問題不得了，此外你們可還好？Auntie在家裏？夏天琳琳瑯瑯可回來？

Eileen 七月十五

又，楚娣的母親臨終怕首飾又被大房侵佔，交給她外婆代為保管，所以她有錢出洋，雖然她父親反對。後來她繼母蕊秋與她父親離婚，她父親因為她一直夾在他們中間，歸罪於她，借了個藉口打了她，從此斷絕來往。她與一個表姪戀愛，他父親是個老留學生，銀行經理——像大陸銀行的中號銀行；大陸是美商，可另有民營的，不是華僑的？華僑資本不會用「非廣東人」作經理——被控盜用公款，（一二十萬？在三〇中葉是很大的數目）她投機代籌款歸還虧空，官司得以私了。做投機時挪用蕊秋的存款，蝕掉了。她還有點首飾可以折變，一時賣不出價，'40才賣了，還了蕊秋。（實生活中是三條衖堂，較近情理，但是因為兄妹關係改了父女，她沒有分家分到房產）兩個問題都與錢有關，我最外行。水晶轉來Vivian Hsu（徐凌志韞，在Oberlin College，Ohio教書）說她建議李歐梵劉紹銘編的series〔系列〕出一本*Women in Modern Chinese Fiction*〔現代中國小說裡的女性〕（U of Indianna Press），想把〈傾城之戀〉編進去，希望我自己譯。我不想答應，但是不會馬上回掉。（過幾年自己譯。）水晶附信提起《明報》上的《明報月刊》廣告上說錢鍾書在加大說我好。我看了當然既感激又感動。信寫到這裏，又收到Stephen七月十四的信與剪報。鄭緒雷（Stephen Cheng）寫過幾封信來，問的話都極淺薄，這篇論文也寄來了，還沒看。我總是回信，因為是志清的來頭。《海上花》我一定要整理出來的，不過是優先的問題。我想寫的小說都是自以為是好材料，壞處全在我——達不出意思來。但是再不寫真要失去創作慾（與力）了。我對翻譯的態度沒Stephen謹嚴認真，所以覺得比寫小說容易，並不是只揀容易的做。現在是星期六早晨，郵差還沒來，趕緊下樓去寄信——週末最後一個機會。希望Stephen胃病沒再發，Mae也好。

Eileen 七月廿一

張愛玲致鄺文美、宋淇，一九七九年八月六日

Mae & Stephen，

上月底的信與月初的航簡想已收到。莊信正認識唐文標，來信說唐從友人處聽見莊寫了篇文章關於我，他要再版《張愛玲雜碎》，叫莊寫序，還要出版他收集的我的舊作。莊信正不預備寫序或跟他筆戰，也詫異他把我的舊作徑自據為己有，覺得應當告訴我。附寄來唐的信，我轉寄給你們，看可有什麼辦法。我沒收入集子的舊作決沒這麼多，也沒什麼怕罵的。不知道可會是水晶說的我在大陸用一個筆名寫了許多東西（一個我從來沒看見過的名字，也不記得了），我告訴他我只用過一個筆名梁京，他不信。早點把唐的信寄來給你們看，也不是等着回音。莊信正說唐前年生癌症，想必已經不危險了，不久以前再婚。我過天再寫信了。你們倆都好？

Eileen 八月六日

宋淇，一九七九年八月十九日

Eileen：

七月廿一日長信收到。錢鍾書此次先去意大利開漢學會議，回國後，然後再隨社會科學院一批人來美。這一次本來是以費曉〔孝〕通為主力，誰知費為人類學家大師Malinowski〔馬凌諾斯基〕得意門生，三十年來對世界上社會科學潮流一無所知，身體虛胖，英語說得也不大行，大家對他大失所望。相形之下，錢搶盡鏡頭，而在國內時同太太二人相約，每星期輪流講英語、法語、意大利語，以免生疏，所以出口成章，咬音正確，把洋人都嚇壞了。大家對他無不佩服得五體投地，Harvard一美國教授說他一輩子只聽到兩個人說英文如此好法，錢即其一。所以志清、水晶都各寫長文大捧，我起先有點擔心，怕為錢惹禍，但錢如此出風頭，即使有人憎恨，也不敢對他如何，何況

錢表面上詞鋒犀利，內心頗工算計，頗知自保之道。

余英時去了一次國內，他把《紅樓夢的兩個世界》一書送給俞平伯，俞老大為欣賞，放在枕旁，余又云：「現在的紅學其實只是曹學」，俞也大為折服。錢鍾書聽到後恨不得將這句話據為己有。平心而論，到現在為止，紅學研究各書仍以余英時那本最為中肯。我找不出可以犯駁的地方來。他最近來信，云細讀你那本書後，頗為欣賞，說你是善讀《紅樓夢》者，見人之所未見，問我要了你的地址，想送你一本書。我不好意思告訴他：我已送了你一冊。反正禮多人不怪。他方四十餘歲，舊學無所不通，會寫極好的舊詩，能登台票京戲，圍棋上段，而受過Harvard的嚴格史學訓練，現在給Yale挖了過去，繼Arthur Wright之任，為歷史講座教授，前途不可限量。國內紅學界私人間恩怨很深，政治立場反屬次要。Gladys楊寫信給David Hawkes云：周汝昌自己寫了一首詩，然後寫文說詩如何如何不好，不像曹雪芹的作品，吳興昌took the bait〔中了圈套〕，力證其大有可能為真跡，周produce〔拿出〕原稿，說是他本人偽作，吳還是不肯信。現在有人challenge〔挑戰〕周的靖本，說沒有第二人見過，可能也是他所偽造，況且畸、脂為二人僅見靖本，只是孤證。此外，廢藝齋集稿已證明是偽造，兩幅畫也是偽造，吳恩裕為前者辯，人睡在醫院中，文章說服力極弱。這種forgery〔偽造〕出自紅學家手筆，實在令人齒冷。中國學者在共產黨統治下，仍一點不長進，竟無容人之量，可見人性還是難以改造。

來信詢及醫科大學，問題是那時震旦、同濟收不收女生？待考。聖約翰大學的醫學院，程度不高，在同仁醫院實習，就不收女生。倒是北京的協和，湖南的湘雅收女生，我認識不少女醫生，出身自該兩校，去港大借讀或轉讀的可能性大，因為同是美國人辦，都用英文。金子買空賣空，恐怕一向是用金條，此是國產，上海很多大金舖如楊慶和等，一向自鑄自鎔，每條十兩。金磅與美國金元是所謂金四開，並不是投機籌碼。外國現在的金塊，是以6 ounce〔盎斯〕一塊為單位的。

附上影印短文一篇[82]，衣莎貝即亦舒，一向喜歡你的作品，這次忍不住了，發了一陣牢騷，可是不知為什麼不肯放過我，好在我這一陣修行得道行很深，決不會理她。可見中國讀者的口味始終停留在melodrama〔通俗劇〕階段，不是生癌就是自殺就是出走，所以瓊瑤可以一冊冊的寫下去了。

倒是文章中稱我為「老先生」使我一凜，想想自己到了退休年齡，真是老了。又，再影印Hawkes和楊憲益夫婦合譯的賈芸那封信各一份，相形之下，真有天淵之別。琳琳帶了兒女上月來港，家中忙亂不堪。

Stephen
Aug. 19/79

張愛玲致鄺文美、宋淇，一九七九年八月二十三日

Mae & Stephen，

上次附寄了錢鍾書與水晶的照片的一封信想已收到。我姑姑來信打聽K.C.吳可還在世，是否在美國。我還是'60聽見你們說他們來美後又回香港了，不知道有沒再去。本來想下次寫信的時候再問你們，又怕滴滴搭搭，讓你們接連寫信來，所以寧可先補這張航簡來，不是急等着回信——我姑姑也不急在一時，這些年也過去了——千萬不要特為寫信，等下次寫的時候再告訴我，有住址的話就給我。關於〈傾城之戀〉，我已經寫信去回掉了。皇冠的半年版稅一直二千美元左右，去年下半年只有一千，今年上半年倒有四千。雖然是美元貶值，我想也是在兩份報上登了幾篇輕鬆的短文的功效，等於廣告。大概還是去年，莊信正寄了本大陸出的《論庚辰本》來，（馮其庸著），這題材我

82. 亦舒〈閱張愛玲新作有感〉批評了張的新作，也提及宋淇：「今夜讀皇冠雜誌（東南亞版第十四卷第二期）中的〈相見歡〉，更覺愛玲女士不應復出。我有我的道理，一一細說。整篇小說約兩萬許字，都是中年婦女的對白，一點故事性都沒有，小說總得有個骨幹，不比散文，一開始瑣碎到底，很難讀完兩萬字，連我都說讀不下去，怕只有宋淇宋老先生還是欣賞的。」最後又說：「我始終不明白張愛玲何以會再動筆，心中極不是滋味，也是上了年紀的人了，究竟是為什麼？我只覺得這麼一來，仿佛她以前那些美麗的故事也都給對了白開水，已經失去味道，十分悲愴失措。世界原屬於早上七八點鐘的太陽，這是不變的定律。」此文收錄於亦舒《自白書》。

一擱下就看不懂了，真可笑。看着實在吃力，所以一直沒看。不知道Stephen看過沒有？天熱，希望你們這裏沒再多添出事來。

Eileen 八月廿三

張愛玲致鄺文美、宋淇，一九七九年九月四日

Mae & Stephen，

收到八月十九的信。我本來也想着錢鍾書一定是非常會做人，個性又有吸引力，人緣特別好，才能夠這些年都無事。我看過Malinowski一本書，很喜歡，原來費孝通是他的學生。當然我非常高興余英時對《紅樓夢魘》有反應。看來他是真前途未可限量。俞平伯到底識貨，把他那本書放在枕邊。「曹學」那句雋語真好。Hawkes與楊夫婦譯的第37回真是「只怕貨比貨」。Hawkes實在好。另一的壞處也普通常見。周汝昌偽造曹詩，真鬧得太不像話了。亦舒罵〈相見歡〉，其實水晶已經屢次來信批評〈浮花浪蕊〉〈相見歡〉〈表姨細姨及其他〉，雖然措辭較客氣，也是恨不得我快點死掉，免得破壞image〔形象〕。這些人是我的一點老本，也是個包袱，只好揹着，不過這次帶累Stephen。中國人對老的觀念太落後，尤其是想取而代之的後輩文人。顏元叔稱「徐復觀」老先生，我都覺得刺目——徐答辯文內對這一點顯然也生氣——何況說Stephen？志清信上提起過Stephen說要退休，我想除了可以多寫點東西，不然實在太早了。中國人的小說觀，我覺得都壞在百廿回《紅樓夢》太普及，以致於經過五四迄今，中國人最理想的小說是傳奇化的情節（續書的）加上有真實感的細節（原著的）。大陸內外一致（官方的干擾不算）。所以紅學考證激怒許多人，我好多次在報刊上看見說不管是否曹雪芹寫的，全文是部好書，考據不過是版本，與文藝價值無關；對曹學就能接受。這次志清來信說他新近才看了四章《海上花》，認為是「民國以前最好的小說」，比得上Tolstoy〔托爾斯泰〕，George Eliot〔喬治・艾略特〕，Stendhal〔斯湯達爾〕，又說「你自己

的小說同《海》有同樣的好處」，希望早日譯完了，他向印大Press推薦出版。我去看了一下，譯了四十六回，打出四十回。發現許多地方譯得sloppy（草率），現在大致整理出二十回。如果*Rendition*〔s〕先登這一部份，不久就可以寄來。「媛」是否大家閨秀？楊媛媛想譯Lady Yang——美國南部有這名字，至少Tennessee Williams有齣戲的女主角叫這名字，不知道與Lady Bird（原是蟲名）是否有關。一上場，「Lady said，」就知道不是爵夫人了。不過「媛媛」不是「媛」。仿彿《詩經》有一句「言笑爰爰。」也許還是我起初譯作Grace比較對。「汀」是小島？黎「篆鴻」是指古人車上或鐘上有鳥圖案的帶子？「保險燈」是gaslight？「琪花瑤草」，「琪」是紅玉，「瑤」是綠玉？「殳」（姓）是讀偏旁念「役」？想請你們幾時得閒代查字典。我上次航簡上本來想加一句「夏天是你們送往迎來的忙季，」不知道怎麼沒寫上。琳琳帶孩子們回來，再忙也值得的。震旦同濟聖約翰醫科不收女生更好，是要只能去考港大醫科——其他兩處，三〇末葉北京的已經遷西南，湖南也不平靖了——才需要一筆特大的補習費，因為港大與英國三大學同一在滬監考人兼代人補習。不多寫了，先寄出這封信，萬一《九尾龜》譯文不是有在這裏，要早點準備起來。想必你們倆都好，除了忙累。

Eileen 九月四日

張愛玲致鄺文美、宋淇，一九七九年十月十五日

Mae & Stephen，

上次的信一寄出就想起來，忘了提《海上花》譯本Radcliffe Institute有優先權出版，要先問過她們。我也不怎麼想Indianna U. Press出。沒再補個便條，因為怕接二連三寫來，讓你們在最忙亂的時候又要回信。但是因為這一點很重要，結果還是寫了。「汀」看來是beach。上次我信上說楊夫婦譯的《紅樓夢》壞得也平常，是說一般都壞，其實他們賢伉儷自作聰明的cuteness（可愛）實在叫人受

不了。兩份報上小說獎評選的談話中透露出《聯副》舊編輯對新的意見。〔……〕希望你們這向好，沒累着了。

Eileen 十月十五

張愛玲致鄺文美、宋淇，一九七九年十二月八日

Mae & Stephen，

鄭緒雷譯了我一篇小說〈年青的時候〉寄來給我看，要登在麻省他們自己朋友辦的一個小期刊上，譯文錯誤百出。我只好告訴他我對台北P.E.N.雜誌與要編選集的Vivian Hsu說過要自己譯，不便出爾反爾，請他不要發表。他回信答應了。〔……〕又說Prof. Hightower讚他在淡江評論上評我的小說那篇，說「truly worth saying.」〔確實值得一說〕Vivian Hsu前兩天又來信建議找鄭緒雷譯〈傾城之戀〉，由我代改。我回絕了。Stephen一再說過《海上花》登在*Rendition*〔s〕上的事，我因為有點苦衷，以前喬治〔志〕高對我那麼陰毒，而且不是沒人知道，我後來見到老同學張秀愛——費太太，她丈夫不知道是不是還是A.I.D. Director——也聽見她說他到處替我反宣傳。我雖然自己不中用，做不到恩怨分明，再去替他編的雜誌寫稿，也覺得太劖頭了，所以總想拖到有一天編輯換人之後。如果稿子有在這裏，當然又當別論。有些話我都不想說，除非逼不得已。志清我久已發現他「事無不可對人言」，所以我信上永遠一套板的問候等等，一句話也不敢多說。前些時他抱怨說通信不要這樣公式化，我只好又放鬆了些尺寸。他向我稱讚蔣曉雲的《樂山行》，我說沒看就像是妒才，不看，所以實說我覺得這篇太obvious了點，另外看了她的小說集，很好，不過有兩篇又連看兩遍都沒看懂。他這次回台灣就當眾告訴蔣曉雲我覺得《樂山行》太明顯了。我人緣還不夠壞，還要替我結怨。別人不知道世界文壇上許多大師我都不喜歡或是看不進去，志清從我信上看到的，〔因為他勸我看Henry James〕但是即使想到代補一句，也makes no difference〔無甚差別〕。我給你們信上

說忙着改《小團圓》，《海上花》先擱着，倒也不是推托的話，同時也不是為創作而創作。像Mae說的「午夜夢迴」的時候，我耿耿於心的就是有些想寫的美國背景的故事沒寫。好壞又是一回事，不過這點故事對於我是重要的。Dick McCarthy曾經說我寫東西的好處在看法unique（獨特），我覺得這種uniqueness西方能容納，怪我這條路打不通，以致於多年掛在真空裏，難免有迷失之感。前一向收到志清初看《海上花》的信，剛巧《小團圓》又頓住了寫不下去，所以終於翻看《海上花》譯稿，好容易又鑽了進去，看出滋味來。中段零零碎碎刪去多處又補譯，剛理到第43回，前廿回也還要不時的倒過去改。Stephen注譯曹寅那首詩典故真多。我連《海上花》上「王（羲之？）夫人之林（竹林七賢？）下風」都不知道。中文字典只有《辭源》？等幾時有空請代買一部，平郵寄給我，不忙。希望你們倆這向身體還好。

Eileen 十二月八日

宋淇，一九七九年十二月十六日

Eileen：

真對不起，一直拖着沒有回你的信，因為有幾個小問題沒解決。現在總算可以答覆你了。

（一）媛——讀如「願」，不是上海話的洋囡囡，《詩經》中沒有「言笑爰爰」，只有「言笑晏晏」（〈衛風·氓〉），意義是「美女」也。Ladybird亦作sweetheart解，我想Lady不一定美，grace似較妥。

（二）汀——水岸平處，又作「小洲」解（洲，沙地，水中鴨可居處。）

（三）保險燈——大型手提有罩煤油燈kerosene（煤油），亦名「馬燈」。

（四）琪、瑤皆美玉，字書上未以色別，「琪花瑤草」即「仙花仙草」。

（五）殳音殊（shu）

（六）篆鴻——《考工記》：「鍾帶謂之篆。」（見辭海「鍾帶」條）注：「帶，所以介其名也，介在于鼓鉦，舞甬衡之間，凡四。」雖然抄了，並不懂。

你文章中曾提過名字寫在水上，這是Keats替自己擬的墓誌銘：「Here lies one whose name is writ on water.」四十年前我讀到時，感動得不得了，後來他友人在上面加畫加字，令人氣短。文中又引過一句近似Brevity is wit of the soul。語出莎翁的*Hamlet*，請原諒我這引經據典的老毛病，大概受了錢鍾書的影響。

〔……〕

十二月八日的信今日才收到，你信中提到過喬志高和你之間的事，我始終不知道。我同他認識了二十多年，彼此互相尊重，一直到七二年，共事三年，可以說一起打天下，從來沒有一句重話，他太太為人很善良和老派，同Mae相處也極相得。你同他之間的關係想必是他在VOA時弄僵的，他知道我同你極熟，所以在我面前隻字不提，就是提起也是和其餘在VOA工作過的作家一筆帶過。最近他還有信來提起考慮登你的〈紅玫瑰與白玫瑰〉，不過先要徵求志清和我的意見，我已經對他說譯得不好，原稿已退回了。他另外還提起一個計劃，就是由*Renditions*出一個Middle-Brow Fiction特刊，其中包括你譯的《海上花》，所以我完全不知情。給你一說才如晴天霹靂，McCarthy可能知道，但沒有機會見到和談起，志清更是自我中心到極點的人，對外界的事可以一無所覺，無怪乎我要蒙在鼓裡了。既然如此，我絕無向你硬拉稿子之理，我們之間還有什麼話可說，但求大家心之所安好了。

《紅樓夢學刊》收到了沒有？我們都好。

Stephen

十二月十六日79年

【附錄】

唐文標的「方法論」

林以亮（宋淇）

最近在一份香港的日報副刊上，接連看了三則專欄短文，討論張愛玲和唐文標的《張愛玲雜碎》。現在抄錄於下：

其一：「一日席間大家提起張愛玲。筆者是十分推崇張愛玲的，但有人認為張的地位被推得太高，討論間，司馬長風兄推薦筆者看一本書，書名是《張愛玲雜碎》，唐文標著。次日，即蒙何錦玲女士（七好頭頭）丟下，不勝感激之至。以一個張愛玲的愛好者來看這本《雜碎》，叢書名起到內文止，都看得極不舒服。作者曾這樣論張的小說：『她限制了她寫的人物，幾乎都是上海租界裡，一些腐朽舊家庭中沒落的人物……』真懷疑唐先生有沒有看齊張的作品，《惘然記》中的人物，至少就不是這樣的！」

其二：「張愛玲筆下的人物，決不是如《雜碎》所說的『沒有代表性』，而是極有代表性，代表的是一群『小資產階級』的人物。如果說文藝作品一定要寫工人、農民，『中國幾萬萬人佔少數又少數』就是沒有代表性，這種說法顯然超出了文藝批評的範疇，而是訂下了一個框框，要作家去遵循了。作家不但可以只寫少之又少的一些人，而且甚至可以寫只有獨一無二的一個人，只要寫得好就行，寫得不好，小說中每一個人物都是『大多數』，又有甚麼用？張愛玲筆下，寫出了上海人的形象、想法、生活，至今為止，沒有甚麼人比她更成功。」

其三：「張愛玲絕不諱言自己對上海的喜歡，她寫上海人，寫她所熟悉的上海人，各種各樣的上海人——統括起來說，全是在大時代動盪中，散發着一種極度落寞和無可奈何情緒的所謂『資產階級』人物，那天與一位余先生談起，余先生博覽群書，他就說：『張愛玲小說中的那些人，我都遇到過。』這些人在上海，形成一個特殊的階層，在上海這樣複雜的環境中，特別寂寞和無所適從，張的小說中找不到這個階層人物和政治變化的任何關係，但是這一階層的人物的確而且是以這種精神狀態生存在上海的，張的小說，雖然不應推崇過高，但也應具有一定的地位。」

我禁不住好奇，去借了這本書來研究一下，讀完之後，不覺失笑，唐文標最得意的就是他的所謂「方法論」，在一六四頁上，他這樣說：

「我個人的妄想吧，小書如果能對讀者有一點好處的，應在於它的方法論上面，而不在於內容。」

聽說唐文標是數學博士，他說到方法論，想來必有獨到之處。誰知看後發現這本《雜碎》書固然一無可取，最成問題的倒反而是他的方法論。

嚴格說起來，本書所引用的新資料並不算新，因早已由一位美國學生的博士論文：《抗戰時期淪陷區中國作家》發掘出來。這篇論文提及的作家有周作人、錢鍾書、張愛玲、蘇青、予且、師陀等，張愛玲只是其中的一位，而那位美國學生所搜集的資料卻遠較唐文標為豐富。第一，唐文標根本不知道一九四一至一九四五年間上海有一本英文月刊：《二十世紀》，張愛玲在一九四三年為它寫了八篇文章，其中四篇後來由她本人譯為中文，收入《流言》散文集中，計為：〈更衣記〉、〈洋人看京戲及其他〉、〈借銀燈〉和〈銀宮就學記〉。第二，唐文標的〈張愛玲小說系年〉一章中，漏列一九四四年《雜誌》三月號的短篇小說：〈花凋〉，和《雜誌》四月號的《女作家聚談會》，其中張愛玲發表了不少話。既是系年，張愛玲自己改編的舞台劇：《傾城之戀》理應包括在內。此外，張愛玲用英文寫的“Stale Mates”，發表於一九五六年九月十二日的美國雜誌*The Reporter*，後自譯為〈五四遺事〉，發表於一九五七年一月二十日的《文學雜誌》，唐文標誤為一九五八年；她用英文寫的*The Rouge of the North*，於一九六七年由英國Cassell書店出版，自譯為《怨女》，由皇冠出版社一九六八年出版；《金鎖記》自譯成*The Golden Cangue*，收入夏志清教授的*Twentieth-Century Chinese Stories*中，由哥倫比亞大學出版社一九七一年出版，唐文標竟不知情。這篇系年，作者自己承認「資料不全」，實在不配稱為「系年」，真不像受過嚴格數學訓練的博士寫的，不編也罷。

唐文標根據張愛玲的短篇小說做了一個「張愛玲小說世界三代圖」，算是創舉。然而對文學有研究的人都知道每一篇短篇小說和每一首短詩是獨立的整體，絕不能和其他作品混為一談。例如曼殊斐爾一生寫了九十四篇短篇小說，人物多數是「小資產階級」。顏元叔教授是中國研究曼殊斐爾的權威，希望唐文標請教顏教授：可不可以把她的作品列成這樣一張圖表？以同樣的理由，契可夫、莫泊桑、毛姆的短篇小說，莎士比亞、白朗甯夫人的十四行詩集都是不可以用一加一等於二的方法來研究的。

更令人訝異的是，唐文標的方法論竟然採用偽證和歪曲竄改。水晶在《張愛玲的小說藝術》一書第二十七頁有這樣一段話：

「接着，她主動告訴我：『《赤地之戀》是在『授權』（Commissioned）的情形下寫成的，所以非常不滿意，因為故事大綱已經固定了，還有什麼地方可供作者發揮的呢？不過，我說仍然喜歡戈珊這個角色。她說戈珊是有這樣一個人的，雖然也是聽人說起，自己並沒有見過。』

到了唐文標的書中，第一四二頁上卻改為：

28 秧歌、赤地之戀

民國四三年（一九五四）

出版英文本。據水晶先生的專書，這二本書是Commissioned寫出來的。按《今日世界》是美國新聞處的中文宣傳雜誌。

一本書變成兩本書，《秧歌》竟為唐文標強迫陪葬。其實，《秧歌》是先用英文寫，交給紐約Scribner's出版，後來才由張愛玲本人譯成中文在《今日世界》上連載的，完全出於自己的主意。美國出版界印書沒有香港快，所以英文版《秧歌》（一九五五）反而比中文版（一九五四）遲了一年，可是到了唐文標的筆下竟歪曲成：

「我那時確是如此幻想着張愛玲的，直到我要離開香港時，一位英文老師——女傳教士，這位老師大概很喜歡我，她輾轉托人帶來一本E〔i〕leen Chang的書，《Rice Song》，送給我作為紀念。我似乎猜到是張愛玲。紙張和印刷奇劣，想是大量印刷的緣故。直到水晶先生的《夜訪》一文刊出後，我才恍然大悟，想起這本書是Commissioned的理由。」

英文書名錯了，漏掉一個字：Sprout。香港的確另有一種英文版，那是在美國初版售罄後，由一家蜻蜓出版社於一九六三年取得原出版者同意在香港重印的。唐文標自命方法論盡科學化之能事，在美國各大圖書館中「上窮碧落下黃泉，動手動腳找資料」，竟然漏了這樣一本重要小說的初版，不知是疏忽還是故意如此？可能《秧歌》和《赤地之戀》所描寫的人物不是唐文標所嚮往的「天國」統治下的農民和普通老百姓，因而抹煞其重要性並轉移讀者的視線。

唐文標重複用commissioned這個字來貶低這兩本小說的價值。他應該知道文藝復興時期三傑的畫和雕刻，以及韓德爾、海頓、巴哈、甚至貝多芬的樂曲，一大部份作品都是王公貴族和教會commissioned創作的；漢代的賦、《六朝文絜》中的作品，以及後代文人迎合當朝的一些詩篇，也並不是為全體大多數人寫的。這些作品怎麼會流傳至今，仍舊不朽呢？唐文標為什麼不提蘇聯史大林統治下commissioned的歌頌司丹哈諾夫運動的小說和李森科偽造證據的遺傳學騙局？他為什麼避而不提「四人幫」吩咐寫的樣板戲、和浩然為「全人民」寫的《豔陽天》和《金光大道》？我在這裡必須特別聲明：本人無提倡commissioned作品之意。我要強調的是，在我們評定一件作品的價值時，不要讓「武斷」來代替「判斷」。事實上，就上述張愛玲的commissioned作品而論，作者自己早已表示不滿，還有什麼好挑剔的呢？

另外看到唐文標〈快樂就是文化〉一文，近結尾處有一段話頗為費解：

「然後我們又在等待，新的什麼一定會來的，像『呼拉圈』，像『速讀』，甚至是『拱豬』這類毫無技巧的牌戲，但總得在青年的社會，流行了什麼的。究竟是『開放的××』？還是《尹縣長》？他們一直在期待。」

拿一冊小說和「呼拉圈」與「拱豬」相提並論，未免不倫不類。難道陳若曦筆下所寫的小百姓不是唐文標心目中的老百姓嗎？研究學問最怕戴有色眼鏡，否則就談不上研究學問了。

一九七八年　香港

【附錄】

從張愛玲的〈五四遺事〉說起

林以亮（宋淇）

很少人讀過張愛玲的〈五四遺事〉，因為這篇短篇小說發表於當年夏濟安主編的《文學雜誌》，該雜誌銷路不廣，讀者也不多，雖然對當時知識份子產生頗深的影響，並發掘了不少青年作家。更少人知道原作是由張愛玲先用英文寫的："Stale Mates"，發表於美國的《The Reporter》雙週刊。那時剛巧《文學雜誌》向張愛玲索稿，她手邊沒有現成的作品，就隨手將它自譯為中文。英文原作發表於一九五六年九月十二日，中文譯作則發表於一九五七年一月二十日，日期相差如此之近，可見其臨時應付之行跡。

張愛玲是極少數中英文有同樣功力的作家。她的作品先用英文寫的計有 *The Rice Sprout Song*（自譯成中文為《秧歌》）；"Stale Mates"（自譯成中文為〈五四遺事〉）；*The Rouge of the North*（自譯成中文為《怨女》）。先用中文寫的計有《赤地之戀》（自譯成英文為 *The Naked Earth*）；《金鎖記》（自譯成英文為《The Golden Gangue》）。能夠兼用中英文創作的人不是沒有，經常寫得如此之流暢和自成一家，同時可自譯成英文和中文，而且都在第一流刊物上發表，那才令人佩服。

〈五四遺事〉寄到《文學雜誌》後，主編夏濟安喜出望外，寫信給朋友，如此加以按語：

> 張愛玲的小說的確不同凡響，好處固如兄所言，subtle irony〔幽微諷刺〕豐富，弟覺得最難能可貴者，為中國味道之濃厚。假如不是原稿上「范」「方」二字間有錯誤，真不能使人相信原文是用英文寫的。張女士固熟讀舊小說，充分利用它們的好處；她又深通中國世故人情，她的靈魂的根是插在中國泥土深處裡，她是真正的中國小說家。

這幾句話出諸夏濟安之口，當然極有份量，確非過譽。我們現在拿"Stale Mates"和〈五四遺事〉細加對比，發現內容中異文很多，試擇其顯明者列舉如下：

中文「新嫁娘戴藍眼鏡」（英文無）

中文「難得說句笑話，打趣的對象也永遠是朋友的愛人。」（英文無）

中文「姓郭」（英文姓Wen）

中文「郭與羅與兩個女友之間，只能發乎情止乎禮，然而也並不因此感到苦悶。」（英文只說had to be content with，即接下句。）

中文「兩個異性的一言一笑，都成為他們互相取笑的材料。」（英文無）

中文「他母親病了，風急火急把他叫了回去。他一看病勢並不像說的那樣嚴重，心裡早已明白了，只表示欣慰。他母親乘機勸了他許多話，他卻淡淡的不接口。也不理睬在旁邊送湯送藥的妻子。……媳婦雖然怨婆婆上次逼她到書房去，白受一場羞辱，現在她隔離他們，她心裡卻又怨懟，而且疑心婆婆已經改變初衷，倒到那一面去了。」（英文無）

中文「在席上，羅突然舉起酒杯大聲說。」（英文僅he said二字）

中文「郭與密斯周面面相覷，郭窘在那裡不得下台，只得連聲說：『他醉了。我倒有點不放心，去瞧瞧去。』跟着也下了樓，追上去勸解。」（英文無）

中文「因為她的戰鬥根本是秘密的，結果若是成功，也要使人渾然不覺，決不能露出努力的痕跡。」（英文無）

中文「事先王家曾經提出條件，不分大小，也沒有稱呼，因為王小姐年幼，姊妹相稱是她吃虧。」（英文僅為No agreement had been reached as to the mode of address between the two women, who were understood to be of equal status.）

中文「湖上偕隱」（「偕隱」二字會引起讀者的聯想，令人想起林和靖的梅妻鶴子，英文的Living with three wives in a rose-covered little house by the lake也不錯，但暗示的冷嘲味道則不如中文。）

總之，經過對比之後，我們發現中文雖然從英文翻譯過來，反而比英文來得靈活自然，常有神來之筆。例如：中文中的「老太太發誓說她偏不死，先要媳婦直着出去，她才肯橫着出去。」把一個固執的老太婆寫活了，意思就是：先把媳婦休出去，然後才肯咽最後一口氣。多麼具體和生動！英文中雖然字面相同，但多數讀者無從自文字中體會其含蓄的妙趣。

《文林》出版初期即有意發表〈五四遺事〉，筆者於數月前曾去信提出一連串問題，奈張愛玲患了嚴重的感冒，並自柏克萊遷移他地，所以一時沒有作答。現在舊事重提，張愛玲雖然很多文稿未完，《海上花》尚未譯畢，《紅樓夢》的分析沒有竟功，答應為《文林》寫的短篇小說最後定稿也未脫手，仍在百忙中作了如下的答覆，相信一定能滿足讀者的好奇心。

（一）英文中的Wen改成中文姓郭，理由是英文要避免羅馬拼音讀法為讀者歪曲，讀者容易讀錯，而且讀出來不是相近的聲音，所以取名字如Wen。譯成中文時，如取名溫或文，太像一個知識份子。如姓聞，倘使不用引號：聞，容易混入句中其他文字，而中文又沒有大寫，所以另改一個一看就知道是姓的郭。

（二）中文繁，英文簡，二篇不同，是因為英文需要加注，而普通英文讀者最怕文中加小注。如果不加注，只好在正文裏加解釋，原來輕輕一語帶過，變成鄭重解釋。輕重與節奏都因此受影響，文章不能一氣呵成，不如刪掉，反而接近原意。

（三）誠如信中所問，寫英文時，用英文思想，寫中文時，則用中文思想。可是對白卻總是用中文想的，抽象思想大都用英文。這種習慣之養成恐怕與平時所讀的英文書有關。

張愛玲的答覆是很寶貴的意見，使讀者更了解中國人寫英文的甘苦。也許有人會說：這並不能算作翻譯，只有原作者才享受這種特權和自由。泰特勒說過：「翻譯者的責任就是把自己變成原作的主人，然後用另一種語言把原作的精神和意義表現出來。」那麼張愛玲的〈五四遺事〉絕不可以作為中英對照的例子，而只能算是一種再創造，可供從事翻譯工作者參考。

一九七三年　香港

國家圖書館出版品預行編目資料

紙短情長：張愛玲往來書信集．I / 張愛玲，宋淇，宋鄺文美著．-- 初版．-- 臺北市：皇冠，2020.09
面；　公分．--（皇冠叢書；第 4877 種）（張看．看張；3）
ISBN 978-957-33-3576-4（平裝）

856.286　　109012395

皇冠叢書第 4877 種
張看・看張 3

紙短情長

張愛玲往來書信集 I

作　　者—張愛玲、宋淇、宋鄺文美
主　　編—宋以朗
發 行 人—平雲
出版發行—皇冠文化出版有限公司
台北市敦化北路 120 巷 50 號
電話◎ 02-2716-8888
郵撥帳號◎ 15261516 號
皇冠出版社（香港）有限公司
香港銅鑼灣道 180 號百樂商業中心
19 字樓 1903 室
電話◎ 2529-1778　傳真◎ 2527-0904
總 編 輯—許婷婷
美術設計—王瓊瑤
著作完成日期— 2020 年 4 月
初版一刷日期— 2020 年 9 月
初版四刷日期— 2023 年 5 月
法律顧問—王惠光律師

讀者服務傳真專線◎ 02-27150507
電腦編號◎ 531003
ISBN ◎ 978-957-33-3576-4
Printed in Taiwan
本書定價◎新台幣 450 元 / 港幣 150 元